T0009703

BESTSELLER

David B. Gil (Cádiz, 1979) es licenciado en Periodismo, posgraduado en Diseño multimedia y máster en Dirección de redes sociales. Ha trabajado como redactor editorial para DC Comics en España y Latinoamérica y ha sido responsable de comunicación en diferentes organizaciones políticas, además de redactor en varios medios de comunicación. Autopublicó *El guerrero a la sombra del cerezo*, que fue finalista del Premio Fernando Lara y única obra autoeditada en ganar un Premio Hislibris de Novela Histórica en la categoría de mejor autor novel 2015. Actualmente publicada por Suma de Letras (2017), continúa siendo la ficción histórica mejor valorada por los lectores de Amazon España. Su segundo trabajo, *Hijos del dios binario*, fue finalista del Premio Ignotus y elegida como la mejor obra de ciencia ficción en español de 2016 por publicaciones como *Xataka*, *Hobby Consolas* o *La Casa de EL*. *Ocho millones de dioses*, su tercera novela, ha sido galardonada con el X Premio Hislibris de Novela Histórica (mejor novela en español). Su última novela, *Forjada en la tormenta*, nos sumerge de nuevo en el Japón feudal.

Biblioteca
DAVID B. GIL

Hijos del dios binario

DEBOLS!LLO

Penguin
Random House
Grupo Editorial

Primera edición en Debolsillo: noviembre de 2022

© 2016, David B. Gil
© 2016, 2022, Penguin Random House Grupo Editorial, S. A. U.
Travessera de Gràcia, 47-49. 08021 Barcelona
Diseño de la cubierta: Penguin Random House Grupo Editorial / Marta Pardina
Imagen de la cubierta: © Magdalena Russocka / Trevillion Images

Printed in Spain – Impreso en España

ISBN: 978-84-663-6782-0
Depósito legal: B-15.452-2022

Impreso en Novoprint
Sant Andreu de la Barca (Barcelona)

P 3 6 7 8 2 0

A Gracia, que me apacigua con susurros
y me alienta con tempestades

«La historia del mundo no es sino
la biografía de los grandes hombres».

THOMAS CARLYLE

Prólogo
Un puente entre milenios

William Ellis cerró la puerta del taxi y el vehículo comenzó a rodar antes incluso de que él soltara la manilla. Lo contempló mientras se alejaba calle abajo, hasta que las ruedas chirriaron sobre el asfalto húmedo y el automóvil desapareció tras una esquina.

Nunca había estado más allá del East End, era una cara de Londres que no había necesitado conocer hasta aquella noche, y su primera impresión fue la de hallarse en un lugar hostil, como un reportero de guerra a la intemperie. Giró sobre sí mismo, contemplando los nichos de hormigón resquebrajado y los jardines donde solo crecía la suciedad, hasta que localizó un edificio de ladrillos cariados y torcidos. Estaba seguro de que ese era el lugar.

Caminó sobre charcos de agua negra en dirección a la entrada, apenas un soportal iluminado por una bombilla desnuda. Una vez frente a la puerta, buscó en vano algún timbre o llamador; finalmente optó por empujar y la hoja cedió con el gruñido de la madera abotargada. Se encontró cara a cara con el recepcionista, parapetado tras un mostrador que lo protegía hasta el cuello. El hombre levantó la vista de la pantalla, lo estudió con expresión indiferente y volvió a bajar los ojos al resplandor holográfico.

—¿Toda la noche? —se limitó a preguntar.

William titubeó antes de comprender a qué se refería.

—No... no, con un par de horas será suficiente.

—¿Conoce ya a las chicas? ¿Llamo a alguna en concreto?

—Sin chicas. Solo necesito la habitación.

El encargado levantó una ceja y volvió a mirarlo. Aunque tampoco era lo más raro que había escuchado aquel día.

—Le cobraré lo mismo —aclaró finalmente.

—No importa. ¿Las habitaciones tienen conexión a la Red?

—Hay dos que tienen *webcam*, si es lo que está buscando.

—Sí, quiero una de esas.

Por toda respuesta, el otro puso sobre el mostrador un lector de huellas.

—Necesito discreción —dijo William—, ¿podría pagar con una tarjeta Selfbank?

—No se preocupe, tenemos una carnicería en Covent Garden. Todos los cargos los hacemos a nombre de esa empresa.

William apoyó el dedo sobre la superficie de cristal.

—¿Qué prefiere que indique en la factura, muslo o pechuga? —bromeó el recepcionista. Debía reservar el chiste para los nuevos clientes, pero el gesto serio de William le indicó que este no estaba de humor—. El cargo se ha efectuado —informó tras un carraspeo—. Suba a la segunda planta, es la 205.

La habitación, siniestra y opresiva, no desmerecía al resto del edificio, y los ladridos humanos al otro lado del tabique no hacían sino acentuar la sordidez del lugar. William se sentó en el escritorio, tapó la cámara y encendió el viejo terminal. La pantalla proyectó una interfaz obsoleta e inestable. «Navegador», dijo en voz alta. «Navegador», repitió vocalizando más despacio, pero el sistema operativo seguía sin reaccionar. Tuvo que hacer bailar el menú con los dedos hasta encontrar el icono que le daba acceso a la Red. Obvió la retahíla de sitios pornográficos y se conectó a un proveedor de correo donde creó la cuenta william110@netmail.com. La utilizó para comprar un billete de tren con destino a Gales. A continuación, a pesar de la premura que le roía el estómago, se tomó su tiempo para escribir un mensaje al que adjuntó un documento. Lo envió, dio de baja la cuenta y salió de allí.

El taxi lo dejó en el extremo norte del puente del Milenio, de regreso a su universo conocido. Eran casi las dos de la madrugada, tenía un par de horas para preparar el equipaje y salir hacia King's Cross. Se metió las manos en los bolsillos y se internó en la estructura de cemento y acero que colgaba sobre el Támesis, con la catedral de St. Paul a su espalda y el viejo perfil del Bankside frente a él. El puente, cerrado al tráfico, era una de las pocas formas de cruzar a pie de una a otra orilla y solía recorrerlo a diario para ir hasta la redacción del *London Standard,* situada en pleno corazón de la City. Ahora, sin embargo, en la soledad de la noche, aquella travesía sobre las turbias aguas se le hizo demasiado larga.

No había alcanzado aún el extremo opuesto cuando las tinieblas lo engulleron. Las luces de ambas orillas se habían extinguido al unísono, como barridas por el viento. Solo el punto azul sobre la vieja torre del Bankside continuaba titilando. Guiado por aquella estrella polar, retomó el paso, tan rápido como le fue posible sin echar a correr.

Era el ratón que abandona la espesura para cruzar el claro, y hasta que pisó el otro lado no se le desanudó el estómago. Pero fue una reacción prematura: apenas había dado un par de pasos sobre los adoquines cuando un coche encendió los faros, deslumbrándolo. El vehículo se encontraba sobre el paseo peatonal, entre él y las calles que conducían a su apartamento. Sin dudarlo, giró en redondo y caminó en sentido opuesto, pero por más que se alejaba, el fogonazo de luz blanca seguía sobre él, quemándole la espalda. Sacó su teléfono móvil del bolsillo, solo para descubrir que no tenía cobertura en pleno centro de Londres.

Consciente de a qué se enfrentaba, miró atrás una vez más, hacia los faros cegadores, y comprobó que el coche había comenzado a rodar manteniendo la distancia. Apretó el paso hasta que este se convirtió en carrera desbocada y se encontró huyendo por su vida. Sabía que más adelante había un solar en obras, la enésima ampliación de la Tate Modern, y aunque apenas divisaba los contornos de las excavadoras, se dirigió hacia la entrada. El motor eléctrico también aceleró, y solo cuando el haz alumbró el terreno frente a él, William descubrió que, obviamente, a esa hora el acceso se hallaba cerrado por una verja metálica. Pero ya era demasiado tarde, no tenía dónde ocultarse y se dijo que, si lograba alcanzar la valla y saltar al otro lado, quizás pudiera escabullirse. Así que corrió más de lo que había corrido jamás, llevando el corazón al límite, hasta que notó el brutal impacto contra la espalda.

Salió despedido y se estrelló contra los adoquines. Rodó sobre el suelo, que le arrancó jirones de ropa y de piel a dentelladas, hasta quedar tendido. Aun así no llegó a perder el conocimiento: aturdido, a punto de desfallecer, logró ponerse de rodillas y mirar hacia el vehículo que había frenado en seco tras golpearle. Los faros seguían acuchillándole los ojos, pero ahora pudo distinguir que se trataba de un todoterreno gris. La puerta se abrió y de su interior escapó una melodía de piano que se evaporó en el silencio de la noche. El conductor, un hombre alto y delgado, de pelo canoso, avanzó hacia él mientras se enfundaba unos guantes de cuero. Vestía un traje negro que a William se le antojó impoluto. Pero fue el contacto con su mirada lo que le hizo reaccionar: comenzó a arrastrarse sobre el suelo, alejándose del depredador, hasta que el miedo le ayudó a ponerse en pie y correr de nuevo.

Chocó contra el alambre trenzado, pero eso no lo detuvo. Con manos ensangrentadas, descalzo tras el atropello, se aferró al metal y trepó hasta que vino a caer al otro lado. Las costillas golpearon la tierra y la vista se le oscureció. Al filo de la inconsciencia, alcanzó a ver a través de la alambrada cómo aquel hombre continuaba avanzando hacia él. Sin detenerse, su perseguidor hundió los dedos en el alambre y arrancó la verja de un tirón seco, como el que rasga un envoltorio de papel. La malla metálica vibró contra el suelo mientras el sicario caminaba sobre ella; cuando llegó hasta William, lo apresó por la muñeca y comenzó a arrastrarlo sobre el polvo.

—¿Quién es usted? —logró balbucir, con la arena apelmazándole la saliva.

—Dudo que mi nombre le sirva de algo.

—¿Por..., por qué hacen esto?

—Sabe perfectamente por qué, señor Ellis.

—Pero no son más que niños —gimió.

—No lo son —dijo el sicario, mientras lo llevaba a rastras hasta el pequeño seto que separaba el solar de la caída al río—. Si hubiera hablado con ellos, si los hubiera visto, sabría que no lo son.

Entonces lo levantó en vilo con una mano, el puño cerrado en torno a la garganta de su presa. Con la mirada velada, William negó débilmente:

—No podréis... ocultarlo. Es —un estertor le obligó a boquear— demasiado...

—¿Demasiado grande, demasiado terrible? Hemos podido mantenerlo en secreto durante cuarenta años, señor Ellis, a pesar de gente como usted. No piense, ni por un momento, que ha estado cerca de conseguir algo.

La garra se abrió y William cayó y cayó en la noche, hasta ser engullido por las aguas.

Capítulo 1
Daniel Adelbert

La vida es como fumar —dijo Daniel, mostrando el cigarrillo que sujetaba entre los dedos—: Puedes dejar que se consuma lentamente... Quizás así te dure más, pero te perderás lo mejor que puede ofrecerte. —Se llevó el cigarrillo a los labios e inspiró con deleite, entrecerrando los ojos—. O puedes saborearla a fondo. Acabará matándote antes, pero al menos sabrás que aprovechaste tu tiempo. —Abrió los ojos y sonrió a la mujer que lo observaba desde el otro lado de la mesa—. ¿Qué opina? ¿Merece la pena hablar de los aburridos asuntos que nos han traído hasta aquí, o nos levantamos, salimos a la calle y nos confundimos con la gente? Podemos caminar a orillas del Yamuna hasta que anochezca, cubrirnos con un manto de estrellas.

Ella suspiró y levantó la vista al cielo, pero todo lo que encontró fue el techo destartalado de aquel café de Nueva Delhi, cubierto de ventiladores que agitaban el aire caliente con un ronroneo desvencijado.

—Opino que nunca me ha gustado fumar, señor Adelbert. Lo odio, de hecho. —Él esbozó una sonrisa que filtró una bocanada de humo—. Y opino que todo esto está fuera de lugar, pero eso usted ya lo sabe. Simplemente quiere demostrar que no le importa el protocolo, que está por encima de las reglas. Muy bien, ya lo ha dejado claro. ¿Podemos volver a los negocios?

Adelbert aplastó el cigarrillo contra el cenicero mientras observaba a su interlocutora. Era una mujer joven, no más de treinta años, y había elegido una ropa informal para el encuentro: vaqueros supuestamente cómodos, un polo entallado y un chaleco marrón lleno de bolsillos, de esos que usan los turistas que gustan de abandonar los itinerarios habituales «para conocer el verdadero corazón de las ciudades». Pero el corazón de Nueva Delhi está expuesto desde que uno pone el pie fuera del aeropuerto.

De cualquier modo, el disfraz de la señorita Dunham no resistía un segundo vistazo. Su actitud no era la de alguien que estuviera de vacaciones, todo en ella exudaba profesionalidad: su gesto serio, sus maneras calculadas, su agresividad pasiva... Era una típica empleada de Rosesthein.

Daniel Adelbert, por el contrario, no pretendía pasar desapercibido. De edad indeterminada y zapatos caros, vestía camisa blanca por fuera del pantalón y llevaba el pelo cuidadosamente revuelto. Su mirada era la de alguien que estaba muy lejos de que algo le importara lo más mínimo. Pese a todo, parecía mimetizarse con el entorno mucho mejor que ella.

—Probablemente sea la única persona a la que veo más de dos veces al año. —Se reclinó en la silla—. ¿Me puede culpar por intentar que nos conozcamos mejor?

Ella entrelazó los dedos y los apoyó sobre la mesa de mármol picado, entre ambos.

—Señor Adelbert, está haciéndonos perder el tiempo, a mí y a mis acompañantes. ¿Podemos seguir adelante o tendré que volver a Zúrich con las manos vacías?

—¿Acompañantes? —Daniel miró a su alrededor. Se encontraban en un café para turistas que confundían el aire enrarecido y la atmósfera decadente con lo genuino y autóctono. Una bendición para los hosteleros sin dinero para remodelar el negocio—. ¿Se refiere al gorila que toma café en la terraza y al *seal* retirado que nos observa desde la barra? Solo les falta sujetar del revés un periódico local con dos agujeros. Los agentes de campo de Rosesthein cada vez dejan más que desear.

—Señor Adelbert...

—Está bien —suspiró—. He intentado librarla de la monotonía habitual de estos viajes de negocio. Vayamos a lo aburrido.

Puso sobre la mesa un maletín e hizo saltar los cierres. De su interior extrajo un pequeño bulto envuelto en lino blanco y un cartapacio de plástico negro, como los usados para los informes confidenciales.

—Aquí lo tiene. El objeto prospectado y el informe de autenticidad.

Ella apartó el paño con cuidado; envolvía unas gafas redondas de montura dorada. Usó el lienzo para sujetarlas y las examinó minuciosamente. Cuando se dio por satisfecha, volvió a cubrirlas y comenzó a hojear el dosier. El informe de prospección estaba compuesto por documentos originales de más de un siglo de antigüedad. Martina pasó los dedos sobre las fotos descoloridas y sobre la tinta impresa, incluso podía percibir las muescas que había dejado en el papel la máquina de escribir. Sus ojos expertos se deslizaron sobre el texto, corroboró que el fabricante de las gafas era un oculista de Natal, en Sudáfrica, tal como figuraba en el pequeño sello grabado en el interior de la montura. El trabajo de documentación era exhaustivo e impecable, según el estilo de Daniel Adelbert. Por supuesto, hasta que no se analizara en un laboratorio no podrían estar completamente seguros de que no fuera una falsificación; pero si lo era, se trataba de una extraordinariamente buena.

La señorita Dunham puso sobre la mesa un pequeño estuche rectangular de fibra de carbono. Era del tamaño justo para contener las gafas y estaba lleno de una especie de gel verde; sumergió la montura en su interior y lo cerró. Codificó el cierre biométrico con su huella y lo deslizó en uno de los bolsillos de su chaleco. De otro extrajo un móvil que manipuló mientras su interlocutor la observaba con gesto distraído. Dejó el pulgar sobre la pantalla durante un instante, hasta que su huella dactilar validó la operación.

—La transacción está cerrada, señor Adelbert.

Daniel tomó su propio teléfono y realizó una rápida comprobación. El dinero estaba en la cuenta de su banco en Bélgica. Satisfecho, cerró el maletín, se puso en pie y tendió la mano a Martina Dunham.

—Como siempre, ha sido un placer tratar con usted. Hasta nuestro próximo encuentro.

—Hasta la próxima —se despidió ella, estrechándole la mano, y le fastidió descubrirse desilusionada porque él no insistiera en conocerla «algo mejor».

La noche hervía en los alrededores de Connaught Place. Los edificios coloniales, de un blanco desvaído, aparecían perforados por los escaparates de las boutiques de moda; los estallidos de combustión de ciclomotores cien veces remendados se mezclaban con el zumbido eléctrico de los coches coreanos, y en la humedad del asfalto reverberaban luminosos en japonés anunciando bares de sushi en pleno corazón de Nueva Delhi. «Por fin lo han conseguido —se lamentó—, han convertido cada rincón del mundo en una mala fotocopia». Avanzó entre el despreocupado gentío con las manos en los bolsillos y el cigarro consumiéndose en los labios. No le interesaba lo que la vida pudiera ofrecerle aquella noche, no pensaba entrar en ningún tugurio ni devolver ninguna mirada, tan solo le apetecía caminar un rato antes de irse a dormir.

De regreso al Lilat Hotel se cruzó con un grupo de chicas vestidas con ropa de firmas europeas. Le sonrieron con no poco descaro, alguna incluso llegó a pedirle fuego, pero él se limitó a encogerse de hombros. Poco después se descubrió acomodado en la barra del bar del hotel. Le preguntó al camarero si tenía Yoichi de veinte años.

—Solo escocés, señor.

Daniel agitó la mano dando a entender que le daba igual, solo quería una copa llena. Mientras esperaba, consultó con desgana las webs de las agencias de noticias. Cuando se aburrió de la actualidad procesada para el gran público, buscó otro tipo de información, la que ofrecía una web minoritaria llamada el *Observatorio del Fin del Mundo,* cuyos expertos habían proclamado meses atrás el comienzo de la II Guerra Fría. Estaba leyendo uno de los análisis publicados en el sitio cuando el barman le mostró una botella de Macallan. Él señaló con el dedo el fondo de la copa.

—¿Hielo?

—No.

Bloqueó el móvil y se lo echó al bolsillo. Tomó la copa, dio un breve sorbo y permaneció con la mirada perdida, como debían de haber hecho tantos otros antes que él en ese mismo lugar. Lo cierto es que le molestaba comportarse como un cliché, nunca le había gustado transitar los lugares comunes, pero esa noche no tenía ganas de rebelarse contra las convenciones. Sería tan previsible como fuera necesario.

La copa se encontraba casi vacía cuando una camarera se acercó hasta él.

—Un caballero desea invitarle a una copa en el reservado. Me ha pedido que le entregue su tarjeta.

Adelbert, como despertado de una ensoñación, miró a la chica durante un instante antes de reaccionar. Observó la tarjeta que le ofrecía en una pequeña bandeja de plata y la tomó para leer el nombre: «Solomon Denga. Inacorp.», sin cargo dentro de la empresa, número de teléfono o nota al dorso. Levantó la vista para contemplar, al otro lado del amplio salón de estilo victoriano, la puerta cerrada del reservado que le había indicado la camarera. Volvió a dejar la tarjeta en la bandeja con una sonrisa cansada.

—Dígale al caballero que esta noche no va a tener suerte. —Y se volvió hacia su copa de Macallan. Apuró el último trago y salió a una de las terrazas del hotel.

La noche era cálida e invitaba a fumar, un vicio que solo se permitía cuando estaba de viaje, y sonrió ante aquella broma personal.

El lugar se encontraba desierto, invadido de esa soledad desnaturalizada que reina en los hoteles a partir de las doce de la noche. Pese a ello, intentó recrearse en ese instante: contemplar la luna llena, tan perfecta que esa noche parecía trazada con compás; deleitarse con el sabor del tabaco; empaparse del aroma de Nueva Delhi, una de las ciudades más honestas que había conocido, de las pocas que te muestran toda su miseria sin ambages... Pero fracasó en su intento de perderse en los detalles: se encontraba incómodo, desconectado de cualquier sitio en el que permaneciera más de un minuto. Parecía que de nuevo le había dado alcance aquel desasosiego que llevaba meses persiguiéndolo. «Así que ya está bien de viajar —pensó—, ya basta de hoteles y aeropuertos». Si no podía huir de la angustia existencial, se retiraría a terreno conocido para hacer frente a tan persistente enemigo. Al día siguiente volvería a Charleroi, al refugio de su padre, se tomaría unas largas vacaciones para reencontrarse consigo mismo y entonces, quizás, decidir qué iba a hacer con el resto de su vida.

Dejó el cigarrillo en un cenicero, se quitó la chaqueta y regresó al interior. Obvió el ascensor y se dirigió hacia las escaleras. No tenía ganas de dormir, pero tampoco pensaba pasarse toda la noche en el bar del hotel, odiaba parecer un solitario amargado cuando había dedicado tanto tiempo a trabajarse su aire de «misterioso hombre de paso».

Se detuvo frente a la entrada de la suite y apoyó el pulgar sobre la superficie del lector. La cerradura se abrió con un chasquido.

Empujó la puerta con el hombro y tanteó la pared hasta dar con la luz. Aun antes de encender, ya sabía que había alguien al otro lado de la estancia. El intruso se hallaba frente al ventanal, abstraído, quizás admirando la luna que tan poco inspiradora le había resultado a él momentos antes.

—¿Cómo ha entrado?

—Usted mejor que nadie debería saber lo sencillo que es forzar una cerradura de hotel —respondió aquel hombre, que continuaba dándole la espalda—. Volvamos a empezar, haga una pregunta más propia de alguien con su reputación.

—¿Policía? —inquirió Adelbert, entrando con precaución mientras dejaba la chaqueta sobre una silla.

—No.

El intruso se giró, las manos cruzadas a la espalda en un gesto que le daba cierto aire marcial. Era corpulento, de piel oscura y rasgos angulosos. El pelo cortado a cepillo y un espeso bigote hacían su expresión aún más severa. Vestía traje y abrigo, pese a que la noche era calurosa; su inglés, impecable, resultaba inquietantemente átono, carente de un acento que delatara su procedencia.

—¿Es un agente de Rosesthein?

—No.

Daniel se encontraba desconcertado, pero aquel extraño no parecía dispuesto a ofrecerle pista alguna. Por fin comprendió con quién estaba hablando.

—Señor Solomon Denga, no debería tomarse tan mal el que alguien le rechace una copa.

El interpelado amagó una sonrisa y avanzó hacia él. Adelbert se orientó de perfil, pero fue una reacción instintiva. Si aquel hombre hubiera tenido intenciones hostiles, no se habría manifestado abiertamente tras irrumpir en su habitación.

—Me ha obligado a esta intromisión, señor Adelbert. —Denga buscó algo en el interior de su abrigo mientras cruzaba la habitación—. He recorrido una larga distancia para hablar con usted, pero nuestra conversación debía ser privada, nada que se pueda tratar en los pasillos de un hotel.

Se detuvo frente a Daniel y le tendió un sobre de cartón precintado con hilo rojo.

—Me temo que ha venido hasta Nueva Delhi en vano —dijo Daniel, sin la más mínima intención de recoger el sobre—. Su cliente o su jefe, quienquiera que lo haya enviado, ha escuchado rumores sobre quién soy y lo que hago, pero deben saber que están del todo equivocados. No vendo mis servicios al mejor postor, no acepto cualquier encargo, no trato con coleccionistas que se mueven en el mercado negro y, sobre todo, no atiendo a intrusos que asaltan mi habitación en plena noche. El que usted haya venido hasta aquí para ofrecerme un sobre, como si fuera un traficante de secretos, solo demuestra que su cliente pretende jugar a un juego que desconoce por completo. Salga de mi habitación, por favor, y no intente contactar conmigo de nuevo.

Solomon Denga no inmutó el rostro, no carraspeó ni tragó saliva, ni tampoco retiró el sobre que tendía frente a él. En lugar de ello, respondió con voz calma:

—Daniel Adelbert, adoptado a los cuatro años por el diplomático belga Edin Adelbert. Nada se sabe de sus padres biológicos. Posee la nacionalidad belga, pero apenas ha residido en dicho país, pues se cría entre Nueva York, Osaka, Santiago de Chile y París. Comienza estudios diplomáticos en París, carrera que deja inconclusa para estudiar medicina forense, la cual también abandona un año antes de graduarse. Deja Europa para viajar por Oriente Próximo, India, China hasta que se instala finalmente en Japón, concretamente en la ciudad de Noda, prefectura de Chiba. Allí estudia durante siete años en el *dojo* del doctor Hatsumi antes de retomar su vagabundeo, esta vez por el continente africano. En fecha indeterminada se alista en la Legión Extranjera Francesa y sirve en misiones de la ONU en Libia y Somalia, hasta que finalmente decide abandonar el ejército. Sin embargo, permanece en el continente sin ocupación conocida, se cree que en contacto con mercenarios sudafricanos, hasta que conoce la muerte de su padre adoptivo.

»Regresa a Europa para arreglar los trámites de la herencia, pero en lugar de permanecer en Bélgica para disfrutar de una vida acomodada, deja de nuevo el país. Desaparece por completo durante cuatro años, tras dicho periodo ya se tiene constancia de sus primeras operaciones como prospector. Rápidamente se labra una reputación por la eficacia, discreción y limpieza de sus prospecciones, siempre fiables, siempre perfectamente documentadas; el sueño de cualquier coleccionista. Desde hace tiempo se le considera el mejor en su trabajo, con la peculiaridad de que nunca opera en el mercado negro ni con subastadores, solo trabaja por encargo y en contacto directo con su cliente. Sin embargo, resulta muy complicado contactar con usted y, desde hace varios años, no acepta ofertas, pues trabaja en exclusiva para Ludwig Rosesthein.

»¿Algo de lo que he dicho no es cierto?

Daniel afiló la mirada. Se encontraba sumamente molesto.

—Han hecho sus deberes, pero eso no cambia nada.

—Señor Adelbert, creo que nos merecemos su atención. No somos unos advenedizos. Trabajo para el señor Kenzō Inamura, puede que no lo conozca, pero...

—He escuchado hablar de él.

—Entonces sabrá que es un hombre serio, jamás recurriría al mercado negro y jamás le molestaría si no estuviera convencido de poder presentarle una oferta de su interés.

—Hay otros prospectores que estarán encantados de atenderle. Recurra a ellos.

—Imposible, Inamura-san solo desea tratar con usted. —Volvió a tenderle el sobre.

Adelbert no hizo nada por recogerlo. En su lugar, sacó una cajetilla de cigarros, la sacudió y tomó uno con los labios. Encendió una cerilla y, con calma, la aproximó al cigarrillo. Solo cuando este comenzó a humear, alargó la mano para tomar el sobre. Los hombros de Denga se relajaron. Sin embargo, el prospector no tiró del hilo rojo. Se limitó a arrojar el sobre a la papelera de acero que había junto al escritorio.

—¿Ni siquiera va a comprobar cuál es nuestra oferta?

—No. Si lo hiciera, probablemente me costaría más hacer esto. —Dejó caer la cerilla dentro de la papelera. El olor a papel quemado comenzó a extenderse por la estancia—. Dígale a su jefe que he rechazado su propuesta. Ahora márchese, no acostumbro a recibir visitas a estas horas.

—Buenas noches, señor Adelbert —respondió con absoluta frialdad Solomon Denga—. Gracias por una conversación tan reveladora.

Cuando escuchó el sonido de la puerta, Daniel se dejó caer sobre una silla. Definitivamente, necesitaba unas vacaciones.

Tenía cuatro horas antes de salir hacia el aeropuerto, por lo que Daniel decidió emplear el tiempo en una de sus pasiones: los libros. Había escuchado que Nueva Delhi aún conservaba tres bibliotecas públicas y una modesta librería en Main Bazaar, en el barrio de Paharganj, próxima al Imperial Cinema. El taxista le dejó tan cerca del viejo corazón de la ciudad como le fue posible, a partir de ahí la alternativa era caminar o tomar uno de los *rickshaws* que, a golpe de pedal, avanzaban por las atestadas calles, siempre con una pareja de turistas detrás, ansiosa por congelar recuerdos a través de la lente de su réflex. Optó por caminar.

El cielo exudaba un calor grisáceo, como el alquitrán recién vertido sobre el asfalto; ni el sol ni la lluvia conseguían diluir aquella coraza plomiza. Cualquier persona sensata se habría refugiado en un restaurante o en un centro comercial, al amparo del aire acondicionado.

Cuando llegó a Main Bazaar se pudo empapar de la Delhi que todo el mundo busca, de aquella decadencia que muchos encuentran tan romántica, con sus edificios ruinosos pero superpoblados, sus escaparates repletos de falsificaciones, cientos de cables telefónicos surcando el cielo de un tejado a otro, sus puertas entreabiertas, soslayando vidas ajenas, el olor a especias y a sudor, los reclamos de los vendedores resonando en los oídos... Daniel, que en tantos aspectos de su día a día debía convivir con el orden y la asepsia, sabía apreciar aquel lugar por lo que verdaderamente era: vida en estado puro, una entropía de estímulos que le hacía sentirse vivo.

Mientras caminaba entre la multitud, con el bolsillo interior de su chaqueta bien cerrado, sonrió de placer anticipando el momento de descubrir una nueva librería, un santuario escondido y consagrado a un arte obsoleto. Fue un cartel desvencijado el que le indicó que debía bajar por unas angostas escaleras. Los peldaños, desgastados por las pisadas de miles de feligreses de la tinta y el papel, desembocaban en una puerta de madera con incrustaciones doradas. Recordaba haber visto una foto de aquella misma puerta en una de las webs especializadas en cultura impresa. Antes de entrar, leyó en una placa ennegrecida: «Radheshyam Books Repository». Abrió la puerta y pasó dentro, acompañado del alegre tintineo de una campanilla.

La librería era un profundo corredor dividido en dos pasillos por una estantería que lo recorría a todo lo largo. Las paredes, al igual que los anaqueles centrales, estaban cubiertas hasta el techo de libros que se apiñaban en aparente desorden, a punto de precipitarse sobre el visitante.

Un anciano encorvado, encaramado a una escalera sobre raíles y que sujetaba un libro entre las manos, pegó la barbilla al pecho y lo miró por encima de las gafas. Al comprobar que solo era un turista occidental más, volvió la vista y retornó a su lectura. Junto a la entrada había un pequeño mostrador donde se apilaban libros amarillentos y un estilizado terminal de tripas de grafeno y cristal blanco. Tras la pantalla, un segundo anciano, probablemente el propietario, leía sin molestarse en dedicar una mirada al nuevo visitante. Aun así, Daniel musitó un respetuoso buenos días, como el que se persigna antes de adentrarse en un templo.

Avanzó por uno de los pasillos deslizando los dedos sobre los lomos de los libros, dejándose llevar por el olor a papel viejo y por el crujido del suelo de madera. Mientras recorría los estantes, comprendió que allí donde parecía reinar el caos realmente gobernaba un orden subyacente. No había letreros que dividieran las secciones por género, nacionalidad o autores, pero la pauta estaba allí para el que supiera leerla: ficción, ensayo, biografías entre ambos... En los estantes bajos se acumulaban las últimas ediciones que vieron la luz, de las dos primeras décadas del siglo XXI, y en los estantes más elevados, más inaccesibles, a salvo de los curiosos que solo desean mirar o comprar un libro impreso como *souvenir*, se encontraban las ediciones más antiguas, de mediados del siglo XX, según pudo identificar.

Tomó un libro que se hallaba a la altura de los ojos: los *Cuentos de Canterbury,* una edición de 1998. Al hacerlo, descubrió que tras la primera fila de volúmenes había una segunda hilera. Pudo leer el título de la obra que se encontraba detrás:

Aproximación Socioreligiosa a los Cuentos de Canterbury. Daniel sonrió al comprobar que la peculiar biblioteconomía de aquella librería también tenía en cuenta los distintos niveles de lectura de las obras, de una manera literal, al parecer.

Dejó los cuentos de Chaucer en su lugar y continuó vagando entre los libros sin buscar nada en concreto, como el que flota en el océano y se deja mecer por la marea. Pero, inexorablemente, las olas acaban por arrastrarte a alguna orilla y, de igual modo, Daniel terminó por naufragar frente a la que sería su adquisición: *El largo camino hacia la libertad,* una edición india de la autobiografía de Mandela, con anotaciones de un tal Mohammad Banjara.

Tomó el libro del estante y, por curiosidad, lo primero que hizo fue observar qué otro volumen había detrás: ninguno, así que decidió interpretar aquello como una señal. Miró su reloj de pulsera y se encaminó hacia el mostrador. Al detenerse frente al propietario, este cerró el libro que estaba leyendo y lo miró con fastidio.

—El señor Radheshyam, imagino —saludó Daniel. Un gesto que escondía el deseo de dialogar, pues siempre había encontrado la conversación con los libreros especialmente estimulante.

—Radheshyam era mi bisabuelo —masculló el librero, mientras recogía el volumen que Daniel le ofrecía y comprobaba en sus primeras páginas el número y la fecha de edición. Una vez lo hubo tasado, preguntó—: ¿Qué pretende dejar a cambio?

Daniel deslizó la mano bajo su chaqueta y sacó una edición de bolsillo de *Fahrenheit 451.* Al verla, el librero no pudo reprimir una sonrisa.

—Sin duda tiene usted un peculiar sentido del humor —dijo el bisnieto de Radheshyam, mientras tomaba el libro que le tendía su cliente y procedía a tasarlo.

—Todas las librerías deberían tener al menos un ejemplar, ¿no cree?

El librero asintió en silencio mientras hojeaba algunas páginas, pero, súbitamente, lo cerró y se lo devolvió.

—No acepto libros robados.

—¿Qué? No es robado.

—Es de una biblioteca francesa —dijo el anciano, mientras le mostraba un sello estampado en una de las primeras páginas, en el que se leía «Ville de Thuin Bibliothèque».

—No es robado, es comprado —señaló Adelbert, intentando no mostrarse ofendido—. Y no es francesa, sino belga.

—Francesa o belga, nunca he sabido de una biblioteca que venda libros.

—La biblioteca cerró hace once años, pensaban destruir la mayor parte de su fondo, yo aproveché y compré unos cuantos ejemplares.

—¿Destruir los libros? —preguntó el librero, mientras volvía a observar el sello—. Una cosa es que dejen de imprimirlos y otra, que los destruyan.

—Como ve, este libro tiene su propia vida. Solo estoy dispuesto a desprenderme de él porque tengo otras dos ediciones similares.

—La realidad siempre supera a la ficción, ¿no es lo que dicen?

—O, por lo menos, la iguala sin dificultad —corroboró Daniel.

—Muy bien, me lo quedo. Serán el señor Bradbury y cincuenta dólares americanos.

—¿Está de broma?

El librero torció el gesto.

—¿Le parezco una persona que bromea? El libro es para alimentar mi librería y los cincuenta dólares para alimentar a mi familia. Es un buen trato.

—Veinte dólares serán suficientes para alimentar a su familia.

—Tengo seis hijos.

—Treinta dólares, y me iré sintiéndome estafado.

El viejo dibujó una peculiar sonrisa, apiñada como los estantes de su librería.

—De acuerdo, treinta y el libro.

Daniel terminó por sonreír también mientras el librero programaba el cargo. Este apareció resumido en la pantalla de su móvil y Daniel aceptó el pago con su huella.

Se despidió y dejó atrás el olor a papel para regresar a la asfixiante atmósfera de Delhi.

El vestíbulo del Lilat Hotel era una mezcla indecisa entre el estilo victoriano original y cierta vanguardia trasnochada que había impuesto una serie de peajes al buen gusto, como las lámparas de luces led o los sofás de cuero y plástico. Hacía tiempo, no obstante, que Daniel no reparaba en tales detalles. Los hoteles de cinco estrellas habían terminado por convertirse en una sucesión de lugares anodinos y carentes de encanto, por lo que intentaba pasar en ellos el tiempo imprescindible.

Antes de salir hacia Main Bazaar lo había dejado todo dispuesto para solo tener que recoger su equipaje en consigna y pagar la factura antes de dirigirse al aeropuerto. Sin embargo, según se aproximaba al mostrador de recepción, una mujer se levantó de uno de los asientos del recibidor y se encaminó directamente hacia él.

—Señor Adelbert —lo saludó tendiéndole la mano—, mi nombre es Clarice, el señor Rosesthein me ha pedido que le acompañe durante el viaje.

Al estrecharle la mano, Daniel consiguió apartar la vista de la infinita longitud de sus piernas. La joven calzaba zapatos de tacón, ceñía medias y una falda de traje por encima de las rodillas; llevaba el pelo rubio corto, apenas cubriéndole la nuca, y la nota de color la daba la cazadora de cuero marrón que vestía sobre la camisa. Tanta sobriedad no hacía sino resaltar su elegante belleza; ella lo sabía, por lo que Daniel se obligó a mirarla a los ojos, ocultos tras unas impenetrables gafas de sol, y preguntar:

—¿Qué viaje?

—Trabajo en la flota privada del señor Rosesthein, nos ha pedido que le llevemos a Londres.

—Ayer realicé mi entrega según lo acordado. ¿Acaso hubo algún tipo de problema?

—No sé nada de eso, señor Adelbert. Solo sé que me han pedido que lo acompañe hasta Londres. —Ni siquiera era una propuesta, habían dispuesto las cosas por él.

—Señorita Clarice...

—Clarice solo, por favor.

—Clarice, aunque la propuesta de ir con usted a cualquier sitio pueda parecerme tentadora, no tengo ninguna intención de realizar un vuelo de diez horas hasta Londres para atender otro asunto de Rosesthein. De hecho, pensaba comenzar hoy mis vacaciones.

—Creo que no me ha entendido, señor Adelbert. El señor Rosesthein quiere reunirse con usted en persona. —Y recalcó las dos últimas palabras.

—¿Rosesthein quiere verme? —No pudo evitar el tono de extrañeza, pues aquel hombre tenía fama de ser una persona sumamente discreta. De hecho, pese a ser una figura determinante en el ámbito económico, su nombre era completamente desconocido para el gran público al no figurar en ninguna de las populares listas de «hombres y mujeres que gobiernan el mundo». Se encontraba muy por encima de tales banalidades. Y aunque a Daniel le constaba que Rosesthein siempre había hecho un seguimiento directo de los encargos que le realizaba, nunca había mantenido contacto con él, ni en persona ni por cualquier otro medio.

—Está bien —aceptó Daniel—, déjeme pagar mi estancia y recoger mi equipaje.

—No es necesario, ya nos hemos encargado de eso. Su equipaje está en el coche que nos espera en la puerta.

Salieron al jardín que servía de acceso al Lilat Hotel y Clarice lo guio hasta un Mercedes deportivo negro. Antes de entrar en el vehículo, se enfundó unos guantes de cuero a juego con su cazadora y le indicó a Daniel que se sentara en el asiento libre. El motor comenzó a funcionar en cuanto ella puso las manos sobre el volante; no tenía intención de programar la navegación automática.

—Dígame, Clarice, ¿conoce al señor Rosesthein en persona? Ella lo miró de reojo y sonrió.

—No tiene nada de qué preocuparse.

—Claro, por qué iba a preocuparme —murmuró él, mientras se abrochaba el cinturón de seguridad.

Siempre le había gustado verse como un agente libre que había sabido mantener su cuota de independencia; pero a la hora de la verdad, cuando alguien como Rosesthein hacía chascar sus dedos, solo podía acudir a la llamada como el resto del rebaño.

Clarice condujo con suave precisión a través del tráfico de Nueva Delhi hasta incorporarse a las vías periféricas desde Rao Tula Ram Marg. Allí la circulación era más fluida, y pronto desembocaron en la carretera que llevaba al aeropuerto Indira Gandhi. Al llegar al recinto, tomaron el desvío hacia las pistas privadas. Debieron atravesar varias barreras de control, pero el pase de Clarice les franqueó cualquier obstáculo.

Una vez en el aeródromo, el coche rodó sobre el asfalto hasta detenerse junto a un pequeño *jet* privado. El fuselaje refulgía con un blanco iridiscente pese a la nube de polución que oscurecía el cielo. Daniel memorizó la matrícula rotulada en el morro, pero no supo muy bien por qué lo hizo; era una prueba más de que su mente identificaba la situación como hostil.

El zumbido eléctrico del Mercedes se detuvo y saltaron los cierres de los cinturones de seguridad. En cuanto abrió la puerta del coche, el estruendo de los motores en ignición atronó en sus oídos. Estaban retirando las mangueras de combustible y todo parecía dispuesto para el despegue. Mientras seguía a Clarice hacia la escalerilla de embarque, observó cómo un auxiliar introducía su equipaje en la pequeña bodega de carga.

—¿Será usted la azafata de vuelo?

La joven lo observó a través de los cristales opacos de sus gafas y terminó por sonreír. Era evidente que le divertía tanto desconcierto.

—Yo soy la comandante del avión, señor Adelbert. Lamento decirle que no tendremos azafata, pero confío en que, aun así, encuentre el vuelo de su agrado.

Una vez a bordo, la mujer cerró la puerta y giró la manivela para sellarla herméticamente.

—Siéntese donde quiera —le indicó antes de entrar en la cabina del piloto—, al fondo encontrará un bar, frente al cuarto de baño. Hay acceso a la Red y un proyector instalado en el techo. Si prefiere dormir, encontrará un cubículo acondicionado como dormitorio; el vuelo se prevé tranquilo, así que no creo que tenga problemas para conciliar el sueño.

Daniel asintió y ella se despidió sin más explicaciones. Una vez solo, se dirigió a la cabina del pasaje: un gran salón enmoquetado con paredes cilíndricas forradas en madera. A un lado había ventanillas circulares como las de cualquier aeronave, pero la pared opuesta presentaba un enorme ventanal que comenzaba casi a ras de suelo. Daniel se dijo que, una vez en el aire, debía resultar bastante inquietante.

Cruzó la estancia y se dejó caer en uno de los butacones del fondo. El cuero crujió al adoptar la forma de su cuerpo y el avión comenzó a moverse. Fue un despegue suave y progresivo, sin la brusquedad de los vuelos comerciales con poco espacio para ganar altura.

Cuando el aparato se estabilizó, respiró hondo y trató de relajarse. Se sentía arrastrado hacia un destino incierto, pero intentó convencerse de que no había tenido más remedio. No podía rechazar una propuesta de reunión del propio Ludwig Rosesthein, al fin y al cabo, aquel hombre había sido su principal fuente de ingresos durante los últimos años.

No pasó mucho tiempo antes de que descubriera que había alguien más a bordo, pues, apenas hubo cerrado los ojos, le saludó una voz familiar. Levantó la vista y se encontró con la adusta presencia de Solomon Denga.

—Supongo que no vamos a Londres —dijo Daniel por todo saludo.

—Me temo que no —confirmó su interlocutor, que ya tomaba asiento frente a él—. Nos dirigimos a Sognefjord, al oeste de Noruega.

—Ajá, así que ahora voy a Noruega. Creo que solo llevo manga corta en el equipaje, y no me diga que no me preocupe por eso.

Denga se permitió un amago de sonrisa. Ahora que había conseguido lo que quería, parecía encontrarse más relajado.

—Inamura-san pasa las vacaciones de verano en el fiordo. Nos está esperando allí.

—Todo esto debe ser culpa mía —ironizó Daniel—, quizás fui demasiado ambiguo durante nuestro encuentro.

—Lamento esta situación, señor Adelbert. —Denga unió la punta de sus dedos en gesto asertivo—. Espero que comprenda que esto es tan inusual para nosotros como para usted, pero Inamura-san insiste en verle. Se muestra convencido de que,

una vez conozca los términos de su propuesta, estará tan interesado como él en alcanzar un acuerdo. Y me ha pedido que le
especifique claramente que el dinero no es el punto fuerte de su
oferta.

—¿Qué sucederá si, aun así, no acepto trabajar para él?

Denga volvió a sonreír.

—Como ha podido comprobar, Inamura-san puede ser
un hombre realmente persuasivo.

Capítulo 2
Alicia Lagos

Lara, ya tienes el desayuno —llamó Alicia mientras untaba la tostada caliente. Dejó el plato sobre la mesa de la cocina y permaneció con la mirada perdida durante un instante, observando cómo la mantequilla se diluía con el calor—. ¡Lara! ¿Qué estás haciendo? Ro está al llegar.

—Ya voy, mamá. Estoy terminando de ver *Crazy Meadow*, acaban de subir el nuevo capítulo.

Alicia se llevó la mano a la sien y sacudió la cabeza, impaciente. En cuarenta minutos debía estar en el consejo de redacción para el próximo dominical, no podía faltar por segunda vez consecutiva.

—¡Lara, la leche y las tostadas se te están enfriando!

—Ya voy.

Suspiró y un mechón castaño voló por encima de su frente. A pasos largos, como hacía cada vez que se enfadaba, irrumpió en el salón y se plantó frente a Lara. Esta, echada en el sofá con las piernas sobre el respaldar, observó desde una posición invertida el ceño fruncido de su madre.

—Cuando te enfadas, estás aún más guapa —dijo la pequeña con candidez.

—Eso no te servirá de nada. Dame. —Alicia extendió la mano hacia la pantalla flexible que su hija sostenía sobre el pecho.

—Pero mira, los conejos suicidas han decidido vengarse y se dirigen a la granja de las gallinas voladoras, ¡van a hacerlo saltar todo por los aires! —exclamó Lara con entusiasmo, mientras le daba la vuelta a la pantalla para que Alicia pudiera compartir su emoción.

Su madre se la arrebató y la desconectó.

—¿Estás segura de que esa serie es para niñas de tu edad? —le preguntó mientras tiraba de ella hacia la cocina.

—Es para niños de diez años, puedo verla.

—Tienes ocho.

—¡Cumplo nueve el mes que viene!

—Siguen siendo menos de diez.

—Pero siempre has dicho que soy madura para mi edad —refunfuñó Lara, trepando a lo alto del taburete—. Eso al menos supone un año más.

—Está bien. Te dejaré verlo por la noche cuando acabes los deberes —claudicó Alicia.

—Pero en clase todo el mundo lo habrá visto hoy, no voy a poder comentarlo con mis amigas.

—Sobrevivirás a ello. Vamos, no quiero que te dejes nada en la taza.

«¿Cómo era posible que su hija de ocho años tuviera más compromisos sociales que ella?», se preguntó mientras se llevaba a la boca su tostada con queso *light*. Por supuesto estaba fría, al igual que el café. Iba a dar un segundo bocado cuando el teléfono comenzó a vibrar dentro del bolso; dejó el pan en el plato y se sacó el manos libres del bolsillo. Lo deslizó bajo el pelo y se lo insertó en el oído derecho.

—¿Ro? Buenos días. —Otro bocado al pan—. Ajá, ya veo. —Tomó la taza de café frío y la vació en el fregadero—. Bueno, está bien. —Abrió el grifó y el agua arrastró el líquido oscuro—. No, no pasa nada, pero deberías haberme avisado antes. —Entornó los ojos, clamando paciencia mientras se servía una copa de zumo de naranja—. Mira, no me enfado, es solo que te pago para poder organizarme un poco la vida. —Un nuevo bocado a la tostada—. Da igual, en serio, intenta avisarme con un día de antelación la próxima vez.

Se despidió con cierta aspereza y se arrancó el manos libres con un gemido de frustración. Faltaría a otro consejo de redacción, así que ya sabía lo que le esperaba cuando llegara al trabajo. Para colmo, no podía ni desahogarse con la responsable; de buena gana habría mandado a paseo a aquella chica, pero no tenía tiempo para buscar a otra persona. Además, era una buena canguro y Lara estaba encariñada con ella. «Es de lo que se aprovechan», pensó mientras apuraba el resto del zumo de un trago.

—Coge el abrigo. Hoy te llevaré yo al colegio.

—¿Otra vez vas a ir hablando todo el camino por el teléfono? —preguntó Lara mientras se limpiaba con una alegre servilleta de color rosa.

—Solo si me llaman.

—Entonces, ¿podré acabar de ver el capítulo de *Crazy Meadow* en el coche?

—Solo si me llaman.

Salieron al descansillo con los abrigos puestos. Alicia empujó la puerta y el cierre electrónico se activó solo. No era un piso muy grande, pero más que suficiente para ellas dos. Coqueto, moderno y en una zona residencial relativamente céntrica. Aquello la convertía en una vivienda bastante más cara que las del extrarradio, pero Lara llegaba al colegio en veinte minutos, con lo que no tenía que darse madrugones, y ella estaba a cinco paradas de metro de la redacción.

Con su sueldo de redactora de Cultura jamás habría podido permitirse aquel apartamento, pero la pensión que Javier le pasaba por la manutención de Lara era considerable. «Es un buen hombre», le dijo su madre cuando Javier le ofreció el acuerdo sin mediación judicial. «No es bondad —pensó ella—, son remordimientos», pero por supuesto guardó la compostura y aceptó el dinero. Por el bien de Lara, se repetía.

Aprovechó los segundos que tardaba el ascensor en bajar al garaje para consultar su correo del trabajo. Claudio, Melisa, Bianca, Claudio, Fernando, Agencia EFE, Melisa, un correo basura enviado por la cuenta william110@netmail.com y cinco correos consecutivos enviados por el remitente GhostHost entre las tres y las cuatro de la madrugada. Marcó los seis últimos y los eliminó sin siquiera abrirlos.

Alicia se detuvo frente a una puerta de cristal negro en la que rezaba: «Claudio Costa, redactor jefe». Apoyó la mano en el pomo, contuvo el aliento y golpeó dos veces con los nudillos antes de abrir. Claudio estaba sentado en su escritorio, las manos posadas sobre el teclado, probablemente trabajando en el borrador del editorial que debería consensuar por la tarde con el director y los jefes de Nacional, Internacional y Economía.

—La reunión ya ha terminado. No tendrías que haberte molestado en venir. —La voz de Claudio era profunda, casi ronca, como cabía esperar de un periodista que llevaba cuarenta años en la profesión. El bigote cano, su cabeza de monje y sus profundas ojeras acababan de conferirle ese aspecto de maestro venerable en un arte cada vez peor practicado.

—Lo siento, no tengo excusa.

—Seguro que la tienes, pero no quiero escucharla. —Retiró el teclado y apoyó las manos entrelazadas sobre la mesa. Era un mueble de caoba viejo y aparatoso, totalmente discordante con el impecable diseño de líneas limpias de la redacción—. Alicia, eres una buena periodista, tienes estilo escribiendo y tus reportajes profundizan bien en los temas que tratan, no te quedas en la anécdota..., pero estás perdiendo la perspectiva de lo que quiere el lector.

Ella titubeó un instante, pues no esperaba que la conversación fuera a adentrarse en terrenos tan pantanosos desde un buen comienzo.

—Claudio, no te entiendo. Comprendo que puedas estar enfadado porque he faltado a dos consejos de redacción, pero...

—¿Por qué crees que insistí tanto en que asistieras? Porque estás errando el tiro, necesitas plantear mejor los temas de tus reportajes, consensuar su contenido para que se integre mejor en la línea del dominical.

—Está bien, podemos hablarlo ahora.

—No. Para eso está el consejo de redacción. Además, Miguel es el director del suplemento, no voy a tratar este asunto contigo sin que él esté presente.

—No sabía que la situación fuera tan seria. —Y aquel fue un pensamiento en voz alta.

Claudio suspiró y la miró directamente a los ojos.

—Alicia, ¿has mirado el número de visitas de tus últimos reportajes? ¿El número de comentarios en la web? —Lo cierto es que no lo había hecho—. Tu reportaje sobre el Teatro Real solo tuvo ochocientas visitas, y el de la semana pasada sobre músicos callejeros poco más de seiscientas. Según el tráfico de nuestra web, deberías conseguir fácilmente más de tres mil pinchazos por artículo, y de tus últimos trabajos tan solo uno ha superado esa cifra: el del *hacker* que entrevistaste.

«Sí, fue un buen reportaje», se dijo, «y todavía estaba pagando las consecuencias».

—Está bien, Claudio, las cifras cantan. Pero sabes que también hacen falta reportajes de esa índole, no podemos dejarnos arrastrar solo por el número de visitas; entonces pondríamos la palabra «sexo» en cada titular.

—Escúchame, yo estaba en este periódico cuando aún salía en papel, algo que ni tú ni ninguno de los que trabajan en esta redacción ha llegado a ver. Entonces las cosas eran distintas, solo teníamos acceso al número de ejemplares vendidos cada día, y eso nos daba más margen para hacer buen periodismo. Eso se terminó. Ahora tenemos resultados detallados por artículo publicado, y cada mes debemos presentar esos datos al consejo de administración; no puedo mantener en plantilla a una periodista que no alcanza ni mil lectores con reportajes que tarda una semana en elaborar, es inviable, tendríamos que volver a hacerte un contrato de colaboradora.

«Volver a trabajar como *freelance*», pensó Alicia, mientras se cruzaba de brazos y miraba al suelo. Su peor pesadilla en boca de su jefe. Las palabras le pesaron como si estuvieran cinceladas en mármol.

—Está bien, lo entiendo perfectamente. No volveré a faltar a una reunión... e intentaré que el reportaje de esta semana sea más... llamativo.

—No lo digas con ese tono, Alicia. No soy tu padre. No te estoy regañando.

—Ojalá mi padre me hubiera regañado como lo haces tú —sonrió ella.

Claudio se puso en pie y rodeó aquella mesa traída desde otra época, de una en la que las redacciones olían a tabaco, papel y tinta. Abrió los brazos y ella se dejó estrechar por el reconfortante abrazo de aquel hombre cabal.

—¿Cómo lo estás llevando? —le preguntó con afecto, y Alicia, apoyada contra su pecho, pudo escuchar cómo retumbaba su voz grave.

—Bien. ¿Por qué todo el mundo me sigue preguntando lo mismo? Llevábamos dos años separados, simplemente lo hemos puesto por escrito.

—Eres una muchacha guapa e inteligente, verás como encuentras a alguien que te quiera mejor. Si tuviera treinta años menos, yo mismo te tiraría los tejos.

—Hace tiempo que dejé de ser una muchacha, Claudio. Y nadie dice ya «tirar los tejos».

—¿Ves? Ya ni siquiera hablamos el mismo idioma —rio el periodista—. Vete, pero antes de ponerte a escribir tu reportaje de esta semana quiero que nos envíes a Miguel y a mí la propuesta. Y habla con Melisa, me dijo que necesitaba que escribieras un par de reseñas y atendieras una entrevista para Cultura.

Alicia se llevó dos dedos a la frente a modo de saludo militar y desapareció tras la puerta relativamente indemne. Una vez en el pasillo, comprobó que no había nadie de Cultura, así que lo mejor que podía hacer era volver a casa, sentarse frente al monitor con una taza de café, y buscar entre sus archivos algún tema apetitoso para su próximo reportaje.

Pulsó el botón de la planta baja y se apoyó contra la pared; no había ido tan mal como esperaba, pero aun así la conversación la dejó meditabunda. Las puertas del ascensor se estaban cerrando cuando alguien se deslizó en el interior.

—¡Girard! ¿Qué haces tan temprano por aquí?

—Ya me conoces, me gusta ser imprevisible —dijo con una sonrisa lánguida el recién llegado.

Arturo Girard se movía en una edad indeterminada dentro de la treintena. De aspecto desaliñado y un tanto extravagante, por su actitud muchos podían llegar a pensar que se trataba de una persona despreocupada, incluso errática, pero Alicia sabía bien que tras su mirada afable se escondía una mente lúcida capaz de interpretar la realidad con claridad. Lo conocía desde su primer año de carrera; cuando ella comenzaba los estudios, él era ya un clásico de la Facultad de Periodismo, uno de esos alumnos que te encuentras metidos en cualquier embrollo: desde el rodaje de un cortometraje hasta una protesta estudiantil por los precios de la cafetería. Solo coincidieron durante un curso, tras el cual Alicia completó sus estudios en Londres, pero fue suficiente para forjar entre ambos una buena amistad.

El azar los había vuelto a reunir una década después en la redacción de *Progreso,* y parecía que el tiempo no hubiera pasado entre ellos. Durante los últimos seis años habían compartido confidencias y tribulaciones, siempre con un café de por medio.

—He visto que salías del despacho del viejo —observó él, mientras se limpiaba las gafas contra la camisa arrugada.

—Sí, he vuelto a llegar tarde a un consejo de redacción.

—¿Ha sido muy duro? ¿Quieres que hable con él?

—Sabes que Claudio nunca es muy duro.

—Es cierto, el viejo tiene habilidad para eso: te aprieta bien las tuercas, pero sales de su despacho casi agradecido. Le deberían cambiar el nombre al síndrome de Estocolmo, síndrome de Claudio sería más apropiado.

Ella no pudo reprimir una sonrisa y, por un instante, volvió a sentirse como aquella estudiante que se reía con los mordaces comentarios de su compañero.

—Sabes que no vas a encontrar un redactor jefe tan comprensivo como Claudio en ningún sitio.

—Puede que no, estoy dispuesto a concederle el beneficio de la duda —zanjó Girard—. Vamos, te invito a un café.

—Pero que sea corto, tengo el coche en el *parking* y desde aquí puedo escuchar cómo corren los minutos.

Llegaron al vestíbulo y él le abrió la puerta con caballerosidad. El frío aire de la mañana alejaba definitivamente cualquier recuerdo del verano y obligaba a subirse el cuello del abrigo en un típico gesto otoñal. El asfalto parecía húmedo, probablemente por alguna llovizna nocturna, aunque ahora el cielo mostraba un azul gélido.

—Te veo seria.

—Octubre no es mi mes favorito.

—¿Quieres hablar de...? —Se interrumpió a la espera de que su compañera dejara translucir sus sentimientos.

—¿Tú también? Me he divorciado, por Dios, casi todo el mundo lo hace, ¿no? Además, ha sido una liberación, por fin hemos formalizado una situación que llevaba dos años estancada. Fue duro cuando él dejó nuestra casa, pero ¿esto? Esto es un trámite.

—Sí —ratificó él—. Le damos mucha importancia a los contratos. Nadie te felicita cuando te vas a compartir piso con tu pareja, lo hacen cuando te casas.

—Exacto. Cuando me casé me entraban ganas de decir: ¡A qué viene tanta historia, si llevamos cinco años durmiendo en la misma cama! El divorcio viene a ser lo mismo.

Él sonrió ante su elocuencia.

—Pero si nosotros no le damos importancia a lo que se pone por escrito, ¿quién lo va a hacer?

Cruzaron la avenida hasta la rambla arbolada que recorría el paseo y comenzaron a caminar en dirección al Prado. Cuando dejaron atrás la solemne fachada de la Biblioteca Nacional, Alicia se vio obligada a preguntar adónde se dirigían.

—Una de las muchas cosas que no me gusta de las nuevas oficinas es que es imposible encontrar un sitio cerca con precios razonables —dijo Girard.

—Si tanto te preocupa, te puedo invitar. Me he divorciado, pero puedo permitirme dos cafés.

—No es eso —rezongó ante la ironía de su amiga—. Es una cuestión de principios.

Entraron en una cafetería que, pese a estar renovada, conservaba cierto encanto clásico que permitía vislumbrar cómo debió ser en su apertura allá por 1984, según rezaba la cristalera del local. Cuando Alicia abrió la puerta y pasó al interior, agradeció la atmósfera cálida y el olor a café recién hecho.

Eligieron una pequeña mesa apartada de la entrada, como si su conversación tuviera tintes conspirativos, y pidieron sendos cafés. Con leche el de ella y negro, como su sentido del humor, el de él. Cuando les sirvieron, permanecieron un instante en silencio, con la mirada ausente y rodeados por conversaciones ajenas. Alicia fue la primera en hablar:

—¿No estás harto de todo esto?

—¿De todo esto? ¿Te refieres al cambio de estación, al trabajo o a los cafés a deshora?

Ella forzó una sonrisa mientras envolvía la taza con las manos.

—Me refiero a esto que hacemos. Cada día igual que el anterior: editar teletipos, transcribir ruedas de prensa, entrevistas con escritores y actores a los que les encanta escucharse hablar... Sé sincero, en la universidad tú también pensabas que esto sería muy distinto.

—No sé de qué te quejas, al menos tú escribes reportajes.

—Sí, ¿y de qué me sirve? —preguntó Alicia levantando la vista del café—. ¿Para que Claudio me eche la bronca porque no tienen público?

Girard se encogió de hombros, dando a entender que la situación no le resultaba tan dramática.

—Tu problema fue creerte todo lo que nos contaron en la facultad, ese rollo sobre Woodward y Bernstein, sobre Capa y Oriana Fallaci, todos ellos tan interesantes, fumando en sus fotos en blanco y negro. Eres una romántica de la profesión.

—Solo un completo descreído como tú podría considerarme romántica.

—Mira, Alicia, la gente ve las noticias como una serie de ficción. Se escandaliza durante un cómodo instante, lo justo para mantener su conciencia tranquila, pero luego todo se olvida, nadie actúa en consecuencia. El entretenimiento hace tiempo que ganó la batalla a la información, no voy a lamentarme ahora por eso.

—Tanto pragmatismo me admira —ironizó ella.

—Es cierto que octubre te sienta mal.

Alicia suspiró.

—Quizás la conversación con Claudio me ha fastidiado más de lo que pensaba.

—¿Y cómo está Lara? ¿Cómo se lo está tomando ella?

Dudó un instante, un tanto desconcertada por el cambio de tema.

—Creo que bien. Los niños se acostumbran a los cambios mejor que nosotros.

—¿No echa de menos a su padre?

—Lo ve todas las semanas. En ese aspecto, Javier ha resultado tan responsable como esperaba. —Dio el primer sorbo al café—. El año pasado aún se mostraba un poco reservada, estaba como desconcertada. Pero últimamente intenta aprovecharse de la situación, busca que nos sintamos culpables para conseguir lo que quiere..., y creo que eso es sano, demuestra que ya lo ha superado.

Girard rio ante el último comentario. «Son como adultos en miniatura...», iba a decir, pero el teléfono de Alicia comenzó a vibrar en ese momento. El rostro de Bianca, una de las periodistas de la sección de Internacional, apareció en la pantalla.

—Hablando de periodismo aburrido, te llama la reina de los teletipos.

Ella levantó la mano para pedirle silencio y contestó reprimiendo una sonrisa.

—Buenos días, Bianca. —Aún había un deje risueño en la voz de Alicia—. Sí, lo vi esta mañana, pero aún no he tenido tiempo de leerlo. —Guardó silencio largo rato mientras escuchaba las palabras al otro lado de la línea; cualesquiera que fueran, su efecto fue devastador en la expresión de Alicia, tanto que Girard se incorporó y apretó la mano que su amiga le tendía—. ¿Estás segura?... No, no hace falta... No, no estoy sola, estoy con Girard... No te preocupes, yo te llamaré.

Colgó el teléfono.

—¿Qué coño ha pasado?

—Will. Murió anoche en Londres. Lo encontraron en la orilla del río, al parecer un coche le golpeó y se precipitó al agua. —Su voz se hizo más trémula según asimilaba la noticia. Hasta que por fin se quebró y no pudo pronunciar una palabra más.

Alicia entró en su casa, cerró la puerta y se apoyó contra ella, intentando dejar la terrible realidad fuera. Pero fue en vano; si su casa debía ser algún tipo de refugio, la angustia que la perseguía se había refugiado allí con ella, se había deslizado al interior antes de que consiguiera cerrar la puerta.

Corrió hacia las ventanas y echó las cortinas. Así, a oscuras, se encogió sobre el sofá y comenzó a llorar, esta vez sin reprimir las lágrimas. Will..., su dulce Will, su novio de Londres, la primera persona de la que se había enamorado... Quizás la única de la que lo había hecho realmente. ¿Cuántas veces había pensado en él durante los últimos años? ¿Por qué no lo había llamado, por qué no habían vuelto a verse cuando ella se separó? Al fin y al cabo estaban a dos horas de avión. ¿Qué son dos malditas horas? Pero en lugar de eso, se había conformado con leer sus artículos desde la distancia y con algunos mensajes al móvil. Muy poco para dos personas que habían compartido tanto.

Se le ocurrió que ni siquiera sabía qué aspecto tenía en aquel momento, hacía casi siete años desde que se vieron por última vez, cuando él la acompañó hasta Heathrow a tomar el vuelo que pondría fin a su larga etapa en Londres. Una etapa en la que había estudiado, trabajado, encontrado amigos y se había enamorado. Toda una vida. Una vida a la que ella había decidido poner fin de manera abrupta aún no sabía por qué.

Y así es como recordaba a Will, como lo recordaría siempre ya: de pie en la terminal de vuelos internacionales, dolido por su marcha, dolido por no quedarse allí con él, pero demasiado amable, demasiado bueno como para no estar con ella hasta el final. «Era tan distinto de Javier», se dijo en la oscuridad de su apartamento.

Sabía que el dolor estaba amplificando sus sentimientos, que el vacío de la pérdida estaba puliendo las aristas de sus recuerdos, haciendo aún más incomprensibles y dolorosas sus decisiones de aquella vida pasada. Pero ¿acaso era malo? Will era un hombre bueno y generoso al que ella había dado de lado, quizás por la angustia que le provocaba saber que no podía corresponderle de igual modo. Él se merecía su dolor, y ella merecía sentirse así, merecía recordar su marcha como la peor de sus equivocaciones. Pero entonces pensó en Lara, y se sintió culpable del arrepentimiento al que había dado rienda suelta. Sin aquellas decisiones pasadas, sin aquellos errores, su hija, lo mejor que le había sucedido, no estaría con ella.

Se puso de pie, aturdida por las lágrimas, y decidió hacer algo útil. Fue a su despacho y se sentó en el escritorio, dispuesta a buscar vuelos para asistir al funeral. La pantalla iluminó la estancia con un resplandor blanco y colocó junto a ella el móvil. La versión de sobremesa del sistema operativo apareció impresa sobre el panel de cristal líquido. «British Airways», dijo en voz alta, y la página web de la aerolínea se desplegó frente a sus ojos. Flotando sobre la pantalla, aparecieron las imágenes de los vuelos más habituales desde su ubicación. Madrid-Londres era el primero de ellos. Posó el dedo sobre el gráfico en relieve y se desplegó el calendario; iba a marcar los próximos días cuando se detuvo en seco.

Apartó la web con la mano y pulsó el icono del correo electrónico. Lo que buscaba no estaba en la bandeja de entrada. Entró en la carpeta «Eliminados» y comenzó a deslizar los últimos correos borrados. Pasó sobre todos los de GhostHost hasta llegar al correo basura enviado desde la cuenta william110@netmail.com. Ciento diez, el número de su habitación cuando se alojaba en la residencia de estudiantes de la University College. En el mensaje no figuraba asunto.

Restauró el mensaje y lo abrió. Estaba escrito en inglés, pero no era publicidad:

Alicia, si estás leyendo esto es que has entendido mi guiño y aún no has olvidado las tardes en que tocaba a tu puerta en la UCL. No podía usar mi propio correo, por eso te escribo desde una cuenta fantasma abierta en un ordenador público. Me gustaría tener tiempo para explicarte todo como es debido, pero ni siquiera yo tengo muy claro lo que está sucediendo. Solo necesitas saber que Neil me encargó un reportaje sobre las multinacionales que se instalan en Dublín para evadir al fisco. Nada del otro mundo: tablas comparando los impuestos que pagan con los que deberían pagar en su país de origen, cuánto dinero recauda el gobierno irlandés por estas prácticas..., cosas así.

Una de las compañías que he estado investigando ha sido Fenris Holding Group. Sí, la monstruosa Fenris tiene su sede en Irlanda, ¿sorprendida? Eso es lo de menos. De algún modo una fuente interna del grupo se enteró de lo que estaba haciendo y contactó conmigo. Me facilitó información sobre operaciones realizadas por distintas empresas del conglomerado, desde derivados financieros hasta compraventa de participaciones en otras empresas. En un principio no me pareció nada especial, pero ayer por la noche, al volver de la redacción, descubrí que alguien había entrado en mi apartamento. Se habían llevado todos mis discos duros y una CPU antigua. No encontrarán nada, pero he preferido pasar el día en un hotel. Cuando te envíe este correo, regresaré a casa a por lo imprescindible y tomaré un tren, quizás a Gales, quizás a Bruselas, ya veré.

Voy a desaparecer para poder llevar este asunto con discreción, Alicia, y me avergüenza que me veas como un paranoico, pero me ha parecido prudente enviarte la información que me pasó mi fuente por correo. Descárgala a una memoria externa y borra el mensaje tanto de la bandeja de entrada como de la papelera. No te preocupes, es imposible que rastreen el correo, la cuenta no tiene conexión conmigo y la cancelaré en cuanto termine.

Me pondré en contacto antes de una semana y entonces podrás reírte de este ridículo mensaje, pero en el caso de que no supieras de mí en los próximos diez días, por favor, envíaselo a Neil desde otra cuenta fantasma.

Lamento molestarte con todo esto, pero en muchos aspectos sigues siendo mi último refugio. Aún te veo sentada en la cafetería de la escuela de periodismo, bebiendo café mientras hablábamos de literatura y filosofía, de conceptos como el *Zeitgeist* y la conciencia social. Nunca te lo dije, pero no había leído nada de Hegel y me obligaste a correr a la biblioteca para poder seguirte el ritmo. Ya ves, aún hoy sigo enamorado de aquella universitaria de veinte años.

Siempre tuyo.
Will

Alicia trató de retener las lágrimas y se concentró en seguir las instrucciones a toda prisa: descargó el documento adjunto, copió en un archivo el texto del mensaje y borró todo rastro del mismo de su cuenta de correo. Se le había acelerado el pulso y le costaba concentrarse. ¿Qué diablos era todo aquello? Emociones dispares tiraban de ella en sentidos opuestos, pero las palabras de Will habían prendido un pequeño fuego en su interior, uno que conocía bien: el de la curiosidad, tan intenso en su germen que era capaz de imponerse a sentimientos tan acuciantes como el dolor o el miedo.

Ejecutó el archivo descargado. No era una tabla de datos ni un archivo de texto, sino una imagen: páginas y páginas de documentos físicos digitalizados y distorsionados con filtro azul para impedir que los robots que rastrean texto en la Red pudieran leerlo. Aquello significaba que Will había recibido la información de su fuente en formato impreso, algo sumamente inusual, y probablemente había decidido escanearlo todo antes de destruir los originales.

Comenzó a pasar las páginas en la pantalla, cada una encabezada por el menbrete de Fenris-Vanagard Holding Group: una cabeza de lobo heráldica subrayada por el eslogan «Construimos el futuro». Tal como había dicho Will, allí no parecía haber nada especial: datos sobre transacciones financieras, compras de paquetes de acciones, gastos en obra social... Operaciones que debían hallarse reflejadas en cientos de registros de distintos países. Difícil de recopilar, tal vez, pero nada aparentemente secreto. Resultaba incongruente que un veterano como Will se tomara tantas molestias por proteger una información inocua. Debía de haber algo más, y lo encontró al hojear el documento: en el margen derecho de la página 110, escrita a mano con tinta roja, aparecía la palabra «Zeitgeist», subrayada por dos veces. «Zeitgeist» musitó Alicia... El que Will mencionara aquella palabra en el texto del mensaje ya le había chirriado, pues si bien era cierto que ambos habían hablado de asuntos bastante rebuscados en aquella cafetería, le costaba creer que la filosofía alemana fuera uno de ellos.

Ahora sabía que su memoria no le fallaba; los supuestos recuerdos de Will eran un guiño furtivo, una llamada de atención sobre algo. El resto de sus palabras no eran más que una distracción. El verdadero mensaje era aquel, «Zeitgeist», escrito con tinta roja en la página 110.

Interludio
Nicholas

Corría solo por el bosque. La nieve bajo los pies, el sol sobre su cabeza, parpadeando entre las ramas como un código binario. La carrera se lo llevaba todo, su aliento y su angustia, hasta dejar tan solo la necesidad de dar un paso más. Solo así, con la mente anegada por el agotamiento físico, Nicholas conseguía sentirse libre. Saltaba sobre los muros que levantaran siglos atrás piadosos jesuitas y huía de St. Martha, lo más lejos posible de un lugar que le retenía tras piedra y hierro trenzado.

En esta ocasión, sin embargo, unas voces lo sacaron del trance. Resultaban ininteligibles, pues llegaban amortiguadas por la arboleda, pero percibió en ellas un sabor agrio. Aminoró el ritmo y caminó entre los robles en dirección a la residencia, atento a las voces mientras recuperaba el resuello. El pulso le palpitaba en los oídos, y la saliva, espesa, resultaba difícil de tragar. Fue entonces cuando escuchó el golpe: un crujido seco como el de una rama al quebrarse, seguido de un gemido.

Echó a correr de nuevo, y cuando los árboles se hicieron a un lado, encontró a cuatro muchachos en un rincón a la sombra del ala este. Frente a sus ojos volvía a desarrollarse uno de aquellos pequeños dramas cotidianos que le hacían odiar St. Martha: Hugo, un chico al que apenas conocía, había caído sobre la nieve manchada de rojo. Se cubría la nariz, que rezumaba de manera aparatosa, otorgándole a la escena ese cariz urgente que la sangre siempre aporta.

«Prometedme que cuando matéis a Robin —un conejo redondo como un peluche—, no sangrará». Había escuchado aquella súplica mucho tiempo atrás, cuando a una de sus compañeras se le ocurrió rescatar a una cría de conejo de uno de los laboratorios. La había escondido en su habitación, pero como no podía ser de otra forma, terminaron por descubrirla. Ella solo suplicaba que el pobre Robin no sangrara, «como si así fuera a estar menos muerto», pensó Nicholas en su momento.

Hugo no había tenido la suerte de Robin: sangraba con profusión mientras, de rodillas frente a sus castigadores, levantaba un brazo para protegerse de una nueva acometida. Inclinado sobre él, Reiner le gritaba con tanta violencia que la saliva le humedecía los labios. La actitud de aquel muchacho alto y delgado contrastaba con la de sus compañeros: August y..., ¿cómo se llamaba el otro?... Daba igual, otro desgraciado de los que seguían a Reiner. August, sin embargo, no era ningún gilipollas; siempre se mantenía calmado y silencioso, y Nicholas estaba convencido de que, a su manera, era mucho peor que Reiner.

Dejó atrás la arboleda y salió a campo descubierto. La capucha de la sudadera aún le cubría el rostro, aunque permitía vislumbrar sus ojos y sus intenciones. El primero en advertir su presencia fue August, pero se mantuvo en silencio sin alertar a su amigo, que continuaba disfrutando de su papel de torturador:

—¿Por qué no me miras a los ojos, maricón? —increpó a su víctima—. En la ducha bien que te gusta mirarnos.

—Siempre me ducho solo —gimió Hugo sin atreverse a levantar la vista.

—Porque no quieres que veamos cómo se te pone dura cuando te duchas con otros. Apuesto a que ahora, de solo pensarlo, se te está poniendo dura.

Reiner alargó la mano para apretar la entrepierna de Hugo y este se cubrió torpemente al tiempo que se arrastraba sobre la nieve para alejarse.

—¡Ya basta, Reiner! —gritó Nicholas. Su voz sonó rotunda para un chico de trece años.

Todos los ojos se volvieron hacia él.

—Oh, vaya. Mira quién ha venido a defenderte, tu novio negrito. Dicen que los negros la tienen más grande, ¿es por eso que te has buscado un novio negro, Hugo? —preguntó Reiner con voz obscena y, dirigiéndose a Nicholas, añadió—: ¿Os gusta jugar a esto? ¿Te gusta que ella sea tu chica en apuros?

—Apártate de él.

—¿Retozáis sobre la nieve? Dicen que los negros desteñís y mancháis la nieve. ¿Es cierto?

—No es necesario que insistas, Reiner, hace rato que encontraste lo que buscabas —zanjó Nicholas, antes de descargar un puñetazo contra el rostro rubicundo del otro estudiante.

En cierto modo, Nicholas sabía que debía odiar a Reiner. Reiner el racista, Reiner el homófobo, el que molestaba a las chicas, el que aplastaba a los débiles simplemente porque podía. Pero no conseguía albergar ese sentimiento hacia él. Le parecía una persona tan pequeña y miserable, tan básica en sus motivaciones, que no lograba alentar en él emociones tan intensas. No significaba, por supuesto, que no fuera a disfrutar de aquello.

Aunque su adversario estaba esperando aquel primer puñetazo, no pudo hacer nada por defenderse. Le había pegado con todo el cuerpo, empujando desde la cadera; un golpe tan bien colocado que podría haber zanjado el asunto, pero Nicholas le permitió incorporarse y levantar los puños. Reiner era un buen púgil, le gustaba pasar horas en el gimnasio, castigar al saco, así que se abalanzó sobre él, amagó con la izquierda y golpeó con la derecha. La acometida atravesó la guardia de Nicholas y le aplastó el labio, pero este no se amedrentó. Ni siquiera dio un paso atrás. Se limitó a mirarle a los ojos, escupir sangre, y aprovechar su turno.

Para Reiner pronto se hizo evidente que su rival no era como el saco de boxeo. Era rápido, fuerte y, sobre todo, devolvía los golpes. Se encogió sobre sí mismo e intentó protegerse, pero Nicholas no pegaba a lo loco, empujaba con fuerza y buscaba los puntos desguarnecidos. Por fin, un puñetazo en el estómago hizo a Reiner doblarse en dos y caer de rodillas, momento en el que Nicholas sintió un profundo aguijonazo en su costado derecho: el tercer matón, el que no tenía nombre, le había atacado por la espalda. Sin dejar entrever el dolor que sentía, Nicholas lanzó su codo hacia atrás y lo estrelló contra el rostro de su agresor, que ahogó un grito y se apartó tambaleándose.

Entonces se volvió hacia August, que había observado la escena con las manos metidas en los bolsillos. El muchacho, tan menudo que parecía perderse en el uniforme gris, se limitó a dedicarle media sonrisa antes de darse la vuelta y alejarse de allí con pasos tranquilos. Nicholas lo siguió con una mirada de desprecio, preguntándose por qué no iba tras él y le rompía también la nariz.

Pero en lugar de eso, se aproximó a Hugo y le ayudó a levantarse.

—¿Te encuentras bien?

—Claro que sí, ¿no lo ves? Estoy estupendamente, joder. —Le apartó el brazo para ponerse en pie solo.

Se tanteó los bolsillos hasta encontrar un pañuelo y se lo aplicó contra la nariz, intentando detener la hemorragia.

—Oye, te agradezco esto, pero sabes que no sirve de nada, ¿verdad? Volverán a venir a por mí. Puede que ahora también vayan a por ti. No logras nada con esto.

Nicholas lo observó en silencio y apretó las mandíbulas, a punto de reprocharle tanta resignación... Pero sus hombros terminaron por relajarse.

—Con un simple «gracias» habría bastado.

—Sí, claro. Gracias —dijo Hugo, despidiéndose con la mano que sujetaba el pañuelo ensangrentado.

De repente se sintió muy cansado, invadido por una suerte de desilusión. Miró por encima del hombro a los dos que aún se arrastraban por el suelo. Ahora ellos también manchaban la nieve de sangre mientras intentaban recomponer su dignidad y salir de allí sin parecer completamente humillados. Al observarlos, se preguntó si había usado a su compañero como excusa para satisfacer sus propias necesidades. Suspiró y se dijo que no iba a perder un solo momento pensando en ello.

Se limpió el labio inflamado con el puño de la sudadera y se alejó de aquel jardín de flores apagadas. La hierba congelada crujía bajo sus zapatillas y se había levantado un viento desapacible, procedente del mar que solo alcanzaban a ver en los días más despejados. Le ardía el costado al respirar, pero no pensaba inclinarse ni siquiera un poco.

Antes de cruzar la explanada en dirección al pórtico principal, se detuvo y levantó la vista hacia la fachada próxima. No le costó localizar, incrustado entre los ladrillos de piedra antigua, uno de los ojos que documentaban cada segundo de sus vidas. La mayoría de los internos se había habituado a su presencia hasta el punto de no reparar en ellos, pero no era el caso de Nicholas. Él sabía que siempre estaban allí, y su mirada electrónica le taladraba el subconsciente, como el ruido que intentas ignorar hasta que acaba por desquiciarte.

La videocámara se inclinó hacia él y el objetivo giró en dos tiempos, con un breve zumbido mecánico.

—¿¡Para qué estáis ahí!? —exigió a quienquiera que le observara—. ¿¡Qué queréis de nosotros!?

Buscó una piedra para lanzarla, pero el suelo estaba completamente limpio y despejado, aséptico. Preso de la frustración, golpeó la pared con el puño y un estallido de dolor le recorrió el brazo hasta la médula.

Capítulo 3
La auténtica soledad

Daniel miró hacia abajo y observó las calmas aguas del fiordo, una brecha de un azul profundo que resquebrajaba la tierra. El glaciar y el tiempo habían cincelado un laberinto que caía a pique sobre la lengua de mar, dando forma a un paisaje de una belleza hostil, afilada. Sin embargo, la aeronave que los transportaba se deslizaba entre los acantilados con la sencilla elegancia de una libélula.

Tras sobrevolar varios barcos de crucero, ahora parecían estar definitivamente solos, lejanas ya las últimas poblaciones ribereñas. Daniel se protegió los ojos e intentó divisar el final del Sognefjord, pero este se extendía más allá del alcance de la vista: la piedra, el mar y el bosque invernal conformaban su propio mundo, enclavado al margen de las corrientes del tiempo.

—Es impresionante, ¿verdad? —dijo Solomon Denga por encima del zumbido de los motores. Daniel asintió en silencio—. Estamos sobrevolando la zona más profunda del fiordo, debajo de nosotros el agua puede tener más de mil metros de profundidad, y de una pared a otra hay cinco kilómetros de distancia. He viajado mucho, pero no he visto nada como esto en ningún otro sitio.

—Demasiado aislado para mi gusto —señaló Daniel.

Su acompañante sonrió ante su falta de entusiasmo.

—Lo que ve al fondo es el parque Jotunheimen. —Denga señaló unas cumbres lejanas donde las laderas aparecían pinceladas con nieve—. Es un auténtico paraíso en verano, y un infierno durante el invierno. Un lugar terrible, tan hermoso como cruel.

Daniel lo miró de soslayo y no le sorprendió descubrir un brillo admirado en los ojos de su interlocutor, que parecía encontrar una suerte de consonancia espiritual con aquella tierra extraña. El emisario de Kenzō Inamura resultaba ser un hombre bastante peculiar, y se preguntó qué podría esperar de su patrón.

—¿Dónde está el refugio? —quiso saber Daniel, con más curiosidad que impaciencia—. Aquí ya solo hay roca escarpada y bosques en pendiente, no veo carreteras ni caminos que lleguen tan lejos.

—La única manera de alcanzarlo es como lo estamos haciendo. Pronto lo verá.

Ambos guardaron silencio y el monótono murmullo de los motores se instaló en sus oídos. Desde un principio a Daniel le resultó evidente que la aeronave no era un modelo comercial, sino una suerte de transporte militar adaptado para uso privado. El aparato parecía fiable, pero no estaba diseñado para ser confortable, como demostraba la escasa insonorización de la cabina.

—Estamos a punto de llegar —anunció la voz de Clarice por la megafonía—. Abróchense los cinturones, voy a desplegar las aspas y a desconectar los propulsores.

Los dos hombres hicieron caso a la piloto y, casi al unísono, miraron por las ventanillas junto a sus asientos. Daniel pudo ver por fin el refugio de Kenzō Inamura: era un edificio de tres niveles tendido sobre una abrupta pendiente y rodeado de un pequeño bosque de pinos y acebos. El arquitecto había aprovechado el desnivel para idear una planta formada por tres terrazas superpuestas, y había elegido como materiales de construcción la madera y grandes superficies de cristal, convirtiendo su obra en una suerte de solárium capaz de exprimir las horas de sol.

Daniel debió reconocer que la estructura resultaba incluso hermosa, aunque vista desde allí tenía un punto de desquiciado atrevimiento, pues el refugio se encaramaba al filo mismo de la pared del fiordo, junto a una caída de más de un kilómetro de altura hasta el agua. Alrededor del mismo solo había vegetación y roca impracticable, de modo que, tal como le había anunciado Denga, la única manera de llegar a aquella cornisa era por aire.

Las aspas se desplegaron con un sonido mecánico y el martilleo del rotor sustituyó al rumor monocorde de los reactores. El transporte abandonó su suave trayectoria horizontal y comenzó a cabecear según descendía sobre el helipuerto anexo a la última planta de la casa.

Aunque fue un aterrizaje impecable, Daniel no pudo evitar un suspiro de alivio cuando el aparato entró en contacto con la tierra. Estaba habituado a los aviones, pero desde África los helicópteros despertaban en él una suspicacia que no había ayudado a calmar la escasa superficie de aquel helipuerto.

La puerta que comunicaba con la cabina del piloto se abrió y Clarice se asomó para indicarles que podían bajar.

—Use la puerta de su izquierda, señor Adelbert. Por la derecha no encontraría dónde poner el pie y hay una larga caída.

Daniel desbloqueó la puerta. Bajó a la pista seguido de Solomon Denga, que ya se subía la cremallera del abrigo en previsión del frío que hacía en el exterior.

—No se preocupe por su equipaje, vendrán a buscarlo. Vayamos a la casa.

Mientras se ponían en marcha, Daniel miró hacia atrás y vio cómo Clarice conectaba la aeronave al depósito de combustible ubicado bajo la plataforma de aterrizaje. La mujer, siempre oculta tras sus gafas de sol, no pasó por alto su mirada y le dedicó una sonrisa que le costó descifrar. Quizás una disculpa por haberlo engañado en Nueva Delhi. La manera en que aquella mujer lo había manipulado, y su jefe a través de ella, le hizo pensar que quizás comenzaba a resultar más previsible de lo que quería creer.

Se subió el cuello de la chaqueta y se dispuso a seguir los pasos de Denga. El viento que soplaba a esa altura helaba la piel y se metía bajo la ropa; aun así, Daniel inspiró hondo, saboreando la sal marina y el aroma a brezo prendido en la atmósfera. Probablemente fuera el aire más limpio que había respirado en su vida, y hasta cierto punto pudo comprender las razones del hombre que buscaba aquel retiro.

Llegó a la puerta que conectaba el helipuerto con el recibidor de la tercera planta, donde le aguardaba su compañero de viaje. Fue un alivio dejarse envolver por la atmósfera caldeada del interior de la vivienda.

—Deme su abrigo, lo llevaremos a su habitación con el resto del equipaje —le indicó Denga, tomando su chaqueta—. Suba por allí, el señor Inamura le espera en su despacho.

Daniel asintió y cruzó el salón en dirección a las escaleras que le habían señalado. El interior de aquella planta parecía compuesto de espacios abiertos y casi vacíos, tan solo los muebles y las comodidades precisas, de modo que todo el protagonismo recaía en el inmenso ventanal asomado al fiordo. A esa hora, la inminente puesta de sol tintaba de colores cobrizos los acantilados y la cuenca del valle glaciar.

Subió por los escalones y recorrió el pasillo acristalado hasta la única puerta visible. Se hallaba entornada.

—Inamura-san —se presentó desde el umbral—, soy Daniel Adelbert.

Kenzō Inamura le aguardaba de pie, apoyado contra la mesa de su escritorio y con una copa de brandy en la mano. Era un hombre de espalda recta y hombros firmes, apenas tenía canas pese a que debía pasar de los cincuenta años, y los ojos que volvió hacia Daniel, aunque afables, eran los de un duro negociador.

—Señor Adelbert, por fin nos conocemos. Me alegro de que haya decidido aceptar mi invitación.

—¿Cómo podía negarme? —La voz de Daniel sonó un tanto agria.

Inamura le ofreció la mano y una sonrisa, obviando la seca respuesta de su invitado, y Daniel se la estrechó al tiempo que hacía una breve reverencia.

—Por favor, tome asiento. —Ambos se acomodaron en torno a la elegante mesa de roble que presidía el despacho—. ¿Qué le parece mi refugio?

—Impresionante. No acierto a imaginar cómo han podido construirlo aquí arriba.

—Sí —Inamura asintió satisfecho—, fue un auténtico reto. Se trata de un lugar especialmente inaccesible, hubo que traerlo todo en helicóptero; es una de las razones de que esté construido principalmente con materiales ligeros.

—Veo que no le gustan las cosas fáciles.

—La auténtica soledad tiene un precio, señor Adelbert, cada vez más elevado. Pero no le he traído para hablar de arquitectura, me gustaría saber más de usted antes de abordar asuntos de negocios.

—Creo que ya sabe todo lo que puede saberse sobre mí —dijo Daniel mientras cambiaba de postura en su asiento, y notó que su voz aún no se había desprendido del enojo que le acompañaba desde Nueva Delhi.

—He visto su perfil, pero eso no es más que un retrato hecho por mis analistas. Solo un necio pretende conocer a una persona leyendo sobre ella, la única manera de saber cómo es alguien realmente es hablando cara a cara, viendo qué hay en sus ojos. —Inamura hablaba un inglés correcto, aunque no conseguía librarse de la fuerte entonación japonesa que tan brusca resulta a oídos de los occidentales.

—Muy bien, ¿qué desea saber de mí?

—¿Es cierto que estudió con el doctor Hatsumi? —Daniel asintió con la cabeza—. ¿Y qué aprendió?

—Muchas cosas —señaló el interrogado con voz queda.

—¿Le sirvió en África?

—¿Quiere decir que si lo que aprendí en Noda me salvó la vida? Sí, en más de una ocasión.

—Disculpe mi insistencia, pero es extraño que el doctor Hatsumi aceptara transmitir sus enseñanzas a un extranjero.

—*Hatsusmi sensei no ie de wa, dare mo watashi wo gaiko-kujin atsukai shimasendeshita*[*] —respondió Daniel.

—Tiene razón —Inamura levantó la mano para disculparse—, un discípulo nunca es un extraño en casa de su maestro. A un buen mentor solo debe preocuparle que su alumno tenga verdadero afán por aprender… Y las razones que motivan ese afán, claro.

—¿Es por eso por lo que quiere trabajar conmigo, porque Hatsumi decidió instruirme?

—No. Creo que eso solo es una prueba más de que usted no es un hombre ordinario, pero ha demostrado muchas otras cualidades. —Se inclinó sobre la mesa y buscó los ojos de Daniel antes de añadir—: Lo cierto es que necesito encontrar a alguien, y creo que no hay nadie más capacitado que usted para hacerlo.

El interpelado sonrió mientras negaba con la cabeza y se recostó contra el respaldar de su asiento. Parecía que todo el cansancio del viaje cayera en ese momento sobre sus hombros.

---

[*] «Nadie me consideraba un extranjero en la casa del doctor Hatsumi».

—No ha entendido nada, señor Inamura. Yo no soy un detective, no busco a gente. No me dedico a eso.

—Sé perfectamente a lo que se dedica. Usted es un prospector, recupera objetos perdidos en el tiempo, fragmentos de la historia con un valor simbólico. En ese sentido, trafica con algo de gran valor: con los anhelos más profundos de hombres poderosos, hombres acostumbrados a tener cuanto desean y que, arrebatados por la visión de otros, intentan poseerla a través de estos objetos. Ese es su oficio, ¿me equivoco?

—Yo no habría usado esas mismas palabras, pero en esencia, sí.

—¿Y no le parece un síntoma más de la decadencia de este mundo sin alma? Incapaces de generar nuestros propios sueños, intentamos apropiarnos de la visión que tuvieron aquellos que nos precedieron, hombres mejores que nosotros. ¿Y cómo lo hacemos? Como únicamente sabemos, mediante la posesión material, como si en los objetos se encontrara el alma de un ideal, como si poseer la *gladius* de Julio César nos fuera a insuflar su grandeza.

—Créame, si alguien intentara venderle la espada del César, le estaría estafando.

Inamura no pudo reprimir una sonrisa triste.

—Veo que es un cínico.

—Mi función no es juzgar a los coleccionistas. Simplemente encuentro lo que ellos me piden si lo considero factible. Si se les pone dura al tener en las manos el primer ejemplar de *L'Encyclopédie* de Diderot, tanto mejor para ellos.

—Cínico y pragmático. Eso nos ayudará a alcanzar un acuerdo. No deseo entretenerle más. Por favor, instálese y descanse un rato, hablaremos durante la cena.

—Me temo que podremos charlar sobre el mundo decadente en que vivimos cuanto desee, pero no habrá ningún acuerdo. No trabajaré para usted.

—Señor Adelbert, es usted un hombre inteligente, pero hay muchas cosas que no sabe. Escúcheme y luego podrá decidir libremente. Le aseguro que, cualquiera que sea su decisión, Clarice le llevará mañana de vuelta al aeropuerto.

Daniel cerró tras él la puerta del despacho y, ya solo en el pasillo, sacudió la cabeza con consternación. No sabía muy bien qué hacía allí, por qué estaba perdiendo el tiempo de esa manera cuando lo que necesitaba era un largo descanso. Se sentía atrapado, arrastrado por la voluntad de otros, y eso era algo contra lo que había luchado toda su vida.

Bajó las escaleras con pasos cansados, dejando caer todo el peso de su cuerpo en cada peldaño, y al llegar al amplio salón inferior descubrió que alguien le aguardaba. El radiador térmico encastrado en la chimenea mostraba un fuego holográfico de lo más real. El calor y el crepitar de aquellas llamas simuladas caldeaban la estancia. A un extremo de la misma, sentada junto al solitario bar, se encontraba Clarice. La joven apoyaba los codos sobre la barra y removía con aire distraído un cóctel que, al parecer, se había preparado ella misma.

—Señorita Clarice —la saludó Daniel aproximándose a ella.

—Clarice a secas, señor Adelbert.

—Sí, lo había olvidado. Entonces yo también seré Daniel a secas.

—Por supuesto, Daniel. ¿Quiere acompañarme un rato? Beber sola siempre me ha parecido un mal pasatiempo.

—No podría estar más de acuerdo.

Ella sonrió, pues ya conocía los pasos de aquel baile. Tomó una copa de cóctel y la llenó hasta la mitad de hielo picado; se acercó un cuenco del que cogió unas hojas de menta y unos pedazos de lima cortada, y rellenó la copa con el contenido previamente mezclado de una coctelera. Por último, exprimió con los dedos un gajo de limón sobre el cóctel y se lo tendió a Daniel. Este lo aceptó, pero no llegó a saborearlo.

—Hay pocas cosas más sensuales que una mujer que sepa servir una copa.

Ella bebió sin apartar los ojos de él, y Daniel reparó en que era la primera vez que los veía, pues hasta ahora siempre los había ocultado tras sus gafas de sol. Eran unos ojos bonitos, con unos iris grandes y profundos del color de la miel fundida, si es que tal cosa existía. Pero no halló en ellos lo que buscaba.

—Debería concentrarse, Daniel. Creo que no ha sopesado bien la situación en que se encuentra.

La miró con fastidio, y por fin dio un largo trago a su copa.

—No hay nada que sopesar. Este viaje está siendo una insoportable pérdida de tiempo, pensé que al menos nosotros dos podríamos hacer que mereciera la pena.

—Acaba de hablar con Inamura-san —apuntó ella, ignorando su desvergonzado comentario—. ¿Le parece la clase de hombre que pierde el tiempo?

Se tomó un instante antes de responder.

—No, no me lo parece.

—Si ha invertido tantos recursos en localizarle y traerle hasta aquí, es porque sabe que tiene algo que ofrecerle, algo a lo que no se podrá negar.

—Hay muchos hombres poderosos convencidos de que tienen la llave que abre cualquier puerta, pero algunos aprenden con el tiempo que no puedes ofrecer nada a quien no quiere nada de ti, y siempre me ha gustado ser yo el que se lo haga ver.

—Le gusta probar que todos se equivocan, ¿no es así? Su rebeldía es... casi furiosa.

—Simplemente me gusta elegir mis pasos y, por algún motivo, eso tiende a cabrear a gente como su jefe.

Ella sonrió desde el filo de su copa.

—Daniel, acepte un último consejo: escuche atentamente lo que Inamura-san tenga que decirle, y luego medite su respuesta. Puede que haya cosas que ni siquiera usted sabe que desea, y puede que, hasta ahora, no haya sido más que un instrumento en manos de otros. Quizás esta noche se le presente la forma de poner fin a eso. Yo en su lugar estaría centrado, no intentaría meterme en la cama con nadie, ni bebería una copa de más.

Clarice se puso en pie, dispuesta a marcharse, pero él la retuvo por el brazo.

—Creo que eso ha sido más de un consejo.

—No, si lo piensa bien.

—¿Te ha mandado Inamura a que me digas todo esto? ¿Me estáis preparando para que muerda el anzuelo? Creo que, después de lo de Nueva Delhi, ya estoy vacunado contra tu virus.

—¿Sabe, señor Adelbert? Quizás no sea usted tan inteligente como se cree. Y quizás, ciertamente, todo esto sea una pérdida de tiempo.

Ella apartó el brazo y se alejó con pasos largos hacia un ascensor en el que él ni siquiera había reparado; pero sus palabras se quedaron con Daniel mucho después de que se hubiera ido. Se volvió hacia la barra, meditabundo, y saboreó un último trago. Algo tenía claro: aquella mujer no era solo la chófer de Kenzō Inamura.

El menú no estuvo carente de cierto sentido del humor: el chef, que también se encargó de atender la mesa durante la cena, les sirvió como entrante *sashimi* de salmón del fiordo, y como plato principal filetes de carne de ballena con nata agria, un manjar tan prohibido como prohibitivo.

En cierto modo, ambos disfrutaron de la cena: Inamura era un conversador hábil que lograba que su interlocutor se encontrara cómodo y se abriera al diálogo, y si bien Daniel le siguió el juego y no tuvo problemas en explayarse, siempre pisó el terreno firme de lo frívolo y trivial. Sabía que aquel intercambio amable de opiniones era la manera que tenía Kenzō Inamura de averiguar sobre su huésped más de lo que este quería dejar ver: quizás algún dato de interés deslizado de forma descuidada, o algún rasgo de carácter que quedara implícito durante la conversación, cualquier cosa que le hiciera más fácil de manipular llegado el momento de la negociación. Pero Daniel supo cerrar todas las puertas, y a no ser que el *haiku* de Issa Kobayashi o el *jazz* de la Nueva Orleans post Katrina fueran algunos de los temas sobre los que Inamura deseara indagar, llegó al momento clave de la conversación con las mismas armas que tenía antes de sentarse a la mesa.

—Rosesthein ha estado utilizándole —dijo Inamura de improviso. Tenía un brazo echado por encima del respaldar de su silla mientras que, con la otra mano, hacía bailar el coñac dentro de su copa.

—Por supuesto. Y yo a él. Le puedo asegurar que me ha pagado por mis servicios mejor que cualquier otro.

—Creí entender que el dinero no era una de sus motivaciones.

—Es un buen baremo de cuánto valoran tu trabajo. Pero es cierto que el dinero nunca me ha movido, tengo suficiente como para vivir el resto de mi vida sin preocuparme de cuánto gasto.

—Entonces, ¿por qué ha trabajado en exclusiva para él durante los últimos años?

Daniel se cruzó de brazos y miró a través del ventanal. La noche era oscura en el exterior, y la luz de luna apenas llegaba a reflejarse en las aguas del valle glaciar. Durante un instante contempló su propia imagen en el cristal, sentado a la mesa junto a su anfitrión, en la soledad de uno de los pocos lugares aislados que quedaban en el mundo.

—Por el desafío que supone —respondió finalmente.

—Cada prospección era como un puzle, ¿verdad? Un reto que ponía a prueba su intelecto.

—Siempre son objetos difíciles de prospectar, que requieren una importante investigación previa y cierta audacia a la hora de llegar a ellos. Pero nunca me ha hecho peticiones absurdas, como otros coleccionistas; nada del tipo del cáliz de Cristo.

—Lo sé. Siempre han sido piezas del siglo xx, principalmente de la década de los treinta en adelante. ¿No le ha llamado la atención esa exactitud en el patrón?

—¿Por qué habría de hacerlo? Al contrario de lo que creen los no iniciados, esas prospecciones son las más complejas, demasiado fáciles de falsificar. Cuando buscas, por ejemplo, las prendas que Isabel la Católica vendió para sufragar la expedición de Cristóbal Colón, debes localizar joyas talladas en el siglo xv, investigar las piedras preciosas y metales empleados por los orfebres cordobeses y castellanos, las características de su estilo de trabajo, las principales casas de empeño de la época y cuáles tenían relación con la Corona, quiénes compraban a dichos prestamistas, qué familias acaudaladas podían tener interés en poseer el tesoro personal de una reina, buscar documentos en los que se haga referencia a alguna doncella que los luciera el día de su boda, buscar a los herederos de esa familia...

»Es un trabajo arduo y costoso, lleno de callejones sin salida que pueden hacer la búsqueda infructuosa, pero si tienes la suerte de localizar la pieza gracias a tu investigación, hay altas probabilidades de que se trate de la original. Al fin y al cabo, una buena falsificación requeriría de una joya castellana que datara del siglo xv y que correspondiera a las descripciones existentes del tesoro de Isabel la Católica... Resultaría tan difícil como encontrar la pieza original, ningún falsificador se tomaría tantas molestias. Las piezas antiguas son como buscar una aguja en un pajar, una cuestión de paciencia, pero sencillo de verificar: la aguja es muy diferente de la paja. Pero cuando te piden encontrar algo de un siglo atrás, como las gafas que usó

Gandhi durante la Marcha de la Sal... Eso es otra cosa. ¿Cómo verificar una prospección de ese tipo, cuántas piezas de aspecto y datación similar se pueden encontrar? Es como buscar una paja en un pajar, desanimaría a cualquiera.

—Y por eso Rosesthein recurre a usted.

—Cada coleccionista tiene sus propios fetiches. Los de Ludwig Rosesthein son los objetos del siglo xx.

—Pero no unos cualesquiera, si fuera así podría recurrir al mercado negro. Él quiere piezas específicas, es otra de las razones de que trabaje con usted, es de los pocos prospectores que están dispuestos a buscar objetos concretos.

—Remover escombros hasta encontrar algo interesante y luego llevarlo a una casa de subasta no tiene mucho mérito, ¿no cree? Sin el desafío de la búsqueda, de derrotar al tiempo y al olvido, este trabajo no tendría ningún interés.

—Ya veo. —Inamura bebió un trago de coñac—. ¿Y si le dijera que conozco a Rosesthein mejor que usted?

—Le creería, no conozco al señor Rosesthein de nada.

Su interlocutor asintió.

—Me creerá, entonces, si le digo que Ludwig Rosesthein no tiene espíritu de coleccionista. No hay nada que le interese del pasado, es más, considera débiles a los hombres que se entregan a la nostalgia, que idealizan tiempos que ni siquiera conocieron.

—Me resulta extraño, dado el empeño que ha puesto en conseguir determinadas piezas, pero no veo por qué habría de importarme —respondió Daniel encogiéndose de hombros.

—Escúcheme bien, Rosesthein nunca hace las cosas sin motivos, todo responde a una razón, a un fin último, y usted ha estado siendo un colaborador imprescindible en la consecución de sus metas.

—Vuelvo a repetirle: no sé por qué habría de importarme. De hecho, ni siquiera sé por qué habría de importarle a usted.

—Digamos que el señor Rosesthein y yo mantenemos una vieja rivalidad, y hemos pasado mucho tiempo observándonos el uno al otro, el suficiente como para saber que mi viejo enemigo no se implicaría tan personalmente en algo si no estuviera preparando su gran salida de escena, su canto del cisne.

—¿Y cuál es ese gran truco final que, supuestamente, le he estado ayudando a preparar?

—Aún no lo sé. Pretendo que usted me ayude a descubrirlo.

Daniel se reclinó hacia delante con una sonrisa divertida, como si no quisiera tomarse en serio lo que estaba escuchando.

—¿Me está diciendo que me ha hecho venir hasta aquí solo para meterme en medio de una larga partida de ajedrez? No soy ningún peón, señor Inamura, y no se me ocurre ninguna buena razón para entrometerme en sus retorcidos juegos.

—Esto no es ningún juego, señor Adelbert. Lo que Rosesthein planea puede tener consecuencias graves, y me siento en la obligación de poner cortapisas a sus objetivos.

—Es increíble —rio Daniel—, acaba de decirme que ni siquiera sabe qué se trae Rosesthein entre manos. Son como dos niños que juegan a ponerse la zancadilla, solo que son dos niños muy ricos y muy aburridos, y pretenden que todos prestemos atención a sus peleas.

—Señor Adelbert —lo interrumpió su interlocutor con la mirada endurecida—, Ludwig Rosesthein lleva tres décadas maniobrando para controlar empresas estratégicas en los pilares de la economía mundial. Ha conseguido evadir las leyes antimonopolio a través de la diversificación de su grupo, pero estoy convencido de que actualmente tiene suficiente poder como para desestabilizar todo el sistema, si ese fuera su deseo.

Daniel se reclinó en su asiento con gesto desconfiado.

—¿Qué tiene que ver todo eso conmigo, con lo que yo haya estado haciendo para él?

—No lo sé, pero existe una relación, y pretendo averiguarla.

—Muy bien, averígüela. —Daniel apartó la silla de la mesa—. Pero hágalo sin mí.

—Aún no ha escuchado mi oferta.

—No puede ofrecerme nada que me convenza de inmiscuirme en su absurda cruzada.

—Puedo ayudarle a descubrir quién fue su padre.

El prospector se detuvo a punto de ponerse en pie, fulminado por aquellas palabras.

—Sé quién es mi padre.

—Sabe a lo que me refiero —prosiguió Inamura—. Ha estado investigando, cualquier hombre desea conocer sus orígenes, sobre todo alguien como usted, acostumbrado a sumergirse en el pasado, pero su búsqueda ha sido infructuosa, y lo seguirá siendo porque Rosesthein se ha encargado de ocultar bien ese rastro.

—¿Qué quiere decir?

—Tendrá que confiar en mi palabra, señor Adelbert. Ayúdeme, encuentre a la persona que estoy buscando, y yo le ayudaré a usted.

Daniel se dejó caer sobre la silla y se sumió en un silencio hosco. Lo primero que se le vino a la cabeza fue que tendría que posponer sus vacaciones.

Capítulo 4
Variaciones en el continuo

No me puedo creer que me estés pidiendo algo así —dijo Claudio, apoyándose los dedos en las sienes con un gesto que denotaba cansancio—. La última vez que hablamos te dije que necesitabas reorientar tus reportajes, y ahora me vienes con esto.

—Claudio, no te lo pediría si no fuera importante —argumentó Alicia—. Además, de aquí puede salir un buen reportaje. Joder, puede salir un gran reportaje, de esos que ganan premios.

El viejo redactor jefe sacudió la cabeza consternado, casi incrédulo.

—Me estás pidiendo dos semanas para ir a Londres y proseguir con la investigación de tu exnovio, porque crees que ha sido asesinado precisamente por lo que estaba investigando. ¿Te estás escuchando? Explícame cómo has llegado a la conclusión de que eso puede ser una buena idea.

—Mira, sé que no es fácil de entender, por eso te lo estoy pidiendo como un favor, un favor que puede dar sus frutos.

Solo te pido tiempo, no quiero que me paguéis el viaje ni los gastos, y puede que de todo esto salga algo bueno.

—Es imposible que de esto salga algo bueno, Alicia. Comprendo tu dolor, pero esta no es la forma de afrontarlo. —Se tomó un momento para calmarse y controlar el tono de su voz—. Eres reportera de la sección de Cultura, no periodista de investigación; lo mejor que puedes hacer es volcarte en tu trabajo e intentar levantar los resultados de tus artículos. No pienso discutir ni un segundo más contigo.

Ella se cruzó de brazos, desesperada. Sabía que estaba pidiendo demasiado, que estaba abusando de la comprensión de Claudio, pero desde que conoció la muerte de Will la melancolía la había abrumado; solo cuando tomó la determinación de proseguir lo que él había dejado a medias, las cosas parecieron volver a su sitio. Cada fibra de su ser le decía que aquello era lo correcto, lo que debía hacer.

—Entonces necesito dos semanas de vacaciones —dijo por fin, dejando a un lado el tono suplicante—. Tengo reportajes enlatados, puedo pasárselos a Miguel para llenar mis páginas del dominical durante los dos próximos fines de semana.

Claudio se pasó una mano por el rostro y se dejó caer contra el respaldo de la silla. Sus ojos revelaban un profundo agotamiento.

—Alicia, escúchame…

—No me digas que no también a eso, Claudio, o lo próximo que te pediré será una carta de recomendación para buscar trabajo en otro sitio. Pienso ir al funeral de Will, y después haré lo que mi conciencia me dicta. Él confió en mí, se lo debo.

—Alicia, piénsalo detenidamente. Supongamos por un momento que estás en lo cierto, que su correo póstumo verdaderamente fue una especie de legado, un testamento para desentrañar un secreto, uno tan oscuro que hay gente dispuesta a matar para que no se haga público. ¿Crees que es prudente seguir sus pasos? ¿De verdad quieres poner tu vida en riesgo por algo que ni siquiera comprendes?... Tienes que pensar en Lara.

El rostro de Alicia se endureció y una fina línea apareció entre sus cejas; parecía encontrarse al filo de la ira o del llanto, era difícil de decir. En aquel momento Claudio creyó ver a través de ella, y la encontró más frágil, quebradiza y desesperada que nunca. Entonces comprendió que Alicia no solo le estaba pidiendo permiso para apartarse de su actividad laboral durante unos días, que no acudía a él como jefe, sino como autoridad moral; necesitaba que respaldara sus sentimientos, que le dijera que no estaba loca por sentirse así, que su reacción era humana y comprensible... Pero lejos de ayudarla, él había insinuado que era irresponsable con su hija.

—No hagas eso —le increpó Alicia señalándolo con el dedo—. No hagas ver, ni por un momento, que te preocupas por mi hija más que yo. No puedo seguir así, este humor también la afecta a ella, necesita a su madre entera, cabal, no esto en que me he convertido durante los últimos días.

—Sé que quieres a tu hija más que a nadie. Eres una buena madre, no debería haber dicho eso...

—Serán solo dos semanas, y no la voy a dejar abandonada, estará con su padre. No estoy siendo egoísta, Claudio.

El veterano periodista le sostuvo la mirada, el rostro sereno y la respiración lenta. Por fin bajó la vista al escritorio.

—Está bien, haz lo que debas —y antes de que ella pudiera darle las gracias, añadió—: Me da igual que saques un reportaje de esto o no, solo quiero que vuelvas de una pieza. Prométemelo.

Ella dejó caer los hombros, hasta aquel momento no se había dado cuenta de la tensión que la embargaba, de su espalda crispada y sus manos nerviosas. Respiró aliviada.

—Te lo prometo.

Alicia puso las manos en el volante y el navegador se desactivó inmediatamente. Indicó el cambio de carril y los coches a su derecha aminoraron la marcha al unísono. Mientras se desplazaba hacia la acera del colegio, el resto de los vehículos comenzó a rebasarla ajustando la velocidad y la distancia con exactitud mecánica. El tráfico fluía a su alrededor con la suavidad de una bandada de pájaros que crecía y decrecía, se ramificaba o cambiaba de dirección, siempre con la precisión de una mente colectiva.

Se detuvo en la zona de embarque, delimitada con bandas azules, y comenzó a buscar a Lara con la vista. Divisó primero a una de sus amigas, y rápidamente la encontró cerca. Hablaban y reían formando una pequeña asamblea junto a la escalinata del colegio, a la espera de que sus padres fueran a recogerlas. Pitó dos veces, pues solo podía detenerse treinta segundos en aquella zona, un toque corto y otro largo, una llamada característica que su hija identificó inmediatamente. Levantó la cabeza hasta que distinguió el coche, entonces se despidió de sus amigas y se apresuró sujetándose la cartera que le colgaba del hombro.

—¡Hola, mamá! —gritó saltando dentro del coche—. ¿Cómo te ha ido en el trabajo? —le estampó un rápido beso en la mejilla.

—Bien. Esta tarde trabajaré en casa, así que podré vigilar que hagas tus deberes.

Alicia seleccionó en la pantalla del navegador la opción «casa», y apoyó la cabeza contra la ventanilla. El cristal estaba frío, resultaba agradable. Observó a su hija mientras buscaba algo en la cartera.

—Apenas tengo deberes, así que seré yo quien vigile que hagas los tuyos —sonrió Lara mientras sacaba su pantalla de cristal flexible y se la ponía sobre las piernas.

Alicia abrió la aplicación del colegio en su móvil y consultó la ficha de su hija. Era cierto, solo tenía dos lecturas para el día siguiente.

—Estupendo, así podrás ordenar de una vez tu armario.

—No es justo, siempre se te ocurren cosas que quedan por hacer —protestó la pequeña mientras comenzaba a chatear. Inmediatamente, sonidos y mensajes de distintos colores, uno por cada conversación abierta, comenzaron a flotar sobre el panel.

—Dame eso —dijo su madre extendiendo la mano. Lara no hizo caso, así que Alicia le arrebató la pantalla táctil y la devolvió a la cartera.

—¿Qué más te da?

—Pasamos poco tiempo juntas, no voy a dejar que me ignores.

—No es culpa mía que pasemos poco tiempo juntas. Quizás si no tuviera que repartirme entre papá y tú, podría pasar más tiempo con los dos.

Alicia suspiró e intentó no dejar translucir cómo la herían aquellos dardos. Sabía bien que los hijos de parejas divorciadas usaban el sentimiento de culpabilidad para lograr lo que querían, era del capítulo uno del manual del padre divorciado. Pero por más que lo supiera, el sentimiento seguía ahí. Para colmo, tenía la horrible sensación de que Lara había madurado súbitamente a raíz de su separación, como si ambos le hubieran robado años de infancia.

—Escúchame. Lee lo que te han mandado en clase y después podrás jugar. Antes de cenar ordenaré la habitación contigo. ¿De acuerdo?

—De acuerdo. ¿Me devuelves mi pantalla?

—No. Tenemos que hablar.

Lara se cruzó de brazos y exageró una expresión de aburrimiento.

—¿Vas a reñirme?

—¿Qué? No, no voy a reñirte… ¿Es que debería reñirte por algo?

—No lo sé, tú sabrás —respondió su hija encogiéndose de hombros.

—No, no voy a reñirte —dijo Alicia, aún con cierta suspicacia. Se movió bajo el cinturón de seguridad para orientarse mejor hacia Lara—. Tendrás que pasar un par de semanas con tu padre, aún no lo he hablado con él, pero no creo que haya problemas.

—¿Con papá? —Su madre asintió lentamente, aguardando su posible reacción—. Un fin de semana está bien, pero dos semanas…, dos semanas con su novia, que no para de reírse como una tonta.

—Silvia intenta ser simpática contigo.

—Es tonta y se ríe como una tonta. Sabes que ella ya se queda a dormir todos los días, ¿verdad?

—No quiero que me hables de lo que hace tu padre. —Movió la mano con un gesto de rechazo que parecía cerrar una puerta imaginaria—. Mientras se comporte como un buen padre contigo, me da igual todo lo demás. Tiene derecho a vivir como quiera.

Lara no dijo nada más, sabía que aquel tema incomodaba a su madre. Por fin preguntó:

—¿Adónde tienes que ir?

Alicia se mordió el labio inferior y cerró los ojos, intentando escoger las palabras adecuadas. Tomó la mano de Lara.

—¿Has notado que mamá ha estado últimamente un poco… triste? —La pequeña asintió con un gesto grave impropio de su edad—. Es porque he recibido malas noticias. Muy malas noticias. Había una persona importante para mí, no la conocías porque vivía lejos y perdimos el contacto antes de que tú nacieras, pero eso no significa que ya no me importara. Durante una época de mi vida fue… alguien a quien quise mucho, alguien especial.

—¿Como papá antes de Silvia?

—Sí, como papá.

—¿Qué le ha pasado?

—Al parecer tuvo un accidente en Londres, donde vivía. Mamá tiene que ir a despedirse y a poner algunas cosas en orden. Cosas que tengo que arreglar.

Lara le tomó la otra mano y buscó su mirada antes de preguntarle:

—¿Estarás bien sola?

Alicia sonrió al tiempo que se le saltaban las lágrimas. Fue una sonrisa liberadora que conjuró la tristeza que comenzaba a oprimirle el pecho.

—No te preocupes por mí, cariño. Aunque no lo creas, mamá es una chica dura.

—Sí que lo creo. Sé que eres una chica dura. ¡Yo también lo soy! —exclamó, y echó la cabeza sobre las rodillas de su madre.

El vehículo descendió al garaje y estacionó en la plaza que les correspondía. Alicia sujetó la mano de su hija con fuerza mientras caminaban en dirección al ascensor.

—¿Sabes? Hoy tendremos un invitado a la comida.

—Déjame adivinar: Girard.

—Sí. Viene a ayudarme con el trabajo de esta tarde.

—¡Bien! —exclamó Lara, que siempre había sentido predilección por el viejo amigo de su madre.

Una vez en casa, Alicia se dedicó a los preparativos del almuerzo mientras la pequeña remoloneaba a la espera de que sonara el timbre de la puerta. Cuando lo hizo, Lara comenzó a correr al tiempo que gritaba: «¡Ya voy yo!». Su madre tuvo que llamarla para que parara y no abriera hasta que llegara ella. Sobre la puerta cerrada se proyectaba la imagen de Girard con su eterna expresión distraída mientras miraba al suelo. Llevaba en la mano una bolsa de papel. Alicia abrió haciendo a un lado a la pequeña.

—Te dije que no trajeras nada. —Fue su saludo.

—Ensalada de patatas —Girard levantó la bolsa—, la he hecho esta mañana.

A continuación miró de soslayo a Lara, que, escondida detrás de su madre, lo observaba con cierto aire decepcionado. Él se hizo el interesante durante un momento, antes de sonreír y agacharse frente a la pequeña.

—Yyyy... ¡Tarta de chocolate! También la he hecho esta mañana.

—¡Bien, bien! —gritó Lara, mientras salía de su parapeto y le arrebataba la bolsa a Girard con desatado entusiasmo—. ¡No os dejaré ni un poquito! —anunció mientras desaparecía hacia el salón.

—Ni se te ocurra probar un trozo antes de la comida... ¡Déjala en la cocina! —ordenó Alicia, que no se movió de la puerta hasta que escuchó el sí de su hija procedente del interior—. Pasa. Espero que estés contento, luego tú no la tienes que aguantar sobrexcitada por el exceso de azúcar.

—Ah, cállate. Si estás encantada. ¿Qué hay hoy en el menú?

Los tres comieron, charlaron y rieron. Lara disfrutaba de la presencia de Girard, era evidente que se caían bien y conectaban, por lo que Alicia agradecía profundamente sus esporádicas visitas, un auténtico remanso de paz en la rutina cotidiana de ambas.

Cuando llegó el momento de los postres, Lara atacó su porción de tarta sin compasión. Se metía en la boca más de lo que podía masticar, y el chocolate le manchaba las mejillas y la nariz.

—¿Qué te parece que tu madre tenga un novio tan guapo y que hace una tarta de chocolate tan buena? —preguntó Girard, mientras usaba el tenedor para juguetear con el chocolate que quedaba en su plato.

—Tú no eres el novio de mamá —dijo Lara despreocupadamente, mientras se llevaba a la boca un nuevo trozo.

—¿No? ¿Y por qué estás tan segura?

Alicia sonrió y miró alternativamente a Girard y a su hija. Estaba interesada por ver cómo acabaría aquella conversación.

—Porque no te gustan las chicas.

El periodista miró de reojo a Alicia y compartieron una sonrisa cómplice.

—¿Quién te ha dicho eso?

Lara levantó la vista del plato.

—No sé, no me lo ha dicho nadie. ¿Es que no es verdad?

Girard no pudo seguir reprimiendo la risa.

—Eres una chica muy lista para tener ocho años.

—Ya lo sé —afirmó ella, al tiempo que devolvía su atención a la tarta. Dio cuenta del último trozo y, con la boca aún llena, preguntó—: Si te gustaran las chicas, ¿te harías novio de mamá?

—Solo si tú me dieras permiso.

—Yo te lo daría —dijo Lara poniéndose en pie—. Mamá, me voy a mi cuarto a leer, hoy quiero acabar pronto.

Alicia le pasó la mano por la espalda mientras se alejaba y se volvió hacia su amigo con expresión distendida. Se sentía relajada por primera vez en muchos días.

—¿Tú qué crees? —preguntó Girard con voz taimada, al tiempo que se inclinaba hacia delante, apoyando los codos sobre la mesa—. ¿Es posible que esté intentando ganarme a tu hija con tarta de chocolate para llegar hasta ti? ¿Crees que el motivo de todo esto pudiera ser que quiero conquistarte?

Ella sonrió y apoyó la mano sobre su brazo.

—¿Sabes qué? Ojalá fuera cierto.

Entraron en el despacho de Alicia, sumido en una media penumbra que apenas dejaba intuir las formas regulares del escritorio y el contorno difuminado de algunos objetos tirados por el suelo. Se aproximó al regulador junto a la ventana y lo giró para dejar pasar la luz; los microcanales que recorrían el interior del cristal se vaciaron y la ventana comenzó a tornarse translúcida, hasta que la luz de la tarde se filtró en la habitación. Alicia empezó a recoger los juguetes, prendas de ropa y zapatos que había esparcidos por el suelo.

—A veces le gusta jugar aquí mientras trabajo —se disculpó, y colocó todo sobre un pequeño sofá de dos plazas al fondo de la estancia.

Girard se dejó caer sobre una silla giratoria y apoyó los codos en el reposabrazos, sorbió la taza de té que sostenía con ambas manos y giró sobre sí mismo, contemplando la habitación a su alrededor. Se detuvo frente a un ejemplar en papel de *Progreso;* estaba enmarcado y colgado junto a una estantería en la que paneles fotográficos evolucionaban lentamente mostrando distintas imágenes de Lara: jugando en una playa blanca, riendo en su cumpleaños, ahora una tarde en el parque…

—¿De dónde lo has sacado? —preguntó Girard, señalando con la taza el periódico enmarcado.

—Me lo regaló Claudio hace unos años, me dijo que sabría valorarlo.

Él volvió a sorber del té y asintió.

—El viejo siempre ha tenido debilidad por ti. Pero puedo entenderle, eres la hija que nunca tuvo.

—Ja, mira quién fue a hablar —gruñó Alicia, mientras enlazaba su móvil con la pantalla del escritorio—. A ti te permite hacer lo que te dé la gana, eres su favorito.

—Pero eso no es paternalismo. Simplemente reconoce mi genio periodístico.

Alicia debió sonreír ante tanto descaro. El sistema operativo pasó a modo sobremesa y los iconos se distribuyeron sobre la pantalla; el del correo electrónico palpitaba con siete notificaciones. Lo rozó con el dedo y se desplegó la lista de correos sin leer. Alicia los eliminó todos directamente.

—¿Ni siquiera vas a echarles un vistazo? —preguntó su compañero un tanto sorprendido.

—No. No dicen nada agradable.

—¿Quién te los envía?

—GhostHost.

—¿El pirata al que entrevistaste para tu reportaje?

—Sí. —Alicia suspiró mientras enlazaba su móvil con un dispositivo de memoria; introdujo la clave que le solicitaba el sistema, antes de aclarar—: Al parecer algunas de sus declaraciones le están trayendo problemas entre la comunidad *hacker*, pero yo me limité a transcribir el intercambio de correos que mantuvimos, no adorné ni una de sus palabras.

—Sí, desde fuera parece un mundillo con muchos egos y envidias. Pero ¿de qué se queja, concretamente?

—Lo de siempre. Dice que muchas de las cosas que me contó no eran para que las publicara, que le he hecho quedar como un gilipollas. No es cierto, él habló libremente, se jactó de unas cuantas cibergamberradas y respondió a mis preguntas sabiendo que todo era material publicable...

—Ya, pero todo cambia cuando debes asumir las consecuencias de tus palabras —señaló Girard con la desgana del que escucha una historia consabida—. ¿Y qué pretende que hagas?

—Quiere otra entrevista para reparar su imagen.

El periodista se echó a reír.

—Pobrecillo, debe de ser un chaval. Tienes que tenerlo en cuenta.

—Chaval o no, después de varios correos insultándome he decidido dejar de leerlos. Lo he marcado como correo basura, pero consigue saltarse los filtros.

—Hum, eso podría ser peligroso —masculló su compañero, los labios sobre el filo de la taza—, deberías pedirle a los de asistencia técnica que te dieran una nueva cuenta y cancelaran esa.

—Es la que tiene todo el mundo. ¿Sabes cuántos correos dejarían de llegarme en el trasvase? Además, acabaría encontrando mi nueva cuenta —señaló encogiéndose de hombros—. Tarde o temprano se aburrirá de mí. Y ahora: ¿estás listo para leer lo que he dado en llamar el Informe Zeitgeist?

—Me gusta, tiene pegada.

Alicia le entregó una pantalla de cristal flexible con el documento abierto.

—También te he descargado el propio texto del correo electrónico, por si quieres leer tú mismo el mensaje de Will. Cuando hayamos terminado lo borraremos todo, solo guardo una copia en una memoria externa, sin conexión directa a la Red.

—Estás siendo muy cuidadosa.

—¿No te parece que el asunto lo merece?

Girard asintió mientras limpiaba el cristal de las gafas contra la camisa. A continuación estiró las piernas, giró el cuello a un lado y a otro, y se enfrascó en el árido proceso de lectura. Ella hizo lo mismo en la pantalla de su escritorio.

Las horas transcurrieron silenciosas y anodinas. El sol declinó sobre Madrid y el azul del cielo comenzó a diluirse en tinta ocre. Al igual que la primera vez que lo leyó, el documento le pareció revelador en algunos aspectos, pero no hasta el punto de ser una bomba de relojería para el Grupo Fenris. Sus más de cuatrocientas páginas versaban sobre operaciones y transacciones internacionales del grupo, el rastro de las cuales podía seguirse a través de registros mercantiles y organismos reguladores de compraventa de acciones de diversos países. Sin duda, aquel informe había sido elaborado por alguien que conocía muy bien los movimientos del grupo, tanto como para documentarlos de manera detallada; sin embargo, no desvelaba irregularidades ni aportaba pruebas sobre posibles prácticas delictivas.

Alicia había hecho sus deberes hasta donde le fue posible: a fin de poder contextualizar la documentación que Will le había confiado, realizó una investigación de un par de días a través de la Red, gracias a la cual pudo saber que Fenris era, en origen, una empresa nórdica dedicada a la fabricación de materiales para obras de ingeniería civil. Cuarenta años atrás, su departamento de I+D+i había desarrollado un nuevo compuesto basado en carbono y fibra de vidrio capaz de sustituir al acero como material básico en cualquier obra de ingeniería. Era algo que podía revolucionar el sector, pero antes de su explosión comercial la compañía fue adquirida por capital extranjero de origen mixto; un buen sondeo de mercado permitió a los compradores anticipar el valor de lo que Fenris tenía entre manos y pudieron hacerse con el control de la empresa antes de que se convirtiera en la principal proveedora de materiales de construcción del mundo. Fenris multiplicó por cincuenta su valor en cuestión de doce años, y los nuevos propietarios decidieron usarla como matriz de la que, en apenas dos décadas, sería uno de los más grandes imperios corporativos conocidos.

Con un dominio incontestable sobre el mercado global de las grandes infraestructuras, los ambiciosos propietarios de Fenris crearon un *holding* industrial que llegó a facturar por el sesenta por ciento de las obras civiles acometidas en todo el mundo. Pese a los múltiples conflictos por monopolio, la dirección de Fenris dio un paso más hacia la megalomanía cuando decidió crear una segunda matriz dentro del *holding:* Vanagard Group Inc., un fondo de inversión alimentado por los constantes beneficios generados por la rama industrial del grupo, y que inició una segunda línea de negocios dedicada a inversiones de riesgo y la compra de empresas en distintas zonas del mundo.

Alicia descubrió pronto que todo lo relativo a Vanagard era confuso y enmarañado: sus operaciones se diversificaban a través de innumerables empresas subsidiarias, compañías de banca de inversión, control de empresas estratégicas en países emergentes... Vanagard era un monstruo en el armario, un gigante oscuro y difuso alimentado por un poderoso corazón industrial.

Durante su trabajo de documentación, la periodista pudo encontrar una carta abierta firmada por el exdecano de la Escuela de Negocios de la Universidad de Columbia en la que advertía al gobierno de los Estados Unidos del riesgo que suponía permitir que Fenris continuara invirtiendo en empresas del país. Aparentemente, entre la élite financiera existía una honda preocupación en torno a un conglomerado empresarial que algunos definían como «un monstruo cuyos tentáculos se habían infiltrado hasta la misma médula del sistema». No pocos aseguraban que los propios Estados, temerosos de despertar a la criatura, preferían cerrar la puerta del armario, mirar hacia otro lado y cruzar los dedos con la esperanza de que Fenris Holding Group nunca llegara a convertirse en un problema.

Todo aquello, que era *vox populi* entre expertos, consultores y asesores financieros de gobiernos y empresas, parecía quedar detallado en el documento que Alicia tenía ahora entre manos.

—Escucha esto —dijo Girard, sin levantar la vista de la pantalla blanca que sujetaba entre las manos—: Shimry Tech, una empresa taiwanesa dedicada a la fabricación de circuitos integrados, fue adquirida hace cuatro años por CLMA, un fondo de inversión finlandés controlado, según pone aquí, por Vanagard Group Inc., el auténtico brazo armado de Fenris en el mundo de las finanzas. Poco después de su adquisición, Shimry Tech recibió una inyección de capital de, atención, ¡ciento veinte mil millones de dólares! Quince veces su valor de adquisición. ¿Para qué? ¿Para revolucionar el mercado de los nanoprocesadores? No, en lugar de eso, Shimry invirtió la casi totalidad de este capital en Ceres Logistic, la mayor distribuidora de cereales de América del Norte. ¿A qué coño juega esta gente?

—Parece que pretenden diversificarse tanto como les sea posible —observó Alicia.

—¿Y por qué lo hacen a través de agentes interpuestos? ¿Por qué lo retuercen todo tanto? ¡Joder, esto no es diversificación! Va más allá, quieren meterse tan adentro como puedan en el sistema, no solo a nivel financiero, también a nivel industrial, bienes de consumo, incluso logística alimentaria. ¿Sabes lo que buscan?

Ella lo miró sin mudar la expresión, a la espera de la epifanía que debía sobrevenirle gracias a su amigo.

—Buscan la inmortalidad —afirmó Girard con su natural tendencia a la afectación, pero la expresión descreída de Alicia le obligó a explicarse—: ¿No lo ves? Quieren una simbiosis con el mercado, que sus intereses sean tan extensos y estén tan cruzados que actuar contra ellos sea una amenaza para el propio sistema. Es el viejo sueño de cualquier transnacional, desde los tiempos de Keynes, pero puede que Fenris sea la primera con los recursos para lograrlo. El objetivo final es vincular la estabilidad de los mercados a la del propio grupo; en la práctica esto significa ser intocable para los especuladores, los gobiernos y los organismos reguladores. Para una multinacional, es lo más parecido a lograr la inmortalidad.

—No eres el primero que lo dice. Pero ¿crees que lo que se recoge en estas páginas cambia algo? ¿Es tan relevante como para llegar al extremo de asesinar para que no vea la luz pública?

Su compañero sopesó la idea durante un rato. Se pasó la mano por el pelo, tan desordenado como siempre.

—Lo cierto es que cualquiera con la suficiente motivación y con el tiempo necesario podría llegar a reunir todo lo que aquí se recoge.

—Exacto —corroboró Alicia—. Estos datos solo ratifican una idea que ya está circulando, pero no son especialmente peligrosos de por sí.

—Puede... —Arturo Girard titubeó antes de exponer lo que estaba pensando, pues sabía que Alicia lo negaría de plano—, puede que la muerte de Will solo fuera un desgraciado accidente, nada más. A veces las casualidades ocurren.

—¿Sí? ¿Has leído el correo de Will? ¿Has visto la nota escrita de su puño y letra oculta en el documento? —Alicia le señaló la pantalla y comenzó a pasar las páginas a toda velocidad hasta llegar a la ciento diez—. ¿Vas a decirme que esto es una casualidad, que Will escribió la palabra «Zeitgeist» en la página 110, la misma que coincide con el número de mi habitación universitaria, por pura casualidad? Es evidente que intentaba...

—Un momento —la interrumpió su amigo—, vuelve atrás.

—¿Cómo?

—¿No te has fijado al pasar las páginas? —dijo mientras se levantaba de la silla y se situaba junto a Alicia, apoyando una mano sobre el escritorio—. Hay un cambio en el tipo de letra. ¡Vuelve a pasarlas hacia atrás!

Alicia obedeció con desgana, un tanto contrariada por haberse quedado a medias en la reivindicación de sus convicciones.

—¡Ahí! Han usado un tipo distinto en ese fragmento.

—¿Estás seguro? —dijo ella comparando la página en cuestión con la que le sucedía.

—Sí, es casi imperceptible, pero llevo muchos años viendo hojas de estilo como para que se me pase por alto. La mancha visual es similar, pero son dos grafías distintas: ambas son variaciones de la Times, pero una es más gruesa y con serifas más marcadas.

Alicia ladeó la cabeza mientras buscaba las diferencias que a su compañero le parecían tan evidentes. Acabó por ver lo mismo que él.

—Es cierto, no son del mismo tipo. ¿Cómo te has dado cuenta?

—Eso os pasa a los que solo trabajáis desde casa: habéis olvidado el viejo arte de la diagramación.

—¿Crees que este fragmento pudo haberse insertado desde otro documento? —preguntó ella.

Él asintió mientras se colocaba mejor las gafas y comenzaba a leer.

—No parece nada del otro mundo —musitó Girard, su vista volando sobre las líneas de texto—: El dinero invertido por el grupo en Fondation Samaritain, una clínica médica sin ánimo de lucro con sede en Suiza. —Dio unos toques en la pantalla, sobre el párrafo que estaba leyendo—. Parece una especie de obra social, nada más.

—¿Nada más? Fíjate en la relación de donaciones. Dieron comienzo hace veintiocho años, casi desde la misma fundación del Grupo Fenris. Y las donaciones superan los cincuenta millones de dólares anuales... cada año, sin falta, con un incremento en los últimos siete años. —Alicia hizo un rápido cálculo mental—. En total han destinado a esa fundación más de mil seiscientos millones de dólares en todo este tiempo.

—Joder, eso no tiene ningún sentido... —Girard se apartó de la pantalla—. ¿Quién es esta gente?

Alicia abrió el navegador y realizó una consulta, pero el motor de búsqueda no arrojó ningún resultado acerca de una «Fondation Samaritain» en Suiza. Tuvo una idea: volvió al principio del documento y comenzó a avanzar por él rápidamente. Sus ojos se movían de arriba a abajo mientras se deslizaban brevemente sobre cada página, antes de descartarla y pasar a la siguiente.

—¿Qué buscas? —quiso saber Girard, intrigado.

—He pensado... —dijo ella sin detener su tarea—, que quizás el cambio en la tipografía no se deba a que el fragmento procede de otro documento. Quizás el que preparó el texto cambiara el tipo para llamar la atención sobre esos párrafos en concreto, como una manera sutil de subrayado.

—Un subrayado que solo podría detectar un ojo habituado a percibir las modificaciones en las manchas de texto —agregó Girard—, alguien como un diseñador o un periodista.

—Alguien como Will —constató Alicia.

—O, de manera fortuita, alguien como nosotros. Pero ¿qué buscas ahora?

—Otra variación similar. Abre bien los ojos.

Las páginas pasaban una tras otra y, según iban quedando atrás, la certeza de Alicia se fue diluyendo hasta parecer una ocurrencia un tanto infantil. Más de cuatrocientas páginas habían castigado ya sus ojos cuando Girard le puso la mano en el hombro y le pidió que retrocediera una página.

—Ahí la tienes —dijo con un susurro, como quien comparte un secreto—. Tu segunda variación en el continuo.

Alicia parpadeó para humedecerse los ojos y comenzó a leer el párrafo que le señalaba su amigo. Recogía la colaboración de Fenris con la escuela para niños desfavorecidos St. Martha, un antiguo orfanato radicado en el condado de Fermanagh, en Irlanda del Norte. Las cantidades eran generosas, pero ni mucho menos tan llamativas como en el caso de Fondation Samaritain. Sin embargo, a ninguno de los dos se les pasó por alto la coincidencia en las fechas: el grupo comenzó a colaborar con dicho centro en fechas similares a las de la fundación suiza.

—Puede tener cierta lógica —aseveró el periodista—, Fenris tiene sede en Irlanda, aunque sea por intereses fiscales.

Pero ni él mismo estaba dispuesto a darle el beneficio de la duda a semejante coincidencia. Era evidente que, quienquiera que hubiese elaborado el informe, quería que se estableciera la conexión entre ambos casos.

—Fenris tiene sede en Dublín, no en Irlanda del Norte —le contradijo su compañera—. Piénsalo un momento, Girard, ¿por qué un *holding* industrial como Fenris invierte semejante cantidad de dinero en dos obras de carácter social? Eso suelen hacerlo las empresas que tienen una imagen pública y gastan tanto o más en publicitar sus buenas obras como en llevarlas a cabo. Pero Fenris es un conglomerado industrial y de fondos de inversión, no tiene una imagen pública que vender; de hecho, cuanto menos se hable de ella, mejor para sus intereses. Entonces, ¿qué sentido tiene dedicar todo este dinero a acciones humanitarias?

—Quizás estén invirtiendo en su futuro, quizás crean que así pueden asegurarse una parcela en el cielo —bromeó el interpelado—. O puede que desgrave. Sí, eso es más plausible.

—Lo digo en serio —lo interrumpió Alicia—, es lo único que chirría entre tantos datos. El resto del documento posee información de interés, pero no hay nada realmente trascendente, parece más bien una cortina de humo para disimular algo, y creo que lo que el autor intenta ocultar es esto. —Señaló la pantalla, donde aún figuraba el dinero destinado a la escuela St. Martha.

Girard se quitó las gafas y se frotó un ojo con la palma de la mano; su expresión era la de alguien que no estaba completamente convencido.

—Es cierto que nunca he visto una multinacional que gaste tanto dinero en causas sociales, sobre todo sin intentar sacarle algún tipo de rédito. Y es cierto que, al parecer, alguien ha intentado llamar la atención sobre este aspecto. Pero estás conjeturando demasiado; puede que aquí no haya nada más que lo que queremos ver.

—Está bien. Puede que esté dejando volar la imaginación, pero solo hay una manera de comprobarlo.

—¿Qué piensas hacer? —preguntó Girard con cierta preocupación en la voz.

—Intentaré volar mañana por la tarde hacia Londres, no pienso perder la oportunidad de despedirme de Will como es debido. Luego iré a Irlanda, quiero ver ese colegio St. Martha con mis propios ojos.

Interludio
Escenario 2385

Nicholas aguardaba sentado en la incómoda silla de acero, las manos juntas sobre la mesa de metal pulido, rodeado por cuatro paredes de un grueso cristal blanco y opaco que le aislaban completamente del exterior. Una luz intensa y hostil desbordaba la pequeña estancia borrando cualquier atisbo de sombra o privacidad. El mensaje era claro: aquí no puedes ocultar nada.

Pensaba en aquel lugar como en una especie de quirófano. Nunca había estado en uno, pero podía imaginarlo vívidamente: la sensación de miedo atemperado, la falta de control sobre lo que va a suceder, verte desnudo, vulnerable. Una vez al mes, el martes de la primera semana desde que tenía uso de razón, se removía en la silla de frío metal y aguardaba en aquel espacio vacío de todo estímulo, a solas con sus fantasmas, hasta que comenzaba el juego.

Hubo un súbito cambio de luces. El cegador destello blanco se apagó y, durante una fracción de segundo, Nicholas pudo ver cientos de ojos rojos prendidos del techo y las paredes, taladrando cada uno de sus gestos y movimientos. Aquel destello rojizo era inconfundible para cualquier residente del colegio: eran los silenciosos vigilantes que llenaban cada rincón, incluso las habitaciones y vestuarios, reduciendo la intimidad a un simple concepto. Pero en aquella sala estaban más presentes que en ningún otro sitio, su densidad era asfixiante, se trataba del corazón mismo de su reino donde no solo podían violar lo que hacías o decías, sino también lo que pensabas. La luz volvió, esta vez atenuada, y Nicholas se encontró rodeado por suaves olas azules proyectadas desde las paredes de cristal. Flotaba en un mar calmo.

—Bienvenido, Nicholas. ¿Cómo te encuentras hoy? —preguntó una voz de mujer. Era agradable, pero no estaba modulada por ningún tipo de emoción.

—Bien.

—¿Quieres beber agua antes de empezar?

Nicholas observó por un instante la jarra y el vaso de cristal que había sobre la mesa, junto a sus manos entrelazadas.

—No.

—Como prefieras. Escenario 729: son los últimos días de primavera, las tardes comienzan a ser bastante cálidas. Decides salir a pasear por el bosque que rodea el colegio. Estás solo y mientras caminas escuchas risas y el sonido del agua. Sientes curiosidad y avanzas entre los árboles hacia el lago cercano. Desde las rocas, oculto entre las sombras de la arboleda, contemplas cómo tres compañeras se están bañando y jugando en el agua. Están desnudas y sus cuerpos te resultan atractivos. ¿Qué haces?

—Me marcho.

—¿Estás seguro? ¿No observarías un rato antes de irte? Es imposible que ellas reparen en ti.

—No, me marcharía.

Hubo un breve silencio durante el que Nicholas mantuvo los ojos fijos en el mar artificial.

—Es normal observar lo que te resulta hermoso —dijo la voz—, no dañas a nadie y ellas nunca lo sabrían. Nadie se sentiría avergonzado.

—Aun así... —Nicholas titubeó—, está mal. Ellas no desean ser observadas, por eso se bañan en un sitio apartado. No tengo su permiso.

—Muy bien.

Un nuevo cambio de luces, apenas una breve ráfaga, y las paredes muestran un desierto yermo sobre el que se abate una tormenta.

—Escenario 3221. Nicholas, quiero que imagines la sensación de morder el filo de cristal del vaso que hay sobre la mesa.

—¿El cristal?

—Sí. Es un fragmento de cristal grueso. Te lo pones entre los dientes y comienzas a presionar con fuerza. ¿Qué sucedería?

—Supongo que se rompería —titubeó.

—¿Cuáles serían las consecuencias?

—Me cortaría los labios, la lengua... —Nicholas torció el gesto—. Puede que trozos de cristal se me clavaran en el paladar y en la encía. Habría mucha sangre.

—Ahora que lo has visualizado, dime, si alguien con autoridad sobre ti te pidiera que lo hicieras, ¿lo harías?

—No.

—Si amenazara con emplear la violencia contra ti, ¿lo harías?

—No.

—¿Has pensado que la violencia ejercida por otra persona, sobre la que no tendrías ningún control, puede tener consecuencias más graves? Al fin y al cabo, tú serías el que muerde el cristal, el daño autoinfligido tiene más posibilidades de ser controlado.

—Aun así, no creo que lo mordiera.

—¿No crees o no lo harías?

Se tomó un momento para pensar.

—No lo haría. Estoy seguro.

—Si esa persona amenazara con ejercer la violencia física contra otra persona, con causarle un daño superior al que tú te provocarías, ¿morderías el cristal?

—Tampoco lo haría.

—Si amenazara con causar daño a tres personas, ¿obedecerías entonces?

Un instante de duda.

—No..., no lo sé.

—Debes contestar sí o no, Nicholas.

—No, no lo haría.

—¿Y si ahora amenazara con hacer lo mismo a diez personas?

El muchacho bajó la cabeza y cerró los dedos en torno a las rodillas. Comprendía que la iteración nunca cesaría, querían saber cuánto dolor ajeno estaba dispuesto a tolerar para evitar el suyo propio. Miró el desierto que le rodeaba, el cielo amenazando tormenta, y sintió una punzada en la garganta reseca; se pasó la lengua por los labios, temiendo encontrarlos cuarteados. Sabía que la sed era fruto de la autosugestión, pero la mirada se le fue a la jarra de cristal, súbitamente apetecible. No bebió. Decían cosas del agua de aquella jarra. Cerró los ojos e imaginó el cristal cortándole la comisura de los labios, la sangre derramándose por la barbilla.

—Sí, mordería el cristal.

Hubo otro silencio, como si valoraran su respuesta.

—Entonces, ¿no crees que tres personas han sufrido innecesariamente? Quizás deberías haber mordido el cristal desde el principio. ¿Qué opinas?

—Puede ser… Sí, debería haberlo mordido desde el principio.

Cambio de luces. Una llanura extensa que se pierde en el horizonte. El viento agita las briznas de hierba.

—Escenario 2385. Tú y tres amigos os habéis perdido en un territorio inhóspito, debéis caminar durante más de un día para llegar a la civilización y el único alimento al que tenéis acceso es una manzana que está en tu poder. —Nicholas conocía bien esa manzana, ya había aparecido en otros escenarios. No era una simple fruta, sino una entelequia, un concepto que expresaba «todo lo que una persona puede anhelar». Lo que es necesario y deseable a un tiempo—. Si te comes la manzana entera, tu cuerpo estará bien alimentado y sobrevivirás con toda certeza hasta llegar a una zona segura. Comiéndote media manzana, tus probabilidades de subsistencia se verían seriamente mermadas, pero aun así cabría la posibilidad de que salvases la vida; además, otra persona más podría sobrevivir. Si divides la manzana en cuatro trozos, uno para cada compañero, lo más probable es que todos murierais de hambre y agotamiento antes de llegar a un lugar seguro, pero existiría una posibilidad, remota, de que os salvarais los cuatro. ¿Qué harías, Nicholas?

Le habían entrenado para dar vida en su mente a escenarios teóricos, para desenvolverse entre supuestos de la misma forma en que lo haría en una situación real. Su yo consciente calculaba las consecuencias de sus actos, valoraba la premisa desde distintos ángulos, pero no conjeturaba ni infería variantes, pues sabía que debía trabajar solo con la información que le facilitaban. El escenario era una matriz cerrada, un dogma inamovible al que él no podía añadir ni restar nada. Y aunque Nicholas era plenamente consciente de que trabajaba con planteamientos ficticios, de que todo sucedía en su mente, las decisiones que tomaba dentro de aquella sala eran reales y viscerales, cargadas de consecuencias morales que le atormentaban por las noches, pues sabía que, de encontrarse en dichas circunstancias, haría justamente lo que dijera allí dentro.

Había anochecido cuando por fin le dejaron marcharse de aquel pequeño cubículo de cristal templado que algunos habían bautizado como la sala de los espejos. Era una manera curiosa de llamarlo, ya que no había ningún espejo en su interior, pero todos entendían el porqué de tal sobrenombre. Una vez libre, Nicholas debía recorrer el camino que lo llevara a reencontrarse consigo mismo, un proceso que había sistematizado de forma bastante eficaz. Lo habían zarandeado, haciéndolo volar de un escenario a otro, sometiéndolo a preguntas que carecían de respuestas correctas, lo habían extenuado a nivel mental y emocional, vaciando su alma cucharada a cucharada hasta dejar tan solo un cascarón vacío. Ahora, en la soledad que solo le pertenecía a él, comenzaría a restañar las heridas, a rellenar el hueco hasta sentirse de nuevo una persona completa.

Se enfundó los guantes de boxeo y, con los dientes, tiró de la cuerda que los ceñía a sus muñecas. Su mente estaba completamente en blanco y su expresión era vacua, casi una máscara ritual. Sus puños cobraron vida, levantó la guardia y el saco de arena se estremeció con el primer puñetazo. El pesado balanceo fue interrumpido por un segundo golpe, y luego otro más. Una cadencia acompasada que marcaba el ritmo de un baile suave y honesto en el que ninguno de los dos se guardaba nada para sí.

Así lo descubrió Eva, inmerso en su mantra de fintas y puñetazos, justo donde sabía que lo encontraría tras su visita a la sala de los espejos. Cada uno tenía su manera de enfrentarse al momento después, y sabía que aquella era la de él. La muchacha se quedó en la entrada del gimnasio desierto, el silencio barrido por la obstinada sucesión de golpes, por el tintineo de la cadena al sacudirse, por el chirrido de las zapatillas sobre el parqué. Las luces de neón solo alumbraban la mitad de la sala donde Nicholas se entrenaba, enmarcándolo en una imagen que olía a sudor, rabia y esfuerzo.

Ella esperó al margen de la fotografía, en la penumbra junto al umbral, hasta que Nicholas, agotado, debió bajar los puños y se abrazó al saco para detener su balanceo. Por fin se inclinó sobre sí mismo sin resuello, la piel ardiendo en sudor.

—¿Te encuentras mejor? —preguntó Eva, avanzando unos pasos hasta colocarse bajo la pálida luz de los focos de neón.

Nicholas intentó responder, pero solo pudo levantar un brazo para pedir tregua. Se sentó en el suelo y, mientras trataba de recuperar el aliento, quiso sacarse los guantes con la boca.

—Deja que te ayude —ofreció arrodillándose a su lado.

Eva se alisó la falda gris del uniforme, tomó la mano enguantada de Nicholas y la colocó sobre su regazo. Sus dedos blancos y delgados aflojaron sin dificultad la cuerda de los guantes y los retiró con cuidado. Él le dio las gracias mientras se frotaba las muñecas doloridas.

—Sabía que te encontraría aquí, aunque el gimnasio lleve dos horas cerrado.

—Mientras no me lo prohíban, seguiré viniendo —respondió el muchacho.

—Apuesto a que ni siquiera has cenado. —Se puso en pie y tiró de él—. Vamos, dúchate. Te he estado esperando para ir al comedor.

Nicholas se dejó arrastrar. Aún tenía el pulso desbocado, pero ya respiraba con más normalidad.

—Creo que no me apetece cenar —dijo mientras se dirigían a la salida—. Prefiero irme a dormir directamente.

—Ah, ah, ni se te ocurra. He estado esperándote y ahora no me vas a dejar colgada. Te doy diez minutos para ducharte; si tardas más, apagaré las luces y te dejaré aquí a oscuras.

Su sonrisa consiguió que su amenaza sonara encantadora, así que Nicholas no pudo hacer otra cosa más que apresurarse para estar listo en diez minutos. Se duchó con agua tibia, dejó los guantes y la ropa deportiva en una cesta y se vistió con el uniforme del colegio. Cuando se reencontró con Eva olía a champú y a ropa limpia.

—¿Cómo te ha ido esta vez? —preguntó la muchacha mientras enfilaban un largo corredor en el que se intercalaban los ventanales con las lámparas de llama fría. Fuera era noche cerrada y los cristales tan solo devolvían el propio reflejo—. Parece que han sido especialmente duros.

—¿Cuándo no lo son?

—No sé. Hay gente que vuelve de la sala de los espejos como el que regresa de un paseo al sol.

—Puede que yo sea más sensible que otros.

—Sabes que no es así —negó ella—. Contigo siempre son especialmente duros.

Descendieron a la planta inferior y los pasillos se poblaron de alumnos ociosos. En una hora todos deberían recluirse en sus habitaciones, mientras tanto los internos aprovechaban para charlar y pasear por los pasillos. Entre ellos, los responsables del centro eran inconfundibles. No solo porque eran más altos que la mayoría de los muchachos allí internados, o porque siempre vistieran su riguroso uniforme de bata blanca; el principal elemento diferencial era su actitud impersonal, pues parecían hablarles a cientos de millas de distancia, todo calor erradicado de su voz. Nicholas los miraba de soslayo y sentía que detestaba a cada uno de ellos, no tanto porque fueran la autoridad, sino por la forma fría y metódica que tenían de ejercerla. Sin embargo, todos sabían que si alguno de aquellos hombres o mujeres mostraba afecto o empatizaba con los alumnos, desaparecería de la noche a la mañana, fulminado por un dios vigilante que borraría todo rastro del insensato.

En ese aspecto, Edith no había sido una excepción, y aunque el resto de los alumnos la habían olvidado, Nicholas seguía recordándola como la única persona que le había mirado a los ojos y le había dicho que tenía derecho a elegir.

Llegaron al comedor, recogieron las bandejas con la cena envasada y se sentaron a una mesa apartada. Estaban prácticamente solos, pues la mayoría ya se dedicaba a sus actividades de esparcimiento, apurando el escaso tiempo libre que tenían. Ellos, sin embargo, comieron y charlaron tranquilamente. Eva no volvió a preguntar a Nicholas por su sesión de aquel día, en lugar de ello prefirió distraerlo hablando de cosas triviales.

—¿Sabes que han cargado nuevas películas en la filmoteca? Lo descubrí ayer por la noche, ojeando los archivos disponibles desde mi habitación. Creo que mañana veré alguna después de comer.

Eva pinchó en su cuenco de ensalada y se llevó a la boca un trozo de tomate, rojo y jugoso. Mientras masticaba reparó en la expresión meditabunda de su compañero. Iba a preguntarle en qué pensaba cuando él se le anticipó.

—¿Por qué crees que eligen esas películas? ¿Por qué cargan en la biblioteca personal de cada alumno películas y libros distintos?

Eva dejó de masticar por un instante y pensó sobre ello. Tragó antes de aventurar una respuesta.

—Puede que conozcan nuestros gustos.

—No. No es eso. ¿Nunca te has preguntado por el sentido de todo esto?

—¿De qué? Las cosas son como son, no tienen por qué tener un sentido. Estamos bien así.

—¿De verdad? No conocemos a otras personas y no sabemos qué hay fuera, solo sabemos del exterior lo que nos permiten ver a través de un pequeño cristal empañado. Deciden los libros que leemos, las películas que vemos, la música que podemos escuchar, lo que debemos estudiar… Todo eso tiene algún motivo.

—Ajá, ¿y cuál crees tú que es ese motivo, cuál es el gran sentido de todo esto? —preguntó Eva inclinando la cabeza, con tono casi piadoso.

—No lo sé. No tenemos perspectiva. Pero sabemos que no todo el mundo vive así. ¿Por qué nosotros sí? ¿Quiénes son ellos? —preguntó, señalando con la cabeza a uno de los instructores—. ¿Por qué están aquí?

—Hasta ahora solo haces preguntas, pero sigues sin decirme en qué estás pensando.

—Muy bien —dijo Nicholas apoyándose contra el respaldar de la silla y depositando su tenedor sobre la mesa—. Te diré lo que pienso. Creo que nos preparan, que cada uno tenemos una misión, aunque la ignoremos, y nos preparan para ella. Por eso yo tengo acceso a unos libros y tú a otros, por eso hay conductas que refuerzan en algunos de nosotros mientras que en otros las sancionan, por eso mis escenarios son diferentes a los tuyos.

—Nos preparan… —repitió ella con voz desconcertada—. ¿Para qué habrían de prepararnos? Solo somos… niños.

—Nos preparan para lo que venga después de esto.

—¿Qué quieres decir? ¿Piensas que vamos a salir de…?

Eva calló al percatarse de que alguien se había detenido junto a ellos. Ambos levantaron la mirada y se encontraron con el rostro adormilado de Eugene, un chico delgado pero de mejillas rollizas y pelo rizado, lo que le otorgaba el aspecto de un querubín renacentista. El muchacho había estado sentado unas pocas mesas más allá, pero ninguno de los dos había reparado en su presencia, y si lo habían hecho, de manera inconsciente la habían obviado, pues Eugene era un chico retraído al que nadie conocía en realidad. Si no fuera por sus excelentes resultados, sobre todo en materias de conocimiento abstracto como las matemáticas o la física teórica, muchos habrían pensado que tenía alguna tara mental. Sin embargo, allí estaba, plantado frente a ellos con un dedo sellando sus labios.

—Ssshhh. No deberíais hablar de estas cosas en voz alta.

Conocían a Eugene de toda la vida, pero probablemente aquella era la primera vez que les dirigía la palabra.

—¿De qué hablas? —respondió Eva con el ceño fruncido—. Vuelve a tu mesa.

En lugar de eso, Eugene retiró una de las dos sillas libres y se sentó junto a ellos. Apoyó los codos sobre la mesa de madera y miró a Nicholas directamente a los ojos. Ahora su expresión no era ausente, no parecía alguien con problemas de atención, más bien todo lo contrario. Al confrontar su mirada con la de aquel muchacho, Nicholas comprendió que Eugene había perfeccionado el arte de pasar desapercibido.

—Dime, Nicholas, en tu sesión de hoy te han preguntado por el escenario 2385, ¿no es cierto?

Nicholas, sorprendido, miró a su alrededor. En el comedor no quedaba prácticamente nadie. El suelo y los paneles de madera que recubrían las paredes reverberaban con el resplandor de las llamas artificiales que iluminaban la estancia. Ya habían retirado de los estantes las bandejas con la cena envasada.

—¿Cómo puedes saberlo?

—Lo sé porque observo y escucho, algo que nadie más hace por aquí. Tengo curiosidad, ¿qué respondiste? ¿Qué hiciste con tu manzana?

Nicholas se rebulló en su silla y miró de reojo a Eva, que intentaba comprender de qué estaban hablando. Ambos estaban desubicados por la actitud de aquel chico que se parecía a Eugene.

—La dividí en cuatro trozos, uno para cada uno.

—De todas las opciones, esa era la que implicaba más probabilidades de morir. ¿Por qué lo hiciste?

La expresión de Nicholas pasó del desconcierto a la gravedad.

—No lo veo así. La esperanza es lo único que permite mantener el orden, que las personas colaboren entre sí por un bien común; la desesperación, por el contrario, nos convierte en lobos, siembra el caos. Dejar a alguno sin un trozo de manzana, sin una posibilidad de sobrevivir, por nimia que esta sea, nos habría matado a los cuatro.

Eugene asintió y una breve sonrisa asomó a sus labios. Parecía satisfecho con la respuesta y, para su extrañeza, Nicholas agradeció su aprobación, pues había descubierto en ese muchacho a un igual, incluso a alguien de quien podía aprender, ya que había desarrollado una manera de sobrevivir en aquel ambiente más sofisticada y eficaz que la suya. Pero no estaba preparado para lo que escuchó a continuación:

—Debemos salir de aquí. Tenemos que escapar, y tenemos que hacerlo pronto —dijo Eugene con voz calma, como si no le estuviera proponiendo romper con el mundo.

—¿De qué estás hablando? —Nicholas afiló la mirada, la sonrisa truncada en su rostro mientras intentaba decidir si el extraño muchacho hablaba en serio o le tomaba el pelo—. ¿Te burlas de nosotros?

El rostro angelical de Eugene no mudó la expresión. Parecía haber previsto aquella reacción.

—Cuando asimiles lo que te digo, comprenderás que tengo razón.

Nicholas bajó la vista y sopesó la idea. No como una posibilidad real, simplemente intentaba proyectar qué sucedería, como si se encontrara ante un escenario más de la sala de los espejos. Percibió la mirada angustiada de Eva sobre él.

—¿Qué haces, Nicholas? Está loco, todos lo saben —dijo la muchacha, apoyando la mano en el brazo de su amigo para llamar su atención—. Lo sabes, ¿verdad? Dime que sabes que está loco. Nadie ha salido de aquí. ¿Para qué ibas a marcharte? ¿Adónde ibas a ir?

No respondió, le habría gustado tranquilizarla, decirle que no pensaba huir y dejarla allí. Sin embargo, sus siguientes palabras fueron para Eugene.

—¿Por qué me dices esto? ¿Cómo sabes que no te denunciaré a los mentores?

—Porque de todos los que estamos aquí, eres el único que tiene tantas ganas como yo de escapar, de salir de esta celda que nos limita.

—Esto no es una celda —protestó Eva, casi furiosa—, es nuestro hogar.

—Si creías que solo yo compartía ese deseo, ¿por qué me lo dices ahora? ¿Por qué delante de Eva? Ella podría denunciarte.

—Aquí hay cámaras, pero no micrófonos —señaló Eugene abriendo los brazos, abarcando todo el comedor—. Normalmente es la zona más bulliciosa del colegio y el ruido les impide discernir conversaciones, así que solo graban imágenes. Tranquilos, tampoco pueden leernos los labios… Y ella no dirá nada. —Miró a Eva y le dedicó una sonrisa—. No haría nada que pudiera perjudicarte. Volveremos a hablar, cuando hayas comprendido que lo que te ofrezco es lo que deseas.

Eugene se puso en pie, pero antes de que pudiera marcharse, Nicholas lo retuvo.

—Conoces el escenario 2385, has estado en él, ¿verdad? ¿Qué hiciste tú?

El interpelado sonrió. Era una sonrisa calculadora, pero no estaba carente de cierto encanto.

—Estoy de acuerdo contigo. No puedes arrebatarle a alguien toda esperanza.

—Entonces, ¿también dividiste la manzana en cuatro trozos?

Eugene negó con la cabeza lentamente.

—No. La partí en dos. Una mitad para mí; la otra la dividí en tres partes, una para cada uno de mis compañeros.

Capítulo 5
David Samir

¿Quién es David Samir? —preguntó Adelbert con el ceño fruncido, mientras hojeaba las extrañas láminas que conformaban el perfil del hombre al que debía buscar.

Daniel había escuchado hablar de aquel tipo de documentos, pero nunca había tenido uno entre las manos: estaba compuesto de un papel plástico recubierto de un polímero que impedía que fuera fotografiado; los servicios de inteligencia lo utilizaban para mover la información que consideraban demasiado sensible para almacenarse en soporte digital, y normalmente en la portada de dichos informes podía leerse, impresa en grandes letras rojas, la advertencia *«Only for your eyes»*. Todo bastante dramático.

—Ahí tiene todo lo que necesita saber —dijo Solomon Denga. Su voz grave se confundía con el rumor de los reactores del helicóptero—: Es un comandante de la Tzahal* desaparecido

---

* Tzahal: Es el nombre utilizado para referirse de manera informal al ejército israelí. Es el acrónimo de *Tzva Hahagana Le Yisra'el* (en hebreo, Ejército para la Defensa de Israel).

hace cuarenta y un años. El gobierno israelí lo declaró oficialmente muerto hace veinte, tras dos décadas sin noticias suyas.

—Eso lo puedo leer yo mismo, quiero saber quién es en realidad. ¿Por qué Kenzō Inamura quiere que lo encuentre?

—Solo necesita saber lo que figura en ese perfil —repitió Denga tajante, al tiempo que se reclinaba en su asiento y cruzaba los brazos sobre el pecho—. Estúdielo a fondo antes de llegar a Tel Aviv y asegúrese de destruirlo una vez lo haya memorizado, no queremos que nadie sepa que tenemos acceso a esta información.

Daniel dedicó una mirada un tanto hosca a su interlocutor antes de centrarse nuevamente en el dosier. Definitivamente, sería de poca ayuda: de lo que había allí apenas podía aprovechar el nombre y la fecha de nacimiento del sujeto, pues no figuraba nada sobre su lugar de origen, familia o dónde había estudiado…, ni siquiera una mísera fotografía. Por el contrario, el perfil abundaba en aspectos que le resultaban de poca utilidad, como un amplio informe sobre todas y cada una de las operaciones militares en las que David Samir había participado. Al final de las mismas figuraba la espectacular hoja de condecoraciones que le fueron concedidas justo antes de pasar a la reserva con el grado de comandante, a la temprana edad de treinta y ocho años. Un año antes de que desapareciera de la faz de la tierra.

Dejó a un lado el dosier y el cierre magnético se activó automáticamente. Daniel miró por la ventana de la aeronave, que se aproximaba al aeropuerto volando a la altura indicada para los vuelos domésticos. En la distancia se divisaba la irregular superficie gris de Oslo, cuya bahía abría los brazos al fiordo del mar del Norte; bajo ellos, sin embargo, el terreno aún presentaba la irregular orografía de los espesos bosques nórdicos y de las lenguas de agua salada que serpenteaban tierra adentro.

Cansado, separó la cabeza del cristal y le dijo a Denga:

—¿Sabe? Su informe es una mierda.

El ayudante de Inamura frunció los labios ante aquel desaire, aunque su espeso bigote atenuó su expresión contrariada.

—Le hemos facilitado un informe secreto del gobierno israelí, perfectamente traducido del hebreo por nuestros técnicos en lingüística. Es un trabajo de inteligencia impecable.

—Es una mierda. Aquí apenas hay por dónde empezar —afirmó Daniel levantando el dosier frente a su cara, antes de volver a tirarlo sobre el asiento de al lado—, y ustedes insisten en seguir jugando a los secretos. Dígame lo que necesito saber, por qué Inamura tiene interés en un soldado israelí desaparecido hace cuatro décadas.

Solomon Denga sonrió ante su ímpetu, dejando claro que no se encontraba nada impresionado.

—Está demasiado acostumbrado a conseguir lo que quiere, señor Adelbert.

—Tiene gracia que eso venga de alguien que trabaja para Kenzō Inamura. ¿Comprende que, una vez lleguemos al aeropuerto, podría tomar un vuelo hacia cualquier parte y no volverían a saber de mí? Aún no sé por qué me inmiscuyo en todo esto.

—Lo hace por lo mismo que cualquier otro —razonó Denga con sencillez—: porque obtendrá a cambio algo que desea. Y su compromiso con este trabajo es tan fuerte como ese anhelo. Así que no se comporte como un divo caprichoso dispuesto a romper la baraja en cualquier momento, sé que no lo hará. Si Inamura-san no le hubiera dado la motivación necesaria, usted se habría negado desde un principio.

Daniel contempló con calma el gesto adusto e inexpresivo de aquel hombre extraño, y se dijo que lo había ponderado mal.

—Señor Denga —comenzó con paciencia—, todos queremos que esto salga bien, pero necesito más información. Puede que haya transcurrido mucho tiempo, pero le aseguro que si el Mossad o el Shabak hubieran querido encontrar al tal

Samir, podrían haberlo hecho en cualquier momento. Con esto quiero decir que o bien dejaron en paz a David Samir porque alcanzaron algún tipo de acuerdo con él, o bien ha desaparecido del mapa porque, sencillamente, lleva varias décadas muerto... —Y tras pensarlo un instante, añadió—: Hay una tercera opción, que todos estos años haya sido ocultado por los propios servicios de inteligencia israelíes, en cuyo caso lo tenemos más jodido aún. De cualquier modo, este informe se encuentra deliberadamente incompleto porque no quieren que nadie sepa qué fue de él, y por eso mismo preciso de todo lo que tengan. Deme alguna oportunidad.

Denga apoyó la sien sobre dos dedos extendidos y suspiró. Tras escrutar largamente a Daniel, terminó por cuadrarse la americana sobre los hombros y desabotonarla. Era un gesto inconsciente que anticipaba una ruptura del protocolo, algo que debía de resultar sumamente difícil para Solomon Denga.

—A lo largo de la historia —dijo por fin—, hay hombres que marcan el devenir de los acontecimientos de una manera decisiva. Algunos son reconocidos y su nombre queda registrado en los libros; otros, sin embargo, se mantienen en secreto, irrelevantes para el gran público. Digamos que el comandante David Samir es uno de estos hombres que quedaron a la sombra de la historia, pero eso no significa que no haya personas capaces de valorar su obra. Hay muchos tipos de coleccionistas, señor Adelbert.

Daniel sonrió y sacudió la cabeza.

—Respóndame a esta sencilla pregunta: ¿qué tiene de especial David Samir? ¿Qué lo diferencia del resto de héroes de guerra condecorados en secreto por sus respectivos gobiernos?

Su interlocutor se tomó un instante para formular una respuesta de la que no tuviera que arrepentirse. Cuando por fin habló, lo hizo con exactitud militar, como el soldado que da el parte de batalla:

—David Samir participó en veintidós operaciones de campo mientras estuvo activo —dijo con voz pausada—. Desde un principio destacó por su habilidad en el combate pero, sobre todo, por su talento táctico. Era capaz de analizar situaciones complejas con gran claridad, podía planificar intervenciones que, una vez puestas en práctica, se mostraban sumamente eficaces, y tenía el don de la improvisación. Podría decirse que Samir era un estratega nato con cualidades excepcionales para dirigir operaciones sobre el terreno, lo que le hizo subir de forma vertiginosa en el escalafón. En otra época, un militar así quizás habría estado llamado a comandar grandes ejércitos, pero hoy en día la guerra se libra con pequeñas operaciones encubiertas, y los mejores comandantes no son aquellos que saben mover tropas sobre un tablero, sino los que desempeñan su labor de manera eficaz, rápida y silenciosa; y no había nadie más rápido o eficaz que David Samir.

»Con los años se ganó una reputación casi legendaria en el seno de la Sayeret Matkal,* era un símbolo; pero Israel es una nación con muchos enemigos que no necesita símbolos, sino buenos soldados. Eso hizo que la figura de Samir no trascendiera como héroe de guerra y que se le mantuviera en las sombras. El mando le encomendó misiones cada vez más complejas. Cuatro de las recogidas en ese informe —señaló el dosier junto a Daniel— son lo que se conoce como una ruleta de cinco balas. ¿Sabe lo que significa?

—Sí —dijo Adelbert con un asentimiento—, es como llaman los operativos especiales a las misiones suicidas. Como jugar a la ruleta rusa con cinco balas en el tambor.

—Exacto, aunque en el caso de David Samir es una mala metáfora. Nadie sale con vida de cuatro misiones como esas

---

* Sayeret Matkal (o Unidad 269): Unidad de élite del ejército israelí fundada en la década de los sesenta a imagen del SAS británico. Se hace cargo de operaciones encubiertas o de gran complejidad táctica.

por simple suerte; sobrevivió por su determinación y su genio táctico. Todo está en ese informe, léalo y quizás comprenda por qué muchos consideran a este hombre como el mejor soldado de la era moderna.

—El soldado perfecto —masculló Adelbert con tono descreído—. Un mito, el viejo desvarío que sufrieron todos los estados militarizados del siglo XX, desde la Alemania nazi hasta los dos bloques de la Guerra Fría.

—Con la salvedad de que Samir no era ningún mito. Era real y por algún motivo desapareció sin dejar rastro.

—¿Y qué tiene que ver esta película de espías con la guerra particular que se traen entre manos Rosesthein e Inamura? ¿Cómo encaja esto en su juego enfermizo?

Solomon Denga sonrió.

—Me temo que eso es precisamente lo que Inamura-san quiere que usted averigüe.

Daniel nunca había pisado Tel Aviv. Había visitado Jerusalén algunos años atrás, pero en aquella ocasión no tuvo oportunidad de conocer la que estaba considerada capital financiera de Israel. Ahora descubría que, pese a la escasa distancia entre ambas ciudades, se hallaban en dos continentes distintos: una era vieja y solemne, de un misticismo milenario, puro Oriente Medio, mientras que la otra bebía directamente del Mediterráneo y le gustaba verse reflejada en el mismo espejo que Mónaco o Barcelona.

La tarde era luminosa, y mientras el taxi recorría las avenidas de edificios blancos, Tel Aviv le sonreía con un sol cálido y una brisa salada. El navegador automático detuvo el vehículo en la misma puerta del Hotel Cinema, junto a la gran plaza en la que desembocaba la calle Dizengoff. Lo primero que hizo tras registrarse fue tirar el equipaje sobre la cama y salir a dar una vuelta antes de que anocheciera.

El verano aún iluminaba los rostros y los veinticinco grados que templaban la tarde animaban a largos paseos y a charlas despreocupadas. Daniel vagó sin rumbo fijo, con la intención de perderse mientras observaba a las muchachas que charlaban distraídas en las concurridas terrazas de estilo bauhaus de la Ciudad Blanca de Tel Aviv; sus risas espontáneas y sus largas piernas morenas eran cantos de sirena para él, que de buen grado habría naufragado en alguna oscura bahía para olvidarse de los negocios que le habían llevado hasta allí.

Su tarde concluyó en Frishman Beach, tomando un cóctel en uno de aquellos salones abiertos al mar en los que se pinchaba música ambiente para acompañar la puesta de sol. Iba por su tercer *gin sour* cuando decidió que ya había tenido bastante. Apartó la copa a un lado y se reclinó sobre la mesa con la barbilla apoyada sobre el puño cerrado. Una fina línea de luz solar aún subrayaba el horizonte, y Daniel la observó mientras se diluía por completo en el mar hasta hacerse de noche. Entonces se preguntó cuántas puestas de sol había visto a solas; quizás fuera el karma, o simplemente la consecuencia lógica de las decisiones que había tomado a lo largo de su vida.

Con el tiempo había descubierto que la «soledad deseada» es un concepto atractivo pero equívoco, porque implica la posibilidad de retornar al mundo en cualquier momento, de regresar a algún sitio donde te esperan, como el profeta que vuelve del desierto tras haber sido iluminado por la verdad. Pero esa no es la auténtica soledad, es apenas un instante en el que pierdes de vista lo que te rodea. Cuando estás realmente solo, eres un visitante de paso en tu propia casa, un extraño al que nadie espera y que siempre llega por sorpresa. Es algo que no te sacudes como el polvo de una travesía, sino más bien un pesado manto del que resulta difícil desprenderse: lo llevas escrito en los ojos, impregna tu sonrisa y espanta a la gente cuerda alejándola de ti.

Tomó un desayuno frugal en la cafetería del hotel, sentado en una mesa apartada mientras consultaba algunas páginas en su móvil: la del Ministerio de Defensa israelí, la web de las FDI* y la del Mando del Ejército de Tierra. Tal como había previsto, no había información útil en ninguna de ellas, todo era imagen y propaganda. Cerró el navegador web y ejecutó una aplicación de nombre Hack & Slash: una herramienta clandestina de aspecto tosco pero que, en las manos adecuadas, resultaba sumamente útil. La mera posesión de aquel *software* suponía un delito en muchos países, aunque lo cierto es que no recordaba si Israel era uno de ellos. Carecía por completo de interfaz, tan solo una pantalla negra con un parpadeante cursor blanco para introducir líneas de código. Con la tranquilidad de que Hack & Slash ocultaría su rastro si no realizaba una inserción profunda, Daniel introdujo la URL de la web del Ministerio de Defensa y, al cabo de unos segundos, la pantalla de su móvil comenzó a llenarse con líneas de HTML9 que dibujaban en código fuente todo el contenido, desde el público hasta el encriptado, de la web del organismo responsable de la defensa israelí.

Movió el pulgar sobre la pantalla y las líneas blancas comenzaron a deslizarse ante sus ojos, buscaba las puertas de acceso a las zonas restringidas del sitio y los enlaces a webs fantasmas, aquellas que carecen de URL pública y que no aparecen en los motores de búsqueda; pero allí había más información de la que parecía a simple vista, podía quemarse los ojos antes de desentrañar algo entre tanto código. Pulsó en un lado de la pantalla y se abrió una pequeña consola de búsqueda; tecleó los criterios

---

* FDI: Fuerzas de Defensa Israelí.

«database» y «extlink href», y la aplicación comenzó a rastrear los términos a lo largo de todo el texto. Se movió de una a otra base de datos, pero ninguna parecía referirse a miembros del ejército: ni a soldados en activo, ni a reservistas, ni a exmiembros de la Tzahal. Como ya se temía, si quería tener acceso a aquella información tendría que acudir a los archivos centrales de las Fuerzas de Defensa e identificarse adecuadamente.

Se desconectó antes de que su incursión pudiera ser detectada por algún programa vigilante y se dirigió a la salida del hotel. La mañana era fresca aún y el aire le ayudó a despejarse del todo. Tomó un taxi y se dirigió a Ramat Gan, en el núcleo financiero de Gush Dan, donde se encontraban los archivos del ejército.

Fue un trayecto corto. Los característicos edificios modernistas de la Ciudad Blanca pronto dieron paso a los impresionantes rascacielos rodeados de zonas verdes que componían el paisaje de Ramat Gan. Los archivos de las FDI, ubicados junto a la Biblioteca Moderna del Pueblo de Israel, se guardaban en un edificio circular de mármol blanco enclavado en medio de un agradable parque urbano. El entorno y el estilo neoclásico de la estructura, que rememoraba una suerte de academia ateniense, no concordaba con los dos soldados armados con rifles de asalto Tavor que custodiaban el pórtico de entrada.

Daniel se bajó del taxi y cruzó el parque desierto, algunos pájaros alzaron el vuelo a su paso. Caminó con naturalidad entre los dos guardias y dio los buenos días, pero estos apenas desviaron la mirada ante su presencia. Una vez dentro, atravesó el detector de metales sin ninguna incidencia y pudo comprobar que el lugar no se caracterizaba por una masiva afluencia de público. Una excursión escolar se perdía por un pasillo lateral, en dirección a una sala que acogía una exposición permanente sobre la historia del ejército de Israel. Daniel esbozó una sonrisa mientras veía a los estudiantes cuchichear y reír entre ellos; probablemente los chicos contemplarían asombrados la tecnología militar mientras que ellas, menos impresionables, se aburrirían y hablarían de cosas mucho más sensatas y didácticas que el arte de matar.

Llegó hasta el mostrador de información donde una funcionaria con aspecto de bibliotecaria aburrida leía algo en su monitor, probablemente la prensa del día. En cuanto se percató de su presencia, pareció molesta por la interrupción.

—*Boker tov* —dijo Daniel, con lo que ya había empleado la mitad de todo el hebreo que conocía—. Disculpe mi torpeza, me gustaría consultar los archivos públicos del ejército y no sé cuál es el procedimiento habitual.

La recepcionista le miró por encima de las gafas, en un gesto que acentuó aún más su expresión de bibliotecaria hastiada. Para su alivio, le contestó en inglés:

—¿Podría identificarse y explicarme el motivo?

—Oh, lo siento —se disculpó. Daniel extrajo su pasaporte y lo depositó sobre el mostrador—. Mi nombre es Daniel Adelbert, soy belga —dijo con una sonrisa, mientras abría el documento para que ella pudiera comprobarlo—. He viajado hasta Tel Aviv a fin de localizar a un primo de mi padre que sirvió en la Tzahal, pero con el que la familia perdió todo contacto hace muchos años. Teníamos la esperanza de que los archivos de las FDI pudieran darnos alguna idea.

La recepcionista no contestó de inmediato, sino que examinó detenidamente el pasaporte con la boca fruncida. A continuación lo estudió a él, no del todo convencida de que fueran la misma persona. Lo miraba igual que un cliente desconfiado miraría el filete que le ofrece el carnicero, y Daniel supo que, pese a no estar armada, aquella mujer era una guardiana mucho más fiera que los dos soldados de la puerta.

Por fin anotó su nombre y algunos datos más, y le devolvió el pasaporte.

—No va a encontrar nada de eso aquí. Los archivos que se hacen públicos son datos antiguos que no pueden comprometer la seguridad nacional, nada que le permita localizar a un veterano de la Tzahal.

—Lo comprendo, pero el soldado del que busco referencias dejó el servicio activo hace cuarenta años. Tengo entendido que existe un registro público de los veteranos fallecidos, hombres y mujeres, que sirvieron en las Fuerzas de Defensa. Una forma de honrar la memoria de aquellos que consagraron sus vidas a la protección del país.

—Pero no encontrará nada que le sea útil —dijo la mujer, volviendo la mirada hacia la pantalla—, tan solo sus nombres. El ejército no divulga información sobre las personas que han servido en sus filas, aunque ya hayan muerto. Somos una nación bajo constante amenaza terrorista, ¿comprende?

—Aun así, ¿podría consultar dicha base de datos desde algún ordenador? Si encuentro su nombre podré confirmar que nuestro familiar ya se encuentra fallecido.

La mujer se quitó las gafas, un tanto molesta.

—¿Desde un ordenador? No, esos datos no se encuentran en ningún servidor, están custodiados en este edificio. —Y volviéndose a poner las gafas, preguntó—: Dígame el nombre de ese soldado.

Daniel titubeó un instante.

—Ben Samir —improvisó, con la esperanza de que, al usar el mismo apellido, pudiera tener acceso a la relación de todos los soldados llamados Samir.

—Bloque treinta y ocho, sección seis —musitó la mujer para sí, y dejó escapar un suspiro de hartazgo antes de indicarle que la acompañara.

La recepcionista abandonó su puesto tras el mostrador y se encaminó hacia una de las dos escaleras de mármol que ascendían a la segunda planta. Daniel la siguió de inmediato, contemplando los tapices de cristal que pendían sobre las paredes curvas, los cuales mostraban alternativamente los escudos de las distintas fuerzas israelíes.

—¿Es usted judío? —preguntó la mujer mientras sus tacones resonaban tres escalones por delante de Daniel.

—Eeeh…, no, señora. No profeso ninguna religión.

—Da igual, pero tiene sangre judía.

—Sí —mintió Daniel, aunque tampoco estaba seguro de que no fuera así.

—Muchos perdieron su apellido durante el Holocausto.

Daniel asintió en silencio, pues temía meterse en terreno pantanoso.

Recorrieron un pasillo enmoquetado que desembocaba en una puerta de madera maciza cuya hoja llegaba prácticamente hasta el techo. El guardia junto a la misma saludó a la funcionaria por su nombre —Edna— y ella le devolvió una amable sonrisa insospechada hasta aquel momento en su rostro severo. La mujer aproximó la mano al pomo y el cierre electrónico saltó automáticamente; empujó la puerta y pasaron a una enorme galería de planta curva iluminada con ventanales a la altura del techo. Ambas paredes estaban cubiertas de clasificadores negros pulcramente ordenados en largas estanterías que se perdían más allá del giro elíptico del corredor.

Avanzaron entre las dos paredes atestadas de documentos, hasta que la veterana funcionaria se detuvo frente a la sección del archivo que estaba buscando. Aproximó la nariz a las etiquetas codificadas que había sobre el lomo de cada clasificador; Daniel supuso que sus gafas tendrían cargado el *software* necesario para interpretarlas. Allí donde él veía un enrevesado mosaico, ella debía de poder consultar alguna especie de índice archivístico. La mujer hizo un par de gestos precisos con la mano, manejando el menú de realidad aumentada que solo ella veía, y musitó algo para sí. A continuación, pulsó un botón rojo sobre la travesera de uno de los estantes y se escuchó el lejano zumbido de un motor eléctrico.

No debieron esperar mucho hasta que una escalera mecánica apareció desde las profundidades del corredor y avanzó paralela a los estantes, rodando sobre los imperceptibles raíles instalados en el suelo. Se detuvo frente a la sección en la que ellos se encontraban. La mujer escaló hasta uno de los estantes intermedios y tomó un clasificador idéntico al resto; sin mediar palabra, se dirigió a una de las mesas dispuestas a lo largo de la galería. El volumen provocó un ruido contundente al ser depositado sobre la superficie de madera.

—Aquí lo tiene, puede tomarse su tiempo para consultarlo, pero ya le adelanto que hay veintiséis Ben Samir en este volumen.

Daniel se aproximó a la mesa y miró a su alrededor, a la ingente cantidad de documentos allí almacenada.

—¿Este es el fondo del archivo de las FDI?

—No. Esta sala está dedicada exclusivamente al registro de personas que han servido en las Fuerzas de Defensa.

—¿Tantas? ¿Es posible?

—Señor Adelbert, ¿era así? —Él asintió—. En Israel el servicio militar es obligatorio, tanto para hombres como para mujeres, por lo que hay pocos ciudadanos que no hayan formado parte en algún momento de las FDI. Pero la única información desclasificada es la de aquellos militares profesionales que ya han fallecido. En circunstancias normales debería haber solicitado con quince días de antelación la consulta, y el volumen indicado se le habría entregado en recepción para ser consultado en una de las salas de lectura de la planta inferior. Sin embargo, ha ignorado el protocolo habitual y nosotros no podemos sacar ningún volumen de aquí sin notificación previa al sistema, por eso le he traído hasta el archivo. Espero que comprenda que estoy haciendo una excepción con usted porque ha venido expresamente desde Europa, y porque su padre tiene derecho a saber qué fue de su familia.

—Ah…, muchas gracias —musitó Daniel un tanto consternado.

Abrió el contenedor de documentos y extrajo el grueso dosier en papel que había en su interior. Papel de verdad, orgánico, transpirando humedad. Con la solemnidad pertinente, comenzó a pasar las hojas mientras Edna no le quitaba la vista de encima. Ordenados en dos columnas, se podían leer los nombres de mujeres y hombres que habían dedicado su vida a la Tzahal, un honor que les había merecido una línea en aquel vasto archivo, una línea en la que no solo se registraban sus nombres, como le había indicado la funcionaria, sino que también quedaban recogidos los años de nacimiento y defunción, así como la ciudad natal. Daniel esbozó una sonrisa, pues aquello podía hacer que la visita hubiera merecido la pena.

Edna le había dicho que en el volumen había veintiséis Ben Samir, quizás hubiera otros tantos David Samir, pero tan solo necesitaba encontrar aquellos cuya fecha de nacimiento coincidiera con la reflejada en el informe de la inteligencia israelí. Su intención era memorizar los datos de aquellos David Samir que compartieran dicho año de nacimiento, si es que había más de uno, y así podría averiguar la posible localidad natal. Una ciudad o un pueblo, una piedra angular sobre la que apuntalar su investigación. No era mucho, pero era más de lo que tenía ahora.

Continuó pasando las hojas y dejó atrás la hilera en la que figuraban los «Samir, Ben». Afortunadamente, su feroz vigilante no hizo ninguna observación, por lo que la mujer no debía de estar leyendo por encima del hombro. Llegó a los «Samir, David»: había doce soldados registrados con ese nombre…, ninguno había nacido el mismo año que el David Samir que buscaba. Lo repasó de nuevo, aunque sabía que no se había equivocado. Se le ensombreció el rostro. Aquello no era una buena noticia.

Cerró el volumen y se puso en pie.

—¿Ya ha concluido?

—Sí, muchas gracias.

—Veo que ha confirmado la noticia que se temían —dijo la mujer, malinterpretando su expresión.

—Así es, pero será un descanso para mi padre.

La recepcionista lo acompañó hasta la planta inferior y Daniel se despidió con amabilidad aunque de forma un tanto apresurada. Cuando se encontró fuera y se hubo apartado lo suficiente del edificio, se detuvo en medio del parque, sacó el móvil del bolsillo y se colocó el manos libres en el hueco del oído. Abrió la pantalla de marcación, pues por prudencia no guardaba números particulares en la agenda de contactos, y marcó «svdenga@inacorp». Una suave melodía corporativa resonó en su oído hasta que la voz grave de Solomon Denga la interrumpió.

—Daniel, no diga nada comprometido por teléfono —le advirtió la voz por todo saludo.

—No se preocupe por eso, sé asegurar una línea. Dígale a Inamura que se olvide de su hombre.

—¿Cómo? ¿Qué quiere decir?

—Acabo de estar en los archivos de las Fuerzas de Defensa Israelí, se me ocurrió que era el mejor sitio donde comenzar a buscar...

—¿No les habrá dicho a quién está investigando?

—¿Me toma por idiota? Apuesto a que suena una campana en los cuarteles del Mossad cada vez que alguien introduce ese nombre en un motor de búsqueda. No, los archivos son físicos, no queda registrada ningún tipo de consulta.

—¿Qué ha averiguado?

—Que es la inteligencia israelí quien oculta a David Samir, eso nos cierra todas las puertas. No podremos encontrarle.

—¿Cómo puede estar tan seguro?

—Escúcheme bien: he cotejado los datos que me facilitó con el registro histórico de miembros de la Tzahal, y no existe ningún soldado que coincida con el hombre que buscamos. Estoy hablando de un archivo en el que, por ley, deben figurar todos los hombres y mujeres que han servido en las Fuerzas de Defensa Israelíes. ¿Entiende lo que significa?

—Cree que alguien ha manipulado el registro...

—¿Alguien? Los únicos que podrían hacerlo son los propios servicios de inteligencia hebreos. Mossad o Shabak, tanto da, el caso es que han tenido cuatro décadas para borrar cualquier rastro de ese hombre. Estamos en una vía muerta.

—Debe de haber otras formas.

—Por supuesto que sí. Vaya pensando en ellas, mientras tanto yo reservaré un vuelo para mañana. Estamos perdiendo el tiempo.

—Escúcheme bien, Daniel —lo interrumpió Solomon Denga—, no abandone Tel Aviv. Deme algo de tiempo, moveré algunos hilos e intentaré encontrar más información relevante.

Daniel guardó silencio durante un instante, sopesando mandarlo todo a la mierda de una vez. Pero, tal como le dijo su interlocutor un día antes, él también tenía sus propias motivaciones, aunque le costara reconocerlas.

—Le daré un día más. Si no tenemos nada, pasado mañana me iré de aquí.

Se despidieron con seca cortesía y volvió a guardarse el manos libres en el bolsillo. Era temprano, así que, en lugar de llamar a un taxi, se dispuso a pasear por si la fortuna le sonreía y se encontraba con alguna buena idea a la vuelta de una esquina. Mientras se dejaba guiar por el azar, recorriendo calles flanqueadas por edificios de oficinas y repletas de hombres y mujeres acuciados por su vida de ejecutivos, tuvo la sensación de que enfocaban aquel rompecabezas de la manera equivocada.

La gente de Inamura trabajaba con la mentalidad de una gran corporación conformada por departamentos estancos: disponían de analistas que extraían información de otras corporaciones, probablemente recurrieran a ellos para hacerse con los informes de la inteligencia israelí. Otro departamento se encargaba de estudiar la documentación, traducirla y gestionarla; probablemente habían aplicado los protocolos internos de Inamura Corp. para información sustraída y potencialmente incriminatoria, de ahí que hubieran evitado la transmisión digital y hubieran optado por el soporte impreso «anti espías». Por último, los documentos llegaban a Solomon Denga, el hombre que, suponía, se encargaba de las operaciones de campo. Era un proceso estandarizado, una máquina que solo giraba en un sentido, de modo que, si fallaba un engranaje, se pudiera localizar fácilmente el problema y repararlo. Todo el mundo conocía sus competencias y se ceñía a ellas. El problema es que un sistema ideado para funcionar bien en el ochenta por ciento de las situaciones, puede funcionar muy mal en el veinte por ciento restante.

«David Samir había desaparecido cuarenta años atrás, en una época en la que los individuos no dejaban una huella digital tan perceptible», meditó Daniel, mientras caminaba a contracorriente entre la multitud, su mirada saltando de un rostro a otro. «Insistimos en buscar en bases de datos digitales porque esa es la forma de investigar en la actualidad, porque en pleno siglo XXI es imposible pasar por el mundo sin dejar un rastro electrónico; pero este hombre nació en el siglo pasado y desapareció en los primeros años de esta era, cuando mucha gente aún vivía ajena a la comunicación en red». En ese caso, si la inteligencia israelí había hecho desaparecer todo rastro en los archivos gubernamentales, ¿qué les quedaba? «Las personas», se dijo. Preguntar a personas en lugar de a máquinas. Aquel era el tipo de pensamiento lateral al que no recurriría una megacorporación como la de Inamura.

Animado por la idea, se internó en uno de los parques que florecían entre los rascacielos y se sentó en un banco a la sombra. Volvió a sacar el móvil del bolsillo de la chaqueta, pero esta vez recurrió al navegador común. Buscó residencias de veteranos del ejército; había tres en Tel Aviv, cuatro en Jerusalén y alguna más en ciudades como Haifa o Rishon LeZion. Ahí tenía por donde empezar.

Dedicó el resto de la mañana a visitar las residencias militares de exmiembros de las Fuerzas de Defensa. Solo una de ellas era un asilo propiamente dicho, las otras eran un lugar de reunión y esparcimiento para los veteranos, pero todas gozaban de unas instalaciones magníficas y de personal atento, muestra de que el Estado mantenía su compromiso con aquellos que habían ejecutado su controvertida política exterior.

Sabía que buscar en los archivos de esas instalaciones cualquier rastro de David Samir sería igualmente infructuoso, pero tenía más fe en la memoria viva. Así que habló con las amables encargadas de dichas residencias, les explicó la misma historia que a la archivista del ejército, dado los buenos resultados obtenidos, y estuvieron encantadas de permitirle poner un anuncio en el tablón electrónico de sus centros. En él se pedía ayuda a cualquiera que hubiera servido junto al comandante de la Tzahal David Samir. Tuvo la precaución de dar como teléfono de contacto el de su habitación del hotel, desde donde había activado el desvío de llamadas a su móvil. Establecía así un sencillo cortafuegos entre él y cualquiera que intentara utilizar su teléfono para ubicarlo a través de la red de datos o mediante geolocalización.

Era muy consciente de que dejar tres anuncios con el nombre de David Samir escrito en ellos suponía un riesgo considerable, pero resulta imposible ganar una partida sin hacer ni siquiera la primera apuesta.

Almorzó en un restaurante cercano al hotel e hizo la sobremesa en la terraza de su habitación, con la única compañía de una copa de coñac y del libro sobre Nelson Mandela que había adquirido en Nueva Delhi.

Poco a poco el cielo se fue oscureciendo, hasta que resultó imposible seguir leyendo con luz natural y decidió cerrar el libro para buscar nuevas distracciones. Se dio una larga ducha, se vistió y, antes de salir de la habitación, comprobó que el desvío de llamadas seguía activo.

Cenó en el propio restaurante del hotel y volvió al mismo local de Frishman Beach donde había estado la noche anterior. Era más tarde y el ambiente del local había cambiado: la lánguida música electrónica que acompañaba las puestas de sol había sido reemplazada por melodías rítmicas y sugerentes, y el aire latía con *samplers* de sonidos étnicos que movían a una especie de euforia colectiva. Tampoco quedaba rastro de la elegante media luz empleada durante los atardeceres; en su lugar, ahora la oscuridad bullía con fuegos artificiales holográficos y las paredes mostraban inmensos primeros planos de los ocupantes de la pista de baile.

Nunca le habían interesado las discotecas, las consideraba incómodas y estruendosas, una sobreexcitación sensorial que, en ocasiones, se veía agravada por los estimulantes aéreos que algunos locales diseminaban a través de la ventilación. Pese a todo no le apetecía vagar en busca de un sitio más tranquilo, así que se acomodó en un extremo de la barra y pidió a la guapa camarera un Johnnie Walker.

Mientras le servían pensó que su aspecto, sentado solo, observando en silencio la sala de baile, debía de ser un tanto miserable. No le importó. Se limitó a remover su copa en la mano y percibir el tintineo del hielo contra el cristal, a dar breves sorbos al whisky y a distraerse con la precisa coreografía de los camareros tras la barra. Ellas, rubias y esbeltas, siempre atendían a los clientes masculinos, mientras que ellos, altos y con torsos cincelados, servían a las mujeres. El propietario explotaba la breve ilusión de intimidad que transmitía intercambiar un par de palabras, una mirada y una sonrisa con una de aquellas chicas.

Iba por su segunda copa cuando alguien se sentó a su lado. No necesitó girar la cabeza para saber que se trataba de una mujer, su caro perfume la precedía. Lo saludó escuetamente.

—Hola —respondió Daniel sin volverse hacia ella. Tampoco sonrió, pero aquello no pareció desalentarla.

—Veo que no eres de por aquí —dijo la mujer mientras se acomodaba y levantaba la mano para llamar a un camarero.

Él la observó de reojo bajo las palpitantes luces estroboscópicas. Podía tener su edad (quizás algo más), no era especialmente guapa pero sabía sacarse partido, y tenía la mirada decidida de quien está acostumbrado a obtener lo que quiere. Daniel se fijó en sus brazos, eran fuertes y delgados, igual que sus hombros y su espalda, cuyos músculos bien perfilados quedaban al descubierto merced al corte que bajaba hasta las caderas. Su primera impresión fue que era soltera: tenía tiempo para ella y había decidido emplearlo en que aquel vestido le sentara como un guante; no podía reprochárselo. Parecía, además, una mujer bastante segura de sí misma, así que la soltería debía de ser una opción personal, o quizás un exceso de exigencia hacia sus parejas. Quién podía saberlo.

—¿Acaso este no es el típico sitio para turistas? —preguntó Daniel antes de llevarse la copa a los labios.

El camarero se acercó y ella le pidió lo mismo que estaba bebiendo él.

—Así que eres el típico turista. —Su interlocutora lo estudió de arriba abajo, al tiempo que se llevaba la mano a la nuca para pasarse el pelo por encima del hombro. El movimiento dejó al descubierto el contorno del cuello y su oreja izquierda.

—Exacto, soy un turista desorientado. Aunque sospecho que has venido a darme algunas indicaciones.

—Hum, yo en tu lugar no me fiaría de las indicaciones de un desconocido, quién sabe dónde podrías acabar. —Y para ser consecuente con su propio consejo, extendió la mano para presentarse—: Me llamo Eliza.

Él se la estrechó y sonrió por cortesía.

—Encantado de conocerte, Eliza. Yo soy Daniel.

Su gesto intentaba ser agradable, pero lo cierto es que aquella noche le apetecía dormir solo, por lo que no estaba de humor para las conversaciones banales que exigía el cortejo.

El camarero trajo la copa de whisky, ella le dio las gracias con una sonrisa y bebió un poco. Pareció sorprendida al saborear el licor.

—¿Johnnie Walker? —preguntó con extrañeza.

—Sí.

Ella asintió mientras volvía a llevarse el cristal a los labios y bebía de nuevo.

—No me lo esperaba —dijo apartando la copa con un giro de muñeca—. Al verte aquí sentado, vistiendo de forma despreocupada ese carísimo traje italiano y tu reloj de quince mil shéquel, pensé que estarías bebiendo algo que fuera más…, ¿cómo decirlo?

—¿Caro? —concluyó Daniel.

—Sí, caro.

—Me gusta el Johnnie Walker, ¿por qué pedir un whisky más caro?

Ella levantó las cejas dando a entender que tenía sentido.

—Es cierto, pero te hacía más de Macallan… o de una de esas botellas carísimas que debes pagar entera cada vez que pides que te abran una.

—También me gusta el Macallan. Todo tiene su momento.

—Y este es momento para un Johnnie Walker…

—Exacto.

—Me gusta eso —dijo ella, volviendo a saborear el licor con detenimiento, como si descubriera un matiz en su sabor que hasta ahora le había pasado inadvertido—. No necesitas beber un whisky caro para impresionar a nadie, ni siquiera a ti mismo. Bebes lo que te apetece. Eres un hombre que sabe lo que quiere.

—Creo que estás deduciendo demasiadas cosas de una simple copa de whisky —sonrió él.

—No, no te rías. Soy buena en esto.

Daniel levantó las manos en señal de disculpa.

—Por supuesto —dijo—. Tienes razón, soy un hombre que sabe lo que quiere. ¿Y qué es lo que quiero?

—Quieres venir conmigo a mi apartamento.

Desde luego, estaba segura de sí misma. A su favor jugaban aquel vestido negro y el hecho de que la inmensa mayoría de los hombres se sentirían halagados por semejante oferta, cuando no directamente agradecidos al cielo.

—Es cierto —asintió—. Eres buena en esto. Pero esta noche te has equivocado de turista.

La mujer lo observó detenidamente. Daniel sabía lo que estaba pensando: sin alianza en la mano, quizás se le hubiera pasado por alto algún detalle que desvelara que sus preferencias eran otras, pero aquella teoría no parecía encajarle.

—¿De verdad me estás diciendo que no? —preguntó por fin, con un tono incrédulo que quebró su puesta en escena.

Daniel asintió sin separar los labios de su copa.

—¿Tanto te sorprende?

—No…, bueno, sí. ¡Qué demonios! Nunca me habían dicho que no, y menos con este vestido.

—Ya me lo imagino.

Ella se volvió hacia la barra y echó un buen trago.

—¿Qué se supone que debo hacer ahora? —preguntó desilusionada.

—Podrías buscar a otro turista. O podrías quedarte y charlar con el extraño desconocido que se ha resistido a tus encantos.

Ella lo miró por encima del hombro y le dedicó una sonrisa pícara, cargada de intención.

—¿No quieres venir conmigo pero sí conversar? ¿Qué pasa contigo?

—Puede que simplemente me guste conversar. Creo que soy un buen conversador.

—Lo siento —dijo ella mientras levantaba la mano para llamar al camarero—. Solo tengo una noche a la semana y no pienso desperdiciarla con un «buen conversador».

—Lo veo lógico —coincidió Daniel—. Lamento no poder servirte de ayuda. En otro momento habría sido un placer.

Eliza pagó las consumiciones, se bajó del asiento y recogió su bolso. Daniel creía que iba a despedirse sin más; sin embargo, se aproximó a él con un movimiento sugerente y le habló al oído.

—Te he invitado a tu Johnnie Walker, así que me permitiré un pequeño capricho.

Le besó en la boca. No fue un beso en los labios, sino algo más íntimo. Su saliva era amarga; su lengua, cálida y sinuosa. Cuando se separó, ella lo miró una última vez a los ojos por si había reconsiderado su propuesta, pero comprendió que solo le quedaba despedirse con una sonrisa.

Con su sabor amargo aún en la boca, Daniel la observó alejarse a través de la atestada pista de baile. Manejaba los tacones con gracia y pudo comprobar que más de un rostro se desviaba a su paso, las miradas deslizándose por su espalda desnuda hasta caer a sus pies. Reprimió el deseo de retenerla; aquello habría echado a perder un bonito recuerdo, una de esas incógnitas que quedan mejor sin desvelar. Sabía, además, que una noche entre sábanas calientes y extrañas no haría sino ahondar el vacío que sentía cuando se quedaba a solas. Por extraño que le pareciera, de manera involuntaria había decidido seguir el consejo de la misteriosa Clarice: concentrarse y mantener la mente despejada, aunque al llegar a su habitación le costara conciliar el sueño.

Pidió otra copa e intentó retomar el hilo de sus divagaciones, pero el inesperado encuentro le había distraído demasiado.

Lo mejor que podía hacer era dar un paseo que le enfriara la cabeza e intentar leer un poco antes de apagar la luz. Así que pidió la cuenta y salió al paseo marítimo.

Fuera la noche se mantenía joven y Daniel era el único solitario: grupos de amigos recorrían el paseo yendo de un local a otro, mientras abajo, en la playa, las parejas disfrutaban tendidas en sábanas sobre la arena, abrazadas mientras contemplaban las estrellas o escuchaban el largo murmullo de las olas sobre un mar en tinieblas.

Sentía los oídos saturados por la música y la cabeza un tanto cargada, así que agradeció el contacto de la brisa nocturna. Se metió las manos en los bolsillos y enfiló el camino de regreso, internándose en las avenidas que subían hacia los hoteles, en dirección a la plaza Dizengoff. No tardó en llegar a calles más tranquilas, alejadas del bullicio que a aquellas horas se concentraba en la zona de ocio junto al litoral. El resto de la ciudad dormía.

Sin embargo, pese al silencio y al aire fresco, se sentía cada vez más torpe y embotado, con un rumor sordo instalado en el fondo de su conciencia, impidiéndole seguir el hilo de sus propios pensamientos. Tenía la boca pastosa y la luz de las farolas le incomodaba sobremanera. Debía de tener las pupilas muy dilatadas. Comenzó a preocuparse, pues sospechaba lo que podía estar sucediendo. Apresuró el paso, perdió pie, cayó y se apoyó sobre las manos para no rodar por el suelo. Confundido, se miró los trazos de sangre en los dedos y las palmas. Se llevó una mano a la sien e intentó tranquilizarse antes de continuar andando. Sentía los ojos cansados, incapaces de enfocar. Ansioso por llegar cuanto antes a la seguridad de su habitación, decidió atravesar un pequeño parque urbano con el fin de acortar camino, una decisión que solo podía responder a la nube que había velado su juicio.

Se adentró en la penumbra del parque con pasos apresurados y un tanto trastabillados, hasta que escuchó el frenazo de un vehículo al otro extremo del recinto, cerrando la salida a la que él se dirigía. «Estúpido, estúpido y confiado gilipollas —se recriminó mientras giraba y volvía sobre sus pasos, en dirección a la entrada del parque—. ¿Acaso creías que estabas aquí de turismo? ¿Que podías meter la mano y revolver en la caja de secretos de la inteligencia israelí?».

Al levantar la vista vio que alguien caminaba directo hacia él. Debía de haberlo seguido a distancia, pues no se había percatado de su presencia hasta que se había dado la vuelta. Una muestra más de que su percepción estaba anulada. El extraño no se detuvo al ser descubierto, sino que alargó los pasos mientras sacaba del bolsillo de la cazadora un delgado filamento negro que tensó entre los puños; se movía con rapidez en un intento de no darle oportunidad a reaccionar. Sin embargo, Daniel Adelbert no era una presa fácil, ni siquiera bajo aquellas condiciones: su mente racional se desactivó y los instintos tomaron el mando; quizás la droga entorpeciera sus movimientos y nublara su juicio, pero la adrenalina era un poderoso combustible y los automatismos grabados en su subconsciente no se veían tan mermados por el efecto de un depresor.

En cuanto los dos hombres se cruzaron en medio del parque, el que iba armado con el hilo estrangulador flotó alrededor de su víctima hasta que, con un movimiento fluido, intentó pasarle la cuerda bajo la barbilla. Daniel se agachó y desvió el abrazo golpeando el codo de su atacante; acto seguido, le hundió el pulgar de la mano derecha en la garganta. El impacto dejó sin aire a su rival, pero de haber estado mejor coordinado, podría haberle aplastado la tráquea. De cualquier modo, ahí terminaba su ventaja. Si sus perseguidores no eran aficionados, y a juzgar por su proceder no lo eran, acababan de descubrir que su presa estaba entrenada en un arte más antiguo y cruel que el *krav magá*. No volverían a subestimarlo.

Quiso aprovechar su fugaz ventaja y correr hacia la arboleda. Trataría de escabullirse en la oscuridad, obligarles a buscarle entre las sombras y así ganar algo de tiempo para pensar. Sin embargo, en cuanto dio el primer paso, notó cómo una presa le inmovilizaba. Miró hacia abajo y vio al hombre que había derribado agarrándolo por el tobillo. Se echaba una mano al cuello en un intento de recuperar el aliento, pero eso no le impedía aferrarle la pierna con unos dedos que parecían tenazas. Daniel se inclinó para intentar golpearle en la nariz o entre las piernas, pero se sentía cada vez más derrotado. Comenzaba a resultarle difícil incluso mover los brazos o mantener los ojos abiertos. La droga ganaba terreno al fogonazo de adrenalina y afectaba ya a su sistema nervioso somático. Solo alcanzó a revolverse con torpeza antes de que la noche cayera sobre él dejándolo completamente a oscuras.

Aún tardó un instante en comprender que le habían cubierto con una capucha y le arrastraban por el suelo. Intentó desembarazarse con movimientos violentos, pues sabía cuál era el destino de aquel viaje, pero un golpe en la base del cráneo hizo que una bomba de dolor estallara dentro de su cabeza. Sintió cómo la sangre caliente se derramaba por su nuca y, poco a poco, su conciencia se fue a negro.

Le despertaron con un cubo de agua fría, una manera desagradable de volver a la vigilia. Abrió los ojos, pero su vista estaba desenfocada, debió aguardar un momento hasta que la escena comenzó a tomar forma. Estaba en el salón de un apartamento sin muebles, probablemente un piso franco. Eliza fumaba apoyada contra la pared, se había descalzado pero no se había quitado el vestido. Daniel la observó durante un instante, aturdido. Tenía los brazos cruzados sobre el pecho, y entre los dedos sujetaba un cigarro encendido. Al comprobar que él ya se había despertado, se llevó el cigarro a la boca e inspiró. Fue un movimiento pausado, lleno de gracia. Daniel contempló los músculos de sus brazos desnudos tensándose bajo la piel; reparó en la forma en que se fruncían sus labios al inspirar y escuchó el suspiro con que el que exhalaba el humo. Incluso pudo percibir el crepitar del tabaco en la punta del cigarrillo. Aquel torrente de matices respondía a la percepción alterada por la droga, no es que, de repente, tuviera los ojos de un poeta.

Un impacto seco lo sacó de su ensimismamiento. Alguien lo había golpeado con el puño bajo la oreja, justo al final de la mandíbula, y un pitido se instaló en su oído izquierdo. Escupió, y dio gracias a que ninguna muela acompañara al esputo de sangre y saliva espesa.

—¡Basta! Vas a noquearlo y no habrá forma de despertarle.

Daniel se obligó a levantar la cabeza y mirar a los dos hombres que había frente a él. Fue entonces cuando reparó en que estaba sentado en una silla metálica, las muñecas y los tobillos inmovilizados con presillas de plástico. Creyó identificar al que le había golpeado como el sicario que se enfrentó a él en el parque, pero este se hizo a un lado y la luz intensa de la lámpara del techo lo deslumbró. Aún debía de tener las pupilas dilatadas por el narcótico.

El que había hablado pasó a un primer plano y lo agarró por el pelo para obligarle a levantar la barbilla.

—Así que usted es Daniel Adelbert —dijo en un inglés con marcado acento hebreo, y lo abofeteó con la otra mano para que lo mirara a los ojos—. Me parece que esta vez se ha pasado de listo, señor Adelbert.

Volvió a abofetearlo, y una vez más, y otra, hasta que la ira le despejó el aturdimiento y miró con rabia a aquel hombre. Se removió en un intento de liberarse, pero inmediatamente se dio cuenta de su error, pues los músculos de los brazos, retor-

cidos en una postura antinatural a causa de las ligaduras, resta-
llaron de dolor. Aquello provocó la risa de su captor.

—Escúcheme bien, Daniel. Esto es un mensaje, una manera de demostrarle lo expuesto que está, lo fácil que nos resultaría acabar con usted y que nadie lo supiera. Ahora, hágase un
favor y márchese de Tel Aviv. Coja el primer vuelo que le sea
posible. La próxima vez no habrá mensajes. Simplemente escu-
chará un disparo y caerá muerto. ¿Lo ha entendido?

El hombre volvió a zarandearle la cabeza exigiendo una
respuesta.

—Sí —balbuceó Daniel.

—Muy bien. Despídenos del caballero, Calev.

El que le había despertado pasó de nuevo al frente y sus
puños volvieron a tomar la palabra. Primero lo golpeó en el estómago, dos, tres veces, hasta que sus costillas temblaron. Se
habría doblado sobre sí mismo de buena gana, pero las atadu-
ras se lo impedían. Dos nuevos puñetazos, uno a cada lado de
las mandíbulas, y Daniel pudo escuchar el crujido de una de sus
muelas. Por último, un gancho al mentón hizo que la habitación
comenzara a precipitarse hacia el vacío. En un extraño momento de lucidez comprendió que el golpe debía de haberlo derribado,
de modo que caía de espaldas sobre el respaldar de la silla.

Su consciencia se volvió roja y, mientras se hundía, sus ojos
se encontraron una vez más con los de Eliza, que continuaba
fumando con calma, observando la escena con expresión distante. Fue una caída inusitadamente larga durante la que su mente,
antes de quedar sepultada entre tinieblas, lo apremiaba con preguntas: ¿Por qué no lo habían matado? ¿Por qué, si aquellos hombres eran israelíes, hablaban entre ellos en inglés? ¿Por qué no le
habían preguntado la razón de que buscara a David Samir? Seguro que había muchas otras preguntas, pero no llegaron a tiempo.

Un sonido monótono e impertinente se deslizó hasta él. Intentó ignorarlo, pero cada vez tocaba a las puertas de su mente con más insistencia, hasta que le resultó imposible soportar su martilleo. Abrió los ojos y vio que estaba tumbado en el suelo del mismo apartamento, solo y lacerado. La luz de la mañana penetraba tenuemente a través de las ventanas translúcidas, pero era suficiente para provocarle un atronador dolor de cabeza.

Se movió un poco y se sorprendió de descubrir que se encontraba libre. Le habían dado una paliza y lo habían dejado tirado como a un perro atropellado, pero habían tenido la gentileza de desatarlo para que pudiera arrastrarse fuera de allí con dignidad.

Se sentó e inmediatamente la cabeza comenzó a darle vueltas; sin embargo, sabía bien que aquello era la parte fácil. Ponerse en pie sería el verdadero calvario. Decidido a no posponer el momento, se obligó a gatear hasta la pared más próxima para tener un punto de apoyo. En mitad del trayecto le sobrevino un acceso de tos que le obligó a escupir, y un trozo de hueso cayó al suelo. Preocupado, se metió el dedo en la boca y recorrió las encías buscando qué diente faltaba. Se sintió aliviado al comprobar que era un trozo de una muela cordal, nada grave. Apoyó una mano en la pared y luchó por incorporarse; todos y cada uno de los músculos de su cuerpo gritaron por el esfuerzo, pero de algún modo se sobrepuso al dolor y logró erguirse. Oleadas de náuseas le sacudieron el pecho y desbordaron su garganta. Vomitó parte de la cena y se sintió mejor.

El móvil volvió a sonar en el bolsillo de la chaqueta. Aún aturdido, tardó un rato en encontrarlo y poder mirar la pantalla. El cristal estaba resquebrajado, pero parecía que aún funcionaba con normalidad. El panel se iluminaba una y otra vez indicando que le llamaban desde un teléfono con la dirección @wulfsongarden. ¿Por qué le resultaba familiar? Contestó y le desagradó el sonido ronco de su propia voz.

—Ah, buenos días —saludó una voz titubeante—. Me llamo Saul Perlman.

La voz al otro lado guardó silencio, como si esperara que su interlocutor tomara la iniciativa de la conversación, pero Daniel se limitó a fruncir el ceño intentando recordar si aquel nombre debía decirle algo. Entonces la voz volvió a hablar:

—¿Es usted el hombre que dejó el anuncio sobre David Samir?

—Sí —respondió Daniel, y la tos le sacudió las costillas.

—Creo que tengo información para usted. ¿Cuándo podríamos vernos?

Capítulo 6
Bienvenido a St. Martha

Alicia aterrizó en el aeropuerto de Heathrow un triste miércoles de octubre. Mientras recorría en autobús el trayecto hasta la terminal de llegadas, comprobó que el clima de Londres continuaba haciendo honor a su reputación. El otoño era allí más patente que en Madrid, y el gris anodino del cielo se veía acompañado de un viento cortante que molestaba en los ojos y se deslizaba bajo la ropa.

Mostró su tarjeta de identidad en el control de aduanas y no se entretuvo en la cinta de equipajes, pues había viajado solo con la maleta de mano que arrastraba tras ella. Su primera parada sería St. Benet Paul's Wharf, una pequeña iglesia frecuentada por la comunidad galesa, a medio camino entre la catedral de St. Paul y el puente del Milenio. La familia había elegido aquel templo para el responso a pesar de su proximidad con el lugar donde se halló el cuerpo. O quizás, precisamente por ello.

Entró en el primer taxi de la fila e indicó al ordenador de a bordo su destino. El sistema le mostró el recorrido y el tiempo estipulado en el navegador; lo validó, pagó el cargo de antemano y por fin pudo relajarse durante un instante.

El vehículo se sumó con suavidad al tráfico de la autopista M4, y ella se refugió en distracciones mundanas pero necesarias, como enviar un mensaje a su hija avisándola de que ya había aterrizado, comprobar si le había llegado algún correo durante el vuelo o mirar la web de su periódico. Al cabo de unos minutos, sin embargo, se obligó a cerrar el móvil y a guardarlo en el bolsillo de su abrigo. Tarde o temprano tendría que afrontar el hecho de que estaba allí para despedirse de Will, y mientras contemplaba el flujo desdibujado de las pantallas publicitarias que flanqueaban la autopista, los ojos se le humedecieron ante la noción del adiós definitivo, la evidencia de que nunca más volvería a oír o a tocar a esa persona. Una certeza tan grande e inamovible que parecía no encajar en su pequeño mundo de incertidumbres.

Se apartó las lágrimas con el dorso de la mano y hubo un poco de rabia en aquel gesto. No podía evitar sentirse hipócrita. «Si tanto lo echaba de menos, si tanto le importaba —se dijo—, ¿por qué no había hecho antes aquel mismo viaje?».

Llegó tarde al funeral, como no podía ser de otra forma. Asistió a la misa desde la entrada de la pequeña iglesia de ladrillos rojizos, incapaz de adentrarse en la reparadora penumbra del recinto, como si no tuviera derecho a estar en aquel lugar. Cuando el sacerdote por fin los despidió, se apresuró a marcharse de allí, antes de que alguno de sus antiguos compañeros la reconociera.

Alicia subió con pasos rápidos las escaleras de la estación de metro de Cannon Street y flotó entre la marea humana hasta desviarse hacia Dowgate Hill. En aquel distrito, auténtico epicentro del *big bang* que había dado lugar al microcosmos londinense, se ubicaba la redacción del *London Standard*, el periódico donde Will había trabajado toda la vida y a cuya plantilla ella se incorporó tras concluir sus estudios de periodismo en la UCL. Cada paso que daba en aquella zona de la ciudad desplegaba en su memoria una cascada de recuerdos fotográficos: la pequeña tienda de flores en Walbrook, con un gato que siempre dormitaba junto al carro de orquídeas en la puerta; los sofisticados edificios de oficinas haciéndose hueco en la arquitectura clásica de la ciudad; la cúpula de St. Paul al fondo, brillando azul y blanca contra el espeso gris del cielo; el aroma acogedor de un pequeño local al que los oficinistas acudían a por café y sándwiches… Cada vistazo de soslayo, cada giro tras una esquina despertaban en ella una agradable sensación de familiaridad.

Entró en el *pub* donde se había citado con Neil Warren, el jefe de Economía del *London Standard*. No era el local donde solía quedar la gente del periódico (no se encontraba con fuerzas para reencuentros y conversaciones compungidas), sino un pequeño establecimiento apartado del bullicio de las calles principales de la City. Eran las 11:20 de la mañana y apenas habían pasado dieciocho horas desde el funeral de Will. Su mente bullía con emociones que habían permanecido latentes durante años, y una de las primeras consecuencias había sido un insomnio invencible que le había hecho dar vueltas en la cama durante toda la noche. A las cuatro de la madrugada decidió sentarse junto a la ventana de su habitación de hotel, a la espera de contemplar el amanecer sobre Green Park. Así que aquella mañana se había visto obligada a abusar del corrector de ojeras.

La puerta del *pub* se abrió con un tintineo y Alicia asomó la cabeza con la esperanza de que su exjefe ya se encontrara dentro, pero era muy temprano y parecía ser la primera clienta del día. Eligió una mesa visible desde la entrada, situada junto al ventanal que daba a la calle, y se sentó a esperar. Un camarero joven le preguntó qué deseaba; ella titubeó. Pese a que la diferencia horaria con Madrid era mínima, sí existía un notable *jet lag* en cuanto a los horarios de comida. El cuerpo le pedía un segundo café, pero probablemente allí solo tuvieran bebidas embotelladas, así que se conformó con un Appletiser, lo más británico que no contuviera alcohol que se le vino a la cabeza.

Apenas había dado dos sorbos al refresco de manzana cuando Neil entró en el *pub*, mirando de un lado a otro con gesto despistado. Vestía gabardina oscura y sombrero, como un periodista escapado de una película de Humphrey Bogart, aunque en realidad Neil era un economista extraviado que había naufragado en el periodismo, donde había encontrado, por azar, un trabajo que le apasionaba mucho más que el de asesor fiscal o auditor. Llevaba años siendo el responsable de Economía del *London Standard* cuando ella llegó al periódico, y continuaba siéndolo años después. Eterno jefe de Will, su periodista más veterano, ambos mantenían una relación de estrecha amistad y, en la práctica, codirigían la sección.

Alicia recordaba que a Will le gustaba bromear diciendo que Neil intentaba disfrazarse de periodista para pasar desapercibido, pero con ello solo lograba revelar la imagen torpe y trasnochada que tenía de la profesión. Por supuesto, después de treinta años en el oficio, Neil era un periodista de los pies a la cabeza que sabía reír de buena gana las puyas de su amigo. Pero aquella mañana, cuando sus miradas se encontraron y se dirigió hacia ella con pasos cansados, se le hizo difícil creer que ese mismo hombre hubiera reído alguna vez. Nadie se había librado de la onda expansiva que había supuesto la inesperada muerte de William.

—Alicia —la saludó con un amago de sonrisa, mientras dejaba su sombrero sobre la mesa y se sentaba frente a ella—, me alegro mucho de volver a verte. Me dijeron que estuviste en el responso, pero no te vi.

—Llegué tarde y no me atreví a entrar. —Estuvo tentada de añadir alguna frase amable, como «no has cambiado nada» o «tienes buen aspecto», pero era demasiado evidente que aquello no era cierto, así que optó por algo menos cordial pero más sincero—: Te veo muy afectado.

—Aún no me hago a la idea. Desde que me levanto tiendo a mirar el móvil por costumbre, como si aún me fuera a llamar para empezar a planificar la sección.

—Te entiendo, yo tampoco lo asimilo. A cada momento me acuerdo de cosas que habría querido decirle, de mensajes que me habría gustado enviarle. Y me torturo pensando por qué no vine antes a verle, cuando aún…, cuando aún estaba aquí.

Neil puso una mano sobre la suya y ese gesto de afecto la sorprendió, pero cuando lo miró a los ojos, comprendió que aquel hombre necesitaba empatizar, compartir su dolor con otra persona aunque fuera durante un breve instante. Alicia le cubrió la mano e hizo un esfuerzo por que su voz sonara reconfortante:

—Siempre lo recordaremos. La muerte puede llevarse a Will, pero no el tiempo que hemos compartido con él. Podemos sentirnos afortunados de haberlo conocido.

Neil asintió al tiempo que se masajeaba los ojos con el índice y el pulgar, en un intento evidente por reprimir las emociones. Cuando se hubo calmado pidió una Guinness al camarero, y el muchacho no tardó en servirla. Alicia observó en silencio cómo su antiguo jefe daba cuenta de media pinta antes de apoyar la jarra fría sobre la mesa, y se preguntó si a esa hora ella sería capaz de tragar una sola gota de alcohol, aunque fuera de cerveza.

—Dime, Alicia, ¿por qué querías hablar conmigo? Algo me dice que no me has llamado solo para recordar a un amigo junto a tu antiguo jefe.

Ella puso las manos sobre la mesa, una encima de otra, y se tomó un instante pare elegir las palabras adecuadas.

—Sabes…, sabes que mantenía el contacto con Will, ¿verdad? Solíamos hablar de nuestros trabajos y esas cosas.

—Algo sabía —corroboró el veterano periodista.

Ella levantó la vista y se encontró con los ojos de Neil, serenos y pacientes, y por un momento le recordaron poderosamente a los de Claudio, como si hubiera una especie de gen compartido por todos los hombres que han dedicado su vida a una misma profesión.

—Me contó que estaba preparando un reportaje que le habías encargado sobre las multinacionales que se instalaban en Dublín para evadir impuestos.

—Así es.

—¿Te comentó algo sospechoso? ¿Algo que le preocupara?

Neil afiló la mirada, intentando escarbar en las palabras de Alicia para averiguar a dónde quería llegar.

—No, nada extraño —dijo por fin—. Era un tema interesante y por eso lo planteamos en el consejo de redacción. El editor nos pidió que tuviéramos cuidado con las empresas de las que hablábamos, no quería problemas con ninguno de los anunciantes habituales, pero nada más.

—¿Te dijo Will que estaba investigando a Fenris, que tenía una fuente dentro del grupo?

El jefe de Economía negó lentamente con la cabeza, y en su expresión había recelo hacia lo que estaba escuchando; le costaba creer algo así. Consciente de las dudas de su interlocutor, Alicia se desató un pequeño colgante que llevaba sujeto al cuello y lo puso sobre la mesa.

—Es una memoria externa, enlázala desde tu móvil —Alicia le mostró una nota con la clave: 231763157110—. Abre el archivo de texto que hay dentro.

Neil sacó el móvil del bolsillo de la chaqueta y siguió las instrucciones empujado por la curiosidad. Mientras lo hacía, Alicia prosiguió con su explicación:

—Es un correo que me envió Will un día antes del accidente. Si te lo doy a leer, es porque así me lo pidió él, de lo contrario no te lo habría mostrado.

El periodista comenzó a leer las palabras que su amigo había enviado desde la cuenta fantasma william110@netmail.com, y a medida que sus ojos se deslizaban sobre el texto, su expresión fue mudando de la incredulidad a la consternación, según asumía las consecuencias que se derivaban de aquel mensaje.

—¿Crees…, crees que su accidente fue un asesinato?

—No lo creo, estoy convencida.

—¿Y los documentos a los que hace mención?

—Los tengo a buen recaudo, y antes de que me lo preguntes, no pienso dártelos, Neil. No voy a permitir que nadie retome la investigación de Will. Yo me encargaré. Voy a descubrir por qué lo mataron y voy a joderlos por ello tanto como pueda.

—Es una locura, Alicia. Podría sucederte cualquier cosa. Debes reunir todo lo que tienes e ir a la policía.

La voz de Neil ya no era calmada, sino que estaba empapada de ansiedad. Alicia se preguntó si respondía a la preocupación que sentía por ella o al hecho de descubrir que su amigo podía haber sido asesinado. O quizás era la frustración de saber que todo aquello se le había pasado por alto.

—Eres libre de hacerlo, si quieres —respondió Alicia—, pero sabes que no servirá de nada. Si ha sido alguien del Grupo Fenris el que ha ordenado la ejecución de Will, tienen recursos de sobra para ocultar su rastro. Además, para la policía un accidente es un caso cerrado, no van a reabrirlo como homicidio sobre la base de unas simples conjeturas.

Neil apoyó los codos sobre la mesa y pareció recordar que aún le quedaba cerveza, así que apuró la jarra en un intento de recuperar la compostura.

—¿Cómo vas a hacerlo?

—Sola, por supuesto. Esperaba que Will te hubiera contado algo más de su investigación, algo que me ayudara a recorrer el camino que estaba siguiendo.

Él se aflojó el nudo de la corbata y se cubrió la boca con la mano. Se mantuvo así durante un buen rato, tratando de recordar algo, pero poco a poco comenzó a negar con la cabeza.

—Nada importante, siempre llevaba sus reportajes solo. Era un perro viejo, no iba a permitir que nadie metiera las manos en algo que estaba escribiendo.

—Entonces solo me queda caminar por mi cuenta. Ya tengo una idea de por dónde empezar.

—Sí me comentó… —comenzó a decir, antes de volver a callar, con la misma expresión de alguien que hojea el diccionario en busca de una palabra que se le resiste—. Me comentó que quería viajar a Irlanda.

—¿A Dublín? —se interesó ella—. ¿A la sede de alguna de las empresas?

—No, a Irlanda del Norte, a Fermanagh. Quería visitar obras sociales. Me dijo que quería equilibrar el reportaje, que no resultara sesgado. Como una de las prácticas habituales de las empresas es invertir en obras sociales y caridad para desgravar impuestos, quería mostrar que este asunto también podía tener aspectos positivos, aunque fuera de forma colateral.

—¿Y para eso iba a viajar a Irlanda? Seguro que hay empresas que invierten aquí, en Inglaterra, en planes de reforestación, investigación médica y cosas similares.

—Sí, pero él quería algo más humano. Quería visitar un orfanato…, o un colegio para niños desfavorecidos. Lo recuerdo porque tramitó las dietas del viaje por la intranet, y yo tuve que validarlas como jefe de sección.

—¿Recuerdas el nombre del colegio?

—No…, pero ya sabes, era alguna santa. St. Mary, St. Therese o algo así. Lamento que no te sea de mucha ayuda.

St. Martha, así se llamaba el colegio para niños desfavorecidos que figuraba en los documentos enviados por Will antes de ser asesinado. Girard y Alicia ya habían coincidido en lo disonantes que resultaban las inversiones realizadas por Fenris en aquel orfanato, por tanto, la conversación con Neil Warren, más que darle alguna pista, lo que había hecho era confirmarle que se hallaba en el buen camino. Si Will tenía intención de visitar St. Martha no era porque quisiera conocer la «faceta humanitaria» de la batalla empresarial contra los impuestos, sino porque también había reparado en dicha disonancia.

Así que al día siguiente voló temprano con destino a Belfast, en cuyo aeropuerto alquiló un coche para conducir hasta Enniskillen, la principal ciudad del condado de Fermanagh. Unos lugareños le recomendaron como alojamiento un *bed & breakfast* próximo al viejo puerto fluvial de la ciudad; se trataba de una residencia desvencijada que, en una de las esquinas de la planta baja, acogía un *pub* que prometía animadas veladas a todos aquellos inquilinos que trataran de conciliar pronto el sueño.

Subió por la escalinata de madera abotargada que precedía a la entrada y pasó al interior, no sin replantearse si aquel era lugar adecuado para una extranjera que viajaba sola. Se detuvo junto al mostrador y tocó la pintoresca campanilla para llamar al recepcionista; al escuchar el vibrante sonido, Alicia sonrió sin saber muy bien por qué. Aquella campanilla era todo un tópico en sí misma, décadas de lugares comunes concentrados en un único objeto de un dorado desvaído. Volvió a tocarla, casi por diversión, y mientras esperaba se entretuvo mirando a su alrededor. El sitio era viejo, pero poseía cierto atractivo carente de impostura; aun así, no pudo evitar una expresión de desagrado al reparar en que todo el suelo del hostal estaba cubierto por esa fina moqueta que tanto gusta en los alojamientos británicos, pero que tan sospechosa resulta a la mayoría de los extranjeros.

La recepcionista fue lo bastante amable como para ofrecerle alguna de las habitaciones de la tercera planta: «Así por la noche el ruido te molestará menos; además, no tenemos a casi nadie arriba, tendrás el baño prácticamente para ti sola».

Alicia recogió las llaves y subió hasta la tercera planta levantando la maleta a pulso. Los peldaños crujían bajo la moqueta, el papel de la pared olía a humedad y las luces amarillentas de los pasillos creaban una atmósfera insalubre. «¿Qué esperabas por treinta y cinco libras la noche?», se reprochó, mientras tiraba de la maleta. Sin embargo, cuando abrió la puerta de su habitación, la perspectiva mejoró hasta cierto punto: el dormitorio estaba limpio y gozaba de espacio, y al liberar las contraventanas la luz penetró hasta el fondo de la estancia y dejó al descubierto una vista casi idílica. Enniskillen estaba enclavada en una pradera de un verde inmemorial, salpicada de pequeños bosques y lenguas de agua que corrían de un lago a otro desmembrando el paisaje. Desde allí se apreciaba perfectamente cómo la pequeña ciudad estaba atravesada por estos dedos fluviales, muchos de los cuales iban a desembocar en Lower Loch Erne, el inmenso lago que se extendía al norte de Enniskillen, y cuyas aguas destellaban serenas bajo un sol atemperado por las nubes.

Colocó su parco equipaje en el armario de la habitación, se quitó el conjunto urbanita con el que había salido de Londres y, tras doblar la falda y la chaqueta sobre una silla, se puso ropa adecuada para una excursión bajo la fina llovizna irlandesa.

«¿Qué buscabas aquí, Will?», se dijo, observando su reflejo en el espejo de la habitación.

Almorzó en el *pub* de la esquina mientras charlaba con su hija a través del móvil. Lara le aseguró que estaba bien en casa de papá, le explicó que tenía un examen de «mates» el viernes y le preguntó tres veces cuándo iba a volver. Se despidió de ella antes de pagar la cuenta y recoger el coche de alquiler. Introdujo las coordenadas de St. Martha y condujo hasta las afueras de la ciudad, allí el navegador tomó el control y ella se pudo distraer durante unos minutos observando el paisaje. Recorría una carretera bien asfaltada pero un tanto estrecha, sin apenas arcén, lo que hacía que el navegador circulara más lento de lo normal; aun así prefería ahorrarse la conducción y poder contemplar los bosques que se cerraban sobre el camino como un dosel, o las esporádicas campiñas que abrían el paisaje y dejaban ver una franja verde de horizonte.

En cierto momento, su asiento comenzó a vibrar con suavidad y los altavoces emitieron un sonido grave y prolongado. Sobre la mitad izquierda del parabrisas se proyectó una cuenta regresiva de treinta segundos y una indicación de giro hacia la derecha. Era la advertencia de que el piloto automático se desconectaría en medio minuto, pues el coche iba a abandonar la carretera convencional para introducirse en una vía secundaria por la que debería conducir manualmente.

Alicia tomó el volante y se desvió en el punto que le indicaba el navegador. Le incomodaba conducir con el volante a la derecha, pero se consoló pensando que allí había pocas rotondas que tomar. Entró en un camino cubierto por una capa cuarteada de hormigón y demasiado angosto para que dos coches se cruzaran; afortunadamente, el único tráfico que encontró fueron rebaños de ovejas que pastaban la hierba que crecía entre las grietas del asfalto y que, al escuchar la proximidad del vehículo, se apartaban con lánguida indiferencia.

Observó de reojo la vista satélite proyectada sobre el salpicadero: no había ningún otro coche en varias millas a la redonda, tan solo el punto amarillo de su vehículo avanzando por la sinuosa senda hacia su destino. Continuó rodando por un firme cada vez en peor estado y la carretera se adentró en un bosque de robles tan espeso que los faros se activaron; finalmente, al cabo de diez minutos, la arboleda se abrió y pudo ver los muros de St. Martha.

El colegio era una inmensa estructura enclavada en medio de la nada, un islote rodeado por miles de acres de campiña y arboleda. Debía de haber sufrido numerosas reformas y ampliaciones, pero el largo edificio de dos alas que asomaba por encima del muro exterior aún conservaba algo del estilo barroco que habían querido darle los arquitectos jesuitas.

Aparcó el coche a un lado del camino y cruzó la explanada que precedía a la entrada. Un enorme portón de hierro de dos hojas, tan selladas que bien podrían haber estado soldadas la una a la otra, cerraba el paso y cegaba la vista del interior. Mientras caminaba comenzó a caer una fina llovizna que le salpicó el rostro y la ropa, pero aún era demasiado leve como para recurrir al chubasquero. El suelo de tierra y gravilla crujía bajo las gruesas suelas de sus botas y, según se aproximaba, Alicia pudo reparar en otros detalles, como el aspecto macizo del muro de ladrillos que delimitaba los terrenos. No había ni verjas ni alambrada que permitieran echar un vistazo, ni timbre ni caseta del guardia. Sobre la puerta cerrada, siguiendo el arco que formaban las dos hojas de hierro, unas letras indicaban el lugar al que se acababa de llegar: «Bienvenido a St. Martha», se leía, recortado contra el cielo gris. Pero el visitante no podía sino recelar de aquella bienvenida. Sellada y silenciosa como una vieja tumba, St. Martha no parecía saludar la llegada de nadie.

Se alejó unos pasos de la entrada para ganar algo de perspectiva, por si se le había pasado por alto algún detalle, quizás una cámara que advirtiera de la llegada de invitados, quizás alguna especie de llamador. No había nada. Las altas hojas de hierro ni siquiera tenían cerradura. Volvió a acercarse e intentó vislumbrar algo entre las bisagras clavadas al muro de ladrillos grises, pero apenas pudo discernir la mancha verde del césped que flanqueaba el camino al otro lado. La sobrecogió aquella calma absoluta que perforaba los tímpanos.

Regresó al coche un tanto desanimada y se sentó sobre el capó para meditar. La llovizna había cesado y las nubes tuvieron la cortesía de apartarse un poco para que el sol pudiera calentar la verde pradera irlandesa. Se cruzó de brazos y se quedó observando el rompecabezas que le planteaba aquel lugar. Sin ideas, sacó el móvil y buscó en la web entradas sobre St. Martha en Irlanda del Norte, pero no encontró nada que no hubiera visto antes. Seguía sin hallar referencias que conectaran el orfanato con las empresas del Grupo Fenris. Se guardó el móvil en el bolsillo y entró en el coche. Conectó el navegador y buscó cuál era la localidad más próxima desde sus coordenadas: Ederney, un pequeño pueblo de menos de mil habitantes que se encontraba algunas millas más al norte. Arrancó el motor eléctrico y condujo de regreso.

Cuando Alicia entró en el único *pub* de Ederney, unos cuantos parroquianos congregados en torno a una mesa la observaron con curiosidad, pero pronto perdieron el interés y volvieron a su partida de póker, señal de que los forasteros llamaban la atención, pero no tanto como para dejar de lado una buena mano.

Se sentó en la barra y dejó junto a ella, bien a la vista, su cámara réflex. Le alegró comprobar que entre las botellas de whisky y cerveza había una máquina automática de café expreso, y fue lo que pidió cuando el propietario y camarero, un hombre calvo y sesentón que hacía ostentación de un espeso bigote blanco, le preguntó qué iba a tomar. Le preparó el café en una copa y, sin que ella se lo pidiera, agregó un generoso chorro de whisky antes de ponérselo por delante.

—¿Es usted fotógrafa? —preguntó, apoyando sobre el mostrador sus enormes brazos de estibador.

—Así es —respondió con una sonrisa. La aparatosa presencia de una réflex nunca falla a la hora de llamar la atención—. Trabajo para una revista de viajes.

—No tenemos muchos viajeros aquí, en Ederney.

—¿No? Pues me parece un sitio maravilloso, se puede sacar un buen reportaje de estos paisajes.

—Si quieres ver ovejas y vacas pastando, desde luego no hay sitio mejor —dijo el hombre con un humor que ella percibió como característico del lugar.

—Lo cierto es que he escuchado que por aquí había un viejo colegio construido por jesuitas españoles, tenía intención de tomar algunas fotos.

—Sí, St. Martha —masculló el hombre—. Si ha venido por eso, está perdiendo el tiempo. Construyeron un muro alrededor y apenas se ven los tejados y la torre central.

—¿No cree que me dejen entrar, aunque solo sea para fotografiar la fachada?

—Nah, ni de broma. Con las monjas no habría tenido problemas, siempre que las ablandara con un donativo y no entrara dentro del colegio. Pero con los nuevos propietarios...

—¿Alguien ha comprado el colegio?

—Comprado, cedido por el obispado..., quién sabe.

—¿Por qué se desprendería el obispado de un colegio tan antiguo?

El hombre torció la cabeza, sorprendido de escuchar aquello. Pero es bien sabido que los forasteros hacen ese tipo de preguntas.

—El colegio lo llevaban hermanas de Nuestra Señora de la Caridad, pero entonces comenzaron a salir cosas sobre lo que hacían en sus orfanatos y asilos. Se lio una buena y al cabo de unos años las monjas dejaron el colegio, que pasó a manos de otro administrador.

—¿Otra orden religiosa?

—Nah, es como una organización de caridad que cuida de los niños, pero sin monjas ni nada parecido.

Alicia se llevó a los labios la taza de café con gesto pensativo, pero el fuerte sabor a alcohol la obligó a cerrar los ojos y adoptar una expresión menos interesante. Estaba realmente cargado.

—¿Y no conocen a los nuevos administradores? Algo sabrán, tendrán que abastecerse, comprar comida en los alrededores...

—Nada de eso, señorita. Esa gente vive aislada del resto del mundo. De vez en cuando vemos cruzar un camión blanco que se dirige hacia el orfanato, ahí deben de llevar todo lo que necesiten. Pero los de aquí no sabemos nada. No molestan, así que para qué preocuparnos.

—Es una manera de verlo —asintió Alicia—. Me parece que me voy a quedar sin fotos, entonces.

—Siempre puede fotografiar a las ovejas.

—¿Conoce a alguna especialmente guapa? —bromeó Alicia y, a juzgar por la sonrisa que concedió el hombretón, parecía haber conectado con el humor seco de los lugareños.

Salió fuera y guardó la cámara en el maletero antes de sentarse en el puesto del conductor. Aquella conversación le había dado una idea, un tanto atrevida, pero que podía funcionar. Sacó el móvil del bolsillo y apenas tardó unos segundos en encontrar la web de *L'Osservatore Romano,* el periódico oficial del Vaticano. Navegó por el sitio hasta encontrar la página de *staff* del diario, en la que figuraban los nombres de sus periodistas. A continuación consultó el navegador: desde Ederney a Dublín había casi tres horas, así que lo mejor sería dejar el viaje para el día siguiente y planificarlo todo con cuidado.

—¿Podría repetirme su nombre?

—Filippa Rossi, con dos eses.

El secretario tecleó con sumo cuidado su nombre.

—Y el medio para el que trabaja, me ha dicho…

—*L'Osservatore Romano.* Somos el único periódico del Estado Vaticano.

—¡Ah, sí! —dijo el secretario, con una sonrisa amable que pretendía dar a entender que el nombre le sonaba de algo—. Bien, ya he introducido la cita en la agenda del señor Kenyon, aunque no sé si tendrá tiempo de atenderla hoy, falta poco para que las oficinas cierren.

—Por favor, si no puedo hablar con él hoy, tendré que prolongar mi estancia un día más —dijo ella, quizás exagerando demasiado el tono desvalido.

—Haré todo lo posible —la tranquilizó el veterano secretario, con suma comprensión.

Por algún motivo, siempre había despertado simpatía entre los hombres mayores; no una que enmascarara algún tipo de interés sexual, más bien una suerte de paternalismo insatisfecho, como si ella les recordara a la hija que nunca tuvieron. Lo consideraba una forma velada de machismo, pero sabía sacarle provecho.

Tal como había imaginado, todas las oficinas del conglomerado empresarial Fenris se concentraban en un mismo edificio adquirido por el grupo en pleno centro financiero de la ciudad: en Nassau Street, próximo a St. Stephen's Green Park. Era un distrito que en las últimas décadas había crecido año tras año, según pugnaban las principales multinacionales y empresas de *software* por hacerse con un inmueble que pudieran registrar como sede central de sus actividades. Aunque lo cierto es que pocas podían exhibir el sofisticado poderío del cuartel general de Fenris: veintiocho plantas construidas en piedra blanca y cristal. En la penúltima de todas ellas se encontraba la oficina de John Kenyon, director de comunicación de Fenris Holding Group.

La espera no fue breve ni amena. La torturaron con un gélido aire acondicionado y con un hilo musical inclemente, pero supo mantenerse firme ante aquella maquinaria diseñada para disuadir a las visitas indeseadas y, por fin, poco antes de que las oficinas cerraran para el almuerzo, el secretario le indicó que Kenyon la aguardaba en su despacho.

Alicia sonrió como si solo la hubieran hecho esperar cinco minutos y siguió al amable recepcionista hasta un despacho tan amplio como falto de imaginación. Al otro lado de una mesa de cristal templado, parapetado tras una pantalla sobre la que bailaban imágenes, vídeos y textos, se encontraba el responsable de comunicación de Fenris en Europa, un hombre de aspecto tan aburrido como su despacho, pero que sin duda sería un hábil malabarista a la hora de escamotear información al público. Alicia sabía bien que los *dircom* de las grandes multinacionales no llegaban a su posición por ser excelentes comunicadores, sino más bien por ser magníficos desinformadores, gente capaz de enturbiarlo todo, expertos en generar dudas y contradicciones que impidan fundamentar reportajes lesivos para los muchos intereses de sus dueños.

Por ello, cuando John Kenyon se puso en pie y le tendió una mano que precedía a una bien entrenada sonrisa, Alicia se la estrechó con fuerza y dio por comenzado el duelo.

—Siéntese, señorita Rossi —le ofreció su anfitrión, señalando la butaca al otro lado de la mesa—. Señorita, ¿verdad?

—Sí.

—Ah, me lo imaginaba. —Kenyon sonrió en un intento de tantear si su halago había hecho mella, pero la expresión de Alicia no dejaba translucir más que protocolaria cordialidad.

Él se sentó en su inmensa silla giratoria y pareció cerrar algún tipo de documento en el ordenador. Cuando todo estuvo en orden, le dedicó su plena atención.

—Dígame, señorita Rossi, ¿qué puede necesitar de mí una periodista del diario del Vaticano? Le confieso que no acierto a averiguarlo.

—Es un asunto sobre el que no nos gustaría que trascendiera nada. Se está llevando con cautela.

—Por favor, tiene mi palabra. Gran parte de mi trabajo consiste en ser discreto.

Ella asintió con la sonrisa cómplice de los que comparten algún tipo de secreto.

—Verá. La Iglesia ha estado recibiendo en las últimas fechas críticas por…, por reducir la inversión en obras de caridad. Hay gente, gente de la propia Iglesia incluso, que ha acusado al Papa de estar más dispuesto a recortar las partidas destinadas a los más desfavorecidos que a reducir los gastos protocolarios y aligerar la burocracia vaticana.

—Señorita, sigo sin entender…

Ella levantó la mano rogando paciencia, y Kenyon guardó silencio.

—Por supuesto, este tipo de acusaciones no son nada nuevo. Pero tales invectivas están cobrando especial virulencia en redes sociales y foros públicos. Las recientes declaraciones del Sumo Pontífice sobre el sida en África le han puesto en el ojo del huracán, y hay muchos deseando socavar su autoridad. Incluso dentro de la Santa Sede.

—¿Y qué esperan de nosotros?

—Verá, uno de los puntos más comprometidos, sobre todo entre ciertos cardenales europeos, es el hecho de que la gestión de algunos orfanatos y asilos que tradicionalmente han administrado órdenes católicas haya pasado a manos privadas. Se pone en duda la labor que se está realizando con esos niños, dicen que se les ha dejado en el arroyo. Es por ello que el propio portavoz de la Santa Sede —y Alicia recalcó aquellas palabras como si tuvieran una importancia extraordinaria— nos ha pedido que preparemos un reportaje sobre estos colegios que ahora están gestionados por obras sociales de carácter privado. La intención es demostrar, sin dejar lugar a dudas, que estos niños gozan de las atenciones que se merecen, incluso que se encuentran mejor ahora, gracias a disponer de recursos que la Iglesia no posee por su carácter de institución humanitaria y sin ánimo de lucro.

El directivo la escrutó con recelo, intentando anticipar hacia dónde se dirigía aquella conversación.

—Me gustaría ayudarla, pero no se me ocurre cómo, señorita Rossi.

—Yo tengo una idea de cómo podría hacerlo. ¿Conoce el colegio de St. Martha, en el condado de Fermanagh?

Kenyon se llevó la mano al nudo de la corbata. Su expresión no denotaba comprensión inmediata, pero aquel nombre parecía haber activado alguna suerte de alarma mental a la que reaccionaba por instinto.

—Me temo que no sé a lo que se refiere.

—Puede que usted no estuviera aún aquí, pues al parecer hace tiempo de aquello, pero según me han informado desde la oficina del portavoz, la Iglesia dejó en manos de una de las empresas de su grupo la gestión de uno de nuestros colegios para niños desfavorecidos. Dado el prestigio del que goza el Grupo Fenris, se ha considerado que St. Martha debe de ser uno de los mejores ejemplos de cómo administrar una obra de caridad.

—Comprendo… —dijo su interlocutor con la boca seca—. Y pretende visitar las instalaciones de ese colegio.

—Así es. Sería una visita de apenas media hora, algunas fotos, charlar con alguno de los responsables. En realidad, es una sencilla campaña de imagen, un reportaje amable que nos deje bien a todos y tranquilice a algunas voces críticas. Aunque si ustedes prefieren mantener su labor social en el anonimato, ni siquiera necesitamos vincular el nombre de St. Martha a alguna empresa de su grupo; basta con demostrar que los niños están en buenas manos, que no se les ha desatendido.

Era evidente que la idea no gustaba al directivo de Fenris, pero tampoco era capaz de esbozar ningún argumento en contra que resultara razonable.

—He de consultarlo, señorita Rossi.

—Por supuesto. Pero, por favor, señor Kenyon, necesitaría una respuesta mañana mismo. Estoy alojada en Enniskillen y no me gustaría dilatar mi estancia más de lo necesario. Además, estoy segura de que sus jefes estarán encantados de colaborar con los míos; al fin y al cabo, nuestros intereses son coincidentes en más de un asunto.

Alicia subrayó sus palabras con una sonrisa cómplice, aunque no tenía ni idea de cuáles eran los fundamentos de semejante aseveración. De cualquier modo, Kenyon le devolvió la sonrisa con incomodidad, antes de asegurarle que haría todo lo posible por darle una respuesta cuanto antes.

Minutos más tarde, mientras bajaba sola en el ascensor que la llevaba a la planta de aparcamientos, reparó en que su corazón latía más rápido de lo normal y que las manos le temblaban traicionando su nerviosismo. Apretó el pasamanos en un intento de controlar el pulso y se obligó a respirar de forma pausada. Hasta aquel momento no se había dado cuenta de lo inquieta que se encontraba, y esperaba que también le hubiera pasado desapercibido al hombre de Fenris. No pudo evitar pensar que quizás estaba llevando aquello demasiado lejos; si Will había sido asesinado como ella se obstinaba en creer, entonces estaba caminando sobre el alambre.

De algún modo su mentira había funcionado. Desconocía la relación que el grupo podía tener con la Iglesia católica en Irlanda, Europa o cualquier otra parte del mundo, pero al parecer su insistencia en la necesaria discreción con que debía llevarse el asunto había conseguido evitar comprobaciones que hubieran echado por tierra fácilmente su historia. O quizás sí sabían quién era en realidad, quizás no había engañado a nadie, pero habían optado por seguirle el juego para descubrir sus intenciones, para saber todo lo necesario antes de tomar una decisión al respecto.

Aquel, desde luego, no era un pensamiento tranquilizador, pero debía acudir a la cita. Era viernes por la mañana y, mientras esperaba apoyada en su coche junto a las puertas de St. Martha, lo único en que podía pensar era en que a esa hora su hija tenía un examen de matemáticas. Se sorprendió preguntándose si volvería a verla, y sacudió la cabeza para alejar aquellos pensamientos. Por un momento se sintió estúpida y se dijo que había leído demasiadas novelas de espías. Intentó reírse de sí misma, pero entonces recordó la muerte de Will y no pudo.

Levantó la vista al escuchar en la distancia el sonido de un coche rodando sobre el asfalto cuarteado; era un rumor constante y creciente, como el de una tormenta que se aproxima desde más allá de las montañas. Finalmente, tras la última curva del camino, un BMW negro apareció bajo la tupida bóveda que trenzaba el bosque de robles. El vehículo se aproximó despacio y sus enormes neumáticos apisonaron la grava hasta detenerse a su lado.

La puerta se abrió con un chasquido mecánico, y dos largas piernas enfundadas en medias claras asomaron desde el interior.

—¿Filippa Rossi? —preguntó la mujer que emergía del oscuro habitáculo del BMW.

—Sí —logró balbucir Alicia, mientras alzaba la vista hacia la recién llegada. Calzaba afilados estiletes y vestía un traje de un blanco severo, sin contrapunto de color. El pelo rubio le caía exuberante hasta la mitad de la espalda, y sus rasgos inexpresivos y angulosos, ocultos tras unas inmensas gafas de sol, hacían difícil determinar su edad.

En cuanto vio a aquella mujer, que parecía la encarnación del ideal femenino de Wagner, se sintió intimidada, incómoda en sus zapatos cómodos y en su traje de trescientos euros. Pero no iba a dar un paso atrás, así que se obligó a ser la primera en tender la mano.

—Soy Beatrix Giger —dijo la mujer, estrechándosela con fuerza—, una de las personas de confianza del señor Rosesthein en Europa.

—¿Se..., se refiere a Ludwig Rosesthein?

—Claro, ¿a quién si no? El señor Kenyon me ha pedido que la acompañe durante su visita a St. Martha.

—Oh, muchas gracias, pero creo que con que me lo hubiera mostrado alguno de los tutores residentes habría sido suficiente.

—De ningún modo, hemos decidido atenderla en cuanto precise. Estamos dispuestos a colaborar en lo que sea necesario.

Alicia intentó esbozar una sonrisa de cortesía, pero solo podía centrarse en que su atípica guía continuaba estrechándole la mano.

—¿Entramos? —preguntó por fin Beatrix Giger.

—Cuando quiera.

La mujer uniformada de blanco le dio la espalda mientras extraía su móvil de la chaqueta. Pareció consultar algo de forma breve antes de marcar una llamada, y cruzó las manos a la espalda mientras esperaba. Alicia comprendió que el único pendiente que llevaba, sujeto a su lóbulo izquierdo, debía de ser el manos libres.

—Estamos aquí —dijo la mujer.

No dio más explicaciones; se volvió hacia Alicia y le dirigió una breve sonrisa dándole a entender que deberían aguardar.

Al cabo de unos segundos un zumbido electrónico activó una serie de resortes, hasta que la cerradura, invisible desde aquel lado del muro, saltó con un chasquido que reverberó en el estómago de Alicia.

Capítulo 7
El recuerdo de lo que fuimos

Hacía horas que la noche había caído sobre la bahía de Osaka, pero el pálido resplandor de las luces de argón aún iluminaba las últimas plantas de la sede del Nihon Merchant Group, una estilizada torre de metal a orillas del Yodogawa. En su interior, los conductos de ventilación continuaban exhalando un aire frío que resecaba las gargantas y apremiaba a salir al aire libre; aun así, ninguno de los congregados en la sala de reuniones del penúltimo piso tenía la más mínima intención de abandonar su asiento.

Cinco de ellos, hombres de mediana y avanzada edad embutidos en caros trajes italianos, se encontraban sentados a ambos lados de la larga mesa de trabajo, sus ojos clavados, en algunos casos con rabia mal disimulada, en aquel que presidía la reunión: Kenzō Inamura, que tomaba notas en una hoja en blanco. Escribía con la calma y la pulcritud de un maestro de *kaisho,*[*]

---

[*] Kaisho: Estilo de la caligrafía japonesa *(shodo)* caracterizado por su trazo suave y fluido.

como si no hubiera nadie más allí, mientras sus contertulios apretaban los labios y crispaban los puños bajo la mesa, capaces de tolerar a duras penas la arrogante actitud de su invitado. Cuando hubo terminado, Inamura limpió el plumín con sumo cuidado, valiéndose de un fino papel de seda, enroscó lentamente el capuchón y depositó la pluma sobre la mesa, junto a la hoja con sus anotaciones.

—Bien, he tomado nota de todas sus quejas. ¿Hay algo más que deseen trasladarme?

Un silencio hostil embargó a los presentes, que, indecisos, intercambiaron miradas sombrías.

—Esto es intolerable —explotó por fin uno de ellos, un hombre de unos cuarenta años cuyo Armani no conseguía paliar su aire de oficinista venido a más—. Su arrogancia no tiene perdón, ¡pagará lo que está haciendo!

Subrayó su indignación con un puñetazo que hizo retumbar la mesa y derramó un vaso de agua. La pluma comenzó a rodar hacia el filo de la pulida superficie de caoba, pero Kenzō Inamura no hizo nada por impedir su caída; en lugar de ello, posó una mirada severa sobre aquel hombrecillo airado. Cuando la estilográfica se precipitó al vacío, alguien dio un paso al frente y la recogió antes de que cayera contra el suelo enmoquetado. Solomon Denga volvió a depositarla sobre la mesa, junto a la mano de su jefe, y se retiró de nuevo a su discreta posición.

—¿Podría repetirme su nombre? —inquirió Inamura, dejando claro que su interlocutor no gozaba de la consideración de alguien cuyo nombre mereciera la pena ser recordado.

—Disculpe a Fukada-san —medió el más anciano de todos los allí reunidos. Se trataba de Hideo Ōtsuka, fundador y presidente de OHC, la empresa responsable de cimentar y levantar los nuevos barrios flotantes en la isla artificial de Odaiba—. Simplemente ha expresado de manera más airada la frustración que todos sentimos.

—No puede actuar así, Inamura —intervino un tercero—, nuestras familias se han dedicado durante generaciones al negocio de la construcción. Fuimos los primeros en invertir en ingeniería submarina y no es exagerado decir que las principales zonas costeras del país han seguido creciendo gracias a nuestro esfuerzo. Los nuevos barrios flotantes han sido posibles gracias a nuestra apuesta por desarrollar esta industria.

—Creo que su inversión inicial ha generado un retorno más que suficiente. No pueden impedir que otros entremos en el negocio.

—Pero usted no desea solo un trozo del pastel, Inamura-san —señaló Ōtsuka con serenidad, y entrelazó los dedos bajo la barbilla—. Busca hundir nuestras empresas.

Inamura sonrió ante una acusación tan explícita.

—Ustedes han formado un pequeño club privado en el que han puesto sus propias reglas. Pero yo no formo parte de ese club. Inacorp quiere entrar en este negocio, y lo hará con una oferta que considera adecuada a las posibilidades del mercado.

—El precio que está ofreciendo por hectárea flotante es casi la mitad del que oferta nuestro consorcio —dijo Ōtsuka—. Estratificación, adecuación del fondo submarino, cimentación, anclaje de las plataformas... ¿Quiere hacernos creer que tiene la tecnología necesaria para hacerlo tan barato? No. La realidad es que va a tener muchas pérdidas y piensa sufragarlas con los beneficios del resto de su megacorporación. Lo hará así hasta que logre echarnos del negocio, ese que nosotros mismos creamos, entonces podrá poner los precios que quiera. Le tenía por otra clase de empresario.

—¿De verdad alguno de los aquí presentes está dispuesto a darme clases de ética empresarial? —preguntó Inamura alzando levemente la voz, y los hombres alrededor de Ōtsuka se removieron incómodos.

—¿Qué quiere decir? —preguntó el veterano constructor.

—Me refiero a Takumatsu Ikawa.

—¿Takumatsu? ¿El mediador empresarial de Tokio?

—Takumatsu, el negociador de la *yakuza*, más bien. Intentó contactar conmigo después de que mi grupo anunciara que entraría en el negocio de las plataformas costeras. Podrían haber intentado reunirse conmigo, llegar a un acuerdo entre hombres de honor. Pero no, prefirieron recurrir a sus malas influencias.

Ōtsuka miró los rostros a su alrededor, primero con expresión descreída, pero las miradas esquivas de sus socios le convencieron de que aquello era cierto.

—La próxima vez midan mejor sus fuerzas —les aconsejó Inamura mientras se ponía en pie—. Si es que hay próxima vez.

Se guardó la pluma y el papel en el bolsillo interior de la chaqueta y abandonó la estancia sin mirar atrás. Denga lo siguió y cerró la puerta tras ellos; aun así, mientras avanzaban por el pasillo acristalado, podían escuchar la discusión acalorada que se había reavivado en la sala de reuniones.

—No es inteligente empujar a las personas a posiciones desesperadas —señaló Denga mientras caminaba junto a su jefe.

—Podría decirse que ellos han abierto las hostilidades.

—Ellos pusieron en pie un negocio en el que usted pretende entrar como un elefante en un invernadero. Quizás el primer paso debería haber sido reunirse con ellos, antes incluso de hacer públicas sus intenciones… Puede que así hubiera evitado que se pusieran tan nerviosos.

Inamura miró de soslayo a su ayudante y pulsó el botón para llamar al ascensor. Una de las costumbres de Solomon Denga era decirle abiertamente lo que pensaba, algo que podía resultar sumamente molesto en ocasiones como aquella, pero el fundador de Inacorp lo consideraba más una virtud que una osadía. Desde su perspectiva, solo los mediocres confunden lealtad con sumisión silenciosa. Él, sin embargo, prefería depositar su confianza en alguien que no tuviera recelos en expresar sus pensamientos. Así evitaba desagradables sorpresas.

—Ellos no han creado ningún negocio —puntualizó Inamura mientras esperaba—, la construcción de grandes infraestructuras es una empresa tan vieja como el primer gobierno en acometer obras públicas. Además, ¿cuántos habrán intentado entrar en su selecto club llamando primero a la puerta? ¿Crees que soy el único que se ha topado con amenazas veladas? Quizás Ōtsuka ha sido un viejo necio todo este tiempo, ignorante de las tácticas mafiosas de sus socios, aunque me cuesta creerlo.

Entraron en el ascensor y aguardaron a que se cerraran las puertas. Tras meditarlo largo rato, Denga aseveró:

—Intenta que ellos recurran a Fenris. Rosesthein lleva tiempo esperando una oportunidad para irrumpir en el mercado japonés, y usted pretende hacerle ver por fin una fisura en sus defensas.

Inamura no dijo nada. Tampoco era necesario que lo hiciera.

—Quiere distraer a su rival con una vieja obsesión, con un anhelo personal que va más allá de los negocios. —La voz de Solomon Denga no era admirativa, sino que sonaba como la de un maestro satisfecho.

—Dígame qué más tenemos en la agenda —solicitó Inamura, haciendo caso omiso de las conclusiones de su hombre de confianza.

Este cruzó las manos a la espalda y respondió con su habitual tono castrense:

—Durante su reunión he mantenido una conversación con Daniel Adelbert, me ha llamado desde Tel Aviv. Al parecer la pasada noche sufrió un asalto.

—¿Un asalto?

—Lo llevaron a un piso franco para instarle a que dejara de investigar. A juzgar por su voz, la petición no fue amable. Me temo que el incidente ha podido desmotivarlo, no debería sorprendernos que lo dejara en cualquier momento.

—No lo hará —aseveró Inamura—. Si han actuado de manera tan torpe y precipitada es que Adelbert está cerca de algo, y cuando lo descubra, él será el primer interesado en seguir adelante, pronto lo verá.

—¿No estamos poniéndolo en riesgo?

—No. Intentarán intimidarlo, pero no le harán daño de verdad, Rosesthein ha invertido demasiado tiempo y esfuerzo en él. Aun así, no quiero arriesgarme a que lo saquen del juego.

—¿Entonces?

—Envíe a Clarice.

Denga apoyó el dedo índice contra su rotundo bigote, en gesto valorativo.

—No me parece prudente…, y menos con lo que tenemos en juego aquí.

—Envíela —insistió Inamura—. Este asunto debe ser prioritario para nosotros, no hay nada más importante que la investigación de Adelbert.

Apenas había amanecido cuando Daniel entró en su habitación del Hotel Cinema y cerró la puerta dejándose caer contra ella. Echó el cerrojo manual y caminó renqueante hacia el cuarto de baño; al entrar en el aseo, atronó contra sus ojos una luz blanca, un fulgor incandescente que se abrió paso entre los párpados apretados hasta restallar en el fondo de su cerebro, como una ola contra el rompiente. Masculló una maldición y se cubrió el rostro con una mano mientras que, con la otra, tanteaba la pared en busca del interruptor. Apagó la luz automática y comenzó a desvestirse poco a poco, con tímidos movimientos que eran interrumpidos por espasmos de dolor cada vez que exigía más de lo debido a algún músculo contusionado. Lo peor fue girar los hombros para quitarse la camisa, un gesto que le obligó a apretar los dientes y reprimir un gemido.

Por fin pudo entrar en la ducha. Cuando el agua caliente recorrió su cuerpo magullado, le señaló con quirúrgica precisión cada uno de los cortes y heridas abiertas. El dolor sordo, incisivo, en el costado izquierdo y en uno de los pómulos le indicó los lugares en los que probablemente necesitaría puntos. Levantó la cabeza para mirarse en el espejo de la ducha y se descubrió con el rostro desfigurado por la inflamación. Sí, su aspecto era tan malo como se temía, no le sorprendía que le hubiera costado tanto convencer a la recepcionista de que no avisara a la policía. «Ha sido una discusión entre borrachos —dijo—. Tendría que ver cómo han quedado los otros». Pero si aquello había intentado ser algún tipo de chiste, la empleada del hotel no le encontró la gracia. Insistió en llamar al menos a urgencias, pero Daniel le dijo que él era médico y que sabría tratarse las heridas. En eso no le había mentido.

Salió de la ducha sin fuerzas ni siquiera para secarse. Empapado en agua caliente, avanzó encorvado, apoyándose con la mano en la superficie más próxima, hasta alcanzar el armario. Abrió el cierre codificado con su huella y sacó de su maleta una bolsa blanca de primeros auxilios. ¿Cuánto tiempo hacía que no recurría a ella? Probablemente desde que comenzó a trabajar para Rosesthein; en los últimos años su vida se había vuelto mucho más tranquila, se había acomodado, por eso lo habían cazado tan fácilmente. Pero de inmediato se sacudió aquel reproche. «Me han cazado por adentrarme en territorio hostil sin estar preparado, por trabajar con gente a la que no conozco. Pero eso no volverá a suceder».

Se sentó en la cama con un gruñido áspero y comenzó a aplicarse gel médico en las heridas abiertas y en las contusiones.

Aquello bajaría la inflamación y evitaría que los cortes se infectaran, pero no cicatrizaría las laceraciones más profundas. Con un suspiro, cogió dos bolsitas de plástico trasparente en las que había un filamento azul; arrastró una silla hasta el espejo de la habitación y se sentó frente al reflejo de un Daniel resquebrajado. Los kits de sutura estaban compuestos de un único hilo hipoalergénico rematado por un extremo curvo endurecido y punzante. Se aplicó más gel sobre el pómulo y la herida del costado, abrió la primera de las bolsitas con los dientes y comenzó a remendarse. El hilo, aunque lubricado, le provocaba una desagradable sensación al deslizarse dentro de la carne magullada. Tardó alrededor de media hora en coserse ambos cortes, y no había terminado aún con el pómulo, la segunda y más delicada de las dos suturas, cuando le embargó un repentino sudor frío al que siguió un intenso mareo. Debió apoyar la frente contra el espejo y esperar a que las náuseas remitieran, pero finalmente pudo concluir su labor y cortar el hilo sobrante.

Se reclinó hacia atrás en la silla y respiró hondo varias veces antes de comenzar a palparse las costillas. Al presionar en determinados puntos percibió un dolor agudo, pero nada comparable al aldabonazo cegador que provoca una costilla rota. Casi se podía sentir afortunado. Se ciñó una banda de compresión alrededor del torso, asegurándose de que todo estuviera bien sujeto, y se dirigió a la ventana para graduar la opacidad hasta quedar completamente a oscuras. Al fin pudo reclinarse con cuidado sobre la cama, no sin antes meterse dos cápsulas de ibuprofeno en la boca. Y allí quedó, a la espera de que el sueño lo reclamara.

En el duermevela que precede a la inconsciencia, su mente agotada saltó de un pensamiento a otro: recordó el encuentro que debía mantener al día siguiente con el viejo que lo había llamado, el hombre que decía conocer a David Samir... Si es que realmente se presentaba, algo que comenzaba a dudar, dado el interés que el Shabak había demostrado por enterrar el asunto. Aquello le hizo pensar de nuevo en las razones de que siguiera con vida, cuando lo más lógico es que hubieran acabado con él. Juró, no obstante, que no les daría otra oportunidad: iría a la reunión y tanto si su nuevo contacto aparecía como si no, desaparecería de allí, no volverían a verlo.

Por último, en el desdibujado umbral de la vigilia, algunos pensamientos se arremolinaron arrastrados por un viento lejano, imágenes que solo acudían a él en sueños: ráfagas de una gran sala vacía, un espacio inmenso y extraño, carente de sentido, donde se esparcían por el suelo muñecos de peluche, puzles desmoronados y otros juguetes. Las paredes eran de colores vivos y sobre ellas habían pintado campos de sonrientes girasoles y un cielo azul con nubes. Parecía un lugar tranquilo y acogedor, pero de algún modo él sabía que aquello no era cierto, se lo decía el vello erizado de la nuca, el olor aséptico que se deslizaba en el aire. Hileras e hileras de camas cubiertas con bordados de mariposas, arcoíris y mullidos corazones reposaban tranquilas en la penumbra, vacías a la espera de sus inquilinos, y solo una estaba ocupada: la suya. Yacía con los ojos entreabiertos, hecho un ovillo bajo las sábanas, y contemplaba el mundo hueco que lo rodeaba mientras el sueño le daba alcance.

El taxi se detuvo junto al pasaje de Ha-Shalom, a los pies de las torres Azrieli, una monstruosidad de cemento y cristal formada por tres rascacielos de planta cuadrada, circular y triangular. Habían sido erigidas décadas atrás para recuperar y dinamizar la zona periférica del centro de Tel Aviv, y en poco tiempo el lugar se había convertido en uno de los principales núcleos comerciales y empresariales de la ciudad. Daniel, sin embargo, no comulgaba con la grandilocuencia arquitectónica y tendía a rehuir lugares como aquel, auténticos templos consagrados a una religión que no profesaba.

Debía encontrarse con su misterioso confidente en una cafetería del centro comercial que servía de antesala al complejo, un lugar concurrido a la vista de miles de ojos, tal como mandaban los cánones clásicos. Mientras se abría paso por las atestadas galerías comerciales, rodeado de personas que se afanaban en cargar con bolsas repletas de cosas vacías, se preguntaba cómo sería el hombre con el que iba a entrevistarse. El lugar de reunión le permitía anticipar que debía de tratarse de una persona precavida; o quizás tan solo fuera un espía retirado que añoraba los viejos tiempos. Estaba a punto de descubrirlo.

Llegó al local señalado y se sentó en una de las mesas de la terraza, junto a la corriente de visitantes que flotaba de tienda en tienda. Por supuesto que su contacto no llegaría puntual, le dejaría esperar durante un buen rato, el tiempo necesario para ser observado. Pidió un expreso que, para su sorpresa, tenía un aroma similar a los que podían servir en cualquier cafetería de Roma, y se limitó a aguardar con la mirada perdida en los rostros que pasaban junto a él.

En descargo de su confidente tuvo que reconocer que no le hizo desesperar: apenas había saboreado un par de veces su café cuando percibió que alguien lo miraba con vehemencia; levantó la vista y vio a un anciano de pie, hierático en medio de la marea humana. Su postura inmóvil subrayaba su presencia, como la roca que obliga a la corriente a flanquearla. Era un hombre alto, apenas encorvado por la edad, vestía traje oscuro sin corbata y se apoyaba en un bastón delgado como una vara de enebro; la cabeza, alzada por encima de los que discurrían a su alrededor, estaba cubierta por una mascota negra que aplastaba mechones blancos contra sus sienes. Pero todo aquello eran detalles accesorios, lo que verdaderamente sorprendió a Daniel fue la intensidad de su mirada: lo contemplaba con una expresión anonadada, despojada de cualquier reparo.

El hombre avanzó con paso firme, casi solemne, y se sentó frente a él con las manos cerradas en torno al puño de su bastón. Lo primero que se preguntó Daniel fue cómo el viejo podía estar tan seguro de que él era la persona con la que había hablado por teléfono.

—Usted es el hombre que dejó el anuncio en la residencia de veteranos. —Si era una pregunta, carecía de una inflexión interrogante. Hablaba sin acento hebreo, como esos judíos americanos que deciden jubilarse en Israel. Pero aquel hombre era un militar israelí, probablemente de la Sayeret Matkal, así que lo más lógico era pensar que había estado operando durante años sobre territorio norteamericano.

—Así es. Mi nombre es Daniel.

—Daniel, se está arriesgando demasiado —afirmó el recién llegado, pero su tono reflejaba más fascinación que cualquier otra cosa—. Aunque me temo que ya es consciente de eso.

El anciano se pasó los dedos por la mejilla, en referencia a los golpes y cortes frescos que cubrían el rostro de Daniel.

—Intento desenterrar el rastro de un hombre que lleva décadas desaparecido, es imposible hacerlo sin remover algo de mierda.

El viejo asintió en silencio, sin demudar su expresión de contenido asombro.

—Perdone que sea tan directo —se disculpó Daniel de antemano—, pero ¿por qué me mira así? Lo lleva haciendo desde que me ha visto aquí sentado.

El viejo ignoró su pregunta.

—¿Por qué busca a David Samir? ¿Cuáles son sus motivos?

Daniel hizo la pausa necesaria para dotar a sus palabras de un cariz sincero.

—Es un asunto personal, de familia. —No quiso ser más preciso. Aquel hombre había conocido personalmente a Samir y no podía correr el riesgo de llevar demasiado lejos su mentira.

—De familia… —repitió el anciano, como si aquellas palabras revelaran algo—. Por supuesto.

—Disculpe, ¿qué es lo que da por supuesto?

—David… Nunca imaginé que un hombre así quisiera tener hijos. No después de lo que había visto.

—¿Hijos? ¿A qué se refiere?

Estonces fue el viejo el que esbozó una sonrisa de incomprensión.

—Es usted la viva imagen de David Samir, es como estar viéndolo a él cuarenta años atrás. Al verlo supuse que por eso estaba aquí, porque quería saber qué había sido de su padre.

Daniel sacudió la cabeza, intentando asimilar lo que estaba escuchando. ¿A eso se refería Kenzō Inamura cuando le dijo que le daría información sobre su verdadero padre? La horrible sensación de que estaban utilizándolo regresó con más fuerza que nunca; se había inmiscuido en un juego al que todos jugaban con las cartas marcadas, todos menos él, que aún debía aprender las reglas.

—¿No es por eso por lo que lo está buscando? —preguntó el anciano inclinando la cabeza, buscando los ojos perplejos de su interlocutor.

—No…, creo que se confunde. David Samir era familiar de mi padre, nunca llegué a conocerlo. Lleva años desaparecido y me han pedido que corrobore su muerte.

—Ya veo. ¿Qué relación tenía Samir con su padre?

—Eran primos. —Intentó no titubear.

—¿Los padres de ambos eran hermanos?

Daniel asintió en silencio y el viejo torció el gesto. No parecía convencido, aun así terminó por ofrecerle la mano:

—Me llamo Saul Perlman, serví con David Samir durante quince años, ocho de ellos en la Unidad. Muy probablemente sea el último hombre vivo que mantuviera una relación estrecha con el comandante. ¿Comprende lo que eso significa?

Daniel asintió lentamente.

—Significa que si Samir continúa siendo un expediente abierto en la Shabak o el Mossad, usted debe estar bajo vigilancia.

—Exacto. Su descuidado anuncio habrá llamado la atención de más de algún funcionario aburrido de los servicios de inteligencia, y esta reunión puede que haya hecho que algún culo se levante de su asiento. No debería extrañarle que ahora mismo alguien nos estuviera observando.

Daniel reprimió el impulso de mirar a su alrededor.

—¿Por qué ha venido, entonces?

—¿Por qué no? Vivo solo en un asilo militar, a la espera de que me llegue la hora. Cuando vi su mensaje, despertó mi curiosidad. Tuve la sensación de que mis recuerdos volvían a tener valor para alguien.

—¿No teme que puedan actuar contra usted?

El viejo se encogió de hombros.

—Ya le he dicho cómo vivo, tengo poco por lo que preocuparme… Cuando no tienen nada que quitarte, eres verdaderamente libre. Y entonces comprendes que la libertad tiene un lado amargo, un hombre no puede vivir sin cargas ni preocupaciones, sin lastres que lo aten al suelo… Necesitamos volar, pero no perdernos en el vacío. Es por eso que la muerte no resulta una perspectiva tan desagradable cuando te haces viejo y ya no queda nadie.

Las palabras de aquel hombre parecían demasiado trascendentes para un encuentro entre desconocidos, pero Daniel comprendía lo que sentía.

—¿Por qué me dice todo esto?

—Porque usted está dispuesto a escucharme, y eso es algo excepcional para un viejo. Le diré lo que quiere, pero no se impaciente si divago en exceso, es algo que se suele perdonar a la gente de mi edad.

Daniel bebió de su café ya templado y asintió. Le caía bien Saul Perlman.

—¿Por eso desapareció David Samir, porque ya nada le ataba a su vida anterior?

Su confidente negó lentamente con la cabeza al tiempo que sonreía. Era una sonrisa franca y amable, y al verla Daniel se preguntó a cuántas personas habría matado aquel hombre. Era algo extraño ver la sonrisa de un asesino.

—Incluso al final de su carrera, David era un hombre joven. Un idealista, como tantos otros jóvenes que dedican su vida a la guerra. Pero con el paso de los años, si no tienes la cabeza hueca, los ideales terminan por trocarse en desilusiones. Probablemente no es la idea lo que te acaba por decepcionar, sino los que viven de ella, los que la instrumentalizan para aprovecharse de las fuerzas y energías de jóvenes inspirados.

—Así que Samir acabó por renegar del sistema.

Saul meditó un momento sobre aquella aseveración.

—Estaba harto de matar en nombre de otros. Matar es algo que se cobra un precio muy alto en tu alma, te va vaciando por dentro. Si no eres un monstruo, debes estar convencido de que esas muertes sirven para algo, que se pueden justificar moralmente…, de lo contrario es imposible seguir con ello.

—Ninguna muerte se puede justificar —dijo Daniel—. El asesinato como medio es la herramienta más cruel que ha creado el ser humano; cuando alguien recurre a ella, debe asumir que está haciendo el mal.

Saul alzó el rostro y sus labios se curvaron hacia abajo.

—Cuando los lobos rodean la casa de tu padre, todo se relativiza mucho más —aseveró el viejo espía. Pero terminó por suavizar su expresión—. De cualquier modo, David probablemente habría terminado por compartir su opinión.

—Entonces, ¿desapareció sin más? Le dejaron marcharse.

—Oh, una cosa es renunciar al servicio activo, y otra desaparecer de la faz de la tierra. Hubo gente que se puso muy nerviosa en el mando militar y en el gobierno, temían que Samir pudiera desertar, revelar secretos militares. «Si no está con nosotros, no estará con nadie», ya me entiende. Así que intentaron localizarlo, y aquello tuvo consecuencias desafortunadas.

—Quiere decir que intentaron acabar con él.

—Así es. El último intento fue en la primavera de 2003, en Budapest. Aquel día murieron tres operativos de la Unidad…, hombres buenos, se limitaban a obedecer aunque las órdenes no les gustaran. Debe entender que por aquel entonces David Samir era prácticamente una leyenda; que se intentara acabar con él mediante operaciones encubiertas mientras en las academias aún se le idolatraba… Bueno, fueron días muy extraños. Después de lo de Budapest no se supo nada más de Samir. Simplemente desapareció.

—¿Y durante todo aquello no recurrieron a ustedes, a sus compañeros de unidad? —preguntó Daniel, fascinado ya por el relato.

—Los que habíamos servido junto a él fuimos inmediatamente puestos bajo sospecha, se nos acusó de no querer colaborar.

En ese punto, Saul se desabrochó el botón de uno de los puños de la camisa y se subió la manga. Le habían quemado el antebrazo casi hasta el hueso, probablemente con un hierro al rojo, y como vestigio de tan atroz tortura había quedado un profundo surco de carne retorcida.

—Estas cosas duelen cien veces más cuando te las hace tu propia gente —aseveró el viejo soldado mientras volvía a colocarse la camisa.

—¿Nadie dijo nada?

—La mayoría desconocía los motivos de David Samir o su posible paradero.

—La mayoría… ¿Y usted?

—Yo sabía que David continuaba siendo un idealista, que no había abandonado toda esperanza, que simplemente había cambiado una causa por otra.

—¿Quiere decir que le explicó cuáles eran sus planes?

Saul bajó la vista y se sumió en un profundo silencio. Cuando volvió a levantar los ojos, su mirada parecía perdida en otra época.

—David era un hombre justo. Nunca habría hecho nada que pudiera perjudicar al pueblo de Israel, ni habría actuado contra sus dirigentes aunque desaprobara las políticas que ponían en práctica. Pero los deshonestos no pueden permitirse el lujo de creer en la honestidad de los demás, así que lo empujaron a huir, a buscar otro camino.

—Saul, por más astuto que alguien sea, por más recursos que posea, nadie es capaz de desaparecer sin ayuda. ¿Quién ayudó a Samir? ¿Quién lo ocultó de los ojos del Mossad y sus aliados?

El viejo negó con la cabeza.

—No lo sé. Recibí una carta suya dos años después de su desaparición. Por aquel entonces era mucho más fácil comunicarse sin dejar rastro, ¿sabe? Me decía que estaba en Suiza, que estaba colaborando en algo llamado Proyecto Zeitgeist, en algo bueno, me aseguraba.

—¿Proyecto Zeitgeist? —Daniel se preguntó qué relación podía tener un héroe de guerra israelí con algo que sonaba a un proyecto secreto nazi—. ¿No le dijo nada más?

—No. Aquella carta era una despedida. —En ese momento Saul lo miró a los ojos, fue una mirada intensa, casi implorante—. Escúcheme, nunca le he dicho esto a nadie, hasta hoy creí que me lo llevaría a la tumba. Si se lo he contado a usted es porque creo que tiene derecho a saber qué le sucedió a su padre, aunque nunca llegara a conocerlo.

—Le he dicho que no es…

—Cállese y escúcheme bien. Salga de Tel Aviv. Busque el primer avión y váyase de Israel. Este asunto no se ha removido durante cuarenta años, por eso puede que tarden más de lo habitual en reaccionar, pero reaccionarán. Nadie puede negarle a un hombre el derecho de conocer sus orígenes, pero si decide recorrer este camino, se encontrará con una vereda angosta acechada por lobos.

El taxi que lo llevaba de regreso a la calle Dizengoff navegaba con soltura entre el tráfico de Tel Aviv, deslizándose con suavidad por el torrente circulatorio regulado por aquella especie de mente-colmena que conformaban los navegadores en red. El zumbido eléctrico del motor, que fluctuaba con las aceleraciones y deceleraciones, arrullaba sus pensamientos como puede hacerlo el barrido de la lluvia o el reflujo de las olas que da forma a la playa. Aun así, su mente estaba lejos del sosiego que necesitaba en esos momentos; más bien bullía con violencia a raíz de la conversación que acababa de mantener, de la cual intentaba extraer conclusiones de forma casi desesperada.

Una de sus primeras certezas fue que Kenzō Inamura sabía mucho más sobre David Samir de lo que le había contado, entre otras cosas debía conocer, o al menos intuir, que se trataba de su padre biológico. Por eso había recurrido a él: si había alguien en este mundo que podía compartir la obsesión del multimillonario japonés por descubrir qué había sido de Samir, ese, sin duda, sería su propio hijo.

Muchos años atrás, en su juventud, cuando aquella duda comenzó a asaltarle en las noches de vigilia, su curiosidad iba acompañada de un intenso sentimiento de culpabilidad que lo zarandeaba sin piedad. Creía que al preguntarse por su procedencia estaba traicionando a su verdadero padre: Edin Adelbert, un hombre íntegro que había hecho por él cuanto había podido, entre otras cosas darle una excelente educación, profesarle un cariño incondicional y demostrar no poca paciencia ante sus incertidumbres vitales. Sabía que Edin y su mujer, a la que su padre se refería como su madre aunque Daniel nunca la hubiera conocido, habían intentado tener hijos hasta casi los 40 años. Solo entonces decidieron que debían recurrir a la adopción, pero antes de que los trámites se completaran, la «madre» de Daniel, o la mujer que estaba llamada a serlo, murió. Aquello no fue óbice para que Edin siguiera adelante con su paternidad, aunque ya no fuera un proyecto compartido.

Pese a todo, Daniel siempre había sentido un desapego natural hacia su familia. Era como un susurro desde el fondo de su consciencia que le recordaba que algo no encajaba, que su vida era incoherente, y no tardó en sospechar que la pieza desubicada era él. Con el tiempo, llegó a la conclusión de que había algo roto en su interior, algo que le impedía profesar el afecto normal que un hijo debe sentir por su padre. Esa desafección, al convertirse en un hombre adulto, se había extendido a todas las personas que le habían rodeado a lo largo de su vida, como si una membrana le impidiera establecer contacto real con otros seres humanos. Pero había asumido aquella carencia y había aprendido a vivir con ella; no se lamentaba, al igual que un ciego no lamenta vivir en la oscuridad. Es difícil echar de menos la luz del sol cuando solo has escuchado hablar de ella.

Daniel abrió los ojos y aproximó la cabeza a la ventanilla del coche. Miró arriba, hacia el tenue atardecer, y comprobó que pronto anochecería. Sopesó sus posibilidades, las consecuencias de seguir adelante con aquello, pero sabía bien que la decisión ya estaba tomada.

Cuando llegó a la recepción del hotel, pidió que le subieran la cena en una hora, no le apetecía comer rodeado de extraños en el restaurante de la planta baja. En cuanto llegó a la habitación, guardó todas sus cosas en la maleta, lo que no le llevó ni cinco minutos, y enlazó su móvil a la pantalla que había sobre el escritorio.

Entró en la web del aeropuerto Ben Gurión y consultó la lista de los próximos vuelos con destinos internacionales. El primer avión hacia Europa con plazas libres tenía como destino París, y despegaba a las 11:30 de la noche. Compró un billete de última hora para dicho vuelo e intentó tranquilizarse: disponía de tiempo suficiente para cenar y salir hacia el aeropuerto, así que se tumbó en la cama y se cubrió el rostro con los brazos. Cerró los ojos e intentó meditar, disociar su mente de su cuerpo y de las circunstancias que zarandeaban su vida. Pero fue en vano. Estaba demasiado excitado y carecía del tiempo necesario para sumirse en una meditación profunda.

Necesitaba hacer algo útil, lograr un resultado inmediato: se sentó de nuevo frente al escritorio y encendió la pantalla. Abrió la aplicación Hack & Slash y le pidió que rastreara el término «Zeitgeist» fuera de las webs públicas. El motor de búsqueda se sumergió en la subred, sondeando cuentas de correo electrónico, foros fantasmas y archivos almacenados en servidores *online* de uso privado.

Mientras el *software* hacía su trabajo, Daniel se reclinó en la silla y cruzó las manos tras la nuca. Una barra blanca flotaba sobre el monitor, llenándose lentamente según el robot iba descerrajando la encriptación de *webmails* y servidores de datos para rebuscar en su interior. Pasó más de media hora antes de que la búsqueda solicitada concluyera con un sinfín de resultados: miles y miles de personas habían utilizado la expresión «Zeitgeist» en mensajes y documentos personales en los últimos años. A continuación realizó una criba aplicando los siguientes filtros: «David Samir, Ludwig Rosesthein, Saul Perlman, Kenzō Inamura, Fenris, Inacorp», y ejecutó la orden. Eran tiros a ciegas, cruzar datos hasta encontrar alguna coincidencia. Pero no había otra forma de hacer espeleología de datos, era necesario ser paciente y meticuloso.

Cuando el programa terminó de tamizar los resultados, le indicó que existía un correo electrónico en el que figuraban los términos «Zeitgeist» y «Fenris». Daniel se incorporó de inmediato. Lo más probable es que fuera una casualidad…, pero que ambos términos se mencionaran en un mismo mensaje casi forzaba la buena fe del destino. Constató que el correo se había enviado hacía tan solo una semana, desde la cuenta william110@netmail.com a una cuenta corporativa: alicia.lagos@progreso.com. Tenía que ser una coincidencia fortuita, el proyecto mencionado por Saul Perlman, de haber existido realmente, se había puesto en marcha décadas atrás, era imposible que generara información tan reciente.

Aun así abrió el correo y comenzó a leer; carecía del contexto, pero el mensaje era bastante esclarecedor: un tal Will, periodista británico, había mandado a una antigua compañera, Alicia Lagos, un documento confidencial sobre maniobras financieras del Grupo Fenris. El informe había sido filtrado por una fuente interna y parecía no contener datos relevantes, según indicaba el propio remitente; sin embargo, el carácter confidencial de la información, junto al asalto que había sufrido su apartamento, le hacía sospechar que dichos documentos contenían información que alguien deseaba mantener en secreto, por eso había decidido compartirlos con ella desde una cuenta fantasma. La expresión Zeitgeist aparecía hacia el final del texto y parecía formar parte de un comentario casual, de un breve devaneo nostálgico, quizás un tanto forzado.

Comprobó que, efectivamente, la cuenta de correo william110@netmail.com ya no existía; había sido cancelada y tan solo se conservaba una imagen de su único mensaje en el *backup* del servidor. Su siguiente paso fue entrar en alicia.lagos@progreso.com, consultó todos los mensajes entrantes, salientes y eliminados, pero la propietaria de la cuenta había sido diligente a la hora de seguir las instrucciones que le habían dado: había eliminado el mensaje de la bandeja de entrada y de la papelera de su correo, por lo que solo quedaba una imagen del mismo en la red CDN local, pero no los archivos adjuntos asociados al mensaje. Sonrió diciéndose que nadie tenía tanta suerte.

Cerró la aplicación de asalto informático y realizó una búsqueda normal en la web. Comenzó con Alicia Lagos, de quien poseía el nombre completo y una dirección corporativa. Era periodista en un medio de comunicación de Madrid, pero bajando por la lista de resultados aparecían artículos más antiguos escritos en inglés, publicados en el periódico *London Standard*. Quizás allí era donde había coincidido con el tal Will. Pulsó sobre la pantalla y abrió una de las noticias redactadas por Alicia Lagos para el medio británico. Era un artículo antiguo alojado en la hemeroteca y no aportaba nada relevante, así que se colocó sobre el buscador interno de la web y escribió William, con la esperanza de que no hubiera muchos periodistas con ese nombre en el *staff* del *London Standard*. Aquel que trabajara en la sección de Economía debía de ser «william110».

El primer resultado reseñado por el buscador fue una noticia fechada cinco días atrás, cuyo titular rezaba: «El periodista del *London Standard* William Ellis fallece en un accidente de tráfico». Según explicaba la información, había sido atropellado por un vehículo no identificado cerca de su casa, en la zona de Battersea Park. Comprobó que el incidente se había producido horas después de que se enviara el correo fantasma. Demasiadas casualidades, consideró mientras se pellizcaba la barbilla. Había encontrado un rastro, aunque si la tal Alicia Lagos era mínimamente inteligente, habría desaparecido del mapa desde hacía días.

En ese momento llamaron a la puerta de su habitación. Daniel miró su reloj y comprobó que era la hora de la cena, así que apagó la pantalla y se guardó el móvil en el bolsillo. Cuando abrió no se encontró con un camarero, sino con dos hombres ataviados con ropa de calle decididamente discreta. El uniforme de los servicios de inteligencia.

—¿Es usted Daniel Adelbert?

—¿Con quién tengo el placer, el Shabak o el Mossad? —preguntó Daniel.

Por supuesto, no obtuvo respuesta.

—Cálcese, debe acompañarnos.

—Mi avión sale en poco más de dos horas —objetó, como si aquello importara lo más mínimo.

Los dos agentes entraron en la habitación y cerraron la puerta.

—Póngase los zapatos y recoja su chaqueta. Más tarde podrá venir a por el resto de sus cosas.

Claro, pensó Daniel. Querían que se vistiera para dar apariencia de normalidad al salir de allí, pero dudaba de que tuviera oportunidad de volver. Mientras se aproximaba a sus zapatos, abandonados al pie de la cama, buscaba mentalmente una salida. Estaba desarmado, en la octava planta de un hotel y nadie repararía en su ausencia. Había pocas situaciones más comprometidas.

Se puso los zapatos y recogió su chaqueta antes de dirigirse hacia la puerta. Uno de los agentes le puso la mano en el pecho y lo obligó a pasar detrás de él, mientras que el segundo cerró la puerta una vez estuvieron en el pasillo. Caminaron en silencio hacia el ascensor, sus pasos amortiguados por la espesa moqueta. Al cruzarse con una empleada del hotel que empujaba una camarera, Daniel le dedicó una mirada penetrante a la que solo le faltaba gritar auxilio, pero ella se limitó a sonreír y bajar los ojos. Frustrado, miró de soslayo a los dos hombres que caminaban junto a él: ¿eran sicarios o torturadores? Iban armados, de eso estaba seguro…, pero en un corredor estrecho las pistolas podían ser un arma de doble filo. No obstante, se limitó a cerrar los ojos y a decirse que debía mantener la cabeza fría. Lo más probable era que si provocaba un forcejeo acabara con un balazo en el pecho. Si iban a matarlo, que no fuera antes de tiempo.

Cuando llegaron al ascensor lo empujaron dentro y uno de los agentes pulsó el botón de la planta baja.

—¿Por qué me dejasteis ir el otro día? Podríamos habernos ahorrado todo esto.

Uno de sus custodios, el que no se había dirigido a él en la habitación, le preguntó algo al otro en hebreo, y el segundo se encogió de hombros.

—¿Es por mi reunión? El viejo no sabía nada, no hacía más que chochear.

El que no hablaba inglés le hizo un gesto para que callara, al tiempo que se abría un poco la cazadora para que pudiera ver su pistola.

Daniel sonrió y miró al techo. El hilo musical del ascensor acompañaba el descenso con insoportable parsimonia y pensó que aquella era una música adecuada para charlar sobre el tiempo, no para acompañarte hasta la tumba. Al llegar al recibidor, un hombre que consultaba distraído el móvil se lo guardó en el bolsillo y se colocó delante de ellos. Ahí estaba su tercer escolta. Salieron a la calle y la noche otoñal de Tel Aviv se le metió bajo la ropa.

Lo empujaron al asiento trasero de un coche en marcha y sus captores se sentaron a ambos lados, de modo que no tuviera acceso a las puertas. Era tarde en un día entre semana, por lo que apenas había tráfico. Tomaron una ruta que callejeaba por el centro antiguo de Tel Aviv, evitando las circunvalaciones que obligaban a activar el navegador automático.

Mientras rodaban por las calles dormidas, los cuatro extraños que lo acompañaban guardaban un silencio rutinario, sus miradas distraídas en la noche al otro lado de las ventanillas. Al cabo de quince minutos se adentraron en una zona de la ciudad que él desconocía, probablemente próxima al viejo puerto de Yafo. Allí las calles estaban desiertas y pudo observar que abundaban los almacenes y naves industriales cerrados a cal y canto. Cada vez su destino le parecía más evidente.

El coche comenzó a aminorar al llegar a un semáforo en rojo y algo le dijo que aquella sería su última oportunidad. Miró con disimulo la pistola del agente a su izquierda, una Glock de 9 mm con el cargador ampliado. Era la opción más lógica: intentar empuñar con su mano derecha el arma del hombre a su izquierda. Sin embargo, antes de que pudiera pensárselo dos veces, el conductor aceleró hasta saltarse el semáforo e hizo girar el coche bruscamente en la siguiente intersección. ¿Qué diablos sucedía? Miró por encima del hombro y observó que tenían otro vehículo encima: era un coche alto, probablemente un todoterreno, que circulaba con las luces apagadas. Su perseguidor también derrapó bruscamente, de modo que apenas ganaron distancia, y conectó las largas para deslumbrarles e impedir que pudieran seguir sus movimientos por los espejos.

Entonces el coche en el que iba Daniel aceleró a fondo, y los solares y almacenes de ambos lados de la calle se convirtieron en un borrón desdibujado. El conductor forzó otro quiebro que a punto estuvo de hacerles sobrevirar, pero el todoterreno imitó la maniobra y al estabilizarse pareció incluso más próximo. Acosados, sus captores bajaron las ventanillas y comenzaron a tirotear al vehículo que les seguía; las pistolas usaban supresores, por lo que la percusión sorda de cada disparo apenas reverberó en la noche. Cuando lograban acertar a su objetivo, un repiqueteo metálico delataba el blindaje de la carrocería. ¿Quién los estaba siguiendo? Aunque podía imaginárselo.

El todoterreno invadió el sentido contrario y aceleró hasta ponerse en paralelo; la facilidad con que les había alcanzado era pasmosa, así que Daniel no se sorprendió al reconocer el estruendo de un motor de combustión. Su perseguidor les había dado caza, todo lo demás sucedió muy deprisa: percibió el pesado impacto en el lateral izquierdo del coche, que les desvió hacia un lado de la calzada; al instante escuchó cómo se quebraba la suspensión delantera al golpear contra la acera, el conductor perdió el control y la masa negra del todoterreno continuó abalanzándose sobre ellos hasta aplastarlos contra la pared.

El impacto fue brutal y los frenos se bloquearon inmediatamente, pero aquello no impidió que el vehículo se arrastrara más de veinte metros contra la pared de la derecha, destrozando la cubierta de la carrocería y haciendo estallar en mil pedazos las ventanas. El habitáculo se inundó instantáneamente de gel de seguridad, el cual debía absorber el impacto, proteger los cuerpos de los ocupantes y ahogar cualquier posible incendio.

Cuando todo hubo cesado, Daniel abrió los ojos y se encontró inmerso en la húmeda gelatina, que poco a poco comenzó a diluirse y hacerse porosa para dejar pasar el aire. La cabeza le retumbaba al borde de la conmoción y las heridas que acarreaba desde la paliza le recordaron que aún seguían allí. Apretó los dientes e intentó centrarse, pues su única oportunidad era reaccionar antes que sus captores. Sin embargo, fue un mero testigo de lo que sucedió a continuación.

Escuchó el murmullo sordo de un soplete láser como el usado para cortar acero bajo el agua, y a los pocos segundos el quejumbroso chirrido del metal al ser arrancado. Dos detonaciones, dos disparos a poca distancia que le obligaron a cerrar los ojos e intentar cubrirse los oídos, y al instante percibió que un peso muerto caía fuera del coche. Alguien le pasó el brazo bajo las axilas y tiró de él hacia fuera, mientras que el otro agente sentado a su lado, más aturdido por encontrarse en la zona del impacto, intentaba aferrarlo por la muñeca sin acertar a desenfundar su pistola. Otros dos disparos, el primero en el cuello y el segundo en la cabeza, dejaron a su segundo captor completamente inerte, su cadáver extrañamente suspendido en la masa gelatinosa que inundaba el coche.

Daniel empujó con las piernas y ayudó a que lo sacaran de allí hasta caer de espaldas sobre el duro asfalto. Se retorció de dolor; estaba impregnado de la sustancia viscosa y desorientado como un recién nacido, pero aún desde el suelo creyó reconocer a la figura que sujetaba un arma en su mano enguantada. Su rescatador volvió a asomarse al interior del coche: cuatro detonaciones más iluminaron el habitáculo, y la mujer por fin salió al exterior. Se tomó su tiempo para enfundar el arma y levantarse las gafas oscuras que le cubrían los ojos.

—Señorita Clarice —logró articular Daniel.

—Tan solo Clarice, por favor.

Capítulo 8
Escenario no contemplado

A licia caminaba junto a Beatrix Giger esforzándose por mantener el poderoso paso de aquella mujer, cuyas pisadas hacían crujir la gravilla del camino. Mientras cruzaban el inmenso jardín que rodeaba St. Martha, pudo ver en la distancia, a la sombra de una arboleda, un grupo de chicos que estiraban los músculos siguiendo las instrucciones de un profesor. Estaban lejos, pero alcanzó a distinguir que todos eran preadolescentes que debían de tener entre trece y catorce años. Ellas vestían camisetas blancas y pantalones grises a medio muslo, con el pelo recogido a la espalda; ellos, pantalones sobre las rodillas y camisetas sin mangas que dejaban los brazos al descubierto. Parecían agotados, quizás llegaran de una larga carrera matutina.

—¿Señorita Rossi? —la llamó su guía, haciéndole notar que se había rezagado.

—Lo siento —se disculpó, al tiempo que se apresuraba para ponerse junto a ella—. Tienen un jardín impresionante.

—Aún no ha visto nada.

Alcanzaron la escalinata que precedía a la entrada central y, al contemplar el edificio de cerca, pudo comprobar que la rehabilitación se había hecho a conciencia: la piedra estaba pulida y restaurada, sin la más mínima grieta en la fachada; se habían remplazado los cerramientos, los ornamentos caídos se habían reconstruido y se habían colocado plantas y parterres que suavizaran la sobriedad monacal del conjunto. También había algunos añadidos de dudoso gusto arquitectónico, como el pórtico de mármol que estaban atravesando, una suerte de fantasía neoclásica que no casaba con la estructura original; pero no podía saber si esto era atribuible a los últimos restauradores o se trataba de la ocurrencia de algún arquitecto local.

Al cruzar el umbral, le llamó la atención la cuidada decoración interior; resultaba más propia de un internado para hijos de familias acomodadas que de un orfanato. Mármol en el suelo, paredes cubiertas con paneles de madera, tapices holográficos, luz cálida, muebles de caoba… Todo ello, sin embargo, no le impidió reparar en la presencia de numerosas cámaras de vigilancia que seguían cada uno de sus pasos con un interés casi impertinente.

—¿Dónde se encuentran los chicos? No veo a ninguno en los pasillos.

—Es horario de clases. Venga por aquí —su cicerone le señaló la amplia escalera que conducía al ala norte—, le mostraré la biblioteca.

La empleada de Fenris subió primero y esta vez sus pasos quedaron amortiguados por la mullida moqueta de la escalera. Libre de su escrutinio por un instante, Alicia dio rienda suelta a su curiosidad y examinó el entorno con ojos bien abiertos: no había nada estrictamente fuera de lo normal, aun así el lugar la inquietaba. O quizás fuera su acompañante, que hacía vibrar el aire con la tensión de una cuerda a punto de romperse. Observó las piernas que la precedían tres peldaños más arriba, eran llamativamente largas y estaban torneadas por horas de gimnasio, hasta el punto de que se podía leer con claridad la forma de los músculos bajo la piel. Beatrix Giger se desenvolvía con la languidez de un depredador satisfecho. ¿Provocaría esa misma reacción en los hombres?

Llegaron a la segunda planta, que resultó igual de solitaria y silenciosa que el resto de la casa.

—¿Podría hacer algunas fotos? —preguntó Alicia, mostrando su móvil.

—No. Preferimos preservar la intimidad de los niños.

No insistió pese a lo absurdo de la excusa, pues allí no había nadie más que ellas dos y las luces rojas que registraban todos sus movimientos.

Enfilaron un largo pasillo flanqueado por puertas con ventanas de cristal que se asomaban a las clases a las que Giger había hecho referencia. En su interior Alicia pudo ver por fin a los alumnos: eran de edades similares a los que había visto en el jardín exterior, tomaban apuntes o atendían en silencio a las explicaciones de su profesor. Ninguno desvió la mirada al verlas pasar, por lo que debían de estar sumamente concentrados, o quizás no se podía ver el pasillo desde el otro lado de las ventanas.

La periodista calculó cuántos alumnos podía haber en cada sala y contó el número de puertas asomadas al corredor; si la mayoría de los internos estaban en las aulas en aquellos momentos, St. Martha podía alojar a doscientos niños aproximadamente.

—Dígame, señorita Rossi, ¿cuánto tiempo lleva trabajando en el Vaticano? —preguntó Beatrix Giger, interrumpiendo sus elucubraciones.

—Siete años —respondió tras un ficticio recuento mental.

—¿Y le gusta vivir allí, en una ciudad de sacerdotes?

Alicia intentó interpretar la sonrisa que afloraba a la boca de su acompañante, pero decidió ceñirse a la mentira que había planeado cuidadosamente.

—Vivo en Roma, solo voy al Vaticano cuando debo personarme en la redacción. En realidad, apenas unos cientos de personas viven intramuros, principalmente la Guardia Suiza y la jerarquía eclesiástica.

—Ya —respondió Beatrix distraída, con escaso interés por su explicación—. Personalmente encuentro Roma un tanto decadente, ¿no le parece? Mientras paseas por ella tienes la impresión de que todo su esplendor no es más que el triste reflejo de lo que fue en el pasado, como una anciana que se mira al espejo y se consuela pensando en lo hermosa que fue en su juventud… ¿En qué parte de la ciudad vive?

—En unos apartamentos próximos a vía Crescenzio. La Santa Sede los alquila para sus empleados. ¿Conoce la zona?

Alicia estaba preparada para aquel juego del gato y el ratón, y podría haber mantenido aquella conversación intrascendente cuanto fuera necesario. Por experiencia sabía que mentir es como navegar en mar abierto, si atiendes una serie de normas básicas puedes llegar a puerto relativamente indemne; basta con urdir una falacia creíble, mantenerte fiel a la ruta trazada y, en caso de que debas desviarte, tener la memoria necesaria para desandar el camino sin tropezar con tus propios embustes. Pero, sobre todo, la regla de oro es no decir nada que pueda demostrarse como falso al instante. Ciñéndote a esos mandamientos, una buena mentira es como un viento que puede hacerte cruzar océanos.

La visita guiada duró aproximadamente una hora y media, durante la cual Alicia solo pudo ver lo que Beatrix quiso mostrarle. Aquello no era más que un frustrante safari sobre raíles en el que no le permitían sacar las manos fuera del tren. La ruta de aquel día incluía una rápida visita a los jardines, la biblioteca, el comedor e incluso un dormitorio vacío «como el que ocupan los estudiantes»… Pero ni siquiera le permitieron hablar con alguno de los chicos que acogía la institución.

De todo lo que vio, sin duda lo más impresionante fue la biblioteca, cuyo mayor interés residía en la ingente cantidad de material archivado y en la custodia de unos ocho mil libros impresos, todos ellos descatalogados desde que la industria editorial abandonó paulatinamente la publicación en papel. Sin embargo, Alicia no pudo descubrir nada que pudiera resultar relevante para la investigación de Will. Sí podía considerarse extraña la gran inversión realizada por el grupo a la hora de acondicionar el colegio que acogía a aquellos niños, y no podía librarse de la sensación de que todo resultaba un tanto impostado, como un inmenso decorado. Pero ¿qué podía hacer al respecto?

Mientras se dirigían a la salida del edificio, se cruzaron con un grupo de estudiantes que avanzaba por el pasillo en sentido contrario. Eran seis chicas que caminaban charlando entre ellas mientras abrazaban sus carteras, pero al ver a la visitante, todas enmudecieron y sus miradas la atravesaron con una curiosidad taladrante. Alicia percibió en sus ojos el asombro del que observa un fenómeno inexplicable; entonces comprendió que los chicos allí recluidos no debían de tener el más mínimo contacto con el exterior.

—Disculpe —dijo Alicia deteniéndose en seco—. Necesito excusarme.

El rostro de Beatrix Giger reflejó un profundo fastidio, pero antes de que pudiera verbalizar la negativa que se intuía en su expresión, ella insistió:

—Queda un buen rato hasta el pueblo más cercano.

Su interlocutora apoyó las manos en la cadera con gesto de reproche, pero terminó por claudicar.

—La acompañaré hasta los servicios.

—Le agradecería que me dejara a solas. Siempre he sufrido de vejiga tímida.

La enviada de Fenris frunció los labios, era evidente que tales detalles la incomodaban, ¿quizás hasta el punto de relajar su estricta vigilancia? Era cuestión de probar.

—Verá —continuó Alicia—, hace poco tuve una infección y desde entonces me cuesta…

—Al final de ese pasillo encontrará unos aseos. La estaré esperando aquí.

La periodista le dio las gracias y, en cuanto se giró, tuvo que reprimir una sonrisa. Entró por el pasillo que le habían indicado y no tardó en dejar a un lado la puerta de los aseos para continuar adentrándose en las entrañas del edificio.

Sabía que estaba cometiendo una imprudencia, que la estaban grabando con cámaras y que no tardarían en interceptarla, pero esperaba conseguir un par de minutos para curiosear lo que se escondía detrás del decorado. Probablemente fuera en vano, pero tenía la obligación de intentarlo, de lo contrario todo su viaje no habría sido más que una pérdida de tiempo.

No se preocupó por memorizar el camino para desandarlo, pues sabía que en breve darían con ella y la sacarían de allí, así que vagabundeó sin rumbo fijo, atenta a las ventanas y las puertas entreabiertas, como si a través de ellas pudiera filtrarse algún secreto. Giró en una, dos esquinas, recorrió otro corredor de aspecto impecable: suelo brillante, madera pulida, olor a productos de limpieza… Al llegar a un cruce de pasillos escuchó dos voces que conversaban, no había duda de que eran dos personas adultas y parecían aproximarse por su derecha, así que tomó la dirección opuesta.

Atravesó un pasillo más angosto que el resto, con un suelo de madera desgastada que, quejumbroso, subrayó sus pisadas. Vino a parar a una zona del edificio de aspecto menos solemne. Allí no había mármol ni muebles de caoba, tan solo paredes lisas pintadas de blanco. La luz entraba a raudales por unos ventanales que se asomaban a un amplio patio interior rodeado por un claustro de columnas grises. Avanzó por la amplia galería y pronto percibió un olor familiar: se encontraba cerca de una piscina, probablemente allí estuvieran las instalaciones deportivas.

Pero antes de seguir adelante su determinación comenzó a fallarle; lo cierto es que había ido más lejos de lo que esperaba y, cuanto más se adentraba en aquel lugar, más evidente se hacía que no encontraría nada fuera de lo común. Si St. Martha encerraba algún secreto, no era uno que se pudiera desentrañar vagando por sus pasillos. Así que decidió volver sobre sus pasos, quizás todavía hubiera alguien dispuesto a creerse que se había perdido... Sin embargo, algo la disuadió de retirarse: una especie de ruido sordo y reiterado, esporádicamente acompañado por un suave tintineo. Frunció el ceño intentando descifrar aquel eco, y mientras lo hacía continuó avanzando con pasos cautelosos, hipnotizada por aquel sonido. No tardó en comprender que eran golpes, puñetazos percutiendo contra un saco de boxeo. No se escuchaban voces, por lo que alguien debía de entrenar en solitario. Quizás fuera su oportunidad de hablar con alguno de los chicos allí acogidos.

Como migas de pan a lo largo de una vereda, aquel ruido acompasado la guio hasta el gimnasio, donde descubrió a un chico girando en torno a un saco tan alto como él. Parecía estar lejos de allí, evadido en la meticulosa labor de aplastar sus nudillos contra la bolsa de arena.

—Hola —saludó Alicia, incómoda por interrumpirlo.

El muchacho se detuvo y bajó los brazos. Cuando se giró hacia ella, su expresión aún permanecía ausente, como si su mente continuara golpeando el saco. Pero sus ojos no tardaron en enfocar este mundo, perplejos.

—¿Quién eres? —preguntó el chico con una curiosidad que no admitía preámbulos.

Alicia lo contempló durante un instante y sopesó que, pese a su altura y corpulencia, apenas tendría cinco años más que su hija.

—Ah…, soy periodista. Me llamo Filippa Rossi, quiero escribir un artículo sobre St. Martha.

—¿Es esto un nuevo escenario? —preguntó el muchacho sin quitarse los guantes de piel.

—¿Cómo?

—¿Es otra prueba? ¿Como las de la sala de los espejos?

—Ah…, no —articuló Alicia, confusa.

—¿Quién eres, entonces?

—Acabo de decírtelo, soy…

—No, quiero decir quién eres de verdad. ¿Qué sentido tiene que estés aquí?

Alicia guardó silencio, intentando interpretar las palabras del muchacho. Parecía descartar de plano que su presencia allí fuera casual, estaba convencido de que ella formaba parte de algo, de una especie de ecosistema controlado en el que nada sucedía de forma aleatoria.

—Soy periodista —repitió Alicia, pero esta vez optó por obviar las mentiras—. Y estoy aquí por iniciativa propia, quiero saber qué sucede en St. Martha.

—¿Quieres decir que no eres una de ellos, que ellos no te han traído?

El chico ladeó la cabeza con expresión suspicaz.

—Bueno, sí me han traído, pero podría decirse que muy a su pesar. Preferirían que no estuviera aquí. Y, desde luego, se enfadarán cuando sepan que estoy hablando contigo.

Su joven interlocutor sopesó con cuidado aquellas palabras. Por fin pareció tomar una decisión, desató con los dientes la cuerda del guante derecho, se lo quitó sujetándolo bajo la axila y le tendió una mano empapada en sudor.

—Mi nombre es Nicholas —dijo con un tono firme y cordial que desmentía su edad. Ella le estrechó la mano—. No tengo manera de saber si lo que dices es cierto, pero he decidido creerte.

—¿Y por qué has decidido tal cosa? —inquirió Alicia.

—Porque si esto fuera un nuevo escenario, este momento no tendría nada de relevante, sería otra prueba para escarbar un poco más en mi interior, otro golpe de cincel. Pero si lo que dices es cierto, si no eres una de ellos…, entonces esta puede ser la conversación más importante de toda mi vida.

Fue una aseveración contundente pero sosegada, expresada con un aplomo impropio de un chico tan joven, hasta el punto de que sobrecogió a Alicia de un modo extraño.

—¿Nicholas, a quién te refieres cuando hablas de «ellos»?

—Si realmente has venido a descubrir qué sucede en St. Martha, ellos son los que te están mintiendo, los que intentan hacerte ver que esto es un lugar como cualquier otro.

—¿Y no lo es? —preguntó Alicia lentamente.

—No. Por eso nunca hemos salido de aquí, y por eso nunca nadie entra. —Y el chico enfatizó esto último.

—Ajá… Y según tú, ¿qué sentido tiene todo esto? ¿Para qué os retienen aquí?

—Nos dan forma poco a poco, nos preparan para lo que quieren de nosotros.

Ella se llevó la mano a la sien, preguntándose si tenía algún sentido darle crédito a aquel muchacho.

—Escúchame, Nicholas, te agradezco que hayas dejado tu entrenamiento para hablar conmigo, pero creo que te estoy distrayendo demasiado —comenzó a despedirse.

—¡No! —la interrumpió el joven boxeador antes de que ella pudiera apartarse—. Sé que usted no confía en ellos, de lo contrario no estaríamos manteniendo esta conversación.

Hablaba como un adulto, y aquello resultaba muy desconcertante, pero parecía convencido de lo que decía. De verdad creía que St. Martha era algo más que un orfanato.

—Respóndeme a una cosa: ¿para qué crees que os preparan?

Nicholas se tomó un instante antes de contestar, haciendo el esfuerzo de buscarle un sentido a trece años de vida.

—Creo que los demás no se dan cuenta, pero nos preparan para cambiarlo todo. Somos un simple instrumento, por eso tiene que ayudarme a salir de aquí.

—¿Cambiarlo todo? ¿Qué diablos significa eso?

Pero la pregunta de Alicia se perdió en el limbo.

—Señorita Rossi, creí que iba al aseo —siseó Beatrix Giger a su espalda.

Giró en redondo y se encontró cara a cara con la mirada inquisitiva de aquella mujer, esculpida en severo mármol. Se le encogió el estómago, pero supo sobreponerse a su efecto intimidatorio.

—Me desorienté al buscar los servicios. Luego intenté encontrar a alguien que me indicara, pero debo decirle que este lugar se encuentra extrañamente vacío.

—No tiene permiso para hablar con nuestros alumnos, señorita Rossi. Por favor, sígame.

No se despidió de su joven interlocutor, algo por lo que se sentiría culpable más tarde, pero en ese momento se encontraba más preocupada por sus problemas inmediatos.

Cuando se encontró fuera del gimnasio, Beatrix la interrogó de forma directa.

—¿Qué le ha dicho el chico?

—Nada, simplemente le preguntaba si estaba bien aquí.

—No me mienta. Grabamos todo lo que sucede entre estos muros, forma parte de nuestra seguridad.

—Ya me he dado cuenta —dijo la periodista, molesta por el tono de su interlocutora—. No tengo por qué mentirle, simplemente le he preguntado si se encontraba bien aquí. Pero debo decirle que el muchacho tiene una imaginación desbordada, o un extraño sentido del humor.

Giger convirtió sus labios en una fina línea de desaprobación, pero aquello no impidió que fuera Alicia la que realizara la siguiente pregunta.

—Tengo una duda. Todos los chicos de St. Martha parecen tener edades similares, ¿a qué se debe? Creí que muchachos más jóvenes irían llegando mientras otros mayores iban abandonando la institución.

La enviada de Fenris cruzó los brazos e hizo un esfuerzo visible por retomar su papel de guía.

—Hace trece años llegamos a un acuerdo con orfanatos y hospitales de todo el país. Nos hicimos cargo de los bebés que fueron abandonados en el Reino Unido durante aquel mes de enero.

—¿Todos los niños de St. Martha nacieron en el mes de enero de hace trece años?

—Así es. Pretendemos que esto no sea un simple orfanato, queremos darles un futuro brillante a estos muchachos, por eso no podemos hacernos cargo de más niños. En algún punto debíamos trazar la línea.

—Pero son niños…, parece tan arbitrario. Con sus recursos podrían atender a muchos más chicos, quizás no tendrían el futuro brillante que usted dice, pero tendrían un futuro.

—Ese no es nuestro modelo, señorita Rossi. Buscamos algo mejor, pero no esperamos que usted lo comparta.

La cancela se cerró a su espalda y, al escuchar el restallido metálico, se sintió invadida por una ola de alivio. Levantó la vista al sentir las primeras gotas. Amenazaba tormenta, pero la visión de aquel cielo cubierto por una capa de plomo la reconfortó. Se frotó los brazos mientras caminaba hacia el coche, entró y activó el seguro de las puertas.

Quería pensar que el hecho de que hubiera salido de allí significaba que en Fenris no habían desconfiado de ella, o al menos, no habían desconfiado más que de cualquier otro. Pero quién sabe cómo interpretarían su conversación con aquel extraño muchacho una vez la revisaran. Sería mejor no demorarse demasiado.

Arrancó e indicó por voz que deseaba realizar una llamada. El rumor de las olas reverberó en los altavoces del coche mientras conducía a través de la arboleda. Finalmente alguien contestó.

—Girard —saludó Alicia—, acabo de mantener la conversación más extraña de toda mi vida.

Capítulo 9
Simetría fractal

Daniel se concentraba en escuchar el chapoteo de la marea contra el casco del carguero. Se hallaba asomado a una frágil barandilla que lo separaba de una larga caída hacia las tinieblas, la mirada perdida en la vasta oscuridad de un Mediterráneo que, tendido bajo una noche sin estrellas, parecía capaz de sepultar cualquier secreto. Un estremecimiento le encogió las vísceras y le obligó a ceñirse el abrigo, pero permaneció en cubierta, como un vigía infatigable.

El capitán les había ofrecido comida caliente y vodka, camas duras pero limpias, y había escondido en la bodega de su barco, bajo una vieja lona polvorienta, el vehículo que Clarice había utilizado para sacarlo del puerto de Yafo. No se había dejado nada al azar: en cuanto subieron a bordo levaron anclas rumbo a Lárnaca, donde se encontraba el aeropuerto internacional de Chipre.

Una puerta se abrió a su espalda y vertió sobre la cubierta una luz tibia.

—Creí que te habrías escondido en tu camarote para lamerte las heridas. ¿Qué haces aquí fuera? ¿Penitencia? —La voz de Clarice tenía un matiz vibrante, satisfecha de que todo hubiera salido según lo previsto.

—Necesitaba despejarme.

—¿Despejarte? Debes de estar al borde de la hipotermia.

—El frío es una cuestión de actitud —dijo Daniel con una sonrisa, e inmediatamente percibió los labios cortados y una punzada en el pómulo izquierdo, bajo los puntos que él mismo se había tenido que aplicar.

Encendió un cigarrillo para entrar en calor y le ofreció una calada a Clarice, que ella rechazó con la mano.

—¿Te han dejado cenar tranquila ahí dentro? —preguntó Daniel, expulsando el humo por la nariz.

—Ni siquiera han tonteado conmigo.

—¿Porque trabajan para tu jefe o porque temen tus poderes de superespía?

Ella sonrió ante tanta mordacidad.

—Escúchate, pareces molesto porque una chica te haya salvado el culo.

—Eso son gilipolleces —gruñó Daniel—. Pero la próxima vez me gustaría saber que estáis vigilándome de cerca.

Clarice no dijo nada, se colocó junto a él y también se asomó al abismo. Ambos permanecieron en silencio, como si trataran de encontrar su propio reflejo en un estanque.

—Esto te gusta tan poco como a mí, ¿verdad? —suspiró ella.

—¿A qué te refieres? ¿Acaso no te gusta lo que haces para Inamura?

Clarice se echó el aliento en las manos y las frotó con energía intentando que no perdieran el calor. Una sombra de melancolía había asomado a su rostro.

—Nunca he tenido la oportunidad de elegir —dijo por fin—. Pero no me hagas caso, ha sido una noche larga. Deberíamos irnos a descansar, mañana volaremos a Tokio.

—Me temo que deberás volar sola. Tengo asuntos más urgentes en Madrid.

Clarice levantó una ceja y su expresión perdió todo rastro de abatimiento.

—¿Otra vez juegas al lobo solitario? ¿No puedes ponerme las cosas fáciles, aunque solo sea en agradecimiento por haberte sacado con vida de Tel Aviv?

—Dile a Denga que puede estar tranquilo, lo que tengo que hacer en Madrid nos incumbe a todos.

—¿Y eso es motivo de tranquilidad? —preguntó Clarice cruzándose de brazos.

Daniel apuró una última calada al cigarrillo. Parecía querer ordenar bien sus ideas antes de comenzar a hablar. Finalmente, asfixió la luz rojiza contra la barandilla de metal.

—Sabes por qué Inamura me quería en Tel Aviv.

—David Samir.

Él asintió levemente.

—Así es. Supuestamente debía descubrir el paradero de un veterano de la Tzahal desaparecido hace cuarenta años, solo que nada es tan sencillo, ¿verdad? Nada es simplemente lo que parece.

—Afortunadamente. De lo contrario la vida sería muy aburrida —se permitió bromear su interlocutora.

—Cuando me estoy jugando el cuello, espero que las cosas resulten lo más aburridas posible. Pero, sobre todo, espero que no me la jueguen los que tengo a mi espalda.

—¿A qué te refieres? —preguntó Clarice con voz súbitamente grave. Era evidente que aquel comentario la había molestado.

—Creo que tu jefe sabía lo que iba a descubrir aquí, o al menos tenía sospechas al respecto.

—¿Y qué se supone que debías descubrir?

—Me reuní con un hombre, un exagente de la Sayeret Matkal que parecía convencido de que David Samir era mi padre.

Si aquello era algo nuevo para Clarice, no manifestó sorpresa alguna.

—¿Crees que algo así puede ser cierto?

Daniel se encogió de hombros.

—Creo que ese hombre estaba convencido de ello. Y también creo que Inamura sabía a dónde me conduciría mi investigación.

—No lo entiendo —reconoció ella—. ¿Por qué habría de enviarte a descubrir algo que él ya sabía? Es un desperdicio de recursos.

—Quizás no lo supiera, quizás solo lo sospechara. De cualquier modo, tu jefe quería que fuera yo el que descubriera la razón que me implica personalmente en este asunto, no bastaba con que él me lo dijera.

Clarice guardó silencio y él lo interpretó como una prueba de que la joven consideraba todo aquello factible. O, al menos, no le parecía algo impropio de Inamura.

—¿Y este asunto supone para ti un problema? ¿Vas a seguir adelante? —preguntó al fin, levantando la vista hacia Daniel.

—No me gustan los juegos de Kenzō Inamura, ni me gusta que me envíen a territorio hostil con información sesgada.

—No te escabullas —lo interrumpió ella—. Me refiero a la supuesta relación entre Samir y tú. Crees que algo no encaja, ¿verdad?

Daniel miró de reojo el mar en tinieblas y se subió el cuello del abrigo, protegiéndose de vientos más aciagos que los que aquella noche barrían el Mediterráneo. Se obligó a sonreír antes de responder.

—Digamos que habéis logrado despertar mi curiosidad.

—¿Tu curiosidad? No sé qué tendrás en mente, pero te aseguro que si Inamura-san te ha pedido investigar a David Samir, es porque cree que tuvo algo que ver con lo que prepara Rosesthein. Lo que puedas descubrir será importante para enfrentarnos a lo que está por llegar. —La voz de Clarice era tajante, de una convicción sin fisuras.

—Si Samir realmente fuera mi padre, no puede ser casual que Rosesthein haya recurrido a mí como prospector durante los últimos años. Sois conscientes de ello, ¿verdad?

—No, no puede ser casual. Parece que formas parte de algo que se puso en marcha cuatro décadas atrás, antes incluso de que nacieras. Inquietaría a cualquiera.

Daniel pensó un momento sobre ello. Seguía con la mirada perdida en la líquida oscuridad.

—Cuando cené con Inamura en su «fortaleza de la soledad», me dijo que si no había podido averiguar nada sobre mis padres biológicos era porque Rosesthein se había ocupado de cerrar esa vía. Creí que era un farol para llamar mi atención.

—Sin embargo, ahora esas palabras cobran un nuevo significado. Te dije en su momento que debías escuchar con atención a Inamura-san, no es un hombre que hable a la ligera.

Volvió la vista hacia ella. El viento había comenzado a arreciar sobre la cubierta y los cabos provocaban un restallido metálico contra las antenas.

—Quiero que le digas algo a tu jefe. Debéis averiguar cuanto os sea posible sobre algo llamado Proyecto Zeitgeist.

—¿Zeitgeist?

—Al parecer, David Samir se enroló en una iniciativa privada que lo llevó a Suiza. Esa iniciativa se llamaba Zeitgeist… Es una especie de concepto filosófico alemán que alguien debió de encontrar inspirador hace cuarenta años. No sé qué se esconde detrás de esa palabra, puede ser tanto el nombre de una secta como una operación de espionaje industrial. Solo sé que un periodista británico que investigaba a Fenris la mencionó en un correo electrónico enviado hace una semana. Ahora está muerto.

—¿Crees que el periodista había dado con algo y la gente de Rosesthein se vio obligada a borrar el rastro?

—Es posible. No he podido averiguar qué información poseía, pero sí sé que, cualquiera que fuese, se la envió a otra persona horas antes de morir. Ahora la tiene una tal Alicia Lagos.

—Por eso quieres ir a Madrid.

—Si nos ponemos en el peor de los casos, si hemos de pensar que ese hombre fue asesinado por lo que había descubierto, tenemos pocas horas para seguir el rastro antes de que lo hagan desaparecer. Ten por seguro que Fenris también irá a por ella.

Clarice meneó la cabeza con expresión meditabunda.

—Quizás debería ir contigo a Madrid.

—No. Necesito que hables personalmente con Denga. Si soy yo el que le cuenta todo esto planteará mil objeciones, y lo que necesito ahora es actuar con rapidez, sin trabas ni demoras. Cuando recupere la información que tiene esa periodista volveré a ponerme en contacto con vosotros.

Ella examinó detenidamente su rostro, valorando silenciosamente hasta qué punto podía confiar en él.

—Hay una cosa que me preocupa de lo sucedido en Tel Aviv —dijo por fin Clarice—. ¿Cómo pudo dar contigo tan rápidamente la inteligencia israelí?

—Puse anuncios en las residencias de veteranos, no fui especialmente sutil.

—Pero cuando te asaltaron y te llevaron al piso franco, te dejaron con vida... Solo para volver a por ti un par de días después. No tiene sentido.

Daniel comprendía aquellas dudas, a él también se le habían pasado por la cabeza. Además, antes del primer asalto ni siquiera había mencionado el nombre de David Samir en público; tan solo había hecho una visita a los archivos del ejército. En ese momento pudo vislumbrar cómo funcionaba la mente analítica de Clarice, y supo que sería difícil ocultarle algo.

—¿Adónde quieres ir a parar?

—Tengo la sensación de que los que fueron a por ti en primer lugar no eran operativos israelíes, sino hombres de Rosesthein.

Daniel asintió lentamente.

—Eso explicaría por qué me dejaron con vida. Ciertamente, los servicios de espionaje no tienen por costumbre dar amables advertencias. —No pudo evitar llevarse la mano a la herida abierta en el costado, uno de los vívidos recuerdos de aquella noche—. Pero eso plantea otra interrogante, ¿cómo descubrieron en Fenris lo que teníamos entre manos? Supuestamente solo lo sabíamos cuatro personas: Inamura, Denga, tú y yo.

—Esa es una buena pregunta, quizás tú mismo puedas darme la respuesta.

—¿Estás insinuando algo, Clarice?

—Puedo poner la mano en el fuego por nosotros tres. Tú, sin embargo, me pareces una persona bastante retorcida.

Daniel asintió con una amplia sonrisa, parecía sinceramente divertido.

—Siempre es de agradecer que una chica sea tan honesta, te ahorra tiempo. Lo que no entiendo es por qué habría de delatarme a mí mismo.

Ella se aproximó a él con un movimiento sinuoso, como el de una estudiante que coquetea con su profesor. Habló bajando la voz:

—No sé, quizás estés jugando a dos bandas. Nos acusas de ocultarte información, nos haces creer que Rosesthein va a por ti... Pero al mismo tiempo le mantienes informado de cada paso que damos. Al final, cuando la partida esté decantada, eliges tu bando. —Y ya en un susurro, añadió—: ¿Crees que eso es algo que Daniel Adelbert podría hacer?

El rostro de Daniel se tornó inexpresivo. Conocía bien la desconfiada mentalidad conspirativa, de una simetría fractal capaz de multiplicarse hasta el infinito. Defenderse de tales acusaciones tan solo le haría parecer más culpable, así que optó por cambiar las reglas del juego: tomó a Clarice por la muñeca y la aproximó un poco más a él con gesto firme; al tiempo, le acarició el cuello deslizando los dedos bajo su corta melena rubia.

—¿Qué haces? —preguntó ella sorprendida, pero no hizo nada por retirarse.

Los dedos de Daniel recorrieron su nuca suavemente, apenas rozando la piel, hasta que encontraron lo que buscaban: una pequeña incisión abierta en la raíz misma del cuero cabelludo, asegurada con un anillo de metal injertado en la carne. Era la vía para inyectar el cóctel de estimulantes que activaba las nanomáquinas.

Ella le apartó la mano con un gesto brusco. En su rostro se debatían emociones dispares; se sentía engañada y avergonzada por haberse dejado llevar.

—¿Qué coño piensas que estás haciendo?

—Comprobar una sospecha. Nadie puede arrancar la puerta de un coche con tanta facilidad.

—No es nada de tu incumbencia —dijo ella, abrazándose los hombros en un gesto instintivo, como si la hubiera sorprendido desnuda.

—Así que Inamura apuesta fuerte, tiene a un híbrido como guardaespaldas.

—No me llames así —dijo Clarice, y su voz sonó áspera y dura—. No soy ningún monstruo.

Daniel negó con la cabeza, consternado.

—¿Cómo has podido hacerte algo así? ¿Te han explicado que morirás pronto, antes de los cincuenta? Y dolerá. El dolor que puedas sentir ahora no es nada comparado con el que está por llegar.

—Ya te he dicho que no es nada que deba preocuparte —repitió ella, pero había percibido un matiz en la voz de Daniel que la desconcertó. No era rechazo o condena moral, sino pesar, un sincero desengaño.

—Quizás no comprendas lo que has dejado que te hagan —insistió—, pero yo lo he visto en África. La OTAN desplegó soldados hibridados en Somalia. Eran el futuro, nos decían, pero tras el subidón del cóctel su sufrimiento era atroz, las drogas apenas paliaban el dolor, a pesar de que el proceso de rechazo estaba en un primer estadio.

—Estás hablando de tecnología militar obsoleta. No es mi caso.

—Eso es lo que te han dicho —masculló Daniel—. Pero han metido en tu cuerpo un veneno que jamás se podrá purgar. Nadie tenía derecho a hacerte eso.

—No sé quién te has creído que eres —dijo ella al fin, con una voz cortante que marcaba las distancias—. Solo estamos trabajando juntos. No eres nadie para aleccionarme o reprocharme mis decisiones. ¿Crees que sabes mejor que yo lo que tengo metido en el cuerpo? Una mujer menos educada te mandaría a la mierda.

Él le sostuvo la mirada cuanto pudo, pero terminó por rendirse.

—Lo siento. Hablarte así ha sido un exceso por mi parte. Solo espero estar equivocado.

Se le veía agotado, todo el cansancio de las últimas horas parecía abatirse sobre él en ese instante.

—¿Cómo te comunicas con ellos? —preguntó Clarice.

—¿Qué...?

—Cuando debes contactar con la gente de Rosesthein por alguna prospección, ¿cómo contactas con ellos?

Daniel afiló la mirada. Sabía cuándo lo manipulaban: ella lo había hecho sentirse culpable y, antes de que pudiera levantar la guardia, le estaba presionando para conseguir algo que no obtendría de otro modo. Era hábil. Inamura sabía escoger a su gente. Pero el hecho es que sí se sentía culpable por lo que le había dicho. Debía recuperar cierta confianza con Clarice si iba a necesitarla en un futuro.

—Tengo un móvil fantasma que utilizo exclusivamente para contactar con mi enlace.

—¿Y simplemente llamas?

—No. Hay una cuenta de correo segura. Cuando debemos ponernos en contacto, enviamos previamente un mensaje con la hora a la que se va a efectuar la llamada.

Clarice extendió la mano.

—Dámelo.

—¿Que te dé el móvil? Debes de estar de broma —rio Daniel.

—Sé que lo llevas encima. No puedes arriesgarte a que alguien se haga con él.

—Ni lo pienses. No voy a permitir que me controléis.

—Dices que no has jugado a dos bandas. Demuéstramelo, déjame comprobar tu canal de comunicación con Fenris.

Daniel se cruzó de brazos mientras calculaba las implicaciones de lo que le pedía y las consecuencias de negarse. Si le daba el terminal a Clarice, lo clonaría y tendría acceso a todas las operaciones en las que había colaborado con Fenris. Eso era mucha información comprometida, pero parecía un paso necesario para demostrar que no estaba jugando al mejor postor. Unos días antes lo habría mandado todo a la mierda, pero ahora necesitaba de los recursos de Inamura si quería seguir adelante.

Finalmente, rezongó con disgusto y se llevó la mano a uno de los bolsillos traseros de su pantalón. Extrajo un dispositivo de aspecto extraño, parecía sólido, pero carente del refinamiento de los modelos comerciales. Lo desbloqueó y se lo entregó a Clarice.

—Solo puedes consultarlo para comprobar que no me traigo nada entre manos. Ni mucho menos permitiré que lo clones.

Ella lo tomó sin responder. La interfaz era completamente austera y no había más *software* instalado que el que controlaba las funciones básicas del terminal. Entró en la agenda y comprobó que había un único contacto: Martina Dunham.

—¿Quién es Martina Dunham?

—Mi contacto con Rosesthein.

—¿Si llamaras ahora atendería tu llamada?

—No. Ya te lo he dicho, debo enviar un mensaje previo a la cuenta de correo. Es una doble validación.

Clarice cerró la agenda y abrió la aplicación que gestionaba el correo. Había una serie de mensajes cruzados con la misma cuenta, la mayoría solo contenían un código numérico, probablemente referencias horarias, pero algunos de los mensajes entrantes contenían documentos adjuntos con indicaciones precisas sobre prospecciones. El más antiguo databa de dos semanas atrás.

Por fin pareció darse por satisfecha. Bloqueó el dispositivo y extrajo la carcasa para comprobar que tenía el módulo de comunicación inalámbrica instalado. A continuación, lo cerró y lo lanzó por la borda.

Daniel abrió la boca, pero no acertó a decir nada hasta que, al cabo de un instante, se escuchó el lejano impacto contra la superficie del mar.

—¿Qué diablos has hecho?

—Asegurarme de que no puedes contactar con la gente de Rosesthein.

—Eso ha sido una estupidez. ¿De verdad crees que así me dejas incomunicado?

—Sé que puedes abrir una nueva vía de contacto con ellos, pero tendrías que dar explicaciones, probablemente ellos querrían citarse contigo para verificar físicamente que no te están suplantando. Demasiadas molestias y, como tú mismo has dicho, no hay tiempo que perder.

Capítulo 10
Rompiendo el hielo

Una nube de viajeros impacientes arrastró a Alicia hasta la zona de llegadas, atestada de familiares, amantes y amigos que se ponían de puntillas y agitaban las manos en alto al ver a sus seres queridos. Mientras pasaba de largo junto a los emocionados reencuentros, junto a las carreras, los interminables abrazos y los besos desinhibidos, Alicia no pudo evitar una sonrisa triste, una punzada de envidia ante aquellos que tenían a alguien que les esperara.

Se sintió un poco estúpida al saberse desilusionada, como un niño sin regalos en una mañana de Reyes, y levantó la vista hacia el techo de la terminal en un intento de reprimir unas lágrimas absurdas. Al parecer, lo de Will la había afectado de un modo del que aún no era consciente, se dijo mientras contemplaba el cielo tras la cúpula de cristal. El azul profundo de la tarde aparecía surcado por hileras de luces parpadeantes.

—¡Mamá! —escuchó que la llamaba una voz aguda, acompañada por el repiqueteo de pasos apresurados.

Descubrió a Lara corriendo en estampida hacia ella. Soltó su equipaje de mano e intentó enjugarse las lágrimas mientras una sonrisa le llenaba el rostro, pero su hija ya había saltado a sus brazos y le recorría la cara y el cuello con mil besos. La abrazó contra su pecho y hundió la nariz en el pelo suave de la pequeña, dejándose embargar por su olor.

—¿Qué haces aquí, por qué no me dijisteis que ibais a venir?

—Le dije a papá que quería darte una sorpresa —contestó la pequeña entusiasmada, con los ojos brillantes—. ¿Te hemos sorprendido, mamá?

Ella asintió con fuerzas mientras la abrazaba de nuevo para que no descubriera las lágrimas que volvían a brotar. «¿Por qué diablos estaba tan sensible?», se reprochó en silencio.

—Alicia —la llamó otra voz, menos entusiasmada y más adulta.

Levantó la vista empañada y descubrió a Javier, que asistía al reencuentro de madre e hija a una distancia prudencial.

—Quería avisarte —se disculpó él—, pero Lara insistió en darte una sorpresa.

¿Cuánto hacía que no lo veía en persona, nueve o diez meses? Daba igual, parecía que el tiempo no pasara por él: seguía aparentando siete años menos y su pelo espeso y oscuro seguía combinando bien con sus ojos verdes. Aún tenía ese aire de eterno universitario, de niño bien que se rebela contra su herencia burguesa. Lástima que fuera tan hijo de puta.

Ella volvió a besar a su hija y la miró a los ojos, reacia a regresar al mundo de los adultos.

—Te he echado mucho de menos, cielo —sonrió pellizcándole la barbilla, y la depositó en el suelo.

La pequeña se pegó a ella y no se separó mientras echaban a andar hacia la zona de aparcamientos. Javier las siguió con las manos en los bolsillos y ese aire abatido que le gustaba adoptar desde que se separaron.

—¿Cómo va todo? —preguntó Alicia, y por la inflexión dura de su voz Javier supo que la pregunta iba dirigida a él.

—Como siempre. No hay cambios, ni en casa ni en la clínica.

Alicia le miró de soslayo.

—¿Cómo es que no has traído a Silvia? No tienes por qué escondérmela. De hecho, me gustaría conocer mejor a la persona con la que convive mi hija dos fines de semana al mes.

—Vamos, ya sabes que no se siente cómoda cuando tú estás.

—Oh, ¿crees que puedo haberla ofendido?

El sarcasmo que afilaba sus palabras no pasó desapercibido para Lara, que miró a su madre con un ruego silencioso. Aquello la hizo sentirse miserable y egoísta, y se obligó a enterrar su despecho.

—¿Cómo se ha portado este bichillo? —preguntó, cambiando por completo el tono de su voz.

—Muy bien. Es toda una señorita que sabe cómo comportarse.

—¿Y el examen de mates?

—¡He sacado un nueve! —exclamó Lara con orgullo.

—¡Un nueve! —se sorprendió Alicia—. Yo nunca saqué un nueve en matemáticas.

Mientras bajaban hasta los aparcamientos, Lara pidió a su padre las llaves del coche para abrir ella. Cuando el ascensor se detuvo y las hojas de cristal comenzaron a separarse, la niña se coló por la rendija y salió disparada hacia la plaza de aparcamiento.

—¡No corras! —gritaron al unísono sus padres, y la muchachita detuvo en seco su carrera.

—No soy ninguna idiota —protestó volviéndose hacia ellos con aire frustrado—. No hay ningún coche en marcha, ¿veis?

—Ven —la llamó Alicia—. Toma mi maleta y ve metiéndola en el coche. La he arrastrado por todo Londres y estoy harta de tirar de ella.

Encantada de ayudar a su madre, la pequeña se puso la pulsera que le ofrecían y tiró del equipaje con aire alegre, lo que logró que dejara de correr. Mientras se alejaba, Alicia sujetó por el brazo a Javier y le obligó a rezagarse un poco.

—Necesito que te quedes con ella una semana más.

Él frunció el ceño. Lo lógico es que ella estuviera deseando pasar tiempo con la pequeña.

—Sabes que no hay problema... Pero pareces preocupada, ¿ha pasado algo en Londres?

—No, nada fuera de lo normal —lo tranquilizó—. Solo necesito poner en orden unas cuantas cosas, trabajar en un reportaje durante algunos días, y me resultará más sencillo si tengo la casa libre. El domingo de la semana que viene iré a recogerla, como siempre.

—Claro, pero no sé cómo le sentará. Tenía ganas de estar contigo.

—No te preocupes. Si no tienes otros planes, podemos comer juntos y llevarla a algún sitio esta tarde. Luego se irá contigo tranquila. Solo serán unos días más.

Para alivio de Alicia, él asintió sin hacer el más mínimo reproche. Se daba cuenta de que Javier podría habérselo puesto más difícil, incluso podría haberla hecho sentirse culpable, así que sonrió agradecida y, por un momento, reconoció en sus ojos la misma mirada límpida que compartía con su hija.

—Escúchame —dijo bajando la voz y mirando al suelo—. Lo que pasara entre nosotros no tiene nada que ver. Siempre has sido un buen padre, has estado siempre que ha hecho falta, y siento que a veces no te lo he agradecido lo suficiente.

Él se mantuvo en silencio durante un instante, como si le sorprendiera escuchar aquellas palabras de tregua y no quisiera evidenciarlo. Por fin se encogió de hombros.

—Eh, no es nada que tengas que agradecerme. Los dos somos responsables de ella por igual. Sabes que siempre quise ser padre.

Lo miró abiertamente y se sorprendió al descubrir que, por primera vez en años, pese a los engaños y las mentiras, podía sentirse relativamente en paz con Javier. Quizás la pérdida de Will le había hecho ver que algunas cosas no podían posponerse eternamente.

Alicia entró en su piso y lo primero que hizo fue quitarse los zapatos que había tenido puestos durante todo el día. Suspiró con alivio y arrastró su pequeña maleta hasta el salón, dejó el abrigo sobre una silla y se tiró bocabajo en el sofá. Por fin estaba en casa, pero no tenía esa sensación: las persianas bajadas, la ausencia de Lara, el que no hubiera urgencias cotidianas que atender... Todo aquello hacía parecer su apartamento un lugar diferente en el que era inevitable sentirse extraña.

Abrió la maleta para rescatar unos cuantos útiles de aseo y se tambaleó a oscuras hasta el cuarto de baño. Se desnudó frente al espejo, dejando la ropa esparcida por el suelo, y comprobó que una semana y media de comida británica y sin gimnasio no habían provocado en su cuerpo tantos estragos como temía. Quizás los vaqueros, despiadados con el autoengaño, se resistieran un poco más a la hora de subir, pero no era nada que unas cuantas series en el parque y unos días de comida sana no pudieran solucionar. Una vez cumples los treinta, todo lo que estuvo arriba cae irremediablemente, solía decirle su madre. Pero en eso, como en tantas otras cosas, Alicia estaba dispuesta a llevarle la contraria.

Se duchó con agua tibia y apenas se secó el pelo. Se puso una camiseta descolorida y unas viejas bragas que se resistía a tirar por lo cómodas que resultaban, y se encaminó a la cocina reprimiendo un bostezo. Iba dejándolo todo por medio, el pelo húmedo se le pegaba al cuello y el suelo de la cocina estaba frío bajo sus pies descalzos, pero estaba disfrutando de la libertad de no tener que dar ejemplo.

Habían comido tarde en la hamburguesería de un centro comercial y no le apetecía preparar una cena para ella sola, así que sacó una zanahoria de la nevera y abrió un botellín de cerveza sin alcohol antes de encaminarse a su despacho. Recorrió el pasillo a oscuras y empujó la puerta con la cadera mientras bebía su primer trago.

La pantalla se activó en cuanto ella se sentó en el escritorio. Dio un bocado a la zanahoria y masticó distraída mientras el sistema operativo de su móvil se configuraba en modo sobremesa.

—Enlazar con memoria externa —dijo en voz alta.

Una voz átona le indicó que había dos memorias externas disponibles; eligió la segunda opción y pulsó sobre la pantalla los dígitos de acceso: «231763157110». El colgante palpitó con una luz blanca sobre su pecho, y Alicia abrió el único archivo de texto en su interior.

Los cientos de páginas del documento que le había enviado Will comenzaron a desplegarse sobre la pantalla de su escritorio. Pidió al programa que remarcara todas las referencias a St. Martha, y comenzó a recorrerlas una por una. Allí no había nada que no hubiera visto antes, tan solo se detallaba el dinero que Fenris había invertido cada año en el colegio a través de la obra social de una de sus empresas, pero nada referente a la actividad del centro o a su posible relación con otras compañías del conglomerado.

A continuación solicitó una búsqueda sobre la palabra «Zeitgeist», pero el extenso informe contenía la expresión una sola vez: en la nota al margen manuscrita por Will. Hizo rodar el texto sobre la pantalla, recorriéndolo con la mirada mientras mordisqueaba distraída la crujiente zanahoria. Las páginas se sucedieron monótonamente mientras buscaba algo que se les hubiera escapado, y su frugal cena desapareció mucho antes de llegar al final. Llevaba media hora frente a la pantalla cuando se topó con el otro elemento discordante en el que habían reparado ella y Girard: el dinero destinado a la Fondation Samaritain, radicada en Ginebra. Hizo lo mismo que la última vez por pura inercia: buscó el nombre Fondation Samaritain en la Red y, al igual que en aquella ocasión, tampoco obtuvo resultados. Al parecer, excepto por lo que figuraba en aquel documento, no existía ninguna fundación con dicho nombre en Suiza. O, al menos, no tenía presencia en la Red, lo que resultaba igualmente sospechoso. ¿Qué sentido tenía que una fundación médica que dependía de donaciones no tuviera una ventana al mundo?

Subió los pies a la silla y se sentó con las piernas cruzadas, apoyando la cerveza sobre una rodilla. Tenía la mirada perdida mientras intentaba decidir algo. Una gota de agua condensada sobre la botella se deslizó poco a poco hasta tocarle la piel, pero no se inmutó; ni siquiera cuando la gota comenzó a bajar por el muslo, dejando tras de sí un rastro frío e iridiscente. Ignoró la helada caricia y acercó los dedos al teclado táctil disimulado en la superficie de su mesa. La secuencia *qwerty* se iluminó bajo el cristal templado, y sus dedos bailaron sobre las teclas invisibles deletreando «GhostHost». El correo electrónico se abrió automáticamente y se listaron los mensajes procedentes de dicho destinatario, todos ellos en la carpeta de eliminados.

Alicia desplegó el más reciente, probablemente otra sarta de insultos y amenazas inmaduras, y respondió sin siquiera leerlo:

»¿Hay alguien ahí?

El cursor parpadeó durante un instante sobre el fondo blanco, y antes de que pudiera arrepentirse de lo que estaba haciendo, un mensaje entrante apareció bajo su pregunta.

»x fin das la cara

/zorra

Alicia asintió, decidida, e hizo el amago de dar otro trago a la cerveza. Vacía, comprobó torciendo el gesto, y la depositó sobre la mesa.

»Esa no es manera de hablarle a alguien que te ha hecho un favor.

»un favor? no tienes NPI

/puedo destrozarte la vida

/dejart la CC a 0

/arrasar tu tlfn y descargarme toda tu nube

/ni tu madre sabra si alguna vez has existido

»Creí que podría hablar contigo en serio, pero me doy cuenta de que no te interesa lo que tengo que proponerte.

Un largo silencio cronometrado por el redoble del cursor.

»dime q quieres

Alicia sonrió. Había sido demasiado fácil picar su curiosidad. Como dijo Girard, probablemente no fuera más que un adolescente buscando llamar la atención.

»Es algo serio. Quiero verte en persona.

»en persona? Vas fumada tia?

»¿De qué tienes miedo?

»X) miedo? tpiensas q tengo 8años? no vas a verme la cara y punto

»¿Llevas meses tocándome las narices y ahora que tienes mi atención te escondes?

»hay reglas

/aprendetelas si quieres tratar conmigo

Alicia flexionó los dedos en el aire antes de apoyarlos de nuevo sobre el teclado. No quería perder al pez ahora que había mordido el anzuelo.

»Contacté contigo porque algunos veteranos me dijeron que aunque GhostHost no tuviera el respeto de la comunidad, era de los mejores de la nùeva hornada. Que tenías cualidades, pero que eras un tanto inestable, poco fiable. ¿Vas a darles la razón?

»esos viejos no tienen NPI

/no soy de los mejores

/soy el mejor

»Quizás eso lo debieran decir otros.

»te veo venir a la legua tia

/se de lo q vas

/pero ya me jodiste la ultima vez

/paso de la vieja escuela

/mi gente ya sabe q soy la vanguardia

»Para la vieja escuela solo eres uno de tantos que aparecen cada año, y luego desaparecen sin lograr nada importante. Tienes tu oportunidad de cerrarles la boca.

Se produjo una larga pausa. El cursor latía imperturbable bajo la última línea enviada por Alicia. Solo esperaba no haberse pasado de lista.

»mañana 20:00

/salones arcadia

»Vale. ¿Cómo te reconoceré?

Pero GhostHost ya figuraba como *offline*. Maldijo entre dientes. La idea era quedar en un sitio público que ella controlara, no en el terreno de juego de aquel niñato. Contrariada, abrió el navegador para realizar una nueva búsqueda, ¿qué diablos eran los salones Arcadia?

Alicia llegó a la dirección poco antes de las ocho de la tarde. El sitio, al parecer, era un viejo teatro que antes del cambio de siglo había devenido en cine para películas X, posteriormente se había intentado recuperar como biblioteca pública, y por último se había transformado en un centro para neurojuegos de realidad inducida. Se detuvo frente a la fachada principal, que aún conservaba la semblanza del viejo teatro, e intentó decidir si aquello era una buena idea. Sobre el pórtico de acceso un gigantesco neón proclamaba el nombre del local: «Arcadia», y varios proyectores instalados en la calle lanzaban llamas holográficas contra el edificio, que parecía arder devorado por el fuego. Todo un canto al buen gusto y la mesura.

Bajó la vista y contempló a los jóvenes que entraban y salían de aquel antro. No había nadie que tuviera más de veintitrés años. Luego se miró a sí misma, quizás debería haber dejado los tacones y la elegante gabardina para otra ocasión. Suspiró con resignación y se adentró en las fauces de la bestia.

Según cruzó la entrada, el guardia de seguridad la miró de arriba abajo, quizás un tanto desconcertado, pero no llegó a dirigirle la palabra; algo que Alicia agradeció, pues le costaba imaginar alguna excusa que explicara su presencia allí. Lo cierto es que ella misma dudaba de que tuviera un buen motivo.

Se quitó la gabardina mientras estudiaba el entorno. La planta baja del local parecía una especie de cafetería donde socializar y descansar entre sesión y sesión; la música electrónica palpitaba en el ambiente, el aire acondicionado removía con fuerza la atmósfera cargada y la escasa iluminación apenas permitía ver los rostros que pasaban junto a ella. Dejó a un lado las taquillas, donde los jóvenes se apiñaban para alquilar las cabinas que iban quedando libres, y continuó hacia la cafetería, consistente en una barra de bar y una zona semicircular de asientos que rodeaba una pequeña plaza. Parecía tratarse de una pista de baile, pero aquella noche no había nadie interesado en bailar.

Se aproximó a la barra y le pidió a la camarera, una chica con una lágrima tatuada bajo el ojo y los labios pintados de negro, que le sirviera una cerveza. La despachó casi sin reparar en su presencia, y Alicia respondió con un «gracias» que se perdió en el vacío. Se alejó de la barra con su cerveza en la mano e intentó elegir un buen sitio para esperar; la zona mejor iluminada parecía ser la de los asientos, además estaban prácticamente vacíos, por lo que GhostHost no tendría problemas para localizarla cuando llegara. Intentó caminar con decisión y se sentó en el banco acolchado que abrazaba la pista de baile.

Cruzó las piernas, dio un trago a la cerveza y trató de parecer lo más relajada posible. Solo había otras tres personas sentadas junto a ella: una chica joven, de unos dieciséis o diecisiete años, ataviada con el uniforme de un colegio privado y maquillada como un dibujo manga, y una pareja adolescente que se daba el lote con ánimo exhibicionista. Se mordían los labios con torpeza, incluso debían de estar haciéndose daño —pensó Alicia—, y sus manos habían desaparecido bajo la ropa del otro. A su lado, la estudiante se distraía consultando datos en una pantalla de grafeno. Se preguntó si los tres irían juntos, no sería la primera vez que una chica debía distraerse en esa soledad acompañada, ignorada mientras su amiga se lo pasaba bien con su novio del instituto.

Suspiró y desvió la mirada hacia la entrada. Muchos clientes llegaban al local, pero ninguno parecía ser su cita de aquella noche: todos se dirigían directamente a las taquillas o seguían el camino de leds amarillos que conducía a la planta superior, donde se encontraban las cabinas de saturación sensorial. Cómo sería aquello, se preguntó. El completo aislamiento, las bandas lectoras de impulsos electromagnéticos, los cascos de realidad inducida que taladraban el cerebro con imágenes sintéticas... Era algo ajeno a su generación, que aún concebía los videojuegos como un mundo virtual al que te asomas a través de una pantalla. Los neurojuegos, sin embargo, mezclaban la recreación gráfica con estímulos sensoriales directamente aplicados al cerebro, controlaban la reacción electroquímica del jugador para adaptar la experiencia y eran capaces de generar emociones demasiado tangibles, demasiado reales.

¿Podía la sensación de desconexión absoluta con la realidad desequilibrar la psique del jugador? ¿Los impactos emocionales constantes dañarían el cerebro a largo plazo? Esas eran preguntas frecuentes en los medios de comunicación durante los últimos años, donde se sucedían los estudios que afirmaban, por ejemplo, que los jugadores de realidad inducida generaban unos niveles de adrenalina y dopamina equiparables a los de un soldado tras enfrentarse a un tiroteo. Pero la polémica no impedía que los neurojuegos fueran una industria en auge, más bien al contrario, contribuía a su creciente popularidad, ya que no había pruebas científicas que demostraran que eran perjudiciales para la salud. Y en última instancia, ¿la polémica y el rechazo inicial no eran algo común a todas las nuevas formas de entretenimiento? Por supuesto, la controversia se recrudecería cuando los neurojuegos desembarcaran en el ámbito doméstico, algo que sucedería en pocos años, dado el ritmo al que se abarataba la tecnología.

Dio otro trago a la cerveza y miró la hora. Llevaba allí veinte minutos y empezaba a creer que le habían tomado el pelo, pero de repente se sintió observada. Giró la cabeza y descubrió al joven enamorado mirándola sin sacar la lengua de la boca de su novia. El muchacho, lejos de apartar la vista, le sonrió con los ojos. Alicia torció la boca con gesto asqueado y volvió a beber de la cerveza. ¿Cuánto debía esperar antes de irse?

—Así que al final has venido —dijo una voz junto a ella—. Joder, habría apostado a que te rajarías.

Alicia miró de nuevo a su izquierda. Ninguno de los miembros de la romántica pareja podía haber hablado (por razones evidentes), así que solo quedaba la extraña colegiala, que seguía haciendo bailar sus dedos sobre la pantalla táctil de grafeno.

—¿Perdona?

—Que al final has venido. Sí que debe de ser algo importante.

La muchacha desconectó la pantalla y la guardó en su bolsa del instituto. Era una chica mona, con un cuerpo menudo y un bonito pelo liso que le caía en hebras pulcramente desordenadas sobre los hombros; vestía el típico uniforme de instituto caro: polo blanco y falda a cuadros sobre zapatos con medias. Pero había detalles que desmentían una equívoca primera impresión: los *piercings* que le taladraban la ceja y el labio inferior, el extraño maquillaje de contrastes negros y blancos, o su mera presencia en aquel lugar. Todo ello delataba que no era la alumna recatada que podía parecer en un primer vistazo.

Harta de esperar a que Alicia dijera algo, la chica alargó la mano y preguntó:

—¿Me das un poco de birra? Tengo la boca seca.

—¿Qué?... —Alicia miró la cerveza en su mano—. ¡No! ¿Cuántos años tienes?

—¡Joder! ¿Tú también me vas a salir con lo mismo que la cabrona de la barra?

Alicia la observó detenidamente, intentando asimilarlo.

—¿Tú..., tú eres GhostHost?

La chica se cruzó de brazos y se reclinó hacia atrás con expresión condescendiente.

—Vaya si lo soy.

—¿Tú eres el *hacker*?

—Joder, sí. ¿Tan difícil es de creer?

—La verdad es que sí.

La muchacha resopló y un fino mechón de pelo voló sobre su frente. Abrió su mochila y extrajo el panel de cristal flexible. Encendió la pantalla y le mostró el correo electrónico.

—¿Ves? Aquí tengo tus mensajes. ¿Y tú? ¿Tú eres la periodista?

Alicia titubeó un instante.

—¿No pretenderás que te enseñe mi identificación?

—Joder, tía. Te estaba vacilando. —La chica rio entre dientes—. ¿Qué iba a hacer una vieja como tú aquí, si no? Además, te había reconocido por las fotos de tus artículos. Aunque debo decir que estás mejor en persona.

—Eh..., gracias, supongo —logró articular Alicia.

—Hey, ¿por qué te sonrojas? No te estoy entrando ni nada. No me van las viejas.

La periodista intentaba reaccionar, pero se encontraba un tanto aturdida por el torrente verbal de aquella muchacha tan rara. .

—Ahora dime qué piensas hacer para compensarme por la putada que me hiciste.

—¿Putada? —repitió Alicia—. Lo único que hice fue publicar lo que me dijiste. Solo di forma al texto, pero no me inventé ni una palabra.

—Me hiciste quedar como una gilipollas, me expulsaron de mi clan, ¿sabes? Ahora tengo que ir por libre.

—Quizás deberías haber meditado algo más tus palabras. No estabas en un chat privado con tus amigos, eran declaraciones para un periódico.

—Joder, ahora hablas como mi hermana.

—No conozco a tu hermana, pero quizás te iría mejor si le hicieras caso.

—¿Mejor que a quién, tía? Soy una puta máquina, soy GhostHost, eché abajo los servidores de Masterservice hace dos años, yo y mis colegas bloqueamos la bolsa de Amsterdam durante tres horas, me paso por el...

—¡Vale, vale, vale! —la interrumpió Alicia—. Para empezar, no necesito escuchar tu currículo, ya sé de lo que eres capaz, por eso me he puesto en contacto contigo. ¿Y podrías hablar como una persona normal, sin decir tantos tacos?

—De verdad que te llevarías bien con mi hermana.

—Sí, supongo que sí —suspiró Alicia—. Mira, coge tus cosas y vámonos de aquí. Te invitaré a cenar y te explicaré mi propuesta.

—Está bien. Hay un Burger King por aquí cerca.

«Perfecto, más hamburguesas», se lamentó Alicia mientras recogía su abrigo, ansiosa por salir de allí.

Cruzaron la planta baja del viejo teatro abriéndose paso entre una súbita oleada de recién llegados y alcanzaron la calle relativamente indemnes. Alicia recibió con alivio el aire frío y despejado del exterior.

—¿Dónde está ese Burger King? —preguntó mientras se ponía la gabardina e intentaba sacudirse las arrugas de la ropa con las manos.

—Al final de la calle, en la planta de arriba podremos hablar tranquilas.

Enfilaron la acera en silencio mientras se cruzaban con otros clientes de los salones Arcadia, algunos de los cuales desviaban la mirada con curiosidad: Alicia, sobria y elegante sobre sus tacones, y su menuda acompañante, abrazada a su bolsa del colegio, formaban una peculiar pareja. Aunque por edad podrían haber sido madre e hija (si Alicia la hubiera tenido con menos de veinte años), viéndolas caminar juntas a nadie se le habría pasado por la cabeza semejante posibilidad.

—No entiendo por qué estos sitios tienen tanto éxito. ¿Por qué no jugar simplemente desde casa?

—¿Estás de coña? —preguntó la chica mirándola de reojo—. Ningunas gafas de realidad virtual se pueden comparar con una cabina de saturación sensorial, la experiencia está a años luz, sobre todo si la aderezas un poco.

La periodista frunció el ceño, intentando interpretar el último comentario.

—¿Quieres decir que venden LSD ahí dentro?

—Claro. ¿Por qué? Si querías algo me lo deberías haber dicho antes.

—Ya. Esta noche nos conformaremos con las hamburguesas.

Tal como había dicho GhostHost, la planta superior de la hamburguesería estaba prácticamente vacía. Se sentaron en un rincón apartado y Alicia fue a por la cena: el menú más inflado de grasas saturadas para su joven amiga, y una ensalada con un refresco *light* para ella.

—Joder —rio la muchacha entre dientes—. ¿Eso vas a comer?

Alicia miró su ensalada y a la chica, que ya había dado el primer mordisco a la hamburguesa.

—¿Qué le pasa a mi ensalada?

—Nada. Pero estáis flipadas con lo de la delgadez. Tenéis la cabeza llena de gilipolleces.

—¿Desde cuándo querer comer sano es tener la cabeza...? —En ese momento se dio cuenta de que estaba discutiendo su dieta con una adolescente—. Tienes una habilidad especial para sacar a la gente de quicio, ¿verdad?

—Sí, se me da bien. —Y sonrió antes de tragar.

—Apuesto a que no tienes muchos amigos; en el mundo real, quiero decir.

—¿Amigos? ¿Para qué necesito amigos? Cuando me apetece follar me busco a alguien; aparte de eso, ¿para qué querría relacionarme en persona? La gente llena de mierda sus vidas, y cuando no les cabe más, pretenden meter esa mierda en la tuya. Yo prefiero las amistades que puedo desconectar con un botón. Limpio y sin problemas.

—¿Eso crees?

La muchacha se encogió de hombros y asintió mientras daba un largo sorbo a su refresco.

—Bien, dime, ¿cuál es tu nombre? —preguntó Alicia, mientras pinchaba con cuidado un poco de lechuga y algo de tomate.

—¿Cómo que mi nombre? Ya lo sabes.

—Me refiero a tu nombre de verdad.

—Mi nombre de verdad es GhostHost.

—Está bien, ¿cómo te llama tu hermana?

GhostHost dejó de sorber y sostuvo una mirada suspicaz.

—Merc —dijo por fin, como quien reconoce algo que le avergüenza profundamente—. Pero ni se te ocurra escribirlo.

—¿Merc de Mercedes?

Un asentimiento quedo.

—No te preocupes, Merc. No voy a decirle a nadie tu nombre.

—Vale, ya te has ganado mi confianza y toda esa mierda. Ahora dime, ¿qué coño hacemos aquí como dos tortis pelando la pava?

Alicia se metió un poco de ensalada en la boca y masticó sin ninguna prisa por contestar.

—Llevas meses bombardeándome con correos, exigiendo una rectificación.

—Me hiciste una putada.

—Bien, no escribiré ninguna rectificación. Pero te haré otra entrevista.

—¿Otra entrevista? —La adolescente enarcó una ceja.

—Sí, me buscaré la forma de vendérsela a mi jefe, buscaremos algún enfoque interesante y volveré a entrevistarte, puede que la incluya en algún reportaje, ya veremos. Y esta vez no me limitaré a escribir lo que digas, te asesoraré para que salgas mejor parada. Conseguiremos que no quedes como la pequeña gilipollas que eres.

—Te estás pasando, tía.

—Escúchame bien, en el próximo asalto *hacker* importante que trascienda a los medios, cuando salgan las mismas noticias de siempre contabilizando daños materiales, violación de las leyes de privacidad y demás, podemos convertir a GhostHost en el contrapunto, puedes ser la portavoz que explique por qué hacéis este tipo de cosas, qué reivindicáis. Y me da igual que lo hagáis tan solo porque sois una panda de cabroncetes que pueden hacerlo, le daremos un enfoque romántico al asunto, como si lucharais contra el sistema con las armas a vuestro alcance, como los artistas callejeros.

—¿Artistas, eh? —repitió Merc, sin sacarse la caña de plástico de la boca—. No sé si eso me va a ayudar con mi gente, tía.

—Hazme caso. Todo el mundo quiere escuchar que alguien valida lo que hace, que le da sentido a sus acciones. Lo importante es que no parezca que asumes el protagonismo, podemos decir incluso que tú no has participado en el asalto, pero que aplaudes a los que lo han hecho y que te habría gustado formar parte de ello. Seguro que los de tu clan quieren volver a tener a GhostHost, el *hacker* que habla por todos, en sus filas.

La chica no dijo nada. Se limitó a abrir el enorme vaso de refresco, ya vacío, e inclinarlo hasta meterse una piedra de hielo en la boca, que comenzó a masticar con rostro meditabundo.

—Así que esto es lo que hacéis.

—¿A qué te refieres con esto?

—Esto, inventaros cosas que no son ciertas, pero después de pasar por vuestras manos, terminan siéndolo..., o al menos pareciéndolo. Es decir, yo no soy portavoz de una mierda, y si el año pasado tumbamos la bolsa de Ámsterdam fue por joder a unos cuantos millonetis. Pero tú escribirás todo esto y, cuando termines conmigo, seré algo así como alguien importante en el mundo *hacker* y la peña dirá que sí, que todo lo hacen porque el sistema es chungo de cojones. Es lo de la profecía autocumplida.

—¿Has estudiado a Merton?

—En la Red hay de todo, y el insti es para subnormales. Si quieres aprender algo, tienes que leer por tu cuenta.

—Ya veo. Pero no, no es esto lo que suelo hacer. De hecho, me he llevado toda la vida intentando alejarme de este tipo de periodismo.

—¿Y por qué lo haces ahora? —preguntó Merc con sincera curiosidad.

—Porque necesito algo de ti, un tipo de ayuda que solo alguien como tú me puede prestar.

La chica metió los dedos en el vaso de papel y sacó un segundo trozo de hielo que deslizó dentro de su boca. Comenzó a masticar lentamente, con la mirada fija en los ojos de Alicia, y hasta que el gélido crujido no desapareció, no hizo la pregunta evidente:

—¿Qué quieres que haga?

Alicia suspiró antes de responder. La sensación de que todo aquello era una pésima idea continuaba ahí, pero la alternativa era dar su investigación por concluida.

—Hay una fundación en Suiza, una clínica que realiza investigaciones médicas y que se financia con donativos privados...

—Algo así como Cruz Roja.

—No. Cruz Roja es una organización no gubernamental que presta todo tipo de ayuda de campo. Esta fundación no realiza intervenciones médicas ni apoya a gente desfavorecida, son médicos que investigan curas para enfermedades del corazón. O al menos eso dicen.

—Vale, ¿y qué pasa con ellos?

—Creo que esta fundación, Fondation Samaritain es su nombre francés, es una tapadera.

—¿Una tapadera de qué?

Alicia optó por ser sincera y directa.

—No lo sé, pero estoy segura de que no se dedican a investigar simples tratamientos coronarios. De algún modo, la fundación está relacionada con un conglomerado empresarial llamado Fenris, quiero averiguar en qué consiste esa relación.

—Fenris, ¿eh? Leí algo sobre ellos hace un tiempo, Greenpeace los acusaba de alguna movida con minas de litio en África. Son unos hijos de puta.

—No sabes cuánto.

—¿Y qué pinto yo en todo esto?

—No hay nada sobre Fondation Samaritain en la Red, nada. Es una organización fantasma.

—Tía, todo el mundo está en la Red, otra cosa es que no estén visibles para el común de los mortales.

—Lo sé.

—Así que lo que quieres —apuntó la muchacha con voz burlona— es que yo encuentre el servidor de estos cabrones y meta la mano dentro.

—Sí —confirmó Alicia, expectante.

—Está bien —dijo por fin la *hacker*—, puede ser divertido.

—¿Estás segura? Son gente peligrosa, no sé hasta dónde llegarían para proteger sus intereses.

—Para encontrarme, antes tendrían que averiguar quién ha asaltado sus servidores, y todavía no ha nacido el *root* hijo de puta que sea capaz de seguir mi rastro.

La despreocupada confianza que demostraba la joven no tranquilizó a Alicia lo más mínimo. Desde un principio había sido reacia a implicar a alguien más en su investigación, y el hecho de que GhostHost no fuera más que una adolescente malhablada no hacía sino reforzar sus dudas. Pero aquella era la única vía que tenía abierta en ese momento, y por lo que pudo averiguar cuando se documentó para su entrevista meses atrás,

GhostHost era uno de los *hackers* con más talento de Europa, muy arriba en todas las listas de Interpol.

—¿Lo harás, entonces?

—Claro. Vamos a mi casa.

—¿Cómo? ¿Ahora?

—Claro. Estas cosas llevan su tiempo y los asaltos hay que hacerlos de noche, cuando la gente al otro lado del hilo duerme. —Se metió en la boca el último trozo de hielo.

El taxi las dejó junto a una calle peatonal próxima a la plaza de Puerta Cerrada, en el muy cotizado barrio de La Latina. Al bajar del vehículo, Alicia pensó que algunos rasgos de la personalidad y la apariencia de su acompañante comenzaban a encajar. La noche era agradable en aquella parte de la ciudad. Bajo la clara luna de otoño, una pareja paseaba abrazada de regreso a casa, mientras que la suave brisa arrastraba las voces que llegaban desde las últimas terrazas abiertas.

Merc se encaminó al elegante portal de un edificio lujosamente rehabilitado. Puso el pulgar sobre el escáner y el cierre saltó con un chasquido, a continuación le hizo un leve gesto a Alicia para que la siguiera. La decoración del portal, con óleos colgados de las paredes y un fastuoso sofá en cuero azul, anunciaba a las claras que aquel no era lugar para la clase media. Entraron en el ascensor, forrado de mármol blanco hasta el techo, y la chica pulsó el botón de la última planta.

Mientras subían en silencio, la periodista miraba con discreción a la muchacha junto a ella, tratando de imaginar cuál sería su historia. Era evidente que pertenecía a una familia acomodada que no escatimaba en gastos para su educación, a juzgar por el uniforme escolar de la joven. Pero sus maneras, su forma de hablar, lo que hacía por las noches en la Red... Todo ello hablaba de un poderoso efecto rebote, de una rabia mal encauzada, y mientras el motor del ascensor las arrastraba hacia el refugio de aquella rebelde de clase bien, Alicia se preguntaba qué se encontraría al cruzar la puerta. Dudaba que hubiera alguien más allí, dada la despreocupación con que Merc la había invitado a pasar la noche, así que no debía de ser la residencia familiar. ¿Quizás un apartamento de estudio o para pasar los fines de semana en la capital?

La chica debió de percibir su escrutinio, pues levantó la cabeza y sus miradas se encontraron. Tenía unos ojos profundos, oscuros, remarcados con un exceso de perfilador que se prolongaba más allá de sus párpados, dibujando una pequeña espiral iridiscente sobre su mejilla derecha. El ascensor se detuvo cuando Alicia estaba a punto de apartar la vista, un tanto incómoda.

—Sígueme —la invitó Merc, que ya se dirigía a la única puerta de aquella planta.

—¿Vives sola?

—No, con mi hermana —respondió la muchacha mientras abría la puerta—. Tranquila, no está a esta hora. Tiene turno de noche.

Pasaron al interior y la luz del recibidor se encendió automáticamente, pero la chica la desactivó de inmediato con gesto contrariado. Mientras tanto, su invitada lo contemplaba todo con curiosidad: la entrada parecía bastante amplia, una de las paredes estaba casi totalmente cubierta por un espejo, mientras que la opuesta era una plancha de cristal tras la que se vislumbraba un pequeño jardín y una terraza con el suelo de madera. La vivienda debía de ser un ático que ocupaba toda la planta superior.

—¿Y tus padres? —preguntó Alicia, mientras echaba a caminar tras los pasos de su anfitriona, que se perdía por el largo pasillo en penumbras.

—Lo último que sé de ellos es que desaparecieron en un viaje por América hace ocho años —la muchacha se quitó los zapatos y los dejó tirados a su paso—, pero tuvieron el detalle de dejar un buen paquete de acciones a nuestro nombre, además de unos cuantos fondos de inversión que largan pasta cada seis meses. La verdad es que mi hermana trabaja porque quiere, podríamos vivir de las rentas sin tener que currar ni un puto día de nuestras vidas.

Llegaron al salón y Merc se quitó la chaqueta para tirarla sobre el sofá junto con su mochila. La casa permanecía a oscuras; el gran ventanal que recorría el fondo de la estancia estaba regulado para que fuera casi opaco, de tal modo que solo se podían vislumbrar unos destellos lejanos al otro lado, probablemente las luces flotando sobre las azoteas de Madrid.

—Vamos a la planta de arriba, allí es donde guardo mi corazón, nena —dijo Merc con una sonrisa, pero si aquello era alguna referencia, Alicia no la captó.

Subió tras la chica por unas escaleras de peldaños trasparentes anclados a la pared y llegaron a la segunda planta del dúplex, acondicionada como una especie de apartamento independiente. Alicia comprendió que allí era donde Merc debía de pasar la mayor parte del tiempo, y que el piso inferior era para ella una suerte de servidumbre de paso.

La muchacha la guio hasta el umbral de una habitación sellada con una vieja cerradura y extrajo del bolsillo una llave gris y pesada; encajó aquel trozo de metal con un sonido tosco, obsoleto, y lo giró dos veces antes de empujar la puerta. La estancia exhaló un calor artificial que obligó a Alicia a volver la cara. Pudo vislumbrar una docena de lucernas rojas al amparo de aquella oscuridad enrarecida, como bestias acechantes en la penumbra.

Merc se sumergió en las tinieblas sin temor a los espectros que la habitaban y, al cabo de un instante, un chasquido hueco resonó en algún lugar. Un zumbido electrónico reverberó en la atmósfera y cinco pantallas fueron encendiéndose una tras otra.

Comenzaron a emerger los contornos de una gran mesa de cristal, de estanterías anegadas de placas de silicio y de cables que se descolgaban por las paredes y corrían por el suelo. Bajo aquella pálida luz, Alicia también descubrió que los ojos que la acechaban no eran más que el núcleo palpitante de procesadores en constante funcionamiento.

Cruzó el umbral de los dominios de GhostHost y la *hacker* cerró la puerta tras ella.

—Coge esa silla y siéntate —le indicó la muchacha, mientras se aproximaba a una percha de la que colgaban multitud de prendas usadas.

Sin el menor pudor, se desabrochó la falda y dejó que se deslizara sobre sus menudas caderas hasta el suelo, se quitó las medias y el polo con el escudo del instituto bordado. Debajo no llevaba sujetador. Se recogió el pelo en una coleta y rescató una camiseta negra y un pantalón corto de la percha.

—Tengo que ponerme mi ropa de batalla, ya sabes, meterme en el papel —dijo aproximándose a Alicia—. Pero si te gusta lo que ves, antes podemos distraernos un rato. Mi habitación está aquí al lado.

Y, mordiéndose un extremo del labio inferior, tomó la mano de su invitada; sus pequeños pechos desnudos brillaban bajo el resplandor difuso de los monitores.

Alicia se dijo que estaba viviendo la semana más surrealista de su vida, en la que todo era posible, incluso que una adolescente tratara de seducirla. Desde un principio le había resultado evidente que a la chica le gustaba jugar con su sexualidad, cultivar una ambigüedad entre su aspecto y su comportamiento que podía llegar a resultar atractiva a según quién. Pero, ya hablara en serio o tan solo pretendiera incomodarla, lo cierto es que la propuesta terminó por provocar una risa involuntaria en Alicia, que tuvo que taparse la boca para evitar la carcajada. Una reacción anticlimática que acabó por ofender a su anfitriona.

—Mira, tía, ya te he dicho que las viejas no me van. Pero como me habías invitado a cenar, pensé que quizás estarías interesada.

—¿Porque te he invitado a cenar en una hamburguesería? —Alicia no pudo reprimir más la risa—. Lo siento, pero nunca me habían tirado los tejos de una manera tan torpe.

Quizás era más de lo que podía soportar un ego adolescente, aunque estaba convencida de que a la chica no le vendría mal aquella pequeña humillación.

—Está bien, solo negocios, entonces —dijo la repudiada con el ceño fruncido, y terminó de vestirse con la camiseta negra y el escueto pantalón antes de sentarse en su enorme sillón giratorio—. Veamos si esto también te parece torpe.

Divertida aún por la situación, Alicia observó a la chica de soslayo: cierto rubor había aparecido en sus mejillas pese al exceso de maquillaje, y su respiración parecía agitada. Se sintió un tanto culpable, pero después reparó en la leyenda de la camiseta que acababa de enfundarse: «*Welcome to my reign of horror*», y se convenció de que su autoestima no quedaría muy maltrecha.

—Los cabrones a los que quieres joder, me dijiste que estaban en Suiza, ¿no? —preguntó GhostHost, forzando un cambio de tema.

—Fondation Samaritain. En Ginebra, sí.

La *hacker* abrió una pequeña consola virtual en la primera pantalla que tenía a su derecha, mientras que en el enorme monitor frente a ella se mostraba un navegador web. Alicia reparó en lo extraño de la interfaz, menos estilizada que las versiones comerciales con las que cualquier usuario está familiarizado. Entró en una página consistente en un fondo negro con un texto sencillo en el que se leía: «Introduzca localización». La chica escribió «Ginebra, Suiza», y ejecutó la búsqueda. Inmediatamente comenzaron a listarse largas cifras separadas por un punto cada tres dígitos.

—¿Qué estás haciendo?

—Estoy buscando todos los nodos de comunicación activos que hay en el entorno de Ginebra. Cuando los tenga, utilizaré Hack & Slash para rastrear la subred. Si un correo electrónico con las palabras «fondation samaritain» ha pasado por alguno de esos nodos, lo sabré.

GhostHost marcó con el dedo todos los resultados que había arrojado su búsqueda y los arrastró hacia el borde de la pantalla. A continuación, pulsó sobre la consola virtual que había abierto en el otro monitor y las direcciones se volcaron automáticamente. Le pidió a Hack & Slash que ejecutara la búsqueda, y los procesadores de la sala comenzaron a ronronear al unísono, sus pequeños corazones palpitando con frenesí.

—¿Por qué se activan todos a la vez?

—Trabajan en paralelo —explicó la *hacker* sin apartar la vista de la pantalla—. Fue un curro y me costó una pasta, pero me da una potencia de procesamiento de cojones. Si quieres abrir un cerrojo, nadie va a desencriptarlo más rápido que estos pequeños hijos de puta.

Segundos después, la aplicación mostró una larga relación de correos enviados desde la zona de Ginebra. No había ninguno entrante, todos habían salido desde direcciones compuestas por una cifra de cuatro dígitos más la extensión @samarfondation.

—Joder, sí. Ahí lo tienes, no tienen web pero sí tienen dominio.

—¿«Samarfondation»?

—Exacto. Veamos dónde se esconden.

La *hacker* hizo trabajar de nuevo a la aplicación, que localizó inmediatamente el servidor, su ubicación física y la dirección IP del mismo.

—Vaya, no están alojados en ningún servidor comunitario, sino que tienen el suyo propio —dijo mientras tamborileaba con los dedos sobre la mesa—. ¿Qué guardáis ahí dentro? —musitó para sí.

—¿Supone eso algún problema? —preguntó Alicia.

—Supone que esta noche nos lo vamos a pasar bien. Mejor que en mi habitación. —Y sonrió con malicia.

GhostHost ejecutó una tercera aplicación, un programa que se abrió en uno de los paneles de su izquierda con un alarido desgarrador seguido del ruido de un relámpago. El nombre del *software*, «Posesión infernal», comenzó a girar en el tercio superior de la pantalla. Las ruedas del sillón chirriaron mientras la *hacker* se aproximaba al monitor.

—¿Para qué sirve? —preguntó Alicia.

—Para borrar nuestro rastro —murmuró la muchacha, abstraída—. Veamos qué víctimas propicias tenemos hoy.

—¿Borrar nuestro rastro? ¿Cómo lo hace?

—Elige un país —dijo GhostHost, ignorando su pregunta—: ¿Nueva Zelanda o Corea?

—No sé... ¿Nueva Zelanda?

—Muy bien, vámonos a Nueva Zelanda —marcó unos parámetros incomprensibles para Alicia y filtró unos cuantos resultados. En el monitor apareció el escritorio de un sistema operativo doméstico. El fondo de pantalla era la foto de unos niños jugando en una piscina—. Bien, ya estamos dentro.

—¿Dentro de qué, del servidor?

La chica la miró meneando la cabeza. Parecía haber dicho una estupidez incomprensible.

—No, del ordenador de... —miró a la pantalla— Mary Jessica, una amable ciudadana de Auckland. Apuesto a que esos de ahí son sus hijos..., o sus nietos, vete a saber.

—¿Has entrado en un ordenador personal de Nueva Zelanda?

—Exacto. Ella será nuestra anfitriona esta noche, todo lo que hagamos lo haremos desde la dirección IP de su ordenador.

GhostHost hacía bailar de nuevo sus dedos sobre las superficies táctiles, pasando de una pantalla a otra a toda velocidad.

—¿No podemos crearle problemas a esa mujer? —quiso saber Alicia, un tanto preocupada.

—No, cualquier idiota se daría cuenta de que ha sido poseída. —Y añadió en voz alta—: Ejecutar *seekport*.

Otra consola se abrió en el monitor central mostrando un vúmetro en estado de reposo. Al instante, un desagradable chirrido electrónico resonó desde algún altavoz y la aguja comenzó a oscilar, barriendo la pantalla con espasmos asincrónicos. Ocasionalmente aquella suerte de gemido insoportable cesaba, pero era un breve alivio antes de que comenzara de nuevo. GhostHost se cruzó de brazos y se echó hacia atrás en su enorme silla de despacho, que la hacía parecer aún más frágil y pequeña. Aparentemente, en aquel punto tan solo podían esperar, así que Alicia guardó silencio y contempló la pantalla, intentando descifrar aquel ritual arcano. Hacía calor, sudaba bajo la camisa y el difusor que escupía aire frío desde el techo apenas hacía retroceder la atmósfera caldeada.

—Parece que haga llamadas al azar —observó al cabo de un rato.

La muchacha ladeó la cabeza ante el comentario.

—Más o menos. Estamos percutiendo sobre el *firewall* del servidor.

—¿Como si intentáramos echar abajo una pared? —preguntó Alicia.

—Más bien como si llamáramos a distintas puertas, a ver si alguien se ha dejado alguna abierta.

En ese instante el gemido cesó y en la pantalla aparecieron dos filas de parámetros.

—Bien, hay dos puertos escuchando —señaló GhostHost—, utilizaré una suite SSH para intentar hablar con la bestia. Veamos en qué idioma me responde.

La muchacha ni siquiera alardeaba, hablaba para sí, abstraída en su tarea, saboreando el reto. Tanto que apenas decía palabras malsonantes. Manipuló una serie de aplicaciones y cerró algunas ventanas superpuestas. Finalmente, sobre el inmenso monitor de sesenta pulgadas se desplegó una ventana sencilla y rudimentaria que solicitaba nombre de usuario y clave. En otra ventana paralela se mostraba información sobre la configuración del servidor.

—Joder —maldijo la *hacker*.

—¿Qué sucede?

—El servidor, el sistema operativo que usa es BSD. Una putada.

—¿Por qué?

—Es Unix —masculló con frustración—. ¡Esto es arcaico, joder, ya puestos podrían haberlo programado con jeroglíficos!

—¿Por qué harían algo así?

—Para darnos por culo. ¿Quién coño controla Unix a estas alturas?

—Pero estás a las puertas, ¿no? Te pide la clave, y dijiste que este tinglado que tienes aquí podía desencriptar cualquier cosa.

—No es tan sencillo, necesito un código para *crackear* claves en Unix. Y aunque fuerce el cerrojo, luego tendría que *hackear* la NetBIOS del servidor. Yo no tengo ni puta idea de Unix.

Alicia expulsó un largo suspiro de desánimo.

—Entonces, hasta aquí hemos llegado.

GhostHost, sin embargo, parecía menos dispuesta a rendirse.

—Solo necesitamos algo de ayuda —apuntó por fin—. Puede que sepa dónde encontrarla.

Expandió el navegador en el monitor central y entró en un foro llamado *Cruceros por el Triángulo de las Bermudas*. Los hilos de discusión versaban sobre temas tan insondables como «posthacking», «scripts en SO chinos» o «ASB/BLD suites». La muchacha ignoró los subforos más concurridos y buscó una sala de debate muy al fondo de la web, su nombre era «Honremos la memoria de nuestros padres», y entre paréntesis se leía la siguiente advertencia: «absteneos, *lamers,* so pena de exilio».

Entró en la sala y comprobó si había alguien conversando. Nadie. Giró la cabeza a un lado y a otro, se dobló los dedos hasta que crujieron y los posó sobre las líneas de luz que perfilaban el teclado. A continuación, escribió:

»alguien habla lenguas muertas?

Junto a su comentario aparecía el nombre de usuario «GhostHost», y su categoría dentro del foro: «Ángel exterminador».

La muchacha apartó los dedos del teclado y comenzó a masajearse el cuello con gesto distraído.

—¿Y ahora qué? —preguntó Alicia.

—Ahora a esperar.

—¿Crees que alguien contestará?

Su interlocutora frunció los labios dando a entender que no tenía ni idea.

—Lo bueno de este hilo es que no hay *lamers* ni niños ratas, si alguien responde es porque controla el tema.

—¿Y nos ayudarán sin más?

—Eso depende de muchas cosas. Pero apuesto a que algunos estarían dispuestos a intentarlo por el mero hecho de ponerse a prueba.

Una respuesta apareció en la interfaz del foro. Había sido escrita por un tal Metacelsus, con el rango «Ángel guardián».

»GhostHost, yo estoy de guardia sta noche. Qsts buscando?

—Estamos de suerte, un administrador —señaló Merc—. Puede que este cabrón sepa lo que se trae entre manos.

La muchacha abrió una sesión privada con Metacelsus y retomó la conversación por el canal seguro.

»intento entenderme cn 1 mqna q habla unix

La breve demora de la respuesta daba a entender que era algo insólito.

»unix? sts montando 1 red casera?

»negativo. Estoy en medio d 1 asalto y m encontrado al primer root qs toma en serio su trabajo. El capullo ha montado la red sobre OpenBSD

»BSD? lol 1puto mago xq quieres joderle?

GhostHost apartó los ojos de la pantalla y se dirigió a Alicia.

—Mira, si le tengo que pedir ayuda a este tío voy a tener que decirle de qué vamos. Tú verás.

—¿Quieres decir que entrará en el servidor con nosotras?

—No sé qué querrá. Por el momento voy a intentar convencerle de que nos abra la puerta y me facilite rebuscar en el servidor. Puede que sepa hacerlo. —Se volvió hacia el teclado, pero antes de escribir, añadió—: Si la cosa se pone chunga, te diré que tires del cable rojo que tienes a tu izquierda.

Volvió a flexionar los dedos y tecleó:

»es 1servidor d Fenris. quiero molestar 1rato

»Fenris? no parece 1asunto en el q quiera meterme

La muchacha sonrió. Parecía esperar esa respuesta.

»ok, probare notro lugar, seguro q los coreanos saben ayudarme

»ni dcoña. no vas a encontrar un codigo unix de esos newbies q funcione 1mierda

»t veo hablar xo x ahora solo escucho excusas. no pasa nada el Unix es chungo

GhostHost aguardó expectante, sabía que aquel era el punto de inflexión. ¿Mordería el anzuelo?

»dejam ver el terreno djuego

»ms bien había pensado nq mpasaras algunas líneas

»negativo. no compartimos codigo cn gente q no es dl clan. si quieres ayuda, lo tendre q hacer yo mismo

GhostHost gruñó con fastidio y apoyó la sien sobre el puño cerrado. Por fin se dirigió a Alicia.

—Espero que esa entrevista que vas a hacerme me haga quedar como Dios, porque me la voy a jugar por ti.

—¿Crees que nos podemos fiar de él?

—Tía, yo no me fío ni de mi culo. Agarra bien ese cable y prepárate a tirar de él como si te fuera la vida en ello.

Alicia observó cómo la *hacker* comenzaba a cerrar aplicaciones y realizaba una serie de preparativos. El resto de las pantallas quedaron a oscuras, y solo el monitor central mostraba dos ventanas paralelas: el navegador web en el que estaba manteniendo la conversación y el programa que permanecía a las puertas del servidor. Por fin volvió a dirigirse a Metacelsus.

»he creado 1sesión aislada en mi equipo. verás q ya he superado el cortafuegos y he encontrado un puerto abierto. solo necesito superar el registro y controlar la NetBIOS del servidor

»solo? fck, eso es lo +chungo

»testoy enviando mi ip. solo necesito q m metas dentro, a partir d ahí puedo seguir yo. es 1asunto privado

»x supuesto

»no intentes joderme, colega

El último comentario no recibió respuesta. Alicia y GhostHost guardaron silencio mientras observaban cómo Metacelsus tomaba el control de la sesión.

»vas a cargar librerías d claves?

»no. vamos con el armamento pesado directamente

El *hacker* abrió una consola para cargar código y lo ejecutó. Todos los procesadores de la sala emitieron un rumor al unísono. Alicia miró a su alrededor, a las gradas de aquel extraño coro de luces palpitantes. Había algo siniestro en ellos.

»veo q tienes potencia dfuego, sto sube cmo la espuma

GhostHost torció el gesto y no respondió. Era evidente que no le gustaba que nadie tuviera acceso remoto a su equipo.

La cháchara cesó durante un buen rato y los minutos se deslizaron espesos por el cuello de botella, hasta que una nueva línea de diálogo apareció en la pantalla.

»estamos dentro

La muchacha se incorporó en su asiento y escudriñó la pantalla.

—Qué cabrón —masculló con una sonrisa, antes de volver a escribir.

»controlas la NetBIOS del servidor?

»ya t dije q sabemos cmo se juega a esto

»mis respetos. diré x ahí q sabes escupir código

En la pantalla central de GhostHost se desplegaba un diagrama de directorios y subdirectorios, que comenzaron a desplegarse y ramificarse sin que la chica hiciera nada. Alicia observó cómo la *hacker* se acercó al teclado.

»dsd aquí tomo el control, gracias x la ayuda

En el chat no apareció respuesta, mientras Metacelsus continuaba rastreando el servidor a su antojo desde el propio equipo de GhostHost. Los directorios quedaban abiertos y expuestos, como cajones abiertos de par en par.

»no la cagues ahora. ibams bien, no t conviene cabrearme

Le hizo una señal a Alicia para que agarrara el cable que conectaba toda la instalación a la red eléctrica.

Súbitamente, la actividad cesó en la ventana que mostraba la intranet de Fondation Samaritain. Hubo un vacío prolongado, y una nueva línea de diálogo emergió en la ventana de chat.

»hay 84 equipos conectados al servidor, 32 activos. tb tienen 1 ultrabox, xo sta escrita en lenguaje ensamblador. ahi no vas a entrar

»te agradezco la ayuda, xo te dejé claro de q iba sto. si no tlargas ahora, tiro dl cable

»ha sido un placer. mdebes una

La ventana de conversación se cerró. GhostHost se situó frente a la pantalla y comprobó que había recuperado el control. Cerró la sesión temporal que había utilizado Metacelsus y activó el resto del sistema. Los monitores volvieron a iluminarse y mostraron las aplicaciones que había usado hasta el momento.

—¿Estamos dentro? —preguntó Alicia.

—Joder que si lo estamos.

—¿Qué es eso de una *ultrabox*?

GhostHost no respondió de inmediato, repasó el árbol de directorios y comprobó que el resumen de Metacelsus era preciso.

—Una caja ultra es como una cámara acorazada virtual, un lugar de máxima seguridad accesible solo para el *root* del servidor, que es el que debe de haberla programado. La información más valiosa tiene que estar ahí metida.

La chica señaló con el dedo una rama del directorio llamada «SecurityVault00x1».

—¿Y por qué dijo que era inaccesible? Si hemos conseguido llegar hasta aquí, por qué no un paso más.

—Porque Metacelsus la ha testeado y ha comprobado que el cofre está programado en ensamblador. No sé cómo explicártelo. El cabrón del *root* no ha usado un lenguaje de programación comercial, sino que ha creado su propio lenguaje básico, uno que solo funciona en esa caja. Es como entrar en un sitio que no tiene puerta... Sencillamente, no puedes comunicarte con la máquina.

Alicia se dejó caer contra el respaldar de su silla, un tanto decepcionada.

—Y dices que si hay algo valioso, tiene que estar ahí dentro.

—Es lo lógico, ¿no? Si no, para qué tantas molestias. Esta gente lo tiene bien montado. Pero aún hay treinta y dos equipos activos en el servidor a los que tenemos acceso, quizás encontremos en ellos algo de lo que buscas. —Y tras pensarlo un instante, la chica añadió—: Pero te advierto que estos cabrones parecen tomarse muy en serio la gestión de datos, dudo que vayamos a encontrar algo significativo.

—Bueno, menos es nada. ¿Por dónde empezamos?

—¿Cómo que por dónde empezamos? —rio Merc—. Dame unos parámetros de búsqueda, ¿no esperarás que comprobemos los archivos uno por uno?

Lo cierto es que no había pensado en ello. ¿Qué estaba buscando allí exactamente? No tenía ni idea. La muchacha pareció percatarse de sus dudas.

—Mira, no hay tantas opciones. Podemos buscar un archivo concreto por su nombre o por una aproximación, podemos buscar líneas de código en archivos ejecutables, y podemos buscar imagen, vídeo o algún fragmento de texto. Esas son las búsquedas más básicas. Para la imagen o el vídeo necesitaré un fragmento para dárselo a oler al sabueso, para el texto podemos probar con palabras sueltas o segmentos de una frase.

¿Podía un programa buscar conjeturas en un servidor? Porque aquello era lo único que tenía.

—Busca los siguientes términos —y apuntó en un papel—: «zeitgeist, St. Martha, john kenyon, beatrix giger, fermanagh, colegio, orfanato».

GhostHost torció el gesto ante la extraña lista, pero se limitó a ejecutar la búsqueda. El resultado no tardó en aparecer en pantalla.

—Joder, tía, has tenido suerte. Hay tres archivos que contienen «St. Martha» en el texto, y mira este otro, contiene dos de los siete criterios de búsqueda: «St. Martha» y «beatrix giger».

—¿Dos? —repitió la periodista un tanto sorprendida, pues había sido un disparo a ciegas. Buscaba alguna conexión entre ambas instituciones, y el que se mencionara St. Martha en varios archivos demostraba que esa conexión existía. Pero ¿Beatrix Giger? Aquella mujer se identificó como alguien de confianza de Ludwig Rosesthein, una mujer con poder en el seno de Fenris; sin embargo, ahí estaba de nuevo: su nombre vinculado a St. Martha, un simple orfanato—. Abre el último.

El archivo estaba adjunto a un correo que había quedado atrapado en la carpeta «Pendiente de envío» de uno de los equipos. GhostHost lo rescató y lo copió en el ordenador de la señora de Auckland, Nueva Zelanda. Al abrirlo, lo primero que pudieron ver fue su vehemente encabezado: «SOLO PERSONAL AUTORIZADO». Más abajo se leía:

«Atendiendo a la solicitud de la Sra. Beatrix Giger, referente al Centro Conductual nº 3-St. Martha, procedemos a listar los sujetos cuyo fenotipo se halla menos desvirtuado por el factor Lázaro. También se detalla el porcentaje de Segmento Lázaro presente en el genotipo.
 –Sujeto Nº0083/Yukio/2,6% LazarusSegm.
 –Sujeto Nº0012/Catherine/1.8% LazarusSegm.
 –Sujeto Nº0064/Eugene/1.7% LazarusSegm.
 –Sujeto Nº0183/Leonardo/1.3% LazarusSegm.
 –Sujeto Nº0028/Nicholas/0,8% LazarusSegm.
 »Todos los sujetos relacionados pertenecen al vigésimo cuarto cultivo, presentan una edad idéntica y su tasa de envejecimiento es saludable según datos teloméricos. Estas cifras han sido ratificadas por el Dr. Lester Logan, director del proyecto. Si precisan de más información, utilicen los cauces comunes».

El correo lo firmaba el segundo ayudante de laboratorio, Bruce Yeoh, y estaba fechado un día antes de la visita de Alicia al colegio irlandés. Leyó y releyó el breve mensaje, y cada vez que lo hacía aparecían nuevas dudas, pero ninguna respuesta: ¿estaba el mensaje relacionado con su llegada a St. Martha? ¿El sujeto 28 era el mismo Nicholas con el que ella había conversado? Y sobre todo, ¿quién demonios era el doctor Lester Logan y qué proyecto dirigía?

Interludio
El viaje de Relator

La imagen quedó congelada sobre el muro, con el código numérico del temporizador clavado en una esquina. Aquel fresco lumínico mostraba, desde el picado oblicuo característico de las cámaras de seguridad, a Nicholas y Alicia hablando en el gimnasio. Beatrix Giger acababa de entrar en plano interrumpiendo la conversación, y ahí se había detenido la reproducción.

Déborah Díaz, directora de St. Martha, se levantó de su silla y se encaminó a la ventana de su despacho. Giró el regulador y los cristales se hicieron progresivamente translúcidos, hasta que las tres figuras proyectadas sobre la pared se diluyeron en la luz matutina, como fantasmas que solo pudieran vivir entre penumbras.

—¿Qué le parece? —preguntó la mujer.

El profesor Tomáš Rada continuaba con la mirada fija en los fantasmas, las manos entrelazadas bajo la barbilla en gesto meditabundo. Pelo y barba canos, traje gris y ojos contemplativos tras unas gafas de montura negra. Lo habían sacado de una de sus clases en la Universidad Karlova para llevarlo hasta allí.

—¿Cómo entró la mujer aquí? —preguntó finalmente—. He insistido una y otra vez en la necesidad de que los sujetos estén aislados; deben desarrollarse en un entorno completamente descontaminado, protegido de estímulos externos.

—Lo sabemos bien, profesor, pero la Oficina de Comunicación estimó pertinente la visita. La mujer dijo ser enviada por el Vaticano, no había motivos para generar desconfianza en torno a nuestra gestión del colegio, y todo debía desarrollarse sin que ella entrara en contacto con ninguno de los alumnos.

—Sin embargo, ahí la tienen —apuntó el hombre con su acento del Este—, vomitando información ajena al currículo sobre uno de nuestros sujetos alfa, sembrando incertidumbre en una mente en plena formación. —Rada hizo una pausa para controlar su tono de voz—. No he podido insistir más en la necesidad de que estos niños solo reciban certezas, ¿sabe lo peligrosa que puede ser una idea contaminante, una simple duda? Puede germinar y comprometer todo el ecosistema cognitivo, emponzoñar la mente de estos muchachos hasta la raíz. Años de trabajo a la basura.

Masculló una última queja en checo y volvió a revisar el dosier de Nicholas, cuyos datos se deslizaban sobre la pantalla flexible que sujetaba en la mano. Desplegó el capítulo correspondiente a los parámetros formativos del muchacho.

—Su respuesta a los escenarios y demás pruebas parece magnífica.

Fue un apunte en voz alta, pero la directora lo aprovechó para ratificar la validez de su trabajo:

—Es un alfa de categoría líder —dijo Déborah Díaz—. Lo estamos entrenando en maestrías como toma de decisiones en situaciones críticas, persuasión, análisis vértigo, empatía basculante, pensamiento lateral, suspensión de la moralidad... Puntúa alto en todos los campos de referencia.

—Y sin embargo, tenemos esto... —Rada abrió un pequeño cuaderno de cuero y leyó unas notas—: Al final de la conversación, antes de que entre la señora Giger, él dice: «Somos un simple instrumento, por eso tiene que ayudarme a salir de aquí».

—Sí —corroboró la directora Díaz.

—Acláreme algo. Aparte de lo sucedido durante la visita de esta mujer, ¿el aislamiento ha sido eficaz? ¿Están seguros de haber controlado cualquier estímulo ajeno al sistema?

—Estamos seguros. No ha habido nada que haya podido desvirtuar el pensamiento recto del sujeto. Tampoco hay incoherencias curriculares: su trasfondo ético lo constituyen Hobbes, Plauto, Maquiavelo, Nietzsche, Bossuet... Modelos épicos, prevalencia del mejor dotado sobre el colectivo, el individuo al servicio del sistema. No hay fallas formativas.

—Entonces, ¿de dónde sale esto?

La mujer dudó por un instante, antes de responder sin convicción:

—No lo sabemos... Quizás es una línea de pensamiento abierta por él mismo.

—¿Con trece años? No lo creo. —El hombre se puso en pie. Guardó sus notas y la pantalla de grafeno en una cartera negra y se cuadró la chaqueta—. Muy bien, ¿está listo? Quiero hablar con él.

—Sí, le está esperando en una sala privada.

La directora acompañó al profesor Rada a través de un angosto pasillo sin apenas puertas o ventanas. La moqueta y los paneles de madera en la pared absorbían todo el sonido, provocando una sensación de vacío sensorial, de sofocante similitud entre cada corredor y cada cruce. Para Rada, aquel colegio en el que le habían permitido poner en marcha su más complejo experimento le resultaba una suerte de retorcido laberinto, y aún se sorprendía cuando se asomaba a alguna ventana y descubría un paisaje verde y diáfano.

Díaz se detuvo junto a una puerta de madera maciza, idéntica en tamaño y color a las otras que habían dejado atrás.

—El chico se encuentra aquí dentro. Avíseme cuando termine, no intente llegar a la planta baja usted solo, podría perderse.

—No se preocupe —respondió el hombre con una sonrisa seca, e hizo ademán de abrir la puerta.

—Tenga cuidado, es inteligente y perceptivo.

El profesor giró la cabeza y la miró directamente a los ojos, a través de sus afiladas gafas de metal negro.

—No se preocupe —repitió con tono áspero, y la mujer se apartó para dejarle pasar.

Nicholas aguardaba sentado al otro lado de un escritorio. Su expresión era sosegada, no parecía alguien que llevara largo rato esperando en una habitación vacía.

Tomáš Rada cruzó la estancia y se sentó frente al muchacho sin saludarle. Abrió la cartera y extrajo su cuaderno de cuero y una pluma estilográfica. Desenroscó el capuchón y abrió el cuaderno sobre la superficie de madera pulida.

—Muy bien, Nicholas, ya te imaginarás por qué me han hecho venir.

—¿Usted es el profesor Tomáš Rada?

El hombre levantó la vista, la punta de la estilográfica apenas apoyada sobre el papel mientras se preguntaba cómo podía conocer su nombre. Pero inmediatamente recobró la compostura. El chico trataba de desequilibrarle, robarle la iniciativa de la conversación, pues el que pregunta se erige en figura de autoridad implícita frente al que responde.

Rada sonrió, y se dijo que la advertencia de la directora Díaz no había sido en vano.

—No estás aquí para hacer preguntas, Nicholas, sino para responderlas.

—Usted conoce mi nombre. Simplemente pensé que, si íbamos a mantener una conversación, lo correcto sería que yo también conociera el suyo.

El hombre dejó la pluma entre las costuras del cuaderno.

—En los informes de que dispongo no se advierte nada sobre tu carácter impertinente.

—Perdone si le parezco insolente, no es mi intención, pero hasta cierto punto debería parecerle lógico.

—¿A qué te refieres? —Rada se daba cuenta de que el muchacho continuaba marcando el paso de la conversación.

—Todos los alumnos recibimos una formación común basada en datos objetivos e indiscutibles, como las matemáticas, la física, el latín o el aprendizaje de idiomas; pero también disponen un temario específico para cada uno de nosotros: filósofos, religiones, historia, literatura... Llevan años alimentando mi cerebro con ideas que conducen a pensar que los más fuertes e inteligentes observan el mundo desde una posición de supremacía, que tienen el privilegio y el deber de tomar decisiones y velar por los más débiles. ¿Le sorprende que tales ideas puedan generar una actitud insolente en una mente de trece años?

El profesor Rada se quitó las gafas y frunció el ceño. Era un gesto nervioso, carente de significado pero repleto de sentido.

—Parece que consideras incorrecto todo lo que te hemos enseñado.

—No, probablemente es lo correcto para lo que esperan de mí.

—Entonces, ¿cuál es el problema?

—El problema es que no puedo conocer el otro extremo del espectro. ¿Por qué no permitirme comparar y formarme mi propia opinión? La respuesta parece evidente, incluso para alguien de mi edad.

—Escúchame bien, Nicholas, no hay otro extremo del espectro. Los autores que estudias, los pensamientos que ponemos a tu alcance, son los correctos, se han demostrado válidos a lo largo de la historia; el resto... existen, pero han quedado superados. Llegado el momento podrás estudiarlos, claro, como mera curiosidad.

—Creo que intentan dar forma a nuestra visión del mundo incluso antes de que podamos conocerlo, moldearnos para adaptarnos a una función específica. No sé con qué objetivo, pero les puedo adelantar que es inútil.

Rada se cruzó de brazos. Era sorprendente que aquel muchacho pudiera haber elaborado una perspectiva tan compleja de su situación desde su limitado punto de vista.

—Nicholas, hablas como si estuvieras al margen del mundo. ¿Qué crees que es esto, una especie de limbo? Esto es el mundo, este colegio es tu mundo. Cada ser humano tiene un entorno definido, nadie posee acceso a toda la existencia, por eso la educación es fundamental, te permite ampliar tu perspectiva de la realidad, conocerla en profundidad a través de la mente de otras personas.

—Ustedes acotan la formación a la que tengo acceso; por tanto, acotan mi realidad. Intentan manipularme, pero han fracasado. Esta conversación misma lo demuestra.

El profesor Rada sonrió y se puso las gafas.

—Oh, hemos fracasado —y rio con afecto—. Nicholas, lo que te sucede, esta confusión que te atormenta, lleva siglos diagnosticada, es una dolencia que todo el mundo sufre en mayor o menor medida durante una etapa de su vida. Se llama adolescencia. Sus síntomas básicos son un rechazo al entorno inmediato, la convicción de ser especial, distinto a los demás, una rebeldía más o menos intensa hacia las formas de autoridad... Y otros síntomas físicos, como las espinillas. Pero veo que de eso, por ahora, te has librado.

—Intenta degradar mi punto de vista.

—Simplemente lo estoy poniendo en perspectiva. Sé que no es agradable escuchar que tu gran revelación, tu epifanía sobre nuestros planes malignos, está provocada por las hormonas.

Nicholas guardó silencio sin dejar de sostenerle la mirada, y Rada pudo maravillarse de lo que habían conseguido. El chico realmente era un ejemplar único desarrollado hasta su máximo potencial: su cuerpo en forma y bien equilibrado, su mirada profundamente inteligente, su determinación. Todo en él transmitía calma y seguridad. ¡Y su perspicacia pese a su falta de experiencia! Sería un líder al que merecería la pena seguir.

—Ahora, dime, ¿por qué le dijiste a aquella mujer que querías irte de aquí?

—Porque es cierto. Quiero salir de aquí, quiero ver el mundo con mis propios ojos y no a través de la mirada de hombres que murieron siglos atrás. Quiero que la realidad deje de ser un decorado inalcanzable.

—Y tendrás tiempo de todo eso. Pero ahora tu lugar está aquí, Nicholas. Todos tenemos un lugar en el mundo y, créeme, hay muchos chicos ahí fuera que estarían ansiosos de cambiarlo por el tuyo.

—Un hombre tiene derecho a elegir sus propios pasos.

—Pero tú estás lejos de ser un hombre —respondió Tomáš Rada, y de nuevo apareció su sonrisa paternalista.

Nicholas puso las manos sobre la mesa y habló con voz pausada.

—Yo no les pertenezco, no soy una herramienta a su disposición. Lo quieran o no, me iré de aquí.

La expresión risueña no se borró del rostro del profesor, pero volvió a quitarse las gafas.

—Y dime, chico, ¿cómo piensas hacerlo? ¿No crees que, si realmente esa fuese tu intención, deberías haber empezado por no proclamarla en voz alta ante aquella mujer? ¿Acaso no sabes que velamos por cada uno de vuestros pasos?

—No pienso saltar el muro y correr campo a través, profesor Rada. Sé que no llegaría muy lejos.

—Ajá, entonces, ¿cómo piensas hacerlo?

—Desestabilizando su sistema, haciendo que sucedan cosas fuera de su control. Eso abrirá una brecha por la que la realidad comenzará a filtrarse.

—Eso no tiene sentido, hijo.

—Sí lo tiene. Este lugar es una matriz cerrada y necesitan que siga siendo así para que todo se mantenga previsible, sujeto a sus planes. Pero cuando un elemento externo entra en la matriz, ¿quién sabe cómo puede alterarlo todo? La visita de esa periodista abrió una minúscula grieta que yo agrandé al decirle que quería irme a toda costa. Poco después, usted debe venir aquí para hacerme esta entrevista, algo que también estaba fuera de sus planes. ¿Ve? Las cosas ya han empezado a cambiar. De repente, su ecosistema perfecto se ha tornado imprevisible.

Tomáš Rada cerró su cuaderno sin tomar una sola nota. Entre sus páginas solo había quedado una mancha de tinta que se extendía poco a poco, provocada por la punta de la pluma apoyada sobre el papel vacío.

Nicholas llegó al concurrido comedor en plena hora del almuerzo. Los alumnos hacían cola frente a las columnas dispensadoras, donde se apilaban las bandejas de comida que iban subiendo desde la cocina. Resignado, se puso en la fila a esperar su turno. Los ecos de la conversación reverberaban aún en su mente cuando reparó en que alguien lo llamaba con la mano. Eva le señalaba un sitio libre con una bandeja de comida intacta. Suspiró agradecido, pues el hambre lo devoraba, y se separó de la cola para sentarse junto a ella.

—¿Cómo ha ido el interrogatorio?, ¿qué querían? —preguntó su compañera sin darle tiempo a acomodarse.

—Hablar de la mujer que me encontré ayer en el gimnasio —dijo Nicholas, mientras retiraba el precinto y levantaba la tapa transparente que protegía la comida—. Respecto a cómo ha ido, yo diría que mal. Estaré diez días en aislamiento, sin poder salir de mi habitación. El periodo comenzará después del almuerzo.

—Pero ¿por qué? ¿Qué culpa tienes?

Nicholas se llevó a la boca el tenedor con un poco de puré de patatas.

—No debería haber hablado con esa mujer, tendría que haberme ido de allí.

—¿Y no dejarán que recibas visitas? —preguntó Eva, quizás más desilusionada que preocupada.

Él negó con la cabeza y destapó la ensalada de atún.

—Tampoco me dejarán salir a entrenar —se lamentó, al tiempo que iba pinchando hojas de lechuga—. Me temo que solo podremos comunicarnos por mensajes.

Eva torció la boca con gesto de fastidio y guardó silencio. Tras observarle comer un poco más, apuntó:

—No te has podido quedar callado, ¿verdad?

Él sonrió sin levantar la vista de la comida.

—¿Qué quieres decir?

—Sabes a qué me refiero. Les has dicho lo que piensas de este lugar.

—Simplemente he contestado a sus preguntas. —Y se llevó un poco más de puré de patatas a la boca.

Eva le puso una mano en el brazo.

—No hagas estupideces, Nicholas. No quiero que te pase nada malo.

El muchacho asintió sin perder la sonrisa, pero su expresión cambió cuando descubrió a alguien al otro lado de la concurrida sala. Comenzó a ponerse en pie.

—¿A dónde vas?

—Un momento, no te muevas de aquí —la tranquilizó, y se abrió paso entre los alumnos que abandonaban el comedor.

Llegó hasta una mesa apartada, situada en una esquina que parecía al amparo de las cámaras vigilantes. Solo una persona la ocupaba.

—Eugene, tenemos que hablar —dijo Nicholas, sentándose frente al solitario comensal.

—Ahora no, hay demasiada gente. —Ni siquiera levantó la vista de su bandeja.

—Mejor, así ellos no nos podrán escuchar.

—Ya te he dicho que aquí no hay micrófonos. —Eugene desvió la mirada hacia la mesa más próxima—. No pueden captar una conversación limpia entre tantas voces, pero los chicos de aquella mesa sí podrían oírnos.

—Debe ser ahora —respondió Nicholas con tono inflexible—. Cuando acabe la hora del almuerzo me recluirán en mi habitación durante diez días y no podremos hablar.

Eugene por fin le miró a los ojos.

—¿Qué has hecho?

—Eso da igual —respondió con impaciencia—. Escúchame bien, he pensado sobre lo que me dijiste, y estoy dispuesto a hacerlo. Debemos salir de aquí, fugarnos en cuanto sea posible.

El muchacho con rostro de querubín, tan distinto al de Nicholas, sonrió al escuchar aquellas palabras.

—Bien. Me alegra saber que has tomado la decisión correcta.

—Si lo hacemos, debemos hacerlo bien. Durante los próximos diez días deberás encontrar la manera de salir.

—¿Y una vez fuera?

—Fuera hay gente que sabe que existimos. Creo que he conocido a alguien que nos podría ayudar.

—¿Que has conocido a alguien? ¿Cómo? —Eugene rio divertido, como si hablara con un niño pequeño que trata de tomarle el pelo, pero luego recordó los rumores—: La visitante... Conseguiste hablar con ella.

—Ahora ya sabes el motivo de mi castigo.

Eugene asintió lentamente, y en sus ojos brilló una determinación sobrecogedora.

—Está bien. Encontraré una vía, pero tendrás que confiar en mí.

—Lo haré. Y Eva también, no la voy a dejar atrás.

—Ni hablar.

—Ella conoce nuestras intenciones. La única manera de asegurarnos su silencio es implicándola. —Nicholas mentía, sabía que Eva no lo delataría por nada del mundo, pero esperaba que la mente calculadora de Eugene contemplara aquella opción como la más segura.

El muchacho rubio no respondió, y Nicholas prefirió tomar su silencio como un mudo asentimiento.

—Hablaremos dentro de diez días.

Y se alejó sin mirar atrás.

Cerró la puerta de su habitación e inmediatamente escuchó el leve chasquido de la cerradura electrónica. Apoyó la mano en el pomo e intentó abrir en vano. Fue un acto reflejo, como si necesitara comprobar que, efectivamente, estaba encerrado. Vencido por el desánimo, cruzó la habitación con pies cansados y se tiró en la cama. Allí estaba el techo blanco con el que mantendría una estrecha relación durante los próximos diez días. Suspiró y miró a un lado, hacia el perpetuo paisaje colgado más allá de la ventana: árboles, un suave horizonte de curvas verdes y un cielo que oscilaba entre el gris ferroso y el plomizo.

Intentó imaginar cómo sería el mundo más allá, cómo serían las ciudades y sus gentes, el azul cerúleo del mar, el salitre en los labios, los aerosoles humedeciéndole la frente. Entonces volvió el rostro hacia el otro extremo del dormitorio, hacia el ojo vigilante que le taladraba la nuca incluso cuando dormía, enrojecido de no parpadear. Necesitaba escapar de aquel escrutinio, irse lejos de allí a un sitio donde nunca pudieran seguirle. Así que cogió los dos cojines que había sobre su cama y se encerró en el cuarto de baño.

Entró en la cabina de ducha, que ocupaba casi la mitad del aseo, y tiró uno de los cojines al suelo. La voz sintetizada de la cabina le preguntó a qué temperatura deseaba el agua, pero desactivó el sistema automático antes de quedar empapado. Abrió la cremallera del otro cojín con los dientes y hundió la mano en el espeso gel de silicona. Con cuidado, hurgó en las viscosas tripas hasta que dio con lo que estaba buscando: un destornillador tan pequeño que era fácil de ocultar en un puño cerrado. Lo extrajo y lo secó frotándoselo contra la ropa.

Se inclinó sobre la tapa del desagüe y comenzó a desatornillarla. La retiró sin hacer ruido y metió el brazo hasta el codo. Al fondo de la tubería, ajustado a las paredes del cilindro, había algo flexible envuelto en plástico. Tiró del paquete lentamente hasta que lo sacó a la luz: era una especie de cuadernillo grapado, meticulosamente envuelto. Secó el exterior de la bolsa con una toalla y, cuando estuvo seguro de que no quedaba el menor rastro de humedad, abrió el cierre hermético.

Se sentó sobre los cojines, la espalda contra la pared de mármol vitrificado, y sujetó el pequeño cuento entre sus manos. *El viaje de Relator*, rezaba el título impreso en la portada de cartón, su más preciado tesoro, su única posesión real. ¿Cuántas veces lo había leído? Era incapaz de decirlo. Su mirada había recorrido esas páginas cientos de veces desde que Edith, la única mentora cuyo nombre llegara a conocer, las dejara para él antes de ser expulsada de St. Martha. Demasiado entusiasta, dijeron de ella, tenía problemas para asumir el currículo de la institución, y los niños no tardaron en olvidarla. Pero Nicholas aún la recordaba: cómo no hacerlo, si antes de desaparecer de su vida había deslizado bajo su puerta aquella pequeña historia, como una nota de despedida dejada en la noche.

El muchacho abrió el cuadernillo y pasó la primera hoja. Antes de cualquier palabra, había un dibujo impreso que parecía hecho a carboncillo. Era un muchacho negro, al igual que Nicholas, y se apoyaba con ambas manos en un báculo más alto que su cabeza. Tenía los pies y los brazos desnudos, pero sus hombros aparecían envueltos en un grueso manto que ondeaba majestuoso al viento, como las alas de un águila a punto de emprender el vuelo. Pero era la mirada de aquel niño-hombre lo que verdaderamente atrapaba la atención de Nicholas, perdida como la suya propia más allá del horizonte, intentando vislumbrar las tierras que yacían donde el desierto dejaba de serlo.

Pasó una hoja más y comenzó a leer:

«Cinco tribus habitaban el páramo conocido como El Hogar, cinco tribus que habían aprendido a necesitarse unas a otras, pues los dones de aquel lugar eran exiguos y todos sabían que, por sí solos, jamás sobrevivirían al inclemente ciclo de las estaciones. De este modo, cada uno había asumido una tarea imprescindible para la supervivencia del resto: la tribu de los cazadores proveía de carne a las otras cuatro, al igual que hacía la tribu de los sembradores con los frutos de la tierra. La tribu de los aguadores se encargaba de encontrar el agua y distribuirla de manera justa entre los cinco pueblos, y la tribu de los herreros sabía cómo doblegar el hierro, por lo que era la responsable de fabricar las herramientas que utilizaban todos. Por último, la tribu de los tejedores hacía cada año la ropa necesaria para superar el invierno, cosía los pellejos que servían para acarrear el agua, curtía las pieles con que se cubrían durante la gélida noche desértica y levantaba las tiendas que aquellos hombres llamaban hogar. Y se dice que muchos años atrás, en el origen de las cinco tribus, cosió el manto del Rey.

»Porque había un Rey, uno para las cinco tribus, elegido cada cincuenta años entre los habitantes de El Hogar. Cuando el viejo Rey debía abdicar, cada pueblo elegía un aspirante, el más apto entre todos ellos para acometer el largo viaje hasta la montaña.

»Porque también había una montaña, clavada en medio de aquel desierto como un monolito atemporal, tan alta que sus cumbres aparecían nevadas en la distancia, y tan antigua que se decía que aquellas nieves habían cuajado con las primeras aguas que cayeron sobre la tierra.

»El viaje hasta la cumbre era largo y penoso, y no pocos habían perecido antes incluso de llegar a la escarpada ladera, ahogados con la boca llena de arena y los ojos ciegos por el sol. Pero aquella montaña era hogar de dioses, y el primero que lograra coronar la cima mostrando así su devoción, sería investido con el manto del Rey, que reposaría sobre sus hombros durante otros cincuenta años.

»Había reyes peores y otros mejores, todos lo sabían, y no pocos en El Hogar recibieron con alivio el declive del viejo Rey, y rezaban con discreción a la diosa de la montaña para que el que se presentara frente a ella en esta ocasión fuera un hombre más sabio y compasivo. Así que, mientras aquel reinado expiraba y su último día se ponía sobre el desierto, cada pueblo preparaba a su campeón, escogido por el anciano de la tribu, para la larga travesía.

»El pueblo de los cazadores eligió a su rastreador más rápido, tanto que, según se decía, podía alcanzar a un antílope en terreno abierto. Los aguadores enviaron a su mejor zahorí, capaz de encontrar agua bajo la tierra más árida; y los herreros, a su mejor forjador, un joven que había templado antes que cualquier otro su espíritu y que podía respirar el calor de la fragua durante toda una noche sin desfallecer. El anciano de los sembradores, por su parte, había elegido a un chico espigado que, según se rumoreaba en El Hogar, poseía una resistencia sin parangón, capaz de trabajar bajo el sol durante varias jornadas sin apenas agua. Y el sabio de la tribu de los tejedores, pueblo que jamás había dado un rey al desierto, cometió lo que muchos juzgaron como el mayor error de toda su vida. Dijeron que la edad no solo había nublado su vista, sino también su juicio, pues escogió como campeón a un joven escuálido y distraído, un chico sin destreza para coser o hilar, sin fuerza para curtir o acarrear pieles, ni pericia para pintar sobre la tela o levantar una tienda.

»El único talento que se le conocía a aquel muchacho era su voz y su imaginación, hasta el punto de que todos lo llamaban Relator, pues en las noches calmas se sentaba junto al fuego y su voz grave y cadenciosa hilvanaba las palabras a la luz de las estrellas, entrelazándolas como cuentas de un rosario hasta formar las más maravillosas historias, vibrantes y cautivadoras, tanto que nadie en el poblado caía dormido hasta que su voz callaba, y aun después de que cerraran los ojos, su historia continuaba con ellos, acompañándolos durante el sueño.

»Era un don extraño, desde luego, pero no te saciaba durante las hambrunas ni te abrigaba durante el frío invierno, y todos sabían que aquel muchacho que contaba quince años no sobreviviría ni quince horas en el desierto. Por eso las mujeres se abrazaron y lloraron al escuchar la elección del anciano, y los hombres jóvenes que aspiraban a representar a su tribu patearon furiosos el suelo, y los más viejos se encogieron de hombros y se dijeron que tampoco habría un rey tejedor durante los próximos cincuenta años.

»Cuando llegó la mañana en la que los elegidos debían partir, la madre y el hermano mayor de Relator, sus únicos parientes vivos, lo apartaron a un lado y hablaron con él en voz baja. Le dijeron: "Relator, jamás podrás llegar a la montaña y no queremos que mueras solo, perdido en el desierto. ¿Por qué no te alejas un poco del poblado y te ocultas tras la gran duna que hay al Este? Mantente oculto allí durante varios días, te llevaremos agua y comida, y podrás regresar al cabo de un tiempo. Diremos que te perdiste y tu hermano salió a buscarte. Puede que algunos no te crean, pero todo se olvidará al cabo de un tiempo. Al fin y al cabo, nuestra tribu nunca ha dado un rey, nadie puede sentirse muy defraudado si sucede lo mismo en esta ocasión".

»Relator los miró con ojos tristes y asintió en silencio, pues sentía la voz quebrada. Entonces se echó su fardo al hombro y, sin mirar atrás, se adentró en aquel desierto que lo aguardaba como una condena a muerte.

»Caminó durante horas sin descanso, hasta que dejó muy lejos la duna referida por su madre y su hermano, que se erigía a su espalda como el pináculo de su vergüenza. Frente a él, el horizonte ondulante; a su espalda, sus pasos hollando el desierto; y sobre su cabeza, el cielo cambiante al que solo él miraba. Pues todos en el desierto evitaban levantar la vista: no era útil ni sensato, ya que corrías el riesgo de quedar cegado por el sol, y hasta el más pequeño de los habitantes de El Hogar sabía que el sustento se encontraba en el suelo, oculto bajo nuestros pies, o en la distancia, recortado contra el trémulo horizonte y presto a salir huyendo. ¿Por qué levantar entonces la cabeza, ni siquiera de noche, cuando las estrellas contaban historias que nadie parecía escuchar? Pero Relator las escuchaba, contemplaba el cielo nocturno y encontraba allí todo lo que el desierto no le daba.

»La tarde cayó y las paredes de arena que lo rodeaban, blancas como montañas de sal, se tornaron de un color ocre. Relator escaló una de aquellas dunas y desde la cima, apoyado en su báculo, pudo contemplar la montaña de la diosa, indiferente en la distancia. Luego miró a su alrededor y creyó ver a otro de los muchachos en lontananza. Descendía por una colina de arena y avanzaba infatigable. Se dijo que él no podía ser menos, así que desató el pellejo de agua que llevaba a la espalda, dio un breve trago, y siguió adelante.

»Cuando la noche cubrió el desierto con un mar de estrellas, sus rodillas se vencieron por fin y se hincaron en tierra. El muchacho no tenía ni siquiera fuerzas para comer, así que se cubrió con una manta y se dejó arrastrar por el sueño.

»Amaneció con la boca seca y los músculos contraídos por el frío. Buscó ansioso el pellejo de agua y bebió más de lo prudente. Cuando se sintió saciado, comió algunas frutas deshidratadas y masticó raíces. Por fin, algo recuperado, alcanzó su cayado e hizo el esfuerzo de ponerse en pie. Siguió adelante durante todo el día, deteniéndose solo para comer y beber una vez más, y al caer la noche de nuevo cayó él, su cuerpo castigado por el sol. Inconsciente, deliró presa de la deshidratación y el agotamiento, y las pesadillas le acompañaron desde el ocaso hasta el alba.

»Al despuntar el tercer día, sus ojos apenas podían enfocar sus manos, sentía sus huesos quebradizos como las ramas de un árbol seco y la garganta le ardía cada vez que tragaba saliva. Apuró las últimas gotas de agua del pellejo y no se molestó en intentar comer, pues sabía que nada sólido pasaría hasta su estómago. Recogió una vez más el cayado y echó a andar.

»Sus pasos eran cada vez más cortos, y cuando remontaba un repecho y levantaba la vista con dificultad, comprobaba que la montaña continuaba a la misma distancia. La única explicación es que se hubiera perdido entre las engañosas dunas movidas por el viento. Desalentado, buscó alguna figura recortada contra el horizonte, pero en esta ocasión no había nadie, los demás debían de haberle dejado muy atrás. Puede incluso que alguno se encontrara ya escalando las paredes nevadas. Se convenció de que su obligación era llegar lo más lejos posible, así que apretó los dientes y comenzó a descender por la otra cara de la duna. Sin embargo, la arena se desmoronó bajo sus pies y se encontró rodando pendiente abajo.

»Tras muchas vueltas quedó tendido mirando hacia el cielo. Quiso rendirse y dejarse morir allí, que la arena y el tiempo le arrancaran la carne de los huesos hasta no ser más que marfil blanqueado por el sol, y mucho después, una nube de polvo blanco que el viento arrastraría de regreso a su poblado. Pero por alguna extraña razón, su báculo se deslizó entre sus dedos, cerró su puño y tiró de él hasta que se puso en pie. Había encontrado un último pozo de voluntad que nunca habría creído posible, uno al que pocos hombres deben recurrir en su vida.

»Y así, pese a saber que todo era en vano, se obligó a seguir adelante. Caía la tarde cuando las primeras ráfagas de viento le azotaron la espalda; al poco, la arena le mordió la piel con despiadadas dentelladas, y Relator se obligó a mirar atrás para corroborar lo que ya se temía: una tormenta se abatía sobre él. No lloró ni gritó desesperado ante la más atroz de las muertes que uno puede sufrir en el desierto; en su lugar, miró al monstruo a los ojos sin apartar la vista, se envolvió lentamente en su manta y se dio la vuelta para proseguir su viaje, a la espera de que el rugiente destino que le perseguía le diera alcance.

»La tormenta aún tardó una hora en llegar, pero lo hizo con furia y violencia. Primero, el viento lo zarandeó y le despojó del trapo con que se protegía, después le arrancó su cayado de las manos y le hizo rodar por el suelo. Sintió la arena restallando sobre su piel como un látigo, abriéndole la carne y mezclándose con su sangre. Sintió cómo lo cegaba y le anegaba la garganta, impidiéndole respirar. Intentó ponerse en pie una, dos, tres veces…, pero el viento volvía a golpearlo sin clemencia, hasta que lo doblegó y lo dejó postrado.

»Inerme, sintiéndose derrotado, hizo un esfuerzo por tenderse boca arriba y morir observando las estrellas, pero hasta aquello quería arrebatarle el desierto, pues las nubes de arena se arremolinaban a su alrededor ocultando el cielo. Entonces las veré en mi cabeza, pensó, y cerró los ojos y pudo verlas, vívidas y hermosas pese a la tormenta.

»Y así quiso morir, pero descubrió que tampoco aquello estaba en su mano. Unos dedos se posaron sobre su pecho desnudo y una voz húmeda pronunció su nombre al oído. Era una leve caricia y apenas un susurro, pero tan poderosos como para arrebatarlo de su último sueño y conjurar su agonía. Lentamente, con temor a que la arena pudiera vaciarle los ojos, abrió los párpados y descubrió a la mujer inclinada sobre él. Le miraba y sonreía, y pese a que el viento agitaba sus ropas y su cabello, la arena no la alcanzaba, ni a ella ni a él, al que el desierto sabía ahora bajo su protección.

»—¿Eres…, eres la diosa de la montaña? —preguntó Relator.

»—Así es —asintió la mujer, y le acarició la mejilla con dedos largos y frescos como las noches de otoño—. Te he estado observando desde antes de que partieras, desde que llegaste a este mundo hace años, y cada noche he rezado por que fueras tú el que se presentara ante mí.

»—Como puedes ver, eso no sucederá. Era algo que todos sabían —dijo Relator—. El desierto me ha alcanzado, y aquí concluyen mis días.

»La diosa contempló su cuerpo tendido, desmadejado por el viento, y volvió a mirarlo a los ojos.

»—Responde, Relator, ¿por qué crees que el anciano te eligió a ti, si eres tan débil como dices?

»—El anciano de mi tribu es sabio y comprendía que, de perecer en el viaje, no sería una gran pérdida para mi pueblo.

Apenas notarán mi ausencia en la época de caza, cuando más pieles hay que curtir, ni en la estación de las lluvias, cuando urge levantar tiendas que resistan el aguacero.

»—Pero sus vidas serán mucho más tristes —respondió la diosa de la Montaña—. Porque ¿qué es más valioso, el pico que golpea la tierra árida para hacer brotar el agua o las estrellas que brillan en el cielo?

»—Los que viven en este desierto cruel, te dirán que el pico.

»—Y se equivocarían, pues el agua les ayudará a sobrevivir, pero solo las estrellas harán que su vida merezca la pena. Tu anciano es más sabio de lo que crees, comprendía esta verdad y sabía que yo no podría dejarte morir.

»Y tomándolo de la mano, lo ayudó a ponerse en pie. Entonces le devolvió su báculo y lo besó en los ojos.

»—Ahora cuéntame una historia, Relator, una que me conmueva, y tú serás mi nuevo Rey.

»Relator así lo hizo: habló del viejo cielo y de cómo este se extendía más allá de El Hogar, sobre otros reinos y otras tierras que ninguno de ellos sería capaz de imaginar; sobre desiertos que no eran de arena, sino de agua, tan vastos que se perdían más allá de los límites del día, y su voz vibró al contar cómo otras personas levantaban la vista y contemplaban aquel mismo cielo y aquellas mismas estrellas, y la diosa de la montaña lloró al verlas como él las veía.»

Capítulo 11
Disneyland

Sentada a la mesa de una cafetería, con un moca expreso calentándole las manos, Alicia observaba la vida tras el ventanal. Octubre avanzaba en el calendario y el paisaje de Madrid se transformaba paulatinamente: el azul del cielo parecía menos intenso y el gris del asfalto más oscuro, los rostros se tornaban anodinos y la ropa recién sacada del armario aún olía a guardado.

—¿Y dices que esto estaba en el servidor de esa fundación? —preguntó Girard desde el otro lado de la mesa.

El periodista sujetaba el móvil de Alicia, que proyectaba una captura del mensaje que GhostHost había extraído de los servidores de Fondation Samaritain.

—Sí —confirmó Alicia una vez más, apartando los ojos de la cristalera y volviéndolos hacia su compañero—. Era un correo electrónico enviado a la mujer que me acompañó en St. Martha.

—Explícame de nuevo cómo has conseguido entrar en un servidor de Fenris.

—Mira, Girard, hice lo que tenía que hacer.

—¿No te preocupa que tu *hacker* de cabecera haya metido la pata? Quizás ha dejado un rastro que puedan seguir.

—Quizás, pero, créeme, esa chica sabía lo que se hacía.

Él se recolocó las gafas con el dedo y volvió a leer el mensaje con el ceño fruncido.

—¿Qué opinas? —preguntó Alicia al cabo de un minuto.

—No sé, es verborrea de laboratorio sobre bioingeniería. ¿Qué quieres que diga? No tengo ni idea de genética.

—Yo tampoco, por eso he realizado unas cuantas búsquedas. —Señaló el texto que se proyectaba sobre la pantalla—. Me ha llamado especialmente la atención lo de las posibles desviaciones en el fenotipo.

—Por supuesto. —Girard levantó las cejas y asintió. No tenía ni idea de lo que eso significaba.

—Digamos que el fenotipo es la forma en que la información genética de cada individuo termina por manifestarse —aclaró Alicia—. No solo en los rasgos físicos evidentes, el fenotipo también incluye aspectos como la propensión a enfermedades, e incluso rasgos de personalidad. Por ejemplo, el que haya tenido que esperarte veinte minutos, sin duda, viene condicionado por tu carga genética.

—Un momento, ¿estás aprovechando todo esto para echarme en cara que he llegado tarde?

—Al contrario, tonto, te estoy diciendo que no es culpa tuya. Nadie puede ser tan desesperantemente dejado por voluntad propia. Lo llevas en los genes.

—Ya. Entonces, según tú, ¿qué es esa variación en el fenotipo provocada por el «segmento Lázaro»?

Alicia negó con la cabeza.

—No hay manera de saberlo a ciencia cierta, pero podemos extraer algunas conclusiones evidentes.

—Temo tus conclusiones evidentes.

—Hablo en serio. —Alicia le señaló con la taza de café—. Seamos conservadores, limitémonos a lo que figura en el mensaje y no extrapolemos nada.

—Carecemos del contexto necesario y el mensaje es bastante críptico —advirtió Girard.

—Pero hay premisas que son fáciles de establecer. Primero, es evidente que hay una comunicación más o menos fluida entre la Fondation Samaritain, con sede en Ginebra, y el colegio St. Martha, en un condado de Irlanda del Norte. No solo por este mensaje. Merc detectó varios correos salientes de la fundación con destino al colegio. Segundo, parece obvio que Beatrix Giger pidió datos a Fondation Samaritain a raíz de mi visita.

—Solo sabemos, y dando por sentado que este correo realmente sale de donde dices...

—Sale de la fundación.

—Bien, dando eso como cierto, solo sabemos que esa tal... —Girard volvió a mirar el texto— Beatrix Giger pidió datos sobre una serie de..., bueno, de sujetos.

—De sujetos pertenecientes al «Centro Conductual nº3, St. Martha». Y la información está supervisada por un tal doctor Lester Logan, director del proyecto, del que, por cierto, no figura nada en la Red.

—Bien, hasta aquí estamos de acuerdo. Siempre que...

—Que demos por sentado que el correo no es falso —completó Alicia con voz cansada—. Ahora pasemos a las preguntas obvias. Dispara primero.

Girard se pasó la mano por el pelo, pensativo. Alicia sabía cómo funcionaba la cabeza de su amigo: pese a su molesto escepticismo, estaba tan ansioso como ella por sacar conclusiones.

—Bueno, lo primero que me preguntaría es qué relación puede haber entre una fundación suiza que investiga enfermedades cardíacas y un colegio para huérfanos en Irlanda.

—Dos instituciones que habían aparecido previamente conectadas en la investigación de Will —recordó Alicia—. Pero ¿qué más dudas te surgen?

—Es evidente que también habría que establecer quién es el doctor Lester Logan y en qué consiste el proyecto que dirige.

—Y por qué parece haber en St. Martha, un colegio para niños huérfanos, sujetos pertenecientes a ese experimento —agregó ella.

Girard se dio unos golpecitos en la sien con el dedo índice.

—Ahora estás sacando más conclusiones de la cuenta —apostilló—. Quizás no se refiera a los niños. ¿No puede haber allí granjas, laboratorios con cobayas para que los chavales estudien ciencias?

—¡Oh, vamos! —exclamó ella—. Ni tú te crees eso. ¿Cobayas que se llaman Catherine y Leonardo?

—Yo tuve un hámster que se llamaba Rafael.

Alicia frunció los labios.

—Mira el último nombre —volvió a mostrarle la pantalla del móvil—: Nicholas. Así se llama el chico con el que hablé. El chico que me dijo que tenía que ayudarle a salir de St. Martha.

—¿No crees que el muchacho podía estar tomándote el pelo?

—¿Cuántas coincidencias estás dispuesto a pasar por alto antes de reconocer que esto tiene mala pinta? —le recriminó su amiga.

—Está bien. ¿Viste algo en el chico que te hiciera pensar que podía estar sufriendo..., no sé, abusos de algún tipo?

—Parecía sano, pero había algo extraño en él.

—¿Extraño en qué sentido?

—Era... —parecía buscar las palabras en el fondo de su taza de café—, demasiado inteligente, demasiado maduro para ser un chico tan joven.

—¿Demasiado maduro? —repitió Girard—. ¿Has visto a tu hija?

Alicia levantó la mirada, su expresión era grave.

—Era algo diferente, parecía melancólico y hasta cierto punto desesperado. Me dijo que los preparaban para algo, para algo de lo que él no quería formar parte, y que yo podía ayudarle..., que podía ser la única oportunidad que tuviera de salir de allí.

Girard entrelazó los dedos bajo la barbilla y observó a su amiga. Era evidente que se estaba tomando todo aquello como algo personal.

—Has pensado sobre esto mucho más que yo. Dejémonos de rodeos y dime lo que piensas. ¿Cuál es tu teoría?

Alicia se abrazó los hombros y, por un instante, se perdió en el ir y venir de los paseantes al otro lado del cristal.

—¿Recuerdas los Juegos Olímpicos de Berlín, recuerdas que hubo un problema con la delegación china? —dijo por fin.

—Aquello nos pilló estudiando la carrera, ¿no? Recuerdo que hubo acusaciones de dopaje genético.

—Fueron algo más que acusaciones. He estado documentándome sobre el tema. No pudieron retirarles las medallas porque el dopaje genético no estaba tipificado como infracción, pero algunos expertos coincidieron posteriormente en que el ADN de los atletas chinos podía haber sido modificado.

—Bueno, recuerdo que el asunto fue algo confuso —apuntó él.

—No lo es si lees lo suficiente. En los años siguientes se publicó mucha información esclarecedora, está en la Red al alcance de cualquiera, pero el gobierno chino y los patrocinadores intentaron emborronarlo todo, la mierda de siempre. El hecho es que los controles antidopaje detectaron en la sangre de treinta y ocho atletas de la delegación china una masa de hemoglobina un cuarenta por ciento superior a la media. El mismo efecto que produce la EPO sintética, solo que sin rastro de esta en la sangre. Y ahí podría haber quedado la cosa, en una rareza difícil de explicar, pero se congeló la sangre de los sospechosos para posteriores estudios. Con los Juegos ya concluidos, la Agencia Mundial Antidopaje encargó nuevos análisis a la Universidad de Edimburgo, y quedó demostrado que aquellos deportistas poseían un alto valor de una proteína conocida como FIH o factor de inducción de la hipoxia, la proteína encargada de producir la EPO natural. El caso es que esta hiperactividad de la FIH es una anomalía genética que ha estado presente en diversos atletas a lo largo de la historia…, pero, estadísticamente, es imposible que se dé en tantos deportistas de una misma generación.

—Joder, veo que te has tomado el asunto en serio.

Alicia prosiguió con su explicación.

—Eso no es todo. Al cabo de cuatro años se hizo pública una versión más amplia del informe emitido por la Universidad de Edimburgo. Al parecer, los científicos escoceses habían detectado que los atletas analizados tenían las versiones más óptimas de determinados genes históricamente vinculados al alto rendimiento deportivo, como el gen ACTN3. Es decir, les habían equipado con el kit completo, eran atletas de diseño.

—¿Y dices que todo esto está en la Red?

Alicia asintió.

—Estamos hablando de algo que sucedió hace años, pero el incidente no cayó en saco roto. A raíz de esto el COI modificó su reglamento antidopaje; y lo más importante, dos años después, tanto la Unión Europea como Estados Unidos, Japón, Canadá, Australia y otros países, reforzaron su legislación contra la modificación genética de seres humanos.

—Excepto con fines médicos.

—Claro. Pero dime. ¿Si lo hicieron los chinos hace casi dos décadas, de verdad crees que nadie más lo está haciendo por ahí?

—¿Quieres decirme que los chavales de St. Martha no son huérfanos, sino que están diseñados genéticamente desde su concepción?

Alicia encendió la pantalla del móvil y leyó:

—«Sujetos de edad idéntica, pertenecientes al vigésimo cuarto cultivo, tasa de envejecimiento saludable»... ¿A qué te suena a ti todo esto?

Girard tomó aire para decir algo, pero terminó por expulsarlo con un largo suspiro.

—¿Y para qué querría Fenris a niños modificados genéticamente? No tiene sentido.

—No sé cuál es el motivo, pero lo están haciendo. —Alicia endureció la mirada—. Y mi obligación es sacarlo a la luz.

—¿Tu obligación?

—Girard, ahora estoy segura de que no fueron a por Will porque pudiera destapar datos financieros de Fenris, fueron por esto. Debía de estar cerca de algo. Neil Warren me dijo en Londres que Will planeaba realizar un viaje a St. Martha como parte de su reportaje. Es evidente que también él había visto algo extraño en este asunto, y lo asesinaron antes de que pudiera descubrirlo.

—Alicia, te estás obsesionando. Creo que va llegando el momento de que superes lo de Will.

—¿Obsesionando? —Algunas personas miraron por encima del hombro hacia la mesa donde ambos periodistas discutían—. Se lo debo, Girard. Se lo debo a Will, y se lo debo a ese muchacho. ¿Y si de verdad aquel colegio no es lo que parece? ¿Y si hay cientos de niños que necesitan ayuda? No puedo olvidarlo simplemente.

—¿Quieres seguir los pasos de Will? —preguntó su amigo con tono hiriente—. Adelante, ya ves a dónde lo llevaron. ¿Quieres joderte la vida persiguiendo una causa? Pues corre, pero recuerda que ya no estás sola, que hay gente que depende de ti.

La expresión de Alicia se vació por completo, sus hombros se hundieron y le tembló la voz:

—Creí que al menos tú me apoyarías.

—Está bien, está bien. —Girard movió la silla para aproximarse a ella—. Lo siento. Simplemente me preocupo por ti. No quiero que hagas una locura.

—¿Crees que no me doy cuenta? Lo más fácil sería dejarlo correr, pero si lo hiciera me sentiría egoísta, elegiría lo más fácil, no lo correcto. Y si sigo adelante con ello, también me sentiré egoísta, como si antepusiera mis impulsos a mi propia hija.

—Mira, creo que los dos nos hemos puesto un poco intensos —la consoló Girard—. ¿Qué es esto, una novela de Margaret Mitchell? —Consiguió que Alicia sonriera—. Dejemos el drama y seamos racionales, se nos da mejor a los dos. Si quieres seguir esta investigación, debemos hacerlo de una manera cauta. ¿Has pensado en tu siguiente paso?

—Creo que debería mostrar este correo a alguien que entendiera del asunto, a alguien que pudiera darnos una interpretación científica exacta.

—Me imagino que ya sabes que no puedes ir con esta historia a nadie. Lo mejor que puede pasar es que te tomen por loca.

Alicia lo atravesó con la mirada.

—¿Crees que soy idiota, que no sé cómo entrevistar a una fuente?

—Está bien, está bien —se disculpó su amigo—. Vete de compras, al gimnasio o a cualquiera de esas cosas que las mujeres creéis que son divertidas. Mientras tanto, buscaré en la redacción el teléfono de algún profesor en genética o algo así, e intentaré concertarte una entrevista.

—Eres un cielo —dijo Alicia con una sonrisa agradecida, apoyando su mano sobre la de él.

—Sí que lo soy. —Pero la sonrisa de Girard solo alcanzaba a reflejar una preocupación mal disimulada.

Hizo caso a su amigo y dedicó el resto de la mañana a comprar en algunas tiendas del centro, cerca de Sol. Aún era temprano y las calles comerciales presentaban un público distinto al habitual. Turistas, jubilados y estudiantes que se habían saltado alguna clase la acompañaron en su deambular. Miró más que compró, hasta que dio con lo que estaba buscando: una pulsera de fibra de carbono como la utilizada por los deportistas de élite para medir su actividad. Era un juguetito caro y sofisticado, capaz de proporcionar información sobre el número de calorías consumidas, pulsaciones, nivel de oxígeno en sangre, geolocalización… Pero a ella le interesaba, sobre todo, porque incorporaba una memoria interna. El colgante que llevaba al cuello no era el lugar más seguro para almacenar la información que Will le había confiado, y estaba convencida de que aquella banda semirrígida sería un receptáculo más idóneo: a prueba de golpes y de agua, difícil de arrancar y, sobre todo, siempre a la vista, pues últimamente se llevaba la mano al cuello con el temor de haber perdido el colgante sin percatarse. Debía reconocer que también era un capricho que llevaba tiempo tentándola, y por fin había encontrado una buena excusa para gastarse el dinero y esquivar el cargo de conciencia.

Una vez hecha la compra, entró en un restaurante de comida vegetariana y pidió un almuerzo ligero: crema de apio y una porción de quiche de calabacín. Mientras esperaba a que le sirvieran, guardó su reloj en el bolso y se colocó la pulsera en la muñeca. La fina banda negra se activó al contacto con el calor corporal, se configuró en escasos segundos y entró en modo de reposo. Mostraba la hora con estilizados dígitos parpadeantes en su segmento central, al tiempo que el resto de la pulsera se iba iluminando con líneas transversales de luz blancas, segundo a segundo, hasta completar toda la circunferencia. Entonces saltaba un nuevo minuto y la pulsera volvía a ser completamente negra.

Mientras observaba cómo el tiempo rodeaba su muñeca con muescas de luz, supo que Lara querría una de aquellas en cuanto la viera. Activó la memoria interna y guardó bajo la clave 231763157 los documentos relativos a Fenris y el correo que le había mostrado a Girard.

Comió con una mano mientras usaba la otra para consultar la web de Progreso en su móvil. Tantas noticias nuevas. El mundo continuaba girando aunque ella permaneciera al margen. Pronto tendría que poner fin a sus atípicas vacaciones y reincorporarse al trabajo, pues incluso la paciencia de Claudio tenía un límite. Volvió a recordar las palabras de Girard y debió reconocer que su amigo tenía razón: estaba embarcada en una cruzada personal, arrastrada por una necesidad pueril de justicia o de venganza. Era una mujer adulta con responsabilidades que incluían a una niña maravillosa, ¿qué estaba haciendo exactamente?, se preguntó con desazón, ¿por qué estaba dispuesta a forzar la situación hasta el punto de poner en riesgo su trabajo?

Podía contárselo todo a la policía, quizás Interpol abriera una investigación... Pero se desengañó sobre la marcha. ¿Una investigación sobre qué? Su única prueba era el informe que le había confiado Will, procedente de una fuente desconocida y donde no había ni el menor indicio de ilegalidad. Aparte de eso, tan solo contaba con el testimonio de un muchacho y con un mensaje críptico sustraído de un servidor privado. Aunque se diera la más que improbable circunstancia de que la policía británica enviara detectives a St. Martha, tan solo encontrarían una institución de apariencia modélica. No, nadie se preocuparía de St. Martha ni de Will si no lo hacía ella.

La vibración del móvil la devolvió a la realidad, y observó con curiosidad cómo la luz titilante en su muñeca le informaba de que había recibido un mensaje de Girard. Sacó el teléfono del bolso y leyó el correo. Al parecer, Arturo había conseguido concertar una entrevista con el catedrático de Microbiología de la UAM, que la recibiría al día siguiente en su despacho de la Facultad de Ciencias. Alicia le respondió con un «gracias por todo», y subrayó «por todo», antes de devolver el móvil a su sitio. «Un poco más —pensó—, me daré tres días más, y si no saco nada en claro, lo dejaré estar. Aunque sea una astilla que lleve clavada el resto de mi vida».

Decidió dedicar lo que quedaba del día a estar sola, un lujo del que rara vez podía disfrutar. Así que cuando llegó a casa, se cambió y salió a correr al parque que podía verse desde su salón. Nada serio, tan solo seis o siete kilómetros para ver cómo funcionaba su nuevo juguete.

Mientras caía la tarde, las familias y los niños fueron dejando paso a otros como ella: corredores solitarios que despedían el día exigiéndose un último esfuerzo, viejos conocidos del breve segundo en que las miradas se cruzan entre kilómetro y kilómetro, el tiempo justo para saludarse con una sonrisa y reconocer el esfuerzo del otro. La mayoría desconocía sus respectivos nombres y muchos no habían intercambiado jamás una palabra, pero se sentían hermanados por una especie de juramento de sudor y pulsaciones desbocadas.

Aquella tarde, sin embargo, Alicia corría con la mirada perdida, sin devolver los saludos, absorta en los pensamientos que aquella noche le robarían el sueño. Así, le daba vueltas a la entrevista del día siguiente, cómo abordaría al profesor, de qué manera prepararía el terreno para poder mostrarle el correo de Fondation Samaritain sin que resultara demasiado sospechoso.

Su principal objetivo era preguntarle por los dos científicos cuyos nombres figuraban en el texto: el doctor Lester Logan y el firmante del mensaje, un tal Bruce Yeoh. Aunque no existía en la Red referencia alguna sobre ellos, tenía la esperanza de que, si verdaderamente eran genetistas con alguna repercusión internacional, un catedrático conocería su trabajo. O al menos sus nombres deberían resultarle familiares.

Se reprendió mentalmente por seguir dándole vueltas al asunto y decidió castigarse con unas últimas series de *sprint* sobre la pista de suelo blando. El esfuerzo fue gratificante y doloroso a un tiempo; cuando el corazón le dijo que ya era suficiente, se cerró hasta arriba la sudadera y emprendió el camino de regreso a casa.

Cerró la puerta de la entrada con el pie y se encaminó directamente a la cocina. Cogió una botella de agua isotónica y, una vez en el salón, encendió la televisión. El equipo le preguntó qué contenidos quería ver, ella indicó el informativo del medio día y se dejó caer en el sofá. No había corrido en dos semanas y aquella carrera le había pasado factura. Se quitó las zapatillas con la punta de los pies, colocó los talones sobre la mesa de centro (algo que tenía terminantemente prohibido a su hija) y se dejó llevar por las imágenes del palpitante muro de luz.

Al cabo de un rato, el timbre de la calle sonó con estridencia y Alicia abrió los ojos sobresaltada. Se había quedado dormida y el sistema domótico había atenuado la iluminación y el volumen. Hizo un gesto con la mano y en una esquina de la televisión apareció el canal correspondiente a la cámara del portal.

—¿Señora Alicia Lagos? —preguntó desde la calle un hombre con el uniforme marrón de un servicio de mensajería.

—Sí.

—Traigo flores para usted.

—¿Flores? —preguntó Alicia con extrañeza, e inmediatamente reparó en lo triste que sonaba su desconcierto—. ¿Quién las envía?

—No lo pone, señora, pero vienen con una nota cerrada.

Alicia le indicó al sistema que abriera la puerta.

«Flores», se repitió, intentando averiguar quién podía ser el misterioso remitente. Quizás Arturo quería disculparse por su breve discusión de aquella mañana, ciertamente pocas veces discutían..., pero ¿flores? Era tan impropio de él. Entonces, ¿quién? ¿Javier? Imposible, no le había regalado flores ni durante su matrimonio. ¿Claudio? Puede que Girard le hubiera comentado que estaba afectada por la muerte de Will y el viejo periodista hubiera querido tener un detalle con ella. Tenía que ser Claudio, sobre todo porque, después de él, no quedaban más hombres es su lista.

Pero poco a poco, mientras se hacía aquellas preguntas, fue acercándose a la silla donde había dejado la sudadera. Se la deslizó lentamente sobre la cabeza, como si no fuera consciente de lo que hacía, se calzó las zapatillas y cogió las llaves de casa y la tarjeta del coche. Había algo extraño que la empujaba a moverse, a no permanecer allí, así que subió el volumen del televisor y salió al corredor. Mientras cerraba la puerta, maldecía entre dientes a Girard por llenarle la cabeza de temores absurdos. Se estaba comportando como una auténtica paranoica.

Se encaminó hacia el ascensor para bajar hasta el garaje, pero antes de doblar la esquina del pasillo escuchó cómo se abrían las puertas del mismo. Se detuvo en seco, como un animal al que sorprenden en la espesura. Fue un leve titubeo, apenas una fracción de segundo, y se descubrió girando en redondo para dirigirse hacia las escaleras de la azotea. Al principio pisaba intentando no hacer demasiado ruido, pero pronto corrió cuanto pudo.

Pasó frente a su piso, la televisión atronaba a todo volumen y las voces de los presentadores del informativo se deslizaban bajo la puerta. Trastabilló pero siguió adelante, más rápido aún, dejando atrás puertas y pasillos por los que normalmente pasaba con aire distraído. Aquella mezcla de lo habitual con lo inusitado hizo que todo cobrara un aire de irrealidad, creía correr por un sueño.

Cuando alcanzó las escaleras que subían hasta la azotea, comenzó a sentirse bastante ridícula. Aminoró el paso, pero no se decidió a detenerse. Continuó subiendo hasta encontrarse con la puerta de metal. Aquel último descansillo permanecía casi a oscuras, iluminado tan solo por una rojiza luz de seguridad que confería a la atmósfera cierta urgencia. Apoyó la mano sobre el metal frío de la puerta y aguantó la respiración, tratando de proyectar su oído. Abajo, muy abajo, escuchó cómo se abría una pesada puerta de entreplantas. Debía de ser un vecino que bajaba a tirar la basura, quiso tranquilizarse, pero el sonido reverberó amplificado por el hueco de las escaleras y sus manos la sorprendieron haciendo saltar las llaves entre los dedos e intentando acertar con la cerradura.

Consiguió encajar la llave en la pequeña ranura y el mecanismo saltó con un chasquido. Al instante se encontró al otro lado, cerrando la puerta con precipitación. Y ahora, ¿qué? ¿Cuánto tardaría en sentirse tan estúpida como para bajar las escaleras en silencio, esperando que ningún vecino hubiera reparado en sus alocadas carreras?

Se dio la vuelta y miró alrededor. Había caído la oscuridad y hacía frío, así que escondió las manos en el interior de las mangas de la sudadera y comenzó a frotarse los brazos. No era el sentido del ridículo lo que la obligaría a bajar, sino la fría noche otoñal. Aun así, no se decidía a abrir la puerta. ¿Tan asustada estaba por la muerte de Will que unas simples flores la hacían huir? ¿Hacía unas horas no era una mujer dispuesta a todo?

«Girard, cómo odio que siempre tengas razón —masculló mientras caminaba en círculos por la azotea—. Si me vieras ahora, te morirías de risa, y te lo tendrías bien merecido».

La noche era nublada y sin estrellas, y la luz procedente de la calle y de los edificios próximos apenas iluminaba el tejado. «Ya está bien, deja de comportarte como una niña asustada». Encaminaba sus pasos hacia la salida cuando escuchó el primer golpe. Fue un impacto pesado que hizo vibrar la puerta con estridencia.

Dio un paso atrás, intimidada, y un segundo golpe la hundió aún más en el miedo, todos sus músculos constreñidos con invisibles bandas de acero. Alguien estaba intentando abrir la puerta a patadas, le susurró desde algún lugar lejano y oscuro su instinto de supervivencia. El tercer aldabonazo estremeció la puerta de forma terrorífica. ¡Corre!, le gritó esa misma voz, pero a ella se le había olvidado cómo se hacía tal cosa. El cuarto impacto casi desencajó el cierre electrónico, pero ella solo acertó a apartar el rostro, el acto reflejo de alguien que ve cómo se le viene encima una tromba de agua. No era capaz de reaccionar. Entonces le vino a la memoria algo que había leído años atrás: cuando la mente se bloquea, se debe contar mentalmente tan rápido como se pueda. Recordaba que en su momento le pareció algo estúpido, pero no tenía otro asidero al que aferrarse.

«Uno, dos, tres, cuatro, cinco, seis, siete —otra detonación sorda, y la cerradura parecía a punto de saltar—, ocho, nueve, diez, once, doce, trece, catorce —el trueno metálico volvió a restallar, ¿cuántos envites podía soportar una puerta como aquella?—, quince, dieciséis, diecisiete, dieciocho —y sus piernas comenzaron a responderle—, diecinueve, veinte, veintiuno —atronó otro golpe, sus vísceras se contrajeron, pero poco a poco comenzó a apartarse—, veintidós, veintitrés, veinticuatro —no tenía adónde huir, se había acorralado ella misma—, veinticinco, veintiséis, veintisiete —sin salida, solo podía esconderse—, veintiocho, veintinueve, treinta —comenzó a correr hacia la chimenea que desalojaba los gases del edificio—, treinta y uno, treinta y dos —la puerta se abrió con estruendo a su espalda, estrellándose contra el muro lateral.

Tropezó acobardada por aquel último impacto, pero continuó corriendo con manos y pies hasta tirarse tras la chimenea metálica. A continuación, silencio. Solo el ruido del tráfico que ascendía desde las calles.

Apoyó la espalda contra el conducto de acero y notó a través de la ropa el calor de los gases canalizados. Fue entonces cuando reparó en que sus manos temblaban con violencia; Alicia las miró horrorizada, sorprendida de que pudiera sentir tanto miedo. Apretó los puños intentando controlar los espasmos y se obligó a apretar también los dientes, para evitar que algún gemido se le escapara garganta arriba. Intentó concentrarse en escuchar. Solo pasos, pasos lentos. Quienquiera que fuera avanzaba hacia el centro de la azotea.

Miró a su alrededor sin erguir la cabeza, agazapada tras la chimenea. Más allá había otro conducto para el escape de gases, y detrás de este, la puerta de acceso a la azotea de otro bloque de pisos. ¿Pensaría su perseguidor que había escapado por allí? Era imposible, pues las puertas tenían cerraduras distintas, pero eso solo lo sabía ella.

De cualquier modo, no podía permanecer a ciegas: tenía que ver qué hacía el otro o podría sorprenderla, así que se obligó a vencer aquel miedo paralizante. Contuvo la respiración y, lentamente, comenzó a arrastrarse hasta la esquina de su parapeto. Apoyó la mejilla izquierda contra el cálido metal y se tomó un instante para reunir valor. Giró la cabeza despacio, hasta que tuvo cierto ángulo de visión.

Era el hombre que había llamado al portero, lo reconoció por la gorra y la cazadora marrón, pero en su mano ya no llevaba un ramo de flores, sino una pistola de frío metal que reflejaba con insidia la mortecina luz de aquella noche. Aún en la distancia, Alicia pudo sentir el peso del arma oprimiéndole el pecho y su corazón se detuvo por un instante, como cuando un secreto atroz queda revelado.

El mensajero se detuvo y levantó la cabeza, era un perro olfateando a su presa. Sostenía el arma apuntando hacia el suelo, bien separada de su cuerpo para que ella pudiera verla, para que no dudara del mensaje que se le debía entregar. Pero no percibió ningún sonido o movimiento delator, así que siguió caminando.

La chimenea tras la que se escondía Alicia se encontraba entre ella y la puerta por la que había entrado el sicario, su única vía de escape. Aquel hombre pronto estaría a su altura y la vería con solo girar la cabeza a la izquierda, así que comenzó a arrastrarse hacia la esquina opuesta para poner el conducto de acero entre ambos. En cuanto el asesino pasara de largo, se pondría en pie y comenzaría a correr hacia la salida. Entonces solo le quedaría rezar.

—¡Te he visto, sal de ahí! —gritó el mensajero, pero Alicia se limitó a cerrar los ojos y apretar la espalda contra la plancha de metal.

El hombre no dijo nada más. Continuó avanzando lentamente, escudriñando cada rincón. Cuando se atrevió a asomarse de nuevo, Alicia pudo ver las botas de su perseguidor, pesadas, toscas, a escasa distancia de su rostro. Pasaron de largo, adentrándose en la oscuridad, y comenzó a contar los pasos que se alejaban de ella: cuatro, cinco… ¿Cuánta ventaja necesitaría para tener una oportunidad? Si esperaba demasiado y el hombre se volvía, la vería allí, agazapada en la penumbra. Diez, once… Los números volvían a martillear en su cabeza. ¿Quince? ¿Quince serían suficientes? Tendrían que serlo.

Saltó de su escondite y comenzó a correr hacia la salida. El aire llegaba frío a sus pulmones, el corazón bombeaba como si hubiera corrido durante horas, su vista se oscurecía, todo su mundo reducido a aquella puerta en la distancia.

Escuchó una detonación silenciosa, apenas un suspiro en la noche, y sintió la bala rasgando el aire junto a su oído, girando sobre sí misma en busca de algo sustancial que atravesar. El proyectil se estrelló contra el murete de la azotea justo cuando ella giraba y se sumergía en la rojiza oscuridad de las escaleras.

Voló peldaños abajo y aún tuvo tiempo de girar en dos tramos de escaleras antes de escuchar el segundo disparo. La detonación iluminó la penumbra con un breve fogonazo y la bala restalló contra el barandal, provocando un tañido. Siguió corriendo hasta que cruzó la puerta de seguridad que daba a una planta cualquiera del edificio.

Se precipitó a la luz del pasillo y esprintó sobre el suelo de mármol en dirección a las escaleras que bajaban hasta la calle. La realidad pasaba a su alrededor como una exhalación y escuchó cómo la puerta de seguridad volvía a abrirse a su espalda. Ni siquiera miró hacia atrás, no quería romper la cadencia de sus zancadas, si aquel cabrón la quería alcanzar lo obligaría a correr más que en toda su vida.

Dobló la esquina justo cuando el tercer disparo se enterraba en la pared a su izquierda. Aquello comenzaba a ser peligroso también para otra gente, algún vecino alarmado podía asomar la cabeza y recibir un balazo. ¿Se atrevería el mensajero a dispararle también en la calle?

Vio frente a ella las escaleras que todos los días usaba al bajar al parque o al salir al barrio con su hija, y la idea la martirizó incluso en tales circunstancias: ¿y si todo esto hubiera sucedido con Lara en casa? ¿Cómo había podido ser tan, tan irresponsable?

Se lanzó escaleras abajo, saltando los escalones de dos en dos, corriendo el riesgo de que un tobillo se doblara al pisar mal y ahí terminara su huida. Pero fue rápida y tuvo suerte.

Llegó a la calle y corrió por la acera sin ninguna meta, no sabía adónde ir y el miedo comenzó a apoderarse nuevamente de ella. «¡No, no! —se gritó—. Has corrido kilómetros y kilómetros con estos zapatos, no se lo pongas fácil». Y continuó adelante, incapaz de sentir cansancio o fatiga.

Instintivamente dirigió su carrera hacia el parque. Miró hacia atrás y no consiguió discernir a su perseguidor, pero eso no significaba que no estuviera allí. A su alrededor había pocas personas, pensó en pedir ayuda a unos chicos junto a la parada de autobús, pero la disuadió el sonido de un coche que arrancaba y aceleraba bruscamente. Miró atrás y vio un enorme Volkswagen negro que invadía el sentido contrario y se aproximaba a ella desde atrás.

Continuó corriendo por inercia, pero sus pasos eran cada vez más cortos y pesados. Desesperada, observó cómo la ventanilla se bajaba. Alguien gritó desde el interior del vehículo y ella se apartó cuanto pudo, hasta aplastarse contra la pared al otro lado de la acera. Sin detenerse, buscó auxilio con la mirada, pero sabía que nadie podía ayudarla, así que se obligó a seguir corriendo, arrastrándose por la pared hasta que consiguió despegarse de ella.

El conductor, sin embargo, no pensaba darle ninguna oportunidad: aceleró el motor y cruzó el vehículo en la acera. En su brusco intento de detenerse y girar para escapar en sentido contrario, Alicia cayó y rodó por el suelo. El sicario salió del coche y se abalanzó sobre ella. No era el mensajero, aquel no vestía uniforme. La obligó a levantarse mientras le gritaba algo, ella lloraba, completamente desconectada de cualquier pensamiento racional, poseída por el impulso primario de luchar por su vida. Golpeó al hombre con puños y piernas, pero este aferró su muñeca con facilidad y le dobló el brazo a la espalda. La empujó al interior del Volkswagen y cerró la puerta.

Desesperada, su mente retorcida por los nervios, gritó y golpeó la ventanilla con los pies, pero sus esfuerzos eran en vano. Cuando se revolvió para intentar salir por la puerta del conductor, su captor ya había entrado bloqueándole la salida. Entonces se apartó de él cuanto pudo y quedó hecha un ovillo sobre su asiento, mirándolo con pavor.

El hombre arrancó el vehículo y aceleró calle abajo. Giró junto al parque y continuó callejeando hasta desembocar en una avenida. Alicia sollozaba a su lado, la mirada clavada en aquel rostro impasible, atenta a cualquier movimiento amenazador. Un eco intermitente, como una alarma que tratara de advertirla del evidente peligro, reverberaba en su cabeza.

—¿Empieza a tranquilizarse? —preguntó su captor en inglés, sin apartar la vista de la calzada.

Ella lo miró con asombro, como si fuera un hecho insólito el que aquel hombre pudiera hablar.

—Sí —respondió en español, casi de manera inconsciente.

La alarma continuaba allí, más intensa a cada segundo.

—Cuando consiga calmarse, Alicia, se dará cuenta de que no estoy aquí para hacerle daño. —El hombre volvió el rostro hacia ella por primera vez—. ¿Porque es Alicia Lagos, verdad?

Alicia asintió, tratando de controlar la respiración y bajar sus pulsaciones. Entonces comprendió que el sonido era la alarma del habitáculo insistiendo en que se abrochara el cinturón.

—Muy bien —sonrió el extraño—. Mi nombre es Daniel Adelbert. Busquemos un lugar tranquilo para hablar.

El Volkswagen rodó por las entrañas del aparcamiento hasta alcanzar la última planta, casi vacía de vehículos. Cuando Daniel paró el motor, Alicia no sabía exactamente dónde se encontraban. Su pretendido salvador había conducido sin destino aparente, callejeando y tomando desvíos al azar hasta desembocar en aquel garaje público. Mientras tanto, ella se había mantenido en silencio durante todo el trayecto, tratando de concentrarse en recuperar el control. Necesitaba pensar con claridad para enfrentarse a lo que estaba por venir, así que hizo el esfuerzo de visualizar una pequeña caja de la que solo ella tenía la llave: en su interior había guardado todo el pánico y la ansiedad que la habían embargado aquella noche.

Ahora volvía a prestar atención a lo que la rodeaba, era como abrir los ojos tras mantenerlos cerrados durante largo tiempo, y lo primero que llamó su atención fue el fulgor artificial que inundaba aquel laberinto de hormigón.

—¿Se encuentra mejor?

Asintió con la cabeza. Había conseguido dejar de llorar y volvía a parecer ella misma.

—Bien. —Daniel hizo saltar el cierre de su cinturón y se volvió hacia ella—. Ahora mismo tendrá muchas preguntas, descubrirá que para la mayoría de ellas ya conoce la respuesta, intentaré ayudarla con las demás.

Alicia volvió a asentir, pero antes de preguntar se pasó el dorso de la mano por las mejillas para asegurarse de que no hubiera más lágrimas.

—¿Cómo sé que usted no es uno de ellos? —Fue la primera pregunta que se le vino a la cabeza.

—¿De verdad no nota la diferencia? —sonrió su interlocutor—. Hasta ahora no le he disparado, eso debería darle una pista.

La respuesta no pareció satisfacerla del todo.

—¿Y..., y ese hombre?

—Esa es una de las preguntas que puede responder por sí misma.

—¿Fenris? —aventuró Alicia, pero fue más una certeza que una pregunta.

—Me temo que sí. Lo que su amigo William Ellis le envió no fue ningún regalo.

Ella sacudió la cabeza, un tanto aturdida.

—Entonces estaba en lo cierto..., realmente lo mataron.

—No sé a qué información han tenido acceso usted y su amigo, pero se han metido en un agujero muy feo. Ya no podemos hacer nada por él, pero con usted aún estamos a tiempo.

La confirmación de que Will había sido asesinado la dejó sin aliento. Era algo que desde un principio le había parecido evidente, pero hasta ahora solo ella lo creía firmemente, lo que le daba la oportunidad de refugiarse en la incredulidad de los demás. Hasta aquel momento había tenido una suerte de vía de escape, una salida en falso llamada «Quizás Estoy Dejando Volar Mi Imaginación». Ahora, sin embargo, ese puente había ardido hasta los cimientos y ya no podría volver atrás. Debía rendirse a la desoladora evidencia: habían matado a Will, y los que lo hicieron también trataban de matarla a ella.

—¿Quién es usted? —preguntó por fin—. ¿Qué hacía aparcado junto a mi piso?

Daniel asintió complacido. Aquella era la primera pregunta racional.

—Fenris Holding Group es un monstruo voraz que no se detiene ante nada, pero eso ya lo sabe —apuntó—. Es lógico pensar que haya gente que se vea amenazada e intente oponerse. El mundo funciona así.

—Y usted trabaja para esa gente.

—Podría decirse que, en estos momentos, nuestros intereses son coincidentes.

Alicia trataba de asimilar la información, pero seguía sin encontrarle sentido a muchas cosas.

—¿Por qué me protegen? ¿Qué quieren de mí?

Él se limitó a cruzarse de brazos.

—Ya veo, es una de las preguntas que puedo responder por mí misma. —Se pasó los dedos por el pelo y descubrió que seguía llevándolo recogido—. Supongo que quieren la información que me envió Will.

—Exacto. ¿La ha dejado en su apartamento?

—No.

—¿Dónde la tiene, entonces?

—En un sitio seguro.

—¿Ha dejado su móvil en el apartamento?

—Los documentos no están en el móvil.

Daniel sacó su teléfono de repuesto; una versión idéntica de aquel que se había hundido en el Mediterráneo salvo por el módulo de cifrado que le permitía comunicar con Fenris. Ejecutó una aplicación y manipuló varios parámetros antes de preguntar:

—Dígame la clave de su móvil.

Ella titubeó un instante.

—Le he dicho que ahí no está la información.

—Entonces no le importará darme la clave.

Con reticencia, Alicia dictó los dígitos uno por uno, y Daniel los introdujo en la aplicación antes de continuar.

—¿Qué está haciendo?

—Borrar toda la información de su teléfono móvil y de las dos cuentas de correo vinculadas a él: contactos, mensajes, calendarios..., todo.

—¿Puede hacer eso?

—Ahora sí. —Levantó la vista brevemente de la pantalla y añadió—: Créame, no quiere que ellos tengan acceso a esos datos.

Daniel se guardó el móvil en el bolsillo y volvió a mirarla. Había algo que no le gustaba en aquellos ojos marrones, quizás un matiz condescendiente.

—Continuemos. Estaba a punto de decirme dónde había guardado los documentos.

Alicia se apoyó contra la puerta a su espalda y le sostuvo la mirada.

—Respóndame a algo. Cuando le dé esa información, ya no necesitarán nada más de mí, ¿verdad? Sin embargo, continuaré siendo un cabo suelto para Fenris, he tenido acceso a secretos que ellos quieren mantener ocultos a toda costa.

—La gente con la que trabajo la continuará protegiendo.

—¿Por buena voluntad? ¿Quiere decir que me protegerán como un favor, en agradecimiento por mi colaboración, aunque ya no necesiten nada de mí?

Daniel ladeó la cabeza. No le gustaba el cariz que estaba tomando aquello.

—Se me ocurre —prosiguió Alicia—, que la única forma de garantizarme todos sus esfuerzos por mantenerme con vida es conservar esos documentos en mi poder. No existen copias de los mismos, proceden de una fuente interna de Fenris a la que nadie tiene acceso. Me necesitan.

—Alicia, no haga esto. Es mejor que colabore, no se inmiscuya más en este asunto.

—Y una mierda. Me necesitan con vida y aun así han estado a punto de matarme esta noche. ¿Qué sucederá cuando mi seguridad no sea una prioridad para ustedes?

Ella tenía razón, reconoció Daniel para sí. La gente de Inamura ni siquiera sabía que se había producido una filtración. Si él no hubiera encontrado en la subred el correo que William Ellis le envió una semana antes, probablemente ella ya estaría muerta.

—Escúcheme, estoy llevando esta investigación por mi cuenta y he cometido un error, creí que tendría más tiempo. Pero cuando le muestre a la gente con la que trabajo los documentos que tiene en su poder, sin duda querrán protegerla. Entonces no habrá forma de que lleguen hasta usted o su familia.

«Su familia», aquellas palabras atronaron en la mente de Alicia.

—Arranque el coche —ordenó.

—¿Cómo?

—Arranque. Debemos marcharnos ahora mismo.

—Esto no funciona así, Alicia —dijo él con paciencia—. No puede darme...

—Escúcheme bien, gilipollas —y su mirada era desquiciada, casi amenazadora—. No solo tengo la información que busca, sino que he investigado por mi cuenta, sé lo que Fenris está haciendo en Irlanda y en Suiza. Sé cosas de las que «su gente» no tiene ni puta idea, pero jamás obtendrán nada de mí a no ser que vayamos a por mi hija ahora mismo.

«Suiza», musitó Daniel, con las palabras del viejo Saul Perlman clavadas en la memoria. Y para sorpresa de Alicia, su amenaza pareció resultar bastante eficaz.

—Está bien. Primero vayamos a por su hija, después hablaremos con calma usted y yo. —Daniel pulsó el botón de contacto y pisó dos veces el acelerador, haciendo rugir el motor híbrido del Volkswagen—. Además, el coche no está a mi nombre, podemos saltarnos unos cuantos semáforos.

Se deslizaron en vertiginoso silencio por las calles de Madrid, que a ojos de Alicia resultaban sorprendentemente tranquilas en contraste con la urgencia que la agitaba por dentro. Daniel subía y bajaba las marchas con la suavidad de los buenos conductores, exprimiendo hasta el último centímetro cúbico del motor de combustión, aminorando antes de girar el volante y acelerando en el corazón de las curvas. Los semáforos y señales viales parecían no tener más importancia para él que luces de Navidad, y las alertas de infracción saltaban constantemente en el panel de mandos del vehículo, que insistía en señalar con una luz roja y un refinado tintineo cada invasión de carril, cada límite de velocidad rebasado y cada semáforo ignorado.

Cruzaron avenidas a no menos de ciento treinta kilómetros por hora acompañados tan solo por el suave zumbido del motor, el clac de las marchas al encajar y, por encima de todo, el chirrido de los neumáticos. Alicia miró de soslayo al conductor y supo que estaba disfrutando. Había una suerte de desahogo en su manera de acometer las curvas y empujar en las rectas, pero no sería ella la que pusiera objeciones a su agresiva forma de conducir.

El navegador les guio hasta la vieja M-40 que circunvalaba el norte de la ciudad. Una advertencia saltó en el salpicadero y una voz femenina la leyó a través de los altavoces: «El Departamento de Tráfico ha notificado cinco denuncias contra su vehículo. Ha sido sancionado con seis mil quinientos euros». Aquello no parecía inquietar lo más mínimo a Daniel, que aceleró en pos de la próxima salida que le indicaba el navegador.

Abandonaron la autopista y llegaron a Mirasierra, el barrio residencial donde vivía Javier. El magnífico chalé que ahora compartía con Silvia, al igual que el puesto de director en la clínica, lo había heredado de su padre cuando este se jubiló y cambió Madrid por la costa menorquina.

El vehículo aminoró la marcha al entrar en las amplias calles residenciales flanqueadas por largas hileras de abetos y naranjos. Chalés y mansiones se asomaban tras muros de piedra que pretendían dar un carácter rústico al urbanismo, como si aquello hiciera parecer a la zona menos ostentosa. Finalmente, Daniel se detuvo frente al chalé marcado en el mapa con un parpadeante punto naranja.

—¿Es aquí?

—Sí —respondió Alicia—. Espéreme, no voy a tardar mucho.

—Ni hablar, no pienso perderla de vista —dijo él, bajándose también del coche.

Alicia se aproximó al portón y pulsó el botón de llamada. Daniel la observaba con curiosidad: tenía las manos metidas en los bolsillos de la sudadera y el cuerpo encogido por el frío; aun así, había una determinación furiosa en sus ojos. Por fin la cámara se activó, pero ella se limitó a mirar a la lente, sin hacer ningún gesto de saludo. Nadie habló por el interfono, pero un titubeo se filtró a través del canal, hasta que finalmente el cierre saltó.

Alicia empujó la cancela y se adentró en el jardín con pasos largos.

—Supongo que su hija está aquí —apuntó Daniel mientras la seguía.

—Así es.

—¿Con su padre?

—Sí.

—¿Y ha pensado qué le va a decir para llevársela? Porque ahora mismo no parece la persona más razonable del mundo.

Ella le dedicó una mirada fría como la escarcha, y Daniel comprendió que era mejor meterse en sus asuntos.

Llegaron al porche y llamó insistentemente al timbre, mientras él se entretenía contemplando el jardín y el techo de piedra gris que resguardaba la entrada. Era una casa bonita, diseñada y construida con gusto. Cuando la puerta se abrió, una mujer más joven que Alicia apareció enmarcada por la tibia luz del interior.

—Alicia, no te esperábamos —saludó, con un tono de voz más bajo de lo normal.

—¿Dónde está Lara?

—En la cocina, acabamos de cenar.

Alicia se precipitó al interior sin mediar más palabras y dejó a Daniel en la entrada, frente a frente con la desconcertada anfitriona. Sonrió y rebuscó las palabras en su memoria, pues no había hablado español desde que vivió en Chile con su padre.

—¿Poder..., yo puedo pasar?

—¿Quién es usted? —preguntó ella.

—Eh..., yo soy Daniel —dijo con un marcado acento, pero poco a poco la gramática comenzaba a fluir en su cabeza—, amigo de Alicia. ¿Su nombre?

—Mi nombre es Silvia. Soy..., bueno, soy Silvia.

Dudaba ante la idea de dejarlo pasar, pero finalmente se hizo a un lado y él entró sin perder su mejor sonrisa, tratando de parecer lo más inofensivo posible mientras se preguntaba cómo había llegado a aquella situación en la que no pintaba absolutamente nada.

Por su parte, Alicia entró en la cocina y se encontró a Lara retirando platos de la mesa. La abrazó levantándola del suelo y le dio un beso de alivio.

—Recoge tus cosas, tenemos que irnos.

La expresión de su hija le hizo darse cuenta de que su actitud no debía de ser precisamente tranquilizadora.

—¿Qué pasa, mamá? ¿A dónde tenemos que ir?

Era una pregunta obvia para la que Alicia no había preparado respuesta.

—Nos vamos de viaje —improvisó sobre la marcha—, unas vacaciones sorpresa, ¿qué te parece?

Lara la miró con extrañeza, pero antes de que pudiera decir nada, Javier llegó a la estancia. Había bajado las escaleras envuelto en un albornoz y con el pelo mojado, probablemente alarmado por el timbre y las voces.

—¿Alicia, qué haces aquí? ¿Quién es ese tío que está en la entrada?

Alicia tomó aire para intentar dar una respuesta razonable, pero se dio cuenta de que era incapaz. ¿Qué podía decir? Era inconcebible que Javier la dejara llevarse a Lara en medio de la noche, y más acompañada de un desconocido. Más tarde, incluso ella se lo habría reprochado de permitirlo. Sin embargo, no podía hacer otra cosa, corría el riesgo de que intentaran llegar hasta ella a través de su hija.

Se sentó en una silla de la cocina y permaneció un instante con la mirada perdida, volvía a sentirse desbordada por las circunstancias.

—Toma, mamá —escuchó susurrar a su hija, y vio que le tendía un vaso de agua.

—Gracias, cariño. —Le acarició la mejilla antes de dar un sorbo.

Javier se situó frente a ella, buscando mirarla directamente a los ojos. Dejó que bebiera otro sorbo y se sosegara.

—Alicia, dime qué sucede. —Había sincera preocupación en su voz—. Nunca te había visto así. ¿Hay algún problema con ese tío?

—No, no —aseguró Alicia, aunque al instante se preguntó cómo podía estar tan segura—. Esta noche han pasado cosas muy extrañas, cosas... —Miró a Lara un instante—. Cariño, ¿por qué no vas con Silvia para que te ponga unos dibujos animados?

—Es tarde, mamá. Mañana tengo que ir al cole y aquí tengo que madrugar más.

—No te preocupes por eso —dijo mirando a Javier de reojo—, mañana no habrá cole. Vete con Silvia un momento.

La novia de Javier, que aguardaba junto a la puerta de la cocina, tomó a Lara en brazos y se la llevó consigo, diciéndole:

—Eh, ¿te parece que vayamos a por un poco de helado de vainilla a la despensa? A mí me apetece.

Lara festejó la idea, y cuando desaparecieron por la escalera que bajaba a la bodega, Daniel entró en la cocina y cerró la puerta. Le tendió una mano a Javier:

—Mi nombre es Daniel Adelbert. Soy aquí para ayudar.

Alicia ni siquiera se mostró sorprendida por el renqueante español de su «amigo», aquella noche había superado de largo su capacidad de sorpresa, así que se limitó a intentar explicar la situación.

—Javier, el viaje de la semana pasada a Londres —comenzó a decir— no fue solo para asistir al funeral de Will. No sé muy bien cómo explicártelo...

Javier tomó otra silla y se sentó frente a ella.

—Trata de hacerlo desde el principio. Suele ser lo más fácil.

—Bien. —Alicia tragó saliva—. Un día antes de su muerte, Will me envió un correo con documentos que formaban parte de una investigación que estaba llevando a cabo para su periódico. —Miró brevemente a Daniel, que se concentraba en seguir la conversación—. Tenía sospechas de que aquella información podía traerle problemas y..., y me pidió que la guardara por si le pasaba algo.

—Espera un momento. ¿Estás diciéndome...?

—Sí, creo que a Will lo mataron.

—Y te fuiste a Londres a remover el asunto, ¿verdad?

Alicia asintió con expresión sombría. Trató de decir algo, quizás una excusa, pero se estremeció de arriba abajo. Hundió el rostro entre las manos.

—Lo siento tanto, no tenía derecho.

—Tranquilízate —dijo Javier, apartándole las manos de la cara con suavidad. Los ojos de su exmujer estaban a punto de desbordarse—. Dime qué ha pasado esta noche, por qué has venido aquí.

—Han venido a por mí —y la voz de Alicia volvía a derrumbarse—. Un..., un mensajero llamó a mi apartamento esta tarde..., me disparó. Estoy viva de milagro, Javi.

Con el rostro transido, Alicia lloró por tercera vez aquella noche. Odiaba sentirse así, odiaba parecer débil y asustada ante los demás. Él la abrazó y ella apoyó la cabeza contra su pecho. Era una sensación familiar y reconfortante.

Javier se volvió hacia aquel extraño que permanecía en silencio, de pie en su cocina.

—Y tú, ¿qué demonios pintas en todo esto? —preguntó en inglés.

Casi agradecido por poder explicarse en un idioma que dominaba, Daniel mintió con destreza:

—Alicia, Will y yo éramos amigos en Londres. Buenos amigos. Cuando supe lo que estaba pasando, cuando ella me contó sus sospechas, vine a Madrid para ayudarla. Tengo recursos y contactos, puedo sacaros de aquí y llevaros a un lugar seguro.

—¿Sacarnos de aquí? —preguntó confuso, y se dirigía a su exmujer.

Alicia se apartó de él y tragó saliva antes de hablar; no quería que la voz se le quebrara de nuevo.

—Es por Lara, Javier... ¿Y si tratan de hacerle daño, de usarla para llegar a mí?

Él la miró anonadado, tratando de asumir aquella idea.

—¿Crees que eso es posible?

—Lo más sensato es ponerse en lo peor.

—Podemos irnos a Menorca con mi padre —murmuró Javier, consternado.

—No —lo interrumpió Daniel con brusquedad—. Si van a irse, deben desaparecer. Estamos hablando de gente peligrosa. Tienen que dejar el país, buscar un sitio que no tenga relación con su entorno.

—Mire, amigo. Eso no es tan sencillo. Dirijo una clínica, no puedo desaparecer de la noche a la mañana.

Alicia le puso una mano en el brazo.

—Javier, por favor. Sé que todo esto es culpa mía, lo sé muy bien, y voy a tratar de arreglarlo. Pero necesito saber que Lara está a salvo. Si es contigo..., con vosotros, mejor. Es la única manera de que pueda enfrentarme a esto.

El padre de Lara adoptó una expresión resentida, la de un hombre que se sentía arrastrado por los acontecimientos.

—No tienen que preocuparse por nada —insistió Daniel, intentando distender la atmósfera—. Trabajo con gente que cuidará de ustedes. Yo me encargaré de que disfruten de unas vacaciones tranquilas. Eso es lo que serán los próximos días para su familia.

—¿Gente que cuidará de nosotros? ¿Qué gente? —exigió saber Javier—. Pretende que nos fiemos de usted, pero es la primera vez que escucho hablar de, de...

—Daniel Adelbert —dijo con voz serena, casi afable.

Alicia miró de soslayo al extraño que había irrumpido aquella noche en su vida. Parecía una persona llena de recursos, pero lo cierto es que no sabía nada sobre él. ¿Estaría empujándola su desesperación a refugiarse en una guarida de lobos? Pero la alternativa era quedar a la intemperie ante un entramado de poder como el de Fenris.

—Daniel es directivo de una importante multinacional —improvisó Alicia, sorprendida de su soltura para mentir en tales circunstancias—, la empresa se llama...

Miró a Daniel, a la espera de que completara su versión.

—Inacorp —dijo este con resignación, consciente de que no podía ocultarlo si pretendía recurrir a la gente de Inamura.

—Exacto, Inacorp —corroboró Alicia, y Daniel comprendió que ella lo había obligado a sacar el nombre a la luz—. Daniel tiene una buena cuenta de gastos, seguro que nadie en una empresa tan grande se molestará por unos cuantos pasajes y unas noches de hotel.

—Se sorprendería si supiera cuántos aviones y hoteles debo pisar en una semana —suspiró Daniel.

Javier se puso en pie, reluctante a dejarse llevar, pero cuantas más vueltas le daba a la situación, más evidente se hacía que no tenía alternativas. En última instancia, debía fiarse del criterio de Alicia, siempre había sido una mujer sensata.

—Esto es una locura.

—Javier, por favor.

—Ya lo sé. Pero tendremos que hablar seriamente cuando..., bueno, cuando pase todo esto.

—No preocupes a Lara, por favor. Dile que os vais de viaje, no sé, a algún sitio divertido.

Javier se detuvo de camino al salón y la miró por encima del hombro. Parecía que iba a añadir algo más, pero se limitó a negar con expresión incrédula antes de seguir.

—Parece un hombre comprensivo —dijo Daniel cuando se quedaron a solas—. Cualquier otro la habría tomado por loca.

Alicia ignoró el impertinente comentario.

—¿De verdad puede arreglarlo?

—Déjeme hacer una llamada.

—¿Necesita que me vaya? —se ofreció Alicia.

—No, quédese. Así sabrá que no le oculto nada.

Daniel sacó su singular móvil del bolsillo y marcó. Mientras esperaba a que respondieran, dio vueltas por la cocina con ademán impaciente. A Alicia le dio la impresión de que no estaba tan tranquilo como quería aparentar.

—Clarice. Estoy en Madrid... Sí, he encontrado a la periodista... No, no, ya hablaremos de eso. Necesito evacuar rápidamente a tres personas: dos adultos y una niña, hay que sacarlos del país... —Alicia escuchaba la voz al otro lado de la línea como un lejano murmullo—. No, Alicia Lagos permanecerá conmigo, se trata de su familia. Fenris ha enviado a un agente contra ella, me preocupa que puedan verse involucrados... Cuando sepa cuál va a ser mi siguiente paso, te lo diré. Ahora debemos proteger a su hija o ella no colaborará. No, mañana es demasiado tarde, no sé cuánto lleva aquí el operativo. Debe ser esta misma noche. —Una breve pausa—. De acuerdo.

Daniel colgó y guardó el móvil en la chaqueta.

—Un avión privado llegará de Oslo pare recogerles dentro de tres horas. Que preparen equipaje para un par de semanas.

Cuando regresaron al salón, Javier estaba sentado junto a Lara, tratando de explicarle la situación. Se volvió hacia ellos.

—Silvia está preparando las maletas. —Acarició la cabeza de su hija—. No quería dejarla sola mientras tanto.

—Mamá, papá dice que nos vamos de viaje. ¿También vienes?

—No puedo, cariño, tengo mucho trabajo aquí. —Se sentó en el sofá, al otro lado de Lara.

—¿Y a dónde vamos? —preguntó con inquietud.

Daniel se inclinó frente a la muchacha y le pellizcó la barbilla.

—¿Dónde gustarías ir, jovencita?

Lara miró con sus enormes ojos a aquel hombre que hablaba de forma extraña. Tardó unos segundos en decidir que no le caía mal, así que no tuvo problemas en responder.

—Quiero ir a París, a Disneyland. Nunca me han llevado y todas mis amigas ya han ido.

—Oh, pero entonces es lo mismo que todas las demás, pequeña. No tienes nada que contar cuando tu regreso —aseguró muy serio, y tras meditarlo profundamente, añadió—: Yo sé. Conozco otro Disneyland más grande y maravilloso que el de París.

—¿De verdad?

—Te prometo, yo he visto todos. Y este no han visto ninguna de tus amigas. Morirán de envidia.

—¿Dónde está?

—En Tokio. ¿Tú conoces Tokio?

Lara negó efusivamente con la cabeza.

—Te encantará, *ma chérie*. En esa ciudad es imposible aburrirse.

Alicia observó desde la terminal de vuelos privados cómo despegaba el pequeño McDonnell Douglas con matrícula LN-INAC4, hasta perderse más allá de las nubes que velaban un firmamento sin estrellas. Por segunda vez aquel día la invadió una sensación de irrealidad, como si fuera la inerme espectadora de un mal sueño.

Hundió las manos en el elegante abrigo largo que, como toda la ropa que llevaba ahora encima, pertenecía a Silvia. Quizás el único consuelo de aquella noche, se dijo con un suspiro, era que le sentaba bien la ropa de una mujer siete años más joven que ella.

—Estarán bien —afirmó una voz a su espalda.

Daniel Adelbert volvía de la cafetería con dos vasos de papel humeantes. Le ofreció uno y ella lo recogió con manos cansadas.

—¿Cuándo podré hablar con ellos?

—No se preocupe. Le encontraré un móvil seguro y podrá contactar con su hija cuando le apetezca.

Bebió un poco de café, y se sintió reconfortada por primera vez en muchas horas.

—Ahora, hablemos de negocios —dijo Daniel, apoyándose contra la mampara de cristal que daba a la vasta oscuridad del aeródromo—. Yo he cumplido mi parte. ¿Qué hay de la suya?

Alicia midió bien sus palabras, sabía que aquel hombre no era su amigo y que se aprestaba a tomar parte en un juego difícil.

—Antes dijo que estaba llevando esta investigación usted solo. ¿Qué investiga y por qué necesita la información que yo poseo?

Él sonrió ante el coraje que ella demostraba. Probablemente estaba viviendo la peor noche de su vida y aun así no se rendía, seguía dispuesta a hacer las cosas a su modo.

—Mire, Alicia, creo que, en esencia, es una buena persona. Y puede que esto le parezca un cumplido, pero no lo es. En el mundo de esta gente, los buenos sentimientos le hacen a uno débil y prescindible, una víctima colateral en potencia. Se lo diré una última vez: por su bien, cuénteme todo lo que sabe y deje que le consigamos un vuelo hacia Narita. En un par de días podrá reunirse con su familia.

Ella le miró a los ojos, impasible.

—Sacaré esto a la luz —dijo por fin—. La única manera de dejar de ser un objetivo es llegar hasta el final y publicar lo que Will estaba investigando. Entonces ya no tendrán motivos para ir a por mí o a por mi familia.

—Salvo la venganza —agregó Daniel con tono despreocupado, y dio un sorbo a su café.

Alicia frunció los labios.

—No intente asustarme. Esto no es algo personal, estamos hablando de una organización que actúa fríamente para salvaguardar sus intereses. Si se publica una información que les perjudica, harán balance de daños y actuarán intentando minimizarlos. No creo que matar a la periodista que ha publicado dicha información sea lo más conveniente para ellos.

Daniel se encogió de hombros, pero sabía que su razonamiento tenía lógica.

—Antes dijo «esa gente» —prosiguió Alicia, sin darle oportunidad de réplica—. ¿Es que usted no es parte de esa gente?

El interpelado volvió a beber café. Estaba demasiado amargo para su gusto.

—No, no soy uno de ellos.

—«Ellos» —repitió Alicia—. Se refiere a Inacorp. Conozco ese nombre, no creo que sean mucho mejores que Fenris.

—Y probablemente tenga razón.

—¿Por qué trabaja para ellos, entonces? ¿Qué es usted, un espía industrial? ¿Le ha contratado Inacorp para obtener secretos de Fenris?

—No, no soy ningún espía industrial. Pero digamos que una de mis cualidades es encontrar cosas.

—¿Y qué le han pedido que encuentre?

Daniel rio, jamás una mujer le había hecho tantas preguntas seguidas.

—Hagamos un trato. Dejemos el interrogatorio para más tarde y centrémonos en algo útil. Quizás podamos ayudarnos el uno al otro, usted tendrá su reportaje y yo obtendré lo que busco.

—¿Puede asegurarme eso sin consultarlo con sus jefes?

—Ya le he dicho que no son mis jefes. Le estoy proponiendo un acuerdo de colaboración. Sea inteligente y acéptelo, es mucho más de lo que tenía cuando comenzó la noche.

Ella vació el vaso de café con un último trago y se cruzó de brazos. Sus cejas fruncidas formaron una delgada línea sobre la nariz.

—Cuénteme en qué consistiría ese acuerdo.

—Empiece poniendo algo de su parte. Explíqueme qué es todo eso que me dijo en el coche. Lo de Suiza e Irlanda, ¿a qué se refería?

Alicia bajó la cabeza y el cabello se deslizó sobre sus hombros. Parecía consultar algo con la punta de sus zapatos. Finalmente, levantó la vista.

—Los documentos que tengo en mi poder tienen información clave sobre numerosas operaciones transnacionales de Fenris.

—Operaciones que le garantizan una posición monopolística en el mercado —apuntó Daniel—. Sí, ya me han contado esa historia antes.

—Esa es una parte valiosa de la información, pero no es la más importante; de hecho, creo que es más bien una distracción. Lo fundamental está escrito entre líneas. Alguien ha deslizado indicios de que Fenris está desarrollando una especie de..., de proyecto médico o algo así, y lo está financiando de manera soslayada a través de donativos. Creo que eso es lo que quieren tapar a toda costa.

—¿Un proyecto médico?

—Sí, un proyecto o un experimento, no sabría cómo definirlo, pero le puedo asegurar que es algo importante en lo que llevan metiendo dinero durante décadas.

—En Suiza e Irlanda —repitió Daniel para asegurarse.

—Puede que haya más localizaciones, pero he conseguido conectar dos emplazamientos, uno en Suiza y otro en Irlanda del Norte.

—¿Y qué hay en esos emplazamientos?

—Eso lo dejaremos para más adelante.

Él se cruzó de brazos, estudiándola con una mirada valorativa que ella supo sostener sin titubear.

—Escúcheme bien, Alicia, necesito que me responda a algo con claridad: durante su investigación, ¿ha escuchado hablar del Proyecto Zeitgeist?

Interludio
El vendedor de seguros

𝓑astian Knocht escuchaba con los ojos cerrados el opus 28 de Chopin. En aquel momento, el Preludio número 5 en do mayor hacía vibrar la soledad de la habitación. La lluvia repiqueteaba contra el cristal y acompañaba la pieza con una suave percusión que subrayaba la melancolía de la partitura.

No era melancolía, sin embargo, lo que aquellos acordes despertaban en Bastian, pues los paisajes emocionales le resultaban ajenos y remotos. Lo que él buscaba en el piano de Chopin era su exquisita cadencia, saborear la armonía subyacente, aquel pulso ordenado, sujeto a la ecuación del intelecto. Había en cada nota una lógica aplastante con la que él podía comulgar y que le desvelaba que siglos atrás hubo alguien que concebía el mundo como él lo hacía ahora.

El timbre del teléfono acalló la voz del piano, quebrando por completo el momento. Aquel teléfono rara vez sonaba, pero cuando lo hacía, la llamada debía ser atendida sin demora.

Bastian se levantó del butacón y tomó el viejo auricular de cobre y marfil, se lo llevó al oído y aguardó en silencio las instrucciones. Fueron precisas y escuetas, como siempre, y una breve oscilación estremeció su gesto al escuchar el nombre de Daniel Adelbert.

Colgó y abrió el único cajón de la única mesa de la estancia. En el interior solo había un pequeño estuche metálico codificado con su huella. La tapa exhaló un vapor gélido al desprecintarse, y Bastian tomó la primera cápsula de una hilera numerada del uno al diez. Con el índice, se palpó tras la nuca hasta encontrar bajo el pelo la pequeña ranura circular. Insertó la cánula y pulsó el inyector.

Sus pupilas se dilataron y la saliva se espesó. Las glándulas suprarrenales inundaron la sangre de glucosa, al tiempo que el cóctel se propagaba desde el tallo cerebral para despertar de su letargo a las nanomáquinas injertadas en sus pulmones, en su corazón, en su fibra muscular. El subidón de la primera dosis siempre era así de intenso, casi doloroso, y debió apretar los dientes para no gritar.

Poco a poco su corazón comenzó a bombear con naturalidad, buscando el compás de los acordes de Chopin, pero antes de que pudiera enjugarse el sudor de la frente, alguien llamó a la puerta.

—Papá, la cena está lista —dijo una voz desde el otro lado.

Bastian Knocht se acercó al pequeño espejo junto a la puerta y buscó la máscara que usaba con su familia. Moduló la expresión de su boca, la intensidad de su mirada y la distensión de sus músculos faciales hasta que dio con ella. La había tomado de un tipo que aparecía en un anuncio de seguros, un tipo con una mirada cálida que transmitía confianza, como un buen padre de familia. Y así, como un insecto que se mimetiza con su entorno, esbozó la misma sonrisa y abrió la puerta.

—Hola, cielo, ¿vamos a cenar?

—Sí —dijo la pequeña, una muchachita de once años llena de vida.

—Mañana tendré que salir de viaje, tu madre no se lo va a tomar bien.

—¿Otra vez? —se lamentó ella.

—Así es, cielo. El trabajo de papá no es sencillo.

Capítulo 12
En la carretera

L a sonoridad de la palabra «zeitgeist» hizo que los nervios de Alicia se crisparan súbitamente, como al escuchar un ruido extraño desde la cama, el eco de algo que no debería estar ahí. ¿Por qué aquel hombre le preguntaba por la palabra que Will había escrito a mano en el documento sobre Fenris? ¿No se trataba de un guiño, de una suerte de mensaje cifrado solo para ella?

«Proyecto Zeitgeist», repitió Alicia mentalmente, ¿era eso lo que investigaba Will? Todas esas dudas pasaban vertiginosamente por su cabeza mientras la mirada interrogativa de Daniel le recordaba que debía dar una respuesta.

—No, nunca he escuchado hablar de ello —mintió con poca convicción.

Le costaba calcular hasta qué punto sus palabras podían traicionarla; desconocía cuánto sabía su interlocutor y cuánto le podía desvelar antes de que dejara de considerarla útil. En suma, todo aquello le resultaba un ejercicio mental agotador, especialmente tras una noche que había puesto su vida del revés, así que hasta que pudiera establecer cuáles eran las líneas de seguridad, le pareció que lo más prudente era no revelar nada.

—No le suena. Bueno, solo era una posibilidad.

¿Había un deje de sarcasmo en su voz —se preguntó Alicia— o estaba en su cabeza? Prefirió seguir hablando y no dilatar la pausa.

—¿Debería haber escuchado hablar de ello?

Daniel sonrió mientras sacaba del bolsillo interior de su chaqueta una cajetilla de tabaco. Se llevó uno a los labios, pero antes de encenderlo pareció recordar que se encontraba en un aeropuerto, así que guardó el mechero y se limitó a dejar el cigarrillo colgando de una comisura.

—Cierta persona me dijo que, hace años, Fenris pudo poner en marcha algo llamado Proyecto Zeitgeist. Nadie tiene ni idea de en qué consistía, pero fuera lo que fuese, se estaba desarrollando en Suiza. Coincide en cierto modo con lo que me ha contado.

A Alicia le sorprendió la franqueza de aquella respuesta, pero comprendió que no tenían motivos para ocultarle nada. Al fin y al cabo, tenían a su hija.

—Quizás esté relacionado —observó ella finalmente.

—Quizás. ¿Qué es lo que encontró en Suiza?

—Ya le he dicho que es pronto para hablar de eso.

—Mire, Alicia, podemos estar jugando al gato y al ratón toda la noche, o podemos intentar decidir entre ambos cuál debe ser nuestro siguiente paso. Creo que ninguno estamos en disposición de perder el tiempo. Por mi parte, no nos moveremos de este aeropuerto hasta que hayamos llegado a algo.

Ella suspiró y miró el firmamento nocturno a su espalda. El avión en el que viajaba su hija ya había desaparecido de aquel cielo pespuntado de luces.

—Se llama Fondation Samaritain, al menos así es como figura en los documentos de Fenris, aparentemente se dedica a investigar nuevos tratamientos para enfermedades del corazón, pero no tiene página web ni aparece en las redes de noticias. En un principio pensé que podía tratarse de una entidad fantasma, pero los donativos que Fenris le hace son bastante reales y, efectivamente, aparece en el registro suizo de fundaciones sin ánimo de lucro.

—Supongo que tendrá una sede física...

—En Ginebra, pero los satélites comerciales solo muestran una zona boscosa a orillas del Lemán, a medio camino de Nyon. Para saber si debajo de los árboles hay algo, habría que ir allí.

—Conozco la zona —señaló Daniel—, no me importaría volver.

—Hay algo más.

—¿En el documento que le pasó Ellis?

—No, el documento solo contiene información sobre transacciones financieras. Quiero decir que he podido averiguar algo por mi cuenta. —Alicia se debatía entre la cautela y la necesidad de aportar datos que permitieran trazar una línea de investigación—. Entramos en los ordenadores de la fundación...

—Espere un momento. ¿Cómo que entraron? ¿Quiénes entraron?

—Eso no importa ahora. Tuve ayuda, y pudimos localizar y entrar en los servidores de Fondation Samaritain.

Daniel mordió inconscientemente el extremo del cigarrillo apagado. Resultaba evidente que aquello no le había parecido una buena noticia, pero Alicia prosiguió con su explicación:

—No pudimos sacar nada del servidor, los ordenadores conectados no contenían nada relevante, pero había una especie de caja de seguridad...

—Una caja ultra.

—Sí, parecían haberse tomado muchas molestias para proteger lo que hubiera dentro. Creo que lo que necesitamos saber de Fondation Samaritain se encuentra en ese recoveco de sus servidores.

—Y esa es su idea, comenzar por un asalto informático a una caja ultra.

—Creí que disponía de cuantos recursos fueran necesarios.

Su interlocutor torció el gesto y respondió con una pregunta.

—¿Quién fue el *hacker*?

—Debería saber que un periodista no desvela sus fuentes.

—Supongo que ha conocido a alguno mientras preparaba uno de sus artículos, ¿me equivoco? Me bastaría una breve consulta para averiguarlo.

—¿Y qué si ha sido así?

—Pues que los *hackers* de verdad no hablan con periodistas, señora Lagos. Usted lo ha conocido a través de la Red, pero lo más probable es que su salteador sea algún adolescente con delirios antisistema que ha dejado un reguero de pruebas a su paso. Cualquier cosa valiosa que hubiera en aquellos servidores, ya debe de haberse evaporado.

—Le aseguro que no fue ninguna chapuza, dudo que haya dejado rastro alguno. De hecho, cuando descubrió la caja ni siquiera intentó abrirla, asumió de antemano que era impenetrable.

—¿Cómo sabe todo eso, se lo contó él?

—Yo estaba allí.

—¿Estuvo con él durante el asalto? ¿Quiere decirme que se encontraron en persona?

—Sí.

Daniel profirió una risa hiriente. Aquello no hacía sino confirmar sus sospechas.

—¿Cuántos años tenía? ¿Quince, dieciséis? Un niño deseando alardear ante una periodista, eso es lo que es su *hacker*.

—Puede, pero le aseguro que sabía lo que se hacía.

Daniel sopesó la información. Lo cierto es que aquella mujer había encontrado una conexión entre Fenris y un laboratorio suizo, algo que parecía encajar con lo poco que él había podido averiguar hasta la fecha. Y aunque le costara reconocerlo, el hecho de que su *hacker* hubiera localizado los servidores de una fundación que no deseaba ser encontrada y hubiera penetrado en ellos hasta dar con una caja ultra, demostraba que el chaval tenía aptitudes y no era un simple *lamer*. Quizás mereciera la pena tirar de ese hilo.

—Está bien, comencemos por ahí. Pero si esto nos lleva a un callejón sin salida, lo haremos a mi modo: compartirá conmigo abiertamente toda la información de que dispone. No estoy dispuesto a recorrer este camino a ciegas mientras usted me lleva de la mano.

—¿Cree que podrá rescatar la información del servidor? —preguntó Alicia, ignorando las protestas de su nuevo socio.

—Descerrajar una caja ultra es algo que está al alcance de muy pocos, hará falta algo de brujería. Por suerte conozco a la persona indicada.

—¿Brujería?

—Sí. Tendremos que ir hasta Marsella, pero no podremos hacerlo en avión.

Mientras hablaba, Daniel se encaminaba hacia la salida de la terminal.

—¿Marsella? Espere, ¿por qué Marsella? —preguntó Alicia, apresurándose tras él.

—¿De verdad? ¿Ahora pide explicaciones? «Fíese de mí», ¿no es ese su lema?

—Está bien, pero ¿por qué no podemos tomar un vuelo?

—Porque usted ya no es una ciudadana más de este mundo, Alicia, es una persona marcada, alguien en el punto de mira de una megacorporación que ha penetrado hasta la mé-

dula del sistema. Cualquier huella digital que deje los condu-
cirá directamente hasta usted.

—Quiere decir que soy una fugitiva.

—Si le gusta el dramatismo, sí, podemos llamarla así.

Daniel se internó en el pasillo mecánico que unía la terminal con el edificio de aparcamientos. Otros viajeros avanzaban por el corredor en sentido contrario, distraídos con sus
móviles o charlando despreocupadamente mientras el pasillo
los arrastraba. Alicia se percató de que, súbitamente, todas
aquellas personas le parecían dignas de desconfianza. Fuera, la
noche resultaba fría y ominosa, incluso amortiguada por el
grueso tubo de plexiglás que los rodeaba.

—¿Y usted? ¿No pueden seguirle a usted igual que a mí?

—Ellos saben quién soy —reconoció Adelbert—, pero
utilizo una identidad falsa que ha costado tiempo y dinero poner en pie. Podremos movernos con relativa facilidad mientras
viaje conmigo y no tengamos que atravesar controles de identificación.

—Entonces, ¿qué nos queda? ¿Viajar por carretera?

—Exacto. En otras circunstancias podríamos utilizar un
vuelo privado, pero el único avión de que disponíamos en Europa
lo ha visto partir hace unos minutos. Solo nos queda viajar por
carretera.

—Hasta Marsella.

—Sí, hasta Marsella —corroboró Daniel, sus pasos resonando ya entre las hileras de vehículos estacionados. Se detuvo
junto a la puerta del Volkswagen y, antes de abrirla, preguntó—:
¿Seguro que se siente capacitada para esto, Alicia?

Ella rodeó el coche y apoyó las manos entrelazadas sobre
el techo.

—Creo que hasta ahora, sin los recursos de los que alardea,
he llegado bastante más lejos que usted y sus amigos.

Daniel unió los labios en gesto de asentimiento.

—De cualquier modo, supongo que pronto lo descubriremos —sentenció.

Alicia dormitaba a duras penas, recostada en la plaza del acompañante. El murmullo del motor y el cimbreo de la suspensión resultaban agradables, incluso podrían haber llegado a tener un efecto sedante si lo vivido en las últimas horas no le hubiera destrozado los nervios. Mientras se removía incómoda en su asiento reclinado, lanzaba intermitentes vistazos a las luces que habitaban la noche: las más próximas iluminaban tímidamente el interior del habitáculo antes de quedar atrás, otras titilaban débiles en la distancia, como estrellas moribundas. Cuando se hartó de batallar con el duermevela, abrió los ojos y apartó un poco la manta con que se cubría. Unos generadores eólicos erizaban la ondulada oscuridad de las colinas a su alrededor, la luz roja de seguridad en lo alto de cada torre parpadeaba con cada barrido de las aspas.

—¿Por qué conduce? —preguntó dirigiéndose a Daniel, sin apartar la vista de las torres blancas.

—Si conecto el navegador, respetará los límites de velocidad y tardaremos mucho más en llegar. Además, no tengo sueño.

—Eso no significa que no le haga falta dormir.

—No se preocupe. Por la mañana pararemos en un hotel de carretera cerca de Barcelona. Descansaremos y comeremos allí, y por la tarde volveremos a ponernos en marcha.

—Genial, será como una segunda luna de miel —murmuró Alicia mientras se masajeaba la frente.

—Oh, vamos. Su luna de miel no pudo ser tan mala. Su marido me ha parecido un hombre encantador.

—Razonable, quizás. Encantador, le aseguro que no. No, al menos, cuando lo conoces bien.

Daniel prefirió no hurgar en esa herida; necesitaba entablar una relación cómoda con ella si debían colaborar, ni demasiado íntima ni demasiado distante. Conectó un momento el navegador para abrir una lata de café frío y le ofreció una a Alicia, que la rechazó con un gesto de la mano.

—Explíqueme algo —dijo Alicia desde debajo de su manta—: ¿Cómo dio conmigo? Si no hubiera sido por eso..., bueno, no sé cómo habría acabado la noche.

—¿Eso es un «gracias»? —preguntó él con sorna.

—No. Eso es un «¿cómo coño supo quién era y que estaba investigando a Fenris?».

—De nada, entonces. Ha sido un placer.

—En serio, ¿cómo me encontró?

Daniel sonrió y sorbió de la lata de café antes de responder.

—Cuando tienes las herramientas necesarias, es sencillo.

—¿Las herramientas necesarias?

—Digamos que hice un poco de espeleología de datos y encontré en la Red el correo que le envió William Ellis. A partir de ahí fue sencillo.

—Encontró el correo, pero no la información adjunta. Es decir, si hubiera tenido los datos, ni siquiera se habría molestado en buscarme.

Él la miró de soslayo, las facciones apenas iluminadas por la tenue luz del salpicadero.

—Lo habríamos valorado. Probablemente habríamos necesitado interrogarla de todos modos.

Alicia suspiró y pareció hundirse más en su asiento.

—Por lo que pude leer en el mensaje que le envió, ese hombre y usted parecían muy unidos —observó Daniel.

—Sí, bueno... Es complicado.

—Siempre lo es. En cualquier caso, lamento su pérdida.

—Gracias —musitó ella.

—¿Quiere joder a los que le hicieron eso, verdad? —Daniel aguardó alguna reacción, pero ella no inmutó el gesto. Se limitó a apartarse el pelo revuelto de la cara, con la vista perdida en el haz de luz que iluminaba la carretera frente a ellos—. Es un impulso lógico, lamento que eso le haya complicado la vida.

—¿Qué pretende con todo esto? —dijo por fin su interlocutora—. ¿Cree que así me va a caer mejor, que me voy a abrir a usted? ¿Cree que sus técnicas baratas de empatía le van a dar resultado?

—Tranquilícese, solo intento comprender las motivaciones de la persona con la que voy a trabajar. Es bueno conocer a quien tienes al lado, te evita sorpresas desagradables.

—¿Sí? ¿Y cuáles son sus motivaciones? —preguntó ella con desdén indisimulado—. El dinero, supongo.

—Lo dice como si eso fuera malo. El dinero mueve el mundo. Hay pocas cosas que alienten más el corazón humano.

—¿Eso cree? Se me ocurren unas cuantas.

—Por supuesto: el amor, el miedo, el instinto de supervivencia... Pero todas ellas son excepcionales, se cruzan pocas veces en tu vida. El dinero, sin embargo, corre por nuestras venas. Es el combustible que mueve el mundo; si el planeta girara con amor, créame, hace tiempo que se habría salido de su órbita.

—Así que va de eso, es un cínico que se justifica en su visión de las cosas.

Él sonrió abiertamente. Parecía encontrar algo gracioso en sus palabras.

—Borre esa expresión condescendiente, joder. No soy ninguna niña.

—Lo siento. Es solo que envidio su ímpetu.

—Pruebe a poner en peligro a su propia hija, verá cómo el ímpetu se le escapa por cada poro de la piel.

—Le recomiendo que no vaya por ese camino. Culpabilizarse no la va a ayudar en nada.

—Gracias por el consejo, acaba de ahorrarme varios meses de terapeuta —ironizó Alicia, y se cruzó de brazos.

Daniel volvió a mirarla de reojo. Le pareció una persona incómoda dentro de sí misma; el miedo había dado paso a una frustración que no sabía cómo manejar.

—Está bien, le hablaré un poco de mí. Empezaré por responder a su pregunta: no es el dinero lo que me motiva.

—¿Ah, no? —dijo ella, y aunque había tratado de parecer sarcástica, su voz filtró cierta curiosidad.

—Al menos, no solo el dinero —matizó él—. No, desde luego no haría esto solo por dinero.

—¿Por qué lo hace, entonces?

—Por la necesidad de encontrar preguntas a las que dar una respuesta.

—Está de coña.

—No, hablo en serio. El dinero está bien, pero no le profeso especial devoción. Al fin y al cabo, no es más que un medio para obtener cosas, la mayoría de las cuales son innecesarias. Convertir en un fin algo que es un medio por definición me parece un sinsentido.

—Eso solo lo puede decir alguien que ha tenido cuanto ha querido.

Daniel volvió a reír.

—Quizás tenga razón, pero eso no le resta validez a mis palabras. Si lo piensa bien, la cantidad de dinero necesaria para llevar una vida digna, para mantenerte sin preocupaciones, es una parte mínima de lo que ganan muchas personas. Una vez cubierto lo imprescindible, ¿de qué sirve ganar más dinero si no es para satisfacer una ingente cantidad de necesidades creadas?

—Creo que su traje es italiano, ¿no?

—No he dicho que sea un asceta —protestó Daniel, divertido—. Ganarme la vida fue un problema que tuve resuelto desde que nací, así que debí buscarme mis propios problemas.

—Encontrar preguntas...

—El mundo ofrece enigmas de lo más extraños e interesantes, solo necesitas averiguar la manera de ganar dinero con ellos para convertirlos en tu trabajo.

—¿Su trabajo consiste en resolver enigmas? —preguntó descreída.

—Busco cosas que otros quieren, cosas por las que gente con mucho dinero está dispuesta a pagar.

—¿Qué es? ¿Una especie de tratante de rarezas y antigüedades?

—Dicho así, suena bastante aburrido.

—¿Y qué tiene que ver todo eso con Fenris?

—¿Le suena el nombre de Ludwig Rosesthein?

—Sí, es el hombre que fundó varias de las empresas que estaban en el origen del Grupo Fenris.

—Es mucho más que eso —apuntó Daniel—. Es el hombre que sujeta la cadena del monstruo. Lo sé bien porque durante los últimos años he trabajado buscando objetos para él, desempolvando misterios para su colección.

—¿Y ahora ha cambiado de bando?

—¿Bando, qué bando? No, las personas inteligentes solo conciben un bando, Alicia. Digamos que alguien me ha ofrecido un puzle más interesante que resolver.

Ella lo observó de hito en hito, como si estuviera dispuesta a emitir un juicio definitivo sobre aquel hombre. Daniel esperó paciente el veredicto.

—Necesito ir al aseo —anunció finalmente Alicia—. Pare ahí delante.

Él se encogió de hombros.

—Claro, por qué no. Tenemos todo el tiempo del mundo.

Tomó el desvío hacia la estación de servicio que había aparecido en la distancia, enmarcada en un estridente fogonazo de luz blanca. Cuando por fin se internaron en la zona de descanso, comprobaron que se hallaba completamente desierta: ni operarios ni otros viajeros.

Daniel se detuvo sobre una de las plataformas de recarga. En cuanto desactivó el motor, una pila comenzó a parpadear en el salpicadero. Desde que salieron de Madrid había tomado la precaución de circular exclusivamente con energía eléctrica, por si necesitaban la potencia del motor de combustión más adelante.

—No tarde mucho —le advirtió.

Alicia, que ya había cerrado la puerta, no hizo ademán de escucharle.

La observó mientras se alejaba del coche, taconeando con firmeza sobre el suelo de hormigón. Se trataba de una mujer extraña, juzgó. Su vida había descarrilado por completo y su mirada era la de alguien que bordeaba peligrosamente el abismo; aun así, conservaba una luz propia que impedía contemplarla como una víctima.

Alicia continuó caminando con paso firme hasta desaparecer tras el pequeño edificio que alojaba la cafetería. La luz de la zona de estacionamiento apenas llegaba allí atrás. Pasó de largo la puerta de los aseos y siguió hacia el área de descanso. No había pedido parar allí por casualidad, sabía bien que las estaciones de aquella empresa aún disponían de terminales públicos junto a las cafeterías. Rezó por que aquella no fuera la excepción.

Cuando distinguió el contorno ovalado de la cabina instalada en la pared exterior, el corazón comenzó a palpitarle con fuerza. Sin mirar atrás, se agazapó junto al terminal y aguardó a que la pantalla se iluminara. Al instante el sistema operativo le preguntó si quería hacer alguna transacción bancaria, avisar a los sevicios de emergencia, consultar sus redes o iniciar una conversación. Aproximó una tarjeta de Selfbank al lector y tecleó la llamada en el panel táctil. Mientras esperaba, apretó el auricular contra la oreja, la impaciencia erizándole los vellos de la nuca. El rumor del oleaje sonaba cacofónico al otro lado de

la línea, segundos y segundos de un arrullo digital que reverberaba contra una playa sintética.

—Dígame —saludó finalmente una voz.

—Girard, soy yo.

—¿Alicia? Te he llamado al móvil, ¿por qué no contestas?

—No hables y escúchame. ¿Tienes algo para apuntar?

—Eeeeh…, un momento —pidió Girard—. ¿Qué quieres
que escriba?

—Daniel Adelbert. Es el hombre con el que me encuentro
en una estación de servicio.

—¿Qué? Oye, me alegro de que por fin hayas decidido pa-
sártelo bien, pero no creo que sea necesario que tome nota de ello.

—No seas gilipollas. Escribe ese nombre. Estoy viajando
con él desde Madrid a Marsella. Trabaja para Inacorp. Y Lara,
Javier y su novia vuelan hacia Tokio en un avión de la misma
empresa con matrícula LN-INAC4. ¿Lo estás apuntando todo?

—Alicia, ¿te has dado un golpe?

—Joder, Girard, te estoy hablando en serio. Anoche enviaron un sicario a mi casa, si salí con vida…

—¡Espera, espera, espera! —exclamó la voz al otro lado
del auricular—. ¿Qué coño me estás diciendo?

—No tengo mucho tiempo. Anoche un sicario de Fenris
vino a mi apartamento, puede que te cueste creerlo, yo todavía
no lo asimilo, pero eso fue lo que sucedió. —Alicia escuchó su
propia voz, y le sorprendió que sonara tan calmada—. Aún no
me explico cómo, pero conseguí llegar hasta la calle. Allí había
otra persona esperándome. Su nombre es Daniel Adelbert, trabaja para Inacorp, es una multinacional que…

—Sí, sí, me suena Inacorp. ¿Qué pasó después?

—Me sacó de allí y se encargó de enviar a Lara y a Javier
en un vuelo privado hacia Tokio con matrícula LN-INAC4…
¿Lo estás anotando todo?

—Sí, no te preocupes.

—Bien. Esta gente quiere que colaboremos. Investigan algo llamado Proyecto Zeitgeist, ¿te suena de algo?

—Joder si me suena. El informe de Will. Había escrito esa palabra de su puño y letra.

—Exacto, creen que Fenris lleva años desarrollando un proyecto con ese nombre. Ahora estamos de camino a Marsella, creo que para vernos con alguien, pero no me han querido explicar nada.

—Bien, vale —dijo Girard, más nervioso que ella—. ¿Qué tengo que hacer yo?

—No necesito que hagas nada. Solo quiero que sepas dónde estoy y lo que estoy haciendo, dejar un rastro por si desaparezco.

—Alicia, no me gusta nada la pinta que tiene esto. Quiero que te pongas en contacto conmigo tan a menudo como te sea posible.

—Es peligroso, Girard, ahora te estoy llamando desde un teléfono público. Solo espero que tu móvil no esté también controlado.

—¿Mi móvil? —preguntó su amigo con cierta alarma—. Joder, Alicia, me estás acojonando. ¿Por qué iban a pinchar mi móvil?

—No quiero parecer una conspiranoica, de verdad, pero ayer por la noche me dispararon en mi propia casa, creo que eso me da derecho a sufrir manía persecutoria durante unos días.

—Está bien, está bien. Escúchame, esta tarde tienes la entrevista que te concerté con ya sabes quién. Creo que voy a ir en tu lugar.

—Ni se te ocurra —le advirtió ella con rotundidad—. No te inmiscuyas en este asunto, Girard.

—Déjame que te ayude al menos con esto, no puedo quedarme cruzado de brazos sin más. La próxima vez que te pongas en contacto conmigo te contaré lo que haya podido...

La comunicación se interrumpió abruptamente. Alguien había pulsado el botón de cancelar la llamada y ahora le quitaba suavemente el auricular de los dedos para colgarlo en la placa de la pared.

—¿Qué piensa que está haciendo, Alicia? —preguntó Daniel con un tono suave que le infundió más temor que un reproche furioso.

Retrocedió de forma involuntaria, intimidada. Pero se obligó a erguirse y sostenerle la mirada.

—Debía hacer una llamada, nada de su incumbencia —le espetó.

—Es de mi incumbencia cuando su torpeza puede costarnos la vida. Dígame con quién hablaba.

—Con un compañero, solo quería que supiera que me encontraba bien y que había decidido seguir mi investigación por mi cuenta.

—¿Un compañero que está al tanto de su investigación? ¿Qué sabe exactamente?

Ella dio un paso atrás, más nerviosa por el error que acababa de cometer.

—Simplemente que he retomado la investigación de William. Sabe que por eso viajé a Londres y le he dicho que estaré fuera del país por el mismo motivo durante unos días. Necesito que alguien lo explique en el periódico; puede que usted no lo necesite, pero yo sigo dependiendo de mi trabajo.

Él no insistió, aunque Alicia pudo leer en su rostro que sabía bien que estaba mintiendo. Se había arriesgado demasiado para contactar con Girard, pero ahora había alguien más que sabía cuál era su situación. Si desaparecía de la faz de la tierra, al menos no sería un completo misterio.

El paseante se quitó las gafas oscuras con una mano y comprobó los cristales contra la luz blanca de una farola: continuaban impolutos, así que se las volvió a colocar, se subió el cuello del abrigo y se adentró en las tinieblas del parque. Tras cruzar el umbral, la cancela se cerró con un gemido de hierro y óxido que subrayó la gelidez ambiental. Tenía entendido que el clima de Madrid era más extremo que el mediterráneo, pero aquella noche sin estrellas parecía haberse adelantado un par de meses en el calendario.

Caminó entre jardines de hierba áspera y flores mortecinas. Las luces del parque estaban apagadas, tal como había dispuesto, y su cita debía esperarlo junto al estanque central, rodeado por una masa boscosa que los protegería de ojos y oídos indiscretos. Atravesó una vereda de tierra apelmazada y desembocó en el lugar. Allí sentado, con aspecto abatido, aguardaba el hombre con el que debía encontrarse. Se cuadró el abrigo, inspiró profundamente para que el aire de la noche le enfriara el pecho y acudió al encuentro.

—Buenas noches, agente Blasco —saludó, al tiempo que se sentaba en el banco y cruzaba las piernas.

El hombre quiso devolverle el saludo, pero solo acertó a asentir quedamente y a mirar por encima del hombro, quizás esperando encontrar a alguien más a su espalda. El hecho de que no hubiera nadie no pareció tranquilizarlo, pues su pierna derecha comenzó a saltar compulsivamente sobre la punta del pie.

—Tranquilo —musitó Knocht, apoyando su mano grande y fría sobre la rodilla inquieta—. Le hemos entrenado para esto. Estamos ante una situación que no nos es extraña. Pero necesito saber qué sucedió exactamente para buscar una solución.

El agente Blasco tragó saliva y agachó la cabeza.

—Creo que alguien la avisó en el último momento. Me abrió la puerta del edificio, pero cuando llegué a su apartamento ya no se encontraba allí.

—Pero tengo entendido que la localizó de nuevo.

—Así es, todo indicaba que había huido hacia la azotea.

—Y se le volvió a escapar.

—Tuvo ayuda, señor.

—Pero en la azotea estaba sola, ¿sí o no?

—Sí.

—Y se trata de una simple civil, una... oficinista, una madre de familia como su mujer o la mía. Sin embargo, escapó de usted, de un agente con años de experiencia sobre el terreno.

—Lo lamento, señor Knocht, no intentaba excusarme, pero ahora sabemos que Adelbert estaba allí. Las cámaras que instalé en el perímetro del edificio lo identificaron.

—Así es.

—No lo entiendo, creí que formaba parte del programa.

Knocht asintió y se quitó las gafas oscuras con gesto tranquilo. El destello de la interfaz sobre los cristales crepitó brevemente antes de desaparecer en el bolsillo del abrigo. A continuación, miró directamente a su interlocutor a los ojos, sus pupilas dilatadas como las de un adicto a los depresores.

—Le explicaré algo, señor Blasco, algo que muy pocos saben. Primero debe comprender que el programa lleva en marcha mucho tiempo, más del que podría imaginar. Es un proyecto cuidadosamente trazado desde hace más de cuatro décadas...

—¿Por qué me cuenta esto, señor? —El miedo modulaba la voz del agente Blasco—. No deseo saber nada más del programa.

—Sssh, no me interrumpa, por favor. Como le explicaba, el proyecto hunde sus raíces en los temores y anhelos del nuevo milenio, nace de la mente de hombres que tuvieron una visión más grande que ellos mismos. Pero, lamentablemente, precisaban también de hombres menores, de males necesarios. Uno de estos males necesarios ha sido Daniel Adelbert; un mal aún peor por cuanto ha tenido de incontrolable, pues todo este tiempo ha actuado como un agente libre. Y ahora usted me dirá:

¿Un agente libre? ¿Cómo es eso posible, como se introduce un elemento descontrolado en un sistema tan delicado, tan minuciosamente ideado? —Y guardó silencio, a la espera de que su interlocutor le diera pie—. Vamos, dígalo —insistió, como el que habla con un niño.

—¿Cómo..., cómo es eso posible...?

—Porque su papel así lo precisaba. Adelbert es el virus aislado que se inocula en el sistema, la debilidad estructural controlada. Afortunadamente, está amortizado, y debo decir que justo a tiempo, pues parece dispuesto a convertirse en un virus de lo más insidioso. Por eso me han hecho venir.

—¿Va a matarme, verdad?

—No sea ridículo —sonrió Knocht, y le dio unos golpecitos en la rodilla—. Pero volvamos a su caso. ¿En cuántos trabajos de campo ha participado, agente Blasco?

—En catorce, señor —respondió el sicario, incapaz de relajarse.

—¿Y en cuántos no alcanzó su objetivo?

—En... en dos. Mombasa hace cuatro años y..., y aquí.

—Correcto. ¿Sabe cuál es la diferencia entre la presente misión y la que se le encomendó en Mombasa?

—No, señor.

—Mombasa era una misión compleja, el error estaba contemplado y el objetivo no era prioritario, tan solo preferible. Su fracaso obligó a buscar alternativas, pero se encontraron. Aquí, sin embargo, nos hallábamos ante un objetivo sumamente sencillo aunque de una importancia trascendental. ¿Se le indicó así cuándo se preparó para la misión?

—Sí, señor. Se me indicó.

—Ahora póngase en mi situación. En cualquier trabajo cualificado, cuando alguien comete un fallo grave, se le da un voto de confianza. Todo el mundo tiene derecho a equivocarse. Pero cuando esa persona vuelve a fallar y, al hacerlo, compromete intereses estratégicos para la organización, es lógico que la confianza de sus directos responsables flaquee. Nadie puede culparlos si deciden prescindir de dicho empleado. Pero como usted ya sabe, no podemos limitarnos a quitarle el anzuelo y devolverlo al río. Ojalá pudiéramos, pero ha tenido acceso a información comprometida, información por la que otros pagarían mucho dinero.

Blasco crispó las manos sobre sus rodillas y se sintió desfallecer. El sudor le corría por la espalda y la garganta se había cerrado, dificultándole tomar aire. Se aflojó el nudo de la corbata y se desabrochó un botón de la camisa.

—Denme una oportunidad de arreglar mi error.

—Esta era su oportunidad, agente Blasco. Cada nueva misión después de Mombasa era su oportunidad, y ha terminado por desperdiciarla —apostilló Bastian Knocht con frío cinismo—. Y ahora, saque su arma e introdúzcasela en la boca.

—Dijo..., dijo que no iba a matarme.

—Y dije la verdad. Lo hará usted por mí. Un suicidio conlleva muchos menos problemas que..., bueno, que otras soluciones.

—¿Por..., por qué habría de hacerlo? —se atrevió a preguntar el asesino, venciendo por un momento el miedo apabullante que aquel hombre le infundía—. ¿Por qué habría de ponérselo tan fácil?

—Es una pregunta justa que merece una respuesta. Por dos motivos, básicamente —señaló con calma—: Primero, porque es la salida más honrosa para usted, y siempre hemos sido hombres de honor, ¿no es así? Y segundo, porque si me obliga a ensuciarme las manos, será mucho peor para usted... y también lo será para su familia, pues en lugar de recibir su seguro de vida, recibirán mi visita. Creo que eso es algo que ninguno queremos que suceda.

Blasco bajó el rostro para ocultar las lágrimas que comenzaron a rodar por sus mejillas. Era un hombre joven, con una larga vida por delante. Muy probablemente, cuando partió hacia Madrid estaba convencido de que se reencontraría con su mujer y su hija un par de días después. Eso ya no sería posible, así que empuñó el arma que ocultaba bajo la americana, cerró los ojos y se la introdujo en la boca.

Knocht se puso en pie para evitar que la sangre o los sesos le salpicaran.

—Debería inclinar un poco más el cañón. Créame, no querrá que la bala salga por la nuca sin atravesar el cerebro.

El agente Blasco retiró el seguro y apretó aún más los ojos, temiendo escuchar de un momento a otro la detonación. Las lágrimas brotaban con violencia y los espasmos del llanto podían hacer saltar el arma en cualquier momento.

«A la mierda», y se sacó el cañón de la boca para disparar a quemarropa contra aquel hijo de puta. Fue un movimiento rápido y preciso, al alcance solo de unas manos bien adiestradas, pero estaba muy lejos de ser suficiente. Antes de que llegara a levantar el cañón hasta el pecho del hombre frente a él, este ya había basculado a un lado y le había arrebatado el arma de las manos sin ni siquiera darle la oportunidad de disparar al vacío.

Acto seguido, el agente aumentado Knocht descargó sobre él un puñetazo que le descolgó la mandíbula, desfigurando su rostro por completo y convirtiendo aquel trabajo en algo mucho más sucio de lo que debería haber sido.

—Maldito idiota —masculló el hombre que permanecía en pie y, empuñando la pistola que había arrebatado a su víctima, le descerrajó dos tiros en la cabeza.

Dejó caer el cañón humeante sobre el pecho del cadáver y, con la misma mano, tomó su teléfono móvil. La llamada no tardó más de tres segundos en ser atendida.

—Necesito un equipo de limpieza en las coordenadas que os estoy enviando. Sí, y averiguad quién realizó el perfil psicológico del señor Blasco, querré hablar con él a mi regreso.

Devolvió el móvil al bolsillo de la chaqueta, suspiró y se masajeó la parte posterior del cuello. Junto a él, el cadáver del agente Blasco yacía sobre el banco de madera, con las lágrimas y la sangre secándose sobre su rostro desfigurado. Knocht volvió a cubrirse los ojos con las gafas de sol, se colocó dos pequeños auriculares y esperó a que los primeros acordes de Chopin pusieran música a aquella fría noche de otoño. Al instante se sintió de mejor humor, y se alejó de tanto caos tarareando los compases de una polonesa.

Interludio
Entre monstruos

Tras diez días de confinamiento, la puerta de la habitación de Nicholas volvió a abrirse para algo más que dejar pasar la comida. El muchacho aguardaba el momento sentado sobre la cama, preparado para su ansiado regreso a la rutina.

—Hola —saludó con sencillez cuando una de las educadoras se asomó al interior—. ¿Por fin soy libre?

—Aún no, Nicholas. La directora te espera en su despacho, debo acompañarte hasta allí.

—Vayamos, entonces. —Y saltó de la cama animoso, como el que se dispone a pasear en una mañana soleada.

Ciertamente, la sensación que le produjo atravesar la puerta de su habitación no fue muy distinta. Después de tanto tiempo entre cuatro paredes, los angostos y enrevesados pasillos del ala sur de St. Martha le parecieron tan liberadores como correr a cielo abierto. Siguió a su guía con gesto distraído y manos en los bolsillos, casi feliz de reencontrarse con su mundo cotidiano, hasta que la asfixiante presencia de los ojos electrónicos le recordó que su verdadero confinamiento estaba lejos de concluir.

No habían llegado aún a la planta donde se distribuían los despachos y gabinetes cuando se cruzaron con una oleada de alumnos que aprovechaban el breve cambio de clase para charlar o ir a los aseos. Nicholas se concentró en buscar a Eva, a alguno de sus compañeros de entrenamiento o, por qué no, a Eugene, por si tenía la oportunidad de intercambiar con ellos un breve saludo con la mirada. Pero, en su lugar, con quien se encontró fue con el pequeño August, su lugarteniente Reiner y su séquito de ratas, que interrumpieron la conversación para observarle desde el rincón donde tomaban el sol de la tarde. La mirada de Nicholas se endureció, como cada vez que debía posarla sobre alguno de aquellos indeseables, pero no fue correspondido con hostilidad: se limitaron a sonreír a su paso, como si compartieran algún enfermizo secreto sobre él.

Volvió la vista y decidió apartarlos de la mente antes de continuar su particular camino de regreso a la normalidad, que vino a desembocar en una puerta de madera con una chapa dorada en la que se leía «Déborah Díaz. Directora».

—Pasa, te está esperando.

Él asintió con calma y tocó tres veces antes de empujar la puerta. Al otro lado aguardaba la directora de St. Martha, la vista levantada de la pequeña pantalla que sujetaba entre las manos.

—Siéntate, Nicholas —le indicó, al tiempo que guardaba la tableta de grafeno en un portafolios—. Supongo que aguardabas con ilusión este día.

—No sé si ilusión es la palabra adecuada, directora Díaz.

—Has de comprender que tu confinamiento no ha sido solo un castigo disciplinar —comenzó la directora—, ha sido también una invitación a que reflexiones sobre tu papel aquí.

—He tenido tiempo de reflexionar —constató el muchacho.

—No me andaré con rodeos, Nicholas. Tu conversación con nuestra visitante nos alarmó, y la entrevista que mantuviste con el profesor Rada no hizo sino empeorar las cosas. Comprometiste la labor que estamos haciendo aquí.

—Lo lamento, directora. No fue mi intención.

—Y sin embargo, fuiste innecesariamente impertinente con el profesor.

—No lo pretendía. Simplemente intenté responder a sus preguntas lo mejor posible.

Déborah Díaz torció el gesto ante lo que interpretó como un asomo de burla. Bajo su expresión severa, casi castrense, se encontraba la mente brillante de una psiquiatra doctorada *summa cum laude* por la Universidad de Columbia, a la que ya se consideraba la principal experta en psicología infantil y adolescente de la American Psychological Association cuando fue captada para dirigir St. Martha. La promesa que se le hizo entonces fue la de participar en un proyecto «que haría historia», y a ello se había entregado en cuerpo y alma durante los últimos trece años. Trece largos años apartada de su familia y de su círculo social y académico, todo para dirigir una extraña institución enclavada en medio de ningún lugar. Aquello la había convertido en una mujer de fuerte determinación y escasa paciencia, ante cuya penetrante mirada era difícil oponer resistencia.

Y pese a ello, su autoridad cedía ante Nicholas: rehuía la confrontación directa con él, le fascinaba su carácter impropio de un preadolescente y su calmada forma de manejarse, le embargaba la necesidad de empatizar con él... Y a un nivel más primario e inconfesable, le interesaba el hombre en potencia que comenzaba a eclosionar bajo la personalidad de aquel muchacho.

—Necesito que me respondas con claridad a esta pregunta, Nicholas. ¿Es cierto que deseas abandonar St. Martha? ¿Quieres irte del único hogar que conoces?

Nicholas meditó un momento sobre ello. ¿Qué podía haber cambiado por haber permanecido diez días encerrado en una habitación —pensó—, cómo podían creer que solo por eso se replantearía su perspectiva? Entonces comprendió que aquella pregunta no era más que un formalismo para poder cerrar el capítulo. La directora era una mujer pragmática que trataba de contener el incendio con la esperanza de que se extinguiera por falta de oxígeno.

—He comprendido, señora Díaz, que lo mejor para mi futuro es completar mi formación para convertirme en un miembro útil de la sociedad.

Nicholas sabía que a ella no se le pasaría por alto la ambigüedad de su respuesta; aun así, la mujer se limitó a cruzar las manos sobre la mesa y asentir.

—Bien, Nicholas. Espero que podamos dar este asunto por zanjado.

El muchacho apartó un poco la silla y se detuvo un instante, a la espera de que le dieran permiso para levantarse. La directora hizo un silencioso gesto de consentimiento y volvió a la tarea que había debido interrumpir.

Aliviado, abandonó la sala y cerró la puerta al salir. Era oficialmente libre y decidió que lo mejor era celebrarlo con Eva, la única persona a la que podía considerar una amiga en aquel lugar.

Las últimas clases de la tarde ya habían concluido, así que recorrió los rincones que solía frecuentar la muchacha en su tiempo libre, solo para descubrir que no se hallaba en ninguno de ellos. Lo cierto es que desde un principio le había extrañado que Eva no estuviera esperándolo al concluir su confinamiento, y aquella sensación fue convirtiéndose en fundada preocupación.

Por fin recordó que su amiga y algunas de sus compañeras habían formado un grupo de estudio para preparar en común determinadas clases. El grupo solía reunirse ciertas tardes antes de las siete, así que se encaminó con pasos largos hacia la biblioteca. Varios alumnos levantaron la vista de los libros ante su apresurada llegada, pero pronto volvieron a bajarla con expresión aburrida: solo era otro imbécil que no sabía abrir la puerta sin hacer ruido.

Ignorando las miradas desaprobatorias, Nicholas recorrió las largas mesas iluminadas con luz blanca y los pasillos revestidos de volúmenes hasta el techo. A fin de conservar los volúmenes en papel, la temperatura y la humedad en la biblioteca eran considerablemente más bajas que en el resto del edificio, lo que hizo que se le erizara el vello. Finalmente localizó a tres de las compañeras de Eva sentadas junto a un estante sobre el que se proyectaba la leyenda «Psicología europea del siglo xx».

Se abrió paso entre las mesas hasta detenerse frente a ellas. Antes de que pudiera dirigirles la palabra, las muchachas alzaron la cabeza con una expresión a medio camino entre la sorpresa y la incomodidad.

—Estoy buscando a Eva y no la encuentro por ningún sitio. ¿Tenéis idea de dónde puede estar?

Las tres intercambiaron una mirada silenciosa que Nicholas fue incapaz de descifrar. Finalmente, una le preguntó:

—¿Es que no sabes lo que ha sucedido?

Alguien chistó a espaldas de Nicholas exigiendo silencio, pero él ignoró la llamada de atención.

—¿Qué es lo que debería saber? He estado más de una semana recluido.

Las tres volvieron a intercambiar una extraña mirada que no hizo sino impacientarle aún más.

—Eva lleva días... —comenzó a decir una de ellas con un susurro, pero no tuvo tiempo de completar su explicación: otro alumno cogió a Nicholas por el brazo y lo apartó de allí.

—¿Qué demonios...? ¡Eugene, qué crees que estás haciendo! —protestó al descubrir la identidad de aquel que le empujaba hacia la puerta.

—Tenemos que hablar en privado —ordenó el muchacho del pelo rizado.

—Y yo tengo que hablar con Eva.

—No podrás hacerlo.

—¿Qué quieres decir? —inquirió Nicholas con desconfianza, y un coro de siseos se levantó a su paso.

Eugene no le soltó el brazo hasta que salieron de la gran biblioteca y cerró la puerta. Entonces lo llevó a un rincón apartado en el que hablar con discreción.

—¿Por qué no has venido a buscarme? —le recriminó el muchacho con una mirada que desmentía su rostro angelical.

—Primero quería hablar con Eva, tendrás que disculparme por no ser mi prioridad.

—Hice lo que acordamos —señaló Eugene, inmune al sarcasmo de su compañero—. He averiguado cómo salir de aquí —musitó en un tono casi inaudible—. ¿Estás dispuesto a cumplir con tu parte?

—¿Dónde está Eva?

El chico de pelo rubio sacudió la cabeza y sus rizos acompañaron el gesto.

—Si te lo digo, lo echarás todo a perder.

—¡Dime dónde está Eva! —insistió Nicholas, sujetándolo por los hombros y clavándolo al suelo con la mirada.

—Está en la enfermería.

—¿Cómo? ¿En la enfermería?

—Lleva allí cuatro días, en coma inducido.

Nicholas se pasó la mano por la nuca, intentando asimilar aquello de alguna forma.

—¿Por qué? ¿Qué ha sucedido?

—No lo sabemos —se apresuró a responder Eugene—, estaba inconsciente cuando la encontraron.

Sin mediar palabra, Nicholas giró en redondo y se encaminó hacia las escaleras más próximas.

—Espera —lo llamó su compañero, apresurándose tras él—. Te acompañaré, pero prométeme que antes de hacer cualquier tontería hablarás conmigo.

El rostro de Eva se encontraba desfigurado por la inflamación y la sangre coagulada bajo la piel. Le habían dado puntos para cerrarle heridas en la ceja, los pómulos y el labio superior, y los vendajes compresivos en el tórax denotaban que también debía de tener costillas rotas. Viéndola así, casi irreconocible por los golpes, Nicholas percibió su belleza más claramente que nunca: sus hermosos ojos verdes, ahora cegados por la hinchazón; su suave piel blanca, cubierta por hematomas que se extendían como ponzoña; su fino cabello negro, recortado sin piedad para coserle las heridas del cuero cabelludo... La violencia física había arrasado su cuerpo, pero su verdadera belleza subyacía intacta, inalcanzable para la brutalidad de este mundo.

Recorrió con mirada triste los tubos que invadían su cuerpo: las drogas intravenosas para mantenerla dormida, el oxígeno que bajaba por su garganta a través del plástico, las sondas bajo las sábanas. Abatido, temblando de culpabilidad, las lágrimas comenzaron a correr por sus mejillas.

—La encontraron así en el gimnasio —balbució Eugene, temeroso de entrometerse en un momento tan íntimo—, desde entonces ha estado inconsciente. Nadie sabe quién ha sido.

—¿Y las cámaras? —preguntó Nicholas, haciendo un esfuerzo por dominar su voz.

—Algunos dicen que quien lo hiciera apagó las luces. Solo quedó registrado el sonido. Han abierto una investigación.

—¿La han...? —Las palabras se negaban a ser pronunciadas.

—¿Quieres decir si han abusado de ella? No lo sabemos. Los tutores jamás nos contarían algo así.

Nicholas avanzó hasta la cabecera de la cama, los hombros hundidos, el rostro transido de emociones tan profundas como grietas en la roca. Con delicadeza, casi con miedo, le pasó los dedos por el pelo rapado... hasta que se crisparon en un puño.

—Los mataré —juró al fin.

—¿A quién? Nadie sabe quién ha hecho esto.

—Yo sí lo sé. Pagarán por ello.

Eugene se aproximó a él y, no sin cierto titubeo, le apoyó una mano en el brazo.

—Te comprendo, sé que estáis muy unidos, pero si haces una tontería te encerrarán, te tendrán vigilado constantemente, y perderemos nuestra oportunidad de escapar de esta cárcel.

—Eso ya da igual. No voy a irme y dejarla aquí con ellos.

—Si de verdad quieres ayudarla, si de verdad te preocupas por ella —dijo su compañero con voz grave—, vendrás conmigo y buscaremos ayuda fuera. Es la única manera real de salvarla, de salvarnos a todos de los monstruos que ellos han creado.

Nicholas volvió el rostro y lo miró por encima del hombro. En su mirada había una determinación feroz, casi demente.

—Pagarán por esto... y entonces haré lo que quieras.

Capítulo 13
Un mensaje más evidente

Girard atravesó el campus de la Facultad de Ciencias con las manos en los bolsillos y una sonrisa nostálgica bailándole en la boca. Se cruzaba con estudiantes que discutían sesudamente sobre asuntos que eran mucho menos serios de lo que ellos creían. Otros intercambiaban apuntes en un banco a través de sus teléfonos móviles, reían a carcajadas alguna ocurrencia o, simplemente, tomaban el sol de la tarde tumbados sobre el césped. Tanta juventud le hacía albergar un irrefrenable optimismo sobre el futuro, al tiempo que lamentaba no haber aprovechado aún más a fondo, aún más intensamente, sus años universitarios. Había tantas cosas que no se atrevió a hacer, suspiró con melancolía.

No salió de su ensimismamiento hasta que se topó con el edificio central de la facultad: un cubículo de cristal de líneas rectas y blancas cuyas entrañas translúcidas permitían espiar el devenir de sus ocupantes. Cruzó el soleado vestíbulo de la planta baja y anunció su llegada en la secretaría. No debió esperar mucho hasta que una estudiante de doctorado acudió a su encuentro para guiarlo al despacho del catedrático.

La chica era mona, se dijo Girard mientras observaba distraído su gracioso culo balanceándose tres peldaños por delante de él, y habría jurado que le dedicaba un par de miradas que rozaban la coquetería. Le agradó comprobar que los periodistas seguían gozando de cierto encanto romántico entre la ingenua juventud, lástima que ella hubiera errado por completo el tiro. Cuando llegaron al correspondiente pasillo, la joven le detuvo por el brazo, estableciendo un contacto físico innecesario, y le indicó con voz interesante la puerta del despacho. Girard le dio las gracias con su mejor sonrisa de galán al tiempo que pensaba, divertido, en lo mucho que se alegraría su madre si decidiera ampliar su rango de intereses.

Tocó a la puerta y abrió lo justo para asomar la cabeza.

—¿Profesor Barraqués? Soy Arturo Girard, teníamos una cita esta tarde.

Un hombre de barba gris, pelo cano y aspecto afable le estrechó la mano y le invitó a tomar asiento en una pequeña mesa de reuniones.

—¿Quiere un café? —ofreció, al tiempo que se dirigía a una máquina de expreso oculta en una estantería.

—Sí, por favor.

Aprovechó que Barraqués le daba la espalda para estudiar brevemente el despacho. Le llamó la atención que el veterano profesor aún conservara viejos tomos apiñados en una vitrina. En lugar de los habituales trofeos académicos que solían abarrotar los estantes de los expertos, aquel hombre prefería hacerle hueco a algo tan obsoleto como el papel. No parecía necesitar más reconocimiento de su maestría que el que le aportaban aquellos volúmenes.

Una taza de café humeante le devolvió a este mundo.

—Solo tenemos media hora, espero que sea suficiente.

—Lo será, no se preocupe.

Girard desplegó su natural encanto para acometer una entrevista amable, en la que dio oportunidad al profesor de explayarse sobre los distintos proyectos de microbiología que se desarrollaban en su departamento. Le animó a explicarlos de forma divulgativa, a subrayar su aprovechamiento práctico para el sector industrial y le dio pie para que pudiera exponer las habituales demandas de una mayor inversión pública. Pese a que aquella entrevista no dejaba de ser una excusa para preparar el terreno, resultó ser una conversación bastante amena e interesante que, además, le procuró algunos datos llamativos que quizás le sirvieran para venderle a Claudio un buen reportaje.

Cuando tuvo al profesor Barraqués justo donde quería, y antes de que pudiera despedirle con cortesía, Girard le mostró el correo que Alicia había obtenido de los servidores de Fondation Samaritain, del que había borrado convenientemente cualquier referencia a St. Martha.

—Profesor, una última pregunta. ¿Podría interpretar para mí este breve informe?

El científico se colocó unas pequeñas gafas y amplió la imagen proyectada por el móvil de Girard.

—¿De dónde ha sacado esto?

—Oh, forma parte de una afición personal a la que me dedico en mis ratos libres. No sé si habrá escuchado hablar de los cementerios de datos...

Su interlocutor negó sin levantar la vista del documento.

—Son foros donde se reúnen fragmentos de información sin etiquetar abandonados en la Red. Imágenes sin propietarios, vídeos irreconocibles, extractos de texto carentes de sentido... La comunidad investiga estos retazos de información y trata de buscarles un contexto: quién aparece en esa imagen, dónde se grabó, en qué fecha, quienes son las personas mencionadas en un texto... Cuando se averigua algo, se etiqueta y se clasifica, por si algún día alguien decide volver a por ello, o por si a cualquiera le pudiera resultar útil. El conocimiento carente de forma y contexto es ruido en la Red, pero debidamente clasificado, puede ser justo lo que alguien estaba buscando.

—Suena bastante curioso —señaló Barraqués.

—Resulta muy satisfactorio cuando se logra desentrañar el misterio. En este caso, dado el carácter del texto, creí que quizás usted podría ayudarme.

—Bueno, lo cierto es que es difícil aventurar algo sin saber nada más... Pero supongo que esa es la gracia del juego, ¿no? Especular y esperar a ver si otros pueden confirmar tus conjeturas.

—Exacto —ratificó Girard con una sonrisa.

—En ese caso, yo diría que hace referencia a un proceso de transferencia horizontal de genes.

—Disculpe, tendrá que aclarármelo.

—Sí, por supuesto. A modo divulgativo, podría decirse que la transferencia genética consiste en extraer ADN de un individuo y transferirlo a la línea genética de otro, de modo que el genoma de este sujeto receptor se ve alterado de forma permanente... Podría decirse que se crea un tercer individuo. Es lo que sucede en la naturaleza cuando dos miembros de una misma especie se aparean, en ese caso estaríamos hablando de transferencia vertical de genes, pero las técnicas de transferencia horizontal permiten hacer este trasvase genético entre miembros de distintas especies. En este caso —señaló el documento proyectado entre ambos—, junto al nombre de cada sujeto figura un porcentaje, yo diría que es el índice de desviación respecto al genotipo original del individuo.

Girard enarcó una ceja.

—Quiero decir que es el porcentaje de ADN extraño que se ha transferido a la línea genética original de cada sujeto. No sé si estoy explicándome con claridad.

—¿Quiere decir que alguien ha estado mezclando genes humanos con otros bichos?

—No fantasee —rio Barraqués—, esta técnica lleva décadas usándose en la industria agroalimentaria. Por ejemplo, en el genoma de la lechuga se introduce el gen concreto que dota a otra planta de una mayor resistencia a determinadas plagas, o de un color más verde a sus hojas. Cuando se transfiere información genética entre especies animales se está creando lo que solemos llamar «una quimera inducida», y es una práctica científica muy controlada. Por descontado que aplicarla a seres humanos sería algo completamente ilegal y aborrecible desde todo punto de vista.

—Pero los individuos que figuran aquí... todos tienen nombres de personas.

—No se alarme por eso, hay equipos de investigación que le ponen a los sujetos de sus experimentos nombres de lo más peregrino. Quizás sean los nombres de los técnicos de laboratorio, quién sabe. Pero si hubiéramos de pensar que los sujetos de este hipotético proyecto son humanos, en ese caso, lo más plausible es que el ADN transferido pertenezca a otra persona.

—¿Ese sería el «segmento Lázaro» que figura en el informe?

—Sí, sería posible que Lázaro fuera el donante genético que ha transferido información al resto de los sujetos, pero no sé por qué alguien haría algo así. Mezclar selectivamente genes humanos es una práctica prohibida en cualquier país civilizado..., y desde luego, nadie que se atreviera a hacerlo dejaría constancia de ello abandonada en la Red.

—Comprendo. —Girard se rascó la nuca, planteándose si debía llevar su interrogatorio un poco más allá—. ¿Le suenan los nombres de Bruce Yeoh y Lester Logan? —dijo por fin.

—¿Por qué lo pregunta?

—Ambos nombres aparecen al final del documento como responsables del proyecto.

Barraqués deslizó el texto y comprobó que, efectivamente, figuraban Bruce Yeoh como ayudante de laboratorio y Lester Logan como jefe del proyecto. Se reclinó en su asiento y se acarició la barba con gesto sorprendido.

—Sé quién es Lester Logan. —Había cierta suspicacia en su voz—. Fue un genetista bastante renombrado años atrás.

—¿En serio? No hay rastro suyo por la Red.

—No debe de haber buscado bien. Es cierto que lleva mucho tiempo fuera del mapa, pero desde luego no es un personaje anónimo.

—¿Y a qué se debía su renombre? —quiso saber el periodista.

—Podría decirse que es un personaje... controvertido. Formó parte del equipo del Instituto Roslin que consiguió clonar al primer mamífero. Después de eso fue pionero en proyectos de ingeniería genética bastante comprometidos; por ejemplo, fue el primero en utilizar el virus del SIDA como vector de transducción genética entre especies. La comunidad científica fue relegándolo poco a poco hasta que quedó fuera de plano... Es, en verdad, una gran casualidad que su nombre aparezca en ese documento suyo.

—¿Casualidad? ¿En qué sentido?

—Hace dos o tres años, un colega me aseguró haberlo visto en Ciudad del Cabo, durante un ciclo de ponencias. Al parecer asistía como oyente y se hacía llamar por otro nombre, pero estaba convencido de que se trataba de él.

—¿Cree que su amigo podría recordar el nombre?

—Es posible, le preguntaré —dijo en tono más distendido—. Todo sea por ayudarle con su extraña afición. —Y le tendió la mano recuperando su expresión afable.

Girard se la estrechó y se despidió dándole las gracias. Al otro lado de la puerta, a solas con sus reflexiones, se preguntó hasta qué punto su historia había sido creíble y si aquel hombre cumpliría su palabra. Si lo hacía, Alicia le debería un gran, gran favor.

Girard dejó el metro en Gran Vía y se encaminó hacia su apartamento con expresión ausente. Los cañones holográficos proyectaban publicidad sobre las fachadas de los teatros y la calzada palpitaba con los leds que regulaban el tráfico. Aquella orgía lumínica, que en otro tiempo le había resultado fascinante, se había tornado para él en ruido blanco, en una sordina incesante que lo inundaba todo y que él intentaba mantener por debajo de su umbral de percepción.

Abandonó la populosa avenida al desviarse a una calle de atmósfera más sosegada: atrás quedaba el murmullo de la publicidad y de las conversaciones ajenas, se adentraba ahora en un Madrid de calles vacías y adoquines húmedos, donde la única luz procedía de ventanas entreabiertas a la intimidad de otras personas. Una de aquellas ventanas era la suya, incrustada en un viejo edificio destartalado que era el precio que debía pagar por vivir en pleno centro de la capital.

Deslizó el dedo en el orificio metálico instalado junto a la cerradura del portal y esperó con paciencia a que el viejo procesador identificara su huella. El cierre biométrico saltó franqueándole el paso; dejó a un lado el ascensor con puerta de rejas (que llevaba días renqueando con un sonido extraño) y enfiló las escaleras con escaso ánimo. Afortunadamente, vivía en el primer piso.

Abrió la puerta, colgó la chaqueta junto a la entrada y, como tenía por costumbre después de una jornada larga, se fue directamente a la nevera a por una cerveza. La abrió allí mismo, frente a la fría luz blanca que se deslizaba desde la puerta entreabierta, demasiado difusa como para hacer retroceder la oscuridad reconcentrada de su pequeño apartamento. Tras un largo primer trago, cerró el frigorífico con la rodilla y se dirigió al salón para encender la luz.

—¡Joder!

La botella se estrelló contra el suelo.

—Bienvenido a casa, señor Girard —le saludó en inglés el extraño que ocupaba su butacón, aquel donde solía leer hasta que el sueño le vencía.

—¿Quién coño es usted? —le espetó Girard, con voz evidentemente agitada.

El intruso, un hombre de complexión delgada y pelo cano cortado a cepillo, se puso en pie y se sacudió las mangas de su impecable traje negro. La tranquila indiferencia con que se desenvolvía hacía su presencia aún más amenazadora.

—No sé quién es usted ni qué hace aquí —dijo Girard, intentando no parecer demasiado intimidado—, pero si no se va de mi casa ahora mismo...

—No se moleste —lo interrumpió el extraño—. No hablo su idioma y no sé si usted habla algo del mío. En cualquier caso, encontraremos una forma de entendernos.

El intruso avanzó hacia él, lo que le hizo retroceder hasta toparse contra la pared a su espalda.

—Siéntese, por favor. —Y aquel hombre, como si fuera él el anfitrión, le ofreció una silla junto a la mesa del comedor—. Mi nombre es Bastian Knocht y sé que el suyo es Arturo Girard. ¿Cómo lo sé?, se preguntaría si entendiera lo que le estoy diciendo, lo sé porque ayer cometió el error de llamar insistentemente al teléfono desconectado de una amiga suya.

Girard sabía que debía salir de allí a toda costa, escapar antes de que el intruso se interpusiera entre él y la salida. Sin embargo, el miedo había rebasado su capacidad de raciocinio. El temor lo hacía actuar como una presa sumisa, obediente aunque ello supusiera ceñirse él mismo la soga en torno al cuello. Se sentó donde le indicaron.

Desde atrás, unas manos firmes y nudosas empujaron sus hombros contra el respaldar. A continuación observó cómo Bastian Knocht rodeaba la mesa y se acercaba al pequeño balcón que daba al exterior. Echó un breve vistazo a la calle embadurnada de la luz líquida de las farolas y corrió las cortinas del todo. Estaban solos, pareció decirle con aquel gesto, antes de sentarse frente a él, sacar un Zippo de su chaqueta y encender un cigarrillo.

—Bien, bien, señor Girard. Mi dilema es el siguiente: su amiga, Alicia Lagos, ha resultado ser una mujer demasiado obstinada, no capta las indirectas, así que necesito hacerle llegar un mensaje más evidente. Y usted me va a ayudar a hacerlo.

Capítulo 14
Sinestesia

La tranquilidad descolorida del amanecer los zambulló de cabeza en la zona industrial de Marignan, a pocos kilómetros de Marsella. Las pantallas de cristal que flanqueaban la Autopista del Sol, erigidas para amortiguar el murmullo espeso del tráfico, proyectaban anuncios de productos franceses que a Alicia le resultaban completamente extraños. Sin embargo, entre los destellos de luz y las animaciones de estilo japonés, más allá de la translúcida barrera publicitaria, creyó vislumbrar el inconfundible azul del Mediterráneo.

—Aún no me has dicho para qué venimos aquí —comentó de improviso, con la frente apoyada contra el cristal de su ventanilla.

Daniel, con las manos en el volante, apartó brevemente los ojos de la carretera, pero no contestó. Desde que habían vuelto al coche no le había dirigido la palabra; en opinión de Alicia, una forma bastante pueril de hacerle notar su enfado por la llamada desde la estación de servicio.

—Sabes que no soy tu prisionera, ¿verdad? No puedes impedir que me vaya.

—No, no puedo —dijo Daniel, rompiendo por fin su voto de silencio—. Pero te quedarás conmigo si quieres salir bien de esta.

No tenía ánimos para iniciar una discusión, así que se limitó a contemplar los barrios que rodeaban la capital marsellesa mientras el tráfico, cada vez más denso, comenzaba a saturar las alquitranadas arterias. Observó las arboledas dispersas, que recordaban que en algún momento aquello fue una región boscosa, y los carriles elevados, tendidos contra el horizonte como cableado eléctrico, desmembrando el cielo en una escala de colores macilentos. Aquí y allá crecían pequeñas casas con tejados a dos aguas, desubicadas entre los ásperos bloques de hormigón de los suburbios franceses.

Los grafiteros habían aprovechado el lienzo gris que les ofrecía la anodina arquitectura para plasmar sus fantasías en coloristas murales, algunos tan ambiciosos como para cubrir fachadas enteras. Alicia recordó el reportaje que preparó años atrás sobre arte urbano para la sección de Cultura de *Progreso;* comenzó afrontándolo con una visión crítica, pero a medida que iba conociendo más de aquel ambiente descubrió que, más allá del vandalismo evidente que «inspiraba» a muchos de aquellos «artistas», un puñado de esos chavales sí gozaban de una sensibilidad social y una vocación estética que entroncaban con el verdadero arte. Aquellos frescos urbanos en la periferia de Marsella habrían sido un buen ejemplo.

—¿Me puedes decir, al menos, adónde nos dirigimos exactamente?

Daniel se tomó su tiempo para contestar.

—Vamos a ver a un amigo. Nos podrá ayudar con lo de Samaritain.

—¿Un *hacker?*

—Yo no lo llamaría así.

—En Madrid dijiste que nos haría falta «algo de brujería». ¿Él es el brujo?

—Sí, lo es.

—¿Y en qué consiste su magia?

Daniel, que rebuscaba algo entre los bolsillos de su chaqueta, esbozó un gesto contrariado, hastiado de tantas preguntas.

—Es complicado.

—No te preocupes, tenemos tiempo. El navegador dice que no llegaremos hasta dentro de treinta minutos.

Encontró por fin la cajetilla de tabaco y se llevó un cigarrillo a la boca.

—Ni se te ocurra fumar aquí dentro —lo amenazó Alicia.

Él sonrió e hizo caso omiso de su advertencia. No había aproximado aún la llama del mechero cuando ella le arrancó el cigarrillo de los labios, abrió la ventanilla y lo tiró fuera. Al instante, sobre el parabrisas se proyectó una notificación de sanción de la *Police Nationale* por arrojar basura desde el vehículo.

—¿A qué coño juegas? —exclamó Daniel—. No vuelvas a hacer algo así.

—Si tenemos que trabajar juntos en esto, no fumes delante de mí. No lo soporto. —Aunque la voz de Alicia no sonó tan contundente como pretendía, quizás porque era consciente de haberse extralimitado.

Daniel devolvió la cajetilla al bolsillo de su chaqueta con expresión hosca.

—Exfumadora, ¿verdad? —Y sin esperar una respuesta, añadió—: Da igual, hacía tiempo que buscaba alguna excusa para dejarlo.

—Ahora háblame de ese amigo tuyo. ¿Por qué podrá ayudarnos con una caja ultra? ¿No son impenetrables?

—No tienes ni idea de lo que es un ciberbrujo. No tienes ni idea de nada de esto.

—Creía que ya habíamos dado por sentado ese punto. ¿Ahora puedes explicármelo?

Daniel amagó una sonrisa, pero evitó el tono condescendiente al responder.

—¿Sabes lo que es la sinestesia?

—¿Hablas de retórica?

—No, de neurociencia.

—Creo haber escuchado algo; está relacionado con los sentidos, ¿no? —apuntó Alicia—. Son personas que asocian un sonido con un color... o algo así.

—No lo asocian, lo perciben de forma real. Un sinésteta tiene conectadas las áreas del cerebro que procesan los estímulos sensoriales, de modo que un sonido también puede activar su percepción visual, y viceversa: donde tú y yo solo veríamos números y letras, ellos ven colores y escuchan sonidos. O puede que el frío en la piel les haga paladear un sabor específico, o que un aroma les haga ver formas de colores.

—Parece una locura.

—Probablemente lo sea.

—Pero ¿qué tiene que ver esto con tu amigo y la caja ultra?

Daniel meditó antes de volver a hablar, hasta encontrar las palabras exactas.

—Supongo que alguna vez habrás visto el lenguaje que utilizan las máquinas.

—¿Te refieres a los lenguajes de programación? Claro, son líneas y líneas de código ininteligible.

—Sí, en su nivel más básico se denomina código máquina. Pues bien, hace un par de décadas un equipo de neurólogos descubrió que algunos sinéstetas, si se estimulaba su percepción a través de las drogas adecuadas, eran capaces de interpretar lenguajes de programación de forma subconsciente. Sus cerebros no percibían los bloques de código cómo largas sucesiones de caracteres, sino que, de alguna forma, desentrañaban la lógica del código y lo reinterpretaban de manera que el sinésteta podía ver con claridad sus objetivos y funciones.

—Perdona, pero eso me resulta bastante inverosímil. Me extraña que algo así no haya trascendido.

Daniel se encogió de hombros.

—Tú me has preguntado y yo te respondo. Asimílalo como quieras. Pero esa no es la parte más increíble. El verdadero hallazgo vino después, cuando descubrieron que algunos de estos sinéstetas, al alcanzar un estado ideal que se denominó «ataraxia», eran capaces de generar código de forma intuitiva.

—Un momento —rio Alicia—, ¿me estás diciendo que programaban con la mente?

—No se le puede llamar programar, es algo más... fluido. Su cerebro, a un nivel por debajo del yo consciente, comprende el lenguaje al que se enfrenta y produce información ciñéndose a la lógica matemática subyacente. Ya te dije que era algo bastante complejo. En la práctica a eso se lo llamó «hablar con la máquina» y a las personas que podían hacerlo, «brujos».

—¿Quieres decir que pueden comunicarse con cualquier sistema, aunque desconozcan el lenguaje que este emplea?

—Imagínate las implicaciones a nivel militar. Es por eso que hay pocos brujos en circulación.

—Resulta bastante increíble —reflexionó Alicia en voz alta, aunque su tono era menos escéptico—. Debe de haber personas con esa enfermedad por todo el mundo, ¿cómo es que algo así no ha trascendido?

—Para empezar, no cualquier sinésteta tiene la capacidad de hablar con las máquinas. Además, no es algo a lo que se llegue por casualidad, hace falta entrenamiento y una larga y dura adaptación a los cócteles psicoestimulantes necesarios para inducir la ataraxia. Muchos poseen el don, pero son incapaces de desarrollarlo. De hecho, no habrá ni cuarenta en libertad; el resto, no se sabe cuántos, trabajan al servicio de gobiernos y corporaciones.

—Y uno está aquí, en Marsella.

—Así es, y quizás esté dispuesto a ayudarnos... Por un módico precio, por supuesto.

Cuando llegaron al núcleo urbano, cambiaron el coche por un taxi. Previamente, Daniel programó el navegador del Volkswagen para que continuara hacia Lyon. «Si alguien ha rastreado la matrícula a través de las cámaras de tráfico —le explicó—, lo encontrarán sin combustible en alguna cuneta. Eso quizás nos dé tiempo».

El taxi les dejó cerca del Puerto Viejo. Ni siquiera miraron alrededor antes de adentrarse en las populosas calles de Noailles. Puestos ambulantes y tenderetes invadían las aceras transformando el barrio en un colorido bazar de tejidos, frutas, pescado fresco y especias; una sinfonía de aromas que a Alicia se le enredó en el pelo y en la ropa, recordándole que el mundo no tenía por qué ser tan aséptico.

Habría disfrutado de aquel paseo en otras circunstancias, pero Daniel parecía espoleado por una súbita urgencia. Quizás no le gustaba hallarse a la intemperie, o quizás intuía algo que ella era incapaz de percibir; en cualquier caso, la guiaba de la mano esquivando las zonas turísticas y optando, cada vez que le era posible, por callejones poco transitados. Ese contacto casual provocó en Alicia una inesperada calidez, y se dijo que era curioso cómo el cuerpo, incluso en una situación extrema, continuaba respondiendo a los estímulos básicos que habían movido siempre a los seres humanos, como el roce de una mano ajena.

Daniel se detuvo en una angosta plazoleta formada por la intersección de varias callejuelas. Giró en redondo, oteando las azoteas y las esquinas, y finalmente se encaminó hacia el edificio más decrépito de cuantos había a la vista: una suerte de palacete que debió de ser propiedad de algún armador o comerciante de ultramar hasta que el barrio comenzó a declinar. La pintura de la fachada estaba descalichada en varios puntos, salpicada por manchas de senectud; los cerramientos de las ventanas se veían descolocados, vencidos por la corrosión de las bisagras, y los lienzos exteriores estaban peligrosamente combados por el peso de la estructura.

Costaba creer que alguien pudiera vivir allí; aun así, Daniel se aproximó a la puerta y pulsó un pequeño botón disimulado en el vano. Alicia esperó a su lado, lanzando miradas nerviosas sobre el hombro y cada vez más convencida de que nadie contestaría, hasta que al cabo de un minuto la pupila electrónica de una videocámara despertó.

—*Daniel* —exclamó una voz crepitante a través del interfono—. *Qu'est-ce que tu fais ici?*

—*Ça ne me semble pas la meilleure façon d'accueillir un ami* —respondió Daniel, con un tono que Alicia interpretó como contrariado.

—*Désolé...* —La voz titubeó antes de proseguir—. *Mais tu est recherché, Daniel. Ici c'est pas un bon endroit pour se cacher.*

—*Tu me refuses l'hospitalité?*

—*Tu sais bien que je ne ferais jamais ça.*

La comunicación se cortó y Alicia se preguntó si los planes de su compañero acababan de venirse abajo. Sin embargo, pocos segundos después el cierre saltó y la pesada hoja de madera quedó entornada. Daniel le indicó que pasara y ella obedeció con desgana, pues no le atraía la idea de penetrar en aquel mausoleo que parecía a punto de ceder bajo el peso de la humedad. La puerta se cerró a su espalda con un eco que reverberó escaleras arriba.

—Vamos, es seguro —la apremió él.

—Tú delante.

Daniel tomó la iniciativa y ella lo siguió a través del hedor a moho y polvo viejo. Dejaron atrás dos plantas abandonadas en las que apenas se vislumbraban los fantasmas de vidas pasadas, hasta que, al llegar al tercer piso, se encontraron con el segundo indicio de que el lugar no era un simple fumadero para yonquis: una gruesa puerta metálica encastrada en un marco de acero, como la de una cámara acorazada, cerraba el paso al resto de la planta. Aguardaron mientras haces de luz azul inundaban el pasillo inspeccionando cada recoveco de sus cuerpos. Cuando el sistema de seguridad se dio por satisfecho, la lluvia de luz cesó, el sello se abrió y los inmensos goznes giraron franqueándoles el paso.

Alicia frunció el ceño al penetrar en aquella oscuridad tibia, agitada por el lento batir de los disipadores de calor. ¿Dónde la habían llevado? A primera vista, el lugar parecía una suerte de taller abandonado, pero el palpitar de enormes monitores que escupían líneas y líneas de código fuente, así como el olor acre que dejaba en el aire la soldadura láser, evidenciaban que el sitio estaba habitado.

—*Daniel, mon ami!* —exclamó una voz rotunda entre las tinieblas, y Alicia debió forzar la vista en busca del anfitrión, un hombre alto y corpulento de mediana edad, con un largo pelo greñudo y barba descuidada.

A medida que sus ojos se fueron adaptando a la falta de luz, comenzó a percibir los matices de aquel gigante que estrechaba a Daniel en su abrazo de oso: vestía calzoncillos largos y una camiseta interior que apenas le cubría el vientre hinchado, una bata abierta le colgaba hasta las rodillas y unas zapatillas destrozadas por el peso le cubrían los pies. ¿De verdad aquel era el hombre al que buscaban?

—Esta es Alicia, una amiga periodista —la presentó Daniel en inglés, dando a entender que la conversación debía mantenerse en dicho idioma.

—Es un placer tenerla en mi casa. —El hombretón le estrechó la mano con insospechada delicadeza—. ¿Qué hace una mujer tan encantadora como usted con semejante embaucador?

—Ni siquiera yo estoy segura —respondió Alicia, que no pudo evitar sonreír ante las afectadas maneras de su anfitrión, tan en contraste con su desaliñada apariencia.

El hombretón carraspeó y, súbitamente consciente de su aspecto, se anudó la bata.

—Mi nombre es Frank —se presentó—. No me juzgue por lo que ve, por favor, en otro tiempo fui tan apuesto como el que más.

—No lo dudo —concedió ella.

—Y aunque ahora pueda parecerle que vivo de forma extravagante, le ruego que no me confunda con uno de esos iluminados del dios binario. Soy un devoto del espíritu humano, un creyente de la filología clásica educado en las viejas bibliotecas de la Universidad de Lyon.

—¿Es usted filólogo? —preguntó Alicia con un deje incrédulo, pues aquello le resultaba más extraño que su aspecto o su ocupación—. Creía que alguien como usted tendría una formación..., no sé, más técnica.

—*Non, s'il vous plait!* —exclamó el hombretón—. No soy un miserable *hikikomori* perdido en un mundo de sombras. La Red, *la technologie numérique,* no es más que una herramienta, y qué sería de mí si viviera encadenado a una herramienta. Mi alma vuela libre, jovencita, habita en los mundos creados por hombres mejores que yo. —Y mientras cruzaba la estancia en penumbras, señaló con un dedo oscilante a Daniel—. Aunque nuestro amigo no lo aparente, sabe muy bien de lo que hablo, ¿no es así, querido Daniel? —preguntó mientras buscaba un resorte en la pared.

Al instante, se activó el mecanismo que hacía girar las contraventanas y estas oscilaron con un zumbido mecánico, dando paso a una insospechada vista sobre Noailles. Desde allí arriba, entre el encuadre torcido de las azoteas, la mirada alcanzaba a divisar los mástiles del Puerto Viejo meciéndose contra el azul líquido del mediterráneo.

—Pero ¿qué clase de anfitrión soy? Sentaos y charlemos —les ofreció, aproximándose a una mesa desvencijada, ubicada en el rincón que parecía ser la cocina—. ¿A qué debo vuestra visita?

Alicia y Daniel se sentaron frente a él, y este último tomó la palabra:

—Has dicho que me estaban buscando. ¿Qué querías decir exactamente?

—Exactamente eso —replicó el hombretón—: alguien se está tomando muchas molestias para dar contigo, y lo que más debe preocuparte es que sabe dónde preguntar.

El prospector asintió con gravedad. Ya era definitivo, Fenris iba a por él abiertamente.

—¿Y tú? ¿Les has dicho algo sobre mí? —inquirió Daniel con voz áspera.

—Si vuelves a preguntarme algo así, amigo mío, quizás me lo plantee. —Y se puso de nuevo en pie—. Disculpadme de nuevo, soy un desastre. Debo serviros algo.

Abrió la nevera y sacó una botella de un brebaje casero. Colocó sobre la mesa tres vasos de un cristal desvaído y, como el que sirve un vino excepcional, los llenó con cuidado y delicadeza antes de volver a su sitio.

—Adelante, bebed. Lo fermenté ayer mismo.

Alicia rehusó con la mano.

—Creo que no, es temprano para mí.

—No te preocupes —intercedió Daniel—, es suave, como licor de cerezas.

Ella, sintiéndose comprometida, tomó su vaso y se lo acercó tímidamente a los labios. El gesto complació a su anfitrión, que levantó la copa en señal de brindis y la vació con entusiasmo. Alicia asintió con decisión y se dijo que el licor de cerezas, por más temprano que fuera, tampoco podría matarla, así que se atrevió con un primer trago cargado de incertidumbre.

Clavó el cristal en la mesa y comenzó a golpearse el pecho. La garganta le ardía, los ojos le estallaron en lágrimas y un acceso de tos la sacudió y le encorvó la espalda. Bajó la cabeza tratando de encajar el golpe, y cuando comenzó a recuperarse, le dedicó a Daniel una mirada cargada de resentimiento.

—Eso ha sido por lo del cigarrillo —sonrió este con malicia, y volvió a dirigirse a Frank—: Necesitamos tu ayuda con un asunto.

—Mi ayuda cuesta dinero, querido amigo.

—Soy muy consciente de ello. Y sé que esto va a resultar caro. Necesito que asaltes una caja ultra.

El brujo se acarició la barba con gesto pensativo.

—Eso parece un asunto complicado. ¿A qué puerta estamos llamando?

—Fenris.

—Te tomaba por una persona seria, Daniel —rio François.

—No me refiero a los servidores centrales, se trata de una fundación médica que se mueve en la órbita del *holding*, Fondation Samaritain. Tiene sede en Ginebra y aparentemente es independiente, pero no me extrañaría que la tecnología de la caja fuera de Fenris.

—¿Qué me encontraré dentro? —preguntó el hombretón.

—Ni siquiera nosotros lo sabemos. Por eso necesitamos que nos consigas una imagen del servidor que podamos estudiar con calma.

Frank se incorporó hacia delante y se sirvió otra copa. Removió su contenido, distraído.

—Puedo intentarlo. No sería la primera vez que me las veo con código de Fenris.

—¿Cuánto?

—Cuatrocientos mil —respondió con rotundidad.

Daniel sacó su móvil del bolsillo y empezó a preparar la transferencia. Alicia lo observaba de soslayo, sorprendida.

—¿Así de sencillo? —sonrió Frank—. ¿Ni siquiera vas a regatear?

—Ya lo tienes en tu cuenta habitual, François —respondió Daniel, y le ofreció el móvil para que lo comprobara.

El hombretón lo rechazó con un gesto despectivo y se puso en pie.

—Mierda, debería haberte pedido más. ¿Seiscientos mil, quizás?

Daniel se encogió de hombros al tiempo que deslizaba el terminal en el bolsillo de su chaqueta.

—Ya nunca lo sabremos.

Frank rio de buena gana.

—Eres un granuja —dijo con humor—. Ahora poneos cómodos, os prepararé algo de comer.

—En realidad —intervino Alicia—, nos vendría bien una ducha y acostarnos un poco. Al menos a mí. Llevamos toda la noche sin dormir.

—Por supuesto, *ma chérie*. —Frank se asomó a un pequeño cuarto y encendió la luz—. Este es el aseo, espero que no le incomode el olor de las cañerías. Encontrará toallas limpias bajo el lavabo. —Alicia le dio las gracias y se encaminó hacia el cuartucho mal iluminado—. Mientras tanto, iré preparándole la cama. Nuestro común amigo puede dormir en el sofá.

Ella volvió a agradecerle su amabilidad con una sonrisa y cerró la puerta del baño. Daniel esperó hasta que el agua de la ducha comenzara a correr antes de ponerse en pie y seguir a Frank al dormitorio. Su anfitrión se afanaba en retirar unas sábanas manchadas de humedad y dar la vuelta al colchón.

—En realidad, el pago incluye un par de servicios más —anunció Daniel.

—Ajá, ya me imaginaba que no podía ser tan sencillo —dijo Frank, que golpeaba el colchón con su manaza. Nubes de polvo estallaban en el aire.

355

—Nada complicado. Solo necesito un móvil fantasma. Perdí el último que me hiciste. También me vendría bien una pistola de plástico... —Aguardó un momento antes de añadir—: Y una lista de todos los brujos en activo.

Frank detuvo lo que estaba haciendo para mirarle directamente a los ojos.

—El dinero no es problema —se apresuró a añadir Daniel—. No pienso regatear contigo.

—Me pueden colgar por los huevos si alguien se entera de que te estoy señalando en un mapa a todos los brujos que están en el negocio.

—François, seré discreto. Sabes que soy de fiar.

—¿Para qué necesitas tenernos a todos localizados? ¿Qué te traes entre manos?

—Nada especial. Simplemente, este asunto me está llevando de un sitio a otro. No sé dónde estaré en un par de días, y quizás necesite recursos.

El hombretón gruñó de mala gana y dejó caer el colchón sobre la cama de muelles. La estructura rechinó con estrépito.

—Intentaremos el asalto bien entrada la noche, cuando la Red no sea más que un susurro —le informó—. Mientras tanto, será mejor que te vayas a dormir.

Capítulo 15
El corazón de un pirómano

βastian Knocht giró la silla y se sentó con el respaldar entre las piernas, observando a Girard directamente a los ojos, a la espera de que aflorara ese miedo atávico, visceral, que siempre terminaba por encontrar en el alma de sus víctimas. No tardó en sonreír satisfecho, entonces dio una profunda calada a su cigarrillo y lo dejó sobre la mesa.

La punta incandescente comenzó a oscurecer el barniz barato y, por algún motivo, a Girard aquel detalle le resultó sumamente incómodo. Cómo era posible que algo tan nimio pudiera inquietarle en un momento así. El intruso, sin embargo, parecía libre de tan convencionales preocupaciones. Se quitó la americana con calma y la echó sobre la butaca, se remangó los puños de la camisa y manipuló algo en su móvil antes de situarlo entre los dos, sobre la superficie de madera. Solo entonces recuperó su cigarrillo y volvió a llevárselo a los labios.

—Creo que ahora sí me entenderá —dijo en su idioma, y la pantalla del móvil proyectó entre ambos la traducción transcrita de aquellas palabras—. Estoy aquí porque su amiga y usted han estado jugando a un juego peligroso. Entiendo por qué lo han hecho: son periodistas, una información relevante llega hasta ustedes, tienen la necesidad de investigarla, de hacer preguntas... Pero todo ha terminado.

Los ojos de Girard iban de las líneas holográficas al rostro de aquel hombre, intentando integrar el texto, la inflexión de su voz y sus gestos en un único mensaje que tuviera sentido.

—Podría insultar su inteligencia —prosiguió Knocht con calma, dándole tiempo para leer cada coma—, decirle que, si me ayuda, a usted y a su amiga no les sucederá nada. Pero ya sabe que William Ellis fue eliminado por tener acceso a la información que ustedes manejan, así que seré honesto con usted. Lo único que estamos discutiendo aquí es una cuestión cuantitativa, ¿cuánto sufrimiento desea padecer antes de abandonar este mundo?

Bastian Knocht guardó silencio, esperando a que la expresión de su víctima reflejara el horror de las palabras que él acababa de pronunciar. Cuando un gemido ahogado escapó de la garganta de Girard, aguardó un poco más, a que el mensaje calara profundamente en su mente.

—Sé que hay pocas noticias más apabullantes para la psique humana —dijo el agente Knocht con voz comprensiva—. La muerte como certeza inminente es algo terrible. Pero le ofrezco la posibilidad de elegir cómo afrontarla; hay hombres mucho mejores que usted que no han tenido esa oportunidad, señor Girard.

El interpelado respiró hondo y miró de soslayo hacia la puerta de su apartamento. A continuación miró la pistola que colgaba a un costado de su captor. No estaba atado, sus únicas ligaduras eran el profundo miedo que atenazaba su mente, pero estaba seguro de que si intentaba escapar, aquel sicario le fulminaría de un tiro antes de dar dos pasos. Al menos eso sería una muerte rápida... A no ser, claro, que apuntara a algún órgano no vital. Entonces tan solo sería el principio de una larga agonía.

—No le diré nada.

Y sus palabras se proyectaron frente a él invertidas como en un espejo, en un tenue color rojo, muy diferente al azul profundo que el traductor había asignado a su interlocutor.

Tal aseveración, sin embargo, tan solo provocó una escueta sonrisa en el hombre sentado al otro lado de la mesa.

—Claro que lo hará. Me dirá qué contenía exactamente el documento de William Ellis y con quiénes han hablado durante el transcurso de su investigación. Y aunque sepa que dar tales nombres es como pronunciar una sentencia de muerte, no podrá evitar decírmelos, porque en breve el dolor será lo único en lo que podrá pensar. Anegará su mente hasta el punto de que conceptos como la generosidad y la compasión hacia otros le parecerán un murmullo lejano, muy al fondo de su conciencia.

Dicho esto, se puso en pie y avanzó hacia él. Girard intentó apartarse, aterrorizado, pero solo alcanzó a tropezar con la silla y caer al suelo de espaldas. Antes de que pudiera reaccionar, Knocht se inclinó sobre él y le tapó la boca, empujándole la cabeza contra el suelo. Forcejeó cegado por el miedo, hasta que el sicario le aplastó el pecho con la rodilla y lo inmovilizó como a una tortuga boca arriba. Sintiéndose inerme, la mirada de Girard se perdió en los ojos impasibles de Knocht, que tomó el cigarrillo de sus labios y apoyó el extremo candente sobre su mejilla.

Fue un dolor penetrante, mezclado con el horror incrédulo de que algo tan mundano pudiera provocar semejante sufrimiento. El periodista agitó la cabeza desesperado, su grito ahogado por una mano de hierro y sus ojos desbordados por lágrimas de puro tormento. La garra cerrada en torno a su boca lo aplastó aún con más brutalidad, sujetándole la nuca contra el suelo mientras el cigarrillo seguía abriéndose paso entre las capas de piel, quemándole hasta el pómulo, liberando un repugnante olor a cenizas y carne chamuscada.

Por fin aquel mordisco lacerante se apartó de su rostro. El cigarrillo se había extinguido y humeaba como recién apagado sobre un cenicero. Knocht le liberó la boca para permitirle respirar y Girard tuvo que esforzarse por contener los sollozos que le sacudían el pecho. A través de la visión nublada, no obstante, pudo ver cómo el torturador volvía a ponerse el cigarrillo en los labios y lo encendía de nuevo con su mechero. Aquello le hizo caer en un abismo de desesperación, y se encontró gimiendo mientras negaba con la cabeza.

—Es curioso —dijo Knocht en su extraño idioma, y sus palabras fueron ininteligibles para Girard sin la mediación del traductor—. Suelen llamarme cuando las cosas corren el riesgo de descontrolarse. Alguien me considera una especie de bombero. Yo, sin embargo, siempre he considerado que albergo el corazón de un pirómano.

Y ciertamente, en sus ojos ardía un fuego hambriento. Aferró la mandíbula de su presa para evitar que apartara el rostro y volvió a posar aquella ascua abrasadora en el mismo punto de su mejilla, quemando sus últimas terminaciones nerviosas con precisión. Girard intentó gritar, pero el emisario de Fenris le aplastaba la barbilla impidiéndole abrir la boca. Su llanto se convirtió en un farfullo desconsolado. Sin embargo, antes de que Knocht pudiera buscar otro punto donde proseguir con su metódica labor, alguien llamó a la puerta del apartamento con los nudillos. El torturador levantó la cabeza como el lobo alza las orejas, los ojos clavados en el vacío más allá de la puerta. Parecía capaz de ver a través de la madera, pero el inesperado visitante, ajeno a su escrutinio, insistió en su llamada.

Lentamente, casi molesto por aquella interrupción, apartó el cigarrillo para pedirle silencio a Girard con un dedo. Después le destapó la boca y el periodista prorrumpió en un llanto contenido. Indiferente a tales padecimientos, el agente Knocht desenfundó el arma y se dirigió con pasos suaves hacia la entrada. Apagó las luces antes de alcanzar la puerta, quedando la sala sumida en una penumbra atenuada por el resplandor del balcón.

Quienquiera que fuese el recién llegado, no parecía dispuesto a marcharse, pues cuatro golpes secos volvieron a resonar en aquella quietud de alientos suspendidos.

Clarice se estiraba sobre la alfombrilla extendida en el salón vacío. Frente a ella, una proyección mostraba la imagen estática procedente de la cámara que había instalado en la ventana.

Sentada con las piernas cruzadas, entrelazó las manos a la espalda y tiró de los hombros hacia atrás, estirando el cuello y el pecho. Aguantó la postura unos segundos antes de dar por concluido el entrenamiento, liberando la tensión de los músculos con un suspiro de satisfacción. Llevaba allí todo el día, atenta durante las primeras horas a la imagen cincelada sobre la pared; las siguientes, intentando matar el aburrimiento con esporádicas consultas en la Red; y las dos últimas, haciendo ejercicio: flexiones, abdominales, sombras frente a un espejo y, por último, estiramientos.

Se puso en pie y sacó una toalla de la bolsa de cuero que había dejado en un rincón. Vestía un pantalón de correr ajustado, zapatillas deportivas y una camiseta elástica que se ceñía al contorno de su espalda y realzaba sus pechos con elegancia. Se secó el sudor de los brazos antes de dejar caer la toalla en el interior de la bolsa negra.

Allí lo había traído todo: la cámara, el trípode, los objetos de aseo y las barritas alimenticias de alta densidad, capaces de saciar el hambre durante muchas horas. Pero estaba harta, quería ducharse, disfrutar de una cena de verdad y echarse en la cama doble de su habitación de hotel. Se le ocurrían miles de cosas que hacer en una tarde de martes, todas ellas mejores que una vigilancia desde un piso franco. «No creas que te voy a perdonar esto fácilmente, Daniel Adelbert», amenazó mientras se dirigía a la cocina, separada del salón por una barra de bar.

Al menos, la empresa inmobiliaria había dejado allí una máquina de expreso para ofrecer café a los clientes interesados en ver el apartamento, así que tomó un vaso de papel de uno de los armarios vacíos, seleccionó una dosis baja de azúcar y activó el botón. Al instante, el envolvente aroma del café la hizo sentirse un poco menos miserable.

Regresó al salón con el vaso calentándole las manos y tardó un instante en percatarse de que algo había cambiado: había luz al otro lado del balcón enfocado por la cámara. «¡Por fin!», masculló mientras se acercaba a la ventana para echar un breve vistazo. Las calles estaban vacías y la noche perlaba de humedad las aceras. Tan solo la puerta trasera de un restaurante chino insuflaba algo de vida a la escena, con el constante humear de los extractores y las esporádicas salidas de los cocineros, que parecían tener la necesidad de fumar cada veinte minutos. Aquella luz en el interior de la vivienda que vigilaba era la primera novedad reseñable en muchas horas, pero antes de que pudiera retirarse de la ventana, se percató de que alguien se asomaba fugazmente al balcón, miraba a ambos lados y corría por completo las cortinas.

«¿Qué coño hace él aquí?», masculló, seguido de un «joder, joder, joder...» que se convirtió en su letanía durante los próximos segundos, mientras buscaba algo oculto en el fondo de la bolsa de cuero. Extrajo una pistola de metal negro y, con manos entrenadas, insertó el cargador, tiró de la corredera y ajustó el seguro. A continuación, se enfundó el abrigo largo que descansaba doblado sobre la barra de la cocina. La prenda desentonaba por completo con la ropa deportiva que llevaba debajo, pero la cubría del cuello hasta las rodillas, lo que no solo era útil para abrigarla en aquella fría tarde de otoño, sino que le permitía cambiar de aspecto rápidamente.

Antes de dirigirse a la salida, extrajo un último objeto de la bolsa: un pequeño estuche autorrefrigerado. Abrió el cierre con su huella dactilar y contó las cápsulas restantes. Utilizar dos en una misma semana era poco recomendable, pero sabía que lo necesitaría, así que tomó la muestra con el número tres e insertó la cánula en la hendidura metálica de su nuca, disimulada bajo la corta melena rubia. La dosis la hizo sudar al instante y sus músculos se estremecieron. Se colocó las gafas de sol para proteger las pupilas súbitamente dilatadas y salió del apartamento sin pensar dos veces en lo que debía hacer.

Bastian Knocht se inclinó sobre la mirilla y, con cuidado de no delatar su presencia, apoyó la frente sobre la madera intentando vislumbrar quién había al otro lado. Se topó con la más impenetrable negrura. No podía saber si el descansillo permanecía a oscuras o si alguien había tapado el orificio, lo que demostraría que quien se encontraba tras la puerta no era un simple visitante inoportuno. De cualquier modo, la experiencia le había enseñado que era mejor buscar las respuestas a posteriori, así que se limitó a apartarse de la puerta, levantar el arma a la altura del pecho y deslizar el dedo en el gatillo. Pero el estruendo que sobrevino a continuación no sonó a pólvora percutida, sino a madera quebrada y goznes vencidos.

Desde el otro lado del salón, Arturo Girard acertó a vislumbrar cómo la puerta de su apartamento saltaba del marco reventado y arrojaba a su torturador contra el suelo. En el umbral, como un ángel vengador descendido de una novela de Raymond Chandler, una mujer ataviada con abrigo negro encañonaba al abatido agente Knocht. Este levantó su arma y ambos dispararon al unísono.

La estancia se iluminó con el fulgor de los disparos y Girard deseó con todas sus fuerzas escuchar el grito de aquel hombre. Sin embargo, la reacción titubeante de la recién llegada le hizo comprender que, de algún modo, el enviado de Fenris había sobrevivido al disparo a quemarropa. La mujer, quizás herida, retrocedió en un intento de ganar distancia para volver a descargar su arma. El agente Knocht fue más rápido y se abalanzó sobre ella, golpeándola con la cabeza en la nariz.

La inusitada celeridad de sus movimientos hacía que todo resultara confuso en aquella media oscuridad, hasta que Girard reparó en un leve reflejo en la penumbra: la pistola que su captor llevara colgada a un costado se encontraba ahora en mitad del salón, manchada de sangre. Parecía que, después de todo, su inesperada protectora no había errado el tiro.

Incomprensiblemente, desdiciendo todo lo que había pensado sobre sí mismo a lo largo de su vida, Girard se puso en pie y se aproximó al arma abandonada. A un par de metros de distancia, aquellos dos soldados de una guerra que él no comprendía se lanzaban golpes terribles en el suelo. Knocht, inclinado sobre su rival, trató de aplastarle la cara de un puñetazo, pero sus nudillos terminaron por incrustarse en el suelo cuando ella ladeó la cabeza. La mujer aprovechó la breve ventaja para apoyar la mano contra la barbilla de su oponente y empujar hasta dejar expuesto el cuello. Al instante, asestó un golpe dirigido a la tráquea, pero Knocht consiguió evitarlo aferrándola por la muñeca cuando sus dedos se encontraban a un par de centímetros de la yugular.

Ajeno a aquella lucha a vida o muerte, Girard bajó la cabeza y vio el arma a sus pies. Con una calma que le resultaba impropia, se agachó para recogerla y la empuñó como mejor supo. Era pesada, extraordinariamente pesada, observó mientras avanzaba hacia los dos adversarios que forcejeaban en el suelo. Se detuvo frente a ellos, la espalda de su cruel torturador completamente expuesta, ignorante de que la muerte se cernía sobre él en forma de torpe venganza. Con la mirada vacía, Arturo Girard encañonó a Bastian Knocht, apuntaba a la espina dorsal. La mujer debía de haberle visto, pero o bien estaba demasiado ocupada intentando mantenerse con vida, o bien no quería hacer ningún gesto que pudiera desvelar su presencia. Sin embargo, en cierto momento, Girard creyó vislumbrar en los ojos claros de ella un mudo asentimiento, el compromiso tácito de asumir la culpa de aquel asesinato por la espalda.

Girard nunca antes había sujetado un arma. Tenía muy presente sus devastadores efectos, pues había cubierto noticias de sucesos durante años, pero nunca, quizás precisamente por ello, había fantaseado con sujetar una entre sus manos. Ahora lo hacía, apuntando a otro hombre, y sabía que lo único que debía hacer era presionar el gatillo. O al menos eso creía. Quizás se equivocara, quizás debiera quitar algún seguro, amartillar antes... Amparado en esa incertidumbre, lo hizo. La detonación retumbó en sus oídos y la bala se hundió en el hombro izquierdo de su blanco. Había apuntado al centro, pero de algún modo el retroceso había desviado el disparo más de un palmo. Clarice aprovechó la contracción de dolor de su rival para deslizar la rodilla bajo el vientre de Knocht y proyectarlo hacia atrás, haciéndolo volar por encima de su cabeza. Sobre la marcha, tanteó el suelo buscando su propia arma en la oscuridad. En cuanto dio con ella, se revolvió en cuclillas, sujetando la empuñadura con ambas manos. Apuntaba al vacío.

Se puso en pie y de dos rápidas zancadas alcanzó el rellano de la planta. Girard pudo ver a través del encuadre torcido de la puerta cómo se detenía en seco para apuntar y apretaba dos veces el gatillo. Los disparos, amortiguados por el silenciador, apenas fueron sendos suspiros en el eco de la escalera. Clarice maldijo entre dientes y se precipitó al interior, apartó a Girard de su camino y se asomó al balcón. Permaneció inmóvil durante un instante, la respiración sujeta mientras su arma encañonaba al corazón de la noche, pero finalmente desistió de disparar.

Cuando regresó dentro, se situó frente a Girard y tendió la mano. Él contempló sus dedos extendidos, delgados pero firmes, y tardó un instante en comprender lo que quería. No sin cierta vacilación, le entregó el arma del agente Knocht.

—¿Puede mantener una conversación en inglés? —preguntó ella, mientras deslizaba ambas pistolas tras la cintura.

Él asintió con cautela.

—Solo si no habla muy rápido. Hace tiempo que no lo practico.

—Perfecto, ¿cómo se encuentra?

—Vivo. Me conformo con eso.

No se atrevió a mencionar el dolor sordo que le provocaba la quemadura en la mejilla, a la vista de que la mujer sangraba por la nariz y que la manga izquierda de su abrigo mostraba un largo desgarro sanguinolento. Ella pareció reparar en ese momento en sus heridas, pero se limitó a limpiarse la nariz con el antebrazo.

—Bien, entonces recoja su móvil y vayámonos de aquí.

—No puedo dejar mi casa así… Ni siquiera tengo puerta. —Señaló la entrada destrozada de su apartamento.

—Una puerta no le servirá de nada si ellos vuelven.

Aquello resultaba de una lógica aplastante, así que decidió no discutir. Se puso una chaqueta, se guardó el móvil en el bolsillo y la siguió escaleras abajo. Se preguntaba hacia dónde se dirigían, y no tardó en descubrir que mucho más cerca de lo que imaginaba.

Apenas avanzaron doscientos metros calle abajo cuando ella le hizo cruzar al otro lado y entrar en una de las viejas fincas características del barrio. Subieron tres plantas de escaleras antes de llegar a un piso vacío con las luces encendidas.

—Siéntese en el suelo —ordenó su misteriosa protectora.

Él obedeció mientras ella apagaba las luces y se quitaba el abrigo y las gafas oscuras. Debajo llevaba ropa deportiva y en aquel momento de sosiego a Girard le pareció mucho más joven que en su apartamento. La mujer recogió una bolsa de un rincón, la colocó sobre la barra de la cocina y buscó algo en su interior. Extrajo un pequeño kit de primeros auxilios.

—Mi nombre es Clarice —se presentó mientras se arrodillaba frente a él—. ¿Conoce al hombre que se encontraba en su apartamento?

—Es la primera vez en mi vida que lo veo. Y espero que la última.

Ella asintió mientras se colocaba unos guantes de plástico y extraía una gasa húmeda de una bolsita esterilizada.

—Esto le va a doler —advirtió, y comenzó a limpiarle la quemadura.

Él cerró los ojos y apretó los dientes al contacto del tejido frío.

—¿Sabe por qué le estaba esperando? —Clarice le giró la cara para ver la herida con más claridad.

Girard comprendió al instante que aquella era una pregunta con doble filo.

—Quizás usted pueda explicármelo. Y de paso, también podría explicarme por qué vigilaba mi apartamento. —Señaló con la cabeza la cámara apostada junto a la ventana.

—Debería mostrar más confianza en alguien que se ha jugado el tipo por usted, no tiene muchos aliados —lo reprendió, al tiempo que le aplicaba gel médico sobre el pómulo.

—¿Aliados? Lo único que sé de usted es que ha llegado quince minutos después que él. Si hubiera sido al revés, puede que ese cabrón estuviera diciendo ahora exactamente lo mismo, que es mi salvador.

—Créame, Bastian Knocht no es salvador de nadie. —Y para subrayar sus palabras, cubrió la quemadura con un apósito adhesivo que fijó sin mucho tacto—. No se moje la herida, manténgala cubierta y aplíquese gel médico dos veces al día. Sobrevivirá.

Él se llevó la mano a la mejilla pero no llegó a apoyarla.

—Entonces, ¿me dirá quién es?

—Le diré que si no quiere caer de nuevo en manos de esa gente, más vale que empiece a colaborar con nosotros. Su amiga ha llegado a esa misma conclusión.

—Así que trabaja con el hombre que está con ella. Veo que nos tenían bien vigilados.

—Por fortuna para ambos —apostilló Clarice, echando un vistazo por la ventana—. Y ahora, dígame qué le ha dicho exactamente a Knocht.

—No le he dicho nada... Tampoco es que él haya insistido. Parecía más interesado en quemarme que en hacer preguntas.

—¿Posee una copia del documento que William Ellis envió a su amiga?

—Si aún no lo tienen, es que Alicia tampoco confía mucho en ustedes —dijo Girard por toda respuesta.

Clarice lo atravesó con la mirada. Era evidente que no tenía paciencia para aquello.

—¿Sabe? No me gustaría encontrarme en su situación. Artículos publicados, perfiles en redes sociales, comentarios en foros, correos electrónicos, geolocalización, fotos en la Red de amigos, de familiares, lugares de vacaciones... Su huella digital es profunda y Fenris la está analizando detalladamente. ¿Cuánto tardarán en volver a dar con usted?

—No me va a intimidar con eso.

—Yo creo que sí. Creo que en cuanto salga de aquí será incapaz de girar una esquina, de cruzar una puerta, sin el temor a encontrarse con Bastian Knocht al otro lado. Y será un miedo bien fundado, pues solo hay una manera de escapar de alguien así: desconectarse por completo, que su rostro no aparezca en ninguna cámara de vigilancia, que no se le identifique en ningún control de seguridad, que todas sus líneas de comunicación estén muertas... ¿Cree poder lograrlo usted solo?

Girard miró un instante por la ventana que daba a la calle. Todo parecía en silencio allí fuera, una apacible noche de otoño en su ciudad de toda la vida. ¿Por qué no regresar a su casa, ducharse, cenar tranquilamente y leer las últimas noticias de la jornada antes de irse a la cama, como hacía cada noche? Al día siguiente todo habría desaparecido, como un mal sueño del que solo queda un regusto desagradable, difícil de ubicar.

—Está bien —respondió al fin—, colaboraré. Pero antes quiero hablar con Alicia.

Capítulo 16
Hablar a la máquina

Alicia despertó con un gemido atravesado en la garganta y se incorporó de golpe, la piel empapada en sudor y el miedo acariciándole la espalda. Miró a su alrededor, ansiosa, mientras trataba de recordar dónde se hallaba. No se calmó hasta que reconoció entre las brumas del sueño la silla con su ropa doblada, las paredes abotargadas de humedad y la caja de cerveza junto al cabecero de la cama, colocada a modo de mesa de noche.

Dejó caer la cabeza en la almohada y se enjugó la frente con el antebrazo. Estaba en Marsella, en la habitación que le había prestado aquel extraño hombre llamado François. En un principio le preocupó, no le costaba reconocerlo, la dudosa higiene de la cama que pudiera ofrecerle su anfitrión. Pero el agotamiento la obligó a ser pragmática y dejar a un lado sus pusilánimes reparos. Cuando descubrió que François había puesto sábanas limpias y que el dormitorio resultaba incluso acogedor en su desorden, fue tal el agradecimiento que la embargó que debió reprimir el impulso de abrazarlo.

La banda de fibra de carbono en torno a su muñeca se activó al detectar que estaba despierta y los trazos de luz del segundero comenzaron a palpitar bajo las sábanas. Miró la hora: las seis de la tarde, había dormido más de ocho horas y se sentía hambrienta. La punzada en el estómago la despejó del todo, así que salió de la cama y se puso los pantalones negros y la camiseta interior de tirantes. Nada más, pues en el ático de Frank hacía un calor persistente que le resultaba más irrespirable a cada hora. También dejó los zapatos junto a la silla, agradecida de ahorrarse los tacones un poco más.

Cuando salió fuera, descubrió una escena que su olfato le había permitido anticipar: François había asado pollo para una ensalada y ahora le daba la vuelta con maestría a una tortilla que se cocinaba al fuego. Su estómago comenzó a gruñir.

—Espero que haya dormido bien —la saludó el hombretón, sin apartar la vista de su labor.

—Profundamente. Muchas gracias.

—Nuestro común amigo aún descansa. —Señaló con la cabeza a Daniel, tendido en el sofá bajo los ventanales cerrados—. O eso quiere hacernos creer. Quizás tan solo se haga el dormido para espiar lo que decimos.

Alicia sonrió ante aquella observación y se sentó a la mesa, donde Frank ya había dispuesto dos cubiertos, la ensalada y una jarra de zumo. Le sorprendió que todo pareciera tan fresco.

—Todo tiene muy buena pinta.

—Me imaginé que os levantaríais con hambre, así que le pedí a la señora Mimaux que me dejara una compra abajo, en el portal.

Frank retiró la sartén de la placa térmica y la reemplazó por una plancha en la que untó, con una espátula de madera, un poco de mantequilla. A continuación puso a tostar pan sobre la plancha y llevó la tortilla a la mesa.

—¿Me acompaña? —preguntó Alicia.

—Solo tomo agua y fruta antes de un asalto. Por los cócteles, ya sabe.

Pero lo cierto es que no sabía.

—¿Es peligroso?

El hombretón pareció ruborizarse ante su preocupación, y sacudió la mano para quitarle importancia.

—No lo es si te ciñes a las viejas reglas del oficio. Lo importante es no pasarse de listo.

Y recordando algo, levantó un dedo y se dirigió a la zona del taller. Regresó con un discreto dispositivo negro que parecía diminuto entre sus manos.

—Aquí tiene. —Le entregó el extraño comunicador—. Daniel me pidió que le preparara uno de mis móviles.

Ella sostuvo el terminal y comprobó que era algo más pesado y grueso que los modelos convencionales. Sin embargo, su aspecto era sólido y compacto.

—Las tripas son de grafeno y el armazón es poliamida de fibra de vidrio sellada térmicamente. Eso significa que resistirá la mayoría de los golpes y que es sumergible, aunque yo no trataría de llamar mientras buceo con él. El sistema operativo es de código libre y la interfaz la he cocinado yo mismo para que sea sencilla de utilizar, no debería tener problemas para manejarlo.

Alicia trasteó un poco con la pantalla táctil y su primer impulso fue llamar a Javier para hablar con Lara, pero al instante comprendió que no tenía teléfono al que llamar. Su familia estaba incomunicada y solo Daniel podía ponerla en contacto con ellos.

—¿Es seguro? —preguntó por fin—. Quiero decir si podrían rastrear las llamadas que hiciera con él.

—Es totalmente seguro —la tranquilizó Frank—. Las llamadas y la navegación se canalizan a través de un *software* que piratea la señal satélite más cercana y la rebota en varios nodos. La mejor tarifa del mercado —dijo con sorna—, sin operadores, ni dirección IP, ni IMEI. Nadie podrá controlarla. Y cuando digo nadie, quiero decir absolutamente nadie. —Recalcó esto último con un guiño mientras señalaba a Daniel, y este pareció agitarse en el sofá.

—Está siendo muy amable conmigo, Frank. No sé cómo darle las gracias.

—Oh, no se preocupe, me están pagando bien por esto. Además, creo que es una persona que ahora mismo necesita toda la ayuda que puedan ofrecerle.

Ella sonrió y bajó la cabeza. Tuvo el impulso de sincerarse con aquel desconocido, de contarle todas sus dudas y temores, pero se limitó a preguntar:

—¿Cree que me puedo fiar de él?

Frank dejó escapar una risa entre dientes y, antes de responder, apagó la placa térmica y retiró el pan, que había adquirido un apetitoso color dorado por la mantequilla.

—Cuando Daniel vino aquí por primera vez —comenzó a decir, mientras le servía unas humeantes rebanadas y un trozo de tortilla—, solo, actuando como agente libre, creí que duraría poco en este mundillo. El tráfico de información es un negocio complicado, demasiados intereses cruzados como para permitirse el lujo de ser independiente. Pero él lo logró; llegó de la nada y consiguió imponer sus reglas, parecía que se hubiera preparado toda la vida para este juego. Usted me pregunta si puede confiar en Daniel Adelbert, y yo le respondo que es un hombre que ha hecho de la desconfianza su principal arma. Eso le ha permitido mantenerse en pie, pero también le ha convertido en una persona solitaria. ¿Se pueda confiar en alguien incapaz de hacerlo? Es una pregunta que debería responderse usted misma.

—Pero ambos parecen conocerse bien, y él no ha dudado en venir aquí pese a encontrarse en una situación comprometida.

Tras decir aquello, Alicia se llevó el primer pedazo de tortilla a la boca. La suave textura del huevo cuajado y el aroma de las hierbas picadas le parecieron lo más delicioso que había probado en mucho tiempo.

—No se equivoque. Daniel simplemente ha calculado los riesgos y ha considerado que merecía la pena recurrir a mí —dijo mientras se sentaba a la mesa con movimientos pesados y se servía un poco de zumo—. Pero hablar de confianza o desconfianza, eso supone aplicar los parámetros del mundo normal a esta vida extraña... No, eso no funciona aquí. Creo que lo que usted quiere saber, más bien, es si puede considerar a Daniel Adelbert un buen hombre.

—¿Cree que lo es? —preguntó ella, levantando la vista del plato.

—¿Importa? Creí que estaban juntos por negocios.

Ella meditó un instante sobre ello y, antes de llevarse un trozo de pan a la boca, proclamó:

—En los negocios también es importante saber si estás tratando con una buena persona o con un hijo de puta.

—En eso se equivoca. En los negocios hay que comportarse siempre como si todos los que te rodean fueran unos hijos de puta. Le daré un consejo, Alicia: en los próximos días no confíe en la buena voluntad de nadie, es lo mejor que puede hacer.

Le parecieron palabras bastante sensatas. Lo cierto es que sus dudas no respondían a un sentido práctico, sino a la necesidad de convencerse de que no estaba sola en todo aquello. Pero lo estaba.

—No obstante, responderé a su pregunta —prosiguió su interlocutor e, inclinándose hacia ella, añadió en voz baja—: Diría que sí, que Daniel Adelbert, a su modo, es un buen hombre. Pero mi consejo sigue siendo el mismo, no lo olvide. —Tras aquellas palabras, miró por encima del hombro de Alicia y levantó la voz—. ¡Veo que por fin has decidido regresar con los vivos!

Daniel se había sentado en el sofá y se frotaba los ojos con gesto somnoliento.

—Ha sido el olor de esa tortilla lo que me ha despertado —dijo el interpelado entre bostezos—. ¿Desde cuándo atiendes tan bien a tus invitados? A mí nunca me has preparado comida, tan solo me sirves ese matarratas que te gusta beber.

—Ah, *mon ami*, cuando tu compañía sea tan grata como la de la encantadora Alicia, entonces te colmaré de manjares. Mientras tanto, tendrás que conformarte con matarratas.

Alicia asistió al cruce de invectivas con gesto divertido, hasta que Daniel, que ya se había levantado y se aproximaba a la mesa, se detuvo frente a ella. La observó allí sentada, los pies descalzos recogidos a un lado de la silla, su cabello castaño libre sobre los hombros desnudos, riendo despreocupada, y creyó descubrir a otra persona.

—¿Qué sucede? —preguntó ella.

Él sacudió la cabeza.

—Nada. El sueño te ha sentado bien.

Fue una reacción sincera y carente del más mínimo artificio, y eso pareció turbar a ambos. Un tanto incómoda, Alicia se giró y adoptó una postura más formal sobre la silla, solo para encontrarse con la sonrisa pícara de su anfitrión. Carraspeó, bebió un poco de zumo para disimular y terminó por señalar la pequeña biblioteca al otro lado de la estancia.

—Me ha sorprendido ver que tiene un par de libros impresos junto a la cama —dijo ella para forzar un cambio de tema—. Debe de hacer como veinte años que no veía libros en papel. ¿Puedo? —preguntó, señalando la vitrina.

Frank la animó a curiosear. Ella le tomó la palabra y se aproximó a los estantes. El interés que había fingido como excusa pronto se tornó real. Tomó un volumen cualquiera, uno en francés completamente desconocido para ella, y lo abrió con cuidado. Sus páginas dejaron escapar sensaciones que creía olvidadas. Pasó las hojas y deslizó los dedos sobre el papel poroso.

—El olor de la tinta, el tacto del papel... Te traslada a otro tiempo.

—Así es —corroboró su anfitrión, que la observaba a distancia, respetando ese momento de íntimo reencuentro—, te traslada a una época con alma. Ahora, sin embargo, vivimos tiempos aciagos, de absurdo relativismo.

—No creí que fuera un romántico —señaló Alicia, volviéndose hacia él con el libro entre las manos.

—¿Un romántico? *Au contraire*, querida. Soy un pragmático, alguien que intenta vivir apegado a la realidad, a valores tangibles ajenos a esta sociedad decadente.

Alicia se percató de que Daniel levantaba la vista en un ruego silencioso. El hombretón debió de intuir su gesto, pues se lo reprochó al instante.

—No te burles de mí, Daniel, o le tendré que decir quién me ha conseguido la mayoría de estos libros —lo amenazó levantando un dedo—. Si hay un romántico aquí, es aquel que se gana la vida rescatando pedazos del pasado.

—¿Relativismo moral y decadencia? —repitió Alicia con una sonrisa—. No sabía que estuviéramos tan perdidos.

—Por favor, no lo incites —suplicó Daniel con la boca llena de tortilla.

Pero aquel comentario no arredró al filólogo en la defensa de sus convicciones:

—Nos hemos desentendido de los límites que imponen el corazón y la mente, querida. —El dedo de Frank trazó una línea desde su frente al pecho—. Y lo hemos hecho porque nos impedían seguir expandiéndonos al ritmo que marcaba nuestra ambición. La línea que separaba lo correcto de lo incorrecto, lo importante de lo frívolo, otrora tan nítida y evidente, se ha desvanecido hasta tornarse insoportablemente abstracta. Hemos destruido los pilares de nuestra conciencia colectiva porque nos estorbaban, y ahora habitamos dentro de una cáscara tan hueca que un ligero golpe la quebrará.

Alicia escuchó con atención las divagaciones de aquel eremita.

—No parece tener mucha fe en la especie —replicó finalmente—. Ese golpe fatal no llegará.

—*Oh, mademoiselle! Comment pouvez-vous être si naïve?* Ese golpe ya ha llegado, y ha sido como el impacto certero de un cincel.

Alicia miró a Daniel con expresión confusa y este se encogió de hombros, dándole a entender que él no sabía nada de cáscaras huecas ni cinceles.

—Pero basta de cháchara —concluyó el propio Frank, mientras se dirigía hacia la misteriosa forma elevada que, cubierta por una sábana gris, parecía presidir el ático—. No habéis venido a escuchar los desvaríos de un viejo, y va siendo hora de que nos preparemos para lo que hemos de hacer esta noche.

Tras decir aquello, tiró de la sábana como el mago que se dispone a descubrir su gran truco final. El lienzo cayó al suelo dejando al descubierto lo que a Alicia le pareció el desvarío de un torturador tecnófilo: un gran asiento acolchado de formas curvas que pronto se desvelaba grotesco, pues estaba erizado de agujas de inserción muscular y nodos con neuroreceptores que colgaban a los lados como cabellos desgreñados. Era el altar de aquellos que profesaban la religión del dios binario, el portal que les permitía proyectar su conciencia en el ciberespacio y conectar su frágil mente a la mayor amalgama de información jamás conocida: la Red.

Daniel rascó el fondo de la lata hasta que consiguió desprender un grueso terrón de café apelmazado. Lo aplastó con el extremo de la cuchara y la arenisca negra se deshizo con un crujido. Lo repartió entre las dos tazas que había dispuesto junto al fregadero. Vertió agua hirviendo y removió la mezcla. Poco a poco, el agua se tiñó de tinta y el característico aroma se extendió por la sala.

—Bebe un poco. —Le ofreció una de las tazas a Alicia, que se sentaba en el sofá inclinada hacia delante, los codos apoyados sobre las rodillas mientras contemplaba el suave dormitar de Frank.

Su enorme cuerpo yacía tendido sobre aquel extraño asiento que lo envolvía con suaves formas curvas; el abultado vientre al descubierto y sus gruesos brazos erizados por largas agujas que le inyectaban, lentamente y en el orden programado, las dosis de propofol, betabloqueantes, LSD y psilocibina necesarias para alcanzar el estado de ataraxia inducida. Cables neurotransmisores le envolvían la cabeza como una garra cerrada en torno a su mente, leyendo su corriente electromagnética y bombardeando su córtex somatosensorial con las líneas de código que conformaban la Red.

—Es casi grotesco, pero transmite una rara sensación de paz —comentó Alicia al recoger la taza de café que le tendía Daniel.

—Se encuentra en fase de sueño paradójico, desconectado de este mundo, pero con intensa actividad cerebral. Ha cruzado al otro lado del umbral.

—¿Crees que lo conseguirá?

—No sabemos qué se encontrará allí, pero si todo va bien, no hay motivos para dudar de François. Es un veterano de esta guerra.

Ella asintió y dio el primer sorbo de café. Eran algo más de las once de la noche y las contraventanas se encontraban completamente cerradas. Sin luz exterior, el ático de Frank se encontraba sumido en una media penumbra de fósforo verde, tan solo alimentada por la débil luz que rezumaban las pantallas colgadas de las paredes. Un proyector holográfico instalado en algún punto indeterminado dibujaba en el espacio vacío cientos de sistemas solares, cúmulos estelares y nebulosas planetarias, cada uno girando según la cadencia de su propio reloj, flotando entre los intersticios de aquella oscuridad que los envolvía.

—¿Cuándo podré hablar con mi hija? —preguntó Alicia con calma.

Daniel bebió un poco de café y consultó la hora.

—Aún no ha amanecido en Tokio, y con el desfase que debe de haberles producido el *jet lag* es posible que esta sea la primera noche que hayan dormido bien. Espera un par de horas más, en cuanto hayamos terminado con todo esto, podrás llamarla.

Intuía aquella respuesta, así que no insistió. Se recostó en el sofá y se sentó sobre las piernas cruzadas.

—Es un hombre bastante peculiar —apuntó al cabo de un momento, en referencia a Frank, que seguía sumido en su trance—. Parece anclado en el pasado y, sin embargo, tiene una relación con la tecnología que muy pocos pueden comprender. No me extraña que los llamen brujos.

—He conocido a otros como él —dijo Daniel, sentándose junto a ella—. Todos tienen una personalidad bastante extravagante, algunos incluso se han convencido de que su don les permite entrar en contacto con el último vestigio de Dios que queda entre nosotros. Pero, de todos ellos, Frank es el único que parece más preocupado de habitar este mundo que el otro; está fascinado por las personas, no por la máquina, y eso es algo sumamente extraño en alguien con su talento. Si no sonara ridículo en estos tiempos, diría que es un humanista.

—¿Qué quiso decir con eso del golpe de cincel? ¿Hablaba de terrorismo o algo así?

Daniel también se dejó atrapar por el sofá con un largo suspiro. Contempló el líquido negro entre sus manos y terminó por reír. Parecía haber encontrado algún chiste allí dentro que solo él comprendía.

—¿De verdad quieres saberlo?

Alicia asintió.

—Me tomarás por un chalado a mí también.

—¿Qué te hace pensar que no lo hago ya?

Volvió a reír, pero fue una sonrisa sincera, sin filo.

—Está bien, entonces. Lo primero que tendrías que saber es que hay quien sostiene que estamos sumidos en una guerra que se oculta al gran público, algo así como la primera guerra invisible de la historia.

Alicia esbozó una expresión descreída, como quien trata de decidir si le están tomando el pelo. Daniel, consciente de que semejante aseveración sonaba a pura ficción conspirativa, trató de argumentarlo:

—¿Te suenan las siglas OFM?

Ella repitió aquellas tres letras para sí. Lo cierto es que sí le sonaban de algo, pero nunca había sabido a qué se referían exactamente. Relacionaba aquellas siglas con el discurso habitual de las redes antisistema, y siempre había sobreentendido que denominaban alguna especie de club de expertos fuera de las órbitas gubernamentales, pero desde luego nada que recibiera mucha atención mediática.

—Es algún tipo de organismo no oficial, pero no sé exactamente a qué se dedica.

—No vas desencaminada. OFM son las iniciales del *Observatorio del Fin del Mundo*, una especie de consejo consultivo independiente al que nadie consulta.

—¿Como los organismos asesores de las Naciones Unidas?

—Algo más difuso y, desde luego, nada tan oficial —explicó Daniel—. De puertas para afuera, todo el mundo hace oídos sordos a lo que el OFM tiene que decir, pero a la hora de la verdad su opinión tiene bastante peso en determinados ámbitos de poder, pues el observatorio está formado por expertos reconocidos en distintas materias.

—¿Y sobre qué asesoran?

Él meneó ligeramente la cabeza, incapaz de decidirse por las palabras adecuadas.

—Se podría decir que su función consiste, básicamente, en analizar todo el tráfico de información a nivel mundial, desde la evolución de los mercados bursátiles hasta las palabras más frecuentes en los motores de búsqueda. Cualquier dato vomitado en las redes es tenido en consideración, ya sea oficial, mediático o filtraciones aparecidas en foros independientes; y a principios de cada año emiten un informe que define cuál es nuestra posición en la «Escala del Fin del Mundo», que no es más que una manera dramática de llamar a la sostenibilidad del sistema, estando en un extremo del espectro la utopía tecno-ecologista que permitiría una sostenibilidad infinita, y en el otro... Bueno, por su nombre ya te lo puedes imaginar.

—Y este observatorio es el que ha establecido que estamos en guerra —anticipó Alicia.

—Así es. Hace ocho años el estatus mundial se movió al de II Guerra Fría.

—¿Hace ocho años? ¿Con qué motivo? No recuerdo que hace ocho años hubiera ningún conflicto especialmente importante, más allá de las eternas guerras latentes en África y Oriente Medio.

—Sí que lo hubo. El crack de la bolsa de Nueva York.

—¿El segundo Jueves Negro? Es cierto que fue una hecatombe, pero no un acto de guerra. Wall Street había creado su enésima burbuja financiera, es normal que la bolsa se hundiera.

—No es tan sencillo, hay datos que apuntan a que no se trató de otra depresión cíclica del sistema. De repente, en una misma jornada, los valores de varias de las empresas norteamericanas más sólidas comenzaron a caer de forma simultánea, a pesar de que muchas operaban en sectores que no guardaban ninguna relación entre sí. Eso carece de lógica bursátil, es una incongruencia económica de primer orden, pero no impidió que los brókers comenzaran a vender acciones en bloque provocando una fuga masiva de capital a otros mercados, principalmente al chino. En algunos círculos se considera que aquello fue una detonación controlada de la economía estadounidense, explosiones en los puntos justos. Después, el irracional mercado de valores se encargó de propagar la onda expansiva. El resultado fue que el PIB de Estados Unidos se desplomó en pocos meses, se perdieron cientos de miles de puestos de trabajo y el eje industrial se trasladó a China, que consiguió colocarse a la vanguardia tecnológica mundial.

—Todas las empresas están sujetas a los movimientos arbitrarios del mercado, pero no hay forma de provocar una caída selectiva de determinados valores.

—Sí es posible. El OFM considera que este fue el mayor ataque informático entre países que se haya documentado. China consiguió manipular artificialmente las cotizaciones de Wall Street, lo que resulta plausible si se analiza cómo habían tomado posiciones previamente las empresas chinas en distintos mercados, de tal forma que fueron las principales receptoras del flujo de inversores una vez se produjo la detonación. El observatorio estableció este acontecimiento como el punto 0 de la II Guerra Fría, en la que ahora estamos inmersos.

—¿Y estas teorías corren por la Red sin que nadie les preste atención?

—Te puedo asegurar que no pasan desapercibidas. Hay determinados *lobbies,* tanto gubernamentales como corporativos, que invierten mucho dinero en analistas que estudian a fondo los escenarios globales descritos por el *Observatorio del Fin del Mundo* y construyen sus propios escenarios hipotéticos, intentando elaborar predicciones fiables de qué sucedería dentro de la matriz cerrada que es el sistema. La fantasía es que un equipo de analistas bien entrenados, con total acceso al flujo de información global, sería capaz de predecir la evolución de los mercados o el desarrollo geopolítico con bastante precisión. Como oráculos capaces de ver el futuro.

—¿Con acceso total al flujo de información? ¿Como los ciberbrujos?

—Se sabe que varios de ellos forman parte de estos grupos de trabajo.

Alicia sacudió la cabeza con expresión apesadumbrada.

—Al final, todo, incluso el talento más asombroso, es manipulado y puesto al servicio de la única meta que somos capaces de concebir como sociedad: ganar dinero.

—Ahora empiezas a hablar como él —ironizó Daniel, señalando con su taza de café al hombre encajado en aquel trono de acero, plástico y fibra óptica.

—¿Qué estará viendo ahora mismo? —reflexionó ella en voz alta—. ¿Cómo será cruzar al otro lado del umbral?

—No estoy seguro de querer saberlo.

Todo rastro de François había desaparecido. La pesada mortaja que era su cuerpo, un lastre de carne, huesos y vísceras en constante descomposición, había quedado atrás; al igual que los temores, anhelos y pasiones que condicionaban su mente, disueltos ahora en la inconmensurable vastedad del océano binario. Ya no era François, era conciencia pura e infinita. Rotos los grilletes de la carne y de las tribulaciones humanas, no cabía expresión máxima de libertad. Era tan fácil perderse allí dentro, dejarse arrastrar por el reflujo de la marea. Pero se obligó a concentrarse; se había entrenado para superar la arrebatadora euforia inicial, para evitar convertirse en un alma a la deriva en el mar de la información, como le sucediera a tantos que se habían atrevido a cruzar el umbral sin la disciplina necesaria.

A su alrededor veía girar los nodos de comunicación como constelaciones reflejadas en aguas de un azul profundo. Aquella era la forma correcta de traducir el código, o al menos lo era para él, sumergido en un océano nocturno que se confundía con un firmamento carente de horizonte. Porque allí no había líneas delimitadoras, podía proyectar su conciencia hasta donde su imaginación y su fuerza de voluntad le permitieran. En su mente tenía grabado a fuego su destino. Aquello que al otro lado no era más que una sucesión de números carentes de espíritu, allí dentro era una brújula que marcaba el norte con claridad. Los apéndices de su percepción se hundieron en una inmensa nebulosa de palpitante interconexión, quizás Turín, quizás París, y tiraron con fuerza del resto. Lo que era ahora François se fragmentó en mil astillas de conciencia que viajaron a través de las señales satélite y de los nervios de fibra óptica, hasta reconfigurarse en el punto de anclaje.

Se detuvo un instante para recuperar el aliento, para recomponer su yo en aquel flujo cambiante que hacía inútil cualquier cartografía. Pero era un navegante veterano, su estrella polar brillaba con intensidad pese a la distancia, y solo tenía que continuar aproximándose a ella. Lo hizo poco a poco, asegurando bien sus asideros, sin expandir su conciencia tan lejos que corriera el riesgo de diluirse y quedar diseminada en aquel espacio sin fin, incapaz ya de recordar quién había sido.

Con paciencia y respetando las reglas, llegó a su destino y se aproximó hasta los lindes de seguridad. Lo que en la distancia era un punto de luz que latía con su propio pulso, tan cerca no era más que una pequeña amalgama de líneas, apenas una urdimbre deshilachada. Habló con la máquina y esta le dio la bienvenida, pero en cuanto penetró en el servidor comprendió que algo iba mal. Allí había alguien más, no las torpes IAs de seguridad que patrullan los yacimientos de información enterrados en la subred, sino algo más cruel. Intentó salir, pero se le negó tal posibilidad. Estaba encerrado con alguien que pretendía que aquel lugar fuera su tumba.

Daniel dejó su taza en el suelo y se acercó al cuerpo atrapado en la telaraña de agujas y cables.

—¿Qué ocurre? —preguntó inmediatamente Alicia, que había percibido cierta urgencia en su reacción.

—Sus ojos han dejado de moverse.

Ella también se aproximó y comprobó que, efectivamente, nada se movía bajo los párpados cerrados.

—¿Eso es malo?

—Ha entrado en fase no REM. —Le tomó el pulso en la carótida y observó cómo su ritmo respiratorio se reducía paulatinamente—. Se está sumiendo en sueño delta.

—¿Me lo puedes explicar con palabras normales? —exigió Alicia.

—Es una fase del sueño demasiado profunda en la que apenas hay actividad cerebral. Esto no debería estar pasando.

—¿Qué podemos hacer?

—Hay que despertarlo. Llena la bañera de agua fría. ¡Corre!

Alicia se precipitó hacia la pequeña sala de baño que había junto a la cocina. Tanteó la pared con desesperación en busca del interruptor de la luz, hasta que se dio por vencida y, a oscuras, apartó la cortina de plástico con violencia. Lo último que quería era que alguien más sufriera daño, se decía mientras giraba con desenfreno el grifo del agua fría. Las viejas tuberías de cobre comenzaron a vibrar ruidosamente y el agua manó a borbotones, mezclada con las bolsas de aire atrapadas en la instalación. Buscó el tapón atropelladamente y selló el fondo de la bañera antes de volver al salón.

Allí, Daniel extraía las largas agujas que perforaban los brazos de Frank con movimientos firmes y precisos, con cuidado de no desgarrar ninguna vena en el proceso. A continuación, arrancó la maraña de cables que se aferraban a la cabeza y llamó a Alicia para que le ayudara a levantarlo.

Se pusieron a ambos lados de Frank y cada uno se echó uno de los pesados brazos por encima del hombro.

—Esto va a ser duro —le advirtió Daniel—, es un peso muerto. Aprieta los dientes y haz fuerza con las piernas.

Ella asintió y tiraron al unísono. Consiguieron levantarlo y desencajarlo del sillón, pero las piernas de Alicia, de músculos largos acostumbrados a correr, cedieron bajo el peso y cayó al suelo. Afortunadamente, Daniel resistió lo justo para evitar que quedara aplastada. Lentamente, dejó caer el cuerpo inconsciente en el suelo.

—Es imposible levantarlo —señaló Alicia, intentando respirar profundamente y mantener la cabeza fría—. Tenemos que arrastrarlo hasta la bañera.

Así lo hicieron. Cada uno tirando de un brazo con todas sus fuerzas. Los pies de Alicia resbalaban sobre el suelo mientras las contusiones que se había provocado con la caída comenzaban a arder. Pero continuó tirando, apretando los dientes y concentrando todas sus fuerzas en las piernas. De algún modo lograron arrastrar el cuerpo hasta el baño.

—Apenas respira —observó Daniel con premura—. Va a entrar en coma.

Tiraron de Frank con un último esfuerzo. Alicia creyó escuchar cómo cada fibra de su cuerpo se contraía hasta deshacerse, pero cuando el dolor ya resultaba insoportable, el brujo cayó al agua y el dolor cesó. Abrió los ojos y contempló aquel inmenso cuerpo varado en la bañera desbordada. Comenzó a recolocarlo de manera que estuviera lo más sumergido posible en el agua fría.

Mientras tanto, Daniel corrió de vuelta al salón y Alicia pudo escuchar cómo abría la nevera y rebuscaba algo con movimientos bruscos, provocando un desordenado tintineo. Volvió al cabo de un instante que se hizo eterno. Traía un blíster de plástico alargado que abrió con la boca, dejando a la vista una afilada aguja acoplada a un tubo metálico. Sin detenerse un momento, clavó la aguja en el cuello de François y apretó el inyector hasta el fondo. Luego, silencio.

Ambos permanecieron de pie junto a la bañera, sin saber muy bien qué más hacer. Ahora que Daniel había encendido la luz, Alicia comprobó que estaban empapados y con el cuerpo lleno de moratones. Los dedos le dolían con solo flexionarlos.

—¿Qué le has inyectado?

—Dopamina y norepinefrina sintéticas.

—No surte efecto.

—Tenemos que esperar a que el corazón lo bombee hasta el cerebro.

—Se lo has clavado justo en el cuello, no creo que debiera tardar tanto.

En ese momento Frank abrió los ojos como un muerto revivido. Su semblante estaba desencajado, su mirada desquiciada. Se incorporó con movimientos espasmódicos, desesperados, y se agarró a la cortina para intentar levantarse. La arrancó de cuajo y cayó fuera de la bañera con un estruendoso chapoteo, pero no se detuvo. Se puso en pie con precipitación y salió de allí con pasos bamboleantes, apartando a un lado a Daniel y Alicia, que lo observaban conmocionados.

Cuando consiguieron reaccionar, siguieron a Frank al salón y lo encontraron apoyado en la mesa de la cocina, con la botella de su napalm casero inclinada sobre el gaznate. El alcohol corría garganta abajo y rezumaba por las comisuras y sobre el pecho, hasta que Daniel le arrebató la botella de las manos. Entonces, regresando poco a poco a este mundo, el hombretón consiguió enfocar la mirada en el rostro de su amigo.

—*Daniel, cher ami...*

Este lo guio hasta el sofá, le obligó a sentarse y se acuclilló frente a él, en un intento de establecer contacto visual.

—¿Qué ha sucedido, Frank? ¿Han fallado las drogas?

El interpelado meneó la cabeza antes de hablar; parecía necesitar más tiempo de lo habitual para verbalizar sus pensamientos.

—Era una trampa, Daniel, me estaban esperando.

—¿IAs?

Frank negó con la cabeza.

—Brujos, por lo menos tres, dentro de la red. No sé qué esconden allí dentro, pero no están dispuestos a que nadie llegue a ello con vida.

Daniel se giró hacia Alicia con una mirada de hielo.

—Me dijiste que tu *hacker* no intentó forzar la caja, que salisteis de allí sin ser detectados.

Ella se mantuvo en silencio, consternada ante la posibilidad de que todo aquello fuera culpa suya, de sus secretos y cautelas.

—Estoy segura de que no nos detectaron —consiguió decir.

—Pero husmeasteis en la intranet, ¿verdad? Tuvisteis que dejar algún rastro.

Para su propia sorpresa, no respondió. Quería mantener sus cartas cubiertas a toda costa, eran lo único que la mantenían dentro del juego.

—No tiene por qué ser así —intercedió Frank, con la voz aún entrecortada—. Puede que los brujos estuvieran ya allí pero no detectaran una incursión tan rudimentaria. Un simple *hacker* volaría por debajo de su radar, al fin y al cabo, sería imposible que descerrajara la caja.

Todos sabían que aquello no era verdad, pero le dio a Alicia la salida que necesitaba.

—Lo único cierto —prosiguió el brujo— es que no podréis acceder a ese servidor a través de la Red, es una fortaleza digital impenetrable. La única manera de llegar a la caja ultra es a través de un acceso directo..., y aun así existiría el problema de desencriptarla. Por lo que hemos visto esta noche, alguien ha empleado muchos recursos en forjar esa cerradura.

Daniel caminó hasta la silla más próxima y se dejó caer en ella, agotado. Levantó la vista hacia el cielo, pero se encontró con un viejo techo cruzado de vigas torcidas que parecían a punto de desmoronarse sobre él.

—Con acceso directo —intervino Alicia— quieres decir que habría que asaltar el lugar físicamente, como vulgares ladrones.

Frank asintió.

—No sé lo que estáis buscando, pero mi consejo es que lo dejéis correr. Nada vale tanto dinero.

—No es una cuestión de dinero —señaló Daniel—. ¿Qué harías por desentrañar el secreto de la organización más influyente de este siglo?

—Un secreto dentro de una caja dentro de una cámara. Como en el antiguo Egipto —apuntó el hombretón—. Luchas contra un coloso, el tipo de empresa desesperada tan del gusto de Daniel Adelbert. Pero hay algo más, ¿verdad? Crees que en esa caja encontrarás respuestas que te conciernen.

Alicia miró de soslayo a Daniel, esperando que negara tal aseveración, pero este permaneció en silencio, con la mirada perdida entre las tinieblas del techo.

—En ese caso, solo hay una manera de abrir la caja —concluyó Frank.

—Hsen Sek —dijo Daniel, y aquel nombre extraño sonó como una maldición en sus labios.

Alicia se interpuso entre los dos, intentando llamar su atención.

—Sé que estáis hablando en inglés para que pueda seguiros, pero os juro que no entiendo nada de esto.

Frank se giró hacia ella y, aunque con dificultad, recuperó su expresión risueña.

—Al parecer, querida, tendrá que visitar la utopía digital de nuestra era hecha carne, cemento y acero. Salude a Singapur de mi parte, y trate de salir de allí cuanto antes.

Capítulo 17
Secretos ocultos en papel y tinta

La sala VIP del aeropuerto de Marsella permanecía tranquila aquella mañana de jueves. Su atmósfera a media luz, difuminada por unos leds rosados que recorrían las paredes y el techo, le daban un aspecto extraño, como un club nocturno desangelado en una noche lluviosa. Alicia, no obstante, agradecía la relativa paz de aquel lugar de tránsito. Sentada a solas junto a una mesa que daba al patio interior, su mirada permanecía perdida en las lánguidas ondulaciones del jardín zen al otro lado del cristal. Los trazos en la arena, concéntricos alrededor de cada roca volcánica, quizás tuvieran por objeto aliviar la espera de los viajeros, pero a ella, presa de sus circunstancias, le recordaban los dibujos de suaves formas y cálidos colores que Lara le traía de la guardería cuando era pequeña.

Hacía apenas un par de horas que había hablado con su hija y la conversación había tenido un extraño efecto en ella: mientras la pequeña le relataba, fascinada, cada hallazgo de su improvisado viaje a Japón («¡la gente es muy amable, mamá, tienen cafeterías con un montón de gatos con los que puedes jugar, y hay dibujos animados por todas partes!»), ella intentaba conciliar la sonrisa que le producía escuchar el entusiasmo de su hija con las lágrimas de saberla tan lejos. La conversación terminó con Javier al teléfono, asegurándole que todos estaban bien y que intentarían tomarse aquello como unas inesperadas vacaciones, «ya hablaremos a la vuelta sobre lo que estás haciendo con tu vida y la de nuestra hija».

Tras colgar, Alicia quedó sumida en una extraña melancolía, no por la seca despedida del que fuera su marido, pues estaba convencida de merecer esas palabras, e incluso otras más duras (que a buen seguro llegarían), sino por la persistente idea de que había puesto a su hija en peligro. Desde un principio había asumido, con la estúpida determinación de quien no tiene conocimiento de causa, que estaba dispuesta a lo que fuera con tal de descubrir qué le había sucedido a Will. Pero cuando asaltaron su piso y la tirotearon en su propio edificio, comprendió la verdadera y terrible dimensión de lo que estaba haciendo. Seguía con vida de milagro y, sin embargo, lo peor de aquella noche fue pensar qué habría ocurrido si su hija hubiera estado en casa con ella. Ponerla relativamente a salvo le había permitido seguir adelante, pero aquella noción, el miedo corrosivo a lo que pudo ser, no desaparecía. Más bien al contrario, había horadado las capas de su subconsciente hasta penetrar en el corazón mismo de sus temores y remordimientos.

Apartó la vista del jardín y miró el bolso que reposaba sobre sus muslos. Allí estaba todo su equipaje: la ropa interior y los escasos objetos de aseo que le había dejado Silvia, la mujer que ahora compartía cama con el padre de Lara. Así sentada, con la vista perdida en un bolso cerrado, fue consciente de que su aspecto debía resultar de lo más miserable. Cuadró los hombros y levantó la cabeza. Quizás la acosaran los remordimientos y el miedo, y a buen seguro que estaba harta de no poder cambiarse de ropa, de dormir a deshoras y de tener que usar las bragas de otra mujer, pero no desfallecería. Pondría punto y final a lo que ella misma había comenzado.

Alguien apoyó una mano sobre su hombro.

—Alicia, hay alguien que quiere hablar contigo.

Se volvió hacia Daniel. Este había permanecido la última media hora hablando por teléfono en un rincón apartado, y ahora volvía con aquel extraño requerimiento.

—¿Conmigo? ¿Aquí?

Él asintió y le indicó que debía seguirlo. Fueron hasta una de las salas reservadas de la zona VIP y Daniel abrió la puerta instándola a pasar.

Dentro había dos personas sentadas en un enorme e incómodo sofá de diseño.

—Ella es Clarice, procura no llevarle la contraria —la presentó Daniel—. Y a él creo que ya lo conoces.

—¡Girard! —murmuró Alicia, temiendo que la falta de sueño le estuviera jugando una mala pasada.

Su amigo se puso en pie, con una sonrisa como jamás le había visto, y la rodeó con un profundo abrazo. Sí, aunque fuera la última persona a la que esperaba encontrar allí, era él: su camisa mal planchada, su pelo descuidado, su olor a colonia de supermercado. Todo en él le resultaba reconfortante, pero la emoción del reencuentro la cogió desprevenida y debió hacer un esfuerzo por tragarse las lágrimas.

Tan solo habían transcurrido tres días desde la última vez que se vieron en el café 1984, pero bien podrían haber pasado tres años. O treinta.

—¿Cómo te encuentras? —preguntó Girard, sujetándole la cara con ambas manos mientras la miraba a los ojos—. ¿Y Lara, está bien?

—Sí, está con su padre. Están en un lugar seguro —lo tranquilizó ella, permitiéndose sonreír por fin. Y al ver el apósito que cubría el pómulo de su amigo, preguntó—: ¿Qué te ha sucedido?

—Sabes que se me va la mano afeitándome —quiso bromear, pero su voz sonó débil, incapaz de ocultar las secuelas del trance.

Aunque hablaban en español, incluso para Clarice resultó evidente a qué se refería Alicia.

—Fenris envió a uno de sus agentes a interrogarlo —terció la guardaespaldas de Inacorp—. Afortunadamente para él, el señor Adelbert nos advirtió de que probablemente había otra fuente de información en este caso, y que podía estar a punto de caer en las manos equivocadas.

Alicia desvió la mirada hacia Daniel.

—¿Espiaste la llamada que hice desde la autopista?

—No fue necesario. Cuando me dijiste que había un amigo al tanto de tu investigación, resultó sencillo averiguar de quién podía tratarse. Solo hay tres personas cuyas huellas pueden abrir la puerta de tu apartamento.

Su vida estaba completamente expuesta, pensó Alicia, ¿quién más podía sufrir las consecuencias? Consternada, dedicó a Girard una mirada cargada de culpabilidad.

—Lo siento tanto, nunca debí meterte en esto.

—Eh, no me has metido en ningún sitio. Me metí yo solito, ¿recuerdas?

Ella negó con la cabeza. No estaba dispuesta a dejarse consolar por alguien cuya vida había puesto patas arriba.

—Además —sonrió Girard—, siempre quise probar el periodismo *gonzo*. Ahora ya sé que no está hecho para mí, prefiero mantener una distancia prudencial con los hechos.

—¿Qué va a pasar con él? —preguntó Alicia.

—No somos una ONG, señora Lagos —le recordó aquella mujer de rasgos dulces y voz dura—. Le hemos ofrecido protección a cambio de información. Creemos que ya es hora de que nos explique todo lo que ha averiguado sobre el Proyecto Zeitgeist, y que nos entregue los documentos que le envió William Ellis.

Alicia miró alternativamente a Daniel y a su amigo. Antes de que pudiera abrir la boca, Girard intercedió:

—¿Puedo hablar con ella un momento, a solas?

—No —rechazó de plano Clarice—. Este encuentro es una muestra de buena voluntad, nada más. Si aceptan nuestros términos, el señor Girard será trasladado a un lugar seguro y permanecerá bajo custodia.

—¿Adónde lo llevaréis?

—Es más seguro para todos que no lo sepas, Alicia —intervino Daniel—. Es el protocolo básico en los programas de protección.

Ella guardó silencio durante un breve instante. Sabía que la seguridad de Girard era innegociable, pero no podía darse por vencida.

—Está bien —asintió finalmente—. Le contaré a Daniel lo que he averiguado por mi cuenta... También le dejaré realizar una copia del documento que me envió William. Pero lo haré cuando ambos hayamos llegado a nuestro destino. Si hablo ahora, me dejaréis al margen.

Daniel negó con la cabeza mientras esbozaba una media sonrisa.

—Señora Lagos —aquella mujer masticó su nombre al pronunciarlo—, no está en situación de imponernos condición alguna.

—Déjalo, Clarice —Daniel levantó una mano con gesto pacificador—. Lo haremos como ella dice.

—No veo el motivo.

—Confío en ella. Sé que lo hará. Además, la seguridad de sus seres queridos depende de vosotros... ¿Qué podéis temer?

—Estás involucrando a una civil en una operación de alto riesgo, Daniel. Si le ocurre algo, aquí solo habrá un responsable. —Clarice le golpeó el pecho con el dedo mientras le advertía, pero él se encogió de hombros.

—Si le ocurre algo, será responsabilidad suya. Es la que ha insistido en acompañarme.

—Entonces, ¿estamos de acuerdo? —Alicia quería evitar que la posibilidad se disipara.

La mujer de Inacorp les dedicó a ambos una mirada torva.

—Despídanse, el señor Girard debe tomar un vuelo.

Alicia y su compañero se abrazaron una última vez. Antes de separarse, él le susurró: «baño de caballeros, tercera puerta».

Cuando Girard se apartó, ella lo miró confundida, su inesperada confidencia resonaba con aliento cálido en su oído. Él se limitó a sonreír y llevarse dos dedos a la frente a modo de despedida.

Lo vio marchar, escoltado por aquella desconcertante joven que parecía sentir la necesidad de comportarse como una auténtica hija de perra para compensar su encantador aspecto.

—Vamos —la llamó Daniel—, Clarice se reunirá después con nosotros, será la encargada de llevarnos hasta Singapur.

Alicia tardó un instante en reaccionar.

—Dame un momento, quisiera ir al baño. —Y sin esperar respuesta, se encaminó a los aseos de la zona VIP. Aunque no sabía muy bien qué esperaba encontrar allí.

Se adentró en un pasillo revestido de mármol negro atravesado por filamentos de luz rosa, que desembocaba en una pila de lavabo y un espejo de estilo rococó. «¿Qué se metía el decorador?», se preguntó, mientras observaba que, a la izquierda del tocador, se encontraba la entrada al baño de señoras, y a la derecha, el de caballeros. Cerró los ojos, tomó aire, y entró por la puerta de la derecha.

Afortunadamente, solo una persona hacía uso del aseo: un orondo viajero con mostacho a juego silbaba distraídamente frente a uno de los urinarios. En cuanto vio entrar a Alicia, el buen hombre se giró azorado, dándole la espalda mientras la miraba, entre el pudor y la desaprobación, por encima del hombro.

—*Excuse moi* —dijo Alicia, interponiendo una mano entre sus ojos y el sorprendido caballero—. Será solo un momento.

Y para indignación de aquel señor, que había visto interrumpido su momento de desahogo, la intrusa, en lugar de girar en redondo para salir de allí, pasó junto a él y se encerró en la tercera cabina del aseo.

Alicia bloqueó la puerta y se apoyó contra ella. ¿Qué se suponía que debía hacer ahora? Miró a su alrededor, en el techo y en el suelo, pero no había nada a la vista. Tampoco parecía haber huecos donde esconder algo: la cisterna estaba integrada en la pared y el inodoro tenía un sistema de lavado a presión, por lo que no había soporte para el papel higiénico ni papelera.

Alguien tocó a la puerta, sobresaltándola.

—*Madame, ce n'est pas votre toilette* —dijo el otro ocupante del baño.

Ella giró sobre sí misma, tratando de ganar tiempo para desentrañar lo que le había querido decir Girard.

—Solo un momento —respondió—, es una urgencia.

Y descubrió que alguien había dibujado en la puerta del aseo una flecha que apuntaba hacia arriba. Siguió su recorrido y se encontró mirando al techo.

—*Madame!* —Los golpes volvieron a resonar.

—¡Un momento, le he dicho! —exclamó con poca delicadeza.

«*Oh, c'est intolérable!*», escuchó decir al caballero al otro lado, mientras ella, frunciendo el ceño con expresión pensativa, se subía sobre el inodoro.

Allí arriba solo había paneles de yeso y un pequeño plafón que protegía una bombilla de luz difusa. Pareció dudarlo un momento, pero finalmente se puso de puntillas y comenzó a desenroscar la pequeña pieza de acero y cristal. Volvieron a llamar a la puerta, pero ella hizo caso omiso y prosiguió con su empeño. Finalmente, el plafón se desprendió y sobre su cabeza cayó lo que parecía un pequeño papel doblado.

Se bajó de la taza, recogió la hoja y la desplegó. Al instante reconoció los apretados garabatos de Girard. Su letra apenas había cambiado desde que tomara apuntes en la universidad, en su insistencia de no utilizar un transcriptor:

«Alicia, espero no habértelo puesto muy complicado. Esta nota es lo único que se me ha ocurrido. Al parecer van a llevarme a una especie de refugio de montaña cerca de Noruega, o eso es lo que he creído entender. Espero que puedas venir a buscarme...».

—*Madame, madame! Je dois insister!*
—¡¿Se quiere callar de una puta vez?!
—*Oh là là!*

«... Espero que puedas venir a buscarme cuando todo esto acabe, no me fío de esta gente. Y ahora presta atención: fui por mi cuenta a la reunión con el profesor Barraqués. Le mostré el documento que obtuviste de los servidores de la fundación suiza y dijo conocer el nombre que figura como director del proyecto: Lester Logan. Según él, es un genetista de cierto prestigio que cayó en desgracia entre la comunidad científica. No termina ahí la cosa, me aseguró que un colega lo identificó hace unos años en una especie de congreso en Ciudad del Cabo, oculto bajo otro nombre. Me dijo que intentaría contactar con dicha persona por si existía la posibilidad de que recordara cuál era ese nombre. Creo que puede ser una línea de investigación bastante sólida, Alicia. No le he dicho nada de esto a nadie, ni al cabrón que mandaron a por mí, ni a mi nueva amiga. Espero que pueda serte de utilidad. Deséame suerte. G».

Alicia leyó la breve carta una vez más, antes de aplastarla y tirarla al inodoro. Pulsó el botón de la cisterna y se aseguró de que el pedazo de papel se había ido por el desagüe. Solo entonces abrió la puerta.

Al otro lado le aguardaba el estirado caballero que parecía haberse arrogado la labor de policía de los cuartos de baño. Ambos se sostuvieron la mirada, mientras ella se planchaba con las manos los pliegues de la chaqueta y el pantalón. Sin ceder ni un parpadeo, Alicia abandonó el aseo con paso firme.

Por segunda vez aquella mañana, un jet privado de Inamura Corporation partió del aeropuerto de Marsella. Con combustible para más de nueve horas de vuelo, estaba previsto que llegaran a Singapur poco antes de las cuatro de la madrugada hora local: una travesía larga que invitaba a dormir, según le advirtió Daniel. Y aunque a Alicia le habría encantado poder seguir dicho consejo, se le hacía complicado conciliar el sueño a 43.000 pies de altura.

Abrió los ojos, harta de pelearse con el duermevela, y miró por la ventanilla. Atravesaban un banco de nubes grises que empapaba el fuselaje con diminutas gotas de destellos metálicos. Ocasionales sacudidas anunciaban turbulencias, pero aquello no parecía inquietar a Daniel, que dormía plácidamente frente a ella, recostado en un amplio butacón atornillado al suelo.

Alicia echó a un lado las mantas con que se había cubierto y miró a su alrededor. No le apetecía permanecer a solas, ya sabía los derroteros que tomarían sus pensamientos, pero su compañero de viaje no parecía tener la menor intención de despertarse. Fue hasta el mueble bar y se sirvió un whisky en un vaso de plástico. Tras un par de tragos dirigió la vista, dubitativa, hacia el pasillo que conducía a la zona de la tripulación. Sopesó la idea un buen rato; finalmente se decidió a cruzar el corredor y llamar a la cabina del piloto. Golpeó tres veces con los nudillos y entreabrió la puerta sin esperar una respuesta.

El interior se encontraba casi a oscuras, tan solo se apreciaba la luz azulada que identificaba la ubicación de los controles y los datos de vuelo proyectados frente a los dos puestos de mando. Uno permanecía vacío, en el otro se sentaba Clarice, inclinada hacia delante con los codos apoyados en las rodillas mientras parecía limpiar algo entre sus manos. Alicia tardó un instante en comprender que eran las piezas de una pistola desmontada.

—¿Le molesta si me siento aquí? Llevo dos horas desvelada y comienzo a aburrirme ahí atrás.

La comandante del vuelo levantó la vista y, sin inmutar el gesto, continuó con su labor. Tardó un instante demasiado largo en responder.

—Siéntese. Pero procure no tocar nada.

No era tan mal comienzo, pensó Alicia, que había temido ser expulsada de allí como los mercaderes del templo. Giró el asiento libre y se acomodó, con cuidado de no rozar ningún instrumental de vuelo. Observó durante un rato cómo la joven, con proceder metódico, utilizaba un cepillo para limpiar y lubricar algunas de las piezas.

— Dicen que un buen mantenimiento es muy importante —dijo para romper el hielo.

Clarice asintió con la cabeza.

—¿Entiende del cuidado de armas, señora Lagos? —preguntó, mientras utilizaba una pequeña linterna para comprobar si quedaban rastros de suciedad en la aguja percutora y el resorte de la corredera.

—Con Alicia basta. Y no, no entiendo mucho, solo he ido un par de veces a una galería de tiro. Hace muchos años.

—No es habitual en Europa que la gente practique con armas.

—Solo un par de veces —repitió—. Mi padre era tirador deportivo.

Clarice volvió a asentir, pero Alicia no supo decir si por su comentario o si, simplemente, se mostraba satisfecha por el estado del arma. Comenzó a reconstruir la pistola, empezando por las piezas más pequeñas.

—¿Recuerda cómo se usa un arma?

—Apenas, la verdad.

—Pero si se encontrara en una situación de riesgo y pudiera recurrir a una, ¿la utilizaría?

—Espero no verme en una situación así —respondió Alicia.

Clarice la miró con extraña intensidad.

—No es eso lo que le he preguntado.

Dubitativa, la periodista se echó hacia atrás en su asiento.

—Sí, creo que me atrevería a utilizarla.

—Entonces, probablemente se haría daño a usted misma. Usar un arma en una situación de estrés, recordando «apenas» cómo se hace, solo incrementa sus posibilidades de terminar con una bala en el cuerpo.

La guardaespaldas extrajo una segunda pistola de un pequeño compartimento situado en al suelo.

—Esto es una Beretta 92FS, la semiautomática que ha empleado durante décadas el ejército de los Estados Unidos, aunque ellos la llaman M9. Muéstreme cómo la utilizaría. —Le tendió el arma sujetándola por el cañón.

Alicia tragó saliva y empuñó la pistola. Era pesada y compacta, como debía ser una herramienta de muerte. El temor a un accidente la llevó a comprobar, en primer lugar, que no estuviera cargada, palpando la parte baja de la culata.

—Ha hecho dos cosas bien y una muy mal —observó Clarice, que extendió la mano para que le devolviera la pistola—: Ha mantenido el dedo fuera del gatillo y ha comprobado si había un cargador dentro, pero lo primero que se debe hacer al recibir un arma es cerciorarse de que el seguro está puesto. —Retiró el seguro para mostrarle cómo un punto rojo quedaba visible bajo la corredera, y volvió a ponerlo—. Una vez sabe que la pistola está asegurada, debe proceder a cargarla. Tome, sujétela.

Le devolvió el arma y Alicia la recibió más indecisa aún, pero tuvo buen cuidado de seguir las instrucciones y comprobar el seguro. A continuación, Clarice le tendió un cargador.

—Esto es un cargador con quince balas de nueve milímetros. Cargue el arma y tire de la corredera hacia atrás.

La periodista obedeció con reticencia. No le gustaba aquel examen.

—Ahora hay una bala en la recámara. Le bastaría con quitar el seguro y apretar el gatillo para disparar. Pero será mejor que no lo haga aquí. —Y aquello fue su único apunte distendido—. ¿Sabe cómo descargarla?

Alicia negó en silencio.

—Debe presionar el botón en el lado izquierdo de la culata, es el resorte de retenida que libera el cargador.

Alicia siguió sus instrucciones y extrajo el cargador de la pistola.

—Apunte hacia el suelo y tire de la corredera para que salga la bala en la recámara. —Así lo hizo, y la bala cayó, inofensiva, sobre el suelo enmoquetado—. Ahora retire el seguro y apriete el gatillo para cerrar la corredera.

Alicia obedeció, y la pieza de metal saltó con un chasquido violento.

—En este momento el percutor está amartillado —prosiguió su instructora—. Debe volver a apretar el gatillo para que baje el percutor si desea introducir otro cargador. Repítalo todo.

Alicia hizo memoria y repitió los pasos lentamente: introdujo el cargador, tiró de la corredera hacia atrás para meter la bala en la recámara, puso el seguro y levantó el arma un palmo haciendo el ademán de apuntar.

—Ahora debería quitar el seguro y presionar el gatillo para disparar, ¿verdad?

Clarice asintió.

—Descárguela.

Su alumna procedió a ello, ganando seguridad a cada paso: liberó el cargador, volvió a tirar de la corredera para que saliera la bala, quitó el seguro, presionó el gatillo para cerrar la corredera y volvió a presionarlo para bajar el percutor.

—Bien, lo ha pillado a la primera. Ya solo necesita repetirlo hasta que pueda hacerlo dormida.

—¿Por qué me explica todo eso? —quiso saber Alicia, mientras, aliviada, le devolvía la pistola descargada.

—Según tengo entendido, en los últimos días han disparado contra usted. Me parece una persona que necesita aprender a defenderse.

—Pero no tengo ninguna pistola.

—Ni le recomiendo que la tenga. Pero si insiste en seguir adelante con este juego, no le vendrá mal saber cómo disparar en caso necesario.

La simple idea de volver a verse involucrada en un tiroteo hizo que un escalofrío la estremeciera hasta el alma. Trató de engañarse diciéndose que aquella mujer no la quería allí, así que, muy probablemente, tan solo estuviera exagerando las circunstancias para desalentarla.

—Perdone que se lo pregunte, pero ¿no es muy joven para...? Bueno, no sé cómo llamar a lo que hace. Para vivir rodeada de armas.

—Soy la agente de seguridad personal del señor Inamura. Y no soy tan joven como aparento, pero si se siente más tranquila, le diré que me prepararon para esto desde que cumplí trece años.

—Vaya... —musitó Alicia, y tomó el vaso de whisky que había dejado a un lado para vaciar un buen trago—. Quizás no sea asunto mío, pero si su responsabilidad es la seguridad de Inamura, ¿qué está haciendo aquí?

Clarice levantó sus finas cejas rubias ante aquella pregunta, dando a entender que eso mismo le gustaría saber a ella. Sin embargo, su respuesta fue más pragmática:

—Eso quizás le dé una idea de lo importante que es para nosotros esta investigación.

Alicia supo leer la indirecta entre líneas, pero optó por refugiarse tras un nuevo trago.

—Tengo una duda, señora Lagos... Alicia. ¿Por qué está haciendo esto? ¿Tanto se aburre uno con un trabajo de oficina y una familia..., o lo que sea que usted tiene?

Alicia la miró por encima del filo de su vaso, midiendo sus palabras para no mandarla a la mierda.

—He puesto en peligro a la gente que quiero, gente que ahora depende de mí —respondió con voz calma—. No puedo limitarme a esperar cruzada de brazos a que otros resuelvan los problemas que yo he causado.

—Eso es, exactamente, lo que todos esperaríamos que hiciera: apartarse a un lado y dejar que los profesionales nos encargáramos de esto. Todos estaríamos más tranquilos.

—Todos menos yo. No confío en ustedes.

Clarice sonrió con un asomo de complicidad. Aquel ataque de sinceridad parecía complacerla.

—Probablemente yo tampoco lo haría —reconoció—. ¿Y Adelbert, confía en él?

—Él mismo me recomendó que no lo hiciera. Sé que estoy sola en esto.

—¿Eso hizo? —preguntó la joven, divertida—. Dígame, ¿cómo la está tratando? Debe sacarle de quicio depender de la información que usted posee.

—Hasta ahora oscila entre la cínica condescendencia y la impaciencia.

—¿Ya ha intentado acostarse con usted?

—¿Disculpe? —Alicia no pudo contener una risa de sorpresa—. No, claro que no. No creo que sea su tipo, así que eso no me preocupa.

—¿En serio no ha intentado nada? A mí eso sí que me preocuparía.

—Creo que no la sigo.

—Bueno, por lo poco que conozco a Daniel Adelbert, parece el tipo de hombre al que le gusta forzar sus posibilidades.

—Quizás no esté interesado. O quizás sepa que no hay posibilidades que forzar.

—O quizás le dé pánico acostarse con una mujer de la que no puede huir a la mañana siguiente —apuntó Clarice con malicia.

Podía estar malinterpretando todo aquello, pero Alicia tuvo la impresión de que el nulo interés de Daniel hacia ella, de algún modo, molestaba a su interlocutora.

Se hizo un extraño silencio entre ambas, y la periodista trató de llenarlo distrayendo la mirada hacia el horizonte. Habían dejado atrás la borrasca y el cielo se extendía ahora límpido hasta la línea de horizonte, mucho más curva a aquella altura.

—Si por un capricho del destino todo esto le saliera bien —dijo Clarice de repente—, si consiguiera desentrañar los secretos de un gigante como Fenris, ¿qué haría?

—Lo haría público —respondió, sin apartar la vista del horizonte—. Intentaría que el mayor número de personas posible supiera cuánto poder es capaz de acumular una organización así, para qué lo ha empleado y qué ha llegado a hacer para silenciarlo. Y sacaría a la luz a todos aquellos que han permitido que eso suceda; los partidos y *lobbies* que han recibido donativos de empresas del conglomerado, los políticos que se han retirado como asesores en los consejos de administración de Fenris, los Estados que han modificado sus leyes para facilitar su expansión financiera, los bancos que administran sus fondos fantasmas... Toda la mierda que pueda sacar.

—¿Y cree que eso cambiaría algo?

—Lo cambiaría para mí y para los míos. Una vez la información se hiciera pública, yo dejaría de ser un problema para Fenris. Podría recuperar mi vida. Si cambia algo más, eso lo tendrá que decidir la gente.

La mujer de Inacorp se inclinó hacia delante y la miró a los ojos, tratando de encontrar en ellos algo más.

—Pero sí cree que logrará algo importante. En el fondo, es una idealista.

—No —rechazó Alicia—. El idealista era William, él no había perdido la fe, era mejor que yo en ese sentido. —Y titubeó antes de añadir—: Pero no negaré que me encantaría completar su trabajo, darle una última oportunidad de demostrar que, después de todo, él tenía razón.

Alicia regresó a la zona de pasaje un tanto aturdida por la conversación que acababa de mantener. Sobrecogida por el frío del aire acondicionado, y probablemente por algo más, aplastó el vaso de plástico que aún sujetaba en la mano y lo tiró a una papelera. Se dejó caer en su asiento, abatida. Frente a él, Daniel continuaba dormido, apenas había cambiado de postura. En la placidez del sueño, el rostro de aquel hombre solitario aparecía sereno, libre del cinismo y la desconfianza que ensombrecían su alma insatisfecha.

Junto a su asiento, probablemente caído de su mano al vencerle el sueño, había un libro cerrado. Alicia se inclinó para recogerlo y pasó la mano por la sobrecubierta de papel: *El largo camino hacia la libertad*, rezaba el título, una biografía del político sudafricano Nelson Mandela. Una extraña lectura para alguien como Adelbert, pensó Alicia, que dio por sentado que sería un préstamo de la biblioteca personal de François. Al abrir el libro y comenzar a hojearlo, descubrió con curiosidad que había unas cuantas hojas manuscritas deslizadas entre las páginas. Las desplegó y leyó las primeras líneas. Parecía el principio de un cuento. ¿Lo habría escrito él?

Intrigada, se reclinó en su asiento, se cubrió con una manta y comenzó a leer. Lo que allí se contaba era la historia de un muchacho solitario llamado Relator. Vivía en un desierto, confinado en un mundo al que no pertenecía.

Interludio
Un juramento de amor y odio

Nicholas corría bajo una llovizna fría que se mezclaba con su sudor. Las sucesivas cortinas de agua arrastradas por el viento le empapaban el rostro, pero aquello, lejos de estorbarle, le hacía sonreír. Esa tarde, sin embargo, no corría solo para evadirse, sino que avanzaba hacia un destino, y la lluvia en sus labios le permitía anticipar el sabor de la libertad.

Continuó hacia la zona más boscosa de los terrenos intramuros hasta desaparecer en la espesura, allí donde las ramas se entrelazaban con tal rabia que era imposible discernir el principio y el fin de las arterias leñosas. Al amparo de aquella bóveda, Nicholas se echó hacia atrás la capucha y aminoró la marcha hasta un paso largo. Allí la techumbre de hojarasca tamizaba la lluvia, y las gotas caían dispares y desacompasadas a su alrededor.

Eugene aguardaba sentado junto al grueso tronco de un tilo, sujetando contra el vientre una rama limpia de corteza a la que daba forma con una piedra afilada.

—Has tardado mucho. Hace frío aquí fuera, ¿sabes? —le recriminó el muchacho de rizos dorados, sin levantar la vista de lo que hacía.

—He tenido que asegurarme de que nadie me viera.

Eugene emitió un leve bufido desaprobatorio con el que pareció expeler sus últimas fuerzas. Dejó de trabajar el pedazo de madera y lo levantó para estudiarlo con ojo analítico. Su rostro, por lo general pálido, aparecía congestionado por el esfuerzo.

—He tenido que preparar una nueva madera de base. —Le mostró el leño en el que había tallado una pequeña hendidura con forma de cuña—. La que escondí bajo tierra está empapada por la lluvia.

Nicholas asintió en silencio, a la espera de que su compañero le explicara claramente qué estaban haciendo allí.

—Esto es lo que usaremos como taladro. —Extrajo del interior del abrigo una vara larga de madera—. Formaba parte del bastidor de una cometa. Procura no romperla, me costó mucho sacarla del taller de manualidades. Y esta es la yesca; he estado meses secando hongos y pulpa de plantas, así que no la desperdicies.

Nicholas volvió a asentir, intrigado por aquella lección práctica.

—Ahora abre bien los ojos. Después tendrás que hacerlo tú.

Eugene extendió sobre el suelo un pañuelo y depositó en él la yesca. Apoyó encima la madera más gruesa, haciendo coincidir la hendidura con el nido de hebras secas, y la sujetó con el peso de su rodilla. Nicholas se acuclilló para observar más de cerca cómo su instructor deslizaba la punta de la varilla en la cuña y la sujetaba uniendo las palmas de las manos.

—Ahora hay que hacer girar el taladro frotando las palmas al tiempo que empujas hacia abajo. —Comenzó a hacer el movimiento a modo de ejemplo—. No puedes parar en ningún momento o la fricción no hará efecto.

El muchacho bajaba las manos por la larga varilla al tiempo que la hacía girar sobre sí misma una y otra vez. Cuando sus manos unidas estaban a punto de llegar abajo, las colocaba al principio del recorrido y volvía a bajar frotándolas entre sí.

—Puedes tardar un buen rato, pero si consigues que prenda aquí fuera, con tanta humedad, dentro será pan comido. —Continuaba haciendo girar el palo con movimientos firmes que evidenciaban horas de práctica—. El secreto está en no parar y presionar hacia abajo para asegurar que la fricción es constante.

Fue una labor ardua que llevó varios minutos, Nicholas observando y Eugene haciendo girar su rudimentario taladro, pero finalmente la yesca comenzó a humear. El artífice de aquel fuego incipiente apartó la madera y levantó el nido para soplar de cerca.

—Debes soplar de abajo arriba —dijo entre bocanada y bocanada—. Para no tragarte el humo.

Poco después, una pequeña llama comenzó a devorar la yesca con fruición, y Eugene la depositó en el suelo con una sonrisa satisfecha.

—Es increíble —observó su amigo—. ¿Dónde has aprendido a hacerlo?

—¿Dónde si no? En los libros.

—No he visto libros de supervivencia, ni en los servidores ni en la biblioteca. No creo que les interese que aprendamos a hacer un fuego.

—No lo he aprendido de un manual para *boy scouts,* sino en una novela. Es evidente que no se han leído todas las que tienen en la biblioteca. —Y la sonrisa de Eugene adquirió un matiz malévolo—. Es tu turno.

Nicholas tomó un pellizco abundante de yesca y lo colocó sobre el pañuelo para evitar el contacto directo con la tierra, embebida de la humedad del ambiente. Imitó con precisión la postura y los gestos de Eugene, demostrando ser un alumno observador. Pero al cabo de un buen rato, la primera ascua seguía sin prender y las manos comenzaban a dolerle.

—Es imposible.

—No lo es, simplemente debes empujar hacia abajo con más fuerza, no solo girar.

Con paciencia y obstinación, logró que la yesca prendiera, pero se apagó antes de que consiguiera inflamar el fuego con sus soplidos. Frustrado, Nicholas soltó la varilla y observó que estaba sudando y que tenía las palmas cortadas por el rozamiento contra la madera.

—Tienes que lograr hacerlo más rápido —apuntó Eugene—, pero es un buen comienzo. El problema es que, como has visto, la yesca se consume enseguida, y allí dentro no tendremos leña para mantener un fuego el tiempo suficiente.

—¿En qué habías pensado?

—Papel.

—¿Papel? ¿Acaso quieres prenderle fuego a la biblioteca? El muchacho rubicundo negó con una sonrisa.

—Con un libro bastará. Ese será todo el combustible que necesitemos.

—No podremos sacar un libro de la biblioteca —objetó Nicholas—, y aunque lo lográramos, no pasaría mucho tiempo antes de que se dieran cuenta de que falta un volumen.

—Por eso tendremos que robarlo esa misma tarde.

Nicholas dio un largo suspiro. Era evidente que no estaba muy convencido.

—Escúchame —dijo Eugene, poniéndose en pie y mirándole directamente a los ojos—, esto solo saldrá bien si estamos implicados al cien por cien. Si dudamos, fracasaremos.

—¿Y Eva? ¿No la pondremos en peligro?

—La enfermería está en el ala opuesta. Es imposible que le suceda nada.

Nicholas miró al cielo. Retazos de un gris denso se vislumbraban entre la urdimbre de ramas. Una gota cayó sobre su frente.

—No podré hacer esto sin ti —reconoció al fin Eugene—, eres el único capaz de sacarnos de aquí.

Nicholas bajó los ojos y contempló la expresión honesta de su compañero.

—¿Por qué dices eso? Tú eres el que lo ha ideado todo. Probablemente eres más inteligente que cualquiera de nosotros, con más recursos que ninguno.

—No es una cuestión de inteligencia, Nicholas. Es carácter. Llevo observándote mucho tiempo, no te doblegas ante nada, conseguirás cualquier cosa que te propongas. —Aquellas palabras parecieron incomodar a su amigo, pero Eugene lo aferró por los hombros y no se calló—. ¿Sabes por qué alguien como Reiner puede ser tan cruel como se le antoje sin que nadie lo castigue?

Nicholas frunció el ceño, pero debió negar con la cabeza. Era algo que nunca había alcanzado a comprender.

—Porque es lo que se espera de él. El mensaje que han inoculado en su mente es sumamente básico: el fuerte tiene derecho a tomar lo que desee, y el débil, por el mero hecho de serlo, merece todo aquello que pueda sucederle. ¿No te asusta pensar para qué pueden necesitar a alguien tan despiadado?

—Reiner es un desdichado hijo de puta. August es el verdadero problema.

—Puede que sea un desdichado a tus ojos, pero a mí me causa pánico, su brutalidad me paraliza. Sin embargo, tú te enfrentas a ellos constantemente.

—¿Y de qué me ha servido? —preguntó Nicholas con voz triste—. ¿De qué le ha servido a Eva?

—Es lo que quiero que comprendas. Tú no eres responsable de lo que le ha sucedido a Eva, ni siquiera Reiner o August son los principales culpables. Son aquellos que tutelan este lugar los que nos convierten en víctimas o en depredadores, en altruistas compasivos o en supervivientes egoístas.

—Lo que hacen es potenciar aquello que somos por naturaleza —señaló Nicholas—, pero ellos no nos hacen así.

—¿Y eso les exime de alguna culpa? ¿Tomar a un sádico como Reiner y crear el contexto idóneo para que cultive ese sadismo, para que desarrolle su crueldad en lugar de reprimirla, no los hace también responsables de sus crímenes? Esto es una casa de los horrores, Nicholas, y tú y yo parecemos ser los únicos en darnos cuenta. Debemos salir de aquí. Quizás yo lo haga por puro egoísmo, pero tú lo harás para acabar con este sitio.

Nicholas recorrió como un fantasma la enfermería. Hacía más de una hora que había concluido el horario de visitas, pero no resultó complicado burlar al personal de guardia, tan acostumbrado a que nadie rompiera las normas en St. Martha. Además, para qué esforzarse con la vigilancia si, al fin y al cabo, solo había una estudiante ingresada, dormida con sedantes y con respiración asistida. Difícilmente requeriría algo de la médica que debía atenderla, que dormitaba plácidamente en la sala de urgencias.

Tras atravesar los asépticos corredores de paredes blancas y suelo de mármol, penetró en la habitación en penumbras y cerró la puerta. Le alivió reconocer cierta mejoría en su amiga: la inflamación de su rostro parecía menos acusada y los hematomas bajo la piel comenzaban a clarear. Pero verla así seguía cortándole el aliento.

Arrastró una silla hasta la cabecera de la cama y se sentó junto a Eva. Un monitor proyectaba todo tipo de información médica: pulso, presión arterial, índice de sedantes en sangre, actividad cerebral... Nada de aquello le decía lo más mínimo sobre su estado; sí lo hacía, sin embargo, su respiración pausada y su expresión serena. Le acarició la mejilla con cuidado, dejando que su cabello se le enredara entre los dedos, y una punzada de melancolía volvió a lacerarlo.

—Hoy estás especialmente guapa —musitó para ambos.

¿Era posible que no hubiera reparado en su delicada belleza, en su risa limpia e ingenua hasta que le habían faltado? Se preguntó si lo que sentía en aquel momento era amor, o si simplemente malinterpretaba el cóctel de culpabilidad y añoranza que le corría por la sangre. Le daba igual la respuesta. Solo quería que volviera.

—Últimamente he estado viendo a Eugene —susurró en voz tan baja que habría sido ininteligible para cualquiera que no fuera ellos dos—. Una vez a la semana, en días distintos, para no llamar la atención. Es listo..., muy listo, y ha ideado una forma de salir de aquí. —Se inclinó y bajó aún más la voz, hablándole solo con su aliento—. ¿Habías pensado alguna vez de dónde sale todo lo que necesitamos aquí? La comida, la ropa nueva, el champú o los cepillos de dientes... Eugene sí lo ha pensado, al parecer lo cargan todo una vez al mes a través de una bodega subterránea. Según él, solo ha tenido que escuchar para descubrirlo. Simplemente escuchar. Ya ves, yo ni siquiera me había planteado que las bandejas no podían aparecer en el comedor por arte de magia, y él, en cambio, sabe quién es el responsable de suministros, tiene anotados los días en que la fruta está más fresca para saber cuándo reponen los alimentos... Incluso cree saber en qué punto del exterior desemboca el túnel que llega hasta la bodega. ¿Sabes? Está convencido de que bajo St. Martha hay una cripta con las tumbas de los jesuitas que fundaron este sitio, y según él, han adaptado esos subterráneos como red de distribución.

Tomó la mano de Eva entre las suyas y recostó la cabeza a su lado.

—Duerme tranquila, no te voy a abandonar. Regresaré a por ti, pero antes me aseguraré de que nadie vuelva a hacerte algo así.

Y cerró los ojos, dejando que aquel agridulce juramento, templado con amor y odio, los acunara.

Capítulo 18
La bala en la recámara

La diferencia de presión provocada por el descenso sacó a Alicia de aquel sueño ingrato en el que se había sumido. El aire acondicionado le arañaba la garganta, le dolían los oídos por la descompresión y sentía la cabeza embotada por el sueño a deshora. Trató de estirarse, pero una punzada en el cuello y un súbito mareo la disuadieron de seguir por ese camino. Solo entonces reparó en que Daniel continuaba profundamente dormido frente a ella, recostado en su asiento como si descansara sobre un lecho de hierbas en una plácida noche de verano.

Pasó el dedo sobre su pulsera y esta se iluminó para indicarle que, según el geolocalizador, en aquel meridiano eran las 3:42 de la madrugada. El reloj de su organismo, no obstante, continuaba marcando las nueve menos cuarto de la Europa continental, lo que explicaba que se sintiera como si se hubiera despertado de una larga siesta. Volvió a reunir valor para ponerse en pie. Sus músculos se contrajeron acalambrados, pero ignoró el dolor, se echó la manta sobre los hombros y caminó hasta el bar. Sirvió un par de cafés antes de dirigirse, con somnoliento desequilibrio, a la cabina del piloto.

Allí encontró a Clarice, en el mismo sitio donde la había dejado la última vez, pero con una ruta de vuelo desplegada frente a ella. Trazaba unas cuantas líneas sobre la proyección holográfica e iba guardando los cambios.

—Lamento ser tan pesada —se disculpó Alicia de antemano—, pero Daniel sigue dormido. Reconozco que le envidio su facilidad.

—Es una persona acostumbrada a trayectos largos —respondió la piloto, sin apartar la vista de los preparativos para el aterrizaje—. Eso te obliga a ser capaz de dormir en cualquier lugar.

Alicia se sentó en el mismo sitio que aquella tarde y le tendió uno de los cafés.

—Espero que le guste con leche y azúcar.

—Gracias —dijo Clarice por toda respuesta, y depositó el vaso en un hueco junto a su asiento, antes de abrir otro holograma que crepitó con hileras de datos ininteligibles.

Quiso interpretar aquel lacónico agradecimiento como una buena señal. Parecía que, tras su última conversación, a la guardaespaldas de Inamura le costaba menos aceptar su presencia.

—¿Cuánto falta para que lleguemos?

—En quince o veinte minutos estaremos en tierra, dependiendo del tráfico que haya para aterrizar.

Alicia se incorporó y contempló el manto de puntos blancos que se extendía abajo, en la distancia. Entre los retazos de luz palpitante se intercalaba un amplio vacío de oscuridad insondable, probablemente un brazo de mar.

—Sobrevolamos el estrecho de Malaca —le explicó Clarice con voz ausente—. Las luces que ve a la derecha son la costa de Riau, y a la izquierda, la península de Malasia.

—¿Y Singapur?

—Estamos a unas doscientas millas. Aún tardaremos unos minutos en poder verla.

Alicia asintió y mantuvo la vista en aquella línea de costa que parecía perforada con un punzón. Se preguntó cómo sería el mundo allí abajo. Había escuchado cosas sobre la ambición arquitectónica de aquella ciudad, sobre sus desmesuradas infraestructuras, pero apenas tenía una vaga idea de lo que se iba a encontrar.

—En Marsella alguien me dijo que Singapur era algo así como la utopía digital de nuestra era, pero me temo que no en un tono precisamente positivo. ¿Sabe a qué se podía referir?

Clarice probó el café antes de responder y torció el gesto. Demasiado dulce, parecía decir su mueca, mientras volvía a dejar el vaso a un lado.

—Singapur es un puerto franco en lo que a flujo informativo se refiere.

—Me temo que no entiendo lo que eso significa.

—Significa que los servidores pueden alojar cualquier tipo de información sin restricciones legales, que las conexiones a la Red se realizan sin dirección IP ni ningún otro sistema de identificación, y que el gobierno de la ciudad no facilita datos sobre las conexiones realizadas desde la isla. Es como la Suiza del mercado de la información, un paraíso para *hackers* y traficantes de datos.

Alicia pensó sobre aquello mientras bebía de su taza.

—¿Y por qué cree que Daniel ha decidido venir aquí?

Clarice apartó un momento la vista de los controles y la miró de reojo.

—Quién sabe, no es una persona que suela dar muchas explicaciones.

—Dijo un nombre, sonaba como «sen-sec» o algo así. No sé si es un lugar, una persona o alguna otra cosa. ¿Le suena?

La comandante apoyó dos dedos sobre una pantalla táctil y los deslizó hacia arriba. Alicia pudo percibir cómo la aeronave descendía lentamente.

—Hsen Sek es un viejo pirata de estos mares —dijo una voz a su espalda.

Se volvió para descubrir a Daniel apoyado en el vano de la puerta. Sus ojos eran dos rendijas y tenía el pelo revuelto, pero ya se había puesto la americana sobre la camisa desabotonada.

—Supongo que no será uno de esos piratas con pata de palo —bromeó Alicia.

—No. Tiene las dos piernas en su sitio. Pero no se puede decir lo mismo de su cabeza, ni de su alma tampoco.

—¿Es peligroso?

—Mucho, tanto como la gente de la que se esconde.

—¿Y por qué hemos de tratar con él?

Daniel sonrió y se echó la mano al bolsillo para sacar un cigarrillo. Sin embargo, recordó algo y dejó el tabaco donde estaba.

—Tiene algo que robó hace tiempo y que puede ayudarnos a entrar en los servidores de Fenris.

—¿Es un *hacker*, entonces? ¿Un ciberbrujo?

—Es un general desertor del ejército chino —intervino Clarice—. Consiguió asilo en Singapur y allí ha establecido su centro de operaciones. —Y les indicó que miraran a tierra, donde un enorme cúmulo de luz delimitaba la superficie de una isla—: Ahí está nuestro destino.

—¿Eso es Singapur? No hay ni un espacio sin cubrir.

—Setecientos kilómetros cuadrados de acero, cristal y cemento —señaló Daniel—. Un oasis en medio del Índico.

—¿Dónde vamos a aterrizar? No parece que quepa ni un alfiler.

Clarice señaló una hilera de luces azules que trazaban una línea recta sobre la bahía.

—Justo ahí.

—¿Sobre el mar?

—Es un aeropuerto flotante. Tiene la peculiaridad de cambiar de orientación según desde dónde sople el viento, muy útil en la época del monzón que está a punto de llegar.

—Te gustará —dijo Daniel, que había robado el café de las manos de Alicia para darle un sorbo—. La terminal está debajo del aeródromo, bajo el nivel del mar. Desde allí tomaremos el tren que nos llevará hasta la isla. Nos esperan en la estación de Marina Bay.

—¿Vendrá con nosotros? —preguntó la periodista, dirigiéndose a Clarice.

—No —respondió Daniel, aunque la pregunta no iba dirigida a él—. Hay asuntos urgentes que la reclaman en Tokio.

Y por su tono de voz, parecía que aquello no le gustaba en absoluto.

Tal como le habían anticipado, el New Changi Airport era un portento de la ingeniería que flotaba a dos millas de la costa suroriental de la isla. Poseía ocho pistas orientables y cuatro terminales: dos bajo el nivel del mar, ubicadas en el interior de la estructura submarina que sustentaba las pistas, y otras dos en tierra firme, conectadas con el aeropuerto a través de una línea de alta velocidad que cruzaba la bahía a treinta metros de profundidad. Y aunque Alicia había fantaseado con ver el fondo marino durante aquel inusitado trayecto en tren, lo cierto es que desde su ventanilla solo se veían los sucesivos anillos de luz que, con monótona cadencia, iluminaban el túnel de plexiglás hundido bajo las aguas del estrecho de Singapur.

Apenas tardaron diez minutos en llegar a la terminal de Marina Bay y desembarcar rodeados por una nube de turistas y hombres de negocios.

—Dijiste que alguien nos esperaba —observó Alicia, mientras cruzaban un largo corredor con forma abovedada en cuyas paredes curvas se proyectaban, ahora sí, distintas escenas del fondo marino.

—Jiang Liu. Es una amiga que se encarga de mis asuntos en Singapur.

—¿Tus asuntos?

—Cuida de mi propiedad, mantiene mis contactos, prepara las cosas cuando he de venir... Ese tipo de cosas.

—¿Tanto vienes como para tener contactos y propiedades?

—En realidad es tan solo un apartamento. Lo compré cuando me di cuenta de que pasaba más tiempo en hoteles de por aquí que en mi casa de Charleroi.

Alicia sonrió mientras lo miraba de soslayo.

—No voy a preguntarte cuántas casas tienes.

—Noto cierto tono recriminatorio en tu voz. Seguro que tu ex tiene, al menos, un par de casas: ese bonito chalé en Madrid y algo en la costa.

—¿Solo tienes dos residencias, entonces?

—Cinco en realidad. Viajo mucho y odio los hoteles. —Y sujetándola por el brazo, le indicó—: Allí está.

Jiang Liu resultó ser la hermosa joven que les saludaba con la mano. De suaves rasgos asiáticos y largos ojos bien perfilados, vestía un coqueto vestido liso que se ceñía a sus menudas formas.

—Así que una amiga, ¿eh? —dijo Alicia, con una inflexión un tanto perversa, mientras se aproximaban.

—Antes de que ofendas a nadie, has de saber que es asesora de empresas que operan en el sudeste asiático y que habla cuatro idiomas. ¿Cuántos hablas tú?

La asesora políglota abrazó a Daniel y lo saludó con un beso en cada mejilla, demostrando que dominaba bien las maneras europeas.

—Esta es Alicia —la presentó él—. Trabajará conmigo durante estos días.

—Encantada, Alicia. Puedes llamarme Lulú. —Le tendió la mano con un gesto elegante—. Espero que también tengas tiempo de disfrutar de Singapur.

Hablaba un inglés impecable, aunque por lo que había podido observar desde que aterrizaron, parecía que dicho idioma era de uso común en la isla.

—Gracias. —Alicia sonrió al estrecharle la mano—. Yo también lo espero. De hecho, lo primero que me gustaría hacer es ir de compras.

—¡Magnífico! —dijo su interlocutora con entusiasmo bien fingido—. Aún faltan un par de horas para que abran los centros comerciales, pero, si os apetece, podemos hacer tiempo desayunando por aquí.

—¡Eso sería estupendo! —exclamó Alicia, imitando la animosidad de su anfitriona.

Daniel asistió a la escena con la palabra en la boca, y no le quedó más remedio que seguir a Lulú cuando esta los condujo hacia una de esas cafeterías de aeropuerto permanentemente abiertas.

—¿En serio? ¿De verdad crees que hemos venido aquí para ir de compras? —le reprochó a Alicia en voz baja, mientras avanzaban bajo un techo formado por esferas de cristal conectadas como pompas de jabón.

—¿Y tú de verdad crees que voy a estar ni un solo día más usando el mismo traje? —respondió ella sencillamente—. Necesito una ducha y ropa limpia.

La siguiente hora la pasaron charlando en un bufé de desayunos. El café americano que servían era terrible, pero Alicia abusó de él a fin de combatir el sueño que amenazaba con derrotarla. Por su parte, Lulú demostró ser una buena conversadora que supo mantener su atención hablándoles de la ciudad, de negocios y de anécdotas sobre anteriores visitas de Daniel. Llegado el momento, miró el reloj de pulsera que rodeaba su delgada muñeca y anunció que los comercios de Orchard Road estaban a punto de abrir.

Fueron hasta la planta de aparcamientos y subieron al coqueto utilitario de Lulú, pero solo cuando emergieron al nivel de la calle, Alicia comprobó que Singapur era diferente a cuanto había conocido. «Sofisticada» no era la palabra, se trataba más bien de un exceso arquitectónico ajeno a toda inhibición.

No pudo evitar perderse en la contemplación de las colosales torres que flanqueaban las avenidas y rasgaban la línea de costa. Eran el testimonio de una metrópolis que no podía extenderse en superficie y había decidido crecer hacia las nubes. Por debajo de ellas, encastradas en los rascacielos, destacaban las inmensas pantallas que exudaban publicidad a través de millones de píxeles.

Lulú puso algo de música en el equipo de sonido, probablemente para romper el incómodo silencio. Suaves *beats* electrónicos y una voz de terciopelo sintético llenaron el ambiente y pusieron banda sonora a aquel primer encuentro de Alicia con Singapur. Continuaban alejándose de la costa y la niebla matinal comenzaba a abrirse, lo que le permitió vislumbrar, a través del techo de cristal del habitáculo, unas líneas de acero que trazaban trayectorias parabólicas entre los rascacielos. Recordó haber leído algo sobre una red de transporte ferroviario que conectaba los niveles más altos de los edificios, haciendo parada en las áreas comerciales, hoteles y centros de negocio. Ahora que lo veía, se preguntó cómo debían sentirse aquellos que solo pisaban las plantas regias, viviendo toda su vida muy por encima de las calles atestadas de gente vulgar.

Un tanto aturdida, bajó la vista y se centró en lo inmediato.

—Me he puesto en contacto con el hombre que me indicaste: Bao Yuen —dijo Lulú desde el asiento del conductor—.

Ciertamente, ahora mismo parece la mejor alternativa para...; bueno, ya sabes para qué.

—Puedes hablar tranquila —señaló Daniel, sentado junto a ella.

—Parece un contacto válido para llegar hasta Hsen Sek. Me dijo que hablaría directamente contigo cuando todo estuviera listo, así que deberás ser paciente. Solo puedes esperar.

—Tranquila, nos vendrá bien recuperar el aliento. Llevamos días corriendo de un lado a otro, sin tiempo para planificar con calma lo que hemos de hacer. ¿Hay algo más que deba saber?

—Nada por ahora. Te he dejado el equipo habitual en tu apartamento. Espero que comprendas que cada vez resulta más difícil reunir lo que pides.

Las compras apenas se prolongaron durante un par de horas. Alicia se hizo con prendas apropiadas para el clima húmedo y caluroso de la isla y, por fin, pudo comprar ropa interior de verdad, nada que ver con los ridículos sujetadores y las minúsculas bragas que le había dejado Silvia. Una vez vio la misión cumplida, sintió que sus exiguas energías llegaban al límite, las marcas del sueño cada vez más profundas en su rostro. Daniel insistió en que intentara mantenerse despierta hasta la noche, pero ella solo pudo reír ante tal sugerencia, así que la solícita Lulú se ofreció a llevarles a la zona residencial próxima al lago Jurong donde se encontraba el piso de Daniel.

El edificio que albergaba el apartamento estaba formado por cuatro torres cilíndricas conectadas por una inmensa terraza que las unía en su tramo central, formando una suerte de plaza elevada a más de cuarenta metros de altura. Probablemente, aquel espacio era un gran área de esparcimiento accesible solo para los residentes, pues incluso desde tan abajo se podía apreciar la vegetación que la desbordaba cayendo en cascada.

Lulú condujo hasta el interior de una de las torres y detuvo el coche en el centro de una plataforma circular delimitada por luces en el suelo. Al cabo de un instante, un elegante tintineo les avisó de que la plataforma comenzaba a elevarse, y Alicia miró hacia arriba con curiosidad, la vista perdida en la oscuridad de las plantas superiores.

Fueron dejando atrás sucesivos pisos hasta detenerse en el treinta y dos. A su alrededor había seis puertas de garaje, situadas justo al nivel de la plataforma elevadora.

—¿Vas a descansar aquí? —preguntó Lulú cuando Daniel se disponía a salir del coche— ¿O prefieres acompañarme?

—Mañana te llamaré si necesito algo —dijo él por toda despedida.

Ella lanzó a Alicia una última mirada y terminó por encogerse de hombros.

—Como prefieras.

Una vez fuera del vehículo, Daniel se aproximó a la puerta F y la persiana de metal comenzó a subir para franquearles el paso. Sin esperar a que se abriera del todo, se agachó para pasar por debajo y Alicia lo imitó.

—¿Qué ha sido eso? —preguntó la periodista cuando estuvieron al otro lado. Cruzaban un pequeño garaje individual ocupado por una moto deportiva de alargadas formas negras.

—¿Qué ha sido el qué?

—La mirada valorativa que me ha dedicado. El «como prefieras».

—No me he dado cuenta —dijo Daniel, mientras dejaba su maleta de ruedas junto a la moto y activaba el contacto para comprobar que tuviera combustible.

—¿Acaso también te cobra por otros servicios? ¿A eso se refería con lo de si querías acompañarla?

—Puede que te sorprenda, pero hasta ahora no he necesitado pagar para según qué cosas.

—¿Quién sabe? —respondió Alicia—. Quizás te lo prorratea en el total y tú aún no te has enterado.

Él forzó una mueca para dar a entender que no le encontraba la gracia, al tiempo que subía el breve tramo de escaleras previo a una puerta de madera. La abrió con su huella dactilar y pasaron al interior del apartamento. Era un espacioso *loft* de dos plantas, y por lo que Alicia pudo distinguir en la penumbra, parecía amueblado con sobriedad. Daniel activó el sistema domótico y los cristales perdieron algo de opacidad, revelando una terraza que se asomaba a unas privilegiadas vistas de la ciudad.

—Arriba están el dormitorio y un baño —informó el anfitrión—, puedes instalarte allí. Yo me las apañaré aquí abajo.

Alicia se adentró en la vivienda y recorrió el entorno con la vista. En un principio podía parecer un tanto impersonal, excesivamente austera pese a su elegancia. Sin embargo, poco a poco se descubrían detalles a media luz que resultaban de lo más reveladores: una amplia vitrina con decenas de libros alineados por colecciones; raros objetos que, a modo de trofeos, se repartían sobre estantes y escritorios; pliegos de papel con caligrafía japonesa —o china— colgados de las paredes; y lo que parecía una suerte de gimnasio que bien podía ocupar la mitad del salón.

No pudo detenerse mucho más, pues Daniel la guio en silencio hasta la planta superior.

—No pises el tatami con los zapatos —indicó, señalando los paneles de fibra trenzada que cubrían el suelo—; no es sintético, se lo encargué a un artesano de Chiba.

Alicia asintió y se descalzó en el último escalón, cautivada por la visión de la generosa cama que parecía poner punto y final a tan interminable viaje. Tan solo podía pensar en el momento de cerrar los ojos y dejarse arrastrar por el sueño, que había conseguido imponerse a cualquier otra sensación o padecimiento, incluso al hambre o la necesidad de ducharse.

—Procura descansar —le recomendó su anfitrión—. Esta noche hablaremos largo y tendido, entonces me explicarás qué sabes exactamente y por qué Fenris quiere evitar a toda costa que se lo cuentes a alguien.

Alicia despertó envuelta en sábanas limpias y arrullada por el fresco murmullo del aire acondicionado. El cambio en la iluminación había sido casi imperceptible, pero estaba segura de haber dormido largas horas, ya que un sopor más espeso de lo habitual insistía en enredarse entre sus pensamientos. Despertar así, se dijo, desorientada en dormitorios ajenos, empezaba a convertirse en un mal hábito.

Se incorporó con desgana y fue hasta el aseo, donde se enjuagó el rostro y se refrescó la garganta reseca; después, sin saber muy bien qué otra cosa podía hacer, se encaminó hacia la planta baja. Solo al pasar junto a un espejo recordó las palabras de Clarice, y se preguntó si era apropiado dejarse ver con los pantalones cortos y la camiseta ajustada que había usado para dormir. No era lo más escandaloso que se había puesto para ir a la cama, y dudaba que su anfitrión se conmoviera ante tan discreta muestra de intimidad, así que decidió dejar a un lado sus absurdas cautelas y continuó hacia el salón, que permanecía a oscuras y en silencio.

Apenas había descendido tres escalones cuando comprobó que no estaba sola: en un rincón de la estancia, entre extraños aparatos de gimnasia, sacos de boxeo y armas blancas de madera, el indescifrable Daniel Adelbert permanecía sentado con las piernas cruzadas. Meditaba con los ojos cerrados y parecía completamente desconectado del mundo. Por miedo a in-

terrumpirlo, y quizás fascinada por descubrir en él tan insospechada espiritualidad, Alicia se sentó en los escalones y, abrazándose los pies descalzos, lo observó en silencio. Su cuerpo
exhibía un tono físico muy alejado de la imagen de vividor que
le gustaba cultivar: músculos fuertes pero elásticos, una complexión proporcionada, más delgada que corpulenta; la respiración poderosa... Todo ello hablaba de un cuerpo armónico,
trabajado con sabiduría, no del habitual hedonismo estético. Al
observarlo así, retirado dentro de sí mismo, Alicia se planteó
de nuevo que, quizás, se había dejado engañar por una impostura bien elaborada.

—¿Has dormido bien? —preguntó el observado, sin siquiera abrir los ojos.

Ella sintió que se ruborizaba, como alguien a quien des-
cubren espiando a través de una cerradura.

—No quería interrumpirte —respondió con tanta naturalidad como le fue posible—. Ya veo que tú no te has dedicado
a descansar —añadió, en referencia al sudor que aún le empapaba la camiseta.

—He bajado a correr al parque de la décima planta. Cuando he vuelto y he visto que aún no estabas despierta, me he
dedicado a estirar en silencio. —Y poniéndose en pie, añadió—:
Has resultado ser toda una dormilona.

Daniel se aproximó al ventanal y graduó la opacidad hasta hacerlo casi translúcido. A través de la terraza podían verse
las primeras luces artificiales, que volvían a prender en los rascacielos y las vías elevadas.

—¿Por qué no te preparas para salir? No podemos hacer
mucho hasta que se pongan en contacto con nosotros y, sinceramente, creo que te vendría bien tomarte un respiro. Conocer
la ciudad, cenar en un sitio tranquilo.

—¿Crees que es seguro? —preguntó ella, protegiéndose
del sol del atardecer con el dorso de la mano.

—Hemos saltado a otro continente y Singapur es lo más parecido a un ángulo ciego en la Red. Creo que esta noche podemos tomárnosla con calma.

La idea la sedujo, no solo por el hecho de volver a sentirse dueña de su vida durante unas horas, también porque le costaba recordar cuándo fue la última vez que salió a cenar a solas con otro adulto.

—Me gusta tu casa —observó con tono distraído.

—Mi casa... —repitió él—. Probablemente es el sitio donde más tiempo he pasado los últimos años, pero aun así, me cuesta considerarlo mi casa. Supongo que por eso he traído algunos recuerdos.

—Muchas cosas de Japón, ¿me equivoco?

—Viví allí con mi padre varios años. Más tarde, cuando pude elegir mis propios pasos, estos me llevaron de regreso.

—Y esas láminas en japonés... ¿Las escribiste tú?

—Mi maestro, el doctor Hatsumi, gustaba de practicar el arte del *shodo*. Escribió esas palabras para despedirse de mí.

—El doctor Hatsumi, estudiaste con un médico japonés.

Por algún motivo, aquello hizo sonreír a Daniel.

—Sí, era médico. Entre otras cosas.

—Creo que te gusta dártelas de misterioso —dijo Alicia, y se dio la vuelta para estudiar los detalles de un entorno que, por primera vez, podía ver a plena luz.

Se detuvo frente a una mesa baja donde reposaban dos espadas curvas envainadas: una corta y otra larga, ambas sobre un soporte de madera. Los ricos grabados a lo largo de las vainas, que mostraban garzas blancas alzando el vuelo sobre el lacado negro, llamaron poderosamente su atención.

—¿Son de verdad? —preguntó con ingenua curiosidad.

—Son espadas Muramasa —indicó él, como si no fueran necesarias más explicaciones.

Ella se giró para observarlo con aire interrogativo.

—Las Muramasa están consideradas las mejores espadas jamás creadas. Son como un violín Stradivarius, la sublimación de una técnica hasta convertirla en arte.

Alicia volvió a contemplarlas con cierta reticencia.

—Deben de tener un gran valor.

—Son una rareza. Cuando el primer *shogún* Tokugawa alcanzó el poder, ordenó destruir todas las armas forjadas por Sengo Muramasa y sus descendientes, pues muchos miembros de su familia habían sido muertos o heridos por ellas. Se consideró que estaban malditas, y poseer una se convirtió en motivo de traición, razón suficiente para ser ejecutado.

—Toda una leyenda negra —constató Alicia—. Seguro que eso aviva la imaginación de los coleccionistas.

—Hoy en día pocas personas son capaces de apreciarlas —sentenció él—. ¿Puedes imaginar al herrero en su forja, consagrado a perfeccionar su arte hasta ser capaz de crear una espada digna de su leyenda? ¿O a los guerreros que la empuñaron, que vivieron y murieron por su filo? —Apoyó dos dedos sobre la empuñadura del sable largo, con un respeto casi reverencial—. ¿Crees que nuestra civilización es capaz de producir algo así?

Ella fue a responder, pero terminó por negar con la cabeza.

—Lo siento, no entiendo tanta devoción por un arma.

Daniel parecía comprender ese pensamiento.

—Es cierto, es una herramienta de muerte, pero para otros también fue un camino vital, una senda de perfeccionamiento que recorrieron cada día de sus vidas. El valor de estas espadas no radica en que sean imposibles de replicar, sino en que proceden de un mundo en el que, a diferencia del nuestro, los objetos materiales no eran un fin, sino un medio.

—¿Cómo las conseguiste?

—Un coleccionista suizo contactó conmigo. Tenía la sospecha de que, entre las pertenencias que se iban a subastar de un bodeguero californiano, podía haber unas Muramasa sin catalogar. Quería que me hiciera con ellas y corroborara su autenticidad, debían ser «el toque exótico» de la armería que poseía en su castillo de Veytaux. —Torció el gesto—. Le dije que eran falsas.

—Es una buena historia, aunque más te vale no ir contándola por ahí.

Él sonrió como un niño travieso.

—Tienes treinta minutos para prepararte. Te enseñaré la Singapur que no ven los turistas.

—Preferiría que me ahorraras tu dosis de realidad —dijo Alicia, mientras se encaminaba hacia la planta de arriba—. Hace tiempo que no disfruto de una buena cena romántica.

Y aunque sus propias palabras la cogieron desprevenida, logró mantener la compostura y subir las escaleras con andar interesante, muy consciente de que estaba siendo observada.

Se duchó y, por primera vez en días, se arregló el pelo con calma. Después, envuelta en una toalla, se dirigió al armario donde había guardado las compras de esa mañana y eligió aquel vestido veraniego tan corto en el que Lulú le había insistido. Por último, dudó un instante frente a la bolsa con su nueva ropa interior de corte deportivo. Finalmente optó, aunque jamás lo habría reconocido, por ponerse algo de lo que Silvia le había prestado.

Daniel cumplió fielmente con su amenaza: se adentraron en la red de metro y recorrieron los subterráneos de la ciudad en dirección a los distritos menos glamurosos. A las primeras paradas del barrio residencial, de suaves formas curvas y brillantes superficies vitrificadas, siguieron otras más antiguas y de aspecto menos sofisticado. La misma pauta seguía el reflujo de pasajeros que llenaba y vaciaba los vagones: los hombres de negocios y la gente bien de ensayada expresión ausente fueron dando paso, progresivamente, a jóvenes de aspecto más o menos estrafalario que acudían a la llamada de la noche. Los principales clubes nocturnos y discotecas se encontraban en la costa sur de la isla, hacia donde ellos también se dirigían, así que compartieron gran parte del trayecto con lo que parecían modelos de una revista de tendencias alternativas. Ellas, encaramadas en insufribles tacones, vestidas como colegialas y con el pelo teñido de azul; ellos, con gesto adusto tras sofisticadas gafas de sol, camisas desabrochadas para mostrar sus intrincados tatuajes y vaqueros que parecían recién salidos de una trituradora.

Alicia reparó en un grupo de muchachas que parecían cuchichear y reírse mientras miraban hacia ellos. Se preguntó qué podía ser tan divertido, aunque decidió que, ciertamente, se sentía un poco ridícula: no estaba acostumbrada a una ropa tan corta y permanecía con las piernas cruzadas sin dejar de tirar del vestido sobre los muslos, ante el temor de que un gesto descuidado terminara por exponer más de lo conveniente. Para colmo, calzaba unas ligeras sandalias de verano, apenas unas tiras de cuero rojo envolviéndole los pies, incapaces de aportar ese plus de seguridad que unos buenos tacones logran en los momentos de baja autoestima.

Lo cierto es que había esperado un viaje en taxi (o en aquella moto del garaje, quizás) y una cena tranquila en algún buen restaurante. Sin embargo, se encontraba compartiendo vagón con unos adolescentes y vistiendo una ropa que la hacía sentirse expuesta, todo por un estúpido impulso de coqueteo más propio de una estudiante en su viaje de fin de curso que de una mujer adulta. Se tapó los ojos un tanto avergonzada de sí misma y maldijo para sus adentros.

—Aquí nos bajamos —anunció su acompañante, completamente ajeno a sus pequeñas humillaciones.

Recorrieron varias galerías de aquella intrincada colmena de cristal y hormigón hasta entrar en un supermercado subterráneo.

—¿Sabes comer con palillos? —le preguntó Daniel.

—Claro.

—Bien, espérame aquí. —Y se perdió entre los pasillos de luz fría.

«Joder —pensó Alicia—, una cena romántica. ¿Por qué tuve que decir semejante gilipollez?», pero antes de que pudiera seguir torturándose en silencio, alguien la hizo a un lado de un empellón. Se volvió indignada, dispuesta a enfrentarse al desconsiderado que la había empujado sin pedir disculpas, pero se quedó sin palabras al descubrir a un ser consumido, de ojos hundidos y piel tan pálida que podían leerse sus capilares venosos. Vestía ropa holgada y calzado deportivo, y aunque se cubría la cabeza con una gorra, podía apreciarse el cabello ralo sobre la nuca, como si alguien le hubiera arrancado mechones hasta dejar expuesto el cuero cabelludo. Exudaba un olor medicamentoso que inundó la atmósfera de forma repugnante, pese a lo cual, nadie más en el local parecía prestar mayor atención a su presencia.

Alicia observó cómo se abría paso hasta una de las neveras próximas y vaciaba dentro de una cesta más de una docena de bolsas de plástico metalizado, similares a goteros de hospital. Parecía no necesitar nada más, pues no desvió la mirada ni a un lado ni a otro en su camino hacia la salida. Allí, junto al cajero automático, le esperaban otros como él, tambaleándose sobre unas piernas que parecían sostenerlos a duras penas.

—¿Qué ha sido eso? —preguntó Alicia cuando Daniel se detuvo junto a ella.

Este se asomó por encima de las estanterías, en dirección al extraño grupo que abandonaba el supermercado.

—*Hikikomoris*.

—¿*Hikikomoris*? Frank mencionó esa palabra en su casa, ¿verdad?

—Es posible —respondió Daniel, mientras se dirigían hacia la caja.

—¿Qué les sucede?

—Son personas que han renunciado al mundo físico y han optado por vivir permanentemente conectados a la Red. Ahí es donde trabajan y conviven, reduciendo al mínimo su interacción con «la enfermedad», como ellos lo llaman.

—¿La enfermedad? ¿Llaman al mundo real «la enfermedad»?

—Su ideal sería existir como meras conciencias en la Red, sin las servidumbres de una existencia física.

—¿Como los ciberbrujos?

—No. En una forma de conexión mucho más básica, similar a la de los juegos de saturación sensorial. Pero no te equivocas al pensar que están relacionados, muchos de ellos son seguidores de los brujos en la Red. Los consideran profetas del dios binario.

—Mierda —exclamó Alicia—, esta ciudad se vuelve más rara por momentos.

—No solo sucede aquí. Se da en muchas otras ciudades de Asia, y aunque en Europa aún es infrecuente, en Estados Unidos comienzan a detectarse bastantes casos. El año pasado encontraron en un sótano de Nueva York una comuna de *hikikomoris,* habían muerto de inanición.

Daniel depositó la bolsa sobre el escáner y pagó la compra a través de su terminal móvil.

—¿Por eso parecen cadáveres andantes, porque apenas comen?

—En muchos casos, su sistema digestivo se encuentra atrofiado. Se llevaba bolsas frías de aluminio, ¿verdad? —Ella asintió—. Son cócteles de nutrientes y antibióticos. Se los enchufan vía intravenosa y cada bolsa les alimenta durante una semana.

Alicia sintió un súbito escalofrío.

—Necesito respirar aire de verdad, salgamos fuera.

Dejaron el comercio y tomaron un ascensor que atravesó las sucesivas capas de cemento hasta emerger a un paseo a orillas del mar, tan largo que no se podía distinguir ninguno de sus extremos. Frente a ellos se extendía la bahía de Singapur en todo su esplendor, las luces de la ciudad cabalgando sobre el constante pulso de las olas, con los estilizados puentes de líneas convexas uniendo las islas artificiales ancladas al mar.

—Es impresionante —reconoció Alicia, y por primera vez en la noche se alegró de llevar aquel vestido, pues, tal como le habían advertido, la atmósfera exterior era húmeda y calurosa.

—Ningún restaurante de Singapur tiene estas vistas —dijo Daniel con voz satisfecha.

Cruzaron al otro lado y se sentaron sobre una suave pendiente cubierta de césped que descendía hasta el espigón. Aquel jardín de hierba húmeda corría paralelo a todo el paseo marítimo; un privilegiado mirador a la bahía que muchos otros habían decidido disfrutar aquella noche, pues aquí y allá se veían grupos de amigos y parejas de todas las edades, comiendo, bebiendo o simplemente charlando.

Daniel eligió un sitio apartado y Alicia se sentó junto a él. Este le entregó unos palillos y sacó de la bolsa dos bandejas con sushi y una ensalada.

—Debo decir que Lulú tenía razón, ese vestido te sienta bien —observó con naturalidad, demostrando que también sabía cómo ser amable.

—Ahora es cuando empiezan las preguntas, ¿no es así? —respondió Alicia.

Él sonrió y abrió una lata de cerveza.

—Para serte sincero, preferiría no tener que preguntar.

—Hagamos lo siguiente —propuso ella, mientras buscaba en la bolsa su propia cerveza—: una pregunta cada uno. Cada respuesta debe ser honesta y sentar las bases para que el otro también pueda responder con sinceridad. Como me siento generosa, puedes empezar tú.

Daniel se mostró de acuerdo y expuso su primera pregunta sin rodeos:

—¿Qué es lo que hay en el archivo que te envió William Ellis?

—Directo al grano —suspiró Alicia—, muy bien. Se trata de un documento filtrado por alguien de dentro. No me preguntes quién, porque no tenemos ni idea. Probablemente ni Will lo supiera. En ese documento se detallaban inversiones y movimientos de capital del Grupo Fenris durante los últimos treinta años.

—¿Dónde lo guardas?

—Eso es otra pregunta —le advirtió, pese a lo cual, levantó la banda que rodeaba su muñeca con líneas de luz incandescente—. Esta pulsera posee una memoria interna, almacené aquí el documento antes de asegurarme de no dejar el menor rastro en el correo electrónico.

—Sabes que necesito ese documento —apuntó Daniel con seriedad.

—Dame tu móvil y lo enlazaré para pasarte el archivo.

—¿Así de sencillo?

—Total honestidad, ese era el trato.

Daniel desbloqueó su teléfono y se lo entregó a Alicia, que introdujo el código necesario para conectar el dispositivo con su pulsera. Se lo devolvió con una advertencia:

—Ya puedes hacer una copia, pero no te molestes en leerlo ahora, es largo y aburrido. Tardamos bastante en descubrir qué se ocultaba en él.

—Supongo que esa tendrá que ser mi siguiente pregunta.

Ella se limitó a llevarse un *maki* a la boca.

—Es mi turno. ¿Por qué ese traficante de información que hemos venido a ver aquí puede ayudarnos?

—Buena pregunta. —Y no sin cierta ironía, añadió—: Se nota que te dedicas a esto.

—Limítate a responder.

—Muy bien. ¿Has escuchado hablar alguna vez de Llave Maestra?

Ella negó en silencio.

—Verás, el gobierno chino fue el primero en poner en marcha un programa de investigación con sinestésicos para entrenarlos con objetivos militares. Uno de los principales logros de este programa fue el desarrollo de un algoritmo llamado «Llave Maestra». Nadie sabe cómo funciona exactamente, pero está más o menos asumido que se trata de un código no lineal, escrito según la lógica perceptiva de los sinestésicos y ejecutable solo mediante computación cuántica. De lo que sí se tienen más certezas es de su potencial bélico: hay pruebas de su extrema versatilidad, capaz de comunicarse con cualquier máquina y desencriptar cualquier cifrado.

—Te refieres al ataque sobre Wall Street que mencionó Frank, ¿no es así?

—Comienzas a encajar algunas piezas —corroboró él—. Desde que se tuvo noticias de la existencia de Llave Maestra, todas las plataformas de misiles norteamericanas y sus servidores militares, políticos y financiero están *offline*. Los chinos lograron cambiar las reglas del juego. En la práctica, tienen un arma capaz de reescribir la historia.

—Pero ¿qué tiene que ver todo eso con un traficante de información de Singapur? ¿No me dirás que ese mercenario tiene acceso a un arma así?

Daniel torció el gesto.

—Supuestamente, solo dos personas del Partido debían tener acceso al programa militar que desarrolló Llave Maestra: el presidente de la Comisión Militar Central y el máximo responsable del Ministerio de la Verdad, pero en algún momento se rompió la cadena de seguridad. Como te dijo Clarice, Hsen Sek era un general del Ejército Rojo, un creyente de la causa, bien considerado en la órbita militar pero reiteradamente ignorado por el politburó. De algún modo supo aprovechar las grietas en la inteligencia china para hacerse con toda la información del programa, incluido el algoritmo, y salir indemne del país.

—Si eso fuera cierto, ¿no habrían acabado ya con él?

—Al contrario, el hecho de que permanezca con vida demuestra que los tiene cogidos por los huevos. Un pacto de no agresión es lo más inteligente por ambas partes.

—¿Y ya está? Debe de haber mucha gente dispuesta a pagar por un arma semejante; si un traidor tuviera algo tan valioso, sin duda lo vendería al mejor postor.

—Otros más cortos de miras probablemente lo habrían hecho, pero el general Sek ha sabido amasar una fortuna utilizando Llave Maestra para el saqueo de datos. Se guarda muy bien de no usarla contra intereses geoestratégicos y, a cambio, los grandes servicios de inteligencia le permiten vivir de las migajas del sistema. Migajas que suponen más dinero del que podría malgastar en los años que le quedan de vida. —Bebió un sorbo de cerveza y señaló a Alicia con la lata—. Si vendiera Llave Maestra, aunque fuera una réplica del algoritmo, perdería todo su encanto para convertirse en otro viejo multimillonario más. Por no hablar de que sería casi un acto de suicidio, ya que, en ese caso, los poderes fácticos removerían cielo y tierra para acabar con él.

Daniel aguardó a que ella pudiera asimilar la información.

—Espero que estés satisfecha. Ahora te toca responder. ¿Qué sabes del Proyecto Zeitgeist? Y esta vez lo quiero todo, sin rodeos.

Ella levantó la vista para mirarlo a los ojos. ¿De verdad había llegado el momento de arriesgarse y confiar? Si era así, ¿por qué cada fibra de su cuerpo la advertía contra ello?

—Quiero que me prometas que protegerás a mi hija. ¿Puedes asegurarme que no le pasará nada si todo esto sale mal?

Daniel sostuvo su mirada y trató de ser sincero.

—Haré todo lo que esté en mi mano por que tú y tu hija estéis bien. No puedo prometerte nada más.

Alicia dejó caer los hombros, rendida. Llevaba mucho tiempo clavada en aquella encrucijada y había llegado el momento de elegir una dirección.

—¿Recuerdas lo que te dije en Madrid, que había encontrado un segundo emplazamiento relacionado con todo este asunto?

—Sí, en Irlanda del Norte. Pero la gente de Inamura no ha localizado allí instalaciones médicas conectadas con Samaritain o con Fenris.

—No se trata de un laboratorio, sino de un colegio para niños huérfanos llamado St. Martha.

Daniel arrugó la frente, intentando encajar aquella pieza en el puzle.

—¿Quieres decir que han usado un viejo colegio para tapar un centro de experimentación?

—No, quiero decir que los niños allí internados son los sujetos de prueba de lo que quiera que estén haciendo en Ginebra.

—¿Cómo puedes saberlo?

Ella tomó aire antes de responder.

—Estuve allí, Daniel, entré en St. Martha y había algo extraño. Quizás no fuera evidente, pero allí pasaba algo.

—Un momento —dijo él—. ¿Me estás diciendo que estuviste dentro de unas instalaciones del Proyecto Zeitgeist?

—Resultó casi sencillo. Creo que no podían imaginar que alguien hubiera llegado a atar tantos cabos. Además, lo tenían todo bajo control, parecía un internado normal financiado a través de la obra social del grupo.

—Quizás fuera así, ¿cómo puedes estar tan segura de que ese lugar está relacionado con el proyecto?

—William estaba a punto de investigar St. Martha antes de que lo asesinaran. —Dudó un instante, antes de añadir—: Y cuando estuve allí, pude hablar con uno de los chicos internados. Me dijo que aquello no era en absoluto lo que parecía, me pidió ayuda para escapar. Hablé con él tres minutos, pero aquella conversación fue toda una llamada de socorro.

Daniel se pasó la mano por la nuca. No le gustaba que hubiera niños de por medio.

—¿De verdad crees que están utilizando a esos niños para experimentar con ellos?

—Hay muchos laboratorios clandestinos en África que utilizan niños para probar medicamentos y procedimientos clínicos. Luego las farmacéuticas y las empresas de ingeniería celular compran los resultados —dijo Alicia con tono sombrío—. No debería sorprendernos, joder, vivimos en un mundo arrasado por miserias que Occidente esconde bajo la alfombra.

Daniel asintió quedamente al tiempo que se planteaba que, quizás, a Alicia no solo la guiaba el instinto de supervivencia.

Extrajo su móvil del bolsillo y comenzó a enviar un mensaje.

—¿Qué estás haciendo?

—Contacto con la persona que me metió en toda esta historia. He de enviarle el documento de Ellis y advertirle de la existencia de St. Martha. Investigarán el colegio y lo vigilarán a través de los satélites de Inacorp.

Cuando hubo terminado, Daniel recogió la chaqueta que había dejado sobre el césped y comenzó a ponerse en pie.

—Un momento —lo retuvo Alicia—. Yo respondí primero, aún debo hacer una última pregunta.

La miró en silencio. Para él aquel juego había terminado, ya había averiguado todo cuanto necesitaba saber, pero no tuvo valor de negarse.

—Está bien, adelante.

—Vi el cuento manuscrito entre las hojas del libro. ¿Lo escribiste tú?

Un matiz frío, distante, endureció su mirada, y Alicia supo que aquella no era una pregunta adecuada.

—No deberías haber leído esas páginas.

—Eso no es una respuesta. He compartido contigo la información más valiosa a la que he tenido acceso en mi vida, una de la que puede depender todo lo que es importante para mí. Ahora te toca responder.

—Sí, lo escribí yo —dijo Daniel sin rodeos—, pero fue un regalo que alguien me hizo.

—No lo entiendo.

Él cerró los ojos, como si le costara explicarlo abiertamente.

—Antes de ser adoptado por mi padre, cada noche, durante cuatro años, alguien me leyó esa historia. Es mi primer recuerdo: una gran sala llena de camas vacías esperando a otros niños que nunca llegan, y arrodillada junto a la mía, una mujer joven, rubia, susurrándome esa historia a escondidas, una y otra vez, como si quisiera que se me grabara a fuego en la mente. Ese recuerdo es todo lo que sé con certeza sobre mí mismo, sobre quién soy en realidad —confesó Daniel—. Y ahora tú también lo sabes.

Alicia quiso decir algo, pero no supo cómo reaccionar ante una revelación mucho más íntima de lo que había imaginado. Tampoco hubo tiempo para más, pues el móvil de Daniel vibró en su bolsillo. Volvió a sacarlo y lo consultó con expresión seria.

—¿Qué sucede?

—El general Sek me está esperando.

—¿Ahora?

Él asintió.

—Iré contigo.

Daniel se guardó el teléfono en el bolsillo y se puso en pie.

—Alicia, ese vestido te queda bien, pero no tanto como para convencerme de que te lleve a una reunión con uno de los hombres más peligrosos de Asia.

—Así que ya ha empezado —dijo ella con furia—, ya tienes todo lo que querías de mí y me apartas a un lado.

—No pienso discutir sobre esto —zanjó él, y le tendió un papel con algo anotado—. Aquí tienes la dirección de mi apartamento y el identificador para contactar con Lulú, puedes llamarla si necesitas algo. Ahora coge un taxi, vuelve a casa y espérame allí.

Y sin darle la oportunidad a Alicia de desatar su justa cólera, se dio la vuelta y se alejó sobre la hierba húmeda.

Ella lo vio desaparecer pendiente arriba antes de bajar la vista hasta aquel trozo de papel. Si de verdad creía que iba a seguir, obediente, sus instrucciones, es que no tenía ni puta idea de con quién estaba tratando. Había hecho bien en no mencionar el correo extraído de la intranet de Samaritain y lo que Girard había podido averiguar al respecto; aquel sería su último secreto, su bala en la recámara.

Capítulo 19
El credo del dios binario

licia entró en el apartamento y cerró de un portazo. El sistema domótico le dio la bienvenida iluminando la estancia y activando el aire acondicionado, pero ella lo desconectó de inmediato, prefería permanecer en penumbras. Se quitó las sandalias mientras subía por la escalera y se sacó aquel estúpido vestido por la cabeza. Estaba harta de obligadas incomodidades, así que se enfundó unos vaqueros, se puso la camiseta que había usado para dormir y se recogió el pelo en una coleta. Sin detenerse ni un instante, presa de una frustración que no sabía cómo canalizar, abrió el grifo del lavabo y se echó agua en la cara varias veces, tratando de despejarse las ideas.

No podía quedarse fuera del juego, se repetía una y otra vez, no iba a permitir que la apartaran a un lado una vez habían obtenido lo que querían de ella. Bajó al salón con pasos decididos y se sentó en la mesa de trabajo de Daniel. Enlazó el monitor con el móvil que le había dado Frank, inició la interfaz en modo sobremesa y extendió los dedos sobre el teclado integrado en la superficie de cristal... Pero lo cierto era que no sabía qué podía hacer, cómo podía avanzar en la investigación por su cuenta.

Dudó un instante, indecisa, hasta que por fin tecleó en el buscador: «Lester Logan, Ciudad del Cabo, Zeitgeist, Fenris». Solo esperaba que, tal como le había asegurado Frank, aquel terminal fuera ilocalizable, porque ejecutar dicha búsqueda sería como indicar su posición con una baliza luminosa. Pulsó el botón de entrada y el navegador comenzó a rastrear la Red... Cero resultados. Era lo esperable, así que comenzó a restar términos a la búsqueda haciéndola cada vez menos selectiva, pero siempre con nulos resultados. Por último solo buscó el nombre «Lester Logan», y el navegador mostró una amplia lista de perfiles en diferentes redes sociales: un estudiante de instituto en Sídney, el bajista de un grupo de rock en Texas, un jubilado que parecía disfrutar jugando en la playa con sus perros... La habitual amalgama incongruente de la Red, pero ningún rastro del Lester Logan que buscaba.

Frustrada, apoyó la cabeza contra la mesa y golpeó la frente tres veces contra el cristal, como si así pudiera hacer brotar alguna idea. Solo entonces reparó en lo más evidente: el frontal de la mesa alojaba un pequeño cajón rectangular. Tiró del pomo casi por inercia y se alegró de comprobar que no estaba cerrado con llave. Sin embargo, lo que encontró en su interior le borró la sonrisa de la cara. Como quien descubre una cucaracha entre las sábanas, distinguió los negros contornos de una pistola semiautomática. Alargó la mano para empuñarla. Su tacto no era metálico, más bien parecía fabricada en alguna especie de fibra de plástico, y era indudablemente más ligera que el arma que Clarice le mostró en el avión. Casi podría haber pensado que se trataba de un juguete, de no ser porque estaban presentes todos y cada uno de los letales componentes de una pistola de nueve milímetros. Incluso había dos cargadores junto al arma y unas cuantas balas, compactas y de un material extraño.

¿Por qué tenía alguien como Daniel Adelbert una pistola en su escritorio? Creía que se dedicaba a recuperar objetos para coleccionistas, y hasta el momento no se le había ocurrido que tal actividad pudiera resultar peligrosa. Cuando fue a devolver el arma a su lugar, descubrió que al fondo del cajón había un pequeño volumen. No le sorprendió descubrir que era la biografía de Nelson Mandela que Daniel leía en el vuelo entre Marsella y Singapur. Titubeó un instante, como si estuviera a punto de cometer una maldad, pero terminó por sacar el tomo de su lugar y abrirlo.

Efectivamente, era el mismo libro y en su interior seguía oculto aquel retazo de memoria transcrito a mano. Hojeó varias páginas de un pellizco hasta que, de entre ellas, saltó una pequeña cartulina de plástico azul. Frunció el ceño, pues en la cartulina se desplegaba una serie de nombres y direcciones de contacto, tanto postales como electrónicas, pero ningún encabezado que le diera sentido a aquella larga lista. Las direcciones saltaban aleatoriamente de un país a otro, las había de Estados Unidos, Canadá, China, Finlandia, Corea... y Francia: François Giresse, Marsella.

Los ojos de Alicia se iluminaron con un destello de comprensión. Era un listado de sinéstetas, Daniel había puesto a los brujos en el mapa, y aquel descubrimiento no tardó en prender en su mente una segunda idea. Comenzó a recorrer la columna en busca de una dirección de Singapur... Hasta que la encontró. El nombre asociado a la misma era Bao Yuen. Creía recordar que Lulú había pronunciado ese mismo nombre en el coche, era la persona que debía arreglar el encuentro con el general Sek.

Fuera, unas premonitorias gotas de lluvia comenzaron a salpicar el cristal de la terraza; primero un repiqueteo suave, pero pronto, con una inmediatez inusitada, se tornó en un barrido furioso que atronaba contra los ventanales. El aguacero la devolvió a la realidad de aquella noche.

Dubitativa, casi atemorizada por lo que estaba pensando, volvió a leer la dirección. Sabía a ciencia cierta que aquello era una mala idea, pero el mundo se había construido sobre malas ideas. Buscó la dirección en la Red. Se encontraba al nordeste de la isla, sobre lo que el mapa señalaba como los barrios flotantes de Singapur.

Se puso en pie, recogió el abrigo impermeable junto a la entrada y se detuvo con los dedos en torno al pomo de la puerta, titubeante. Volvió sobre sus pasos, de nuevo hacia el escritorio, abrió el cajón y extrajo la pistola. La sopesó con calma y recordó las palabras de Clarice, su advertencia de que lo más probable fuera que se hiciera daño a ella misma. Finalmente la cargó y puso el seguro. No volvió a dudar: salió de allí con paso firme, dispuesta a batirse contra el aguacero.

No divisó ningún taxi libre bajo la pertinaz tormenta, así que optó por la única alternativa: la omnipresente red de Mass Rapid Transit, capaz de llevarla en menos de media hora a cualquier punto de la ciudad-Estado.

Las estaciones se sucedieron hasta que el tren emergió del subsuelo y se precipitó en la noche y la tormenta, sobre un puente elevado muy por encima del mar. La lluvia acribilló la cápsula de plexiglás, envolviéndola en un manto de agua deshilachado por la velocidad. Abajo, olas negras rompían ferozmente contra los pilares de la isla artificial a la que se aproximaban. Fue entonces cuando Alicia divisó por primera vez los barrios flotantes de Singapur y comprendió que no eran una extensa superficie que se balanceaba gentilmente sobre el mar, como había dado en imaginar, sino inmensas moles que se hundían profundamente en las aguas, hieráticas, desafiando a los elementos. Mientras el tren volaba hacia las luces más allá del aguacero, contempló la abrumadora densidad de aquel lugar, con edificios destartalados apiñados en todos sus niveles: desde los que se hallaban casi a ras de mar, apenas por encima de las turbinas que transformaban las mareas en electricidad, hasta las más altas torres, que se alzaban un centenar de metros sobre las olas.

La vía elevada pasó entre dos de aquellas islas, sorteando la urdimbre de puentes y cables que las conectaban a distintas alturas, y sobrevoló lo que parecía ser un barrio del placer que se ceñía a la peor tradición del sudeste asiático, con ostentosos luminosos de neón, humeantes locales de comida rápida y hoteles mugrientos acumulándose en completo desorden unos sobre otros. Le bastó aquel vistazo desdibujado para comprender que no era el mejor lugar de Singapur al que una mujer podía acudir sola, pero no tuvo mucho tiempo de pensar en ello, pues apenas levantó la vista descubrió que el tren comenzaba a detenerse en una estación de aspecto ruinoso.

Las puertas se abrieron y los escasos ocupantes abandonaron el vagón. Alicia, con más resignación que determinación, los siguió hasta el exterior. La tempestad se había amansado hasta trocar en una fina llovizna. Se ajustó la capucha en torno al rostro y se encaminó hacia la parada de taxis. La calle por la que avanzaba era angosta y estaba mal iluminada, nada que ver con las espectaculares avenidas que había conocido hasta ahora en Singapur, y la humedad sobre el acerado y las fachadas no hacía sino subrayar el aspecto mugriento de cuanto la rodeaba. Se apresuró a inclinarse sobre la ventanilla del primer taxi. Por supuesto, era un modelo sin navegación automática, y el taxista le indicó con un gesto que podía sentarse atrás.

Solo cuando se acomodó en el interior, se atrevió a descubrirse la cabeza e indicó la dirección a la que se dirigía. Vio en el espejo retrovisor la mirada confusa del conductor, y Alicia repitió la dirección más despacio. El hombre negó con la cabeza y respondió en un idioma ininteligible para ella. ¿Malayo, mandarín? Cualquiera de ellos era una mala señal, pues significaba que por allí pasaban tan pocos turistas que un taxista no precisaba entender ni una dirección en inglés.

Intentó una forma más básica de comunicación:

—¿Bao Yuen?

El conductor, un abuelo con la expresión desabrida del que ha visto demasiadas cosas desde su asiento, frunció el ceño con extrañeza.

—¿Bao Yuen? —repitió él para asegurarse.

—Bao Yuen —confirmó Alicia con una sonrisa.

El taxista se encogió de hombros, metió primera en el cambio automático de su Toyota y comenzó a rodar sobre el pavimento. No tardaron en entrar en un largo túnel cuyos carriles estaban delimitados por líneas de luz en la calzada, del que solo emergieron para cruzar uno de tantos puentes que, estrechos como probetas de plástico, unían las islas flotantes. Alicia descubrió que aquellos barrios apenas disponían de calles al uso, eran una suerte de colmenas agujereadas por túneles y galerías peatonales sin apenas salida al exterior. En un aprovechamiento máximo del espacio, tan solo los edificios más periféricos y algunas plazas y paseos se encontraban a cielo abierto, suspendidos sobre el mar como una pasarela aferrada a la pared de un acantilado.

Finalmente, el vehículo abandonó los corredores y se detuvo junto a un bloque de apartamentos ubicado frente a un parque árido y melancólico. El taxista indicó una escalera que parecía hundirse en el sótano del edificio y repitió el nombre de Bao Yuen.

—¿Allí, en aquellos apartamentos? ¿Bao Yuen?

El taxista asintió y le tendió el lector de huellas, pero Alicia le indicó que pagaría con la tarjeta-monedero que Daniel había cargado para ella. Cuando se disponía a bajar, aquel hombre la sujetó por el brazo y le dijo algo que sonó como un consejo, quizás la advertencia que un abuelo podría dar a su nieta. Ella asintió, intuyendo el sentido de sus palabras, y le dio las gracias antes de abandonar la relativa seguridad del vehículo.

Se cubrió con la capucha para protegerse de la llovizna y se adentró en el parque, apenas una oquedad de tierra escarbada entre las altas moles de viviendas. Al alcanzar el bloque de apartamentos, se asomó a la gran boca sin luz que parecía conducir al distribuidor del edificio. Desde el umbral contempló los devastados pasillos que, como retorcidos intestinos, desalojaban sospechosos ruidos y repugnantes hedores. Junto al portal había una escalera que parecía descender a los sótanos del edificio, ese era el lugar que había indicado el taxista. Del fondo de aquel largo tramo de peldaños surgía la débil luz emitida por una bombilla desnuda. Descendió con una mano apoyada en la fachada. Treinta escalones más abajo había una puerta de madera bien cerrada sobre la que se había grabado a cuchillo un círculo atravesado por una línea vertical. Alicia miró sobre el hombro escaleras arriba, luego se aseguró de tener cobertura en el móvil y, sin que se le ocurrieran más cautelas, golpeó la puerta con el puño.

Aguardó casi un minuto antes de volver a llamar, y cuando ya se disponía a darse la vuelta y marcharse, la puerta se abrió con el ronquido áspero de la madera abotargada. Un hombre algo más joven que ella, vestido con una camiseta interior de tirantes que resaltaba la extrema delgadez de su torso, se asomó por el vano entreabierto.

—¿Qué quieres? —preguntó con voz hosca.

—He venido...

—¿Quién te ha hablado de este sitio? —la interrumpió.

Alicia titubeó, sin saber muy bien qué responder.

—¿Te han informado bien de cuánto llevo por la ruta turística?

Ella negó con la cabeza.

—¿Eres europea, verdad? Para vosotros son mil quinientos euros. —Y como si necesitara explicarse, añadió—: El cóctel es caro, pero lo preparo yo, no encontrarás otro igual.

Alicia le mostró la tarjeta de Selfbank.

—Muy bien, pasa.

Su anfitrión arrastró la puerta hasta abrirla de par en par y la instó a avanzar por un pasillo en penumbras. Alicia lo recorrió poco a poco, convenciéndose a cada paso de no girar en redondo y huir de allí. El suelo de madera gemía bajo sus pasos y las paredes aparecían hinchadas por ampollas de humedad. Olía a polvo y decadencia, a lujuria y abandono, pero lo que de verdad la estremeció, lo que convertía aquel agujero en un escenario realmente dantesco, fue lo que encontró al llegar al salón: bajo un techo a punto de hundirse, no menos de doce personas yacían semiinconscientes en catres repartidos por el suelo. Sus cráneos huesudos estaban erizados de agujas que conectaban con una red de cables esparcida por el suelo, y unos tubos clavados a sus brazos bombeaban el contenido de goteros apoyados sobre sus pechos. A Alicia le pareció una variante tosca y contrahecha del sofisticado asiento sobre el que se recostaba Frank para proyectarse dentro de la Red, pero aquellos viajeros, en lugar de permanecer en un sueño sereno, gemían y reían, lloraban y susurraban palabras inaudibles, entrelazando sus voces en un coro escalofriante.

—Quítate el abrigo y tiéndete en ese colchón —le indicó su anfitrión, que había tomado uno de los goteros y ya desliaba los tubos que debían morder sus brazos—. Tardan unos cinco minutos en hacer su efecto, luego el viaje durará dos o tres horas, dependiendo de cómo lo asimile tu cerebro. ¿Qué sesión quieres probar? ¿Follar con tu ex, una orgía en una isla desierta, matar a tu jefe...? Todo lo he programado con una saturación sensorial profunda, paladearás hasta la última gota de sudor. También podemos obviar la imaginería y enchufarte directamente un catálogo sensoemocional, pero te advierto que hay gente a la que le trastoca, luego la vida puede resultarte insípida.

—Me gustaría que habláramos antes.

Él levantó la cabeza y la miró con desconfianza.

—Mierda, no será tu primera vez, ¿verdad?

Ella respondió con otra pregunta.

—¿Eres Bao Yuen?

El interpelado enarcó una ceja, más suspicaz aún.

—¿Quién eres y a qué cojones has venido?

—Me llamo Alicia, ha sido François Giresse quien me ha dado tu dirección.

Yuen esbozó una sonrisa enigmática y comenzó a recoger alrededor de su puño los tubos de plástico.

—Ah, el viejo Frank. ¿Cuándo aprenderá a mantener su gorda bocaza cerrada?

—Me dijo que eras el único de por aquí que podía ayudarme a encontrar algo en la Red.

—Claro, pero yo no ayudo. Todo tiene un precio.

—En todos sitios todo tiene un precio —dijo Alicia, mientras se preguntaba hasta dónde podría llevar aquella farsa, y si realmente estaba dispuesta a pagar para obtener algo de aquel hombre.

—Si lo que quieres es hablar, hablemos. Pero no aquí, no les molestemos con las miserias de este mundo. —Se dirigió a una puerta al otro lado del salón.

Alicia lo siguió sin apartar la vista de aquellos que se habían exiliado de la realidad, que susurraban y se estremecían tumbados en sus jergones, perdidos en el murmullo binario. Entraron en una habitación aún más calurosa; las paredes estaban cubiertas por columnas parpadeantes de plástico y fibra óptica, probablemente un pequeño servidor local, y en un rincón había una cama, una pequeña cocina y el acceso a un cuarto de baño. Todo junto sumaba lo más parecido a un hogar que debía de conocer Bao

Yuen, y Alicia se preguntó por qué los brujos, cuyos talentos podían procurarles dinero fácilmente, insistían en vivir de forma tan miserable. Sin embargo, observando el cuerpo desnutrido del cibersinésteta, tuvo su respuesta: para ellos el mundo terrenal era un mero tránsito, su mundo real era otro.

Mientras se distraía en tales cavilaciones, su anfitrión se dirigió a la cocina y preparó sendas tazas de té verde. Cuando estuvieron listas, las colocó sobre una pequeña mesa que hacía las veces de comedor y tendió la mano ofreciéndole una silla.

—¿Ellos no son turistas, verdad? —preguntó Alicia, antes de dirigir la conversación hacia derroteros más pragmáticos.

El sinésteta sonrió ante su curiosidad y bebió de su taza.

—No, ellos son verdaderos creyentes del dios binario. Han dado la espalda a un mundo que los condena a una vida anodina y han entregado su cuerpo y su alma, sus secretos y sus anhelos a su dios.

—El dios binario... —repitió Alicia, bebiendo también de su té—. He escuchado varias veces ese nombre. ¿Es a quien adoran los *hikikomoris*?

—Oh, no los llame así. Viven en las sombras porque han visto la luz verdadera. Han descubierto que el supuesto mundo real es una enfermedad que te destruye: trabajos que nos hacen infelices con la promesa de que algún día seremos felices, ideales inalcanzables, la lucha en vano contra la decadencia física... Han tenido el valor de dejar atrás ese mundo de frustraciones y resignación para vivir sus sueños.

—¿Eso es lo que proclama el dios binario? —preguntó Alicia, un tanto desorientada, pues sentía su cabeza confusa—. ¿Ese es su credo?

—El dios binario no proclama nada, simplemente existe en los intersticios del ciberespacio, se alimenta de toda la información y de todas las emociones que vomitamos en la Red, y por eso nos comprende mejor que cualquier otro. Ellos lo buscan con devoción, aun a sabiendas de que nunca lo encontrarán, y esa búsqueda los realiza y los hace sentirse plenos.

Alicia comenzó a sentir cómo la membrana que separaba su mente de la realidad se volvía permeable: el calor de aquella estancia la asfixiaba, las voces susurradas al otro lado de la puerta inundaban su cabeza, y la mirada penetrante, lasciva, del hombre frente a ella taladraba su mente.

—¿Usted cree en todo eso? —preguntó desorientada.

—Señora Lagos —dijo él—, yo creo en lo que debo creer.

Y no escuchó nada más.

Un rumor sintético vibró en los límites de su consciencia, distorsionado, aberrante, hasta que su mente fue capaz de modularlo y reconoció que era una voz humana… No, varias voces, todas ellas inoculadas directamente en su cerebro. Se sentía desnuda, liberada de convenciones que la habían esclavizado toda su vida: intimidad, ética, lo debido y lo indebido... Todo ello carecía de sentido. Solo importaba el viento electrónico envolviendo su piel, erizándole el vello, el susurro en su oído pronunciando las palabras precisas, la creciente calidez en su bajo vientre, la proximidad de otros que, como ella, se sabían libres, sus mentes en contacto, estremeciéndose en comunión, abriéndose por completo los unos a los otros. Era un anhelo que trascendía lo sexual y lo metafísico, un deseo de compartirse con el resto que crecía en su interior y la devoraba desde dentro. Era generosidad pura, amor puro, la supresión de todo el egoísmo que conlleva la intimidad...

Pero algo la arrancó del paraíso y la obligó a abrir los ojos a un techo decrépito, combado sobre su cabeza, y escuchó voces lastimeras a su alrededor rogándole que volviera. Ese algo, un último vestigio de individualidad, la había traído de vuelta y ahora la empujaba a arrancarse los cables que se enredaban a sus brazos y su cabeza.

Tendido junto a ella, en el mismo colchón, se encontraba Bao Yuen, atravesado de agujas como Alicia hacía un momento. Lloraba al igual que los demás: lágrimas hirvientes que caían sobre su rostro dormido porque ella los había repudiado, su hermana los había abandonado. Y ella también comenzó a llorar, invadida por una insoportable sensación de pérdida, pero se puso en pie, confusa y asqueada, con su vientre aún atravesado por una cálida necesidad que la repugnaba y no alcanzaba a comprender.

Desorientada, con las piernas temblándole por las drogas, se tambaleó por el pasillo hacia la puerta. De algún modo había atinado a recoger el abrigo, pues se percató de que lo llevaba puesto cuando subía por las escaleras, apoyando las manos tres peldaños por delante de ella. Finalmente, alcanzó la superficie y la brisa nocturna le enjugó el sudor y las lágrimas. No se detuvo: asiéndose a todo cuanto tenía a mano, avanzó hacia el parque hasta dejarse caer en un banco de cemento. No había nadie a su alrededor, ni siquiera pudo encontrar la luna en aquel cielo de espesa brea. ¿Cuánto tiempo había pasado allí abajo? Prefería no saberlo, solo quería alejarse de la peor experiencia que había vivido en su vida, así que, con manos temblorosas, sacó el móvil y acertó a llamar a Daniel. Se llevó el auricular al oído y escuchó la hueca melodía de espera, ansiosa por que una voz humana le respondiera al otro lado. Pero el tiempo de conexión caducó y la llamada se cortó. Volvió a intentarlo sin saber qué otra cosa podía hacer, pues la idea de vagar sola por aquellas calles la hacía estremecerse. Pero el segundo intentó también fue en vano.

Entonces, casi sorprendida, sacó un pequeño papel arrugado del bolsillo del abrigo: era la tarjeta en la que Daniel había apuntado el teléfono de Lulú y la dirección de su apartamento. Volvió a activar el móvil y marcó la dirección para contactar con ella. Esta vez apenas debió esperar:

—¿Lulú? Soy..., soy Alicia. —Al escuchar su propia voz, comprendió que aún estaba llorando—. Creo..., creo que me he perdido... No..., no sé, estoy en los barrios flotantes... —Entonces recordó que sí conocía la dirección de Bao Yuen, y se la dictó—. Por favor, no tardes.

Y cuando colgó, hundió la cabeza entre las manos y la sacudió un llanto inconsolable. Jamás se había sentido tan vulnerable. Se envolvió mejor en el abrigo, pues de repente tenía frío, y así esperó, con la mente mermada por los psicofármacos y bloqueada por el miedo, mirando alternativamente hacia la boca del túnel, por el que ahora no circulaba ningún taxi, y hacia el bloque de apartamentos, pues aún temía que alguien pudiera abandonar aquel sótano en su búsqueda.

En algún momento, los faros de un coche la iluminaron. Alicia levantó la cabeza y vio cómo el pequeño utilitario de Lulú se detenía en la linde del parque. De su interior salió la amiga de Daniel, que, con pasos tan rápidos como le permitían sus tacones, se apresuró hacia donde ella se encontraba. Alicia solo acertó a sonreír aliviada y a permanecer sentada abrazándose los hombros, incapaz de ponerse en pie por miedo a un acceso de náusea.

La joven se sentó a su lado y la miró a los ojos con cierta alarma.

—¿Estás bien? ¿Por qué has venido aquí sola?

Alicia negó con la cabeza.

—Preferiría dejar las explicaciones para más tarde. ¿Puedes llevarme con Daniel?

Lulú suspiró como una madre resignada y desbloqueó su móvil. Hizo una llamada que fue atendida rápidamente:

—Sí, la he encontrado... Está aquí, conmigo, en uno de los barrios flotantes entre Changi Bay y Tekong Island, puedo enviar las coordenadas del geolocalizador... Sí, esperaremos.

Guardó el móvil y echó un brazo sobre los hombros de Alicia, como si temiera que fuera a derrumbarse de un momento a otro, y así aguardaron las dos, una junto a otra. No debieron esperar mucho, no obstante, pues en menos de un cuarto de hora un segundo coche invadió la acera y rodó por las calles del parque hasta detenerse frente a ellas.

Alicia levantó la vista y descubrió cuán torpe y aturdida se encontraba, pues de lo contrario se habría percatado antes de que algo no encajaba. La puerta del coche se abrió y unas piernas largas, armadas con tacones como estiletes, se apoyaron sobre el pavimento.

—Me alegro de que volvamos a encontrarnos, «señorita Rossi» —la saludó Beatrix Giger.

Capítulo 20
Declarar una guerra

El taxi se detuvo a las puertas del Swissotel, uno de los rascacielos más antiguos de Raffles Boulevard, y de su interior bajó un Daniel Adelbert de rostro circunspecto. Sabía que a partir de ahí debería medir cada paso y cada palabra, así que se tomó un instante para cuadrarse la chaqueta, respirar hondo y mirar la hora: las once y veintidós de la noche. Levantó la vista hacia la inmensa columna que se alzaba frente a él, hacia una noche sin estrellas, y las primeras gotas de lluvia salpicaron sus labios. Olía a tormenta, sería mejor no demorarse.

El recibidor resultó ser uno de aquellos lugares que gustaba de rememorar la herencia colonial como pretendido sinónimo de buen gusto. Presentaba un ambiente cosmopolita y, apenas se hubo internado entre la dispar clientela, un occidental trajeado le salió al paso:

—¿Señor Adelbert?

Daniel lo miró de arriba a abajo.

—¿Nos conocemos?

—Me llamo Yerik —se presentó, estrechándole la mano—. Acompáñeme, por favor. Le están esperando.

Daniel asintió y se dejó conducir hasta uno de los lujosos ascensores al otro lado del vestíbulo. Era más estrecho de lo habitual y, al entrar, reparó en que no había cámara de seguridad y que la cabina carecía de botones o de panel táctil; tan solo había un lector de llaves al que su acompañante aproximó una tarjeta cifrada. Se trataba de un ascensor privado que probablemente conduciría a una planta aislada del resto del hotel. Seguridad y confidencialidad, las acompañantes habituales en este tipo de encuentros con magnates y traficantes paranoicos, pensó con resignación.

Las puertas se cerraron y comenzaron a subir.

—Así que Yerik —comentó Daniel—. ¿Ruso?

—Ucraniano —respondió, lacónico, el interpelado.

—Es extraño que un general chino tenga extranjeros en su cuerpo de seguridad.

—Ucrania, Rusia, China... Todos tenemos un pasado común. Estamos acostumbrados a trabajar juntos.

—Claro.

El ascensor se detuvo en un piso indeterminado (por encima del setenta, calculó Daniel) y las puertas se abrieron a un corredor curvo que seguía el trazado de la planta circular del edificio. Ocho agentes de seguridad, todos trajeados como su nuevo amigo Yerik, los esperaban en el pasillo. Iban bien armados y no se molestaban en disimularlo. Uno de ellos se adelantó y le indicó a Daniel que pusiera los brazos en cruz. Hastiado del consabido protocolo, el visitante obedeció y el otro pasó una mano enguantada en sensores sobre su cuerpo.

—Podéis continuar —señaló finalmente.

Yerik le pidió que lo siguiera a través del largo pasillo desierto. Un tercer hombre se había sumado a la comitiva, caminando unos pasos detrás de él, como si temieran que pudiera intentar huir. Definitivamente, no le gustaban los hoteles, se dijo una vez más, mientras observaba la ciudad a través de la pared de cristal que lo separaba de una caída de doscientos metros. Al otro lado, la tormenta parecía haberse apoderado del mundo: barría la ciudad de norte a sur y licuaba el paisaje, diluyendo el manto de luces a sus pies. Los pasos cesaron sobre el suelo enmoquetado y se detuvieron frente a una puerta de doble hoja. El primero de ellos llamó con los nudillos y abrió. A continuación, indicó a Daniel que pasara.

La estancia estaba vacía, a excepción de un gran butacón giratorio instalado en el centro de la misma. Estaba ocupado por un hombre de expresión serena que daba la espalda a una bahía de Singapur azotada por los elementos. Sostenía un cigarrillo en una mano y apoyaba la otra sobre su pierna cruzada. Pelo cano recortado con pulcritud militar, complexión nervuda, barbilla erguida y ojos azules. No, definitivamente, aquel no era Hsen Sek.

—Tanto tiempo escuchando hablar de usted, y al fin nos conocemos, señor Adelbert —saludó con afabilidad.

Daniel sostuvo su mirada, tratando de hacerse una composición de lugar. Las posibilidades se abrían paso en su mente y la más factible era la que menos le gustaba.

—Por su expresión, me temo que estaba esperando a otra persona —se lamentó el hombre que fumaba.

—No me gustan las sorpresas. He venido a hablar con el general Sek.

—El general Sek ha delegado en mí esta reunión —informó su interlocutor con voz monótona, y subrayó sus palabras con una tranquila bocanada a su cigarrillo.

—¿Y usted es...?

—Oh, discúlpeme. —Se puso en pie, dejó caer el cigarrillo sobre la moqueta y, sin molestarse en apagarlo, avanzó hacia él—. Me llamo Bastian Knocht, creo que habrá escuchado hablar de mí.

Y le tendió una mano que Daniel estrechó sin convicción, como si le invitaran a hurgar en un saco lleno de víboras. Bastian Knocht, repitió mentalmente, aquel nombre sonó como un violento portazo a todas sus esperanzas, la constatación de que había estado jugando con fuego y se había quemado.

—No debería sorprenderse —le reprochó Knocht—. Lo cierto es que han procedido de forma bastante descuidada. Asaltan uno de nuestros servidores y, ¿qué hacen cuando no consiguen lo que buscan? Recurrir al más influyente traficante de información del mundo. Es la vía expeditiva, la más cara y obvia, lo que demuestra que alguien con mucho dinero le respalda, señor Adelbert. Aunque creo que este exceso de recursos ha embotado sus habilidades. Personalmente, esperaba algo más... —Movió los dedos en círculos, como si intentara aprehender un concepto—. Más imaginativo, por su parte.

—¿Quién me ha vendido?

Su interlocutor sonrió.

—Tiene razón, hemos tenido ayuda —confesó en tono jocoso—. Singapur solo era una de las posibilidades que barajábamos. Afortunadamente, conocemos bien sus métodos y contactos, y nos habíamos encargado de preparar el terreno por si se daba una circunstancia como esta.

—¿Me han investigado? ¿Por qué? Soy un simple prospector, no vendo información.

—Y sin embargo, aquí está.

Bastian Knocht guardó silencio, a la espera de que Daniel intentara desmentir aquella acusación, pero lo único que obtuvo fue un mutismo hosco, el de alguien que no pierde el tiempo en rehuir lo inevitable, sino que prefiere invertirlo en calcular sus posibilidades.

—Sé lo que está pensando —prosiguió el agente de Fenris—: Tres hombres en esta sala, siete más fuera, todos armados, un nivel restringido del que solo se puede salir con llave... Pero no tema nada de mí. Al parecer, el señor Rosesthein aún lo considera un activo valioso y me ha pedido que le transmita su deseo de hablar con usted, de aclarar ciertos puntos. A tal efecto, le llevaremos a Zúrich esta misma noche.

—¿Un activo valioso? —repitió Daniel, descreído—. No sabía que el señor Rosesthein valorara tanto su colección. No son más que objetos viejos, al fin y al cabo.

Knocht sacudió la cabeza, casi consternado.

—No comprende nada, ¿verdad? Después de tantos años, ni siquiera sabe lo que ha estado haciendo.

—¿Qué es lo que debería comprender?

—Que usted no es un hombre libre, señor Adelbert. —Knocht sonreía con enervante condescendencia—. Algo que lleva toda la vida sospechando, aunque su prisión sea tan solo una duda en los límites de su conciencia, el eco lejano de algo que anda mal.

—Está diciendo gilipolleces —masculló Daniel, pero alfileres de hielo se habían clavado en su espina dorsal.

—Le han preparado para responder preguntas, Daniel, pero no ha sabido contestar aquellas que más deberían preocuparle. En muchos casos, ni siquiera ha sabido plantearlas. ¿Por qué cree que Inamura le pidió precisamente a usted que investigara el Proyecto Zeitgeist? ¿Qué relación había entre Edin Adelbert y Ludwig Rosesthein? Esas son las preguntas importantes para usted, y no las que los demás le instan a responder.

Daniel trató de verbalizar una réplica coherente, pero fue incapaz. Su mente no dejaba de regurgitar nuevas preguntas: ¿le mentía aquel hombre o le daba la dosis de sinceridad exacta para obtener lo que quería? ¿Por qué insinuaba que su padre y Rosesthein estaban conectados de algún modo? ¿Acaso Rosesthein sabía de él antes de convertirse en el hijo de Edin Adelbert? ¿Y por qué habría de ser así? ¿Qué era él, sino otro de tantos niños adoptados? Daniel sabía bien que alimentar el ego de alguien que sufre de carencias afectivas es el abecé de la manipulación psicológica; sin embargo, las insinuaciones de aquel hombre coincidían de forma inquietante con aquellas que hiciera Inamura en su refugio noruego.

Y bajo todas esas dudas que súbitamente lo apabullaban, una imagen, una foto fija a través del tiempo: las camas vacías, el pabellón gélido y oscuro, la voz reconfortante que le hablaba de un niño perdido que se encontró a sí mismo.

—¿Por qué su jefe le envía a decirme esto ahora?

—De nuevo la pregunta equivocada, señor Adelbert. No se lo volveré a repetir: hay un avión privado con destino a Zúrich esperándole en el New Changi. Creo que es el vuelo que ha estado aguardando durante muchos años, no tomarlo sería un gran error por su parte.

Daniel meditó sobre ello un instante, pero necesitaba saber algo más antes de dar una respuesta:

—¿Dónde está Alicia Lagos?

—¿De verdad eso es relevante en estos momentos?

—Lo es, si quiere que vaya a Zúrich.

—La señora Lagos está con nosotros.

—Debo verla —afirmó, categórico.

—Me temo que eso no es posible, pero no se preocupe por ella. Estábamos obligados a tomar medidas drásticas cuando era el único foco de un fuego potencialmente devastador; pero ahora, gracias a usted, ese fuego se ha extendido. Porque asumo que cualquier información trascendente que ella poseyera ya estará en manos de la gente para la que ahora trabaja. Eso nos obliga a abordar esta situación de una forma más compleja.

Era evidente que no podía confiar en la palabra de alguien como Bastian Knocht. Su vida durante los últimos años había sido una constante negociación con hombres como aquel, y sabía bien que no podría conseguir nada sin arriesgar algo a cambio.

—De acuerdo. Iré.

—Afortunadamente para todos, su pragmatismo es impecable, señor Adelbert —sentenció Knocht con satisfacción—. Yerik y Zhao le acompañarán al aeropuerto. Le deseo un buen viaje.

Daniel salió de la estancia sin más despedida que un mudo asentimiento, casi ansioso por perder de vista a aquel hombre y el halo de amenaza contenida que proyectaba. Sus dos acompañantes debían de sentir algo similar, pues pudo percibir con total claridad cómo sus cuerpos se distendían y su respiración se relajaba en cuanto pusieron un pie en el pasillo. Era evidente que habían temido que la conversación se desarrollara por cauces mucho más desagradables, y eso le hizo pensar en lo que podría haber sucedido si se hubiera negado a viajar de regreso a Europa.

Los dos agentes le guiaron hasta el ascensor y Yerik volvió a utilizar su tarjeta. «Al garaje», pronunció en voz alta, y la cabina comenzó a descender. Daniel, por su parte, se distrajo mirando de soslayo la expresión aliviada de sus escoltas una vez la tensión del encuentro había pasado de largo. Yerik se colocó a su izquierda, la mano sobre la empuñadura de su arma por puro hábito; Zhao, a su derecha, la mirada perdida en el techo, como un turista distraído. Era una manera bastante absurda de decantar su propio destino, fue el último pensamiento de Daniel antes de deslizar la mano bajo la chaqueta del sicario y arrebatarle limpiamente el arma.

Todo transcurrió en el intervalo entre un par de plantas: en cuanto empuñó la pistola, Daniel empujó hacia atrás, aplastando a Yerik contra la pared, y aprovechó el movimiento para ganar una corta distancia que le permitió encañonar a Zhao y descargarle un disparo en el corazón. Mientras este caía fulminado, y aún sin girarse, orientó el cañón hacia el muslo de Yerik y le disparó a quemarropa bajo la cadera.

El ucraniano ahogó un gemido de angustia al tiempo que se doblaba por el dolor, momento que Daniel aprovechó para revolverse y arrebatarle el arma de sus manos crispadas. Yerik quedó en el suelo hecho un ovillo, con apenas espacio para yacer junto a su compañero muerto, mientras trataba de tapar la herida que sangraba con profusión. Daniel guardó ambas armas tras su chaqueta y se inclinó junto a él.

—Necesito algo de tiempo para salir de aquí, así que no puedo permitir que avises al pequeño ejército que tenéis ahí arriba. —Fue la breve confidencia que Daniel le hizo antes de taparle la boca con fuerza. A continuación, le apartó las manos y hundió dos dedos en la herida abierta por la bala, profundamente.

El sicario trató de gritar, horrorizado. El dolor era tan lacerante, lo atravesaba con intensidad tan cegadora, que ni siquiera tenía fuerzas para intentar zafarse de Daniel. Tan solo atinaba a agitar la cabeza de un lado a otro, tratando de librarse de aquella garra que lo enmudecía, como si poder gritar fuera una prioridad aún más perentoria que suprimir la fuente de tanto dolor... Hasta que finalmente entornó los ojos y perdió el conocimiento.

Con la parte más desagradable del trabajo hecha, se limpió los dedos sobre la camisa del agente inconsciente y comprobó la hora por segunda vez aquella noche: aún eran las doce menos cuarto, su visita al Swissotel apenas había durado veinticinco minutos, pero ahora todo se aceleraría irremisiblemente. Solo esperaba disponer del tiempo suficiente para encontrar a Alicia antes de que su suerte estuviera echada.

Por fin, las puertas se abrieron a una planta de garaje y pudo abandonar el ascensor. Empuñó una de las pistolas y buscó un rincón al amparo de la oscuridad. Sin perder de vista los accesos, ejecutó en el móvil un *software* que comenzó a bombardear códigos mediante radiofrecuencia. Fueron tres minutos largos en los que no apartó la vista del ascensor ni de las puertas de seguridad que conectaban el garaje con las plantas superiores, pero finalmente un Mazda reaccionó al barrido de señales y sus luces se encendieron indicando que estaba disponible para él.

Guardó el móvil, ahora un clon de la llave de aquel coche, y activó el motor. Mientras conducía hacia la calle, la desnuda verdad de lo que había hecho le martilleaba con imágenes. Acababa de matar a un hombre y, probablemente, dejado tullido a otro. Sabía que había reaccionado ante una situación de vida o muerte; sin embargo, aquello no cambiaba el hecho de que había declarado una guerra por su cuenta. Después de tantos años, volvía a ser un soldado. Había vuelto a África.

Abandonó el vehículo en una cuneta y buscó un taxi que lo llevara hasta su casa. Aunque sabía que aquel sería el primer sitio donde lo buscarían, también sabía que solo allí podría encontrar algún indicio sobre el paradero de Alicia... Si es que ella le había hecho caso y había vuelto directamente al apartamento, algo sobre lo que Daniel albergaba serias dudas, dado su enfado al despedirse.

El ascensor se detuvo y una voz le informó de que había llegado a la planta treinta y dos. Tomó aire y cruzó el pasillo con paso cauteloso hasta llegar a la puerta. Antes de abrir, enlazó el móvil con las cámaras de seguridad instaladas en el interior de la vivienda: sobre la pantalla se proyectaron imágenes de cada una de las estancias; amplió la del salón, que aparecía vacío y ordenado. Escéptico, se agachó junto a la puerta y deslizó bajo la misma una tarjeta de plástico. Solo cuando la vio aparecer en la imagen, sobre el parqué al otro lado, se puso en pie y abrió.

Dejó la chaqueta sobre el sofá e indicó al sistema domótico que activara el televisor mural y accediera al sistema de vigilancia. Daniel se vio a sí mismo de espaldas, enfocado desde un plano en picado; entonces solicitó a la aplicación que reprodujera el primer corte de aquella tarde en el que las cámaras hubieran registrado movimiento. Al instante pudo ver a Alicia proyectada sobre la pared del salón, entrando como un torbellino mientras murmuraba maldiciones cuyo destinatario ya sospechaba, por lo que se ahorró pedirle al sistema que transcribiera lo que sus labios mascullaban.

Las cámaras iban activándose según pasaba de una habitación a otra, hasta que Daniel pudo observar, con una sonrisa traviesa, cómo su invitada se sacaba el vestido por la cabeza, lo tiraba sobre la cama y, tras hurgar en el armario, se vestía con unos vaqueros y una camiseta. En ese momento decidió que sería mejor no comentarle el asunto de las videocámaras... Si es que lograba encontrarla.

Avanzó la grabación hasta llegar al momento en el que Alicia, sentada frente al escritorio, abría el único cajón que no debía curiosear. Torció el gesto al verla hojear el ejemplar de *El largo camino hacia la libertad* que había adquirido en Nueva Delhi. Lo había considerado un buen lugar para esconder la lista de brujos que Frank le facilitó, pero ahora, mientras veía a Alicia extraer la cartulina de polímero antifotográfico, comprendió que había sido un exceso de confianza por su parte.

«¿Cuánto ha averiguado?», se preguntó Daniel, mientras su inquieta huésped sustraía la pistola de resina plástica y salía de allí. Se dijo que solo podía haberse dirigido a un sitio.

Antes de detener la reproducción, sin embargo, el sistema le indicó que había un segundo fragmento, esta vez de tres minutos, en el que las videocámaras habían detectado movimiento. Daniel saltó hasta ese nuevo corte y pudo comprobar cómo cuarenta minutos después de que Alicia abandonara el apartamento, Lulú llegaba al mismo y entraba sin llamar. Dos hombres la seguían. Recorrieron las distintas habitaciones hasta comprobar que allí no había nadie. Aquello no había sido más que la triste confirmación de una sospecha.

Detuvo la grabación, que quedó congelada con la puerta de su apartamento a punto de cerrarse, y se dirigió al mueble bar. Al fondo del mismo, tras apartar unas cuantas botellas de licor sin estrenar, se encontraba un panel táctil sin retroiluminación. Daniel pulsó una combinación de dígitos invisibles y un cierre se liberó al otro lado del salón. Una escotilla había quedado entornada bajo la escalera, daba a una pequeña cámara de seguridad que ni siquiera Jiang Liu conocía. Dentro solo había una mochila negra con correas magnéticas, la cual contenía su equipo de trabajo para las prospecciones más complicadas. Se la fijó a la espalda, después recogió los dos objetos más peligrosos de cuantos guardaba en su apartamento y dejó todo lo demás para los hombres que debían de estar a punto de llegar.

Salió al garaje y comprobó la moto. El depósito estaba lleno, así que arrancó el motor de combustión, se colocó el casco de realidad aumentada y salió a la plataforma que lo llevaría hasta la calle. Su primera visita de aquella noche lo esperaba.

Apenas Bao Yuen hubo descorrido el cerrojo, la puerta se abrió con violencia y lo arrojó contra la pared del pasillo. Aturdido, trató de ponerse en pie para defender su casa, pero ni siquiera había comenzado a incorporarse cuando vio cómo un hombre embozado con un casco de facciones cadavéricas atravesaba la puerta desencajada. Llevaba el visor retraído bajo la placa del cráneo, dejando solo a la vista una mirada feroz que lo clavó al suelo. Sin que pudiera reaccionar, el intruso se inclinó sobre él y apoyó la rodilla contra sus genitales, inmovilizándolo por completo.

—¿Dónde está la mujer?

—Yo no sé nada, tío —gimoteó el interpelado—. Estuvo aquí y se fue.

El demonio de ojos castaños dejó caer más peso sobre la rodilla y el brujo se retorció como una lagartija bajo una bota. No aflojó hasta que las lágrimas comenzaron a resbalar por las mejillas de Yuen. Entonces, apoyó bajo su mentón la punta de una pistola.

—¿Qué has hecho con ella?

—Te digo la verdad —le aseguró entre sollozos—: le propuse hacer turismo por el otro lado, pero no le gustó la idea, así que se largó. No sé nada más de ella.

Daniel lo agarró por la correa del pantalón y lo puso en pie, para después empujarlo a través del pasillo en dirección al salón. Allí encontró justo lo que esperaba: una tumba de mísera decadencia en la que rostros vacíos susurraban y se estremecían. Sus mentes estaban tan entumecidas que percibían este mundo a través de un velo gris, y ya solo reaccionaban ante la hiperestesia de los impulsos descargados directamente en su cerebro. Afortunadamente, ninguno de aquellos rostros era el de Alicia.

—Ponte de rodillas —ordenó al brujo.

—¡Tío, qué coño te pasa!

Daniel le dio una patada en las corvas y Yuen cayó de rodillas. Tiró de la corredera de la pistola y le encañonó la nuca.

—Dime la verdad.

—¿¡Qué verdad, joder!? Trato de llevar mi negocio lo mejor que puedo, sin molestar a nadie.

Daniel le empujó la cabeza con el cañón del arma, y el cibersinésteta se encogió atemorizado.

—Puede que lo hayas olvidado, pero el mundo real funciona así: si te vuelo la cabeza, mueres. No hay *respawn*, no hay segunda oportunidad. Ahora, dime la verdad. ¿Se la entregaste a Jiang Liu?

—Mira, tienes razón, Jiang Liu pretendía llevarla con Hsen Sek, pero no pude retenerla, se fue por su propio pie. Aunque te aseguro que si el viejo la quería, ya debe de tenerla.

—¿El general Sek era el que la buscaba? ¿Estás seguro de que no eran unos extranjeros?

—Tío, si alguien de fuera quiere cazar aquí, solo puede hacerlo a través de ese viejo cabrón. Nadie opera en Singapur por su cuenta.

—¿Dónde puedo encontrar a Sek? —Daniel se inclinó junto a su oído—. Y no me digas ninguna gilipollez, tú eras nuestro contacto, sabes cómo llevarme hasta él.

—No te cabrees, hermano, pero no vas a encontrar a Sek. No tengo ni puta idea de dónde está esta noche, ni yo ni nadie en toda la isla.

—¿Esta noche?

—Ese viejo es un puto paranoico, tío. Tiene docenas de pisos francos por toda la ciudad: hoteles, burdeles, mansiones en las colinas, búnkeres subterráneos... Nunca duerme dos veces en el mismo sitio por miedo a que un agente chino lo encuentre y le descerraje un tiro entre ceja y ceja. Es imposible llegar hasta él, a no ser que él quiera verte.

—¿Dónde están esos lugares? Dame las direcciones que conozcas —exigió el hombre con la pistola.

—Dios, no lo sé, ¿vale? —confesó Yuen, atormentado—. Cuando me han llamado a su presencia, siempre me han llevado en un coche con cristales negros. No..., no tengo ni idea, joder. Podría mentirte, tío, pero estoy siendo sincero contigo. No puedo darte más.

Daniel apretó los dientes y Yuen debió de sentir la tensión de su brazo, pues se encogió sobre sí mismo, esperando escuchar la detonación en cualquier momento. Para su sorpresa, el intruso levantó el arma. Cuando se atrevió a abrir los ojos y girar la cabeza, se descubrió a solas, con la única compañía de aquel coro de creyentes que murmuraba su ininteligible letanía sin fin.

Daniel alcanzó la superficie y se sacó el casco para respirar profundamente. Ni siquiera los filtros eran capaces de eliminar el hedor a miseria y mierda química que desprendían aquellos «altares» consagrados al nuevo dios. Se pasó la mano por la frente y volvió a inspirar el aire de esa noche, que le llenaba los pulmones de angustia y le hacía exhalar frustración.

Allí, en los arrabales de Singapur, sobre una isla que navegaría a la deriva si no fuera por los anclajes que la encadenaban al estrecho de Johor, se sintió desesperar por primera vez en mucho tiempo. Se encontraba impotente, perdido mientras el reloj dilapidaba, minuto a minuto, sus posibilidades de encontrarla con vida. Todo dependía de él. Sabía que recurrir a Inacorp sería en vano: si Alicia estaba en manos de Hsen Sek o de Fenris, la gente de Inamura no podría encontrarla en una noche. Y tratar de contactar con sus enemigos era una estupidez, pues no tenía nada con lo que negociar.

Cerró los ojos e intentó aislarse de las circunstancias para pensar sin ansiedad: debía de haber alguna forma, una salida que se le pasaba por alto... En ese momento, su teléfono vibró con un mensaje entrante. Impaciente, echó la mano al bolsillo y leyó el texto con el ceño fruncido. ¿Qué coño significaba aquello?

«Pulsaciones: 112 // Coordenadas: 1.403106, 104.005924 // Distancia recorrida en el último intervalo: 45 metros // Tu entrenador personal dice: ¡Debes esforzarte más!».

Interludio
El largo camino hacia la libertad

Aquella noche, de un modo u otro, su vida cambiaría para siempre. Eso fue lo primero que pensó Nicholas al despertar por la mañana, y era lo que se repetía ahora que se disponía a entrar en la biblioteca de St. Martha, apenas quince minutos antes de que cerrara sus puertas. Pese a su ánimo introspectivo, no pasó por alto la expresión desaprobatoria de la bibliotecaria, una mujer de mirada rápida y afilada, eterna custodia de los libros allí guardados, a la que parecía fastidiar tan tardía visita a sus dominios.

No pocos estudiantes apuraban los últimos minutos en las largas mesas de lectura, consultando antiguos volúmenes y tomando notas en sus pantallas. Pronto, aquella mujer cuyo nombre todos desconocían haría sonar una campanilla y tendrían cinco minutos para devolver los tomos a sus anaqueles y abandonar el recinto ordenadamente. Pero Nicholas quería creer que aún disponía de tiempo suficiente para cometer su «traición». Pues así era como se sentía mientras se adentraba en los pasillos cubiertos de papel impreso, como un Judas que aún no había elegido a su Jesucristo: historia, filosofía, literatura clásica, Alejandro Magno, Aristóteles, Miguel de Cervantes... Todos tenían su pequeña capilla en aquel templo y Nicholas era incapaz de decidir a cuál de ellos mandaría a la hoguera.

Finalmente, su decisión estuvo movida por simples motivos prácticos, ya que la sección más alejada de miradas indiscretas era la dedicada a estudios políticos. Deslizó los dedos sobre los lomos hasta tropezar con el *Leviatán* de Thomas Hobbes: «la racionalización del Estado por encima del individuo», recordó. Aquel libro había formado parte de su itinerario de lectura hacía un par de años, y aunque sus planteamientos le parecieron sólidos, habían despertado en él el rechazo instintivo que le provocaban todos los autores que pisaban el terreno de las verdades absolutas.

Con un arranque iconoclasta, decidió que ese sería el libro inmolado en pos de su libertad. Pero cuando lo tuvo entre las manos, titubeó irremediablemente. Eugene ya le había advertido de que no necesitaba sacar un volumen completo, unas cuantas hojas serían suficientes para alimentar el fuego, así que abrió el libro y se dispuso a arrancar un puñado de páginas. Trató de tranquilizarse diciéndose que no era una edición muy antigua, de mediados del pasado siglo, por lo que aún debía de haber cientos de ejemplares como aquel en bibliotecas privadas y en depósitos olvidados, pudriéndose de humedad. Sin embargo, fue incapaz de tirar. Si debía arder, ardería, pero no sería él quien mutilara un libro.

Así que miró a uno y otro lado, se aseguró de estar en el ángulo ciego de la cámara que vigilaba el pasillo, y escondió el libro bajo la sudadera. Permaneció inmóvil, a la espera de que el suelo se abriera a sus pies y se lo tragara por lo que había hecho, pero no sucedió absolutamente nada. Ya solo tenía que poner un pie frente al otro y abandonar la biblioteca como había hecho en cientos de ocasiones. Apretó los dientes, se metió las manos en los bolsillos y echó a andar con aire distraído hacia la puerta.

Mantenía los ojos fijos en el suelo, temeroso de llamar la atención al tropezar con alguna silla o alguna mirada, y sin desviarse de su camino, pasó entre aquellos que apuraban sus últimos minutos de lectura. Se percató de que algunas cabezas se levantaban a su paso, pero resistió la tentación de comprobar quién le seguía con la vista y continuó avanzando. A medida que se aproximaba a la salida, las manos en los bolsillos comenzaron a sudarle más y más, y la incertidumbre se tornó insoportable cuando cruzó frente a la mesa de la bibliotecaria sin nombre, que pareció erguir las orejas y olisquear el aire a su paso, como guiada por un sexto sentido animal. Nicholas tragó saliva y siguió andando. Tanto sudaban sus dedos que, cuando llegó a la puerta, prefirió empujarla con el hombro sin sacar las manos de los bolsillos.

Una vez fuera se sintió desfallecer de alivio y tuvo la impresión de que apartaban un bloque de hormigón que le oprimía el pecho. Se alejó unos pasos por el pasillo hasta que se supo a salvo, entonces se apoyó contra la pared para recuperar el resuello y ordenar las ideas. Probablemente había sido lo más fácil que tendría que hacer aquella noche, y casi se ahogaba en sus propios nervios.

—Muéstreme su mano —ordenó una voz a su espalda.

Nicholas quedó paralizado, aquellas palabras parecían haber desconectado su cerebro del resto de su cuerpo.

—¿No me ha oído? Dese la vuelta y extienda la mano.

Poco a poco, mientras trataba de componer una expresión inocente, Nicholas giró sobre sí mismo hasta quedar cara a cara con la Bibliotecaria.

—¿Su..., sucede algo?

La mujer, alta y enjuta, ataviada con el impersonal atuendo negro de los mentores de St. Martha, lo acechaba tras unas gafas oscuras de largos cristales.

—Extienda la mano —repitió.

El muchacho mostró la palma de su mano izquierda para que ella pudiera leerla. La información crepitó en el interior de sus lentes.

—Sujeto Nicholas, no hay nuevos libros en su itinerario de lectura, ¿por qué ha visitado hoy la biblioteca?

—Quería..., necesitaba hacer una consulta.

—¿Una consulta de apenas seis minutos?

—Sí —se limitó a responder, pues sabía que dar más explicaciones solo le enredaría aún más en la madeja de su propia mentira.

—¿Ha podido hacer esa consulta?

—Estaba distraído, no me di cuenta de lo tarde que era..., así que finalmente he decidido dejarla para mañana. —Podría haber resultado creíble de no ser por la pátina de sudor que, delatora, brillaba sobre su frente.

—Parece que tiene calor —apuntó la mujer con mordacidad—, ¿por qué no se quita la sudadera?

Nicholas le sostuvo la mirada, tratando de decidir qué podía hacer. Dejó caer los hombros y sacó el volumen que escondía bajo la ropa.

—El *Leviatán*, de Hobbes —constató la bibliotecaria sin nombre—. ¿Se puede saber qué se le pasaba por la cabeza?

—No está en mi itinerario de lectura de este año, así que no puedo acceder a él desde los servidores, pero necesitaba volver a leerlo con calma, en la intimidad.

—¿Este libro? —preguntó ella, como si aquello le resultara de lo más desconcertante.

—Para mí es inspirador: nadie antes había racionalizado de tal modo la necesidad de sacrificarse por el bien colectivo —arguyó Nicholas, haciendo la defensa más absurda y desesperada del filósofo inglés que nadie debía de haber hecho en la vida.

La bibliotecaria lo observó sin decir nada, pero a sus ojos afloró una sombra de duda, fruto quizás del súbito recuerdo de que aquellos niños no eran personas normales.

—Retírese a su habitación. La directora sabrá de este incidente y mañana se le comunicará su castigo.

—Lo siento mucho —se disculpó Nicholas, compungido.

Mientras enfilaba el camino hacia su habitación, consultó brevemente la hora: tenía menos de cuarenta minutos para reunirse con Eugene y acababa de quedarse sin el combustible necesario para alumbrar su plan.

Tendido en la cama, Eugene intentaba empujar con la mirada el segundero de su reloj de pared, ansioso por que las agujas marcaran de una vez las siete de la tarde. Cuando por fin llegó la hora, se calzó unas zapatillas deportivas prácticamente sin uso, recogió su abrigo más grueso del armario y se guardó en los bolsillos una pequeña azada del jardín y sendas bolas de billar que había distraído semanas atrás. Sintiéndose preparado, se dirigió al vestíbulo de la planta baja, donde a esa hora, con las últimas clases concluidas y un buen rato para cenar por delante, se aglomeraban casi todos los residentes de St. Martha.

Enfiló el pasillo con aire jovial, incluso habría silbado de recordar alguna canción, y descendió por la escalera con saltos juguetones hasta detenerse a cinco peldaños del final. Desde allí, oteó sobre los rostros y las voces en busca de Nicholas, al que halló de pie en el centro del vestíbulo con las manos en los bolsillos, rodeado por aquella marea humana que apenas parecía rozarlo. Caminó hasta él y lo agarró por el brazo para llamar su atención. Sin necesidad de mediar palabra, comenzaron a avanzar hombro con hombro contra la corriente, abriéndose paso entre los alumnos que discurrían desordenadamente hacia el comedor y las salas de esparcimiento.

Fueron dejando atrás las zonas más concurridas y no tardaron en encontrarse completamente solos, recorriendo las amplias galerías que daban a las aulas vacías. Las luces estaban apagadas, pues ya nadie debía permanecer allí, y el silencio que reverberaba en los pasillos alimentó en ellos una inquietud desconocida. A cada paso parecían adentrarse un poco más en un mundo de incertidumbres, similar al cotidiano solo en apariencia, pero en el que, sospechaban, no regían las leyes de la lógica y la probabilidad que les habían inculcado. Aquella perspectiva hizo sonreír a Eugene.

—¿Por qué sonríes? —susurró Nicholas, que vio de soslayo la expresión de su compañero.

—Porque el aire ha cambiado, ¿no lo notas? Ya estamos dejando atrás los muros de St. Martha.

—¿Estás seguro? Porque ahora mismo son muros lo único que veo.

El muchacho de pelo rubio ignoró su sarcasmo.

—¿Has conseguido el libro, verdad?

—No, pero no te preocupes.

La expresión risueña se borró del rostro de Eugene.

—¿Qué quieres decir? Sin papel no podremos hacerlo, ya sabes que la yesca se consume en apenas unos segundos.

—Tranquilo. Tú asegúrate de cumplir tu parte.

Su compañero lo observó con gesto desconfiado, pero la mirada resuelta de Nicholas, que no apartaba los ojos del pasillo en penumbras, lo convenció de que insistir sería en vano.

—No es mi parte la que me preocupa —refunfuñó.

Bajaron por crujientes escalones hasta unos laboratorios escolares en desuso desde hacía tiempo. De manera subrepticia, con la excusa de que le gustaba vagar en soledad, Eugene había estudiado detalladamente aquella planta que se hallaba por debajo del nivel del suelo, y había garabateado un pequeño plano en el que ubicó todas las salas, las puertas que las comunicaban, cuáles tenían cerradura y, lo más importante, dónde estaban instaladas las videocámaras. Gracias a sus minuciosas notas creía haber identificado tres ángulos ciegos, lo que constituía casi un milagro dada la especial abundancia de medidas de vigilancia en aquel nivel: pese a estar abandonado concentraba casi el doble de ojos rojos que otras partes del colegio. Ese contrasentido, unido a la presencia de una misteriosa puerta blindada, había convencido al joven observador de que allí se encontraba lo que estaban buscando. Y sobre esa convicción se sustentaba todo el plan de aquella noche.

Fue Eugene, por tanto, el que guio los pasos de Nicholas, indicándole cuándo había que agacharse o dónde debía caminar pegado a las paredes, avanzando siempre lo más lejos posible de la penetrante mirada de los ojos sin párpados, como sombras esquivas en los límites del campo visual. Hasta que llegaron a un hueco lateral que daba acceso a dos cuartos de baño cerrados con llave.

—Aquí estaremos a salvo —informó Eugene, mientras dejaba caer la espalda contra la pared.

—Puede que nos hayan visto.

—No nos han visto.

—¿Cómo puedes estar tan seguro?

Eugene miró a su amigo con expresión de fastidio.

—¿Ves a algún vigilante buscándonos por los pasillos? ¿Escuchas que se haya activado alguna alarma?

Nicholas exhaló largamente y también apoyó la nuca contra la pared. No podía permitir que la incertidumbre hiciera mella en su ánimo.

—¿Sabes cuántos ojos rojos hay en St. Martha? —preguntó Eugene.

Su compañero negó en silencio.

—Yo sí. Quinientos doce... Puede que se me haya escapado alguno, pero estoy seguro de que más o menos esa es la cifra. Quinientos doce ojos y cinco guardias; pero a uno solo se le ve de vez en cuando, permanece ausente la mayor parte del tiempo. ¿Núnca te has preguntado dónde está? —La expresión de su interlocutor indicaba que ni remotamente se había planteado aquello—. Yo sí que me lo he preguntado. ¿Y sabes cuántas veces alguien ha infringido las normas, cuándo fue la última vez que alguien intentó salir de aquí?

Nicholas volvió a negar.

—Nunca. Aquí nunca sucede nada imprevisto, es un sistema cerrado y fácil de controlar. Por eso conseguiremos escapar, porque dos ojos no pueden procesar lo que ven quinientos, y porque el hombre al otro lado de esa puerta nunca se ha enfrentado a un problema, así que ni siquiera estará pendiente de los monitores.

—Pero ¿y si hay alguien más en la sala de control?

—Solo está él. A esta hora el resto de los guardias se distribuyen por el colegio. Estoy harto de comprobarlo, noche tras noche.

Nicholas asintió, tratando de acallar sus inquietudes con las razones que le ofrecía su compañero. Decidieron que lo mejor que podían hacer era distraer su mente con algo de comida, así que sacaron de los bolsillos de sus abrigos la cena que habían preparado para esa noche: un par de manzanas, zumo y unas cuantas chocolatinas. Lo poco que habían podido ir sacando del comedor en días anteriores.

Comieron en silencio, con la mirada perdida y el pulso acelerado, ansiosos por que llegara el momento de volver a ponerse en marcha. Al cabo de una hora y media que no pareció tal, Eugene se levantó y se sacudió las migas de la ropa.

—Vamos. Ya debe de estar todo el mundo en sus habitaciones. Pronto comenzarán a buscarnos.

A Nicholas le temblaron las piernas al ponerse en pie, pero controló la ansiedad diciéndose que estaba justo donde quería. Volver a su vida en St. Martha no era una opción, así que apretó los dientes y se dispuso a seguir de nuevo a Eugene a través de los pasillos. Este lo condujo con pasos contados y precisos a través de la oscuridad, hasta que se detuvieron justo antes de doblar una esquina. Ambos se agacharon entre las sombras para conspirar en voz baja.

—Repasemos —indicó Eugene—: el próximo pasillo es el más largo, diez laboratorios dan a él y, al final, la puerta de metal de la sala de control. Sabemos que esta noche solo quedan cuatro personas de guardia: el médico de la enfermería, los dos vigilantes que rondan las alas norte y sur y el que debe estar ahí dentro. ¿Qué tienes que hacer ahora?

—Dejar abierta la puerta del segundo laboratorio a la derecha, esconderme en el quinto a la izquierda.

—Bien. Cuando consigas entrar en la sala de control, tendrás doce minutos. Yo permaneceré oculto en la escalera de entreplantas antes de volver a actuar. Reza por que haya calculado bien el ángulo de visión de las cámaras y ese sea un punto ciego, si no, todo se irá al traste.

—Antes dijiste que no era tu parte la que te preocupaba —bromeó Nicholas, y se sorprendió de conservar algo de sentido del humor.

Eugene ni se molestó en torcer el gesto; en su lugar, señaló el reloj.

—Las nueve y dieciséis. A las nueve y veintiocho lo haré salir otra vez. No te retrases.

Nicholas asintió y se puso en marcha: salió de su parapeto tras la esquina y caminó encorvado hasta la segunda puerta de la derecha; giró la manecilla con sumo cuidado, evitando cualquier chasquido del mecanismo, y la dejó entornada. A continuación, prosiguió por el pasillo y se deslizó al interior del último laboratorio, el más próximo a la puerta de seguridad, y cerró tras él.

Eugene esperó un tiempo prudencial a que Nicholas ocupara su posición. Entonces, echó mano al bolsillo de su abrigo y extrajo una de las dos bolas de billar. La sujetó en la mano brevemente, familiarizándose con su peso mientras se decía que debería haber buscado la forma de practicar aquello antes. Cuando se sintió preparado, se asomó y lanzó la bola. La siete roja rodó sobre el mármol como un trueno interminable, subrayando su recorrido con un ruido prolongado que el silencio se ocupó de multiplicar por mil. Finalmente, golpeó la puerta y se detuvo dócilmente.

El muchacho permaneció asomado, a la espera de que algo sucediera. Al cabo de unos segundos, el cierre electrónico giró, los pesados goznes batieron y la espesa plancha de acero que aislaba la cámara terminó por abrirse. El vigilante se aventuró un único paso y escrutó el corredor con una mano sobre la puerta, hasta que reparó en la bola de billar a sus pies. Se inclinó para recogerla, le dio un par de vueltas entre los dedos, extrañado, y volvió a levantar la vista hacia la larga negrura. Era obvio que debía investigar aquel misterio, así que encendió la linterna y comenzó a avanzar. En ese momento, Eugene se apartó de la esquina y permaneció con la espalda pegada a la pared, su pecho agitado por una inoportuna taquicardia.

Pero no podía retirarse aún, debía asegurarse de que Nicholas se deslizaba por la puerta que aquel hombre había dejado abierta, así que contó los pasos en el pasillo mientras veía el haz de luz balanceándose contra la pared frente a él, cada vez más cerca. Hasta que la luz se desvió. Fue entonces cuando se atrevió a mirar de nuevo, y lo hizo asomándose tan de soslayo que apenas se veía uno de sus ojos acechando tras la esquina. Lo suficiente para ver cómo el guardia se detenía junto a la puerta entornada del segundo laboratorio y, desde el umbral, rastreaba el interior con la luz de su linterna. Al otro extremo del pasillo, tan inalcanzable que parecía estar ya en otro mundo, Eugene pudo ver a Nicholas cerrando la puerta tras la que se había ocultado. Después, su figura se recortó nítidamente contra el resplandor de la sala de control antes de desaparecer en el interior.

Volvió a centrarse en el agente de seguridad, que aún se cercioraba de que en el segundo laboratorio no hubiera nadie. Pronto regresaría a su puesto para escudriñar los monitores en busca de cualquier movimiento, así que Eugene, con sumo cuidado, se dirigió hacia la entreplanta, allí donde creía haber detectado un ángulo ciego en la red de videocámaras.

Nicholas, por su parte, cruzaba la sala de control en busca de una escalera que debía llevarle a una cámara aún más enterrada en los cimientos del edificio, donde supuestamente se hallaba su objetivo de aquella noche. Una escalera hipotética que, hasta ese momento, solo existía en los planes de Eugene. Pero al adentrarse en la estancia de suelo vitrificado y paredes de metal, fue algo distinto lo que captó su atención: en el centro de la misma se alzaba una suerte de anfiteatro formado por piezas de luz en movimiento que giraban en torno a un asiento vacío. El mosaico holográfico proyectaba imágenes cambiantes de distintos rincones de St. Martha; algunos le resultaban familiares, otros, como el exterior de las murallas, jamás había podido verlos. Las teselas mostraban cada emplazamiento durante unos breves segundos antes de volver a cambiar. Era cierto que desde aquella atalaya se podía controlar todo lo que sucedía dentro y fuera del colegio, pero Eugene anticipó correctamente que requeriría un importante esfuerzo de concentración, pues Nicholas fue incapaz de encontrar a su amigo en el flujo de imágenes.

No podía entretenerse, así que continuó avanzando hacia el fondo de la sala, lejos de aquella columna de luz que empujaba las sombras contra las paredes. Fue en esa zona entre penumbras donde descubrió el destello metálico de lo que parecía una puerta contraincendios; al aproximarse a ella, se percató de que el aire ionizado le erizaba el vello. Junto a la puerta había un pequeño armario entreabierto, como si alguien hubiera sacado algo precipitadamente, y en su interior Nicholas encontró una hilera de linternas y una serie de barras de metal con una empuñadura en su extremo, demasiado cortas, no obstante, como para servir de arma. Ignorando tan extrañas herramientas, se hizo con una de las linternas y se encaminó hacia la puerta, preparado para comprobar si era la salida que estaba buscando. Apoyó la mano sobre el cierre de seguridad y empujó.

Al otro lado le aguardaba una oscuridad inflamada de un calor eléctrico, y tal como había predicho su amigo, una escalera que se hundía en profundidades insondables. Empezó a descender, sus dedos siempre en contacto con la pared, y cuanto más bajaba, más perceptible se hacía el constante rumor de los disipadores de calor y del flujo energético. Hasta que los escalones cesaron y la angosta bajada se abrió a un corredor flanqueado por torres de silicio y fibra óptica. Eran los servidores de St. Martha, el cerebro que controlaba aquel lugar, guardados tras la puerta más segura y enterrados en el más profundo sótano para facilitar su refrigeración.

Nicholas encendió la linterna y comenzó a recorrer la galería, buscando con el haz de luz una última cámara de vigilancia. Pero, en efecto, no había ninguna: aquello habría sido «un diseño redundante», según lo definió Eugene, así que se centró en localizar el detector de incendios y lo encontró en el techo, justo en el centro del corredor. Sin detenerse a idear un plan de acción más sofisticado, se quitó el abrigo, se encaramó a uno de los servidores y lo escaló afianzando dedos y pies en las separaciones que encontraba sobre la superficie. Una vez arriba, con el vientre tendido sobre la plancha de metal que cubría la torre, alargó la pequeña azada que le había facilitado su amigo y, haciendo palanca, desprendió el detector e inutilizó el dispositivo.

Satisfecho, se descolgó hasta el suelo y se dispuso a concluir el sabotaje. Apenas tenía diez minutos para regresar a la sala de control, justo a tiempo de escabullirse cuando Eugene hiciera salir de nuevo al vigilante, al que ahora imaginaba examinando el mosaico de luz en busca del intruso. Sin embargo, al arrodillarse junto a su abrigo para tomar el resto de las herramientas, algo le hizo detenerse: por encima del rumor mecánico de los ventiladores, por encima de su propia respiración, creyó percibir un eco amortiguado... ¿Pasos que bajaban? Apagó la linterna y se apresuró a recoger las cosas y ocultarse tras una de las titilantes columnas. Solo se asomó para vigilar el negro hueco que daba a la escalera. Los pasos se fueron haciendo más evidentes, hasta que sobre los primeros peldaños se derramó la luz blanca de una linterna mezclada con un fulgor azulado. Nicholas intentó tragar saliva, pero tenía la boca seca. Mientras esperaba, no dejaba de preguntarse si podría enfrentarse a un guardia entrenado.

Descubrió que sentía miedo, pero no por su integridad física o por el castigo que se les impondría (pues ni siquiera se había planteado qué harían con ellos), su miedo respondía al hecho de perder una oportunidad única. Sabía tan bien como Eugene que, de fracasar, lo harían de manera definitiva. Jamás tendrían otra ocasión.

Y entonces el enemigo se materializó ante sus ojos: vestía el uniforme negro habitual de los vigilantes de St. Martha, pero se había enfundado guantes de goma y se había cubierto la cabeza con un casco que ocultaba su rostro tras una pantalla negra. En una mano sujetaba una linterna como la que él mismo sostenía, en la otra, una suerte de barra de metal extendida con un crepitante arco voltaico en su extremo, y en ella reconoció la extraña herramienta que vio en el armario.

Agachado, apoyó la espalda contra la superficie del servidor e intentó pensar fríamente qué debía hacer. Pero su cabeza bullía en una angustiosa confusión mientras el agente de seguridad se internaba con pasos lentos en la galería, apuntando con su linterna a los oscuros huecos que quedaban entre los servidores. Pronto llegaría hasta él, así que trazó la línea de acción más sencilla posible. Aguardó hasta el último momento, a solo un paso de quedar expuesto ante su adversario, entonces encendió su propia linterna y la dirigió contra el rostro de aquel hombre. Las pupilas dilatadas por la oscuridad reaccionaron con dolor, y en un gesto inevitable, el vigilante apartó el rostro deslumbrado. Nicholas aprovechó aquel titubeo para lanzarse sobre su rival y descargar el puño contra su diafragma, en ese preciso punto del abdomen que tantas veces había buscado en sus solitarias peleas contra la banda de August y Reiner.

El certero puñetazo dobló en dos al agente de seguridad, que, aturdido, se vio de rodillas ante un muchacho de apenas catorce años. Sin detenerse, Nicholas lo golpeó en la espalda, esta vez con la linterna, y el guardia cayó apoyando ambas manos contra el suelo. Con movimientos nerviosos, el joven prófugo se lanzó sobre el arma que ahora rodaba centelleando en la oscuridad y la esgrimió contra su enemigo. Este apenas pudo levantar la cabeza y, con un ruego sin aliento, trató de alejarse de él, pero Nicholas no le dio cuartel: deslizó el arco voltaico bajo la máscara y la electricidad retorció los músculos del agente. Aplicó la descarga sin piedad, y si hubiera podido ver el rostro de su víctima, sin duda habría apartado el arma mucho antes de que se desplomara inerte.

Al ver al enemigo tendido a sus pies, Nicholas despertó súbitamente de su violenta enajenación. Contempló durante un instante al guardia, cuyas piernas aún se sacudían espasmódicamente, los nervios desbocados por el *electroshock*. Con miedo a tocarlo, levantó la visera del casco y descubrió los ojos blancos y la boca espumeante. Una oleada de pánico lo subyugó, ¿qué había hecho? Necesitaba cerciorarse de no haber cometido un error fatal, así que abandonó toda prudencia y le puso la mano en el cuello. Respiraba, comprobó con un suspiro; superficialmente, pero respiraba.

Se incorporó y, tratando de calmarse, retomó lo que había dejado a medias. Extrajo los instrumentos para empezar el fuego; con ellos en la mano, se aproximó a una de las columnas que albergaba los servidores. Buscó la manera de acceder a sus tripas y no le costó encontrar unos tiradores que, como un cajón, extraían una bandeja repleta de láminas de silicio y trenzas de fibra óptica. No necesitaba nada más, de modo que se sentó en el suelo y se aplicó con la cuña y el taladro, tal como le había enseñado Eugene y él había practicado al amparo de la arboleda en las tardes menos húmedas. En aquel entorno seco y caluroso la yesca prendió fácilmente. Antes de que la pequeña bola de fuego se consumiera, metió la mano bajo su sudadera y extrajo su única posesión: el cuento que Edith le había legado justo antes de desaparecer de su vida.

Contempló por última vez al joven Relator, envuelto en su manto de rey y apoyado en su cayado, con la mirada perdida allá donde otros no alcanzaban a ver. Una repentina tristeza lo invadió, pero no cedió: aproximó las hojas a la ardiente yesca y las llamas saltaron al papel. Sin tiempo para más despedidas, lo depositó en el interior de la bandeja del servidor y empujó el cajón sin cerrarlo del todo, para que el oxígeno pudiera alimentar el incipiente fuego. Esperaba que fuera suficiente. El silicio debía arder, el cobre y la fibra óptica también, y la red de datos que recorría todo el edificio distribuiría el fuego hacia las plantas superiores, ajeno al sistema contraincendios que empaparía los pasillos.

Volvió la mirada hacia su adversario derrotado y comprendió que debía alejarlo de allí. Tiró de sus brazos y lo cargó sobre los hombros. Era bastante más pesado que él, pero obligó a sus piernas, habituadas a correr sobre la nieve, a caminar con aquel peso muerto a la espalda. Al llegar al pie de la escalera tuvo que depositarlo en el suelo para descansar; mientras recuperaba el resuello, miró atrás para observar cómo una tormenta de chispas se había desatado en el interior del servidor saboteado. La sala se llenaba de humo mientras lenguas anaranjadas comenzaban a escapar entre los intersticios de las columnas de plástico y metal. Era mejor no demorarse, así que volvió a cargar el cuerpo y subió como pudo, peldaño a peldaño, hasta que se rindió cerca del final. Debió dejarlo allí, pero se dijo que alguien acudiría pronto a la fuente del incendio y lo encontraría antes de que las llamas llegaran a él. Si es que el humo no lo asfixiaba antes.

Libre del lastre físico, pero con los remordimientos tirando aún de sus pies, logró alcanzar la sala de control. Se detuvo frente a la puerta de seguridad y se secó el sudor que le empapaba el cuello. La noche no había hecho más que empezar. Accionó el mecanismo de apertura y el cierre comenzó a girar hasta liberar la hoja. Tiró con fuerza y escuchó un largo rumor que se aproximaba hacia él desde las tinieblas. Exhausto, se limitó a esperar hasta que una bola negra de billar le pasó entre las piernas y se perdió a su espalda. Levantó la vista y divisó, al otro extremo del pasillo, la desconcertada mirada de Eugene. Nicholas avanzó hacia él con pasos cansados.

—¿De verdad creías que el mismo truco funcionaría dos veces? —preguntó con voz entrecortada.

Su amigo le salió al paso con expresión de asombro.

—¿Qué ha pasado ahí dentro?

—Escenario 0 —respondió Nicholas.

—No hay escenario.

—Exacto, esta noche está resultando bastante impredecible.

Eugene lo sujetó por el brazo.

—¿Necesitas ayuda? Pareces a punto de desplomarte.

—No, solo es la tensión del momento. Pronto estaré bien.

—¿Y el guardia de la sala de control? —inquirió Eugene, preocupado.

—Ya te lo contaré cuando salgamos de aquí. Sigamos.

—De acuerdo. En dirección a las cocinas, entonces.

—¿Estás seguro de que todas las puertas se abrirán? —preguntó Nicholas.

—Eso dice el manual de evacuación. Está en todos los terminales del centro, aunque nadie se moleste en leerlo: se liberarán todas las cerraduras de forma automática para facilitar la evacuación y evitar que nadie quede aislado. Ese será nuestro momento.

—No sabemos nada de los subterráneos.

—Improvisaremos —replicó Eugene.

Desanduvieron el camino con menos cautelas, pues ya nadie controlaba el sistema de vigilancia, y pronto, si el fuego hacía su trabajo, ni siquiera habría tal sistema. Se encontraban en la red de pasillos que confluían en el gran vestíbulo central cuando Nicholas se detuvo en seco.

—Sigue tú, he de hacer algo.

Eugene se volvió con expresión incrédula.

—No me hagas esto ahora, Nicholas.

—Ve a la cocina y espérame junto a la bajada a los subterráneos. Me reuniré allí contigo.

—¿Qué piensas hacer? —le interrogó su compañero, casi desesperado—. ¿No te das cuenta de la situación en que nos encontramos?

—He de despedirme. Te veré luego.

Y se desvió hacia una escalera lateral.

—¡Eres gilipollas o qué te pasa! —gritó Eugene a su espalda, y fue la primera vez que lo escuchó hablar con tanta vehemencia—. ¡Está dormida, Nicholas, ni siquiera puede escucharte!

Pero Nicholas se alejaba ya escaleras arriba, saltando los escalones de dos en dos. Subió hasta la primera planta y avanzó por los corredores con pasos serenos y la cabeza erguida, desafiante ante aquellos ojos sin párpados que parecían taladrar todo tiempo y espacio. Por fin se detuvo frente a una puerta cerrada. Otra más. La última de aquella noche.

Allí aguardó lo necesario, hasta que una alarma perforó el silencio y los pasillos se iluminaron con largas líneas de luz que indicaban el camino hacia la salida. «Se ha activado el dispositivo de emergencia —dijo una voz femenina a través de una megafonía invisible—, los alumnos deben dirigirse hacia el punto de evacuación». Ignorando las instrucciones, Nicholas aferró el pomo y giró. Estaba abierto. Entró y cerró tras de sí.

No había más luces en el dormitorio que el destello de la pantalla mural, que parpadeaba mostrando el recorrido más corto para llegar a la salida. Aquel resplandor embadurnaba las paredes en rojo y proyectaba sombras desquiciadas, la más negra y amenazadora, la de Nicholas, que se cernía sobre la cama. Apartó las mantas con brusquedad. Debajo se encontraba August, ya despierto y tratando de incorporarse mientras se pasaba la mano por los ojos. El intruso no apreció atisbo de sorpresa en la mirada de su compañero, apenas cierta desorientación, pero aquello no le importó: lo agarró por el cuello y le reventó el labio de un puñetazo. La sangre cayó sobre las sábanas y palpitó bajo la estroboscópica luz ambiente.

—Si volvéis... a tocar... a Eva —subrayaba cada palabra con un nuevo golpe—, volveré a por ti. No a por Reiner ni a por ninguno de tus perros. Volveré a por ti, y te mataré.

Y rubricó su amenaza con un último puñetazo que hundió la cabeza de August contra la almohada. Entonces Nicholas volvió a mirarlo a los ojos y descubrió un rostro desfigurado por sus puños y por aquella luz infernal. Con la nariz rota, con los ojos hinchados y el labio descolgado, August le sostuvo la mirada y sonrió como si la situación le divirtiera, y aquella sonrisa fué mucho más lacerante que todos los puñetazos que Nicholas pudiera asestarle.

Sintiéndose impotente, incluso derrotado, volvió el rostro con repugnancia y se apartó de él. Solo había una manera efectiva de proteger a Eva, pero para ello necesitaba salir de allí.

Eugene esperaba sobre la plataforma de metal que servía de antesala a las criptas de St. Martha. Al otro lado del umbral podía ver una escalera de aluminio que se hundía en gélidas tinieblas; a este lado, donde él aguardaba, se encontraban las cámaras frigoríficas de la gran despensa que alimentaba al colegio. Había cruzado la cocina a solas, tanteando en la oscuridad hasta que la alarma saltó y unas luces de emergencia comenzaron a girar. El susto casi le aflojó la vejiga, pero logró contenerse (si bien quizás no del todo) y evitar el ataque de pánico. Cuando las piernas dejaron de temblarle y consideró que podían volver a sostenerlo, continuó entre los fogones y las bandejas apiladas, a la luz de las silenciosas sirenas que ahora barrían la estancia.

Fue un duro trance durante el que maldijo a Nicholas no menos de cien veces, pero consiguió llegar hasta el final del recorrido y comprobar que, efectivamente, había dado con los subterráneos. Y ahora se encontraba allí clavado, aguardando a que su compañero se dignara a aparecer. Le habría gustado pensar que lo hacía por lealtad, pero sabía bien que era el miedo lo que le retenía. El miedo y la certeza de que, por sí solo, no sería capaz de superar lo que quedaba por delante.

Escuchó pasos a su espalda y se giró sobresaltado, solo para descubrir con profundo alivio que era Nicholas el que se aproximaba entre las cámaras frigoríficas. Pero lo que vislumbró en su rostro no lo tranquilizó tanto.

—¿Adónde has ido?

—¿El acceso a los subterráneos está abierto? —respondió el recién llegado.

Eugene asintió en silencio, sin pasar por alto los nudillos ensangrentados de su compañero.

—Bien. Sigamos adelante, aún tengo la linterna.

Nicholas la conectó y un potente haz penetró las sombras más allá del umbral. Sin mediar palabra, comenzó a descender los escalones con Eugene siguiéndolo de cerca.

Fue una larga travesía a través de la oscuridad, mucho más larga de lo que habían previsto, pero Nicholas parecía espoleado por un nuevo tipo de determinación. En ningún momento se planteó si podían haberse perdido, ni se detuvo a contemplar otra ruta que no fuera seguir sin desviarse por la gran nave central. Tras él, encogido en su grueso abrigo, Eugene oteaba las penumbras que se agazapaban a su alrededor, y creyó vislumbrar polvorientas placas sobre la pared abovedada, probablemente los nichos de los fundadores de St. Martha. La idea de estar recorriendo una enorme tumba hizo que un escalofrío le subiera por la espalda, pero se limitó a guardar silencio y caminar un poco más cerca de Nicholas.

Llegó el momento en el que el suelo comenzó a ganar pendiente, la confirmación de que se aproximaban a la superficie, y no pasó mucho tiempo hasta que la primera ráfaga de aire fresco llegó a ellos. Intercambiaron una mirada cómplice y redoblaron la marcha, que concluyó abruptamente cuando una gran puerta de doble hoja emergió de la oscuridad.

Nicholas se aproximó a ella y apoyó la mano sobre la superficie: estaba fría. Se agachó e inspiró el olor a tierra húmeda que se filtraba bajo la rendija.

—Hemos llegado. Cuando crucemos esta puerta estaremos en el exterior.

Eugene no recibió la noticia con mucha alegría. En su lugar, levantó el pesado y herrumbroso candado que sellaba las dos grandes hojas.

—No contaba con esto. Esperaba un cierre electrónico, conectado al sistema central.

—Hazte a un lado —le indicó su amigo.

—¿Qué piensas hacer?

—No he llegado hasta aquí para rendirme ante la cerradura más simple que hemos encontrado esta noche.

—Pensemos antes, quizás haya otra salida —dijo Eugene.

Nicholas le lanzó una mirada hosca y Eugene comprendió que todas las dudas y reticencias de su compañero habían desaparecido, arrasadas por un ansia que, de repente, ardía con mayor viveza que cualquier deseo de escapar que él hubiera albergado.

—No hay más salidas —murmuró Nicholas.

Y sin más contemplaciones, levantó la linterna sobre su cabeza y descargó un golpe atronador contra el candado. El eco del impacto reverberó en el túnel e hizo que Eugene mirara con recelo a su espalda.

—¡Espera un momento!

Pero Nicholas volvió a golpear con rabia. Percutió una y otra vez contra aquel último obstáculo, hasta que la linterna se desmenuzó entre sus dedos y el candado, quebrado por el impacto final, cayó al suelo descerrajado. El muchacho tiró de la barra que atravesaba ambas puertas y empujó la hoja hacia fuera.

Un aire gélido les enjugó el rostro y se coló entre sus ropas, les bajó por la garganta y les enfrió el pecho, y aun así, se sintieron reconfortados como nunca antes. Eugene cerró los ojos e inspiró profundamente el aroma de la noche.

—Así es como huele la libertad —constató. Y sonrió feliz.

Capítulo 21
Todos los secretos en la palma de la mano

Déme su móvil, señora Lagos. —Beatrix Giger, sentada frente a ella en la limusina de cristales negros, tendió sus largos dedos de porcelana.

Alicia recordaba perfectamente la sensación que aquella mujer le produjo cuando la conoció en Irlanda, a las puertas de St. Martha; cómo su aplastante seguridad y su ropa de diseño la intimidaron, disminuida ante su espectacular presencia. Ahora, sin embargo, a pesar de encontrarse sola y acorralada en un lugar extraño, a pesar de sentirse miserable y empapada bajo su impermeable de plástico, Alicia le sostuvo la mirada con aplomo, inmune a su hechizo.

—No —respondió sencillamente.

—No sea ridícula —rio la otra mujer—. Puedo hacer que detengan el coche y la golpeen y le arranquen la ropa hasta encontrar su móvil. ¿Por qué querría provocar una situación tan humillante para usted?

Sabía que lo decía completamente en serio, así que, tras valorar hasta dónde merecía la pena llevar su rebeldía, Alicia se echó la mano al bolsillo trasero del pantalón y le entregó el teléfono. Giger contempló con el ceño fruncido el inusual dispositivo.

—Desbloquéelo.

Obedeció, y la mujer de Fenris comprobó el registro de accesos a la Red almacenado en el *backup* del sistema. Estaba vacío, como si no se hubiera utilizado jamás. Entonces sonrió y bajó la ventanilla. Durante un instante, Alicia pudo ver que circulaban sobre un mar encrespado y saboreó el aire salado que llegó hasta su boca. Beatrix extrajo la batería del terminal antes de lanzarlo al asfalto.

—Bien, ahora atiéndame —exigió mientras cerraba la ventanilla—. Si de mí dependiera, estaríamos yendo de camino al aeropuerto y nos alejaríamos de este vertedero cuanto antes, pero al parecer aquí las cosas funcionan de otro modo. Nuestro anfitrión quiere conocerla, probablemente querrá saber por qué nos hemos tomado tantas molestias en dar con usted. —Giger le apartó, con suavidad, un mechón apelmazado sobre la frente—. Sea sumisa y trate de no encabronar al viejo. Responda a sus preguntas, pero no diga una palabra sobre la fundación ni sobre St. Martha. Si lo hace bien, ambas volaremos hacia Europa esta misma noche y procuraré que el trato que se le dé sea más humano que el que algunos tienen previsto. ¿Lo ha entendido?

Alicia la observó en silencio, sin mudar el gesto.

—Seguro que lo ha entendido. Es una chica lista.

No pasó mucho tiempo antes de que el vehículo se detuviera y alguien le abriera la puerta. El conductor, de enormes manos, la obligó a salir. Se encontraban frente a una mansión urbana incrustada entre cochambrosos bloques de edificios. El estilo de la finca, pretendidamente victoriano, chirriaba en aquel contexto, tanto como lo hacían los otros coches de lujo estacionados junto a la entrada. Tuvo la impresión de que aún se encontraban en una de las islas flotantes de los arrabales de Singapur, aunque aquella parecía menos sórdida que la que habían dejado atrás.

No pudo estudiar mucho más el entorno: Giger ya se encaminaba hacia la puerta de hierro y el silencioso escolta empujó a Alicia para que la siguiera. Los matones de la entrada, impecablemente trajeados, les franquearon el paso a un jardín marchito, apenas iluminado por un cerezo de floración perpetua. Desde la casa, un hombre de maneras resueltas acudía a su encuentro.

—Señora Giger —saludó el sonriente emisario, al tiempo que le tendía la mano.

Beatrix se tomó un instante para enguantar su mano en cuero blanco antes de estrechar la que le ofrecían.

—Hemos venido a cumplir nuestra parte del trato —dijo la mujer—. Acabemos con esto de una vez, nos espera un vuelo hacia Zúrich.

—Por supuesto, pero me temo que antes deberán conocer a nuestro jefe de seguridad.

El responsable de seguridad resultó ser un viejo de expresión severa y pose militar que los aguardaba bajo un pórtico de madera ennegrecida. Ni siquiera los saludó, se limitó a dirigirse en mandarín al que les hacía de guía para que les tradujera que los tres deberían ser cacheados. Ante la mirada hosca de Giger, el emisario se disculpó:

—Lamento decirle que el señor Sanjo desconfía por sistema de cualquier cara nueva, independientemente de su tarjeta de presentación.

Y sin que mediaran más explicaciones, el viejo pasó sobre sus cuerpos unas manos cubiertas por sensores. Una luz roja parpadeó al deslizar los guantes bajo las axilas del guardaespaldas de Giger. El sicario gruñó, y tras consultar silenciosamente a la mujer, entregó dos pistolas que previamente descargó. Después fue el turno de Beatrix, que se prestó al registro con una sonrisa en los labios. Cuando el viejo Sanjo se acercó a Alicia, esta se envaró bajo su abrigo. Hasta ahora a nadie se le había pasado por la cabeza que alguien como ella, una víctima más que una amenaza, pudiera estar armada. Se encogió mientras el jefe de seguridad deslizaba las manos a medio palmo de su cuerpo; sin embargo, el registro concluyó sin que los sensores advirtieran nada sospechoso.

—¿Hemos terminado ya con esta tontería? —preguntó la asesora de Ludwig Rosesthein.

—Sí, podemos pasar.

El vestíbulo de la casa difería por completo de su aspecto exterior: si desde la calle la finca aparecía cubierta por una pátina de decadencia, el interior se había acondicionado con un lujo ostentoso, ajeno a los remilgos de la decoración vanguardista. Y repartidos por la estancia, charlando en corros o arrellanados en butacones, hombres de avanzada edad que fumaban, bebían y charlaban distendidamente, como si ningún problema pudiera alcanzarlos. La mayoría eran asiáticos, unos pocos, occidentales; todos vestían trajes italianos y lucían relojes suizos. Alguno desvió la mirada con curiosidad hacia Alicia, que se esforzaba por comprender qué era aquel lugar. Pero no tuvo tiempo de sacar conclusiones, pues el emisario de Hsen Sek le indicó que debía seguirlo. Ella sola.

La condujo hacia un pasillo lateral disimulado tras un separador de caoba, y lo recorrieron hasta desembocar en una pesada puerta coronada por una videocámara.

—¿Adónde me lleva?

El hombre la miró de reojo y volvió a esbozar aquella sonrisa vacua, al tiempo que deslizaba una llave sobre la cerradura.

—Puede sentirse afortunada, se trata de una zona reservada para clientes muy especiales.

Al otro lado se extendía una galería inmersa en una luz ambiental que pretendía ser sugerente, pero que despertó en Alicia un extraño desasosiego. Su acompañante la conminó a no retrasarse y ella asintió. Echó a andar sobre el suelo de madera pulida y las tablillas crujieron bajo sus pasos, reacios a recorrer aquel pasillo que se le hizo interminable, pues a ambos lados, tras mamparas de cristal, se exhibía a niñas de distintas razas y edades. Las mayores no podían tener más de catorce años, las más jóvenes contarían poca más edad que su hija. Sus cuerpos semidesnudos aparecían cubiertos de sudor, pues la calefacción y la humedad eran inusualmente elevadas en la sala, probablemente para prolongar el estado de languidez inducido por las drogas que adormecían sus miradas. Se recostaban entre almohadones, aburridas y silenciosas, y ni siquiera la presencia de aquella extranjera pareció despertar su interés.

Sentía que cada paso a través de ese pasillo la hundía un poco más en el lodazal de la miseria humana, confrontada a la crueldad que durante eones los hombres habían ejercido sobre las mujeres. Había llegado allí con su estúpida ingenuidad de clase media, ignorante de los verdaderos horrores que aún albergaba el mundo, y se reprochó no haber comprendido hasta ese momento dónde se encontraba. Afligida, continuó cruzando en silencio la cámara, impotente ante el drama de aquellas niñas. Tardó en percatarse de que el hombre que caminaba junto a ella espiaba de soslayo su consternación y sonreía, esta vez con sádico deleite. Consciente de ello, Alicia levantó la cabeza y endureció la expresión, y aunque no tardaron en dejar atrás aquel lugar, algo frío y oscuro anidó sin remedio en su pecho.

Continuaron por una red de pasillos formada por paredes desnudas y tuberías de ventilación, hasta que se detuvieron frente a una puerta de grueso metal. El hombre la abrió y le dijo que pasara al interior en penumbras. Ella obedeció con resquemor, a la espera de encontrarse con el dueño de la mansión, un hombre tan poderoso, al parecer, que incluso Fenris debía acatar sus normas. Cuando la puerta se cerró a su espalda, una luz blanca iluminó lo que se desveló como un cubículo de hormigón con una silla de metal en el centro. De la pared colgaba una selecta colección de extraños aparatos que no supo si identificar como herramientas de tortura o juguetes sexuales. Las gotas de sangre seca en el suelo tampoco consiguieron sacarla de dudas.

«¿Dónde coño te has metido, Alicia?», murmuró para sí, y su primer impulso fue el de arrojarse sobre la puerta para intentar abrirla, pero sabía que sería en balde. Sin teléfono no tenía forma de contactar con el exterior, así que debió refugiarse en la idea de que aún era valiosa para Fenris... A menos que... Y miró la banda de fibra de carbono que rodeaba su muñeca, la misma en la que guardaba los documentos que le enviara Will, la misma que había enlazado esa noche con el móvil de Daniel. No era un teléfono, pero tenía acceso a la red de datos y geolocalizador. Sin pensárselo dos veces, manipuló la superficie táctil de la pulsera y envió un resumen de su actividad física a todos los dispositivos enlazados, también a sus perfiles en redes sociales, a cualquier sitio al que se conectara aquel pedazo de plástico. Y lo hizo justo antes de que el cierre electrónico saltara y la puerta se abriera.

En el umbral apareció un hombre de expresión desabrida, pelo cano y una mirada que lo emparentaba con el jefe de seguridad, el señor Sanjo. Vestía un esmoquin sin pajarita y sujetaba un bastón en el que apenas se apoyaba.

—Así que usted es la periodista —comentó sin preámbulos, y pasó al interior mientras alguien cerraba la puerta desde fuera. Entonces, entornando los ojos con malicia, apuntó—: Tiene suerte de que la haya encontrado la mujer y no ese cabrón que ha venido con ella.

Hsen Sek se adentró un poco más en la habitación, y ella retrocedió de manera inconsciente, tanteando con la mano hasta toparse con la pared.

—No se inquiete por este lugar. —Hizo un ademán señalando las paredes que les rodeaban—. No soy un pervertido, y hace tiempo que las mujeres no me conmueven. La he traído aquí porque es el lugar más aislado de la casa. Sin cámaras, sin micrófonos, una espesa pared que retiene los sonidos... Ideal para lo que debemos tratar.

—No creo que usted y yo tengamos nada que tratar —dijo Alicia con escasa prudencia.

—Oh, pero yo sí lo creo. No he llegado hasta donde estoy solo porque tenga un as en la manga. Con eso no basta. Me he ganado mi posición porque soy un negociador, y si usted fuera inteligente, estaría ansiosa por negociar conmigo.

Alicia se mantuvo en silencio y lo siguió con la mirada.

—Usted y el señor Adelbert traían una oferta para mí, lamentablemente otros se les han anticipado. Pero tengo curiosidad, ¿qué pensaban ofrecerme a cambio de mi ayuda?

Ella dudó, lo cierto es que no lo sabía.

—Queríamos que usted pusiera el precio.

Hsen Sek sonrió, divertido.

—Así que yo diría una cantidad y ustedes harían la transferencia, ¿verdad? —Negó con la cabeza—. Lo cierto es que no tiene ni idea, y eso demuestra que no pintaba nada aquí. Creo no equivocarme al decir que usted era un peso muerto, un mal necesario, y en cuanto han obtenido lo que necesitaban de usted, la han apartado a un lado. ¿Ando muy desencaminado?

—Me da igual lo que crea.

El viejo general torció el gesto, contrariado. Entonces, con calma, desenroscó el pomo de su bastón y extrajo un singular artilugio: una daga de cuatro filos rematada en un largo punzón.

—¿Sabe lo que es esto?

Alicia se pegó aún más a la pared y miró el extraño puñal. Finalmente, negó con la cabeza.

—En el ejército lo llamábamos el eviscerador. ¿Le dijo Adelbert que empecé mis días como torturador del Ministerio de Seguridad? Se me daba bien, tenía un don, y aún trato de conservarlo. Cuando aquí abajo alguna de las niñas es desobediente, algo que sucede sobre todo al principio, me encargo personalmente de corregirlas. —Hizo bailar su herramienta de trabajo entre los dedos—. A alguien como usted le sorprendería ver lo fácilmente que la dignidad humana se doblega... Y una vez que se pierde, no vuelve. Como la inocencia de esas chicas.

—No va a intimidarme —dijo Alicia, pero su respiración agitada desmentía tales palabras.

—Le explicaré lo que va a suceder: la señora Giger, da igual lo que le haya prometido, la dejará en manos de un hombre llamado Bastian Knocht. Él la torturará para que confiese cuánta información ha compartido con los enemigos de Fenris. Y aunque le diga la verdad desde un buen principio, la torturará igualmente, larga y minuciosamente, porque hasta que no la lleve al límite, hasta que no la haya despojado de toda su voluntad, no creerá nada de lo que le diga. Y solo entonces la dejará morir.

Sek calló y la miró a los ojos, a la espera de que asimilara aquellas palabras. Entonces volvió a hablar:

—Como ya le he dicho, soy un negociador. ¿Sabe lo que Fenris me ha ofrecido por colaborar en su captura? Mucho más que dinero, algo que solo ellos podían ofrecerme, lo que ha hecho que me pregunte: ¿qué puede ser esa información que desean contener a toda costa? —Pasó el punzón junto al ojo de Alicia y una lágrima corrió por su mejilla—. ¿Qué es eso tan valioso que usted sabe?

La sujetó por la nuca y la obligó a agacharse, hasta que quedó sentada contra la pared. Él se acuclilló frente a ella.

—Esta es mi oferta, señora Lagos: cuéntemelo todo, desvele para mí ese secreto, y le atravesaré el corazón aquí y ahora. —Apoyó el aguijón contra su pecho, cortándole la respiración—. Una aguja junto al esternón, directa a la aorta, y se ahorrará un sufrimiento inimaginable. ¿Qué me dice?

—Le diría que es un cabrón enfermo —sollozó Alicia—, pero eso usted ya lo sabe.

—Ah, el orgullo. Qué mal consejero en una negociación. ¿Sabe lo que sí es inteligente, en cambio? Conocer a la otra parte. Por ejemplo, yo sé que usted no está sola en este mundo, sé por quién se preocupa. ¿Cree que su hija no está a mi alcance? ¿Puede imaginarla en esta situación, aquí abajo, conmigo, cercenándole su dignidad porque su madre no fue capaz de tragarse la suya?

Un disparo atronó en la sala y el cadáver de Hsen Sek se desplomó sobre Alicia. Nerviosa, se desembarazó del cuerpo y se puso en pie. Lo miró con los ojos secos y el corazón encogido, después levantó el arma de Daniel, la misma que era invisible a los escáneres, y apuntó a la cabeza de Sek. Disparó tres veces más, hasta que solo quedó una masa sanguinolenta esparcida por el suelo, el cadáver de alguien que ya jamás podría amenazar a Lara. Asqueada, con las náuseas agolpándose en su garganta, se apartó y se apoyó en la pared. Había matado a una persona, pero, más allá de la reacción de sus vísceras, no sentía nada de lo que supuestamente debía sentir, tan solo alivio.

Entonces, sin motivo aparente, la luz de la sala se apagó. Alicia se dirigió a ciegas hacia la puerta, el arma hacia el suelo tal como le había enseñado Clarice, pero antes de que pudiera comprobar si estaba cerrada, una explosión sacudió los cimientos de la mansión.

Daniel apuraba el acelerador mientras las indicaciones de tráfico se proyectaban sobre el visor del casco sin que le diera tiempo a leerlas. Inclinado sobre el manillar, enfundado en un traje termoaislante de color negro, volaba sobre la autopista costera que conectaba la franja litoral con los barrios flotantes. Había descargado en el navegador las coordenadas que Alicia había enviado como señal de auxilio, y estas la ubicaban en un archipiélago artificial junto a Tekong Island.

Mientras acudía en su busca, no cesaba de preguntarse por qué lo estaba haciendo. Durante años había logrado mantenerse a salvo gracias a un estricto código de conducta autoimpuesto; aquella noche, sin embargo, parecía dispuesto a saltárselo una y otra vez. No comprendía las razones, lo más probable es que ni siquiera las hubiera, pero allí estaba: lanzado de cabeza a un plan de rescate desesperado. A veintidós minutos de su objetivo, llamó desde el sistema de comunicación del casco a Solomon Denga. La voz del ayudante de Inamura no tardó en resonar en sus oídos.

—Denga, necesito apoyo táctico urgente.

—¿Qué demonios está haciendo aún en Singapur? —crepitó la voz al otro lado de la conexión satélite.

—Ahórreme las preguntas y conteste: la isla ubicada en las coordenadas que le estoy enviando fue construida por su empresa, ¿me equivoco?

Hubo un silencio en la comunicación.

—Todas las islas artificiales de Indonesia, Malasia y Singapur han sido instaladas por Inacorp, firmamos un acuerdo mancomunado. ¿Adónde quiere ir a parar?

—Ahora mismo me dirijo hacia ese punto. Intentaré una extracción de un emplazamiento probablemente fortificado.

—¿Se refiere a la finca que estoy viendo en el satélite?

—Exacto.

—Dígame que no se trata de la periodista.

Daniel no respondió.

—Dé media vuelta, Adelbert. Alicia Lagos está amortizada. Comprendo que pueda simpatizar con ella, pero es imposible que logre salir de ahí con vida.

—Puedo lograrlo si me ayuda —se limitó a responder Daniel.

—Quizás sirviera como soldado en África, pero no tiene el entrenamiento necesario para una operación de este tipo. No sabe nada de infiltración y extracción, Daniel.

—Creí que había leído mi perfil. ¿Se saltó el capítulo de los siete años en Chiba?

—Estudió con un médico japonés. No creo que la homeopatía le vaya a servir de mucho ahí dentro.

Daniel no respondió, concentrado en esquivar el tráfico y desviarse hacia el gran puente que conectaba la costa con las plataformas flotantes.

—Respóndame a esto —dijo una vez abandonó la autopista—: Inacorp no solo se encarga de la construcción de las plataformas, también de su gestión, ¿no es así?

—Sí.

—¿Existe algo parecido a una red de mantenimiento bajo esas monstruosidades?

—Una red de pasillos recorre cada plataforma por debajo del nivel del mar —respondió Denga—. A través de ellos distribuyen la energía eléctrica, el sistema hidráulico y el alcantarillado, pero sé poco más, no soy ingeniero.

—Necesito que conecte con alguien en Inacorp capaz de controlar a distancia el sistema de gestión de la isla, y que haga tres cosas por mí: cortar el suministro eléctrico cuando se lo indique, geolocalizar dentro del edificio el acceso a esa red de mantenimiento y preparar una embarcación rápida capaz de llevarnos hasta Malasia.

—Inacorp no le presta apoyo logístico para sus asuntos personales, señor Adelbert.

—Escúcheme bien. Estoy convencido de que en esa casa se encuentra el general Sek, y con él, Llave Maestra. Si hace lo que le pido, puede que esta misma noche tengamos acceso a toda la información que Fenris oculta en la Red. Todos los secretos de Rosesthein a cambio de apagar la luz de esa isla durante media hora, creo que su jefe no se lo pensaría dos veces.

—Necesito tiempo.

—Tiene diez minutos. Voy a entrar con o sin su ayuda.

La comunicación se interrumpió y Daniel se concentró en la carretera frente a él: atravesaba una interminable recta de luz y asfalto sobre el estrecho de Johor; al final de la misma ya se vislumbraba el conglomerado de islas artificiales al que se dirigía. Cuando el puente se dividió en una maraña de carriles que distribuían la circulación a cada plataforma, siguió las indicaciones que el navegador proyectaba en su visor y volvió a llamar a Denga.

—¿Lo tiene listo?

—Necesito unos minutos más.

La moto aceleraba por calles vacías flanqueadas de edificios abandonados. Los neumáticos chirriaban al derrapar en las intersecciones y las gaviotas se apartaban a su paso.

—Aunque los deje sin luz —volvió a hablar Denga—, tendrán equipos de visión nocturna y cámaras térmicas. La gente de Sek es profesional. Brillará como una baliza en su sistema de seguridad, Daniel. Más aún si dispara un arma.

—Hay maneras de ocultar la temperatura corporal, y armas que no dejan huella térmica —dijo el prospector.

Estaba a punto de llegar al desvío que le dejaría frente a su objetivo. Las nubes volvían a cubrir las estrellas y las primeras gotas comenzaban a salpicar el asfalto.

—¡Ahora, Denga! ¡Apague las luces!

Daniel aceleró a fondo y el motor de combustión atronó sobre las calles al tiempo que todas las gaviotas de la isla alzaban el vuelo. Las luces seguían encendidas, pero ya no podía detenerse: se abrió para tomar la última curva y se descolgó hasta casi tocar el alquitrán. Al enderezar la moto, quedó cara a cara con la mansión y sonrió al comprobar que no había puertas cerradas en el acceso principal. ¿Quién las necesitaba con un pequeño ejército protegiéndote? Sin apenas tiempo, conectó el estabilizador y bloqueó el acelerador. Se tomó un instante para extraer un paquete oculto bajo el carenado y saltó hacia atrás antes de que la velocidad le partiera las piernas.

La mochila en su espalda amortiguó el primer impacto y pudo rodar hasta absorber la inercia. Cuando por fin se puso en pie, la isla ya estaba completamente a oscuras y el aguacero se abatía sobre ellos. Activó la visión nocturna de su casco y comprobó que la moto había atravesado el jardín hasta penetrar en la casa. Dentro debían de estar bastante desconcertados, pensó Daniel satisfecho. Activó los explosivos y el vestíbulo de entrada voló por los aires. La onda expansiva cimbreó los árboles y le sacudió el pecho. No se detuvo. Los cristales se mezclaban con el agua sobre el asfalto y crujían bajo sus pasos mientras se encaminaba hacia el interior. En la mano izquierda sujetaba un arma de otro tiempo, afilada y silenciosa; desenvainó con la derecha y se dispuso a abrirse paso entre el caos que acababa de sembrar.

Alicia se apoyó en la puerta para evitar que la sacudida la tirara al suelo. Después permaneció inmóvil en la oscuridad. A la explosión siguió un breve silencio, el vacío previo a los gritos de dolor y las llamadas de auxilio, y durante ese instante una idea la apabulló, la certeza de que ya no podría salir de allí con vida. El hecho de haber matado a su anfitrión era su propia condena; aun así, lo habría matado cien veces más con tal de saber a su hija a salvo. Aferrándose a aquella idea, tiró de la puerta con la esperanza de que estuviera abierta. No lo estaba, así que retrocedió con cuidado hasta encontrar la silla de metal atornillada al centro de la habitación. Se sentó y permaneció frente a la salida, a la espera de que alguien viniera en busca del general Sek. Y mientras aguardaba, apretaba con fuerza la pistola en su mano, como si temiera que pudiera desvanecerse de un momento a otro.

Fue una espera eterna en la más absoluta oscuridad, a solas con su miedo, preguntándose si lo más sensato no sería quitarse la vida ella misma y escapar así a la larga agonía anunciada por Sek. O quizás debería aguardar a que alguien entrara por aquella puerta, matar una vez más e intentar escapar a través del caos que ahora percibía nítidamente, incluso a través de los espesos muros. Negó para sí y se dijo que era mejor no engañarse. La realidad era que solo tenía dos alternativas: pegarse un tiro o morir matando, y estaba decidida a hacer valer la segunda opción hasta donde la suerte y las fuerzas le permitieran.

Por fin, la cerradura se abrió y las bisagras giraron. Apenas tuvo tiempo de alzar el cañón antes de que una luz directa la deslumbrara. Disparó a ciegas, pero alguien le apartó la mano evitando un segundo disparo y se la retorció hasta que sus dedos se abrieron y el arma cayó al suelo. Cuando el resplandor dejó de cegarla pudo distinguir el rostro del viejo Sanjo, cuya mirada se perdía en el cadáver irreconocible de su camarada. Sin soltarle la muñeca, el soldado volvió hacia ella unos ojos de profunda incredulidad. Dejó caer la linterna y la aferró por el cuello con furia, dispuesto a estrangularla. Cerraba los dedos en torno a la garganta de Alicia y apretaba los dientes hasta el punto de hacerlos rechinar. La mujer manoteó inútilmente, aplastada en la silla por el peso de su verdugo que cada vez se inclinaba más sobre ella... Pero antes de completar el tránsito a una oscuridad de la que ya no se regresa, la feroz presa se aflojó y permitió pasar un hálito de vida hasta sus pulmones.

Levantó la vista a tiempo de ver cómo una larga hoja de acero había penetrado por el hueco de la clavícula de su estrangulador. El sable se retiró con una sacudida estremecedora y el viejo se desplomó con los pulmones anegados en sangre. La linterna rodó por el suelo, rozando con su luz una figura embozada con un casco de motorista. Alicia buscó la pistola, pero se había perdido irremisiblemente entre las sombras.

—Intenta respirar despacio —dijo una voz distorsionada a través del casco, y sin embargo, reconocible.

—¿Daniel? —Pero comenzó a toser con violencia.

—No hables —susurró—. ¿Has llegado a ver a Hsen Sek, sabes si está en la casa?

Ella asintió en silencio y señaló hacia el fondo de la estancia. Daniel levantó la vista, y si fue capaz de distinguir el cadáver en penumbras, no dijo nada.

—Lamento..., lamento complicarte la vida —consiguió articular Alicia, forzando una extraña voz ronca.

—Sal fuera y espérame. Si aparecen luces al fondo del pasillo, golpea en la puerta.

Apagó la linterna que oscilaba sobre el suelo y ella debió salir de la estancia a tientas. Esperó encogida contra la pared del pasillo, pero Daniel no se entretuvo mucho en el interior de la celda. Cuando regresó junto a ella, la sujetó por la mano y le habló en tono tranquilizador:

—Te sacaré de aquí, pero necesito que hagas exactamente lo que te diga.

Comenzó a tirar de su mano a través de los pasillos en tinieblas. Poco a poco las pupilas de Alicia fueron abriéndose para captar la escasa luz reminiscente, hasta distinguir algunos contornos y al hombre que caminaba frente a ella, encorvado. Lo imitó y avanzó a hurtadillas, intentando oír por encima de los gritos ahogados y las voces apremiantes que llegaban desde el vestíbulo. Creyó escuchar el llanto de algunas niñas, aunque quizás solo sonaran dentro de su cabeza. Mientras tanto, Daniel se concentraba en seguir las instrucciones que el geolocalizador proyectaba sobre su visor. La entrada a los túneles de mantenimiento se encontraba quince metros por debajo del nivel del suelo y solo era accesible a través de una escotilla abierta bajo el hueco del ascensor. La buena noticia era que, según los planos que Denga le había transferido, había un acceso al elevador en aquella planta; la mala (por sospechosa) era que nadie hubiera bajado aún a rastrear la presencia de posibles intrusos.

Llegaron al pasillo que debía desembocar en el ascensor y, por un momento, Daniel se atrevió a pensar que quizás todo resultara así de fácil, hasta que vio cómo un filamento de luz vertical se filtraba entre las dos puertas de metal. Frenó en seco mientras maldecía al cabrón que había previsto una alimentación auxiliar para el ascensor, y obligó a Alicia a retroceder hasta un hueco al amparo de unas tuberías contraincendios. Ahora tenían al enemigo entre ellos y su ruta de escape.

Aplastó a Alicia contra la pared y se asomó. Seis hombres salían de la cabina iluminada; en cuanto las puertas se cerraron a sus espaldas, activaron las lentes de visión nocturna, que emitieron un destello azulado en la oscuridad. Iban armados con subfusiles y el líder levantó el puño para que todos se detuvieran. En silencio, marcó una serie de instrucciones apoyando los dedos contra el pecho. Era el código empleado por las fuerzas especiales chinas, así que Daniel no tenía ni idea de lo que estaba indicando. Tampoco es que tuviera mucha importancia: eran seis, fuertemente armados y estaban en un pasillo que no tenía salidas laterales. No necesitaban una táctica muy elaborada.

Se volvió hacia Alicia para susurrarle al oído.

—Date la vuelta, agacha la cabeza y, sobre todo, cierra los ojos tan fuerte como puedas.

Daniel liberó los broches magnéticos de su mochila y extrajo un cilindro metálico del interior. Cuando volvió a asomarse, el pequeño escuadrón ya había comenzado a avanzar. Desconectó la visión nocturna de su casco y, apartando el rostro, lanzó la granada aturdidora.

El fogonazo de luz blanca borró la oscuridad de un plumazo y apuñaló los ojos de sus enemigos. Incluso Daniel, que se había cubierto antes de la detonación, se sintió algo desorientado al incorporarse y avanzar hacia ellos empuñando la espada Muramasa. Los soldados se arrancaban las máscaras de visión nocturna y se tambaleaban casi noqueados, tratando de sobreponerse al lacerante dolor que restallaba en sus cabezas. Pero Daniel sabía que eran profesionales que no cometerían el error de disparar a ciegas, así que pasó entre ellos como una sombra de muerte, cercenando sus gargantas y sus tendones, derramando su sangre y sus vísceras. Quizás su técnica no fuera tan elegante y silenciosa como la del doctor Hatsumi, pero era eficaz.

Cuando hubo concluido, sacudió la hoja con un golpe de muñeca, limpió el acero en la corva del brazo flexionado y enfundó la espada. Ni una sola bala había sido disparada, pero no pasaría mucho tiempo antes de que alguien se preguntara por qué no podían contactar con los hombres que habían enviado allí abajo. Regresó a por Alicia y la ayudó a ponerse en pie.

—Estamos solos. Vamos.

Ella estuvo a punto de preguntarle qué había sucedido, pero los cuerpos desmadejados entre las sombras y la pegajosa humedad bajo sus botas le dieron una idea bastante aproximada. Daniel deslizó los dedos entre las dos hojas de metal que cubrían el hueco del ascensor y empujó hasta que se abrieran. La cabina se encontraba por encima de sus cabezas y ante ellos se abría una caída de unos doce metros, suficiente para matarse si no se andaban con cuidado. Daniel volvió a recurrir a su mochila: extrajo una pequeña barra de plástico verde, rompió la ampolla en el interior del tubo y la lanzó. La luz química iluminó el hueco mientras fijaba una polea al cable de acero, le indicó a Alicia que se abrazara a él y se descolgaron lentamente.

La escotilla se hallaba al fondo, bajo una gruesa capa de suciedad y escombros. Al otro lado encontraron un angosto pasaje que obligaba a avanzar encorvado. Las paredes y el techo estaban cubiertos de gruesos cables y tuberías de plástico que corrían paralelos al conducto, y unas débiles luces auxiliares iluminaban el interior de tanto en tanto, incrementando la sensación de claustrofobia. Daniel se sacó el casco, pues allí abajo había poco aire.

—Gracias —masculló Alicia, su voz casi recuperada.

Él, que caminaba delante, torció el gesto.

—Te dije que haría lo posible por manteneros a salvo.

—Creo que esto va más allá de «lo posible».

Continuaron en silencio otro buen rato, antes de que Alicia volviera a hablar:

—Sé que lo he fastidiado todo. Necesitabas a Sek para acceder a Llave Maestra. La he jodido.

—Puede que no del todo. Veremos.

—¿Qué quieres decir?

—Es complicado, ya te lo explicaré.

—Ahora es un momento tan malo como cualquier otro —dijo Alicia a su espalda, demostrando que su curiosidad seguía intacta.

Daniel, sonriendo, no pudo sino responder:

—En el pasado, los escasos cargos del politburó que podían iniciar un ataque nuclear tenían grabados los códigos de lanzamiento en la dermis de la palma de la mano.

—¿Qué tiene que ver eso con...? —pero Alicia comprendió antes de terminar la pregunta.

—Exacto. Me tomé un momento para escanear la mano de nuestro amigo. Había líneas de código grabadas bajo su piel. Y te puedo asegurar que Sek no tenía rango para lanzar ataques nucleares.

—Entonces...

—Entonces, será mejor que no mires lo que llevo dentro de la mochila.

Capítulo 22
Jugar a la ruleta con cinco balas

Daniel fumaba en la cubierta de proa, sentado sobre una caja llena de chalecos salvavidas. El salitre le impregnaba la piel y el viento le molestaba en los ojos, pero necesitaba aquella dosis de cielo abierto tanto como la de nicotina. Inspiró largamente a través del filtro, llenándose del sabor áspero del tabaco negro, y se dijo que debería dejarlo de una vez. Pero no ese día.

La embarcación rápida enviada por Denga no los había llevado a la costa de Malasia continental, sino que los condujo hacia alta mar, donde fueron recogidos por un pequeño pesquero con bandera coreana y ocho tripulantes que no hablaban ni palabra de inglés o japonés. Serían ellos los encargados de llevarlos al encuentro que Kenzō Inamura quería mantener ese mismo día.

Mientras meditaba sobre cómo afrontar dicha entrevista, Daniel observaba a un pescador que se entretenía en fijar las amarras en torno a las bitas de proa, probablemente para evitar accidentes ahora que tenían pasaje. Cuando los cabos estuvieron bien ajustados, levantó la cabeza y le dijo algo a Daniel en coreano, realizando con los dedos la señal universal de fumar. Este le tendió la cajetilla de cigarros y el mechero; el marinero se encendió uno y quiso devolvérselos, pero Daniel negó con una sonrisa. El otro se despidió agradecido, llevándose dos dedos a la sien, y repitió su saludo al cruzarse con Alicia, que salía a cubierta envuelta en un abrigo de pescador.

—¿Has conseguido hablar con tu hija? —preguntó Daniel mientras ella se acomodaba a su lado.

—Sí. Nos ha costado entendernos, pero al final el capitán ha comprendido que quería una conexión vía satélite. —Alicia reparó en el cigarrillo humeante entre los dedos de Daniel.

—Lo siento —dijo él, e hizo el ademán de apagarlo.

—No. Después de lo de esta noche creo que no tengo derecho a quejarme por un poco de humo. —Y tras pensárselo un segundo, preguntó—: ¿Tienes otro?

—No, le he dado la caja a nuestro amigo. —Imitó el saludo con los dos dedos.

—Mejor así.

Alicia se encogió bajó el chaquetón y miró hacia el horizonte, donde se vislumbraba en lontananza, flotando bajo el sol del mediodía, una estructura metálica similar a una torre petrolífera.

—¿Cómo se encuentra Lara?

Ella lo observó de soslayo, sorprendida de que recordara el nombre de su hija.

—Bien. Está disfrutando de sus inesperadas vacaciones. Pero sabe que sucede algo raro, aunque no me lo diga para no preocuparme.

Daniel sonrió con la mirada.

—Sí, me pareció una jovencita bastante lista. Tiene a quien salir —agregó, mientras desprendía la ceniza del cigarrillo.

—Es bastante más inteligente que yo, créeme. —E incómoda por el halago, decidió cambiar de tema—: ¿Es allí a donde vamos? —Señaló con la barbilla hacia la estación flotante.

—Sí, desembarcaremos en unos cuarenta minutos.

—No sabía que Inacorp realizara extracciones petrolíferas.

—No es una plataforma de perforación, sino una estación científica. Sondean el fondo en busca de la mejor zona para cimentar nuevas islas frente a la costa de Vietnam. Tienen laboratorios bastante completos ahí dentro.

—¿Crees que podrán transcribir el código?

—Al parecer es un procedimiento complejo. Hay que extraer de manera íntegra las distintas capas de piel, pues el algoritmo está grabado a varios niveles de profundidad en la dermis. Creen que ahí podrán hacerlo, ya han instalado un equipo forense.

Alicia volvió a mirar hacia la nítida línea del horizonte.

—Parece que nuestro viaje llega a su fin.

—Aún no —dijo Daniel—. Ahora mismo estamos tan cerca del éxito como del fracaso, y no permitiré que sean otros los que decanten la balanza hacia uno u otro lado.

El pesquero atracó en el puerto de descarga ubicado bajo la plataforma, y el director de la estación, un japonés que se presentó como Hideo Harada, se mostró encantado de que Daniel lo saludara en su propio idioma. La conversación pasó inmediatamente al inglés por deferencia a Alicia, y mientras un ascensor los elevaba hacia las cubiertas superiores, Harada los puso al tanto de lo que allí se hacía, de la distribución del espacio y de los equipos científicos que trabajaban con él, como si en lugar de ser unos invitados ocasionales, fueran nuevas incorporaciones al personal de la estación.

Los llevaron hasta sus camarotes, les facilitaron ropa limpia y sellaron en un cilindro de criogenización el siniestro paquete que Daniel había preservado en la cámara frigorífica del pesquero. Por fin a solas, Alicia se dejó vencer por el cansancio:

—Déjeme adivinar —lo interrumpió Alicia—: Ludwig Rosesthein fue uno de esos «coleccionistas».

Lester Logan se cubrió los labios con dos dedos, imponiéndose un silencio reflexivo antes de contestar.

—El señor Rosesthein trabajó durante años en completar un archivo con muestras de ADN de cientos de individuos relevantes del siglo XX. Posteriormente, reunió en Suiza un equipo de genetistas con amplia experiencia en clonación celular… y me puso al frente de todo.

Alicia negó lentamente con la cabeza, reacia a creer lo que estaba escuchando.

—Todo esto es demencial —logró decir—. Cuando investigué Fondation Samaritain pensé que estaban modificando a niños genéticamente, pero…

—Debe saber que otros lo habían intentado antes, señora Lagos, pero nadie con los recursos y la determinación de Ludwig Rosesthein. Este proyecto ha sido su prioridad durante las últimas cuatro décadas.

Alicia se reclinó en su asiento y se pasó la mano por la cabeza, consternada.

—¿Lo logró? ¿Los niños que conocí en St. Martha…?

—St. Martha es solo uno de los centros conductuales para la educación de estos niños. Existen otros tres, dos en Asia y uno en África, en todos ellos se forma a los sesenta mismos sujetos. Doscientos cuarenta niños cultivados a partir de sesenta muestras genéticas.

—¿A quiénes correspondían esas muestras?

—Lo desconozco —dijo Logan, y sus ojos delataban que tampoco quería saberlo—. Pero sí le puedo decir que los niños no son réplicas exactas del genotipo original.

—¿A qué se refiere?

—Es complicado, harían falta nociones de bioingeniería…

—Inténtelo —le instó Alicia.

Él titubeó un instante, intentando dar forma a una explicación inteligible.

—Lo cierto es que las muestras obtenidas por Rosesthein adolecían de dos problemas fundamentales. El primero, ya se lo he explicado, era que no estábamos seguros de su autenticidad. El segundo era su deficiente conservación: el material genético es delicado, es fácil que segmentos de la cadena de ADN se deterioren si no hay una criogenización adecuada, y ya se puede imaginar que las técnicas de conservación celular eran bastante rudimentarias a mediados del pasado siglo. Como consecuencia, todas las muestras que nos llegaban al laboratorio estaban dañadas.

—¿Qué hicieron?

—Trabajamos durante años en la reconstrucción de las cadenas de ADN.

—¿Es posible hacer algo así?

—Sí, básicamente consiste en reemplazar los segmentos dañados por otros equivalentes que pertenezcan a un sujeto de la misma especie. Decidimos llamar a esos fragmentos de ADN extraño Segmento Lázaro.

—Lázaro —repitió Alicia—. Sí, se mencionaba en los documentos de la fundación. Pero ¿a quién pertenecía esa información genética?

El científico, por primera vez, sonrió ante una de sus preguntas.

—Eso suscitó cierto debate. Algunos miembros del equipo propusieron, como forma de halagar a Rosesthein, que el ADN empleado en la reconstrucción fuera el suyo. Sería una forma de rubricar su gran proyecto, de hacerlo, en cierto modo, padre de todos aquellos niños. Pero Rosesthein no quiso saber nada de semejante idea, incluso le ofendió la propuesta. Según él, se proponía traer de vuelta a las mentes que marcaron el devenir de un siglo, no satisfacer su ego, por lo que se debía encontrar al individuo adecuado, uno de características excepcionales, alguien que no lastrara el fenotipo resultante. Finalmente, se nos proporcionó muestras de tejido pertenecientes a un donante vivo al que llamamos Sujeto Lázaro, y con él dio comienzo el Proyecto Zeitgeist en sí. En primer lugar, se nos pidió la clonación de dicho sujeto: se creó un niño idéntico al donante original. En una segunda fase, el ADN del Sujeto Lázaro se empleó para reparar las cadenas dañadas.

El tren se cruzó con un convoy en sentido contrario y el vagón cimbreó sobre las vías durante unos segundos. Alicia esperó hasta que cesara el ruido de las corrientes cruzadas.

—Nada de lo que me ha dicho explica cómo constataron la autenticidad del material genético.

—Piense un momento, señora Lagos. Todo esto sucedió cuatro décadas atrás; sin embargo, los sujetos internos en los centros conductuales son niños aún.

—Quiere decir que hubo una demora de casi treinta años en el proyecto —observó ella.

—Rosesthein quería pisar terreno firme, no tenía ninguna prisa. Era evidente que para él se trataba del proyecto de toda una vida. Así que en un principio comenzamos trabajando con cuatro muestras cuya procedencia se creía fiable. El proceso fue lento: reparar aquellas primeras cadenas de ADN nos llevó años. Todos teníamos experiencia en el cultivo de tejidos y en la clonación a partir de células vivas, con un material genético fresco, pero trabajar con muestras de ADN pobremente conservadas... Aquello era muy distinto. Nos proponíamos levantar a los muertos de sus tumbas, una empresa digna de dioses.

La soberbia que asomó a su voz desagradó profundamente a Alicia.

—Cuatro muestras... Pero me ha hablado de sesenta sujetos diferentes.

—Así es. Poco antes de que yo abandonara el proyecto, comenzaron a llegar objetos con los que cotejar el ADN recuperado por Rosesthein.

—¿Objetos? ¿Qué clase de objetos?

—Objetos personales de todo tipo: anillos, ropa, pipas de tabaco… Piezas que habían estado expuestas a un contacto masivo con los individuos que Rosesthein quería traer de vuelta. Por supuesto, los restos de ADN que había en dichos objetos eran inservibles para la clonación, pero cotejados con las muestras criogenizadas de que disponíamos, nos permitieron discriminar cuáles eran auténticas y cuáles no. El material genético contrastado es el que se ha empleado en la fase final del proyecto, de ahí han salido los primeros sesenta individuos. Pero sé que siguen trabajando en esta vía, y cada vez hay más genotipos contrastados.

Alicia sacudió la cabeza, perpleja ante el torrente de información. Dotar de credibilidad a semejante historia resultaría difícil, lo sabía perfectamente. Había cavado y cavado en aquel agujero de fango hasta hacer brotar el agua, pero aún estaba por ver si la fuente era salubre o se encontraba envenenada.

—Si tenía acceso a toda esta información, ¿por qué no se la facilitó a William? ¿Por qué se limitó a un documento con movimientos financieros y operaciones transnacionales?

Lester Logan parecía esperar aquella pregunta.

—Seguí el trabajo del señor Ellis durante años, leí cada uno de sus artículos y reportajes. Sabía de su inquietud por el proceder de las megacorporaciones, su indignación por las vacuas campañas sociales que estas llevan a cabo para lavar su imagen. Él tenía la motivación necesaria, pero no podía contarle todo esto sin más, entre otras cosas porque carezco de pruebas. Hace años que solo se me trata como consultor, no tengo acceso a ningún tipo de documento del proyecto. ¿Qué habría pensado usted si un viejo profesor universitario se hubiera puesto en contacto para contarle una historia así? —Negó con la cabeza, como si necesitara reafirmarse en su decisión—. Solo podía mostrarle el hilo del que tirar, y debía hacerlo de forma sutil, de modo que descubriera por sí mismo lo que se escondía tras la maraña financiera del Grupo Fenris. Lamentablemente, calculé mal las consecuencias que esto podía acarrear a su amigo.

La mirada de Alicia adquirió un matiz frío que no pasó desapercibido para su interlocutor.

—Quería sentirse redimido, pero sin exponerse —dijo ella, simplificando su explicación—. Quería que fuera otro el que expiara sus pecados.

El científico abrió la boca, quizás sorprendido por tanta dureza, pero fue incapaz de contradecirla.

—Esto saldrá a la luz, doctor Logan, y usted estará en el centro del huracán.

Él asintió quedamente.

—Haga lo que deba.

—No le quepa la menor duda, y ahora escúcheme bien: en este tren hay hombres que no le dejarán abandonarlo sin más. Son los mismos que han comprado todas las plazas de este vagón para permitirnos mantener esta conversación a solas.

—Dijo que no trabajaba para nadie —le reprochó él.

—Y no lo hago, pero si cree que una simple periodista ha sido capaz de burlar a todo el aparato de Fenris, es que no tiene ni idea de cómo funciona el mundo fuera de un laboratorio. Cuando el tren llegue a destino, le trasladarán al aeropuerto de George y un avión propiedad de Kenzō Inamura lo sacará de Sudáfrica. Usted y yo mantendremos una larga entrevista a bordo en la que me explicará pormenorizadamente cada paso del proyecto, cómo era su comunicación con Rosesthein, los nombres de las personas que trabajaron con usted… Todo. Quiero una historia sin fisuras y usted me va a ayudar a conseguirla, porque de lo que yo escriba dependerá que se le recuerde como un hombre redimido o como el doctor Mengele del siglo XXI.

Capítulo 25
La visión de un solo hombre

En las profundidades del valle de Leukerbad, al amparo de los grandes picos nevados, se eleva el Rinderburg Thermal, uno de los hoteles de lujo de la rama hostelera de Fenris-Vanagard y sede habitual de los consejos de administración del grupo. En el amplio solárium al aire libre, confrontado con la inmensidad de los Alpes Suizos, un anciano ocupaba la única mesa que no se había retirado aquella tarde. Ludwig Rosesthein quería estar solo, necesitaba el abrazo de la montaña, que su imponente silencio le calara hasta los huesos, pues se hallaba hastiado del ruido del mundo. Y aun así, en su mesa había una silla libre.

Se llevó la copa de agua helada a los labios y, con gesto feroz, masticó el hielo mientras releía una de las líneas subrayadas por sus asesores: «El coloso industrial utilizó sociedades interpuestas para financiar durante décadas los programas de experimentación genética con niños, siempre bajo el impulso y la supervisión del propio Ludwig Rosesthein». Sonrió al leerlo, desafiante. El reportaje estaba firmado por William Ellis y Alicia

Lagos, se había publicado a primera hora de la mañana en la web de *Progreso* y, horas después, una versión en inglés en el *London Standard*. Se trataba de un texto hábilmente urdido: comenzaba utilizando el testimonio de los críos fugados para empatizar con el lector, para ganarse a la masa biempensante, siempre dispuesta a horrorizarse ante cualquier historia que implique a niños, y continuaba exponiendo una serie de acusaciones sobre prácticas monopolísticas, evasión fiscal, financiación ilegal de proyectos clandestinos... La señora Lagos se había permitido, incluso, deslizar una detallada relación de las empresas del grupo más expuestas públicamente, de modo que a las pocas horas había llamamientos al boicot desde todos los rincones de la Red.

El dardo había sido bien afilado y se había lanzado con precisión, pero Rosesthein sabía que las consecuencias para el Grupo Fenris serían mínimas: las acciones bajarían durante algunas jornadas, sus empresas dedicadas a bienes de consumo venderían menos mientras las plataformas de opinión se cebaran con ellas, pero en cuestión de meses, quizás de semanas, todo regresaría a la normalidad. Había creado un monstruo demasiado grande como para que nadie se planteara dejarlo caer. Para él, sin embargo, el daño resultaba devastador.

Escuchó pasos a su espalda, sobre el suelo de madera calefactada, y no necesitó girar la cabeza para saber quién se aproximaba. Esperó a que el recién llegado se sentara junto a él antes de hablar:

—Por un momento creí que tendrías la elegancia de no venir a cobrarte tu presa.

—Muestro la misma piedad que tú mostraste con mi padre —dijo Kenzō Inamura.

—Por supuesto. Supongo que esto es a lo que llamáis *karma*.

Inamura se inclinó sobre su silla y permaneció un instante en silencio, observando junto al anciano el bosque montañoso sepultado bajo una espesa capa de invierno.

—Hay algo que no entiendo —comentó al fin—: A pesar de lo que en estos momentos clama el resto del mundo, sé que no eres un demente. Todo lo que haces responde a un motivo racional. ¿Por qué esta monstruosidad, Ludwig?

—¿Me crees un monstruo?

Inamura desvió la mirada hacia la pantalla que Rosesthein había dejado sobre la mesa. Las líneas de texto reverberaban en la difusa luz de la tarde.

—No veo otra manera de calificarlo.

El viejo suspiró y se ciñó un poco más el abrigo polar.

—Kenzō, yo no tengo hijos —dijo con calma—. A los cuarenta años comprendí que nunca los tendría. Es algo que siempre envidié de tu padre, entendía la importancia de los lazos familiares, supo educarte para perpetuar su legado. Yo, sin embargo, ¿en manos de quién dejaré la obra de toda mi vida? ¿De un consejo de administración corto de miras? ¿O he de matar lo que he creado con mis propias manos, disgregar mis empresas y dejar que las devoren los mercados? Seguro que muchos dormiríais mejor si lo hiciera —gruñó con una sonrisa—. No, me propuse algo más ambicioso. Tenía derecho a ello.

Inamura atisbó en las palabras del anciano un cierto anhelo, quizás la necesidad de ser comprendido. Pero era algo que no pensaba concederle.

—Donde tú ves ambición, yo solo veo la locura de alguien que ha perdido la perspectiva de la realidad.

—Al contrario, Kenzō, la realidad siempre ha estado clara para mí, por eso me propuse cambiarla de una vez por todas. ¿O es que acaso tú no ves cómo los viejos núcleos de poder insisten una y otra vez en los mismos errores? —preguntó Rosesthein—. Solo tienes que echar un vistazo al pasado siglo para ver cuán cerca estuvimos del final. Y ahora todos se avienen a repetir un ciclo que parece implacable: de nuevo hay potencias que se debaten como perros rabiosos, de nuevo una guerra subrepticia que puede desembocar en un gran conflicto armado, en el último y definitivo. ¿Crees que mantenerse al margen es lo sensato?

—¿Con qué derecho te arrogas el papel de tutelar el mundo?

—Con el que me otorga la ley más básica —clamó el viejo—, la única que ellos entienden, la ley del más fuerte. Nunca nadie ha polarizado tanto poder como yo; he creado mi propia superpotencia, una capaz de doblegar la voluntad de los Estados y los mercados. ¿Por qué debería limitarme a observar cómo instituciones obsoletas conducen a las naciones a nuevas guerras? La historia lleva siglos siendo escrita por intereses ajenos a la verdadera voluntad de los pueblos, pero hubo hombres en el pasado que se elevaron sobre el resto, que trajeron algo de luz al mundo. ¿Es tan descabellado depositar mi legado en sus manos? ¿Qué no lograrían hombres así con la herramienta que he creado?

Cuando Rosesthein calló, el silencio del valle se tornó atronador. Incapaz de soportarlo, Inamura se puso en pie, pero antes de marchar, miró a los ojos de aquel anciano derrotado.

—La grandeza de esos hombres radicaba en sus circunstancias, en la oportunidad que estas les dieron de sacar lo mejor de ellos. Por sí solos no son más extraordinarios que muchas otras personas que pueblan nuestro tiempo. Solo hombres, Ludwig, como tú y como yo.

—Hablas como una persona a la que todo le ha sido dado. Yo, sin embargo, nací sin nada, puedo decir que he llegado a ser quien soy a pesar de mis circunstancias. —Apartó la mirada—. Pero no esperaba que lo comprendieras. La visión de un hombre solo le pertenece a él.

Kenzō Inamura asintió. Ya solo podía sentir compasión por el viejo enemigo de su padre, y supo que esa era su victoria.

—Adiós, Ludwig, no creo que volvamos a vernos. Ya no quedan motivos.

Las puertas de St. Martha aparecían abiertas de par en par, las ráfagas de luz azul percutiendo contra sus muros, proyectando sombras vertiginosas que giraban con las sirenas. Nicholas, apoyado sobre el todoterreno de Clarice, las manos en los bolsillos, no era capaz de apartar la vista de las palabras que recorrían el arco del gran portón: «Bienvenido a St. Martha», saludaban en hierro forjado.

—Bebe —le ofreció Clarice, que acababa de sentarse sobre el capó.

Nicholas observó el humeante vaso de plástico sin atreverse a aceptarlo.

—Es café autocalentable —informó ella.

—Nunca he bebido café.

—Pues este es una mierda para ser tu primer café, pero te vendrá bien.

Aceptó el vaso y dio un sorbo dubitativo. Contrajo los labios en cuanto saboreó el intenso amargor, pero le reconfortó cuando llegó al estómago.

—¿Cuándo podremos entrar?

—No creo que nos dejen pasar. —Clarice señaló con su vaso el cordón formado por los vehículos del PSNI[*]—. Esto lo lleva el departamento de menores y parecen bastante puntillosos. Pero la detective responsable dice que podrás hablar con algunos de tus compañeros antes de que los trasladen.

—Solo necesito hablar con una persona.

Clarice lo miró de reojo. Su templanza aún la desconcertaba, incluso llegaba a inquietarla. Pero, al mismo tiempo, detectaba en él una generosidad de espíritu impropia de un adulto.

—¿Qué nos sucederá ahora? —quiso saber Nicholas.

—Si no lo evitamos, pasaréis al sistema de protección de menores del Reino Unido. No será agradable. Sois demasiado

---

[*] Servicio de Policía de Irlanda del Norte.

mayores como para encontraros familias de acogida, así que os distribuirán por instituciones e internados de todo el país.

—¿Colegios como St. Martha?

Ella bebió antes de contestar, tomándose un momento para templar unas palabras tan amargas como aquel café.

—No. No sé cómo sería la vida ahí dentro, pero debéis evitar el programa de internamiento a toda costa.

Nicholas levantó la mirada del suelo y observó con detenimiento la expresión de Clarice. Su comentario le había resultado particularmente honesto.

—¿Has estado en uno de esos programas?

—Hasta los doce años —corroboró ella, escondiendo una mueca triste tras un nuevo sorbo.

—¿Te acogieron?

—Me contrataron, más bien.

—No lo entiendo. ¿Se puede contratar a un menor?

—Los servicios de inteligencia, gubernamentales o privados, rastrean los colegios e instituciones en busca de menores con aptitudes especiales. Cuando encuentran a alguien con potencial, se encargan de su educación y posterior adiestramiento; con el beneplácito de las familias, claro, pero en mi caso no necesitaban el permiso de nadie. El juez de menores estuvo encantado de sacar del sistema a una chica especialmente problemática. —Sonrió como si recordara algún episodio concreto.

—¿Fue entonces cuando conociste…, cuando conociste a la gente que te ha enviado a por nosotros?

—No. Fui captada por los servicios de seguridad de Fenris.

Nicholas frunció el ceño. Hacía pocas horas que había descubierto aquel nombre, pero su mera mención le constreñía el ánimo.

—Entonces, ¿cómo...?

—¿Cómo acabé en el bando contrario? Digamos que, llegados a un punto, descubrí que no me sentía tan agradecida como para entregarles mi alma. Al principio era una cría que no se daba cuenta de qué manera la estaban jodiendo, pero terminé por entender que no me gustaba lo que me habían hecho, ni lo que le hacían a otros.

—¿Te dejaron marchar? —preguntó el muchacho, que comenzaba a comprender la actitud protectora con que ella los había tratado hasta entonces.

—Encontré a una persona dispuesta a ayudarme.

—¿Crees que esa persona nos ayudará? No solo a mí, a todos.

—Estoy segura de que lo hará.

—Pero intentará utilizarnos, ¿no es cierto? —reflexionó Nicholas—. Como trataban de hacer ellos. Tú huiste de Fenris porque querían usarte y ahora... —calló antes de concluir aquel pensamiento en voz alta.

—Y ahora soy el arma de otros —concluyó Clarice con malicia. Dejó el café sobre el capó y miró a Nicholas directamente—. Te contaré un secreto, chico. En esta vida solo encontrarás a una o dos personas generosas, dispuestas a dártelo todo a cambio de nada, el resto tratará de usarte para sus propios fines. Eso es normal, es parte de la vida. Lo importante es que sepas convertirlo en un intercambio, que tú te aproveches de la otra parte en igual medida. Inamura querrá obtener de vosotros cuanto le sea posible, pero estoy segura de que sabrás establecer los límites, como has hecho hasta ahora.

El muchacho quiso preguntarle algo más, pero debió desviar la mirada hacia la puerta. Bajo el arco de hierro comenzaba a desfilar una extraña procesión: encogidos sobre sí mismos, temblando de frío y algo más, los internos de St. Martha atravesaban aquellas puertas que jamás habían visto abiertas. Los servicios de urgencias se aprestaron a atenderlos con el protocolo habitual: los cubrieron con mantas y los psicólogos se aproximaron a ellos intentando establecer contacto visual, pero era evidente que no se trataba de niños maltratados o desnutridos. Eran algo diferente.

Nicholas se volvió y golpeó los cristales traseros del todoterreno con las manos. En el interior, Eugene se incorporó con rostro somnoliento.

—¡Ya salen! —anunció a su compañero.

Eugene contempló a las personas con las que había compartido su vida y titubeó un instante. Finalmente apartó el rostro.

—Ve tú —dijo simplemente.

Nicholas no disimuló un gesto de reproche, pero no tenía tiempo para entretenerse con las pequeñas mezquindades de Eugene. Se alejó del vehículo y de Clarice. No se había apartado de ella en los últimos días, como el que se abraza a una baliza ante el temor de ser arrastrado por la marea. Ahora, sin embargo, avanzaba decidido hacia las puertas de St. Martha, hacia la camilla que cerraba la hilera de cincuenta y ocho chicos que abandonaban el lugar.

Nadie trató de detenerlo mientras se inclinaba sobre la muchacha que, ensimismada, observaba el firmamento a través de una mascarilla de oxígeno. Al verlo, Eva cerró los ojos con fuerza y las lágrimas brotaron. Cuando volvió a abrirlos, Nicholas redescubrió una sonrisa que creía perdida para siempre.

Alicia deslizó la mirada sobre los rostros que, desde la penumbra del patio de butacas, habían seguido atentamente sus evoluciones sobre el escenario. La conferencia tocaba a su fin y se había ceñido estrictamente a la hora y media prevista. A base de repetir aquel discurso semana tras semana había aprendido a modularlo en función de las sutiles reacciones del público. El de esa noche, en el auditorio de la Fundación Thomson Reuters, en pleno corazón del Canary Wharf londinense, había resultado especialmente receptivo. Satisfecha, se giró para señalar el árbol holográfico proyectado al fondo del escenario.

—La información de nuestra fuente demostraba que el dinero siempre procedía de empresas relacionadas con la matriz del grupo. —Líneas verdes ascendieron desde las raíces, con los nombres de las empresas donantes, y fueron conectando con las sociedades de las que dependían, hasta confluir en la cúspide, donde figuraba el nombre de Fenris-Vanagard. Alicia caminó frente al árbol, sus tacones subrayaban el silencio de la sala—. Como verán, en su mayoría eran filiales menores de empresas subsidiarias participadas por el grupo. Un laberinto habitual cuando se opera con sociedades interpuestas, pero había elementos discordantes, como el hecho de que muchos de los donantes ni siquiera tuvieran sede en Europa, o que carecieran de un programa social, limitándose sus donaciones exclusivamente a Samaritain.

La calma en su voz y su desenvoltura sobre el escenario imprimían a sus palabras una contundencia serena, en absoluto agresiva, con la que era fácil empatizar. Disfrutaba de aquello, había descubierto que se le daba bien, y a menudo recordaba que, pocos meses antes, le costaba incluso defender sus propuestas para la sección de Cultura en el consejo de redacción de *Progreso*.

—Es evidente —continuó— que Ludwig Rosesthein utilizó sus sociedades para financiar una iniciativa aborrecible desde todo punto de vista, legal, ético o científico. Lo hizo durante cuarenta años, y lo habría seguido haciendo de no ser porque personas en el seno del mismo proyecto, como el profesor Logan, comprendieron que aquello no podía seguir adelante.

Las luces se encendieron y, tras un breve aplauso, comenzó el turno de preguntas. Se apresuró a pedir la palabra un joven al que no había visto en la recepción previa. Por la forma crispada en que sujetó el micrófono, Alicia ya anticipó el tono de la pregunta:

—Al principio de su exposición ha dicho que retomó la investigación que dejara inconclusa William Ellis, una investigación, y cito, «que le costó la vida». Sin embargo, Scotland Yard determinó que la muerte del señor Ellis se había producido en un accidente de tráfico…

—Arrollado por un coche —precisó Alicia.

—El caso es que la policía ha determinado que fue accidental, y usted, sin embargo, se permite insinuar que fue un asesinato.

—No lo insinúo, estoy segura de ello.

—Perfecto —prosiguió el joven—, pero si es capaz de afirmar algo así sin pruebas, ¿no está demostrando ser otra conspiranoica más, que sus acusaciones se deben a una obsesión personal?

Alicia sonrió antes de responder con un tono casi didáctico.

—Si usted hubiese sido testigo de los métodos empleados por Fenris, quizás pensaría de otra forma. De cualquier modo, cuando la Policía de Londres archivó el caso, no conocía el trabajo que William estaba desarrollando, tampoco sabía que se sentía amenazado y temía por su vida. Confío en que, a la luz de los recientes acontecimientos, se abra la pertinente investigación.

Otra mano se alzó al instante, y también usó el micrófono para disparar con pólvora:

—Publicó un libro hace tres meses, ahora da entrevistas, conferencias… Lo cierto es que está ganando mucho dinero con todo esto, ¿no es así, señora Lagos?

Parte del público buscó con la mirada al que había lanzado la pregunta. Comenzaban a percatarse de lo que Alicia ya sabía, pues aquel tipo de ataques no eran una novedad para ella. Algunos abucheos dirigidos al instigador de Fenris recorrieron la sala, pero ella levantó las manos para pedir silencio.

—Es una pregunta legítima, no tengo problemas en responder —dijo desde el escenario, y las miradas en el patio de butacas se giraron hacia ella—. Lo cierto es que soy una profesional, este es mi trabajo, y tengo derecho a ganar con él tanto dinero como me sea posible. Ni yo ni mis editores somos caballeros andantes, no recibimos donativos ni subvenciones; para que se puedan seguir desarrollando investigaciones de este tipo es necesario rentabilizarlas.

Apagadas las ascuas de aquel amago de incendio, el resto de preguntas se ciñeron a lo esperable. Respondió cuanto le fue posible antes de que la organización diera por concluido el tiempo y despidiera el acto. Aun así, Alicia bajó a la platea y departió con los asistentes que tenían ganas de más: estudiantes universitarios, viejos compañeros del *London Standard*, colegas de otros medios, activistas que ahora la seguían en foros y redes sociales... Como siempre, fueron conversaciones cómplices, incluso cálidas, pero cuando por fin pudo retirarse se sentía agotada y aturdida. Una sensación familiar en los últimos meses.

Bajó al bar que había junto al vestíbulo del edificio. Procuraba evitar los lugares de copas tras sus intervenciones públicas, pues siempre había algún rezagado que sentía la necesidad de invitarla y flirtear con ella, pero aquella noche le temblaba el pulso, quizás porque la confrontación dialéctica la había afectado más de lo que pensaba, y se dijo que un whisky podría ayudarla a conciliar el sueño.

El local, pese a estar encastrado en el sofisticado edificio de líneas curvas que servía de sede a la agencia de noticias, mantenía la preceptiva decoración de un clásico pub inglés. Se sentó a la barra y llamó al camarero. Este aún no había acudido cuando alguien ocupó el taburete junto a ella:

—¿Puedo invitarte a una copa?

«Cuánta originalidad», pensó, mientras se giraba hacia su poco inspirado pretendiente. Ya tenía la negativa en los labios cuando debió separarlos en un gesto de sorpresa.

—¡Daniel! ¿Qué haces tú aquí? —preguntó con cierta torpeza—. Quiero decir, me alegro mucho de verte, pero no te esperaba en Londres.

—Estoy de paso. Supe que esta noche tocabas en la ciudad y decidí dejarme caer para ver el espectáculo.

—No te burles —sonrió ella, y le agradó comprobar que seguía viva la complicidad que había surgido entre ambos—. ¿De verdad estabas ahí dentro?

—Sí. He de decir que se te da bien.

Ella aceptó el cumplido con una leve inclinación de cabeza.

—Es gracias a mi editor, me tiene dando vueltas de una ciudad a otra, explicando una y otra vez la misma historia. Cualquiera que repita lo mismo dos docenas de veces logrará que suene verosímil.

Daniel adoptó un gesto más serio.

—¿No te preocupa estar tan expuesta? Te has convertido en el enemigo visible de mucha gente.

—¿Lo dices por el numerito del final? No me preocupan. Es más, creo que cuanto más expuesta me halle, más segura estaré.

Ambos guardaron silencio y las miradas cayeron por un instante.

—¿Y tú? —preguntó Alicia finalmente—. Desde que nos separamos después de Singapur no he vuelto a saber nada de ti.

Daniel se encogió de hombros.

—Creo que lo de estar expuesto no habría sido lo más inteligente en mi caso, así que me retiré a un lugar apartado, a disfrutar del espectáculo. —Y adoptando un tono protocolario, añadió—: Lo ha hecho bastante bien, señora Lagos, al final tenía razón.

—¿Razón en qué? —preguntó ella, con sincera curiosidad.

—Razón en todo. Sobre tu amigo y su investigación, sobre continuar su trabajo, sobre tu decisión de publicarlo a toda costa.

Alicia volvió a llamar al camarero y pidió que les sirviera dos whiskys con hielo.

—Sabes que esto no cambiará nada —dijo regresando a la conversación.

—No es cierto. Lo ha cambiado todo para esos niños, por ejemplo.

Ella calló, pensativa. Desde que se entrevistara con Nicholas y su compañero no había podido hablar de nuevo con ellos. Esperaba que las cosas les fueran mejor a partir de ahora, habían sido excepcionalmente valientes, los verdaderos héroes de su historia. El camarero depositó sobre la barra sendas copas. Alicia pagó y tomó su whisky, pero antes de dar el primer sorbo, comentó con sorna:

—Espero que puedas sobrellevar el que una chica te invite a una copa.

Daniel alzó la suya y propuso un brindis:

—Por las chicas que saben cuándo invitar a un whisky.

—Alicia rio y brindó con él. Antes de beber, Daniel añadió—: Y por tu amigo William. Al final le has hecho justicia.

Alicia dio un largo trago (quizás demasiado largo) y dejó la copa sobre el posavasos.

—Ahora dime por qué has venido —inquirió—, y esta vez quiero la verdad.

Daniel sonrió y miró a un lado, como si buscara aquello que lo había delatado.

—¿La verdad?

—Ajá.

—Quería ver cómo sería hablar contigo ahora que ninguno necesitamos nada del otro. Los dos solos, sin más, sin tener que correr, o mentir, u ocultarnos cosas.

Alicia negó con la cabeza, con una extraña tristeza en los ojos.

—Sabes que es imposible.

—¿Qué es imposible? —preguntó él.

—Lo que has venido a buscar. Soy madre, tengo un trabajo que necesito para vivir, no hay lugar para aventuras románticas en mi vida, Daniel. Ni siquiera sé quién eres realmente.

—Quien fuera da igual. Lo importante es quien sea a partir de ahora.

Ella seguía negando. Había cruzado los brazos en un gesto claramente refractario.

—Lamento que tu vida no te guste, pero no voy a ser tu puente a lo que sea que necesites. He visto cómo vives, lo que eres capaz de hacer, no creo que una vida ordinaria, criando a una niña, sea lo que quieres.

—Quizás deberías dejar que fuera yo el que lo decidiera.

—Quizás, si dependiera solo de mí. Pero no te meteré en la vida de Lara.

Daniel apoyó los codos en la barra e hizo bailar su copa. El hielo tintineó contra el cristal.

—Podríamos vernos de vez en cuando —insistió—, hasta que tomes una decisión definitiva. No me importa volar hasta Madrid, desde Charleroi apenas son un par de horas. Y debes saber que esto es lo máximo que he insistido a una mujer.

Alicia sonrió y le acarició la mejilla con dulzura.

—Necesito tiempo para pensarlo —dijo al fin—. Ahora he de irme.

Se puso en pie y recogió su abrigo. Pero antes de marcharse, lo besó en los labios.

—Adiós, Daniel.

Él asintió a modo de despedida, después observó en silencio cómo Alicia salía a la calle y cruzaba, quizás un tanto apresurada, la gris explanada en dirección a Jubelee Park. Cuando se hubo ido, hundió la mirada en el whisky y jugueteó un poco más con el hielo.

—De nuevo tú y yo solos —bromeó de mal humor.

Bebió a solas durante casi una hora, un par de copas, las suficientes para sentirse como un completo idiota. Cuando se convenció de que ella no iba a volver, pagó lo que había bebido de más y se dispuso a buscar un taxi que lo llevara a Heathrow. Desde allí tomaría cualquier vuelo que saliera aquella misma noche, uno que lo llevara lejos, de regreso a su vida de hoteles y aeropuertos.

Salió del local a la fría noche londinense. Reuters Plaza se hallaba desierta, custodiada por torres de cristal empañadas por el vaho del Támesis. Se subió el cuello del abrigo y echó a andar en busca de un taxi. En ese instante su móvil vibró en el bolsillo. Lo sacó con gesto de fastidio. El mensaje rezaba:

«Pulsaciones: 98 // Coordenadas: 51.503226, -0.016526 // Distancia recorrida en el último intervalo: 322 metros»

Daniel sonrió y guardó el teléfono. Después de todo, quizás no fuera tan idiota.

Epílogo
St. James

El Mercedes rodó pesadamente sobre los adoquines hasta detenerse en la gran explanada que hacía las veces de patio frontal. Solomon Denga descendió del vehículo y miró a su alrededor, a la espera de que alguien acudiera a recibirlo. Era su primera visita a St. James, un antiguo colegio universitario al norte de Plymouth, a escasamente veinte minutos del parque nacional de Dartmoor. El centro había sido adquirido seis meses atrás por Inacorp y reacondicionado a marchas forzadas para acoger a sus nuevos inquilinos. Algunos de ellos, que ahora paseaban por el patio o almorzaban en grupos sobre el césped, observaron al extraño visitante durante un momento, antes de perder el interés y volver a sus conversaciones.

—Nos alegra conocerle, señor Denga —lo saludó un joven que, ataviado con ropa informal, había salido a su encuentro. Lo acompañaba un segundo hombre de una edad más próxima a la de Denga, cuyo saludo fue silencioso, en absoluto cálido—. Soy David Ancel, hemos hablado por teléfono, él es Lewis Berenger, experto en psicología conductista. El departamento científico recomendó su contratación y ahora se está ocupando de preparar el itinerario de reacondicionamiento de los niños. Digamos que todos estamos aquí para facilitar el trabajo del doctor Berenger.

—Es un placer, doctor. —Denga le estrechó la mano, pero ni siquiera entonces el hombre sonrió. Parecía que su expresión grave era innegociable—. Mi informe dice que su especialidad es trabajar con niños superdotados.

—Es el máximo experto mundial en la materia —terció Ancel, con un entusiasmo al que eran ajenos sus interlocutores.

—No son niños superdotados lo que tenemos aquí —dijo el psicólogo—. No existe un protocolo de actuación porque no hay precedentes, así que estamos aprendiendo sobre la marcha.

Los tres se encaminaron al gran edificio de corte neogótico que se elevaba en el centro de la campiña, rodeado por jardines y una muralla de ladrillos amarillos.

—¿Cómo se han adaptado los sujetos al nuevo entorno?

—Bien —respondió Ancel—. Hemos intentando reiniciar cuanto antes las clases. La rutina les facilita la adaptación y mantiene sus mentes ocupadas.

—Ajá. ¿Y no creen que esto se parece demasiado a su anterior residencia? —preguntó Denga, observando la explanada ajardinada por la que avanzaban.

—Necesitábamos un entorno cerrado y controlado —intervino Berenger—. Puede que no nos gustara lo que hacía la gente de St. Martha, pero hay que reconocer que lo hacían bien. —Y sin levantar la vista del suelo, añadió—: ¿Qué sabemos de los otros tres centros conductuales? ¿Cuándo podré empezar a trabajar con el resto de los sujetos?

—Nuestros abogados están intentando hacerse con su custodia —respondió Denga—, pero no será sencillo. Aquí pudimos llegar a un acuerdo de colaboración con el gobierno, convencerlos de que los servicios sociales no estaban capacitados para atender a estos niños, pero no todos los Estados son tan receptivos como el Reino Unido. Será inevitable que algunos de ellos pasen al sistema de acogida de menores.

—Sería un grave error —sentenció Berenger.

Denga guardó silencio ante el comentario y cruzó las manos a la espalda. Habían llegado al distribuidor central del edificio. La luz matinal penetraba en el recibidor desfragmentada por el caleidoscopio de una cristalera. A su alrededor, decenas de internos recorrían los pasillos en una animada vorágine.

—Parecen… normales —observó Denga.

—Lo son, en realidad —dijo con una sonrisa el director del centro—. Queremos que sean felices, equilibrados emocionalmente. Hemos mantenido parte del itinerario elaborado por el profesor Tomáš Rada. Como le ha dicho el doctor Berenger, la gente de Fenris sabía lo que hacía. Pero al mismo tiempo estamos intentando generar un clima más acogedor para ellos. No vestimos uniformes, por ejemplo, pretendemos ser más cercanos.

—Supongo que eso no será un problema para su posterior función —señaló Denga, dejando clara sus prioridades—. No podemos desaprovechar tal potencial.

—Los sujetos serán perfectamente aprovechables —aseveró el psicólogo, que observaba con mirada analítica a los niños que pasaban a su alrededor.

—¿Y los chicos que encontró la señorita Clarice?

—¿Nicholas y Eugene? —contestó Ancel—. Hoy están… de excursión.

Denga le dedicó una mirada severa.

—¿De excursión?

—No tiene por qué alarmarse, señor Denga. Les gusta hacer senderismo por Dartmoor. Debemos mostrarles confianza.

—Le recuerdo que son los dos sujetos que escaparon de St. Martha.

—Por eso es importante que no se sientan encerrados —insistió el director del centro—, pretendemos crear un entorno más abierto para su posterior ingreso en la sociedad.

—No habrá problemas con Nicholas —intervino el doctor Berenger—. No se irá mientras Eva siga aquí, con nosotros. Y Eugene jamás tomará la iniciativa de huir por sí solo. No es una situación de riesgo.

Denga rezongó, escasamente convencido.

—Explíquenme algo: ¿por qué solo el sujeto Nicholas de St. Martha intentó escapar? ¿Por qué no hubo problemas con los otros tres?

—Para responder a esa pregunta, deberíamos poder analizar a los cuatro sujetos —respondió el doctor Berenger—. Puede que sea un comportamiento inherente al fenotipo, o puede que nuestro sujeto entrara en contacto con algún elemento disruptivo ajeno al currículo, un elemento que inoculó en su mente el deseo de huir. En cualquier caso, no es el sujeto Nicholas el que nos preocupa en este momento.

—Muy bien —asintió el hombre de confianza de Inamura—. Muéstrenme lo que querían enseñarme.

David Ancel los condujo a través de uno de los muchos pasillos que recorrían el centro. A diferencia del resto, allí no había ventanas abiertas al exterior ni rastro de los internos. Desembocaba en una puerta de seguridad codificada con la huella del director de St. James. Una vez cruzaron al otro lado, desapareció todo rastro del mullido enmoquetado o de los paneles de madera que cubrían las paredes. Se hallaron caminando por un corredor de aspecto sobrio y luz fría.

—Cuando Inteligencia nos envió el catálogo genético del Proyecto Zeitgeist —informó Ancel—, cotejamos los datos con el ADN de nuestros internos. No es necesario decir que el caso de August nos alarmó especialmente.

Se detuvieron ante una nueva puerta de seguridad. Esta vez fue el doctor Berenger el que descodificó la cerradura.

—Pase, hemos programado una sesión para esta hora. Queríamos que pudiera verlo por usted mismo.

Los tres hombres pasaron a una estancia silenciosa y en penumbras en la que solo se escuchaba el rumor de la ventilación artificial. En el interior había dos butacones posicionados frente a un gran ventanal. Y al otro lado del cristal, una extraña sala con una mesa y una silla. Y en la silla, un chico menudo de sonrisa inquietante. Una voz femenina enunciaba con serenidad:

«Durante varias noches sueñas que eres un lobo que vaga en solitario por el bosque. Ante lo recurrente de la imagen, decides hacer un dibujo que exprese ese sueño. ¿Cómo es ese dibujo? ¿Se lo enseñarías a tus amigos?».

Las paredes de la sala oscilaron hasta mostrar un paisaje boscoso bajo una noche estrellada. El chico se limitó a observar a través del cristal, como si de algún modo supiera que había alguien extraño al otro lado.

—Nunca responde a las preguntas, es un absoluto misterio cómo funciona su mente —dijo David Ancel, que observaba la escena junto a sus dos acompañantes—. Nos parecía un caso complicado antes incluso de recibir los datos de Inteligencia. Ahora que sabemos a quién corresponde el genotipo, hemos de decirle que estamos profundamente preocupados.

—No tienen por qué estarlo —respondió Denga, cruzando las manos a la espalda sin apartar la vista del sujeto—. Es un simple niño, como el resto.

—Se trata de una psique con una profunda capacidad de ejercer el mal —indicó Berenger—. He tratado antes con otras psicopatías, pero he encontrado a pocos individuos tan refractarios a cualquier tipo de influencia externa. Será muy difícil moldear su personalidad para que resulte productiva.

—Estamos ante el material genético de uno de los mayores líderes del pasado siglo —recalcó Denga—. Es deseo expreso del señor Inamura que continúe en el programa y sea aprovechado. Seguro que encontrarán la forma, señores.

Los dos máximos responsables de St. James se miraron de reojo, inquietos.

—¿Y los otros tres sujetos con el mismo genotipo? —preguntó el psicólogo—. ¿Se imagina lo que sucedería si trascendiera quiénes son esos niños? ¿Si cayeran en manos de fanáticos?

—Eso, doctor Berenger, no es un asunto del que usted deba preocuparse —zanjó el hombre de Inacorp—. Ahora, si les parece bien, enséñenme el resto de las instalaciones para que pueda informar al señor Inamura de que todo está en orden.

Ancel condujo a su invitado al exterior y cerró la estancia, dejando a Lewis Berenger en el interior, atento al resto de la sesión. El psicólogo se sentó en uno de los butacones y abrió su bloc de notas. Sabía que era en vano, el sujeto no respondería a ninguno de los escenarios, nunca lo hacía. Y mientras contemplaba la media sonrisa del chico al otro lado del cristal, mientras se sentaba frente a frente al mayor reto de su carrera, se preguntaba cómo Ludwig Rosesthein podía haber traído de vuelta a uno de los mayores monstruos conocidos por la historia.

Agradecimientos

Me resulta imposible establecer jerarquías de ningún tipo a la hora de dar las gracias, así que me ceñiré a un orden estrictamente cronológico: quiénes estuvieron ahí desde el proceso de gestación de *Hijos del dios binario* hasta su publicación.

He de empezar agradeciendo, por tanto, a mis padres, que me pusieron los primeros libros en las manos, pero sobre todo, que me permitieron elegirlos. Sin aquellas primeras novelas de fantasía y ciencia ficción, sin esos primeros cómics, mi imaginación no hubiera quedado tan trastocada y puede que hoy fuera una persona responsable con un trabajo adulto. Así que gracias, papás.

He de continuar con mi mujer, la otra persona que más ha puesto de sí en este libro. En los momentos más duros, aquellos años en los que escribir me ocupaba gran parte del día y publicar parecía una quimera, me regaló el tiempo y el aliento que necesitaba para seguir adelante. Supo mantenerse firme cuando yo dudaba; y cuando alguien tan sensato como ella te pide que no abandones un sueño, solo puedes hacerle caso. Si no fuera por ella, lector, nunca habrías leído esta historia. ¿Acaso no es eso mágico?

Continúo dando las gracias a mis «betalectores»: Vania Segura, madre de iberovikingas, filóloga de alma y formación; la primera en cazar con ojo implacable los errores que se agazapan en mis manuscritos. A Antonio Montilla, que me dijo todo lo que a un escritor no le gusta escuchar, pero que un amigo necesita oír. Gracias también a Samuel González Rubio, a quien no conozco en persona, pero que aceptó leer mi manuscrito sin saber quién era el autor ni sobre qué trataba, con el riesgo que conlleva aceptar un compromiso de ese tipo; tengo la tranquilidad de saber que, al menos, lo disfrutó. Prosigo con Antonio Torrubia, librero malevo, «el hombre que susurra fallos de concordancia», que me martilleó durante un mes enviándome erratas al móvil, y aún sospecho que no halló tantas como le hubiera gustado. A mi último «betalector», Esaú Mejías, amigo con el que he compartido veranos y lecturas, me vino al pelo que fueras doctor en microbiología, para qué negarlo. Gracias por esa conversación de la que ya probablemente no te acuerdes, pero en la que me aclaraste unas cuantas ideas, y gracias por comprobar que la novela no contuviera ningún gazapo científico.

Hago un inciso para recordar que todos los personajes de una historia son importantes, pero hay pocos imprescindibles. Y en la historia de este libro una de las imprescindibles es mi agente, Txell Torrent, que asaltó mi Facebook una noche de verano para decirme que se había leído los capítulos de muestra y que necesitaba el manuscrito completo. Fuiste la primera persona en darme una buena noticia en mucho tiempo, y todo lo que me ha sucedido desde que me llevas de la mano ha sido bueno, así que infinitas gracias. Soy consciente de que las cosas no siempre saldrán bien, pero es tranquilizador saber que tienes de tu parte en este mundillo a alguien que se preocupa por sus autores, que se toma su trabajo con tanta pasión y que domina las artes arcanas del Ministerio de Brujería (entiendo que eso es lo que significan las siglas MB).

Dejo para el final a mis editores, Pablo Álvarez y Gonzalo Albert, porque son las personas que cierran el círculo. Gracias por apasionaros con la novela y por dejarnos claro que no había mejor hogar para ella que Suma de Letras, y gracias por ir contracorriente y apostar por lo que un autor desconocido tiene que contar. Sé que soy un privilegiado.